Benjamin und die Monadologien
Repräsentation als Relation

茅野大樹［著］

ベンヤミンとモナドロジー

関係性の表現

法政大学出版局

序論

ベンヤミンと複数形のモナドロジー

本書は、ヴァルター・ベンヤミン（一八九二―一九四〇）が展開した思考の基礎的原理を解明することを主な目的とする。そのために以下では、ベンヤミンの認識論の展開におけるライプニッツ・モナドロジーの受容と解釈の問題に焦点を当てる。ライプニッツの学説を考慮に入れることで、一九一〇年代から始まるベンヤミンの思索の内に一貫し、またその変遷を導く一つの原理を可視化することができるからである。その際には、ベンヤミンとライプニッツとの直接的な影響関係だけでなく、主に一八世紀以降のドイツにおいて展開されたライプニッツの受容史も考察の対象となる。ベンヤミンのライプニッツ解釈はベンヤミン独自のものというより、彼が影響を受けた新カント主義、初期ロマン主義、ゲーテ等によるライプニッツ解釈の批判的受容や対決とともに形成されたと考えられる。というのもここに挙げた哲学者、思想家たちにおいて、ライプニッツの多様な解釈の可能性はすでに示されていたからである。

ベンヤミン自身が触れていた近代ドイツにおけるライプニッツ哲学の受容と解釈の一つの特徴として、モナドを中心としたライプニッツの学説が哲学や形而上学の領域だけに限定されず、さまざまの関連する領域に転用されたことが挙げられる。本書が扱う対象に限っても、ライプニッツの学説は自然の形成と変化の動的な原理として解釈されるかと思えば、芸術作品の構造に関わる認識論的なモデルを提供したりする。またその数理物理学に基づいた厳密な科学的認識の意義が強調されるかと思えば、具体的な経験における直観や知覚の理論的基礎となる場合もある。解釈者によってまったく異なる形式として現れるライプニッツ哲学は、いわば「複数形のモナドロジー Monadologien」と呼びうる多様な解釈可能性を含んでいる。[1] それはライプニッツのモナドロジーが、一つの構造的な思考モデルとして、形而上学の領域においてだけではなく、さまざまな思索や創作のシステムに具体的に適用されうることを示している。

ベンヤミンはその文筆活動を通して、非常に多岐にわたる主題に精力的に取り組んでいるが、表立って主題的に取り組んだ中心テーマの一つとしてライプニッツが挙げられることはあまりない。実際にベンヤミンが自らのライプニッツ解釈を明示しているテクストは、『ドイツ悲劇の根源』の「認識批判序論」にほぼ限定される。それ以外の著作にもライプニッツの「モナド」の概念に言及する箇所は少なからずあるが、ライプニッツの著作を直接読解して深く踏み込んだ解釈を示しているわけではない。にもかかわらず、ベンヤミンの多くのテクストに示される思考の内には、ライプニッツ哲学に直接あるいは間接的に関わる要素がたびたび現れる。ベンヤミンが読解するテクストの中に、ライプニッツ哲学からの間接的な影響が含まれている場合もあれば、ベンヤミン自身の哲学的思考の形式そのものが、ほとんど意識されないままライプニッツ哲学との親和性を示す場合もある。「認識批判序論」において、明示的にライプニッツに依拠した「モナドロジー的」な哲学モデルは、そこではじめて形成されたのではなく、それ以前のベンヤミンの多くの著作にすでに萌芽として含まれていたのである。

本書は、主に初期から『ドイツ悲劇の根源』に至るまでのベンヤミンの主要著作における、モナドロジー的な思考の発展と展開を追う。そこでは、ライプニッツとベンヤミンの直接的な比較だけでなく、ベンヤミンの哲学的思惟の形成過程とライプニッツとの関係を広く問うことが必要となる。それはまた認識論、芸術論、言語論、歴史哲学などの領域において展開される、モナドロジー的な思考の一貫性と変遷を、テクストに即して具体的に明らかにすることである。それにより、近代ドイツ思想史の伝統の中にベンヤミンを位置づけるとともに、哲学に限定されないライプニッツの多様な解釈と展開の可能性を提示することが可能になるだろう。こうした観点から本書は、ベンヤミン自身のテクストの読解を通じてその思考の原理を解明するだけでなく、ベンヤミンが参照していた思想家たちのライプニッツ解釈との相違を同時に検討することで、ライプニッツの解釈史におけるベンヤミンの特異性を解明することを試みる。

主要先行研究と本書の位置

ベンヤミンとライプニッツ哲学の関係を論じる上で、本書はとりわけベンヤミンの認識論の考察を重視する。ベンヤミンの認識論を主題的に論じた先行研究には、一九〇〇年前後のドイツにおける、ベンヤミンと同時代の思想状況を重視する傾向が顕著に見られる。例えばリーゼロッテ・ヴィーゼンタールによる研究（Wiesenthal, 1973）は、ベンヤミンの初期から「認識批判序論」に至るテクストを、同時期のヘルマン・コーヘンやエルンスト・カッシーラーを中心とした、新カント主義マールブルク学派からの影響関係を前提に論じており、このテーマの先鞭をつけるものであった。初期ベンヤミンによる新カント主義受容の問題は、アストリット・ドイバー＝マンコフスキーの研究（Deuber-Mankowsky, 2000）やヴェルナー・ハーマッハーによる研究（Hamacher, 2001）によって一層深められており、いまや同テーマはベンヤミンの認識論に関する理論的研究に欠かすことのできないものとなっている。ピーター・フェンブスによる研究（Fenves, 2011）もその延長線上にあり、そこではマールブルク学派に限らず、二〇世紀初頭の現象学や論理学主義も視野に収められている。さらに国内の研究では、森田團がカッシーラーとベンヤミンの影響関係に触れるとともに、ルートヴィッヒ・クラーゲスのイメージ論との対決も詳細に論じることで、際立った成果を挙げている（森田、2011）。

これらの研究により、ベンヤミンの思索が形成された時期のドイツにおける思想布置は、かなり見通しの立つものになりつつある。他方で、そのいずれにおいても欠落している主題がある。それが本書で焦点を当てる、二〇世紀初頭の時期におけるライプニッツ受容の問題である。本書で論じるように、マールブルク学派の学説の形成においてライプニッツ哲学は少なからぬ意義を持っており、ベンヤミンの認識論の生成を考察する上でも見逃すことのできないテーマであると考えられる。本書は、新カント主義を経由した同時期のライプニッツ主義が、間接的にせよ初期ベンヤミンの認識論の形成に寄与したことを明らかにすることで、先行研究の歩みを一歩進める。

ヴィンフリート・メニングハウスは、ベンヤミンの言語論の解釈（Menninghaus, 1980）および初期ロマン主義の解釈（Menninghaus, 1987）に関して、それぞれ認識論的観点から優れた研究を発表している。またロマン主義論から「ゲーテの『親和力』」に至る、ベンヤミンの「批評」概念の認識論的意義については、ウーヴェ・シュタイナーが詳細に論じている（Steiner, 1989）。これらの研究により、『ドイツ悲劇の根源』に至るまでのベンヤミンの認識論の展開の中核となる理論的基礎を把握することが可能になった。しかし残念ながらこれらの研究においても、ライプニッツ哲学とベンヤミンとの関係は主題的に考察されることはなく、あくまで個別的テーマに留まっている。

本書は、シュレーゲルやゲーテにおけるライプニッツ哲学の受容の重要性を指摘する研究（Bertoletti, 1986; Hilgers, 2002）にも依拠することで、ベンヤミンが『ドイツ悲劇の根源』以前の多くの著作において、すでにライプニッツの解釈と間接的に関わっていたことを明らかにする。それにより、初期から『ドイツ悲劇の根源』に至るまでのベンヤミンの認識論の展開において、一貫して「モナドロジー的」な思考の構造が見出されること、そして同時にそれがどのように変遷したのかを示すことが可能になる。

すでに述べたように、ベンヤミン自身のテクストの中で、ライプニッツに明示的に触れている箇所は限られており、ベンヤミンの思索の展開の内にライプニッツを位置づけるような研究はほとんど皆無である。この主題を論じたライナー・ネーゲレの論文（Nägele, 1991）も、ベンヤミンにおけるライプニッツ解釈の方向性を示唆するプログラム的な研究にとどまっている。しかし近年ではパウラ・シュヴェーベルの研究（Schwebel, 2012）があるように、当該分野への少なからぬ関心の高まりも見られる。同研究においては、ベンヤミンのライプニッツ受容の源泉である新カント主義者コーヘンとハイムゼートによるライプニッツ論との比較検討を通して、ベンヤミンのライプニッツ受容の前史が明らかにされている。しかしそこで参照されるベンヤミンのテクストは基本的に「認識批判序論」のみであり、ベンヤミンの著述過程を視野に入れた包括的な問題設定は見られない。本研究は、ベンヤミンによる新カント主義、初期ロマン主義、ゲーテの受容と対決の延長上に、『ドイツ悲劇の根源』におけるライプニッツ・モナドロジーの解釈を捉えることで、ベンヤミンの思索の展開と変遷の中でライプニッツ哲学の受容が持つ意義を示すことを試みる。

本書の展望と各章の主題

以下では、一九一〇年代に書かれた初期ベンヤミンのテクストから、一九二〇年代半ばの『ドイツ悲劇の根源』に至る時期までの著作を主な検討対象とする。そして、この時期のベンヤミンの主要テクストをライプニッツ哲学の解釈という観点から考察するとき、一つの一貫したテーマが浮かび上がる。それが〈関係性 Relation, Beziehung〉の概念である。それはベンヤミンのテクストにおいてつねに可視化されているわけではなく、これまでのベンヤミン研究においてこの概念に主眼を置いた研究はおよそ見当たらないが、おそらくベンヤミンの思考の中心にはつねに〈関係性の表現〉をめぐる問題がある。

ベンヤミンが認識論における関係性の問題に着目するようになったのは、直接的には新カント主義マールブルク学派からの影響が大きい。それゆえ本論の第一章は、カント論やヘルダーリン論を中心に、初期ベンヤミンによる新カント主義受容の問題を論じる。その受容を通じて、ベンヤミンはそれ以降の著作で展開される認識論のいくつかの重要な理論的立場を獲得している。それゆえベンヤミンと新カント主義の対決の問題は、それ以降の章においても繰り返し立ち戻ることになるはずである。

詳細は本論において論じるが、ライプニッツのモナドとは何らかの延長を持った物体としての原子を意味しない。それはむしろ表象や欲求のような志向性や、〈力〉の作用の発露によって構成される純粋に精神的な原理として理解される。マールブルク学派の論者たちがライプニッツに依拠して試みたのは、そのように物質的要素を捨象した原理を基礎にして構成される認識論の再編であった。ライプニッツの学説は、認識において思惟を直観の要素に先行させるコーヘンによる認識批判の先鋭化の一つの源泉となり、カッシーラーはモナドに「実体 Substanz」から「関数＝機能 Funktion」の原理への移行を見出した。つまり、デカルトにおける延長としての実体から区別されたライプニッツのモナドは、それが純粋な思惟の原理として解釈されることで、まったく異なるシステムにおいて外形的に異なる形態を取ったとしても、その〈機能〉と〈構造〉の観点から同一の法則性を維持する原理のモデルとなったのである。(2) マールブルク学派の多くの論者が共通して目指していたのは、経験における直観の多様性を同一の〈関数＝機能〉を持つ思惟法則による産出の結果と見なすことで、無限に変化する経験の諸要素を同一の法則的な「関係性」の内に統一する認識論の構築である。ときに極端なほど数学的思惟へと引きつけられたマールブルク学派における関係性概念との対決が、ベンヤミン自身の認識論が形成されるための一つの前提となる。

第二章ではベンヤミンのロマン主義論が主な検討対象になるが、そこでも認識における関係性の問題が少なからぬ意義を持つことが確認される。ベンヤミンがシュレーゲルを中心とした初期ロマン主義の認識論の基礎として抽出する自己反省のモデルは、思惟の思惟自身に対する自己〈関係〉的な認識から、思惟の内容が無限に産出される認識であり、この思惟の自己反省による絶対的な産出のモデルが初期ベンヤミンの認識論の一つの特徴を成す。この認識論の構造は、初期ロマン主義の芸術論に関するベンヤミンの解釈にも共通して見られる。つまり芸術作品の具体的な内容は翻訳や受容の過程でさまざまに生成変化していくが、その変化の過程全体には一貫して同一の形式原理が作用している。それは、第一章で論じる新カント主義の〈関数〉原理と構造的に類似する原理として、ロマン主義の反省概念が捉えられていることを意味する。そしてアテネーウム期のシュレーゲル自身もまた、自己の内に体系を含む個体としての芸術作品の一つのモデルを、宇宙の生きた鏡として世界全体を表出する、ライプニッツのモナドに見出していた。

しかしベンヤミンの認識論は、新カント主義やロマン主義の解釈に見られるような純粋思惟としての形式原理の追求に終始するわけではない。ベンヤミンのゲーテ解釈においては、むしろゲーテ的な直観概念との対決が議論の中心となるからである。そこで第三章では、ロマン主義論とゲーテ論の前後において、ベンヤミンの認識論の重心がどのように変遷していったかを追跡する。

ベンヤミンのテクストにおいては、現象とイデアをめぐる二つの異なる立場の対比が繰り返し顔を出す。一方はロマン主義的な無限の反省や媒質の概念に見られる、現象とイデアを連続的に結びつける一元論的な世界把握であり、他方はカントにおけるイデアと現象の架橋不可能な断絶を踏まえて、両者をはっきりと峻別する二元論的認識論である。ベンヤミンは、ときにこの二つの極の間を往還するかのように議論を展開する。そしてロマン主義論末尾に付されたゲーテの章は、ロマン主義とゲーテの芸術論を対比することで、この二つの立場を論じている。そこには認識の一元論とも二元論とも異なる、二つの領域の間の「潜在的同一性」を問う思考の萌芽が見られる。

さらに「ゲーテの『親和力』」を中心としたベンヤミンのゲーテ論を読解することで、ゲーテとベンヤミンのライプニッツ解釈の差異を明らかにしなければならない。ゲーテにとってライプニッツのモナドは、つねに形態を変える自然の自発的な形成原理であり、同時に永遠に活動し続ける不死性の原理でもある。モナドのような普遍的理念を、具体的な自然の現象において直観しようとするゲーテの「原現象」的な自然に対して、現象において隠されたままの秘密として不死性の理念を強調する点に、ベンヤミンの解釈の特徴がある。それにより、現象に対するイデアの関係は「表現なきもの」として規定されることになる。そして現象において直接的に表現不可能なイデア（＝モナド）の原理を、潜在的な歴史の全体性として表現するのが「根源」の概念である。それはゲーテのライプニッツ解釈とは異なる、モナドの歴史哲学的な解釈を示しており、この概念が『ドイツ悲劇の根源』に至るベンヤミンの関係性原理を解釈するための鍵となるだろう。

最後に第四章では、ベンヤミンの『ドイツ悲劇の根源』をライプニッツ・モナドロジーの解釈という観点から読解する。本書ではとりわけその「認識批判序論」で論じられる、モナドの「表出」と「表現」の原理に基づいた現象とイデアの関係性に着目する。互いに触れ合うことのない星座布置のイメージによって表現されるイデアと、現象の世界において互いに関連性を失って離散した事物や概念の配置には、構造的な類比性が見出される。そして互いにいかなる実在的な影響関係も持たないもの同士が、その類比性によって相互に〈表現＝対応〉の関係を形成する「認識批判序論」の方法が、ベンヤミンがライプニッツのモナド解釈から導き出した〈関係性としての表現〉原理の中心的意義を成すだろう。

『ドイツ悲劇の根源』の本論では、バロック悲劇を構成する演劇原理として、内在的な地上の世界と超越的なイデアの世界との断絶が繰り返し強調される。しかし他方で、バロック悲劇の時間、悲しみの感情とメランコリー、アレゴリー的言語という三つの主題において、個々の被造物が歴史の全体を潜在的に自己の内で表出するモナド的表現構造を共通して孕んでいることが指摘される。バロック悲劇における事物や言語は、多義的なアレゴリー表現となることで一義的な意味を失い、他の要素とともに配置されるたびに新たな意味を付与される。そうしてバロック的被造物は、それ自体で不変の実体的な意味を持たず、他の要素との関係性の内においてのみ意味を持つようになる。しかしこのような被造物同士の関係性は、その配置の構造において星座布置としてのイデアの世界を潜在的に表現する。

以上のように初期から『ドイツ悲劇の根源』へと至るベンヤミンの認識論の展開をたどることで、ベンヤミンにおける〈関係性〉の原理が〈表現〉の原理へと近接していくことが示されるだろう。関係性とは表現である。これが本書の副題に掲げた「関係性の表現」という言葉の意味である。この言葉のより具体的な内実については、第一章から第四章の本文を実際に読んで確認いただきたい。各章はそれぞれベンヤミン自身のモナドロジー的思考と、主に近代ドイツにおける複数のライプニッツ解釈との対決を具体的に論じている。論じる対象はそれぞれ異なるが、ベンヤミンの〈関係性〉原理の形成過程を明らかにしようとする点で各章は共通している。

ベンヤミンとモナドロジー◎目次

凡例

1. ヴァルター・ベンヤミンのテクストは、主に以下の全集版から引用し、ローマ数字の巻数とアラビア数字の頁数のみを本文中あるいは注に記す（例：I, 228）。

・Walter Benjamin: *Gesammelte Schriften*, hrsg. von Rolf Tiedemann; Hermann Schweppenhäuser unter Mitwirkung von Theodor W. Adorno; Gerschom Scholem, 7 Bände und 3 Supplemente, Frankfurt am Main, Suhrkamp, 1972–1989.

必要に応じて以下の批判全集版（略記号：WuN）も参照する。

・Benjamin: *Werke und Nachlaß. Kritische Gesamtausgabe*, hrsg. von Christoph Gödde; Henri Lonitz in Zusammenarbeit mit dem Walter Benjamin Archiv, Frankfurt am Main/Berlin, Suhrkamp, 2008ff.

ベンヤミンの手紙は以下の書簡全集（略記号：GB）から引用する。

・Benjamin, *Gesammelte Briefe*, hrsg. von Christoph Gödde; Henri Lonitz; Theodor W. Adorno Archiv, 6 Bände, Frankfurt am Main, Suhrkamp, 1995–2000.

2. ベンヤミン以外のテクストで頻繁に言及するものは、以下の全集・著作集の版から引用し、それぞれの略記号に続いて系列数、巻数、頁数を本文中あるいは注に記す。

- A: Gottfried Wilhelm Leibniz, *Sämtliche Schriften und Briefe*, hrsg. von der Deutschen Akademie der Wissenschaften zu Berlin, Darmstadt/Berlin, Akademie, 1923ff.
- AA: Immanuel Kant, *Gesammelte Schriften*, hrsg. von der Königlich Preußischen Akademie der Wissenschaften, Berlin/Leipzig, G. Reimer, 1900ff.
- CW: Hermann Cohen, *Werke*, hrsg. vom Hermann Cohen Archiv am Philosophischen Seminar der Universität Zürich unter der Leitung von Helmut Holzhey, 17 Bände, Hildesheim, Olms, 1977–2009.
- FA: Johann Wolfgang von Goethe, *Sämtliche Werke. Briefe, Tagebücher und Gespräche*, hrsg. von Friedman Apel et al., 40 Bände, Frankfurt am Main, Deutscher Klassiker, 1987–1999.
- GA: Johann Gottlieb Fichte, *Gesamtausgabe der Bayerischen Akademie der Wissenschaften*, hrsg. von Erich Fuchs; Hans Gliwitzky; Reinhard Lauth; Peter K. Schneider, 42 Bände, Stuttgart/Bad Cannstatt, Friedrich Frommann, 1962–2012.
- GM: Leibniz, *Die mathematischen Schriften*, hrsg. von C. I. Gerhardt, 7 Bände, Berlin, Halle, 1849–1863 (Reprint: Hildesheim, Olms, 1962).
- GP: Leibniz, *Die philosophischen Schriften*, hrsg. von C. I. Gerhardt, 7 Bände, Berlin, Weidemann, 1875–1890 (Reprint: Hildesheim, Olms, 1978).
- GW: Ernst Cassirer, *Gesammelte Werke*, hrsg. von Birgit Recki, 26 Bände, Hamburg, Felix Meiner, 1998–2009.
- KA: Friedrich Schlegel, *Kritische Friedrich-Schlegel-Ausgabe*, hrsg. von Ernst Behler unter Mitwirkung von Jean-Jacques Anstett; Hans Eichner, Paderborn, F. Schöningh, 1958ff.
- KrV: Kant, *Kritik der reinen Vernunft*, hrsg. von Jens Timmermann mit einer Bibliographie von Heiner Klemme, Hamburg, Meiner, 1998 (1. Auflage: A; 2. Auflage: B).

- NW: Novalis, *Werke, Tagebücher und Briefe Friedrich von Hardenbergs*, hrsg. von Hans-Joachim Mähl; Richard Samuel, 3 Bände, München/Wien, Carl Hanser, 1978–87.
- SWB: Friedrich Hölderlin, *Sämtliche Werke und Briefe*, hrsg. von Jochen Schmidt, 3 Bände, Frankfurt am Main, Deutscher Klassiker, 1992–1994.

3. 上記以外のテクストを引用する際には、著者名とともに参照文献の発行年と頁数を本文中あるいは注に記す。一次・二次文献それぞれの詳細な書誌については、巻末の文献一覧を参照されたい。なおプラトンからの引用は慣例に従い、著書名とステファヌス版（バーネット版）の頁数を、アリストテレスからの引用は、著書名とベッカー版の頁数を記す。また参照可能な版が数多くある一次文献の場合は、読者の簡便のため参照文献の頁数ではなく、原書の章や節番号によって引用箇所を示すことがある。

4. 翻訳を明記した場合を除き、外国語文献からの引用は引用者が直接原文から訳したが、邦訳が存在する場合は、主に文献一覧に挙げたものを参照して訳文作成の参考にした。
外国語文献の引用箇所の中で、斜字体あるいは隔字体によって強調されている言葉は、訳語に傍点を付して示す。引用箇所全体に強調が付されているために傍点等を省略する場合、あるいは原文にない強調を引用者が付け加える場合は、そのつど明記する。また引用文中に外国語の原文を併記する場合、原文において強調された部分は（隔字体も含め）すべて斜字体で表記する。

原則として、引用文中の（　）は原文によるもの、〔　〕は引用者による補足として区別する。また原文に原著者自身が付け加えた箇所を［　］によって示す場合がある。引用文中の〔…〕の記号は、省略した部分があることを示す。

ベンヤミンとモナドロジー——関係性の表現

第一章　認識の一元論と二元論――ベンヤミンと新カント主義

ベンヤミンは一九一二年に大学入学資格を得た後、ドイツのフライブルク、ベルリン、ミュンヘンの各大学に学籍を置き、一九一九年にスイスのベルン大学において博士の学位を取得する。およそ七年間の大学での修学期間中に主に関心を持って学んでいたのは哲学、ドイツ文学、そして芸術史であり、ベルン大学では主専攻として哲学を、副専攻として近・現代ドイツ文学と心理学を選択していた。一九二八年頃に自ら執筆した履歴書によれば、ベンヤミンは「学生時代にプラトンとカントを、そしてその後マールブルク学派の哲学を、とりわけ念入りに繰り返し読んで研究していた」(VI, 216)。ベンヤミンにとって、カントはプラトンと並び立つ唯一の哲学者であり、両者は他のあらゆる哲学体系が排除することのできない、学的思考の最も普遍的な類型を示していた(1)。学生時代のベンヤミンは、まずプラトンとカントの哲学体系を吸収することで思考の基礎を固め、その後二〇世紀初頭のドイツにおいて最重要の哲学潮流の一つであった新カント主義・マールブルク学派にも集中的に取り組むことで、認識論に関わる思考を形成していたのである。

哲学のテクストに専心した後、文学および芸術への関心が次第に前景化したため、博士論文の論述対象としては初期ロマン主義が選ばれる。しかしその際にもベンヤミンの関心は「文学的著作および芸術形式の哲学的内実」に向けられていたのであり、「この関心の方向性はその後の研究をも決定づけた」(VI, 216)。「フリードリッヒ・ヘルダーリンの二つの詩」、博士論文『ドイツ・ロマン主義における芸術批評の概念』、「ゲーテの『親和力』」、そして『ドイツ悲劇の根源』において、いずれの著作でも解釈の基礎となる認識論への問題提起が(多くの場合冒頭あるいは前半部に)付されていることは、上述のベンヤミン自身の証言を裏づけるものである。つまり文学作品や芸術作品を論じる際、ベンヤミンは作品の具体的な内実をその哲学的内実としての認識論の問題に結びつけることを、自らの批評活動の最も重要な課題と考えていた。

そしてベンヤミンのこのような問題関心のあり方は、その後もある程度一貫していたと思われる。というのも、晩年に至るまで書き続けられ、未完に終わった『パサージュ論』の試みにおいても、ベンヤミンは認識論を主題にした序論に相当するテクストを、著作全体の基礎に据える構想を持っていたからである。アカデミズムの世界から締め出された一九二〇年代後半以降、文学や芸術に限らない多様な事象を対象に執筆活動を続け、表面的には形而上学や哲学のテーマを正面から扱うことがなかった時期にも、ベンヤミンは認識論への一貫した関心を持ち続けていた。それゆえ、多岐にわたる主題を持つ個々の著作の内実を解明するためには、ベンヤミンの認識論の諸特徴を確定させることが必須の条件となる。

本書の第一章では、ベンヤミンが博士論文を執筆するまでの時期、主に一九一〇年代に執筆された認識論に関わるいくつかのテクストを中心に検討する。その際に焦点を当てるのは、ベンヤミンがこの時期に繰り返し読んでいたカントの受容という問題である。上述のように、学生時代のベンヤミンはカントの認識論に集中的に取り組んでおり、カントとの対決を通じて、カント以後の哲学および形而上学の未来について思案していた。後期に至るまで続く認識論への関心を準備した、ベンヤミンの初期の認識論の形成過程を解明することがここでの主な課題である。

ベンヤミンのライプニッツ解釈を主題とする本書において、最初にベンヤミンのカント解釈を検討することには理由がある。周知のように、カントは前批判期においてライプニッツに端を発するヴォルフ学派を中心とした合理主義哲学のエッセンスを受容しながら、後に同学派から離反することで自らの批判哲学の体系を構築した。このことはベンヤミンの認識論の展開を考える際にも少なからぬ意味を持つ。というのも、一九一〇年代にカントと批判的に対決することで未来の認識論を構想したベンヤミンは、一九二〇年代の『ドイツ悲劇の根源』に付された「認識批判序論」において、カントとは異なるライプニッツの哲学モデルに積極的な意義を見出しているのである。それゆえライプニッツは、ベンヤミンがカントとは別の認識論の可能性を探る過程で、一つの重要なモデルを提供したと考えられる。ライプニッツとカントの差異は、ベンヤミンの認識論の形成過程にも密接に関わっているのである。ベンヤミンのライプニッツ解釈は、学生時代から続けられたカント哲学に対する集中的な取り組みとともに考察することで、はじめてベンヤミンの認識論の展開全体の中に位置づけることができるだろう。

まず第一節では、カントの認識論における感性と悟性の二元論の特徴を、ライプニッツの認識論からの離反と差異という観点から概観する。それにより、ベンヤミンのカント批判を構成する中心的な論点の歴史的背景を確定する。続く第二節では、マールブルク学派のヘルマン・コーヘンを中心とした新カント主義によるライプニッツとカント解釈の刷新に着目し、初期のベンヤミンの思考形成に影響を与えた、同時代のドイツ哲学の潮流の諸特徴を明らかにする。第三節ではベンヤミンのカント論を考察することで、ベンヤミンの認識論の構想に対する新カント主義からの影響と、その批判の内実に焦点を当てる。最後に第四節では、ヘルダーリンの詩作品を扱ったベンヤミンのテクストを中心に検討し、そこに表れた初期ベンヤミンの認識論の具体的な展開をたどる。

第一節　ライプニッツ、カント、ベンヤミン

ライプニッツにおける認識の階梯

前批判期のカントが、いわゆるライプニッツ・ヴォルフ学派の影響下にあったことはよく知られている。カント認識論の変遷は同学派の受容と、そこからの離反によって特徴づけられているといっても過言ではないのだが、三批判書が執筆される以前、遅くとも一七七〇年前後からカントは、それ以前の形而上学者たちの学説とは一線を画する独自の哲学体系の構築を目指すようになる。[2] そしてその争点の中心には、対象によって触発されて表象を受け取る能力である感性と、概念の能力である悟性を共通の源泉に由来する同種の認識様式として認めるか否か、という問題があった。

「認識、真理、観念についての省察」（一六八四年）においてライプニッツは、認識の様式を次のように区別している。

> ところで認識は曖昧 obscura であるか明断 *clara* である。明晰な認識はさらに混雑 confusa であるか判明 *distincta* である。判明な認識はさらに不十全 inadaequata であるか十全 *adaequata* であり、また十全な認識は記号的 symbolica であるか直観的 *intuitiva* である。そして十全でありかつ直観的であれば、認識は最も完全である。（A, VI, 4, 585）

このような認識の区分は、直接にはデカルトの『哲学原理』（一六四四年）における明晰・判明な認識に関する議論に端を発している。デカルトによれば、ある対象が目の前にあり、それに対して注意が向けられている認識は明晰であ

り、ある対象をよく似た他の対象から識別できる認識は判明である（Descartes, *Principia philosophiae*, I, §45）。しかしライプニッツは、デカルトの規定を主観的、心理的で不十分と見なし、認識の客観性の基準を対象に関する論理的な分析の有無に置くべきことを主張する。

ライプニッツによれば、以前目にした対象をそれに似たものから識別し、再認できるか否かによって認識は明晰か曖昧かに分かれる。しかし色・香り・味等の感覚によって対象を識別した明晰な認識も、その区別の根拠が「何かはわからない」ものを含んだまま、対象の特徴を論理的に説明できない場合は混雑した認識となる。それに対して判明な認識は、金の真贋を見分ける貨幣検査官が、重さや色などを十分に検討することで類似した金属と金を区別するように、ある対象を他の対象から識別するために必要な「徴表」を列挙することができる場合である。そしてライプニッツは、判明な認識の内に分析の十全性の区分を設けることで、デカルトの試みからさらに一歩踏み出す。(3) つまり数、大きさ、形の名目的な定義によって判明に認識された対象も、その個々の要素のすべてが完全に分析され尽くしておらず、未知の特徴が隠されている場合には不十全な認識である。ライプニッツによれば、対象のあらゆる要素をそれ以上分析できない「原始的」な概念に還元する十全な認識は、そもそも人間に可能かどうか定かではない。

ライプニッツにおいて、曖昧な認識から十全な認識に至るあらゆる認識は、分析的概念への還元可能性の基準によって連続的に変化する判明性の度の階梯を構成する。そしてこの認識の階梯の最上位には、人間の認識能力を超えた神的な認識の理念すらも含まれている。つまり認識のあらゆる要素を完全に分析した十全な認識でありながら、同時にこの要素の全体を一瞬で直観する「最も完全」な認識である。(4) しかし計算による分析や論証によって十全な認識に継起的に近づくことができても、この分析の過程をも一度に直観する認識は、およそ人間には不可能である。それゆえわれわれは通常、対象そのものの十全かつ直観的な認識の代わりに、論証の過程を省略して代理的に表すことのできる記号（象徴）的な認識に依拠していることになる。とりわけ重要なのは、ライプニッツにおいて人間の認識様式が、つねに記号に依拠せざるをえない「盲目的」な認識として特徴づけられながら、神的な認識に含まれる無限の認識内容を潜在的に内包していることが示唆される点である（A, VI, 4, 591f.）。

周知のように、認識の明晰・判明性の階梯に基づいたライプニッツの認識論は、ヴォルフやバウムガルテンに継承されることで、一八世紀以降の啓蒙期ドイツにおける論理学・形而上学・美学のあらゆる学説に広範な影響を与えた(5)。とりわけ注目すべきなのは、ライプニッツ学派における認識の区分は対象の識別とその論理的分析の有無という観点からなされており、それは感覚と概念という認識する主観の側の表象能力の差異ではない点である。バウムガルテンによれば、例えば善の概念に関する混雑した表象は、「知性的表象」との類比から「感性的表象 repraesentatio sensitiva」と呼ばれるべきである。つまり下級認識能力としての感性は、上級認識能力としての知性ほど明晰な認識をもたらさないが、感性的認識の内にも曖昧で混雑した善の概念の表象が含まれているのであり、それゆえ知性的認識から その判明性の「度」によってのみ区別される（Baumgarten, *Meditationes*, §3）。そこで感覚による認識と概念による認識は、別種の表象様式として区別されるのではなく、いずれも同種の認識の判明性の等級を表す、一元的な認識の階梯を構成することになる。

カントにおける感性と悟性の二元論

感覚と概念に関するライプニッツの学説は、バウムガルテンやマイヤーを経由して前批判期カントをも少なからず規定していた。しかし、『純粋理性批判』（第一版一七八一年、第二版一七八七年）において悟性の能力を感性的直観から区別することにより、カントはライプニッツとその学派からの離反を明白なものとした。カントによれば、対象の表象を受け取る心の受容性である感性 Sinnlichkeit は何も思考することができず、感官の対象を思考する認識の自発性である悟性 Verstand は何も直観することができない。両者はまったく別の認識源泉に由来する能力であって、「両者の持ち分を混同することなく、互いを慎重に切り離して区別すること」（KrV, A51: B75f.）が肝要である。

カントは『純粋理性批判』において感性と悟性の能力の二元性を主張する際、ライプニッツ・ヴォルフ学派を「独断論」と呼んで繰り返し批判し、自らの学説との区別を強調している。例えば同書の「超越論的感性論」の末尾に置かれた一般的注の中で、カントは次のように述べる。

ライプニッツ・ヴォルフ哲学は、感性と知性的なものの区別を単に論理的なものと見なしたことで、われわれの認識の本性と源泉に関するあらゆる探究に対して、きわめて不適切な見解を与えた。というのも、この区別は明らかに超越論的なものであり、判明性 Deutlichkeit や非判明性 Undeutlichkeit の形式ではなく、認識の源泉と内容に関わるものだからである。それゆえわれわれは感性によって物自体の性状を単に非判明に認識するのではなく、まったく認識しないのである。われわれがわれわれの主観的性状を取り去るや否や、表象された客観は感性的直観がこの対象に付与した性質を含めてそもそもどこにも見出されず、また見出されえないのである。というのも、まさにこの主観的性状こそが客観の形式を現象として規定するからである。

(KrV, A44: B61f.)

カントにおいて、感性的直観と悟性的概念の差異は認識の判明・非判明の量的差異にあるのではない。例えば「正しさ」のような概念は悟性の能力が思考できるだけであり、この概念自体が具体的な現象として感性によって直観されることはない。他方で感性による表象には物自体の性状に関わる認識は一切含まれていないのであるから、いくら非判明な感性的表象を判明な意識にもたらしたところで、主観に対して現れている現象は物自体の認識をもたらすことはない。対象を知覚する主観は、空間と時間という直観のアプリオリな形式に条件づけられており、この主観の必然的な形式を超えて物自体が何であるかを認識することはないのである。

「超越論的分析論」の末尾に置かれた反省概念の多義性についての付録においても、ライプニッツ認識論の体系に批判が加えられている。カントによれば、ライプニッツは感性的表象のみが関わることのできる現象を物自体そのものと考え、現象を純粋悟性の対象と見なした。つまりライプニッツは感性に悟性的概念から区別された固有の認識の仕方を認めず、経験的表象を含めたすべての表象の源泉を悟性に求めたのである。「一言でいえば、ライプニッツは現象を知性化した」（KrV, A271: B327）。それゆえライプニッツにとって空間と時間は物自体そのものを結びつける悟性の可想的形式であるのに対して、カントにとってそれらは感性の主観的形式であり、物自体ではなく現象の規定にのみ関わる。カントの批判哲学は、感性的直観を純粋悟性とはまったく異なる独自の認識源泉として区別する「超越論的反省」の働きによってはじめて可能になったのであり、この二つの認識能力の明確な区別こそが、ライプニッツとは異なるカントの超越論哲学の独自性を示している。

『学として現れうるあらゆる未来の形而上学のためのプロレゴメナ』（一七八三年）では、「超越論的感性論」における明晰性、判明性の議論が再び取り上げられている。そこでカントは、「感性の本質は明晰性 Klarheit や曖昧性 Dunkelheit といった論理的区別にあるのではなく、認識そのものの源泉における発生的 genetisch 区別にある」（AA, IV, 290）と述べている。カントによれば、ライプニッツ・ヴォルフ学派における明晰さや曖昧さに基づいた認識の区分は、感性的認識を知性的認識の単に混乱した表象様式として捉えているため、感性は物を「あるがまま」認識する点で知性と変わりなく、ただ明晰に意識する能力に欠けるだけである。それゆえ感覚とその上位の認識にはつねに連続性があり、その区別は本質的には存在しない。それに対しカントは、現象として現れる対象が主観の感官を「触発する仕方」の表象へと感性的認識を限定することで、認識の発生と源泉の観点から諸々の認識の区別を試みたのである。

カントは『判断力批判』（一七九〇年）に至っても、直観と悟性の認識様式の種的区別を一貫して主張しており、この区別に基づいて趣味判断に関する議論を展開している。同書の一五節において「趣味判断は完全性の概念にはまったく依存しない」と述べられるのは、カントにおいて趣味判断はいかなる論理的概念や目的の概念によっても規定されず、主観的な根拠にのみ基づくからである。つまり趣味判断によって主観的に合目的と判断される美には、対象の客観的合目的性である完全性の概念はまったく含まれていない。それゆえカントは、バウムガルテンが美しいものの概念を完全性の概念の混雑な表象と定義したことに異議を唱える。

美しいものと善いものという概念の区別は、あたかも両者が論理的形式に関して異なるだけで、前者が完全性の単に混雑な verworren 概念であり、後者が完全性の判明な deutlich 概念であって、それ以外では内容に関しても源泉に関しても同じであるかのようであるが、この区別は無意味である。というのも、もしそうだとしたら両者の間にはいかなる種的な spezifisch 区別もなくなり、趣味判断は認識判断でもあり、あるものが善いと言明される判断でもあることになってしまうからである。（AA, V, 228）

カントはライプニッツ・ヴォルフ学派の認識論から明白に距離を取り、趣味判断を認識判断から種的に区別している。論理的概念に基づく認識判断は、概念が判明であるか混雑であるかに関わらず悟性の能力に基づくことに変わりはなく、概念の判明性の差異はカントにおいて認識能力の区別にはまったく関わらない。それゆえ主観の表象能力にのみ基づいて判断する趣味判断は、その判明性をいくら増しても客観の性状そのものに関わる完全性の認識に至ることはないのである。

また『判断力批判』第一序論の八節に付された注においても、完全性の概念の感性的表象が明白な矛盾であることが述べられ、直観と悟性の能力の間の連続的な移行が両者の種的な区別の観点から明白に否定されている。

概念の判明性と混雑さによる区別においては、概念の諸徴表に向けられた注意力の程度に応じて、その諸徴表をどれだけ意識するかという度 Grad が問題になるのであり、その限りにおいて一方の表象様式は他方の表象様式から種的に区別されない。直観と概念はしかし互いに種的に区別される。というのも、両者と両者の諸徴表への意識がいかに増減しようとも、直観と概念は交互に移行しあうことはないからである。(AA, XX, 226f.)ここでカントは『形而上学』(一七三九年)におけるバウムガルテンの議論を念頭に置き、その認識論との差異を示すことで、自らの学説の意義を強調している。

バウムガルテンによれば、われわれ人間が判明に表象することのできる意識の範囲は有限であり、判明な表象に多くの意識を向けている際には、他の曖昧に表象される対象へ向けられる意識はそれだけ少なくなる(Baumgarten, *Metaphysica*, §§517; 529)。そこで直観の能力は、対象の特徴を表す概念に対する注意力が少ないことによってのみ概念の能力から区別されるため、意識の判明性の度の増減によって互いの表象様式に移行することができる。しかしカントにおいて、両者はまったく異なる認識源泉に由来する種的に異なる認識能力として捉えられているため、たとえ感性的認識が最大の判明性を持とうとも、その表象の源泉が直観にある限りは概念による悟性的認識へと連続的に移行することはない。またその逆の移行も同様に不可能であり、概念による表象様式はその判明性をいかに減じてもその表象様式の起源が悟性である点でつねに直観との種的区別を残すのである。

初期ベンヤミンの二元論的思考

ここまで批判期のカント認識論の根幹を成す感性と悟性の二元論が、ライプニッツ・ヴォルフ哲学との批判的対決によって構築されたことを確認してきた。ライプニッツに見られるような、感性的直観と知性的認識を同種の認識能力の論理的判明性の度によって連続的に階層化する認識論の体系を、カントは明白に否定する。批判期のカントは、感性と悟性の種別的差異という命題に一貫して固執し続けたといえるが、同時に互いに断絶した別種の認識諸能力の統一という根源的な課題は、カント自身によって十分には解決されないまま残された。そして一九一〇年代のベンヤミンは、この課題を自らの認識論の試みの中心的な課題として引き受けようとしていたのである。

カント以後、無限の深淵によって隔てられた認識能力の二元論を継承しながら、いかにその統一性を思考しうるか、一九一二年にフライブルク大学に入学した直後のベンヤミンは、このような問いとともに集中的なカント読解の取り組みをすでに始めていた。この時期に書かれた「現代の宗教性をめぐる対話」（一九一二年）[6]は、その読解の成果の一端を示しており、一九一〇年代後半に結実するカント論の前段階とも見なせるテクストである。それゆえここでは、最初期のベンヤミンによるカント解釈の要点を明らかにしておきたい。

ベンヤミンの「現代の宗教性をめぐる対話」は、〈私〉と〈友（彼）〉の間で交わされる対話篇の形式を取っている。この二人の話者は互いに明白に異なる立場を代表しており、それぞれの立場から現代生活における芸術と宗教的感情の意義をめぐる見解が示される。〈友〉が代表するのは汎神論・スピノザ的一元論の立場であり、〈私〉が代表するのはカント的二元論の立場である。〈私〉という呼称によって、後者の立場がベンヤミン自身の立場であることが暗示されている。

世俗化によって宗教性を失った現代生活をシニカルに客観視しながらも、その状況をどこか楽観的に享受しようとする〈友〉に対して、〈私〉は現代生活において「形而上学的な厳粛さ」（II, 19）を失った社会的活動が、単に文明の一案件になり下がっていることを批判する。それゆえ〈私〉にとって、人間の諸々の義務を神の命令と認識することに宗教の意義を説いたカントの『人倫の形而上学』（一七九七年）は、宗教的感情を喪失した時代においてなお意義を有している。そして神的な諸目的を放棄して世界そのものを目的と見なすことを勧める汎神論者の〈友〉に対して〈私〉は、あらゆる人間が抱きうる汎神論的感情が伝達可能な内容となるのはゲーテのような詩人の造形作品の中でだけであり、汎神論を芸術のみに限定すべきことを主張する。[7]というのも、〈私〉にとって神性がいたるところに遍在し、あらゆる体験や感情に神性が分有されていると考えることは、むしろ「神性の冒瀆」だからである。〈私〉、つまりベンヤミンのここでの立場は明白であろう。それは自然の中に神的原理を直観するスピノザ的汎神論から距離を取り、神との合一を目指す内的な努力に宗教の意義を認めるカントの理性的宗教に立脚することである。そのようなカント主義者にとって、「宗教の根底には二元論 Dualismus がある」(II, 22)。

この対話篇の中でベンヤミンは明白にカント主義の立場を取り、さらにカントの実践理性の理念があらゆる懐疑にさらされ、個的人格がかつてないほど社会的メカニズムの内に絡めとられた現代に見出されるべき、「新たな宗教」の予感をも語る。そしてベンヤミンは、この宗教の基礎を他でもないカントの批判哲学に見出すのである。

> すでに述べたように、僕はこの新たな宗教の瞬間、この新たな宗教の基礎が築かれた瞬間を歴史的に確定している。それはカントが感性と悟性の間に深淵を切り裂いた瞬間であり、そしてカントがあらゆる出来事の内に倫理的理性、実践理性が作用していることを認識した瞬間だ。人類はその発展の眠りから目覚めたのだが、同時にこの目覚めは人類から統一性 Einheit を奪ってしまった。 (II, 31f.)

ここでベンヤミンは、カントによる批判哲学の誕生に未来の宗教の基礎が築かれた瞬間を見ている。ベンヤミンの言う「人類の発展の眠りからの目覚め」は、カントが『プロレゴメナ』の序文において、ヒュームの受容によって「はじめて独断主義のまどろみから目覚めた」(AA, IV, 260) と告白していることを指しているだろう。最初期のベンヤミンは、ライプニッツ・ヴォルフ学派から離反したカントの批判哲学に最大限の評価を与えていたのであり、カントの実践理性を継承した未来の宗教をも予感していたのである。

他方で引用の末尾にも書かれているように、カント的二元論の体系の内部に「統一性」の問題が未解決のまま残されていることをベンヤミンは明確に意識している。そしてベンヤミンは、カント以後に現れた二元論克服の試みをいずれも希望なき思弁と見なしている。その試みとは、偉大な観察者の体験によって精神と自然の瞬間的統一や、忘我状態における統一を語る古典主義、感性的なものを精神的なものとして、あるいは両者を超感性的なものの現れとして理解する神秘主義や一元論、そして精神を自然的なものと見なすデカダンス派のことである。これらとは異なる仕方で、カントの二元論に統一性の原理を導入することが、ベンヤミンにとっての課題となる。しかしここでのベンヤミンは、対話篇の末尾に「宗教は最終的には決して単なる二元論であるわけにはいかない」(II, 34) と書きながら、その倫理的統一を示唆するだけで認識論の問題にそれ以上立ち入ることはない。

以上のように宗教性をめぐる最初期の対話篇には、ベンヤミンのカント哲学に対するある種の熱狂的な賛同と期待が表れている。そこには、数年後に書かれる一連のカント論におけるカントへの批判的態度はまだほとんど見られない。それゆえ、この時点ではベンヤミンのカント読解はまだ十分に深められていなかったと推測することもできよう。しかし最初期のベンヤミンが二元論的なカント主義者として議論を展開していたことは、その後のベンヤミンの認識論の歩み全体にとって少なからぬ意味を持つことになる。

第二節　コーヘンの新ライプニッツ主義

新カント主義と新ライプニッツ主義

一九一〇年代にベンヤミンがカント読解に集中的に取り組むより少し前、ドイツではカント解釈の重要な転回が起こっていた。一般に「新カント主義」と呼ばれるカント認識論の再評価と再解釈の運動は、一八三一年のヘーゲルの死後、哲学に対する自然科学の優位性を説いたビュヒナー等の「俗流」唯物論に対する批判、そしてヘルムホルツによる生理学のカント的超越論哲学への応用を経て、一八七〇年代から隆盛し、一九二〇年代に至るまでドイツのアカデミズムを席巻していた。(8) なかでもマールブルク大学を拠点とし、ヘルマン・コーヘン、パウル・ナトルプ、エルンスト・カッシーラー等を中核とするマールブルク学派は、近代物理学や数学を基礎にし、心理学主義に対する客観的科学主義への転換を主な特徴としている。

とりわけ注目すべきなのは、マールブルク学派によるカント再解釈の過程で、ライプニッツ哲学の受容が重要な役割を果たしており、カントとライプニッツの解釈の刷新が相互に緊密に連動しながら進められていたことである。マールブルク学派においてライプニッツはカント哲学の先駆者と見なされ、同学派の理論形成に重大な影響を与えている。そのカント解釈に共通しているのは、カントにおける物理学的・数学的に基礎づけられた自然認識の理論や論理学への洞察が、ライプニッツによってすでに先取りして示されていたと考えることであり、カント解釈にとって不可欠な学説として、頻繁にライプニッツに依拠することである。つまり、マールブルク学派はカントの原典解釈のみに基づく単純な「新カント主義」ではなく、ライプニッツやプラトンのようなカント以外の複数の思想的源泉に同時に依拠することで、カント解釈の新たな可能性を探っていたのである(9)。

マールブルク学派のライプニッツへの傾倒は、同時期のライプニッツ解釈の刷新とも無関係ではない。ライプニッツ哲学の受容史を見渡したとき、一九〇〇年前後はちょうど解釈の重要な転回が起こった時期に当たる。この転回を象徴するのが、ほぼ同時期に出版されたラッセル、クチュラ、カッシーラーのライプニッツに関するモノグラフィーである(10)。ライプニッツ哲学の全体を「汎論理主義」(11)と特徴づけたクチュラの解釈に最も顕著に表れているように、ライプニッツ形而上学の全体系を論理学と数学によって基礎づけようとする点で、三者のライプニッツ解釈には共通した傾向が見られる。一九世紀まではとりわけモナド論、根拠律、最善説といった観点から解釈され、受容されてきたライプニッツの形而上学は、二〇世紀初頭における数学と論理学に極端に傾いた解釈の台頭により、まったく新たな位置づけと解釈の可能性を与えられた。ライプニッツ・ルネッサンスの一翼を担ったカッシーラーが新カント主義者の一人にも数えられるように、この時期のライプニッツ解釈の刷新と新カント主義の理論形成は直接重なり合っている。

そして一九〇〇年頃のドイツにおける思想傾向は、この時期に学生時代を過ごしたベンヤミンによるカントとライプニッツの受容にも少なからぬ影響を与えている。本章の冒頭で確認したように、学生時代のベンヤミンはプラトンとカントに集中的に取り組むとともに、同時代のマールブルク学派を中心とした新カント主義にも多大な関心を向けていた。ベンヤミンの新カント主義との直接的な接点として、一九一三年にフライブルク大学でリッカートの講義を受講し、さらには一九一五年にベルリン大学でカッシーラーの講義を受講したことなどが挙げられる。[12] しかしベンヤミンが新カント主義の理論に取り組む最も重要な契機となったのは、マールブルク学派の中心的存在である、ヘルマン・コーヘンの著作で示されたカント解釈の刷新に触れたことであろう。

ゲルショム・ショーレムの証言によれば、一九一八年にスイスのベルンにおいてベンヤミンは、コーヘンの『カントの経験理論』（第一版一八七一年、第二版一八八五年）をショーレムと共同で集中的に読解していた。[13] 『カントの経験理論』の第二版、そして『純粋認識の論理学』に示されたコーヘンによる認識論の体系が、マールブルク学派の理論形成の基盤となったことは疑いえない。[14] ベンヤミンはコーヘンのこの二つの著作を読んでいた。そしてこの新カント主義受容の過程で、ベンヤミンのカント解釈が大きく進展し、重要な転回を迎えたことは想像に難くない。というのも、一九一二年の「現代の宗教性をめぐる対話」に見られたカント哲学への賛同と期待は、一九一〇年代後半の一連のカント論において明らかに批判的な表現を伴うようになるからである。この二つのテクストが執筆された数年の間に、ベンヤミンはカント読解を一層深めるとともに、コーヘンのカント解釈にも触れていた。こうした点を考慮するなら、ベンヤミンのカント論を読解するために、コーヘンとベンヤミンによるカント解釈の類似点と差異を明白にすることが不可欠であろう。それゆえ以下では、まずコーヘンのカント解釈とライプニッツ解釈の要点を確認する。

コーヘンの科学的観念論

カント認識論の解釈をめぐるマールブルク学派の議論の中心には、共通する二つの際立った特徴がある。それは第一に、カントにおける意識と直観を伴う主観と、この主観における心理表象の内容を形成する客観という、二つの相関概念を根幹として構成される認識論の枠組みを相対化すること、そして第二に、カントにおいて異なる二つの認識源泉と考えられていた、感性的直観と純粋悟性の二元性を解消することである。[15] この二つの特徴は互いに密接に関連している。そしてマールブルク学派の認識批判の基本的な枠組みがはじめて明確に示されたのは、ヘルマン・コーヘンによる微分法研究においてであった。

認識論における微分法の意義と、その原理の歴史を叙述したコーヘンの『微分法の原理とその歴史』（一八八三年、以下PIMと略記）は、「認識批判の基礎づけのための一章」という副題を持っている。ここでコーヘンがあえて「認識批判 Erkenntniskritik」[16] という言葉を用いるのは、自らの方法論をいまだ心理学的な認識能力の探究のニュアンスを含む「認識（理）論 Erkenntnistheorie」から明確に区別するためである。コーヘンは、カント自身が経験的意識に依存しない認識のアプリオリな原理を探求しながら、認識における心理表象や直観がもたらす不確実な主観的要素の問題を、結局は未解決のまま残したと考えている。それゆえコーヘンの「認識批判」は、カントの「理性批判」に直接依拠しながらも、その内部に残存する心理的主観の要素を厳密かつ確実な科学的原理へと昇華させ、その超越論的観念論を「科学としての認識批判」へと客観化させることを目指すのである。[17] コーヘンは、このような認識批判の構想を自ら「科学的観念論 der *wissenschaftliche* Idealismus」と呼んでいる。それによれば「認識批判的観念論は、観念論の科学的形式である」(PIM, §9: CW, V, 6)。

コーヘンは、認識批判を主観における心理的な「表象」の推移を扱う心理学から厳密に区別する。というのも、主観の意識に生じる表象を認識が成立するための唯一の源泉と考えるなら、つねに変化する主観の状態によって制限、左右される認識の要素には厳密な客観性と確実性を認めることができないからである。それゆえコーヘンは、主観的意識の要素を抽出して分析する心理学の方法に対して、客観的な法則性に基づいた論理的科学としての認識概念を構築しようとする。そのような認識概念の探究は、「認識の推移や認識を行う器官にではなく、認識そのものの成果である科学に関わる」(PIM, §7: CW, V, 5)。

コーヘンによれば、「刺激」や「感覚」から生じる印象が精神によって統合される心理的な意識表象の成立過程には、直観を含めた多様な認識要素が混在している。こうした理由からコーヘンは、カントの批判哲学における悟性と感性の区分を正当に評価する。つまりコーヘンは、悟性概念から独立した純粋直観の形式として時間と空間を捉えた点に、単なる心理学主義には回収されないカントの批判哲学の意義を認めているのである（PIM, §21）。それゆえコーヘンの科学的観念論は、カントの認識論に直接連なるのであり、直観の要素を完全に排除した極端な知性主義からも、また直観と悟性の区分を無化する独断論からも区別される。

このようにコーヘンは、一方で直観に悟性能力から区別された認識の要素としての意義を認めながら、他方で直観そのものが単独で認識の直接的な確実性、つまり「十分な客観性の判断基準」（PIM, §32: CW, V, 27）を持つとは考えていない。この点に関して、コーヘンは天文学の例を挙げている。空に浮かぶ星を単に眼で見るだけでは、客観性と確実性を伴う対象認識は生じない。眼の器官を通じて見られた星の形や大きさ、輝きの明暗といった性状は、時に歪められて受け取られる場合があるからである。つねに不確実性を伴う感性的直観は、天文学のような科学的体系に基づくことではじめて客観的な認識としての価値を持つ。それゆえ認識の対象は「感性においてではなく、思惟の産出と働きかけによって基礎づけられる〔…〕。眼の中に感性があるのではなく、天文学の理性の中に感性があるのである」（PIM, §88: CW, V, 127）。コーヘンは、科学的認識によって規定された「客観的な妥当性」を認識の最も根源的な条件と考えている。そしてそれを可能にするのは感性的直観ではなく、厳密な科学に基づく「思惟」、つまりは悟性の能動的な産出作用なのである。

以上のような科学的観念論の構想によって、カントの認識論はいかに修正されるのであろうか。コーヘンにとってあらゆる認識は、客観的な科学的認識への寄与という観点においてのみその妥当価値を持つ。それゆえ感性的直観も悟性的思惟もそれぞれ異なる認識能力でありながら、その認識としての内容価値の観点から判断されるなら、どちらも同じ科学法則の基準の下に包摂される。この客観的な法則を産出するのは思惟であり、感性ではない。それゆえ、思惟の悟性認識の具体的内容を構成するという点にのみ、直観の意義は認められる。直観と悟性という二つの認識能力は、カントのような認識の成立過程に着目した発生的区別によって分離されるのではなく、むしろ思惟の論理法則という同一の基準の下に包摂されることで、両者の二元性は相対化されるのである。

そして感性と悟性の二元性の排除は、同時に主観と客観という認識論における相関概念の相対化をも意味する。感性は主観と具体的な対象を直接結びつけるのではなく、あくまで科学的認識のための「手段」であり、またその方法の「要素」である（PIM, §24）。コーヘンにとって主観に生じる心理的表象は、それだけでは客観的認識としての価値を持たないものである以上、主観と客観の相関性は認識にとっての最も根源的な条件ではない。問題となるのはあくまで対象と認識の関係性なのであり、つまりは対象に関する科学的妥当性を伴う認識の客観性なのである。

このように考えれば、主観と客観の相関性、そして直観と悟性の二元性を相対化しようとするマールブルク学派の認識論の二つの主要な特徴は、コーヘンの『微分法の原理とその歴史』の随所に明確に表れていると言えよう。その科学的観念論は、あらゆる認識を悟性の論理法則によって基礎づけることで、心理的表象に由来する主観的・偶然的要素を排除し、厳密な科学的体系としてカントの批判哲学を復権させることを目指す。しかしコーヘンにこのような科学的観念論の構想の端緒を開いたのは、カント研究そのものよりも、ライプニッツを中心とする微分法原理の歴史的研究だった。

内包量と無限小

コーヘンによれば、近代自然科学が微分法の発見に至る歴史の背景には、感性的直観による主観的経験の内容を、アプリオリな思惟原則によって客観化する要求の高まりがあった。そこで微分法の原理は、現象の観察や実験から得られる経験的知識や直観に先立って法則を立てる演繹的方法として、数学的自然科学による自然現象の客観的な法則化の基礎となる。注目すべきは、コーヘンが「科学としての認識批判」のモデルとなる微分法の基礎をとりわけライプニッツに見出していることであり、そしてまたこの科学的観念論の構想によって、カント哲学をも新たに解釈する意図を明白にしていることである。

コーヘンがライプニッツの微分法と、カントの「内包量」の原則を直接結びつけようとすることは、以上のような意図から理解される。コーヘンによれば、「内包量と無限小量 *unendlichkleine Größe* の同一性は、カントの時代において一般的に受け入れられていた」(PIM, §18: CW, V, 14)。「微分 das Differentiale と内包的なものの等価性は、ライプニッツにおいて言表されている」(PIM, §19: CW, V, 15)。このように無限小あるいは微分を内包量と同一の概念として解釈することで、コーヘンは微分概念の論理的基礎が内包量の原則の内に含まれていることを証明しようとする。コーヘンにとって内包量の原則は、とりわけ『カントの経験理論』において認識批判の問題全体をも総括する論点となるものであるが、そのような観点は微分概念の研究によってはじめて生まれたと考えられるのである。

周知のように、現象において任意の大きさや延長を持つ空間的広がり、あるいは連続して経過する時間の長さとして示されるのは、「外延量」である。外延量はそれゆえ感性的経験を可能にする直観と必然的に結びつくのに対して、一七世紀頃には直観によって外延量として捉えることのできない「非外延的なもの」として、「内包量」の観念が広まる。「一七世紀には、内包的なもの das *Intensive* は何より非外延的なもの das *Inextensive* を意味していたように思われる」(PIM, §20: CW, V, 15)。コーヘンはこの歴史的背景に基づき、単に外延量と区別されるだけでなく、むしろ「あらゆる外延を克服する」ことに内包量の原理の本来の意義を見出している。「主観的なものの根である感覚をアプリオリなものにし、客観化するためには、そのように特殊な〔内包量の〕原則が必要である。そしてこの原則は外延を克服しなければならない」(PIM, §33: CW, V, 28)。ここからも明らかなように、コーヘンにとって内包量と微分の原理に基づいた認識のモデルは、主観的な心理表象によって左右される感覚の要素を、アプリオリな思惟法則によって客観化する科学的観念論の基礎となっているのである。

コーヘンによれば、外延量は直観に与えられる感覚の大小を表す比較量であるが、内包量および無限小は、直観によって直接捉えられるような感性的対象ではない。というのも、内包量が単に任意の外延量を縮減して得られる量であるなら、内包量は外延量に従属する量の観念にすぎず、「外延を克服する」原理とは呼べないからである。むしろ内包量の原理の意義は、それが経験において直観に与えられる対象の量的規定を取り除いた、対象そのもののアプリオリな質を思考可能にすることにある。カントが「実在性 Realität」を「特殊なカテゴリー」として際立たせ、「現実性 Wirklichkeit」のカテゴリーからも区別したのは、「実在性」の条件がこの内包量の原則に対応しているからである。つまり内包量および無限小の原理が外延量に左右されないように、対象の実在性は現象において経験として与えられる感覚に先立つ、思惟による対象のアプリオリな規定を意味する。「実在性は粗野な感性的感覚の中にも、また純粋な感性的直観の中にも存在しないのであり、思惟の特殊な前提として、実体や因果性と同様に、経験の条件として妥当性を認められなければならない。経験は実在性が経験の基礎に置かれ、経験の可能性のために前提される限りで、この実在性から取り出されることができるのである」(PIM, §18: CW, V, 14)。

つまり実在性のカテゴリーは直観と無関係なのではなく、むしろ感性的経験を可能にする論理的前提条件を構成する。「無限小は直観の制約から逃れる」(PIM, §21: CW, V, 15) というコーヘンの言葉は、このような意味で理解されなければならない。重要なのは、コーヘンにおいて対象の実在性を規定する思惟の客観法則が、微分法のような数学的自然科学のモデルに従っていることである。つまりあらゆる外延量を抽象した無限小を思考可能にする微分法こそが、内包量の原理を科学的な認識概念にまで高める最も有効なモデルなのである。この科学的原理に基づくことによって、はじめて感性的経験は客観的認識へともたらされることができる。逆に言えば、思惟の法則によって前もって構成されていない粗野な感性的直観には、客観的認識としての妥当価値は認められない。

コーヘンの内包量概念の解釈の内実は、数論・解析学、幾何学、さらに力学における微分法の原理と歴史をめぐる叙述の中で具体的に示されている。その解釈の際立った特徴として、内包量および無限小が純粋な思惟の原理として、経験における直観の対象である外延量から厳密に区別され、それらを基礎づける点に微分法の本来の意義を見出すことがある。このことの意味を見極めるためにも、ここで無限小の概念の起源が、アルキメデスの「取り尽くし法」にあったことが思い起こされてよい。それは曲線形の図形の面積を、これに内接する多角形の面積によって「取り尽くす」ことで求める計算法であった。例えば円の面積は内接する正多角形の角の数を順次倍加させることで、近似的に計算することができる。しかしコーヘンにとって、このように円と多角形の面積の差を極限まで小さくすることで、最終的にその差を無視するいわゆる「極限法」は、あくまで無限小概念の消極的な適用にすぎなかった。「無限」の概念を持たなかった古代数学において、極限法はあくまで有限の外延量を縮減して得られる比較量の領域に留まっていたからである。「極限にはあらゆる創造的積極性が欠けていた」(PIM, §35: CW, V, 30)。

これに対してコーヘンは、ケプラー、カヴァリエリ、ロベルヴァル等による近代以降の無限小幾何学の展開に、消極的な極限概念を克服する微分法の萌芽を見出している。そこでのコーヘンの解釈は、外延量からの還元によって生みだされる無限小概念を批判する一方で、主に接線問題において、線分を自ら構成する産出的な無限小概念に、アルキメデスの極限法を克服する積極的意義を見出す点で一貫している。コーヘンによれば、カヴァリエリは微積分学の先駆けと見なしうる「不可分法」を発見したが、実際には古代の極限法の適用に留まっており、線や面をその構成要素の単なる「集合」にすぎないと考えていた。それに対して、カヴァリエリ以前にケプラーが、線や面の幾何学的図形は「極小体」のような最小要素の運動によって産出される、と考えていたことが注目される。さらにロベルヴァルは、曲線が一つの点の運動によって記述されると考えていたことから、コーヘンは点の方向を表す接線が単に曲線と重なり合うだけでなく、むしろ曲線を産出する構成的動機を持つことを指摘する。そしてコーヘンが微分法の歴史の中で最も重視するライプニッツの無限小概念もまた、同様の観点から批判的に解釈される(PIM, §39)[18]。

そもそもライプニッツにおいて、無限小の概念がいかなる存在論的身分を有するのか、明確に定義されているわけではない。いかなる有限量よりも小さいが0ではない無限小の概念が、アルキメデスの公理を満たす有限量の領域に属すのか、あるいは実無限小として有限量から厳密に区別されるのかに関して、ライプニッツ自身のテクストの中に一義的な解釈を許さない言説が含まれているからである。例えばライプニッツは、一六九五年のド・ロピタル宛の書箇において、次のように述べる。「私はその差が比較不可能であるものを等しいと考えます。私が比較不可能な大きさと呼ぶのは、その一方がいかなる有限量によって乗じられても、他方を超えることのない大きさのことです」(GM, II, 288)[19]。この箇所において無限小は、アルキメデスの公理(正の実数 a と b について、$a<nb$ となる n が存在する)を満たさないために、いかなる有限量とも比較できない。それゆえそのような比較不可能なほど小さい差異を持つ二つの項は等しいと見なされる。しかしこのように無限小を非アルキメデス的量として定義しながら、ライプニッツは一七〇一年のある雑誌記事において、無限小を用いる計算法が「アルキメデスのスタイルと表現においてのみ異なる」(GM, V, 350)とも述べているのである。

無限小の概念を用いる計算法が、無限の概念を持たないアルキメデスの極限法ともたらす結果の厳密性において同価値と言われるのは、ライプニッツが無限小概念を、証明を実行する際の節約を可能にし、論証を容易にするための有用な「虚構」概念と見なしていたからである。つまり無限小は、自然の中に直接見出されない虚構量に他ならないが、その存在論的身分を保留にしたままでも、事柄の推論と理解を促進する「発見法」として、数学の内部において整合的に用いることができる。それゆえライプニッツにとって微分法発見の本来の意義は、アルキメデスとはまったく別の方法を創出することにあったのではなく、むしろ後者の背理法に基づく間接的方法を省いて、より直接的に同等の結果を導くことのできる計算法を考案することにあったと言える[20]。

しかし、ライプニッツが微分法と極限法を互いに置換可能な方法と考えていたことは、あくまで無限小の構成的・産出的な意義を主張するコーヘンにとって、微分法の歴史における「決定的な後退」に他ならなかった[21]。すでに引用した雑誌記事においてライプニッツは、恒星の距離とボールの直径の比喩を使って無限と無限小の概念を説明している。しかしコーヘンによれば、両者の量的差異がいかに大きくとも、あたかも同じ有限量の次元における量的な比較による差異であるかのように有限量と無限の差異を扱うことは、「〔無限小〕概念の本来的、積極的性格がライプニッツ自身によって放棄される」(PIM, §57: CW, V, 66)ことを意味する。コーヘンにとって、無限小の概念を有限量との比較から導き出すことは、無限小がその産出的な内包量としての性格を失い、外延量に還元されることに他ならないからである。

ライプニッツは解析による計算結果を重視する観点から、極限法と微分法をつねに区別する必要がなく、無限小と有限量との比較の比喩をたびたび用いていた。それに対してコーヘンは、微分法の認識批判的概念としての積極的意義を主張するために、無限小を有限量から厳密に区別する必要があった。コーヘンにとって無限小は、純粋な思惟の対象という意味で科学的な客観性を持つのであって、それゆえ直観の対象として延長を持った有限量からつねに区別される必要があったのである。「有限なものをそれが発生し帰属する前提と法則性から規定し、最終的に産出するためには、一種の科学的存在を思惟することが必要であり、この科学的存在は何よりも有限なものとの差異によってのみ特徴づけられることができる」(PIM, §42: CW, V, 37)。

コーヘンにとって、微分法が経験における対象認識を具体的に構成する最も重要な領域は、幾何学や数論・解析よりも「力学」であった。力学の領域において微分法は、幾何学的図形だけでなく、自然の物理現象全般の構成的な説明原理となるからである。それゆえコーヘンは、「力学的問題の源泉と原理から微分概念の最終的な根拠が生まれた」(PIM, §27: CW, V, 22) と述べる。コーヘンによる微分法原理の歴史の考察の中で、ライプニッツの力学に最大の重点が置かれるのはこのためであろう。

内包量と加速度

力学において内包量としての微分の原理を最も明確に示すのは、加速度である。ライプニッツ以前には、すでにガリレイが物体の落下運動における「加速度」の問題を論じる際に、外延量として直観されることのない内包量に近似する概念を示していた。ガリレイは『新科学対話』(一六三八年) において、自然加速運動の問題を論じている。任意の高さにおいて静止していた物体が自由落下する現象においては、その物体が地面に向かって落下する時間に比例して、同じ割合で速度を増加させる等加速運動が見出される。注目すべきは、落下する物体が現実に示している運動の速度は時間と距離の関係から直観的に思い浮かべられるが、増加する速度の傾き（強度）、つまり加速度そのものは、外延量（延長）として直観的な仕方で思い浮かべることができないことである。それゆえ、「速度の内包は時間の外延に比例して生成する」（PIM, §48: CW, V, 49. 強調コーヘン）[22]という加速運動の定義は、あくまで実験に先立つ推論的な仮定として述べられる。ガリレイ自身、それが抽象的な定義であることを認めており、それを聞いた対話者の一人に、自然の落下現象において加速運動は実際に現れているのか、という疑問を語らせるほどである。

このようにガリレイは、自然加速運動を論じる際に直観可能な時間や速度の「外延」と対比して、推論のみ可能な加速度を「内包」と呼ぶが、コーヘンはそこに「微分的な概念としての加速度」、つまり微分概念の萌芽が示されていると解釈する。『新科学対話』では幾何学の問題が論じられる際、有限な長さの線分は無限に分割可能であると言われる。この無限に分割された部分は、直観に与えられる外延としての量を持たない。というのもそれが外延量であるならなおも分割が可能であり、分割可能な外延量が無数に集まれば無限大の量になってしまうからである。それゆえ、有限の連続量は無限に多くの不可分な部分から構成される。[23]コーヘンによれば、幾何学において外延量が無限に小さい非外延的なものから構成されることと、力学において外延量としての速度に加速度が内包することには対応関係がある。つまり幾何学の線分問題と同様、力学の加速度問題においても、無限小の内包量が直観の対象である外延量を産出する原因となっているのである。「加速度はもはや感性的な仕方では表象されえず、むしろ感性に与えられるものを実在性へともたらす契機と見なされなければならない。加速度は運動の原因となるのである。このような加速度の原因としての性格が、微分的な構成の思考である」（PIM, §48: CW, V, 49）。

ガリレイにおいて運動に内包する産出的原因として解釈された加速度の思考は、ライプニッツの微分法における高次微分の思考をも準備することとなった。コーヘンが、高次微分の必然性を理解しなければ微分法の根本的意義を理解できないと述べるのも、ライプニッツにおいて高次微分の思考が力学における加速度の問題を思考するために不可欠であるからに他ならない。
ライプニッツは、一次の微分を認めても二次以上の高次微分の意義を認めないニーウェンテイトに、一六九五年の手紙で反論している。それによれば、「幾何学そのものにおいて、通常の量は共通の代数と同様であり、一次の微分は接線つまり直線の方向に関係するが、二次の微分は接触円つまり線の曲率に関係する」(GM, V, 325f.)。幾何学的に考えれば、一次の微分量は曲線C上の二つの点PとQの距離を限りなく近づけることで、点Pにおいて曲線Cに接する接線の傾きを表すが、二次の微分量は曲線C上の三つの点P、Q、Rの距離を限りなく近づけることで、点Pにおいて曲線Cに接触する接触円、つまり曲線Cの曲率を表すことができる。任意の曲線においてはすべての座標軸が直線のように一律に増減するわけではなく、その傾きを連続的に変化させるため、この傾きの変化率(曲線の湾曲度)を表すためには二次の微分(微分の微分)が必要になるのである。

周知のように幾何学における高次微分の思考は、力学における加速度の思考に置き換えることができる。つまり曲線Cが一定の時間内の運動量を表すと考えれば、点Pにおいて曲線Cに接する接線の傾きは運動の瞬間的な速度を表すのに対し、点Pにおける曲線Cの曲率は運動の瞬間的な加速度を表すと考えることができる。それゆえライプニッツは上述のニーウェンテイト宛の手紙の中で、「通常の量、一次の微分量、二次の微分量は、それぞれ運動、速度、速度の要素である誘発と見なされる」(GM, V, 325) と書くことができた。ここで加速度が、速度を「誘発」する「速度の要素」と言われていることに注目すべきであろう。通常の曲線によって表される運動の無限小の要素としての速度には、さらにその速度を生み出す無限小の要素(「要素の要素」)として、加速度が内包されているのである。(24)

さらにライプニッツは、力学の加速度運動の問題における高次微分の思考を『天体運動の原因についての試論』(一六八九年)で次のように示している。「もし動体が所与の時間において通過する共通の線によって運動が表されるならば、インペトゥスあるいは速度は無限小の線によって表され、重さの誘発や遠心的な傾向力である速度の要素そのものは、二重に無限小の線によって表される」(GM, VI, 168)。この箇所では、運動に対する速度の内包、そして速度に対する加速度の内包が、それぞれ微分の操作によって表されていることが一層明確となる。運動が瞬間的な速度の連続的な効果によって生じ、さらに速度が加速度によって連続的に変化するように、無限小の内包量は力学において自己の内から外延量を生み出す産出的原理と見なされているのである。

それゆえ内包量は外延量の部分ではない。同じ箇所でライプニッツは、無限小概念を説明するために天球と地球の直径の比喩を使っている。しかし両者の差異がいかに大きくとも、量的な比較に依拠する限り、内包量が産出的原理であることの意義を見出すことはできないであろう。むしろコーヘンは、力学における加速度の問題に微分の概念が結びつけられることの意味を、無限小の内包量による有限の外延量の産出の範例として解釈する。「この無限なものによる有限なものの規定は、無限なものが規定する原理として産出的な原理となることで、微分の幾何学的意義を力学的意義と結合するのである」(PIM, §57: CW, V, 67)。

連続律と力の概念

ここまで議論した接線の曲率や加速度の問題において、微分法は現実の運動や速度の生成を解析するための説明原理の域を超えるものではなかった。しかし内包量の原理は、ライプニッツにおいて連続律と「力」の概念と結びつけられるとき、単なる現象の記述には留まらない普遍的原理にまで高められる。

ライプニッツによる連続律の定義は、「無限」の概念に支えられている。それによれば、「与えられたもの、つまり想定されたものにおいて、二つの事例の差異がいかなる量よりも小さくなるなら、求めるべきもの、つまりそこから帰結するものにおいても、二つの事例の差異はいかなる量よりも小さなものとならなければならない」(GP, III, 52. 原文では引用箇所すべてが強調)。例えば静止は無限に小さい速さ、もしくは無限に大きい遅さと言い換えることができる。つまり互いに類似性の認められない対立する現象も、その差異を無限に小さいものと考えるなら、両者の間には連続性が想定されるのである。これにより運動と静止という、相反する概念は〈運動〉という同一の規則の特定の事例として連続的に捉えることが可能になる。注目すべきは、ライプニッツが連続律を「普遍的秩序の原理」と呼んでいることである。つまり自然の連続律は、神の知性を源泉とする叡智的原理として想定されるべきであり、物理学や力学による自然の機械論的な説明原理は、この理性の原理を考慮に入れなければならない。

それゆえコーヘンは、連続律を理性および自然の「理念 Idee」と呼び、内包量の原理もこの理念から導出されたものと解釈する。そして連続律の展開として微分法を解釈するなら、直観の外延量に基づく量概念は克服される。「というのも、連続性は空間の直観に基づくのではなく、思惟による抽象のために行使される普遍的な意識の条件だからである。連続性はそのようなものとして、直観を高め純化するための前提条件として導入される」(PIM, §58: CW, V, 69)。そして、ライプニッツにおいて内包量の原理が普遍的理性の法則へと高められることは、「力」の概念において一層明確となる。

「抽象運動論」(一六七〇―七一年)のような初期の著作では、物体の本性として基本的に「大きさ」、「形」、「運動」が挙げられるのみであった。しかしライプニッツは、後年「抽象運動論」の叙述を自ら不十分なものと見なし、幾何学には還元できない形相的原理として、「力」の概念を力学に導入する必要性を認めるに至る。「動力学提要」(一六九五年)はそのような動機から執筆されており、そこでは機械論的な運動原因より高次の原因として、物体に内在する形而上学的「力」の原理を想定することで、ライプニッツが確立した「動力学 dynamica」の構想が展開されている。その冒頭部分でライプニッツは次のように述べる。

> 物体的事物には延長とは別の何か aliquid praeter extensionem が、というよりむしろ延長に先立つもの imo extensione prius が内在している、ということをわれわれは別の箇所で示しておいた。それはつまり創造者によって自然のいたるところに植え込まれた力 vis のことであり、この力はスコラ学派が満足しているような単純な能力 facultas だけでなく、さらに傾向力 conatus や努力 nisus をも備えており、相反する傾向力によって

妨げられることがなければ、十全な効果を発揮することができる。このような努力はいたるところで感覚に与えられており、私の考えでは、感覚には明らかでなくても、理性によって物質の内のいたるところで認識されるのである。

(GM, VI, 235)

ここでライプニッツは、延長のみが物体の本性を構成するとは考えておらず、「むしろ延長に先立つもの」として「力」があると述べている。引用文中の「別の箇所」とは、「動力学提要」の一年前に書かれた「第一哲学の改善と実体概念」（一六九四年）のことである。そこでも「力 *vis* あるいは性能 virtus（ドイツ人が *Kraft* と呼び、フランス人が *la force* と呼ぶもの）の概念」の解明に、「動力学という特殊な学の使命」が見出されているように（GP, IV, 469）、「力」の概念はライプニッツの動力学にとって中心的な意義を持っている。

延長ではなく、力が「物体の最も内的な本性を構成しなければならない」のは、実体の本質が外的な要因による偶発的な運動にではなく、自らの作用の最も根源的な原因を自己の内に持つ自発性にあるからである。単に機械論的な原理によっては説明されない実体の能動性と受動性は、幾何学的な広がりにすぎない延長に求めても得られない。それゆえライプニッツは、実際に現象として現れる物理的な力である「派生的力 vis derivativa」に先立ち、「原始的力 vis primitiva」があらゆる実体に本来的に内在していると考える（GM, VI, 236）。この原始的力は、「魂」や「実体的形相」とも言い換えられるように、実体が単に物質的なものの集積ではなく、自己自身を運動へと傾ける原動力を備えていることの表現である。それゆえ実体の魂のような形相的な力は、個々の現象の原因として直接適用することができないが、いわゆる変化の連続律や、作用に対する反作用、原因と結果における力の保存のように、感覚のみでは必ずしも明らかにならない運動法則の体系的説明を可能にする理性的原理として捉えられている。

引用にあるように、ライプニッツ自身は形相的な力が感覚に与えられることを否定していない。しかし現象から独立した原動作用としての力は、感覚においては時に覆い隠されており、むしろ理性によって認識されると言われる。

このようにライプニッツの動力学の構想において、実体の最も内的な本性として原始的力が想定され、感覚に左右されない運動の理性法則が導き出されていることは、内包量の原理の歴史を叙述するコーヘンにとって決定的な意味を持っている。コーヘンによれば、延長に先立つ「力」としての「この非外延的なものが内包を構成する」(PIM, §58: CW, V, 71)。つまり、ライプニッツにおいて原始的力から現象におけるあらゆる運動が派生することは、外延に先立つ原動因としての内包原理の思考を表しているのである。このように理性の純粋な対象としての非外延的な「力」を前提することで、厳密な客観性を伴った経験を基礎づけることができる。それゆえ、ライプニッツの「動力学提要」における「むしろ延長に先立つもの」という「力」の定義は、内包量の原理の表現としてコーヘンがとりわけ重視するものであり、微分法研究以降の著作においてもたびたび言及されることになる[25]。

自然落下運動における加速度を論じる際に、直接的に感性的直観の対象とならない思惟の法則から自然現象の説明原理を推論したガリレイの方法は、ニュートンだけでなくライプニッツにまで直接通じているとコーヘンは言う。そしてライプニッツは、自然加速運動に限定されないあらゆる力学的思考の基礎として「力」の概念を確立することで、無限小量としての内包量の原理を最終的に完成させたのである(PIM, §47)。このことからも、コーヘンの科学的観念論の構想の最も重要な源泉がライプニッツであったことは明らかである。とりわけコーヘンにとって重要だったのは、ライプニッツにおいて微分概念が単に数学に関わる問題の解決のために導入されたのではなく、その運動論や力学、そして哲学体系全体との関わりの中で展開されていることである。このことからコーヘンは、微分法に数学の解析法としてだけでなく、思惟の法則による認識対象の客観的規定を可能にする、認識批判に関わる概念としての意義を見出している。

他方で注意すべきなのは、コーヘンが微分概念をライプニッツ形而上学の基礎と見なしながら、「モナド」の概念にむしろライプニッツの認識批判の揺らぎを見ていることである。コーヘンは、「無限なものの非外延的‐内包的な徴表の中にモナドロジーの全体系が基礎づけられている」(PIM, §60: CW, V, 77) と言う。しかしコーヘンは、ライプニッツが部分と延長を持たない単純実体であるモナドの概念を「実体」、「原子」、「形式」とも言い換えていることで、モナドロジーの体系の中で形而上学的諸前提と数学的法則が混在していることを同時に指摘している。つまりコーヘンにとってライプニッツのモナドロジーは、厳密な数学的自然科学に立脚した純粋認識と、物体的現象との明確な区別を持たない不安定な体系なのである（PIM, §50; 52）。それゆえライプニッツにおいてはいまだ十分に自覚されていなかった超越論的差異はカントにおいてはじめて達成されたとコーヘンは考えるのであり、この問題意識はその後のコーヘンのカント研究に直接影響を及ぼしている。以上のように、ライプニッツを中心とした微分法研究によって内包量の原理の意義を再発見することで、コーヘンのカント解釈は独自の展開を見せることになる。

数学と哲学

コーヘンは一八八三年に『微分法の原理とその歴史』を出版する以前、一八七一年にすでに『カントの経験理論』第一版を出版していた。カントの『純粋理性批判』を詳細に注釈した同著作は、大幅な加筆と改訂を経て一八八五年に第二版が出版されるが、そこでは第一版においていまだ示されていなかった、科学的観念論の構想に基づくカント解釈の転回がはっきりと表れている。このことから、『カントの経験理論』第一版と第二版の間に執筆された『プラトンのイデア論と数学』（一八七八年）および『微分法の原理とその歴史』によって、はじめてコーヘン独自の科学的理性に依拠した認識批判のパラダイムが獲得されたことが推測できるであろう。この二つの著作の執筆を通じて明白となった、主に数学をモデルにした客観的な科学的体系としての哲学への転回が、『カントの経験理論』の根本的な改訂をコーヘンに促したと考えられるのである。(26)

コーヘンは『カントの経験理論』第二版への「序文 Vorrede」の中で、「諸々の原則の中核となる内包量の原則を発見することに成功したため、原則論の構成がより明白なものになることが可能となった」（CW, I/1, XVI）と述べている。『微分法の原理とその歴史』において、コーヘンがカントの内包量の概念をとりわけライプニッツの微分概念に結びつけて解釈していたことはすでに確認した。『カントの経験理論』改訂の中心的動機は、この微分法のモデルから解釈された内包量の原理をカントの原則論の中核に据えることで、他のあらゆる原則やカテゴリーを内包量との関係から捉え直すことにあったのである。そしてそれは、カントの経験概念をニュートンおよびライプニッツによって確立された数学的自然科学のモデルに依拠して再構築することを意味していた。

第一版にはなく、第二版においてはじめて付された『カントの経験理論』の長大な「序論 Einleitung」では、カントに至るまでの哲学が、数学を中心とする科学的理性と相即不離の関係にあったことが主張される。コーヘンが哲学の歴史における数学的思惟の最重要の源泉と見なしているのは、他でもないプラトンである。「序論」におけるコーヘンのプラトン解釈は、多くの点において以前に書かれた『プラトンのイデア論と数学』の記述と重なっており、後者を要約する形になっている。両著作で繰り返し強調されるのは、プラトンにおいて感性的存在とイデア的存在を媒介する数学的思惟の役割である。

『国家』の第七巻においてプラトンは、感覚そのものが時に「数学的思惟を呼び寄せるもの Paraklet des mathematischen Denkens (παρακλητικὰ τῆς διανοίας)」となることを指摘している (Platon, *Politeia*, 523ff. Zitiert nach: CW, I/1, 17)[27]。視覚や触覚のような感覚にイデア的存在が直接与えられることはないが、それらは感覚だけでは正確に捉えられない対象において、数学的思惟や幾何学的思惟の能力を呼び覚まし、純粋な思惟による問答を促すことで、イデアの認識へと至るきっかけとなることができる。コーヘンによれば、このようなプラトンによる感覚と思惟の位置づけこそが、認識批判哲学の起源である。感覚は単なる仮象でも真理そのものでもなく、数学的思惟を媒介として真理に至るための認識の要素なのであって、主観的な心理的表象として独立した認識内容と価値を持つわけではない。それゆえ、感覚と思惟の認識能力としての差異は絶対的なものではないのである。「感性と思惟の差異は、両者が科学と真理へ寄与する差異性によって規定されるべきであって、例えば人間的な魂の存在の内にある心理学的根源 psychologischer Ursprung によってではない」(CW, I/1, 19)。このように認識の起源を主観的表象と見なす心理学主義を排し、客観的な科学と真理への寄与という同一の価値尺度の下に感性と思惟を統合するコーヘンのプラトン解釈には、明らかに微分法研究によって確立された科学的観念論の立場が表れている。

「序論」でのコーヘンの叙述は、プラトン以降の哲学の歴史全体を数学的自然科学への寄与という観点から再構成する点において一貫している。例えばコーヘンは、アリストテレスの自然学がプラトンにおける感覚に対する理性的思惟の優位に修正を促し、さらには近代力学の運動論の基礎を築いたことの意義を認めている。しかしその一方で、アリストテレスが数学的思惟の意義への理解を欠いており、哲学的概念と数学との一致を見出すことができなかったことは、アリストテレスの「根本的誤り」と言われる（CW, I/1, 30）。本来数学こそが、生物学や博物学と形而上学の概念を結びつけるべきだったからである。

それに対してコーヘンは、近代のガリレイにおいて数学と哲学が再び緊密に結びつけられていることを指摘する。とりわけ幾何学や力学において微分法の発見を準備した「無限小」の数学的概念の源泉が、連続律や持続性のような哲学の根本概念にあり、また近代の新たな数学によって哲学が厳密な科学として構築されることが注目される。それゆえ『微分法の原理とその歴史』と同様、ここでもコーヘンは、ライプニッツとニュートンにおいて最高潮に達し、カントの経験理論が依拠する数学的自然科学のモデルを微分法に見出すのである。ここに科学としての哲学の歴史における微分法の意義と、カントの先駆者としてのライプニッツというテーマが再び浮上してくる。

コーヘンが強調するのは、何よりデカルトの幾何学における延長概念を克服する「力学者」としてのライプニッツである。コーヘンによれば、デカルトは数学の確実性や科学の事実をあらゆる認識の基礎とした点で重要だが、「思惟」から独立した実体としての「延長」を、科学的客観性を持った思惟の原理に還元することに成功していない。感性的直観や心理的表象をも混在させるコギトの意識には、なお科学的厳密性が欠けているからである。コーヘンによれば、このようなデカルトの延長概念を克服したのがライプニッツである。「むしろ延長に先立つもの」である「力」を実体の第一の特性と考えることで、ライプニッツは感性的直観に左右されない「非外延的なもの」から認識を構成することができた。それゆえコーヘンは、ここでも「微分」の概念と「内包的なもの」の概念を同一視することで、微分法を数学的思惟による現象の構成原理と見なしている。「それゆえ無限小と内包的なものの概念は思惟の契機であり、この概念によって物質の概念が規定される。つまり無限小と内包的なものの概念によって、思惟の概念と基準がより完全で厳密な規定にもたらされるのである」（CW, I/1, 55）。

このようなコーヘンの記述は、微分法のような数学的思惟の原理によって感性的直観の恣意性を克服する、科学的観念論への転回を裏づけるものと言えよう。たしかにコーヘンは、ライプニッツが感性的認識を数学に還元するだけでなく、数学をも形式論理学に還元することで、感性そのものの価値を著しく損ねたことを批判している。しかし、アリストテレスの系譜に連なるとされるロック、バークリー、ヒュームのような感覚論者、経験論者に比べて、コーヘンが理性論者としてのライプニッツを評価しているのは明らかである。[28]「ライプニッツ的観念論の計り知れない価値は、ライプニッツが知覚と感性に対置された思惟と理性の中に、デカルトよりも厳密かつ明晰にプラトン主義の原思想を再生させたことにある。それはつまり、自然は意識の中に発見され、物質は思惟において構成されなければならないということである」（CW, I/1, 57）。このようにコーヘンは、プラトン的観念論の継承者としてライプニッツを捉え、さらにその系譜に連なるものとしてカント哲学を捉えようとする。ライプニッツが「カントの科学における先導者、哲学における先駆者」（CW, I/1, 59）と呼ばれるのも、このためであろう。

カント認識論の再構築

『カントの経験理論』改版の中心的な動機である内包量の問題が集中的に論じられ、コーヘンのライプニッツ主義が最も明白に表われるのは、同書の「総合原則」の章のうち、「知覚の予料の原則」の節においてである。同書の第一版にもすでに「総合原則」と題された章は存在していたが、そこでのコーヘンの叙述は、あくまでカントの議論に沿った忠実な注釈の枠を超えるものではなかった。しかし第二版では、微分法と内包量の原理を認識批判の最も有効な手段と見なすことで、カント自身にも大胆な批判を加え、その経験理論を客観的な科学的体系の理論として新たに構築する、コーヘン独自の解釈が示されている。

周知のように、カントは『純粋理性批判』の「原則の分析論」の中で、二つの「量」概念を区別している。カントによれば、「外延量」は現象において必ず一定の直観可能な量として現れる。どんなに短い線でも、あるいはどんなに短い時間でも一定の直観可能な部分を持った量として表象されなければ、広がりをもった外延量として直観に示されることはないからである。それゆえ「すべての直観は外延量である」(KrV, B202)。他方で現象の認識には、それ自体が経験的には知覚されない、直観の純粋な形式としての空間と時間、そして知覚における時間的持続や空間的広がりの外延量を取り除いた、純粋な質料としての「感覚 Empfindung」が前提される。この感覚の対象は直観に現れる外延量や集合量ではなく、それらの内部で強度を増減する原因(モメント)としての「内包量」である。例えば同じ赤色の内部でもその濃淡が無限に連続的に変化しうるように、感覚の対象には無＝0から任意の量にいたるまで、段階的に変化する感官への影響の度が含まれる。カントが「あらゆる現象において、感覚の対象である実在的なものは内包量つまり度を持つ」(KrV, B207)と言うとき、この「実在的なもの」は、対象が本来いかなるものであるかという対象の本質規定を暗示している。[29] つまり外延量においては対象が「どれだけ多いか」という量が問題になるのに対し、内包量においてはそれが「何であるか」という質が問題になると言える。

現象に含まれる感覚の量そのものはアプリオリに認識されないが、その質的規定、つまり感覚の量が連続的な変化の度を含むことはアプリオリに認識されうる。この経験の先取りが「現象の予料」と呼ばれるわけだが、本来経験からしか手にすることのできない質料に関して、経験を先取りするという事態を、カント自身が「奇妙な」(KrV, B209)ことと形容している。そしてこの知覚の予料の定義の奇妙さこそが、カントにおける内包量概念の解釈の多義性を生んだ当の理由であり、コーヘンのカント解釈の分水嶺となるものである。コーヘン自身も『カントの経験理論』第一版の時点では、カントの総合原則を知覚における「刺激の統一」と呼んでおり、あくまで「心理学的な」意識と主観の能力に基づいた議論を展開していた（CW, I/3, 216）[30]。しかし同書の第二版以降コーヘンは、カントの内包量の規定そのものを批判し、主観的意識から区別された客観的な原理として、内包量を「微分量」に等置すべきことを主張するようになる。

コーヘンによれば本来内包量の原理は、直観の外延量を比較するだけの主観的な認識の要素を克服する原理であるべきであった。しかし内包量が直観の外延量を含まないとしても、その例として色彩あるいは熱や重力のモメントが挙げられ、もっぱら感官への影響の度が語られるように、カントの内包量の定義には対象によって触発される経験的主観や意識の要素が、奇妙な仕方で残存している[31]。コーヘンにとって、このようなカントの内包量概念の多義性こそが、何より克服されるべきものであった。コーヘンによれば、内包量を微分量と等置することで、内包量の原理は主観の要素を排除した客観的な純粋思惟の原理であることが明確になる。直観の外延量に含まれる度としてではなく、むしろ外延量をアプリオリに基礎づける微分量として内包量を捉えることで、認識のあらゆる要素は同一の原理によって客観的に統一される。「それが根源 Ursprung と見なされる微分数による統一であり、この根源からあらゆる外延量が始まり、この根源の内に外延量は自らの〈基底 Fundament〉を持つ。そのようにしてガリレイとライプニッツは、内包量としての無限小について語ったのである」（CW, I/1, 545）。

このような内包量の解釈は、もはやカント解釈というより、コーヘン自身の認識批判のマニフェストと見なされるべきであろう。微分法研究で示された、カント認識論における感性と悟性の二元性、および主観と客観の相関性を克服するという科学的観念論のプログラムは、カントの内包量を微分の原理に読み換えることで達成されたと考えることができる[32]。そしてカント認識論の再構築において、ライプニッツの力の概念がコーヘンの認識批判の重要な思考モデルであったことは、次の文からも明らかである。「むしろ延長に先立つものの内では、内包的なものの産出的な意義が表明されている」（CW, I/1, 549）。

根源の論理

『カントの経験理論』第二版以降に顕著になったコーヘンの認識批判のプログラムは、後年の『純粋認識の論理学』（第二版一九一四年）において一層先鋭化される。微分法研究から一貫しているのは、カントが直観を思惟から区別しただけでなく、直観に思惟とは独自の認識の基礎を与えたことに、カントの認識概念の基礎づけの「弱点」が見出される点である。さらにコーヘンは、「われわれは思惟と共に始める」（CW, VI, 13）と述べることで、自らの認識批判の立場を明確に打ち出している。カントにおいては、悟性概念に基づく超越論的な観念性と、感性的直観に基づく多様で具体的な経験が、互いに還元不可能な認識の二元的源泉を構成している。それに対してコーヘンは、認識の客観性の根拠をもっぱら悟性の思惟作用に求め、認識のあらゆる要素を科学的理性のアプリオリな原理に一元的に還元することで、カント的な認識論の二元性を克服しようとするのである。

コーヘンが「思惟とは根源の思惟 Denken des Ursprungs である」（CW, VI, 36）と述べるとき、この根源は単なる「起源 Anfang」を意味しない。それはむしろ認識を構成する「原理 Prinzip」そのものであり、思惟は認識の純粋な原理と等置されることで、認識の内容を自ら産出する認識の「根源」となる。このようにもっぱら思惟から産出される純粋認識にとって、直観は思惟から独立した認識の源泉などではなく、思惟の原理に基づくことではじめて客観的な認識価値を持つことができる。コーヘンの言う「根源の論理 Logik des Ursprungs」もまた、このような意味で理解される。つまり認識の統一の根拠は、悟性による論理的な統一作用によって認識にもたらされるのであり、論理的な思惟の作用そのものが認識の根源である。それゆえ「あらゆる純粋な認識は、根源の原理が変容したものであるべきである」（CW, VI, 36）。

コーヘンによる根源の論理は、ここでもやはり微分法をその具体的なモデルとして構築されている。つまりコーヘンにとって、いかなる知覚や直観の対象でもなく、思惟によって仮定されるだけの無限小概念から、現象における運動の産出を記述する微分解析こそが、科学的確実性を基礎にした純粋認識の論理を確保するのである。そうしてコーヘンは、延長に先立つ思惟の原理として、ライプニッツによる力の概念の定義に再度言及する。

もはや延長が問題なのではない。微分的なものは延長に先立ち、延長の基礎にある。むしろ延長に先立つもの、ライプニッツはそのように無限小を呼んだ。つまり純粋な思惟の内でのみ無限小は基礎づけられるのであり、純粋思惟に基づいて無限小は有限なものの根拠を形成することができる。(CW, VI, 126)

この箇所からも、ライプニッツにおける微分と力の概念が、コーヘンの思考をその晩年に至るまで規定していたことは明白である。

以上の考察から明らかなように、コーヘンの微分法研究から『純粋認識の論理学』に至る一連の著作において、ライプニッツはカントの認識論再構築のための主要な源泉であり続けた。しかしコーヘンの認識批判は、単なる「ライプニッツ主義」だったわけではない。コーヘンは、ライプニッツを内包量の原理の歴史における最重要の先駆者として位置づけながら、その無限小概念に含まれる有限主義との混同を批判し、直観の外延量を産出する微分法の構成主義にあくまで固執した。そこに一貫するのは、純粋思惟の原理へと一元的に還元された微分概念によって認識を基礎づける、純粋認識の方法である。それは、ライプニッツの微分概念に含まれる理性主義の側面を極端に強調した、内包量の原理の新たな創設である。コーヘンの認識批判の試みを「新ライプニッツ主義」と呼びうるのは、この意味においてである。

コーヘンによって明確に打ち出されたマールブルク学派の認識批判のプログラムは、その後も同学派のカッシーラーやナトルプによってさらに広範囲に展開されていく。そしてベンヤミンが一九一〇年代に集中的に取り組んでいたのは、新ライプニッツ主義的な傾向を多分に持った、新カント主義によるカント認識論の根本的な再編の試みだった。ベンヤミンは、後の『ドイツ悲劇の根源』の「認識批判序論」において、コーヘンによる根源の論理と直接対峙することになる。しかしそれ以前にベンヤミンは、マールブルク学派の受容を通じた新たなカント解釈と認識論の再構築を試みていた。

第三節　カントと形而上学の未来

カントの経験概念と形而上学

本章第一節では、ベンヤミンが一九一二年に執筆した「現代の宗教性をめぐる対話」を検討した。そこでは、ベンヤミンがカントの感性と悟性の二元論を継承しながらも、認識諸能力の「統一性」の問題を認識論の中心的課題として残していたことが確認された。このような関心からカント読解を行っていたベンヤミンが、悟性の論理的概念にあらゆる経験的直観を還元することで、カント認識論における二元論の克服を試みた、同時代のコーヘンによるカント解釈の刷新に多大な関心を寄せたのは当然であろう。そして、コーヘンを中心とした新カント主義の受容をきっかけに大きく進展したベンヤミンのカント解釈は、一九一〇年代後半のいくつかのカント論と認識論に関する断章に結実する。(33) その中でも「来たるべき哲学のプログラムについて」(一九一八年、以下プログラム論文)は、この時期のベンヤミンによるカント解釈の成果を集約して示すものである。

本節では、このプログラム論文を中心に読解する。その際に注目すべきは、ベンヤミンが一方で新カント主義によるカント解釈の転回に立脚した議論を展開しながらも、他方でそのカント解釈から明確に距離を取り、新カント主義とは別のカント哲学の刷新の可能性を示そうとすることである。そしてこのカント解釈の新たな転回のプログラムによって、ベンヤミン独自の認識論の基盤は形成されるのである。

ベンヤミンは、プログラム論文の冒頭において次のように述べる。「この時代そして大いなる未来の予感 Vorgefühl から汲み取る最も深い予覚 Ahnung を、カントの体系に関係づけることによって認識へともたらすこと、これが来たるべき哲学の中心的な課題である」(II, 157)。ベンヤミンは、自らが構想する未来の哲学の中でカントの哲学体系が中核的な位置を占めることを明確に宣言している。さらに来たるべき哲学はカントの体系と結びつくことで、「体系的統一性」あるいは「真理」を基準とする確実性を求めなければならない。ここには、カントの批判哲学に依拠した未来の宗教をも予感し、そしてその体系の統一性を課題として掲げた、最初期の宗教対話篇から一貫するカント哲学に対する問題意識を読み取ることができるだろう。

しかしプログラム論文においてベンヤミンは、最初期の対話篇には見られなかった批判的視座を獲得している。それは、カントが真理と確実性に基づいて現実認識の正当性を証明しようとした際に問題にした経験概念とは、最も低次の経験、つまり「時間的に」制約された経験を意味していたという点である。ここでの時間的な制約とは二重の意味で言われている。一方でそれは具体的な時間と空間に拘束された個別的な経験を意味しており、あらゆる経験に妥当する認識の普遍的な妥当性の証明にカントが十分に成功していないことへの批判であろう。他方でそれは、カントの経験概念が啓蒙主義期という「時代的な」制約からも自由でなかったことを意味している。ベンヤミンによれば、カントと同時代のニュートンによって基礎づけられた数学・物理学を基準とする経験概念にとって、形而上学的な思弁は何より斥けられるべき要素であった。つまりカントの思考を拘束していた啓蒙期の経験概念とは、精神的な権威や形而上学的意味づけを失った低次の経験、「いわば意味の零点、意味の最小値にまで縮減された経験」(II, 159) なのである。

そしてベンヤミンのカント論には、カント自身とは別の時代状況が反映されている。それは主に、ベンヤミンと同時代の新カント派によるカント解釈の刷新に関わる。前節で論じたように、一九世紀後半から二〇世紀初頭にかけてのドイツでは、コーヘンを中心としたマールブルク学派が、もっぱら数学と物理学の科学的体系の客観性を基準としてカントの経験概念を新たに基礎づけていた。ベンヤミンにとって、科学的な客観性を認識の妥当性の唯一の基準とするコーヘンの認識批判は、カントの時代以上に経験概念からその形而上学的意味を排除するものとして映ったに違いない。ベンヤミンが指摘する啓蒙期のカントがそうであったように、一九一〇年代にカント解釈に取り組むベンヤミン自身もまた、意味の零点にまで縮減された経験概念から出発する必要があったのである。

そのような同時代の哲学の趨勢にあって、ベンヤミンは新カント派によるもっぱら科学的体系に基づいたカントの経験概念の再構築に大いに感化されながらも、それに全面的に与することはなかった。すでにプログラム論文の冒頭近くで述べられているように、ベンヤミンは科学的客観性よりも、むしろ高次の形而上学的領域と経験概念が結びつくことに、未来の哲学の可能性を見出す。そしてこの意味においてこそ、来たるべき哲学はカントと結びつくべきなのである。「重要なのは、カントの類型に基づいて未来の形而上学のプロレゴメナを獲得すること、そしてその際にこの未来の形而上学、このより高次の経験を視野に入れることである」(II, 160)。

しかしプログラム論文においては、ベンヤミンと新カント主義の間にある差異よりも、むしろ両者が共有する認識批判のプログラムが顕著に表れている。それゆえ以下ではまず、新カント主義とベンヤミンによる認識論の構想の共通性を明らかにしなければならない。

経験的意識と二元的認識論の克服

ベンヤミンのプログラム論文には、カントに対してほとんど全面的な賛同を表明していた最初期の対話篇には見られない、カントに対する明確な批判的距離が生じている。つまり未来の哲学がカントの体系に結びつくべきだとしても、それは単にカントの認識論をそのまま継承することを意味しないのである。「来たるべき哲学にとって最も重要なことは、カントの思考の中で受け入れられて保存されるべき要素、改変されるべき要素、斥けられるべき要素を認識し、区別することである」(II, 159)。それではベンヤミンにとって、カントの思考の中で改変され、斥けられるべき要素とは具体的に何なのか。

ベンヤミンは、先に述べた高次の経験を可能にする形而上学と、素朴な思弁によって生み出された「不毛な形而上学」を区別している。真理をその最高の基準として持つ前者に対して、後者は思考の病芽として経験の領域から認識を締め出してしまう。不毛な形而上学の要素をベンヤミンは次のように説明している。

このような要素の中で最も重要なのは次のものである。第一に、認識を何らかの諸主観と諸客観、あるいは何らかの主観と客観の間の関係性 Beziehung として把握することであり、カントにはこれを克服しようとする兆しは大いにあっても、最終的な克服はなされていない。第二に、認識と経験を人間の経験的意識に関係づけることであり、これについても同様に、ただ克服の兆ししかない。(II, 161)

認識論における主観と客観の相関関係、そして認識の源泉としての人間の経験的意識、この二つが、ベンヤミンにとって何より斥けられ、克服されるべきカントの思考の要素である。見過ごすべきでないのは、ベンヤミンによるカントの認識論改変のプログラムが、コーヘンを中心としたマールブルク学派によって企てられたカント解釈の刷新とほとんど軌を一にしていることである。

前節で明らかにしたように、コーヘンは微分法研究において経験に左右されない純粋な思惟法則として微分法を発見して以来、科学の客観的妥当性を認識の唯一の基準と見なすようになった。その際にコーヘンは、感性的直観を源泉とする経験的意識を、あくまで純粋悟性概念の具体的内容を構成する従属的要素と見なした。それにより、カントにおいて互いに還元不可能な認識源泉として種別化された感性と悟性の二元性は解消され、経験的意識において表象される客観と、それを知覚する心理的主観という認識論の根本を成す相関的要素が克服されたのである。

ベンヤミンは主にコーヘンの読解を通じて、同時代の新カント主義によるカントの経験概念刷新の中心的な論点を正確に把握していた[34]。そしてプログラム論文においてベンヤミンが試みるカントの認識論改変のプログラムには、新カント主義による新たなカント解釈の成果が組み込まれているのである。それゆえベンヤミンは新カント主義の内に、未来に構想される哲学の発展の一つの徴候をも見出している。

ここで要請され、事柄に即したものと見なされた哲学の発展は、新カント主義がその一つの徴候を示していると見なすことができる。新カント主義の主要問題の一つは、直観と悟性の区別を排除することにあったのであり、両者の区別は、この二つの能力に関する学説全体がカントに占める位置においてそうであるように、形而上学的な残滓なのである。(II, 164)

ここでおそらくベンヤミンは、新カント主義による経験概念の改変を、初期の宗教対話篇で課題とされていた直観と悟性の統一の問題への一つの応答として捉えている。同時代の新カント主義が企てた、カントにおける超越論的論理学と超越論的感性論の二元性の解消は、ベンヤミンが自ら課題とする認識論の統一性の問題に対する一つの解答を与えうるものだったのである。そして、コーヘンにとって直観と悟性の二元性の排除が、主観と客観という認識の相関的要素の解消と密接に関わっていたように、ベンヤミンにとってもカント以後の認識論に統一性をもたらす試みには、認識論における主観と客観の概念を、不毛な形而上学の要素として克服することが不可欠であった。

コーヘンと同様、ベンヤミンにカントの経験概念の改変を促した動機とは、経験において対象から知覚を受け取る主観の心理的な意識が、客観的な認識の要素と見なされることに対する根本的な疑念に他ならない。[35] ベンヤミンは、カントの認識論における経験的意識の表象を、対象に対峙する主観の意識という素朴な思弁から形成された神話的表象とほとんど同列に論じている。

それゆえカントの認識概念においては、感官によって感覚を受け取り、それを基に自らの表象を形成する、個体として肉体と精神を備える自我 ein individuelles leibgeistiges Ich の表象が、たとえ昇華された表象としてであっても、最も重要な役割を果たしていることはまったく疑いえない。こうした表象はしかし神話 Mythologie であり、その真理内実 Wahrheitsgehalt に関しては、あらゆる他の認識神話と同価値である。(II, 161)

ベンヤミンは、知覚を受け取る自我をその対象と部分的に同一視する狂人、自らの肉体感覚を他の存在に関係づける病人、他人の知覚を自分の知覚として受け取ることができると主張する透視能力者などの例を挙げている。これらに共通するのは、主観の意識の中で錯覚された表象さえもが、それだけで客観的な認識であるかのように主張されることである。ベンヤミンが問題視するのは、カントの認識論の中にもこのような対象を認識する主観という素朴な思弁的要素が紛れ込んでいることである。

この意味で、カントの認識論もまた不毛な形而上学から自由ではない。

さまざまな種類の経験的意識にはそれと同じだけ多くの種類の経験が対応しているが、それらは経験的な意識に関係づけられているという観点からすれば、真理に関しては単に空想あるいは幻覚の価値しか持たない。というのも、経験的な意識と経験の客観的概念を客観的に関係づけることは不可能だからである。(II, 162)

心理的な意識は、つねに錯誤へと陥る可能性を持つ以上、普遍的に妥当する認識の客観的基準となることはできない。それゆえベンヤミンは、「経験的・心理的圏域においては諸々の認識の正しさは問題にならない」(II, 162) とまで言う。つまりあらゆる経験は、それがもっぱら主観の経験的意識に基づく限り、真理に即した客観性を主張することはできないのである。それゆえベンヤミンは、この心理的意識に立脚した経験概念を克服し、「さまざまな種類の意識の価値的差異の真なる判断基準を定めること」(II, 162) を来たるべき哲学の最も重要な課題の一つに挙げている。

カントにおいて論理的悟性概念から独立した感性的直観の客観的価値を相対化させ、さらにはこの感性によって知覚を受け取る経験的意識の要素を認識論から排除することで、真に客観的な認識の判断基準を打ち立てること。これらの点において、ベンヤミンによるカントの経験概念改変の方向づけは、明白にコーヘンと一致している。

経験と認識の連続性

それではベンヤミンによるカントの経験概念の客観化のプログラムは、科学的観念論を構想したコーヘンと同じ道をたどるのであろうか。すでにプログラム論文の冒頭近くで述べられていたように、ベンヤミンが認識の客観性の基準として見出すのは、数学や物理学の科学的体系に基づいた客観性ではない。つまり両者はカントの経験概念を客観化する意図を共有していても、その客観化の基準は異なるのである。ベンヤミンによれば、認識論に真の統一をもたらすのは、科学の体系よりもむしろ形而上学である。

つまりあらゆる経験を科学的な経験へと還元することは、たとえそれが多くの観点から見て歴史的なカントの発展であったとしても、このような徹底的な還元はカントにおいて意図されていなかったことは疑いえない。確かにカントにおいては経験を個別の科学分野へと分割、区分する傾向があり、カント以後の認識論は、カントに見られるような通俗的な意味での経験に立ち戻る退路を断たなければならなくなるとしても、他方で経験の連続性 Kontinuität のためには、新カント主義がしたようにこの連続性を諸科学の体系として表現するだけではいまだ不十分であり、純粋で体系的な経験の連続体 Erfahrungskontinuum を形成する可能性が、形而上学に見出されなければならない。そして形而上学の本来の意義は、この経験の連続体の内にこそ探し求められるべきであるように思われる。(II, 164)

新カント主義と同様に、ベンヤミンはカントにおける直観と悟性の二元性を克服すべきことを主張し、両者を統一する客観的基準の根拠を求める。しかしベンヤミンは、経験概念の科学的体系への徹底した還元主義には与しない。

ベンヤミンによれば、新カント主義による科学的客観性に基づいたカント認識論の修正は、「比較的空虚な啓蒙主義的経験概念の、機械論的な側面の極端な発展」(II, 165) に他ならなかった。ベンヤミンにとって新カント主義が標榜する科学の体系としての認識批判は、啓蒙主義の時代の経験概念、とりわけニュートン力学によって拘束された経験概念の側面を、一方的に発展させたものだった。それゆえ新カント主義のように科学主義を徹底させたところで、それによってもたらされる認識の統一は、ベンヤミンにとってあくまで低次の経験、つまり形而上学を欠いた経験の領域において実現される統一にすぎない。

ベンヤミンも指摘するように、カントは認識論からすべての形而上学的要素を排除し、経験概念を物理学の原理に還元することを意図していたわけではない。「たとえカントが、とりわけ『プロレゴメナ』において、諸科学、特に数学的物理学から経験の諸原理を取り出そうとしていたとしても、だからといって何よりカントにとって、そして『純粋理性批判』においても、経験そのものが数学的物理学の対象世界と同一だったわけではない」(II, 158)。ベンヤミンは、カント自身が形而上学一般の可能性それ自体を否定しなかったことを重視している。むしろカントは、カント以前の形而上学の内実が具体的な現象に定位する経験概念と一致しない点を問題視していた。それゆえ未来の哲学は、科学的客観主義としてではなく、形而上学と結びつく可能性において、カントの認識論を継承すべきなのである。

ベンヤミンは、「来たるべき哲学のプログラム」を執筆する以前に、「知覚について」(一九一七年) と題された断章を書いているが、これは内容的にプログラム論文の準備草稿とも推測できるものである。その中でベンヤミンは、カントが自然の形而上学の理念において、自然事物の認識をアプリオリな理性によって構成する可能性を肯定的に主張していたことを指摘している。しかし他方でカントは、時間と空間という直観の形式と、悟性の純粋概念としてのカテゴリーをまったく別種の認識源泉として種別化することにより、アプリオリな純粋悟性概念と感性的直観によるアポステリオリな経験との直接的な結合の可能性、つまり「認識と経験の連続性」を引き裂いたのである。

> 直観の形式をカテゴリーから分離したことで、いわゆる「感覚の質料」なる表現が生じたのだが、この感覚の質料は、それを不完全にしか取り込まない直観の形式によって、カテゴリー的連関という活性化する中心からいわば作為的に遠ざけられた。こうして形而上学と経験の分離、つまりカント自身の用語に従えば、純粋認識と経験の分離が遂行されたのである。(VI, 34)

カントが直観と悟性を種別化することにより分離された認識と経験の二元性を、一つの「純粋で体系的な経験の連続体」にもたらすこと、これがベンヤミンの構想する未来の哲学の骨子である。それはつまり、多様で具体的な経験をアプリオリな形而上学的理念と結びつけることで、経験と形而上学の結合の可能性を探ることである。

ベンヤミンにとって形而上学の概念を際立たせているのは、「諸々の理念によって全経験を神の概念と直接に結びつける形而上学の普遍的な力」(II, 164)に他ならない。そしてこのような思考が、客観と対峙する主観のような素朴な思弁に依拠する「不毛な形而上学」から区別された、客観的な形而上学の意義である。形而上学と結びつけられた認識論にとって、経験は認識の客観性の最終的な根拠を神の概念において持つ。あらゆる経験が潜在的に認識の最高次の概念と直接に結びつく可能性を前提することで、経験と認識の二元性が解消され、認識論に連続性と統一性がもたらされる。そしてこのことを可能にするのが、不毛な通俗的思弁でも科学主義でもない、形而上学の思考である。「しかし深められた経験概念にとっては、すでに述べたように、統一性に次いで連続性が不可欠であり、あの通俗的でも単に科学的でもない、形而上学的な経験の統一性と連続性の根拠が、諸々の理念の中に示されなければならない」(II, 167)。

ベンヤミンによれば、「経験とは統一的で連続的な認識の多様性である」(II, 168)。つまりベンヤミンにおいて具体的な経験は、カントのようにアプリオリな悟性概念から種別化されて遠ざけられるのではなく、むしろ認識のアプリオリかつ必然的な構造から直接導き出されると考えられている。その意味で経験は認識の具体的な多様性なのであり、両者の間には統一性と連続性がある。しかしそれは、認識を多様な経験の単なる総和と見なすことを意味しない。そうではなく、あらゆる具体的な経験の中に、形而上学が前提する「一つの絶対的なもの ein Absolutes」として神の概念が潜在的に含まれていることを前提することで、はじめて経験と認識の連続性を思考することができるのである。ベンヤミンによれば、「新カント主義の欠点は経験の本質の中にあるこの連続性を無視したことにあると思われる」(II, 170)。認識を科学的客観性の価値基準に一元的に還元する新カント主義の経験概念によっては、具体的な経験と形而上学との統一的かつ連続的な連関を思考することができないのである。

神の概念を前提する形而上学と経験の関係を問うことは、哲学と宗教の関係を問うことでもある。それゆえベンヤミンは、神の概念を潜在的に含む経験を「宗教」とも呼んでいる。

> 哲学は、認識の構造の中に経験の構造があり、そして経験の構造は認識の構造から展開されうる、ということに基づいている。この経験は実際に宗教、つまり真なる経験をも包摂するのだが、そこでは神も人間も経験の客観あるいは主観ではないのである。とはいえこの経験は純粋な認識に基づいており、この純粋な認識の最高の純粋概念 Inbegriff としてのみ、哲学は神を思考することができ、また思考しなければならない。認識のために、客観と主観の概念に関して完全に中立的な圏域を見出すこと、これが来たるべき認識論の課題である。それは言い換えれば、客観と主観の概念が、もはやいかなる形でも二つの形而上学的な存在の間の関係性を示さない、認識の自律的で原初的な圏域 die autonome ureigene Sphäre を探り出すことである。　(II, 163)

ここでの宗教の概念は、最初期の宗教対話篇における、カントの認識論に依拠した「新たな宗教」の構想をも示唆していよう。しかしプログラム論文における宗教の意義は、単なるカント認識論の継承からは導かれない。ベンヤミンは一方で、新カント主義によるカントの経験概念の転換にならい、主観の経験的意識およびその対象としての客観の概念を斥ける。他方でベンヤミンは、そのように主観と客観の要素を排除した純粋な認識を、神の概念をも包括する形而上学的経験および宗教の概念に結びつけることで、新カント主義の経験概念をも斥けるのである。カント以後における認識論の断絶の問題に対して、コーヘンのように思惟の客観法則に直観を還元するのではなく、あらゆる経験を高次の形而上学的理念に結びつけることで、認識論に統一性と連続性を生み出すこと、これがプログラム論文において明確な輪郭を見せた初期ベンヤミンの認識論の基本的立場である。

形而上学の復権

ここでその後『ドイツ悲劇の根源』において提示されるベンヤミンのライプニッツ解釈をも視野に入れるなら、コーヘンとベンヤミンによるカント解釈の差異が、ほとんどパラレルな形でライプニッツ解釈の差異として現れることは注目に値する。つまりコーヘンは、ライプニッツの微分法を中心とした数学体系を評価し、形而上学自体の価値を評価しないのに対して、ベンヤミンはむしろモナドを中心とした形而上学の体系にこそライプニッツの意義を見出すのである。ベンヤミンがプログラム論文の中で、新たな経験概念構築の試みを新カント主義に批判を加えながら形而上学と結びつけていたことは、「認識批判序論」におけるライプニッツ・モナドロジーの再評価を先取りしていたと言っても過言ではない。そこで主張されるように、ベンヤミンがライプニッツに読み込むのは、生きた鏡として宇宙の全体を自己の内に〈表現＝代表〉する理念（＝イデア）としてのモナドの表象構造である。プログラム論文で構想された未来の形而上学の可能性は、紆余曲折を経てライプニッツ・モナドロジーの解釈とともに『ドイツ悲劇の根源』において改めて問われる。それは、新カント主義によって「意味の零点」にまで縮減された形而上学の意義を、カント以前のライプニッツにまで立ち返ることによって再発見する試みとも言える。

それらを考慮に入れるなら、ベンヤミンによるライプニッツ形而上学とモナドロジー復権の試みは、コーヘンや同時代の新カント主義者たちからだけでなく、二〇世紀初頭に支配的であった、数学・論理学へと形而上学を還元することに傾注したライプニッツ解釈の趨勢全体からもベンヤミンを隔てている。さらにベンヤミンによるライプニッツ形而上学の再評価は、ほぼ同じ時期に「形而上学に対する論理学の優位」に向けられたハイデガーの批判と比較することもできるであろう。ハイデガーもまた、ライプニッツの「モナドロジー的形而上学 monadologische Metaphysik」を「真理の論理学」の「始原的根拠 Anfangsgründe」として庇護しているからである。(36)

形而上学の意義をめぐって新カント主義と袂を分かったが、カントの経験概念改変をめぐる認識論の基本的構想は、その後のベンヤミンの思索の歩み全体をも大きく左右している。というのも、プログラム論文の前後に執筆されるさまざまの論文や作品批評において、ベンヤミンは一貫して主観の経験的意識の要素を排除した認識論の可能性を探っているからである。ベンヤミンの多くの著作に見られる、主観と客観という二つの相関概念から自由な認識と経験の方法は、プログラム論文で明言される「認識の自律的で原初的な圏域」に基づいた認識論の構想に基づいているのである。

すでにプログラム論文においてベンヤミンは、認識論の刷新を可能にする圏域として、「言語」を挙げている。「一面的に数学、力学によって方向づけられた認識概念に対して企てられるべき大規模な改変と修正は、認識を言語に関係づけることによってのみ達成しうる」(II, 168)。しかしプログラム論文以降のベンヤミンの思索の歩みをたどるなら、ベンヤミンによる認識論刷新の試みは、言語の領域だけで行われたわけではない。本書の第二章以降では、ベンヤミンが『ドイツ悲劇の根源』へ至るまでに、プログラム論文で示した認識論の構想を芸術作品論、歴史哲学、言語論といった領域へと展開していったことを指摘する。それにより、主観と経験的意識を克服する認識論についての初期の構想が、ベンヤミンの多くのテクストに形を変えながら回帰していることが明らかにされる。

しかし次章以降でその後のベンヤミンの認識論の展開を探る前に、本章の最後の節では、ベンヤミンがヘルダーリンの詩作品を注釈した論文を扱う。この論文では、プログラム論文に示されたカントの認識論を再構築する試みの一端が、詩作品の批評を通じて具体的に示されており、その検討によって初期ベンヤミンの認識論の内実を一層明確に描き出すことが可能になるからである。

第四節　ヘルダーリンと関係性の詩学

〈詩作されるもの〉による直観と理念の統一

ベンヤミンがヘルダーリンの詩を論じた「フリードリッヒ・ヘルダーリンの二つの詩」（以下ヘルダーリン論）は、一九一四年から一五年の冬に執筆されている。それゆえ執筆時期としては、「現代の宗教性をめぐる対話」（一九一二年）と、「来たるべき哲学のプログラムについて」（一九一八年）のほぼ中間に位置すると言えるだろう。すでに論じたように、この宗教対話篇とプログラム論文は、この時期にベンヤミンが集中的に取り組んでいたカント読解の成果の一端を、対照的に示すものである。

宗教対話篇においてベンヤミンは、カントによる感性と悟性の二元論を肯定的に論じながらも、認識諸能力の断絶を引き起こしたカント以後の認識論の統一性の問題に対する積極的な回答を与えてはいなかった。それに対してプログラム論文では、あらゆる経験の客観性の根拠を形而上学あるいは宗教の理念に求めることにより、カントにおける認識と経験の断絶を連続的な統一へともたらす構想が示されたのである。初期ベンヤミンの認識論の基本的立場は、しかしプログラム論文によってはじめて確立されたわけではない。というのも、プログラム論文の数年前に書かれたヘルダーリン論においてベンヤミンは、すでに直観と悟性の断絶の問題に対する積極的な解決を与える試みを行っていたからである。

すぐ後で示されるように、ベンヤミンのヘルダーリン解釈は、ヘルダーリンの詩に対する単なる文献学的な注釈に終始するわけではなく、むしろ作品の批評を通じた認識論の問題の究明を目的としている。初期のヘルダーリン論は、文学作品や芸術作品の解釈によってその作品の哲学的内実としての認識論の問題を浮き彫りにする、ベンヤミンによる作品批評の先駆けと見なしうるのである。その主要な執筆動機の一つが、一九一〇年代のベンヤミンにとって喫緊の課題であった、カントの認識論における二元性の統一にあったことは明らかである。というのも、そこでは直観と精神的秩序の統一が繰り返し問われるからである。それゆえ、ベンヤミンのヘルダーリン論をカントの認識論改変のプログラムの一端として解釈することにより、初期ベンヤミンの認識論の基礎的性格を具体的に把握することが可能になる。


ベンヤミンはヘルダーリン論の冒頭において、自らの注釈の方法を「文献学的注釈」から区別して、「美学的注釈」と呼んでいる。このような方法論が持つ論述の対象を、ベンヤミンは次のように説明している。「探り当てられるのは、叙情的な創作の過程でも、作者の人格あるいは世界観でもなく、詩の課題と前提条件が存在する、個別的で比類のない圏域 Sphäre である」(II, 105)。ベンヤミンはヘルダーリンの詩を解釈するにあたって、この詩人が実際に詩を創作する際の偶然的状況を考慮することも、詩の内容を詩人の主観的な思想や心情の反映と見なすこともない。むしろベンヤミンは、詩作品の生成過程と解釈から作者の主観的要素を排除し、詩作品が表現する対象を詩作品そのものから導き出すことで、作品が持つ純粋な芸術の圏域を探り当てることを試みる。それにより、個々の作品は単に作者の主観による偶然の産物ではなく、それぞれの形態によって客観的な「真理」の表現を目指す点で必然性を持つと見なされるのである。

そして詩作品の美学的注釈の対象となるのは、真理に対する作品の関係を問う認識の圏域に他ならない。

この圏域は、探究の産物であると同時に探究の対象である。それ自体はもはや詩と比較することができず、むしろ探究のみが確定しうるものである。個々の詩作に対して個別の形態を取るこの圏域は、詩作されるもの das Gedichtete と呼ばれる。この圏域の中に、詩作の真理を含むあの固有な領域 Bezirk が開示されなければならない。（II, 105）

ここで「詩作されるもの」と呼ばれる概念は、それ自体がヘルダーリン論におけるベンヤミンの注釈の方法の骨子を示すものである。つまり〈詩作されるもの〉は、単に詩人による創作の産物なのではなく、注釈による作品の探究によってはじめて見出される。ベンヤミンによれば、〈詩作されるもの〉は詩人の「生」とその創作物である「詩作品」という二つの極を限界点とする「境界概念 Grenzbegriff」である。それは、詩人の生や個人的な体験、また具体的な詩作品の個々の内容と直接比較することも、それらに還元することもできない。むしろベンヤミンは、詩人の生の直接的な表現という詩作品の定義を破棄し、詩作の真理を含む高次の圏域として〈詩作されるもの〉を想定することで、詩人の生と詩作品の統一的な連関を生み出すことを試みるのである。

ヘルダーリン論における〈詩作されるもの〉の概念は、それが詩人の主観的要素を排除した、中立的かつ純粋な詩作品の認識を意味する点で、プログラム論文における「認識の自律的で原初的な圏域」（II, 163）という言葉を先取りするものである。重要なのは、二元的な認識源泉として分離した直観と悟性の統一、そして主観の経験的意識によって構成されることのない認識の高次の圏域の構想が、〈詩作されるもの〉の概念によってすでに示されていることである。それは次のような定義からも見て取れる。「詩作されるものは、その一般的な形式においては、精神的秩序と直観的秩序の総合的統一である。この統一は、自らの個別的な形態を個別の創作物の内的形式として持つ」（II, 106）。ベンヤミンは、カント以後に断絶した認識の諸々の要素を統一へともたらす認識論の可能性を、ヘルダーリンの詩作品の注釈によって示そうとしていると思われる。(37)

本節では、上述のベンヤミンによる注釈の方法が生まれる誘因となった二つの主要な思想的源泉に着目する。第一の源泉は、ベンヤミンがヘルダーリン論を執筆する直接的な契機となったノルベルト・フォン・ヘリングラートによるヘルダーリン研究である。第二の源泉は、初期ベンヤミンが集中的に取り組んでいた、新カント主義マールブルク学派による数学的科学の諸原理に基づいた認識批判である。ベンヤミンのヘルダーリン論をめぐる先行研究においては、ヘリングラートからの影響についてたびたび指摘されながら、新カント主義との影響関係には十分に触れられてこなかった。[38] しかし、ベンヤミンによる注釈の方法が単に詩作品の文献学的注釈だけでなく、認識論的考察を目的とする以上、同時代のマールブルク学派による認識批判との比較考察は不可欠となる。実際にベンヤミンのヘルダーリン論には、エルンスト・カッシーラーをはじめ、同学派の内で頻繁に共有されていた概念からの明らかな援用が認められる。

以下では、ヘリングラートのヘルダーリン解釈とマールブルク学派の認識批判の方法が、いずれも〈詩作されるもの〉の概念を中心としたベンヤミンによる詩作品注釈の方法論の基礎を形成した点に着目する。そしてこの〈詩作されるもの〉の概念が、詩人の主観的感情や心象風景に還元される実体的要素を排除し、詩作品の内の個々の語同士の純粋な関係性を表現するとき、〈関係性の詩学〉とも呼ぶべき詩の認識構造が浮かび上がるだろう。

詩作品の内的形式

周知のようにヘリングラートは、二十世紀初頭にヘルダーリンの後期讃歌およびピンダロス翻訳の草稿を発見し、さらに自らヘルダーリンの批判全集を編集・刊行することで、同時期のドイツにおけるヘルダーリン受容に決定的な影響を及ぼした。そしてベンヤミンによるヘルダーリン論もまた、同時代のヘリングラートによるヘルダーリンの再発見を一つのきっかけとして書かれたものである。

ベンヤミンは、一九一七年二月二五日のエルンスト・シェーン宛の手紙に次のように書いている。「あなたは、ノルベルト・フォン・ヘリングラートが戦死したという知らせを読みましたか。私は彼が戦場から戻った際に、私のヘルダーリン論を贈呈して読んでもらおうと考えていたのです。ピンダロス翻訳に関する彼の論文におけるテーマ設定は、私のヘルダーリン論が書かれる外的な誘因となりました」(GB, I, 355)。ここでベンヤミンの言う「ピンダロス翻訳に関する」論文とは、ヘリングラートによる論文「ヘルダーリンのピンダロス翻訳」(一九一〇年)のことである。

同論文におけるヘリングラートの功績の一つは、抒情詩における語相互の結合形式に着目することで、「硬い結合と滑らかな結合 *harte* und *glatte* Fügung」という区分を導入したことにある (Hellingrath, 1944, S. 25)。ヘリングラートによれば、「硬い結合においては、個々の語が可能な限りそれ自体で拍子の構成単位 Einheit であるのに対して、滑らかな結合においては、イメージや観念上の連関がたいてい複数の語を従えている」(l. c., S. 26)。「滑らかな結合」の例としては、詩句の全体が詩人の心象風景を描写するような、ブレンターノやアイヒェンドルフの素朴な民謡調の抒情詩が挙げられる。そこで詩における言葉は、あくまで詩人自身の体験やイメージの描写に従事し、韻律は一定のリズムと秩序を保って滑らかに進行するため、詩句全体の意味連関を直観的に理解することができる。それに対して「硬い結合」では、名詞の同格的並列や合成語による結合、語句の交差配列や倒置法などによって、モザイク状に配置された個々の語の異質さが際立ち、屈折した韻律によって詩句のリズムもたびたび中断される。そこでは諸々の語が互いに孤立してぶつかり合うために、詩句全体から一貫した意味連関やイメージを形成することが困難になる。そしてヘリングラートがヘルダーリンの後期讃歌の内に見出したのは、この〈硬い結合〉の形式だった。

ヘリングラートによる論文が発表された当時のドイツでは、ヘルダーリンの精神錯乱と相まって生じた作品の難解さを理由に、後期ヘルダーリンによる詩の改作を、それ以前の作品に対する相対的な「改悪」として捉える解釈が少なからずなされていた[39]。このような解釈に対して、ヘリングラートは明確に距離を取る。ヘリングラートによれば、「芸術作品は絶対的考察を必要とする」(l. c., S. 47)。それは、詩作の過程における熟慮の有無、狂気、不手際といった詩人の精神状態の要素を作品解釈から排除し、もっぱら詩作品それ自体の内に現れる「内的形式 innere Form」としての言語形式に基づく、内在的な作品考察を意味する。ヘリングラート自身はこの「内的形式」を、詩の内容やその外的形式としての韻律の図式からも区別された、「もっぱら詩の言語形式に属するもの」（l. c., S. 53）と定義している。このような解釈の方法により、ヘリングラートは後期ヘルダーリンの作品の内に、それ以前の作品との連続性や詩的形式の発展をも読み取っている。それによれば、「後期の頌歌のあのような改作と改訂には、純粋な抒情詩的能力の発展を跡づけることができる。「臆心」を「詩人の勇気」の第一稿と比較するだけでよい。そこでは一層完全な詩人の存在が、あらゆる詩節の改変をもたらすのである」（l. c., S. 70）。

詩人の伝記的事実に依拠した従来の文献学的解釈から距離を置き、詩作品そのものが提示する純粋な抒情詩の形式に依拠するヘリングラートの研究は、ヘルダーリン論におけるベンヤミンの作品注釈の方法と一致する。しかもベンヤミンはそこで、他ならぬヘリングラートが名指した「詩人の勇気 Dichtermut」（一八〇一年）と、その改稿である「臆心 Blödigkeit」（一八〇二—〇三年）という二つの詩の比較考察を試みるのである。

この二つの詩は、ヘルダーリンが一つの詩作品を修正・改訂する過程で生まれた二つの異稿と言うべきものである。ヘルダーリンは、当初「Muth des Dichters」と題されていた詩を何度も改稿する過程で、そのタイトルを「Dichtermut」に変え、さらにその最終稿において「Blödigkeit」と改題した。ベンヤミンはヘルダーリン論において、一貫して「詩人の勇気」を「第一稿」と呼んでいるが、そこで考察対象になっている稿は、実際には本来の初稿から何度か改稿の段階を経たものに当たる。[40] 以下では混乱を避けるため、「第一稿」や「最終稿」のような呼称を取らず、その表題のみによって区別する。本書における「詩人の勇気」は、ベーム版で「第一稿」、ヘリングラート版で「第二稿」と呼ばれる稿を指すものである。

ベンヤミンによるヘルダーリンの詩の解釈を詳細に検討するために、以下ではまず「詩人の勇気」（SWB, I, 303f.）と「臆心」（SWB, I, 318f.）の日本語訳を掲げる。

詩人の勇気

お前には生あるものすべてが親しいのではないのか、
パルカが自ら仕えてお前を養うのではないのか？
だからこそ、さすらい歩け無防備なまま
生を通り抜けその先へと、そして何も恐れるな！

何が起ころうとも、すべてはお前に祝福として与えられ、
喜びへと変えられるがよい！　それとも何が
お前を傷つけられるというのだ、心よ！　何が
ふりかかり、お前がどこへ向かおうとも？

というのも、歌が死すべきものの唇を
安息の息を吸いつつ離れ、苦悩のなか幸福のなかでも役立ち
われらの調べが人間の
心を喜ばせるようになって以来、そのように

われら、民の歌人もまた、好んで生あるものたち
多くのものが集う所にあり、喜びをもって皆を慕い、

皆に心を開いてきた。まさにそのようにおられる
われらの祖先、太陽神は、

かの神は楽しい昼を貧しいものにも富めるものにも与え、
かの神は過ぎ去る時の内でわれら、移ろいゆくものを、
黄金の歩行紐にすがらせまっすぐに、
まるで幼児のように、立たせてくれる。

かの神を待ち受け、かの神をも連れ去る、時が来れば、
かの緋色に染まった潮が。見よ！　そしてその高貴なる光は
去り、変転を知り、
平静として下降の道を辿る。

ならば滅び去るがよい、いつか時至るなら
そして精神にどこにおいてもその権利が欠けていないなら、
ならば死ぬがよい
いつか生の厳粛さの内で
われらの喜び、いや美しい死よ！

臆心

お前は生あるものの多くを知っているのではないか？
真なるものの上をお前の足は歩むのではないか、絨毯の上を歩むように？
だからこそ、わが創造の精神よ！　歩み入るがよい
裸のまま生のうちへと、そして憂いなどするな！

何が起ころうとも、すべてはお前に添うものであれ！
喜びと響き合うものであれ、それとも何が
お前を傷つけられるというのだ、心よ、何が
ふりかかり、お前がどこへ向かおうとも？

というのも、天上のものたちに似た人間、この孤独な野獣を
そして天上のものたちをも、互いに訪ねるよう、
歌と王侯たちの
合唱が、それぞれの仕方で引き合わせて以来、そのように
われら、民の舌もまた、好んで生あるものたち、
多くのものが集う所にあり、喜びをもって分け隔てなく、

皆に心を開いてきたが、まさにそのようにおられる
われらの父、天上の神は、

かの神は思惟する昼を貧しいものにも富めるものにも与え、
かの神は、時の転回点において、われら眠り込むものを、
黄金の歩行紐にすがらせまっすぐに、
まるで幼児のように、立たせてくれる。

われらも誰かの何かに適いそして役立つ、
もしわれらが、技芸を携え来て、そして天上のものたちの
一人をもたらすなら。だがそれにふさわしい
手をもたらすのはわれら自身なのだ。

ベンヤミンによれば、「これらの詩に即して、〔…〕その内的形式 innere Form が示されるべきである」（II, 105）。このようにベンヤミンは、論文中でヘリングラートの概念を借用することで、その解釈の方法に直接依拠している。そしてベンヤミンの〈詩作されるもの〉の概念も、ヘリングラートによる作品内在的な「絶対的考察」の方法を、芸術のアプリオリな真理の表出を課題とする注釈の方法へと昇華させたものと考えられる。「そのようにして詩作されるものは、詩の前提条件、詩の内的形式、詩の芸術的課題であることが明らかになるだろう」（強調引用者、II, 108）[41]。

「詩人の勇気」と「臆心」を比較考察する際にベンヤミンが指針とするのは、それぞれの詩における個々の要素が、詩作品がアプリオリに前提する〈詩作されるもの〉の原理によっていかに統一されているかという点である。ベンヤ

ミンによれば、「詩人の勇気」において〈詩作されるもの〉は、いまだ作品の統一原理として十分に展開されていない。そこで特徴的なのは、死へと向かう自らの運命の成り行きを平静不動のまま受け入れ、神および自然の摂理に従属する、詩人の受動的な生が書かれていることである。(42)

「詩人の勇気」の第一詩節において、すでに詩人は運命の女神パルカによって養われる存在として描かれている。そして彼は、生の内で生起するあらゆる出来事を、自らに与えられた祝福として喜ぶ（第二詩節）。詩人は苦悩にあっても幸福にあっても、その歌によって民に喜びをもたらし（第三詩節）、多くの生あるものたちの中心にいる（第四詩節）。しかし彼は、死すべきものとして太陽神アポロンにあくまで従属し（第五詩節）、神々をも待ち受ける時の経過とともに変転・没落し（第六詩節）、最後に「美しい死」を喜びの内に甘受する（第七詩節）。ベンヤミンによれば、これらの詩作の根本動機となっているのは「詩人の死」であり、この死すべき運命を受け入れる詩人の「生の感情」によって、あらゆる要素は「情緒的に結びつけられている」（I, 110）。

それに対して改稿された「臆心」では、詩人はもはや運命や神々の秩序に従属する存在ではない。そのことを最も明確に示すのが第一詩節である。そこでは以前の稿にあった運命の女神の名は消え、「創造の精神 Genius」と呼ばれる詩人自身が、自らの生を認識しつつ歩みを進める姿が描かれている。ベンヤミンによれば、「詩人の勇気」第一詩節におけるパルカへの言及が、「臆心」では真なるものの上を歩く詩人の描写へと変えられていること、そして前者において「親しい verwandt」と言われた詩人と生あるものとの関係が、後者では詩人によって「知られる bekannt」関係へと変えられたことは、詩人の運命と生への「依存関係から能動性が生じた」（II, 114）ことを示している。

ベンヤミンも指摘するように、「詩人の勇気」から「臆心」への改稿の過程で変えられた多くの箇所には、詩人と世界の関係性の変化を読み取ることができる。「詩人の勇気」の第三詩節で死すべきものと言われた詩人は、「臆心」では天上の神々に似た存在にまで高められ、第六節においてその歌の技芸によって天上のものたちの一人をもたらすとまで言われる。そしてベンヤミンが「臆心」の中心的原理として見出すのは、詩に現れる諸々の要素の均衡関係である。詩人の世界への依存関係から、神々と詩人の均衡する関係性への変化によってはじめて、詩人の生の感情とは別の〈詩作されるもの〉が詩を統一する原理として展開される。「神々と人間の秩序は、詩の中心であるここ〔第三詩節〕で、一方が高められれば他方がそれに釣り合うような、奇妙な仕方で相互に高められている」(II, 112)。

実際に第三詩節の原文を見るなら、そこでは同格的並列と破格の倒置法が重ねられ、ヘリングラートの言う「硬い結合」の極端な形式を構成していることがわかる。

Denn, seit Himmlischen gleich Menschen, ein einsam Wild
Und die Himmlischen selbst führet, der Einkehr zu,
Der Gesang und der Fürsten
Chor, nach Arten, …

この詩行を倒置法なしで記した場合の語順は、おおよそ次のようになるだろう。Denn seit der Gesang und der Fürsten Chor die Menschen, die den Himmlischen gleich ein einsam[es] Wild waren, und die Himmlischen selbst nach Arten der Einkehr zuführet,…[43] ヘルダーリンの原文において、最初の部分は「Himmlischen gleich Menschen」となっており、本来の目的語である Menschen よりも、その比較対象である Himmlischen が倒置されて前に書かれている。これにより、「人間」と「天上のものたち」の両者に「孤独な野獣」の形容辞が掛かっていると解釈することが可能になる。また両者を直接挟む gleich は、そこでほとんど等置記号(=)のような役割を果たしており、いずれにおいても、人間と天上のものたちの秩序の間の均衡と並列関係が強調されていると考えられる。このような語の配置によって結合された人間と神々の秩序は、もはや一方への従属と依存の関係にはなく、むしろ相互の均衡を保った並列的関係へと変化していることがわかる。

運命に従属する詩人の情緒的イメージに基づいた「詩人の勇気」よりも、個々の語句と要素の異質な結合が際立つ「臆心」を重視するベンヤミンの解釈には、明らかにヘリングラートからの影響が見られる。それでは「臆心」において、硬い結合によって孤立したまま並存する諸々の要素は、いかにして統一的関係へともたらされるのか。この点に関してベンヤミンは、〈詩作されるもの〉の原理を「同一性の法則」とも呼ぶことで、ヘリングラートの解釈からさらに一歩踏み出し、別の方法論的源泉を示唆している。

実体概念から関数概念へ

ベンヤミンによれば、〈詩作されるもの〉の圏域においては、直観の要素と精神の要素がそれぞれ詩作の究極の要素として存在するわけではない。むしろ〈詩作されるもの〉とは、この二つの要素がいかに結合しているか、という関係性の表現なのである。「問題となるのは諸々の要素 Elemente ではなく、関係性 Beziehungen」(II, 108) である。そしてベンヤミンは、諸々の認識要素の結合関係を「同一性の法則」と言い換えている。

> 見かけの上で感性と理念の諸要素と思われるあらゆるものが、本質的で原理的に無限な関数 Funktionen の具現化 Inbegriffe として示される法則は、同一性の法則 Identitätsgesetz と呼ばれる。この法則によって、諸々の関数の総合的統一が示される。関数による総合的統一は、それぞれ個別の形態において詩作品のアプリオリとして認識される。(II, 108)[44]

個々の詩作品の中に表現として具体的に現れた感性と理念の諸要素は、それらを不変の絶対的要素と見なすなら、直接比較して関連づけることは不可能である。しかし、詩作品の中のあらゆる要素を、それらに先立つアプリオリな原理としての〈詩作されるもの〉から展開されたものと見なすなら、この産出原理を基にそれらの関係性を捉えることができる。ベンヤミンは、このような認識の方法を「関数による総合的統一」と呼んでいる。

例えばある関数を共通項として持つ数列の全体（$y = fx$）は、個々の項（y, x）がいかに異なる数値を取ろうとも、同一の関数（f）を共有する系列と見なすことができる。同様に個々の詩において無限に多様な要素が現れ、それらがいかに対立していようとも、それらを産出する関数原理が同一であるなら、両者の緊密な関係性を思考することができるのである。ここでベンヤミンが言う「同一性の法則」とは、このように多様な要素を同一の関数関係から産出される系列の全体として統一する原理を意味している。

プログラム論文においても、ベンヤミンは「同一性」の概念に触れている。それによれば、同一性の概念はカントのカテゴリー表には含まれていないが、超越論的論理学の最高次の概念として、「おそらく主観‐客観の術語を超えた認識の圏域を自律的に基礎づけるのに真にふさわしい」（II, 167）。ここからも明らかなように、ベンヤミンは同一性の概念をカントの認識論を修正するにあたって中心的な役割を果たすカテゴリーと見なしている。そしてプログラム論文と同様に、ヘルダーリン論においても「同一性」の概念は、直観と理性の区別、さらには客観と対峙する心理的主観のような諸々の認識要素の実体化を相対化する原理として捉えられている。[45]

ベンヤミンは、ヘルダーリンの詩における「同一性の法則」を次のように定義している。

> この同一性の法則が意味するのは、詩におけるあらゆる統一はすでに内包的に浸透し合って現れるということであり、諸々の要素を純粋に把握することはできず、むしろ把握しうるのは関係性の結合構造 Gefüge der Beziehungen だけだということである。この結合構造の内で、個々の存在者の同一性とは諸々の系列 Reihen が無限に連なる一つの連鎖の関数のことであり、この諸々の系列の内で詩作されるものは展開されていくのである。詩作されるものの内で、あらゆる存在者が原理的に無限な関数の統一として示されるところの法則は、同一性の法則である。（II, 112）[46]

詩において多様に現れる諸々の要素それ自体を比較するのではなく、その全体を同一の「関数」から展開する一つの系列として認識する方法には、初期ベンヤミンが集中的に読解していた、新カント主義マールブルク学派の理論との明らかな照応が見出される。

ベンヤミンはヘルダーリン論が書かれた一九一〇年代前半の時期に、ベルリンの旧フリードリッヒ・ヴィルヘルム大学に在籍しており、そこで当時マールブルク学派の代表的論者の一人であったカッシーラーの講義にも出席していた(47)。この時期に同学派の認識批判の理論に触れていたことは、ヘルダーリン論に少なからぬ影響を与えた可能性がある。というのも、同論文の中で頻出する「関係性」や「関数」の概念は、近代の数学的自然科学の原理を基礎にしてカント認識論の再編を試みたカッシーラーをはじめとして、マールブルク学派の認識批判において頻繁に用いられていた概念だったからである。

カッシーラーは『実体概念と関数概念――認識批判の根本問題についての研究』（一九一〇年）において、数学および自然科学のあらゆる領域を通じて、科学的思考の基盤が「実体 Substanz」概念から「関数 Funktion」概念へと移行していく論理的発展の過程を詳細に叙述している。同書の序文には次のような言葉がある。

> われわれが直観における多様なものを、概念的に把捉され、秩序づけられていると称するのは、この多様なものの諸項が、互いに無関係に並列しているのではなく、ある産出的な根本関係に従って、特定の初項から必然的な系列を成して生じている場合である。個々の内容がいかに変化しようとも保持される、この産出関係の同一性 *Identität* こそが、概念の特殊な形式を構成する。それに対して、この関係の同一性の保持によって、最終的に抽象的な対象、つまり類似した諸特徴が統一される普遍的な表象像が発生するか否かは、概念の論理学的性格規定には関わらない、心理学的な副次問題にすぎない。　（GW, VI, 14）

多様な現象を客観的に記述する際に、不変の性質を備えた〈実体〉の要素を考察の基礎に据えるなら、感性的対象として現れる個々の要素をその共通性に基づいて分類、抽象することで、複数の現象に適用される法則性が経験的に導かれる。それに対して数学における〈関数〉概念は、現象から独立した純粋な原理をアプリオリに仮定することで、この原理から現象に適用される普遍的法則性を演繹的に導くことを可能にする。

一つの関数に関係づけられる諸項の系列 f $(x_1, x_2, x_3, \ldots x_n)$ において、個々の項はそれ自体で客観的法則性を持った根本要素として把握されるわけではない。しかし無限に連なる諸項が同一の関数関係を共有するなら、個々がいかに多様な変化として現れても、同一の原理から産出された一つの系列として統一的に認識することができる。カッシーラーによれば、近代において関数モデルが数学のみならず自然認識に関わる科学全般へと拡張されることにより、現象の無限の多様性は、アプリオリに措定された同一の関数関係から展開される、一つの系列的連関を持つ全体として認識されることが可能になった。

カッシーラーの関数概念への着目は、同じマールブルク学派のコーヘンによる認識批判に触発されたものである。カッシーラー自身が『実体概念と関数概念』において、微分法の原理に基づいたコーヘンの「根源の論理」に、「大きさの概念から関数概念へ、〈量〉から本質的な基礎としての〈質〉へと遡及する、普遍的な考察法の最初の際立った例」(GW, VI, 106)[48]を見て取っている。

そして認識を心理的・主観的表象にではなく、純粋に科学的な数学的原理としての関数概念に基づけることによって、諸々の認識要素をアプリオリな産出原理によって統一しようとするカッシーラーの認識批判の図式は、初期ベンヤミンの認識論にも影響を与えている。この影響関係がヘルダーリン論に顕著に表れているのは、ベンヤミンの次のような言葉からも明らかである。「法則としての同一性は、実体として substanziell ではなく、関数として funktional 与えられている」(II, 117)。

ベンヤミンはプログラム論文と同時期の一九一八年に、「ある事象を科学的に記述するためにこの事象の説明が前提されることを証明する試み」と題された断章を書いている。この断章は、現象の認識がアプリオリな数学的原理を必然的に前提することを主張する点で、コーヘンやカッシーラーによる認識批判の問題関心に連なるものである。ベンヤミンによれば、研究者にとってある物理的事象をめぐる実験の意義とは、実験の中で示される個別的な数値の収集にあるのではなく、むしろ一連の事象に普遍的に適用可能な方程式の基準値となる「度量数 Maßzahl」を示すことにある。例えば物体の落下実験を行うためには、実験に先立って、あらゆる物体の自由落下は重力加速度 g を基礎的関数として現象する、という法則性が仮説として確定されていなければならない。そもそも一定の法則性が現象の内に存在することが何らかの形で仮説として想定されていなければ、実験で得られた数値データから物理法則が導かれることもないからである。

それゆえ、ある事象に関する科学的な記述において問題となるのは、事象の観察結果でも、研究者の「心理」の成り行きでもなく、観察に先立って仮説を立てることの論理的な「権限」の有無である。経験に先立って仮説を立てることを正当に前提する記述のみが、ある物理事象に関する科学的・客観的な記述となりうる。「ところで、仮説の論理的根源 der logische Ursprung der Hypothese は経験の内にはない。それはむしろ、現象一般が存在するという前提の下で、この現象を救出する、つまりは現象の内に必然性の契機、数学的契機を把捉し、確定するという課題の内にある」(VI, 41)[49]。ここでの仮説は、単なる現象の積み重ね、あるいは研究者の偶然的な思いつきによって事後的に導き出される法則性を意味しない。むしろ仮説は、あらゆる偶然的な現象が客観的に認識されるために、アプリオリな数学的原理からその法則性が論理的に産出されることを前提する、認識批判の方法的基礎である。

この断章におけるベンヤミンの論述は、数学的必然性から現象の多様性の客観的認識が導かれることを主張する点で、ヘルダーリン論における関数概念と方法的に重なる部分がある。そしてベンヤミンのヘルダーリン論においては、数学的・科学的な自然認識の方法を示す関数概念が、詩作品の注釈へと転用されるのである。〈詩作されるもの〉の概念は、詩作品の注釈が客観的な記述であるために必然的に前提されるという意味で、詩作品の探究が依拠する「仮説」と見なすことができる。そして〈詩作されるもの〉は、詩作品の探究によって見出されるものであると同時に、詩作品の個々の要素の認識に先立ち、それらを同一の関数的関係の下に統一する原理としても前提されている。この〈詩作されるもの〉を想定することにより、詩作品における諸々の直観的要素と精神的要素の統一性を思考することができるのである。

カッシーラーによる実体概念から関数概念へのパラダイム転換を踏まえることで、ベンヤミンの〈詩作されるもの〉の概念の意義は理解される。つまり〈詩作されるもの〉は、詩作品のアプリオリとして、具体的な詩の中で多様な表現として現れうる諸要素の産出関係を示す〈関数〉的原理なのである。それゆえ〈詩作されるもの〉の圏域においては、作者である詩人の経験的主観や、詩の対象としての客観が実体化された純粋な要素として現れることはない。ベンヤミンによれば、「詩作品の中に現実的に akutuell 存在する諸々の規定」は、〈詩作されるもの〉の圏域においては「潜在的な potentiell 存在」(II, 106) となっている。〈詩作されるもの〉は、無限に多様な変数として具体的に顕在化する要素が、一つの作品としての具体的な規定をいまだ受けていない展開可能性の圏域である。そして〈詩作されるもの〉によるアプリオリな規定可能性を想定することで、詩作品の内の個々の異質な要素を、いずれも詩作の真理から導かれた客観的要素として認識することが可能になる。それゆえ、〈詩作されるもの〉によってもたらされる同一性とは、要素同士の特性や共通性から事後的に得られる実体的同一性ではなく、あらゆる要素を同一の産出原理から展開される一つの潜在的な系列として統一する、関数的同一性である。

〈詩作されるもの〉としての詩人

以上のような観点を考慮したとき、ヘルダーリンの詩における諸々の要素を関数的に統一する同一性原理は、詩人自身に他ならないことが分かる。「臆心」の第一詩節には、「真なるものの上をお前の足は歩むのではないか、絨毯の上を歩むように？」という詩句がある。そこで空間的な平面の広がりを持つ「絨毯」と、理念的秩序に関わる「真なるもの」は、単に並置されるだけではなく、同じ詩人の歩行という行為によって結びつけられることにより、同一の秩序であるかのように見なされる。ベンヤミンによれば、詩人が絨毯の上を歩むかのように「真なるもの」の上を歩むことで、二つの秩序の間に同一性関係がもたらされる。

空間的秩序と精神的秩序は、両者に共通して属する、規定するものと規定されるものの同一性によって結合されたものであることが明らかになる。この同一性は二つの秩序における似たような gleich 同一性なのではなく、同一的な identisch 同一性なのであり、この同一性によって二つの秩序は互いに同一性へと浸透し合っているのである。(II, 114f.)

繊細な幾何学模様を示す具象的な「絨毯」と、理念的対象としての「真なるもの」という互いにまったく異なる空間的・理念的要素の同一性は、単に両者の共通性が比較されることによって経験的に示されるのではない。むしろこの二つの秩序は、その両方を歩む詩人という共通の産出関係から展開されることで、相互の異質さを保ったまま、同一の〈関数〉関係を持つ系列的秩序として結合されるのである。「真なるものと絨毯というイメージの不協和 Dissonanz が、歩むことができるということを、諸々の秩序を統一する関係として呼び起こしたのである」(II, 117)。

それにより、「臆心」における〈詩作されるもの〉の原理とは、空間と理念の関係性を産出する詩人自身であることが明らかになる。そこで詩人は、もはや何らかの性格や特性を持つ経験的・心理的な主観ではない。詩人はむしろ詩作の課題として詩作されるべき詩人の理念であり、また詩作品の内にアプリオリに前提される客観的な詩作の真理である。そこで詩人は〈詩作されるもの〉として、詩における諸々の要素の関係性のみを表現する構造的原理へと昇華されているのである。

同様の観点から、「臆心」の第三詩節や第六詩節を解釈することも可能だろう。第三詩節において、天上のものたちと人間たちを結びつける詩人の歌は、同一の産出原理による異質な諸要素の統一作用と見なすことができる。つまりそこで神々と人間が「似る gleich」と言われるのは、単に両者が具体的な特性によって引き合わされているのではない。むしろこの二つの異質な秩序は、詩人によって歌われることで、〈詩作されるもの〉の圏域の内で産出されるかのように、同一の〈関数〉原理を共有する要素として認識されるのである。

そして第六詩節の「天上のものたちの一人をもたらす」という言葉は、神々の秩序さえもが、詩人の歌から産出されるべきことを最も明確に示している。それゆえベンヤミンは、この「もたらす bringen」という言葉に「同一性についての最高次の表現」を見出している。「神は歌の宇宙を規定することをやめ、むしろ歌の本質が――技芸によって――自らの対象となるものを選ぶ。つまり歌は神をもたらすのである」(II, 121)。そのように詩人の歌は、詩における無限の産出作用として神をも規定する。詩人は詩の世界のあらゆる要素の中心として、人間の秩序と神の秩序、感性的世界と理念を一つの歌にもたらす産出原理となり、〈詩作されるもの〉の圏域を形成している。「統一性の内に解消された民と神の秩序は、ここで詩人の運命の内での統一性になっている」(II, 122)。そしてこれが可能になるのは、「臆心」において詩人が経験的な主観を脱し、純粋に構造的な関係原理となっているからである。

ベンヤミンによれば、絨毯と真理の上を歩む詩人は空間的な秩序の中に時間的な存在としてある。詩人がこのように空間と時間の形式を結びつけるのは、彼が死すべきものとしての人間たちと、天上の存在としての神々を結びつける存在だからである。生あるものとしての人間たちが「空間の広がり *Erstreckung*」(II, 113)として、外延的な直観の形式を体現するのに対して、神々は時間という潜在的な形式を体現する存在と見なされている。「臆心」の第五詩節第一行には「思惟する昼 der denkende Tag を与えるかの神」と書かれている。ベンヤミンによれば、ここで昼に付された「思惟する」という形容辞は、単に昼という言葉が元来備えている特性を示しているのではなく、神々の秩序の下にある精神的形式としての時間が、「昼」として具体的に人間たちの直観の秩序へともたらされることを意味している。「神々から、昼は形態化された時間の具現化 Inbegriff として現れる」(II, 119)。

ここには、ベンヤミンにおいて時間が、神あるいは真理の領域に必然的に結びつく形式であることの端的な表現が表れている。現象における存在者は、時間の形式に関係づけられることで、理念に基づく客観的な認識の対象となる。ベンヤミンによれば、ある存在者が「時間の内にあることの表現」とは、「純粋に内在的な可塑性を自己の内に担うこと」であり、このように時間的に存在するものとして、「事物は純粋な理念としての存在へと向かう」(II, 119)。

ベンヤミンは、コーヘンやカッシーラーにおける内包量や関数の原理に依拠して〈詩作されるもの〉の概念を構築しながら、その意味を根底から変容させている。新カント主義において純粋数学の論理概念は、形而上学よりも科学的理性にその客観的な妥当価値の最終根拠を持つ。しかしベンヤミンにおいて〈詩作されるもの〉の概念は、神的な時間としての形而上学的理念と直観的対象との関係性の探究によって、個々の詩作品の内容を客観的に基礎づけようとするものである。プログラム論文におけるベンヤミンの新カント主義批判は、経験概念の数学的原理への一元的還元が、認識論から形而上学を排除していることに向けられていた。ヘルダーリン論における〈詩作されるもの〉の概念は、認識論の中心に形而上学的、歴史哲学的考察の視点を導入する点で、ベンヤミン自身の来たるべき哲学の構想を多くの点で先取りしているのである。

以上述べたように、ベンヤミンの〈詩作されるもの〉の概念の源泉には、マールブルク学派における心理的主観の要素を排除した、諸要素の純粋な関係構造を表現する〈関数〉概念の批判的受容があった。初期ベンヤミンはこの概念をヘルダーリンの詩の解釈へと応用することで、互いに異質な要素の全体を同一の関係構造の下に統一する、〈関係性の詩学〉と呼ぶべき詩の解釈を示していた。空間と時間、感性と理念のあらゆる異質な要素をモザイク状に並列配置した後期ヘルダーリンの抒情詩は、それらを一つのイメージや意味連関へ還元することが不可能になるにつれ、相互に孤立した語の純粋な関係性のみを表現する〈詩作されるもの〉の圏域に近づいていく。

〈詩作されるもの〉とモナド

すでに確認したように、「詩人の勇気」において、詩人は運命に抗うことなく死を喜びの内に受け入れることで、自らの〈勇気〉を示す。そこで勇気は詩人自身の人格的特性以上の意味を持たず、詩人は神々への依存関係に支配されている。それに対して、「臆心」において詩人はこの依存関係から脱し、神々とも並び立つことで能動的に世界と関係する。

しかしベンヤミンは、「臆心」における詩人の能動性が単に運命を規定するだけでなく、「能動性そのものが運命に従って進み、しかも運命の成就をすでに自己の内に含んでいる」ことをも指摘する。「詩人のあらゆる能動性は、運命に従って規定された秩序に入り込み、この秩序の内で永遠に止揚〔保存〕されるとともに、この秩序そのものを止揚〔廃棄〕する」(II, 114)。つまり「臆心」において詩人の勇気は、もはや運命への依存としての受動性でも、運命を規定する能動性でもない。「臆心」という奇妙な表題は、このような意味で解釈される。「生の中心へ置かれることで、詩人には身動きしない現存、つまり勇気ある者の本質である完全な受動性——関係性に完全に身をゆだねること——以外に何も残されていない。関係性は詩人から発して、詩人へと戻っていく」(I, 125)。詩人において、死をも恐れぬ勇気は気後れした臆心と重なり合い、能動性と受動性、規定性と非規定性が同一のものとなる。それにより勇気は、もはや特定の人格的特性であることをやめ、運命の内にあるあらゆるものの関係性を生み出す、世界の構造的特性へと昇華される。

ベンヤミンによれば、「臆心」において危機にさらされるのは、詩人というよりむしろ世界そのものであり、詩人はこの世界の危機に身をゆだねると同時にその危機を克服することで、世界と一体化した純粋な関係性原理となる。

詩作されるもの一般の原理は、関係性だけが支配する Alleinherrschaft der Beziehung ということである。それはこの個別的な詩作品において勇気として、詩人と世界の最も内的な同一性として形態化されており、この詩作の直観的なものと精神的なものの同一性はすべて、詩人と世界の同一性の現れである。このことが、個別化された形態が空間－時間的な秩序の内で繰り返し自己を止揚〔廃棄〕することの根拠であり、この秩序の内で形態は、無形態でありながら全形態であり、経過でありながら存在であり、時間的可塑性でありながら空間的出来事であるものとして止揚〔保存〕されている。あらゆる認識された関係は、詩人の世界である死において一体化されている。この死の中には最高次の無限の形態と無形態性、時間的可塑性と空間的存在、理念と感性が存在している。（II, 124）

〈詩作されるもの〉としての詩人は、世界のあらゆる要素がそこから展開される産出的原理として、世界に浸透し、世界と同一化する。そうして詩人は、具体的に現れた形態だけでなく、潜在的な形態の可塑性をも孕むことで、空間と時間、理念と感性のあらゆる要素を共通の産出関係によって統一するのである。このように〈詩作されるもの〉の原理は世界の関係性の構造全体を集約しており、その意味で諸々の要素の同一性の根拠である。そこで詩人はもはや詩人ではなく、世界そのものになっている。

ここまでベンヤミンのヘルダーリン論に焦点を当てて考察したが、この論文で論じられる〈詩作されるもの〉の原理は、ベンヤミンが後年言及するライプニッツの「モナド」概念の解釈を、多くの点で先取りしていることを最後に指摘しておきたい。というのも、ベンヤミンが解釈するライプニッツのモナドもまた、現象において離散した諸要素の配置を理念の領域における〈調和〉の秩序と照応させる、関係性の表現原理に他ならないからである。そしてベンヤミンのヘルダーリン論は、それがマールブルク学派の認識批判の理論を一つの源泉とする点において、すでにライプニッツ哲学との近さを示唆している。

カッシーラーの『実体概念と関数概念』における「関数」や「関係性」の概念が、ベンヤミンのヘルダーリン注釈の方法的基礎を構成していることはすでに述べた。このような概念に基づく認識批判の立場を、カッシーラー自身は初期のライプニッツ研究の中ですでに明確にしており、その思考の源泉の一つがライプニッツにあったことが推測される。

　カッシーラーは『科学的に基礎づけられたライプニッツのシステム』（一九〇二年）において、ライプニッツの「実体」概念を硬直した事物に還元する解釈を退ける。とりわけこの立場は、ライプニッツのあらゆる命題を「主語－述語」関係に還元し、外界の表象を形成する自我として実体概念を解釈しようとする、ラッセルの解釈に対する批判において明確になる。このような「実体的」世界観に対してカッシーラーは、個々の現象の無関連な総和によっては表現されない、諸項の法則的連関の全体を表現する点に、ライプニッツの実体概念の意義を見ている。カッシーラーによれば、ライプニッツはそうして「旧来の存在概念を関数概念 *Funktionsbegriff* によって駆逐する」（GW, I, 486）のである。

　カッシーラーは、ライプニッツの「モナド」概念に関しても、それが単に心理的表象内容の寄せ集めや、デカルトにおける延長のような事物的構成要素を意味するのではなく、あらゆる事象の「関係性の統一」を可能にする構造的な操作概念であることを強調している（GW, I, 335ff.）。このような解釈は、ライプニッツにおいて形而上学の命題と数学的自然科学の論理法則が混在していることを批判し、後者のみを認めてモナド概念そのものの意義を認めなかったコーヘンよりも、ライプニッツの形而上学に積極的意義を認めようとするものである。しかしカッシーラーもまた、形而上学を含むライプニッツの全体系を科学の客観法則によって基礎づける点で、コーヘンの科学的観念論の系譜に連なる。カッシーラーは、ライプニッツにおいて力学の運動法則や数学の微分法原理が、モナドや予定調和のような形而上学の概念に先立って思考されており、あらゆる形而上学的原理が、科学法則の「論理的基礎」に依拠して構築されていることを主張するからである（GW, I, 282）。

　ベンヤミンは、心理学的主観を排除した客観的な認識の概念を新カント主義の科学的論理主義と共有するが、それによってあらゆる認識を科学の体系へと一元的に還元することはしない。ベンヤミンは、新カント主義の科学的認識論をいわば換骨奪胎し、認識の客観的妥当性の論理基準を科学の体系から形而上学へと移行させる。それにより、あらゆる認識の客観性は、神あるいは真理の形而上学的概念との連続的連関の中に求められる。プログラム論文に掲げられる、主観と客観の要素を排除した「認識の自律的で原初的な圏域」を探求するという課題は、すでにヘルダーリン論において、詩人の主観を排した詩作の理念である〈詩作されるもの〉の概念によって具体的に示されていたのである。

この〈詩作されるもの〉は、それが世界の関係性の構造を法則的に規定し、いまだ顕在化していない潜在的な時間の系列をも内に孕む点で、ベンヤミン自身が後に『ドイツ悲劇の根源』の「認識批判序論」で用いる「モナド」の概念と構造的に同型である。詳しくは第四章で論じるが、ベンヤミンが理念（イデア）と同一視するライプニッツのモナドは、潜在的な歴史を含めた世界の全体を、真理によって客観化された統一的な関係性の配置として表現する。ヘルダーリン論における〈詩作されるもの〉の概念は、このようなベンヤミンによる関係性概念の基本構造を先取りしていたと言える。(50)

そして、ベンヤミンによるヘルダーリンとバロック悲劇の研究を橋渡ししたのは、他ならぬヘリングラートだった。ベンヤミンは『ドイツ悲劇の根源』において、後期ヘルダーリンの作品を「バロック的」（I, 365）と呼ぶが、それは簡潔な文体の内に過剰な表現要素を集積させるバロックとヘルダーリンの両者の言語形式に、古典主義が凌駕しえない独自の意義を認めた、次のヘリングラートの指摘を踏まえたものである。「バロック時代と入れ替わろうと試みた古典主義の厳格な時代が、このバロックという言葉に、過度に誇張されたもの、支離滅裂なもの、不可解なものの概念を結びつけたのだが、ヘルダーリンによる創作のこの最後の時期の多くにも、似たような印象を受ける」（Hellingrath, 1944, S. 108）。(51) もっぱら言語の内的な結合形式に着目するヘリングラートの方法は、ベンヤミンのヘルダーリン論だけでなく、バロック悲劇の研究にまで影響を与えている。

ベンヤミンは後年ある批評文の中で、次のようにヘリングラートのヘルダーリン研究に言及している。「事物への愛は芸術作品の内部、つまり一つのモナドの内部へと歩み入るが、周知のようにモナドは窓を持たない代わりに、自己の内に全体の細密画 Miniatur を孕んでいるのである。そのような批評の試みが存分に発揮されることは稀である（ヘルダーリンのピンダロス翻訳に関するヘリングラートの研究は、その稀有な試みの一つだった）」（III, 51）[52]。この箇所は、芸術作品の内にモナド的本質の構造を見出す批評としてヘリングラートの研究を捉える点で、ベンヤミン自身のヘルダーリン論の方法とも重なる。

ベンヤミンが「翻訳者の課題」（一九二一年）で述べるには、ヘルダーリンのソポクレス翻訳においては、「諸言語の調和 Harmonie がきわめて深遠であるため、意味は風に吹かれて鳴る竪琴のように、言語によって触れられるにすぎない」（IV, 21）。原文のギリシア語を個々の語の要素に分解し、シンタックスの観点から原文を逐語訳するヘルダーリンの翻訳言語は、文全体の意味を再現することから限りなく離れていく。しかし経験的な意味の結びつきを失うにつれ、個々の語は諸言語の隠された内的な調和の関係を表出する要素として、解釈の対象となる。ヘルダーリンの後期抒情詩における言語形式は、アレゴリー的に離散した言語の諸要素の配置の内に、モナド的理念の領域における〈調和〉の関係との構造的対応を見出す、ベンヤミンの作品批評にとっての一つの原像だったのである。

第二章　芸術作品のモナドロジー——ベンヤミンとロマン主義

ベンヤミンはヘルダーリン論から約四年後、プログラム論文から約一年後の一九一九年に、スイスのベルン大学に博士論文『ドイツ・ロマン主義における芸術批評の概念』（以下ロマン主義論）を提出する。一九一〇年代を通して、とりわけカントや新カント主義に集中的に取り組んでいたにもかかわらず、ベンヤミンが博士論文のテーマに選んだのはカントではなく、フリードリッヒ・シュレーゲルとノヴァーリスを中心としたドイツ・ロマン主義の芸術論であった（以下「ロマン主義」という言葉は、基本的にこの両者を指す意味で用いる）。

ベンヤミンは当初、「カントと歴史」を博士論文のテーマとして考えていたが、その準備段階におけるカント読解はこのテーマを断念させる結果となり、同時期に読解していたロマン主義がカントの代わりとなるテーマとして浮上したのである。(1) このような経緯にもかかわらず、ベンヤミンのロマン主義論は、一九一〇年代のカントを中心とした認識論に関わる取り組みからの完全な決別を意味しない。というのも、この論文は初期ロマン主義の「芸術批評の概念」をタイトルに掲げながらも、認識論の問題をその出発点としているからである。とりわけそこには、前章で考察したヘルダーリン論やプログラム論文に示された、初期ベンヤミンの認識論の主要な特徴がはっきりと表れている。

ベンヤミンのロマン主義論は、序論、第一部「反省」、第二部「芸術批評」、そして末尾に付された「初期ロマン主義の芸術理論とゲーテ」の章から構成されている。この構成からも明らかなように、論文のタイトルにあるロマン主義の「芸術批評」の概念、そして芸術作品と芸術の理念の問題が論じられるのはようやく第二部においてであり、ロマン主義の認識論の基礎となる反省概念についての考察が、全体のおよそ半分を占める第一部の主題となっている。ベンヤミンによれば、論文がこのような構成をとるのは、ロマン主義の「芸術批評」の概念が美学的前提だけでなく、認識論的前提をも含んでいるからである。「実際にロマン主義による芸術批評 Kunstkritik の概念規定もまた、完全に認識論的な諸前提の上に構築されている」(I, 11)。

ベンヤミンによれば、ロマン主義論において問題とされるのはあくまで芸術作品に関する「芸術批評」としての「Kritik」の概念であり、それはカント的な哲学の方法としての「批判」からも、何らかの哲学的立場（例えば新カント主義の「認識批判」）としての「批判主義」からも明確に区別される。しかし、この「批評」概念に前提されている認識論の構造そのものが、ベンヤミン自身の認識論のプログラムに基づいているなら、批評概念の考察は認識批判の一部と見なしうるのであり、両者の区別は必ずしも厳密なものではない。

ベンヤミンは、ロマン主義における芸術批評の概念の問題領域を以下のように画定する。

> 芸術家の意識や芸術家の創作に関する理論、芸術心理学的な問題提起は除外され、芸術理論からは、芸術の理念と芸術作品の理念という概念だけが考察の視野に留まる。フリードリッヒ・シュレーゲルが与える、芸術批評の概念の客観的な基礎づけは、理念としての芸術の客観的構造、そして芸術の形成物である作品の客観的な構造にのみ関わる。 (I, 13)

このような論文の問題提起には、ベンヤミンが一九一〇年代に試みていた、カントの認識論を再構築するプログラムが、少なからず一貫して継続されていることを読み取るべきである。プログラム論文では、主観の経験的意識を認識論から排除することで、認識の自律的な圏域を探り出すことが試みられ、ヘルダーリン論では、詩人の主観に還元されない客観的な詩作の理念として、詩作品がアプリオリに前提する〈詩作されるもの〉の概念が用いられていた。これらは、芸術家の主観的意識によって創作される芸術作品の定義を廃棄し、客観的な芸術の理念に基づいて芸術作品を考察するロマン主義論の方法的基礎になっていると考えられる。

それゆえ以下ではまず、第一章で検討した初期ベンヤミンの認識論の取り組みの延長線上にロマン主義論を捉えることを試みる。その際には、自己反省の形式に依拠した初期ロマン主義の認識論と芸術論が、カントの認識論の継承と改変というベンヤミンの哲学構想にとってどのような意味を持つかを見極めることが必要である。そしてロマン主義論においては、それ以前のベンヤミンの方法論が単に反復されているだけではなく、それ以降の著作で発展的に高められる主題がいくつも先取りされている。その中でも本書は、『ドイツ悲劇の根源』におけるベンヤミンの理念（イデア）論に直接接続される、アテネウム期シュレーゲルのモナド概念の受容に焦点を当てる。ベンヤミンがシュレーゲルから受け継いだモチーフは数知れないが、芸術作品と芸術の理念を論じる際にライプニッツのモナドロジーにその理論的基盤を求める思考は、ロマン主義論以降、晩年に至るまでベンヤミンの著作にたびたび見られるものである。芸術作品とモナドの構造を結びつける着想は、シュレーゲルにすでに見られるが、ベンヤミンはとりわけアテネウム期のシュレーゲルのテクストの読解を通じてこの主題をさらに批判的に発展させていった。

以上のような問題意識から、本章ではまずフィヒテとシュレーゲルおよびノヴァーリスにおける自我の反省理論と直観の問題を検討し（第一節）、フィヒテの自我概念の批判から生じたロマン主義の哲学的立場とベンヤミンの認識論との関係を明らかにする（第二節）。そしてアテネウム期のシュレーゲルによる芸術作品の理論に見られる自己反省の構造を、同時期のシュレーゲルによるライプニッツ受容から考察する（第三節）。最後に、ベンヤミンが理念論の構想においてシュレーゲルのモナド解釈から離反するに至る過程を検討する（第四節）。

第一節　フィヒテとロマン主義における反省と直観

フィヒテにおける反省の直接性

「思惟」が自己自身について思惟することとしての「反省」、ベンヤミンによれば、「思惟の自己自身への関係性Beziehung」としての反省から、「他のあらゆる関係性は展開される」（I, 18）。このような反省の構造を、初期ロマン主義者フリードリッヒ・シュレーゲルおよびノヴァーリスの認識論が依拠する基礎的原理として示すこと、それがロマン主義論の第一部におけるベンヤミンの主たる課題である。その際にベンヤミンは、シュレーゲルとノヴァーリスによる反省概念の構築が、フィヒテの反省概念に依存している点を重視しているが、同時に両者の反省概念の差異をも指摘している。フィヒテの反省概念との共通性と差異に着目することで、はじめてロマン主義の反省概念の基本構造は明らかになるのである。

『知識学の概念について』（一七九四年）は、知識学を主題にしたフィヒテの最初の著作である。同著作の中でフィヒテは、あらゆる学一般がそもそも可能となるための根本条件を探求する「知識学 Wissenschaftslehre」の構想を示した。それは学についての学として、あらゆる学に先立ち、それらを基礎づけるものとして、他のいかなる学に依存することなく、自己自らに確実な原則を与えなければならない。それゆえ知識学は、何らかの対象についての知識の集積ではなく、あらゆる対象認識に先立つ、知性の活動そのものについての学である。「ところでこの自由な活動Handlungによって、すでにそれ自体で形式であるところのあるもの、つまり知性の必然的な活動が、内容として新たな形式へ、知識の形式あるいは意識の形式へと取り入れられる。それゆえそのような活動は反省の活動である。この必然的な諸々の活動は、活動がそれ自体で現れるところの系列 Reihe から分離され、すべての混合物を取り去って純粋に提示される」(GA, I, 2, 142)(2)。このようにフィヒテは、学の内容を体系として構築する、知識の形式そのものを意識に高める知性の活動を、「反省」と呼んでいる。具体的な事柄が個々の学の内容を構成するなら、内容に先立つ知の形式の反省の可能性は、あらゆる学に共通する、普遍的かつ必然的な条件である。ベンヤミンはこのようなフィヒテの反省概念を、形式そのものを内容とする知の形式として、「形式の形式」あるいは「知の知」と呼ぶ。

ベンヤミンによれば、形式を内容とする反省の構造においてフィヒテとロマン主義の立場は最も接近しているが、それは両者が反省概念に共通して認識の「直接性 Unmittelbarkeit」を見出すからである。『知識学の概念』の中には「直接的認識」という言葉は見当たらないが、反省において問題になるのは、まさにこの認識の直接性だとベンヤミンは言う。「自由の活動は絶対的主観にのみ関係しており、絶対的主観こそがこの反省の中心であって、それゆえ直接的に認識されうる。問題となるのは直観によるある対象の認識ではなく、方法による自己認識、形式的なものによる自己認識であり、絶対的主観が表すのは、このような方法と形式的なものによる自己認識に他ならない」(I, 21)。ここでの「絶対的主観」は、何らかの主観による具体的な内容の認識に先立って、思惟が自己自身の形式を認識する、反省的自己認識の構造そのものを指す。

ベンヤミンが認識の直接性と呼ぶのは、いかなる対象も持たない、思惟による自己関係的な反省の構造に他ならない。それゆえ、何らかの外的な対象に触発されることではじめて生じる経験的意識や、直観による対象認識を直接的認識と呼ぶことはできない。絶対的主観における反省は、自己以外のいかなる対象にも関係せず、思惟自身の形式のみを認識するのであり、この思惟による自己認識からあらゆる認識の可能性が産出される。

認識の「直接性」と並んで、ベンヤミンがフィヒテとロマン主義の反省概念を特徴づけるのが、「無限性 Unendlichkeit」の概念である。反省による自己認識の構造には、先行する反省を続く反省が対象とし、さらにその反省を続く反省が対象とする、無限の過程が不可避的に含まれる。そしてベンヤミンも指摘するように、フィヒテにおける自我の無限の活動性は、『知識学の概念』に続いて書かれた『全知識学の基礎』（一七九四年）における「定立Setzung」の概念、とりわけ自我による自己定立の活動によっても示されている。

『全知識学の基礎』においてフィヒテは、あらゆる人間的知識が端的に前提する原則の探究を、同一律の形式分析から始めている。「AはAである（A＝A）」という同一律の命題においては、内容としてのAの存在（「Aがある」）が定立されているのではなく、この命題を成立させている論理関係としての形式Xが定立（端的に確実なものとして確立）されている。例えば右の命題において、Aの内容が「二本の直線によって囲まれた空間」のように明白な誤りを含んでいるなら、Aの存在は現実には定立されないが、その場合でも主語Aと述語Aを結ぶ論理的連辞関係は依然として正しい。このように内容に先立つ形式自体を内容とする思惟の反省構造は、『知識学の概念』におけるそれとパラレルである。

それでは、命題「AはAである」における内容Aはいかなる制約において「ある」と言えるのか。この命題に含まれる形式Xは、少なくともこの命題を判断する自我の中に与えられており、また自我自身によって与えられていなくてはならない。というのも、そもそもこの命題が何らかの判断として可能になるには、この形式に従って命題を判断する自我が端的に定立されていなければならないからである。内容Aは「もしAがあるならば」という制約の下にはじめて定立されるが、自我はあらゆる個々の命題を判断する働きとして、それ自体で確実なものとして前提される。内容Aは自我の内に、そして自我によって定立されることで、はじめて「ある」と言えるのである。

それゆえ、「自我はある」は単なる経験的事実としてではなく、個々の命題の判断が可能になる必然的前提である「最高の事実」として、他の何によっても基礎づけられない絶対的根拠と考えられなければならない。自我は、「自我はある」と判断することで自己の存在を現実のものとして定立するのであり、逆にこの定立の根拠は、「自我はある」と判断する自我の存在の中にある。このように自我の自己定立においては、自我による能動的な判断行為が、同時にこの自我が存在するという事実をも表す。「事実Tat」と「行為Handlung」が唯一、同一のものである自我の端的な自己定立としての「事行 Tathandlung」を、フィヒテは以下のように表現する。「自我は根源的に、端的に自己自身の存在を定立する」(GA, I, 2, 261)。

ベンヤミンは、絶対的主観による「事行」の表現において、フィヒテにおける自我の無限の活動性の二つの側面である「反省」と「定立」が結合されていると解釈する。事行における判断行為と存在の事実の同等性は、反省する自我と定立する自我の同一性に基づいているのであり、反省と定立はそこで不可分だからである。それゆえ「事行とは定立する反省、あるいは反省された定立である」(I, 22)。このような「事行」によって表現される自我は、いかなる特殊的・経験的制約も受けない純粋な能動性を本質とする、「絶対的主観」としての自我である。それは、あらゆる人間的知識の無制約的な第一原則として、すべての知を理論的かつ実践的に一元化することを可能にするものである。

カントによって断絶した、理論的悟性と実践的理性の共通の基礎となることで、両者を統一するフィヒテの絶対的自我は、シュレーゲルとノヴァーリスにとっても画期的なものであった。しかし、フィヒテはこのような自我の無限性を、無限なものに向かう「努力」として実践哲学の領域に限定することで、それを理論哲学の領域からは排除しようとする。そしてこのように認識論から無限性を排除する点において、ロマン主義はフィヒテから距離を置くことになる。

フィヒテは、同一律によって示される第一原則に対して、矛盾律「非AはAではない(-A≠A)」を知識学の第二原則に適用している。同一律がそうであるように、矛盾律の命題に含まれる論理形式Xもまた、それ以上の証明を必要としない端的に確実なものである。いまこの命題におけるAを自我とするなら、非Aは非我 Nicht-Ich となる。それにより矛盾律に基づく第二原則は、「自我に対して端的に非我が反立 gegensetzen される」と表現される。これは非我が自我でないものとして定立されることを意味しているが、この命題を字義通りに受け取るなら、そこにはある矛盾が見て取れよう。つまり、この命題を判断する主体は自我に他ならず、その意味でやはり非我は自我の内に定立されるのであるが、非我は自我でないものである以上、自我の内に自我でないものが定立されることになる。極端に言えば、自我は非我を自己の内に定立することにより、自己自身を自我でないものとして定立し（「自我は自我ではない」）、自己を廃棄してしまう。

第三原則はこの矛盾を解消するために導入された。非我の反立によって自我そのものが廃棄されないためには、非我は自我の実在性を完全に廃棄するのではなく、その一部分だけを廃棄すると理解すべきである。つまり自我に反立される非我は、絶対的自我に対する無制約の否定性ではなく、可分的な、つまり制限可能な非我である。これに従って、可分的非我に反立される自我もまた、絶対的自我から区別された可分的な自我であることになる。事行の表現としての絶対的自我は、あらゆる人間的知識の端的な根拠としてつねに同一であるが、この絶対的自我の同一性の内部において、可分的な自我と可分的な非我が交互に互いを制限するのである。それゆえ知識学の第三原則は、「自我は自我の内に、可分的な自我に対して可分的な非我を反立する」と表現される。

絶対的自我があらゆる人間的知識の同一性を可能にする自我の存在そのものの基礎であるなら、可分的自我は現象のレベルにおいて実際に対象の認識に関わる理論的自我のことである。『全知識学の基礎』の第二部は、このような理論的自我による認識と表象の問題を論じている。フィヒテによれば、直観は自我にとって不可欠の要素である。「自我は直観すべきである。直観するもののみが実際に自我であるべきであるということは、自我は直観するものとして自己を定立すべきであることを意味する」(GA, I, 2, 371)。直観の問題は『知識学の概念』では論じられなかったが、ここでは自我の自己定立に直観の作用が必然的に含まれることが明言される。

直観するものとしての自我には、直観されるものとしての非我が反立され、この非我の抵抗によって直観する自我の内に表象が形成される。このように非我を直観し、表象する者として自我が自己を定立することは、すなわち自我から区別された非我に向かう自我の能動性が反転し、その非我を直観している自我へと「反射＝反省 reflektieren」されることに等しい。自我は非我を直観することによって、この非我を直観している自己自身をも直観するのである。この直観する自我の自己定立においては、非我から自我へ向かう部分的な受動性の契機が含まれているため、自我の定立作用はその無限の能動性を剥奪されている。ベンヤミンは、このようなフィヒテの定立作用を以下のように要約する。「定立は、表象によって、非我によって、反立によって自己を制限し、限定する。それ自体で無限なものへ向かう定立の活動は、規定された反立に基づいて、最終的に再び絶対的自我の内へ帰還し、それが反省と合致するところで、表象する者の表象の内へ取り込まれる。それゆえ無限の定立活動のあの制限が、反省の可能性の条件である」(I, 24)。

『知識学の新たな叙述の試み』(一七九七年)においてもフィヒテは、理論的自我における定立作用の無限の進行を、直観によって制限しようと試みている。われわれが〈自己を意識している〉と言うなら、自己を意識している当の自我と、この自我において意識されている自我を区別することができなければならない。しかし、このように主観としての自我と客観としての自我の区別を行うには、さらに高次のレベルにおいてこの主観としての自我をも客観とする、メタレベルの自我が必要となるであろう。そしてこの高次の自我が自己を意識するためには、さらに高次の自我が必要となり、この過程は無限に続くことになる。それゆえフィヒテは、このような説明によっては自己意識を説明することは不可能であるという結論に至る。

自己意識を可能にするのは、主観と客観を区別するメタレベルの自我による、無限に続く反省の連鎖ではない。むしろ主観としての自我は、客観としての自我を意識することで、同一の自己自身に回帰しなければならない。フィヒテにとって、このような自我の直接的な意識が「直観」である。つまり直観する自我は一つであり、この自我は無限に進行する反省の作用においてもつねに同一である。そしてこのような直観によって自己意識がはじめて可能になるのなら、自我による自己直観は自己定立の活動に等しくなる。「この直接的な意識が、たったいま述べた自我の直観である。この直観において自我は必然的に自己自身を定立し、それゆえ一つになった主観的かつ客観的なものである」(GA, I, 4, 277)。思惟による反省の無限の連鎖においては、自己意識は主観にも客観にもなるのであり、いつまでも反省を行う当の主体の意識がどこにあるかを確定することはできない。それゆえフィヒテはこのような自己意識の曖昧さを避けるために、つねに同一の自我が主観の位置に固定され、客観としての自己自身を直観することを要請したのである。

以上のように、『知識学の概念』の時点でフィヒテは、思惟の形式そのものを内容とする自己認識のあり方を反省と呼んでいた。このような絶対的自我の自己関係的な反省の構造は、ベンヤミンが一九一〇年代に一貫して取り組んでいた、カントの認識論改変のプログラムにとって重要な意義を持っていたと考えられる。主観と客観の相関関係によって構成された認識概念を克服しようとするベンヤミンにとって、思惟の形式のみを対象とする思惟の自己反省は、客観の概念を前提しない直接的な認識の可能性を提示していたからである。しかし『全知識学の基礎』以降、フィヒテは直観を自我による自己定立の本質的要素と見なすようになる。つまりフィヒテにとって、認識論の領域における直接的な認識の作用は反省ではなく、対象を伴った直観である。それに対してシュレーゲルとノヴァーリスは、フィヒテの反省概念から出発しながらも、フィヒテが直観の理論によって覆い隠してしまった反省の無限性を認識論の中心に取り込むことを試みた。そしてこの自己関係的な思惟の形式こそが、ベンヤミンが初期ロマン主義に見出す、もう一つの反省概念なのである。

シュレーゲルにおける反省の無限性

シュレーゲルの小説『ルツィンデ』（一七九九年）は、さまざまの文体や形式から構成され、さらには文学や哲学の理論までもが随処に散りばめられた実験的な作品である。同書の「反省」の節においてシュレーゲルは、「思惟は、自己自身に次いで、限りなく思惟することができるものについて思惟することを最も好む、という特質を持っている」（KA, V, 72）と書いている。ベンヤミンはこの言葉を解釈する際、思惟による思惟自身の省察はそもそも無限のものであることが含意されていると述べている（I, 18）。ここには、フィヒテが自我による反省の無限連鎖から逃れるために除外した思惟の無限性を、むしろその本質的特徴として積極的に取り込もうとするシュレーゲルの立場が見て取れよう。思惟の対象が他でもない思惟自身であるなら、そこで思惟と反省は同一視されていることになる。

ロマン主義論の序論に明言されるように、ベンヤミンが初期ロマン主義の核心として最も重視するのは、『アテネウム』誌刊行期（一七九八―一八〇〇年）のシュレーゲルおよびノヴァーリスによる諸々の断章や論文である。しかしそれらは、構想段階の萌芽的な思考が、短い断章の形式に書き留められたものである場合が少なくない。それゆえ初期ロマン主義の芸術理論の中心となる反省概念は、むしろアテネウム期の数年後にシュレーゲルがケルンで行った私講義『哲学の発展』（一八〇四―五年）において、はじめてその認識論的体系の中に明確に位置づけられたと考えられる。こうした理由からベンヤミンは、『哲学の発展』を先に参照することで、アテネウム期のロマン主義による芸術理論の認識論的前提を解明する方法を取る。[3] そして、ベンヤミンによるロマン主義の認識論の考察の中には、ベンヤミン自身の認識論の展開の中で見過ごすことのできない多くの論点が含まれている。

『哲学の発展』の第二巻は「直観の理論」と題されている。そこでシュレーゲルは、主にフィヒテにおける自我の反省と直観の概念を基点にしながら、自らの認識論の立ち位置を明らかにしている。フィヒテと同様にシュレーゲルもまた、「aはaである」という同一律の命題が可能となる根拠を、そのaを考える主体である自我の内に求める。しかしこの対象と区別された、自由で自立的な自我の活動は、直観の作用に終始するわけではない。というのも、単に対象を受容して保持する直観において、自我の意識は自立性を保つことなく、対象の中に失われてしまうからである。それゆえ自我は、対象から区別された自己自身をも意識する自己回帰の能力を持たなければならない。シュレーゲルは、自我による対象の受動的な保持を「感覚 Sinn」、そして自我が自己自身へと意識を向ける能力を「理性 Vernunft」と呼んでいる。この理性の作用によって、自我は自己を二重化し、自我による直観の対象は自我自身となるのである。「意識を持ち、対象を意識するためには、自我は単に対象だけではなく、自己と対象を区別できるのでなければならない。対象だけでなく自己自身を（対象を直観しているものとして）直観できなければならない」(KA, XII, 325)。このような自我の反省的な自己回帰の構造において、シュレーゲルはフィヒテの見解と完全に一致している印象すら受ける。しかしシュレーゲルの直観の理論は、実際にはフィヒテの反省概念を根底から書き換えようとするものである。

シュレーゲルは直観の本質を、対象を静的、持続的で固定化された「物 Ding」として捉える作用に見ている。というのも、動き続ける対象によって感性は混乱し、多様な印象が互いを相殺してしまうからであり、直観が生み出されるためには、対象は固定されなければならない。しかしシュレーゲルによれば、自由で生き生きとした対象の内的本質こそが認識の本来の対象であり、直観が捉える固定化された対象の印象は、あくまで外面的なものに過ぎない。こうした観点からすれば、カントの認識論における、経験的認識を構成する直観の能力そのものの意義が疑われなければならない。「経験が認識の本来の領域と源泉であり、その素材は直観において与えられており、悟性と理性は単に高次の連関と形式を加えるだけである、というカントの主張に対してわれわれは、直観においてはいかなる認識も与えられていないと主張する」(KA, XII, 329)。

カントの直観概念に対するシュレーゲルのラディカルな批判は、さらにフィヒテに対しても向けられる。すでに確認したように、フィヒテは『知識学の新たな叙述の試み』において、自我による無限の反省の連鎖ではなく、自己直観によって自我が自己自身に回帰することに自己意識の説明を求めた。それに対してシュレーゲルは、自我を直観の内に認識しようとするなら、自我を固定化することになり、それによって自我そのものを「物」と見なしてしまうことになると言う。むしろ認識されるべき自我とは、魂、あるいは生命のように流動的なものであり、直観によって認識される対象は実際には自己意識の核ではなく、その「空虚で死んだ外皮」でしかない。この点に、「直観において自我を確実に捉えることの大きな困難、というより不可能性があり、固定化された自己直観を認識の源泉に据えるあらゆる見解の誤謬がある」(KA, XII, 330)(4)。

それではシュレーゲルにおいて、自我による自己認識の可能性は何に基づくのか。シュレーゲル自身明言しているように、それは直観ではなく「思惟」である。直観に代えて思惟の活動を自己意識の中核に据えることにより、シュレーゲルはフィヒテが排除しようとした無限性の概念を、再び反省の概念に呼び込もうとする。

> われわれはわれわれ自身を直観する *anschauen* ことができないのであり、その際に自我はつねにわれわれから消え去る。しかしわれわれは自己自身を思惟する *denken* ことができる。そうすると、われわれは自らに対して無限なもの unendlich として現れる。これが驚くべきなのは、何といってもわれわれは通常の生において、自分自身を完全に有限なものと感じているからである。（KA, XII, 332）

『哲学の発展』におけるシュレーゲルの直観概念の批判は、直観の作用を認識の源泉とみなすカントとフィヒテの認識論を、根本から書き換える意図に貫かれている。しかし、シュレーゲル自身が述べるように、自我は自己自身を直観することができず、それどころか直観によっては何も認識されないのだとしたら、先ほど触れた「直観の理論」の冒頭における「自我は〔…〕自己自身を（対象を直観しているものとして）直観できなければならない」というシュレーゲルの言葉は、どのように理解すべきなのか。

この点に関して、シュレーゲルは以下のように述べている。「通常の直観の意識における自己自身に回帰する活動、つまり意識の粗削りな機構における理性は、受動的な思惟であり、物の概念と法則に従った思惟であって、つまりは一種の思惟にすぎない」(KA, XII, 349)。シュレーゲルにおいて直観や理性は、あくまで無批判な意識の様態であり、つまりは思惟による認識作用の低次の段階に過ぎない。それらは認識としての意義を得るために、思惟の作用へと高められなければならないのである。それゆえシュレーゲルの狙いは、物の外面のみを捉えて固定化する通常の直観の意識や、受動的な直観が自己に向けられる理性の段階から脱け出し、無限の運動と生成の可能性を捉える思惟による悟性（知性）的認識へ至ることにあると考えられる。そしてベンヤミンによるシュレーゲルの反省概念の解釈は、まさにこの前提から理解することができる。

ベンヤミンは、シュレーゲルの反省概念を三つの段階に分けて説明している。それによれば、シュレーゲルにおいて受動的な直観の段階としての「感覚」に相当する反省の第一段階は、「思惟されたもの Gedachtes」を相関概念として持つ「単なる思惟 das bloße Denken」である (I, 27)。ここで反省の第一段階が、直観ではなく「思惟」と呼ばれていることにやはり注意すべきであろう。そして反省の第二段階は、シュレーゲルにおいて自我の直観の作用が自己自身に向けられる「理性」に相当するが、ベンヤミンはこの理性をもあくまで思惟の作用として理解している。それは第一段階の思惟が自己自身を思惟することとして、「思惟の思惟 das Denken des Denkens」と呼ばれる。

反省の第一段階における「単なる思惟」は、「思惟されたもの」を内容とするならその形式と考えることができる。それに対して第二段階の反省は、第一段階の思惟の形式そのものを思惟することで、「形式を内容として持つ形式」となる。ベンヤミンによれば、この第二段階の反省こそが本来の意味での反省の形式と考えられなければならない。それはフィヒテが『知識学の概念』において、知識の形式そのものを内容とする知性の自由な活動を「反省」と呼んだのと同じ意味で、思惟による自己自身の直接的な認識である。「第二段階は第一段階から、それゆえ真の反省によって直接的に unmittelbar 生じてきたものである。言い換えれば、第二段階の思惟は第一次の思惟から、第一次の思惟の自己認識として、それ自身で、そして自発的に生じたものである」(I, 27f.)。このようにベンヤミンにとって反省の直接性は、何より直観による対象認識とは区別される、思惟の自発的、自己関係的な認識のあり方を意味する。思惟が自らの形式を認識する反省の直接性の構造において、シュレーゲルは、『知識学の概念』におけるフィヒテと一致しており、この「思惟の思惟」としての反省の形式が、初期ロマン主義の認識論が依拠する根本形式となったのである。

しかしシュレーゲルの反省概念は、その第三段階においてフィヒテとの明らかな差異を示す。フィヒテとシュレーゲルに共通する反省の「原形式 Urform」としての「思惟の思惟」においては、思惟の客観が思惟の形式であることに疑いの余地はない。しかし、反省の第三段階である「思惟の思惟の思惟 das Denken des Denkens des Denkens」の形式には、ある二義性が含まれている。いま原形式の〈思惟の思惟〉という表現を起点にするなら、一方で第三段階の反省は、〈思惟の思惟〉の形式が客観として思惟される形式と考えることができ、「〈思惟の思惟〉の思惟 Denken (des Denkens des Denkens)」と表現することができる。

他方で〈思惟の思惟〉が思惟する主観の側を表すと考えるなら、第三段階の反省は、〈思惟の思惟〉という形式によって思惟する主観の反省のあり方として解釈され、「〈思惟の思惟〉としての思惟 (Denken des Denkens) des Denkens」と表現される (I, 30f.)(5)。このように第三段階の反省においては、反省の原形式である〈思惟の思惟〉は思惟される客観にも思惟する主観にもなるため、反省を行う主体を一義的に位置づけることができなくなってしまう。反省の進行が無限であるなら、反省は原理的にさらに高次の段階へと高まることができ、そこでは反省の主観と客観をめぐるさらなる解釈の多義性が生まれるだろう。

ベンヤミンによれば、このような分析は一見詭弁のように思えるが、実はそこにフィヒテとシュレーゲルの反省概念の本質的差異がある。思惟の形式に基づいたシュレーゲルの反省概念が不可避的に抱える、反省の無限の進行と反省する主体の多義性、これらの要素を反省の過程から排除することにフィヒテの知識学の主な特徴があったからである。

知的直観と反省

すでに確認したように、フィヒテは『知識学の新たな叙述の試み』において、思惟による反省形式に基づく自己意識の説明は不可能であるという結論に至っている。ある主観の意識がメタレベルの主観による意識の客観となり、このメタレベルの主観がさらに高次の主観による意識の客観となる……、という形で無限に繰り返される反省によっては、そもそもこの反省を行う主体の位置が確定できないからである。それゆえフィヒテは、自我による自己の直観によって、自己意識を持つ自我の同一性を確保することを求めた。

フィヒテは『知識学への第二序論』(一七九七年)において、自我による自己直観を「知的直観 intellektuelle Anschauung」と呼んでいる。それによれば、われわれが何らかの行為を行っていることを自ら意識するためには、この行為一般を概念的に把握するだけでなく、自己の行為の際立った特徴を直接的に意識する、つまりは直観する必要がある。「それぞれの行為における私の自己意識の知的直観がなければ、私は歩くことも、手足を動かすこともできない。この直観によってのみ、私は私がそれを行っていることを知るのであり、この直観によってのみ、私は私の行為およびこの行為における私を、目の前にある行為の客観から区別するのである」(GA, I, 4, 217)。このような定義によって、フィヒテの知的直観の概念はカントのそれとは異なるものであることがわかる。

周知のようにカントは、対象によって触発されることではじめて可能となる受容的能力としての「感性的直観 sinnliche Anschauung」から区別して、それ自体で自発的に作用する叡知的な直観の能力として「知的直観」の可能性を示唆した。感性的直観は人間に固有の認識能力であるが、知的直観は自然の超感性的な基体としての「物自体」を直観しうる能力であり、経験においては前者のみが可能であって、後者はその可能性を思考することしかできない(Vgl. KrV, B307, B342f.)[6]。フィヒテによれば、カントの知的直観は感性的でない存在の直接的認識に関わるために、その体系から遠ざけられなければならなかった。それに対しフィヒテの知的直観は、超感性的存在そのものではなく、存在に向かう自我の行為の直接的意識である点で感性的直観と結びついているが、単なる質料的存在の直観ではなく、自由な知性による純粋な活動の直観であるために知的直観と呼ばれる。この知的直観による自己意識は、あらゆる意識の基礎として、知識学の体系の根底に位置づけられるべきものである。

フィヒテは、知的直観をあらゆる意識の可能性の条件と見なすことで、この概念をカントの「統覚」概念に近づけている。カントによれば、意識に現れる多様な直観を統一するために、「私は思惟する Ich denke」という自己意識が私のすべての表象に伴いうるのでなければならない。それは、あらゆる直観の表象においてつねに同一の自我が意識されていることを意味し、この意識は単なる感性的直観や経験的意識とは区別され、「純粋統覚 reine Apperzeption」

あるいは「根源的統覚 ursprüngliche Apperzeption」と呼ばれる（KrV, B131f.）。

フィヒテにとっても、経験的意識が意識の同一性を確保する根源的意識と同列に置かれることは避けられなければならなかった。というのも、絶対的自我さえもが時に意識の客観となるなら、あらゆる人間的知識の基礎となる知性の自発的な活動性が否定され、この絶対的自我の外部にさらに別の自我を前提することになるからである。フィヒテにとってあらゆる反省は絶対的自我の内部で行われるのであり、あらゆる自我の活動は絶対的自我を根拠とする。それゆえあらゆる意識に先行し、絶対的自我の同一性を確保する、根源的で、端的な自己定立、つまり事行は知的直観によって可能になるのであり、この知的直観がなければ思惟による反省も不可能である。

つまりフィヒテにとって根源的なのは、概念的思惟による形式的反省ではなく、知的直観による絶対的自我の端的な自己定立である。この点はベンヤミンも強調している。「それゆえ彼〔フィヒテ〕は、反省が実り豊かに用いられる場合を、知的直観における反省の場合においてしか知らない。知的直観における反省の機能から発生するものが、絶対的自我であり、事行である。したがって知的直観としての思惟は相対的に対象性を持つ gegenständlich 思惟である。言い換えれば、反省はフィヒテ哲学の方法ではない。フィヒテの方法はむしろ、弁証法的な定立の中に見出されなければならない。知的直観とは自らの対象を産出する思惟であるが、ロマン主義者たちの意味での反省とは、自らの形式を産出する思惟である」（I, 29f.）。

ベンヤミンの解釈に従うなら、フィヒテは『知識学の概念』においていまだ「直観」の概念を用いずに反省概念を定義していたために、思惟による思惟自身の形式的な反省概念の可能性を示唆していた。つまりフィヒテは『全知識学の概念』より後になって、反省の直接性をカントの用語法に同化して「直観」と呼んだことになる。それにより、当初の対象性を持たない形式的な反省概念は後景に退き、むしろ絶対的自我の端的な定立を可能にする知的直観が自我の同一性の基礎として重視された(7)。

それに対してシュレーゲルは、対象を持つ直観の要素から自由な、思惟による思惟の形式自体の思惟として、反省の可能性をあくまで徹底化させたと言える。ベンヤミンによれば、シュレーゲルにとって「反省とは直観ではなく、絶対的に体系的な思惟であり、概念的把握 Begreifen である。にもかかわらず、シュレーゲルにとってやはり認識の直接性は救い出されるべきである。そのためには、直接的な認識を与えるのはただ直観のみである、というカントの学説との決別が不可欠である。フィヒテさえもが、全体としてはいまだこの学説に固執していた」(I, 32)[8]。このように、ベンヤミンの解釈するシュレーゲルの反省概念は、直観による対象との関係性を排除した、思惟による思惟自身との直接的関係性によって認識を構成する方法論を表している。実際にシュレーゲルは、思惟を間接的、直観を直接的認識と見なすフィヒテを批判し、知的直観とは異なる、思惟による自己反省としての「直接的な思惟」について語っている(KA, XII, 355f.)。

ベンヤミンのロマン主義論と新カント主義

ここまで考察したように、ベンヤミンはロマン主義論の中で、一貫してロマン主義の反省概念を思惟による概念的認識として解釈している。このようなベンヤミンの解釈が、それ以前には情動的で夢想的な側面ばかりが強調されてきたロマン主義の理解を根底から変えるものであり、とりわけ二十世紀後半以降のロマン主義再評価の一つのきっかけとなったことはよく知られている[9]。ベンヤミンのロマン主義論と同年の一九一九年に発表されたカール・シュミットの『政治的ロマン主義』(第二版一九二五年)においても、いまだロマン主義の主観主義や非合理主義的側面ばかりが誇張されて批判されていることと比較するなら、その解釈の革新性は顕著である[10]。その意味で、初期ロマン主義の解釈史においてベンヤミンのロマン主義論が果たした役割は看過できない。

しかし同時に注意すべきなのは、ベンヤミンのロマン主義解釈にある偏重が認められる点である。反省概念をもっぱら思惟の形式に基づけることで、ロマン主義の認識論から直観の要素を排除しようとするベンヤミンの論述には、時に文献解釈の範囲を大きく逸脱した強い傾向性が見られる。「とりわけ知的直観に関しては、シュレーゲルの思考法は多くの神秘主義者たちの思考法とは対照的に、直観性 Anschaulichkeit に対する無関心という点で際立っている。彼は知的直観や恍惚状態に拠り所を求めることはない」(I, 47)。このようにベンヤミンは断言する。しかしシュレーゲルは、『哲学の発展』講義より前に書かれたアテネウム断章集において、「知的直観は理論の定言命法である」(KA, II, 176) と書いている。ここからは、『哲学の発展』以前の初期シュレーゲルがフィヒテの知的直観に対してつねに批判的・否定的態度を取っていたわけではなく、むしろ知的直観に肯定的な意義をも認めていたことが推察される。ベンヤミンがこの断章を知らなかったことは考え難いが、ロマン主義論においてこのような言葉が引用されることはない。

ロマン主義の認識論をもっぱら思惟の反省形式、つまり悟性による概念的思惟によって特徴づける解釈傾向は、ベンヤミンのロマン主義論全体を通して見られる。明らかにベンヤミンは、悟性的思惟の自己反省による認識論の客観的構成という図式を侵食しかねない直観、感情、構想力、忘我状態や無意識といった問題を、ロマン主義の解釈から意図的に排除している。[11] 少々先取りになるが、ベンヤミンのロマン主義論の本論末尾において提示されるロマン主義の芸術論の特徴は、詩作品や芸術作品がもっぱら合理的理性や機械的悟性によって構成されているというものである。ベンヤミンはこのような情動による恍惚状態と対立する、合理的で醒めた客観的態度を「散文的」反省と呼んでいる。「芸術の原理としての反省は、散文的なもの das Prosaische の内で最も高められて示されるが、この散文的なものは語法上まさに冷徹なもの das Nüchterne を隠喩的に表す名称である。反省は思惟する態度、熟慮された態度として、恍惚状態、プラトンの狂気 μανία に対立する」(I, 103f.)。

ロマン主義の認識論は、主観的な夢想や情動に終始するのではなく、むしろ悟性的思惟による自己客観化の契機に基づいて構築されているというベンヤミンの指摘は、それまでのロマン主義に関する一面的な理解を改めた点で重要である。しかしそれは同時に、ロマン主義の認識論全体を一元的に悟性的認識に還元しようとする過剰な解釈にも通じている。このような解釈の偏重には、単なる文献資料の欠如やテクスト解釈の齟齬というより、ベンヤミン自身の認識論に関わる問題意識とその傾向性が色濃く反映されていると考えられる。そのため、ここではベンヤミンによるフィヒテとロマン主義の反省概念の解釈に、前章で検討した一九一〇年代のベンヤミンの認識論の基本的立場、とりわけ新カント主義の影響下に形成された認識論の枠組みが少なからず関わっている可能性を指摘しておきたい。

ベンヤミンのロマン主義論に見られる新カント主義からの直接的な影響は、とりわけヴィンデルバントの哲学史解釈やその方法論への依拠に見られる。[12] ベンヤミンは、ヴィンデルバントの『近代哲学史』の第二巻（一八八〇年）から何度も引用するが、それらはいずれもフィヒテに関わるものである。同書のフィヒテを論じた章において、あらゆる知識の体系は何らかの所与の対象の表象や、現象としての事実から導き出されるのではなく、理性の内在的な自己規定としての知性の「自己思惟 Selbstdenken」によって産出されると解釈されている。つまり理性の自己思惟は、現象における質料的存在に依存することのない、純粋思惟による存在の産出原理である。

ベンヤミンは、ヴィンデルバントのフィヒテ解釈から以下の箇所を引用する。「活動性 Tätigkeiten は何らかの存在を前提するものと通常見なされているが、フィヒテにとってあらゆる存在は根源的な行為 Tun の産物にすぎない。いかなる機能的存在 funktionierendes Sein も持たない機能 Funktion が、彼にとっての形而上学的根本原理なのである。〔…〕思惟する精神がはじめに〈存在〉していて、後から何らかのきっかけによって自己意識に至るわけではない。むしろ演繹も説明もできない自己意識の活動 Akt によって、はじめて思惟する精神は成立するのである」（Windelband, 1880, S. 208. Zit. nach: I, 39）。[13] このようなヴィンデルバントの解釈は、直観の対象としての事実性の判断に対して論理的妥当性に基づいた思惟判断を先行させ、思惟の機能に自己産出性をも認める点で純粋論理学主義に接近する。

ベンヤミンがフィヒテにおける絶対的自我の「事行」を思惟による直接的な自己思惟として解釈したことの背景に、ヴィンデルバントによるフィヒテ解釈の影響があったことは疑いえない。とりわけフィヒテとロマン主義の両者に共通する反省概念の根本原理として、思惟の自己産出的機能を強調する点には、この時期のベンヤミンと新カント主義との親近性がはっきりと表れている。すでに論じたように、ベンヤミンはフィヒテが「知的直観」の概念によって思惟の反省に対象性の要素を持ち込んだことで、純粋に形式的な思惟としての反省概念の意義が後退したと考えている。

それに対してロマン主義は、対象性を持たない自己関係的な反省概念をさらに徹底したと解釈される。

さらにベンヤミンは、フィヒテの無意識の問題をめぐる解釈に関してもヴィンデルバントに依拠している。フィヒテにおいて、自己意識の根拠は自我の外部の〈物自体〉に由来するのではなく、自我自身の内から導出されなければならない。それゆえヴィンデルバントによれば、自我を制限する非我の表象が自己意識それ自体の内から産出されるためには、意識表象に先行する無意識が自我の内に含まれていることを認めなければならない。「自我の内で非我を何より最初にもたらす根源的産出は、意識的ではなく無意識的でしかありえない」(L. c., S. 210. Zit. in: I, 23)[14]。ベンヤミンはこのヴィンデルバントの言葉を引用するとともに、フィヒテとは対照的に、ロマン主義において無意識による自己意識の制限は考えられていないことを指摘する。つまりフィヒテにおいて自己意識は、意識に対立する無意識によって制限され、非我の直観は反省することができないが、ロマン主義において自己意識を制限するのは、反省それ自体である。「ロマン主義者は、無意識的なものによる制限を忌み嫌う。相対的な制限のみが存在すべきであって、それは意識的な反省それ自体の内に存在しなければならない」(I, 36)。

ベンヤミンによれば、『哲学の発展』におけるシュレーゲルの「意志 Wille」の概念は無限の反省の進行を任意に停止させて自己規定する能力として、フィヒテにおける無意識とは異なる形で自我の制約性を示すものである。このもっぱら意識的で概念的な反省の構造が、ロマン主義論全体で展開される、主観的空想や直観主義から区別された合理的思惟の反省や、客観的な「形式のイロニー」概念の基礎となるものである。このようにベンヤミンは、ロマン主義の認識論から直観や無意識の要素を可能な限り排除することで、ヴィンデルバントのフィヒテ解釈における自己思惟の機能を、ロマン主義における悟性的思惟の反省として、さらに徹底化させようとする[15]。

ロマン主義の認識論に関して、直観に対する思惟の反省概念の優位性を主張し、さらにその芸術論に関して詩的感情に対する散文的反省の優位性を強調するベンヤミンの解釈は、カントにおける感性と悟性の二元性の問題、そしてそれに対する新カント主義の純粋論理学主義による克服の試みと少なからず対応している。その意味では、ベンヤミンが一九一〇年代に取り組んでいた認識論の二元性の問題とその克服という課題は、ロマン主義論の中にも少なからず顔を出していると考えられる。

『来たるべき哲学のプログラム』においては、克服されるべきカントの認識論の二つの特徴として、感覚によって知覚を受け取る自我の経験的意識、および主観－客観の相関関係によって構成される認識概念が挙げられていた。カントの直観概念から距離を置き、思惟の形式そのものを思惟する自己関係的な認識作用としてのシュレーゲルの反省概念は、ベンヤミンの未来の哲学構想にとって際立った意義を持っていたことは推測に難くない。一九一〇年代のベンヤミンにとって、ロマン主義が提示した思惟による無限の自己反省は、認識する自我とその直観の対象を前提するカントの認識論を改変するための、認識批判のプログラムを先取りするモデルとして解釈される可能性を持っていたのである。

第二節　反省の連関と関係性の認識

シュレーゲルの生成の哲学

シュレーゲルが、何らかの特性や質料を持つ対象の直観ではなく、思惟による形式的な自己省察として反省概念を定義したことで、反省には必然的に〈思惟の思惟の思惟の……〉と無限に続く思惟による自己思惟の過程が含まれることになる。ある主観をより高次の主観が反省し、この主観をさらに高次の主観が反省し……、と無限に続く反省の過程においては、反省する主体の位置が未確定のまま多義的になる。それゆえ無際限に繰り返される反省の多義性を排除するために、フィヒテは知的直観によって反省に先立つ絶対的自我の端的な自己定立を説明し、反省の過程においてつねに同一の主体がこの反省を行っていることを確定させたのだった。それでは、フィヒテが避けようとした反省の無限性と多義性を、シュレーゲルとノヴァーリスはいかなる理由で自らの哲学に積極的に取り込もうとしたのか。ベンヤミンによれば、初期ロマン主義にとって〈思惟の思惟の思惟の……〉と続く反省の構造は、単に無際限で空虚な過程を意味していたわけではなかった。「反省の無限性は、シュレーゲルとノヴァーリスにとって何よりも進行 Fortgang の無限性ではなく、連関 Zusammenhang の無限性である」(I, 26)。シュレーゲルとノヴァーリスにおける反省の無限性は、あらゆるものが有機的に関係し合う「連関の満たされた無限性」を形成する。この反省における無限の連関の意義を見極めるためには、まずロマン主義によるフィヒテの自我概念の批判を検討する必要がある。

『哲学の発展』においてシュレーゲルは、古代ギリシア以来の哲学の歴史を「物 Ding」概念への拘泥によって特徴づけている。シュレーゲルの「物」概念は、「実体 Substanz」の概念に代表される、「それ自体は現象せずに持続する、変転していく現象の根底」(KA, XII, 307)に依拠して構築された、あらゆる哲学の類型を総称するものである。シュレーゲルによれば、このような実在論的な哲学の伝統は、プラトンやアリストテレス、スコラ哲学を通して見られ、近代においてもデカルトやスピノザ、カントにも不変の持続的な実体に類する概念が認められる。そして、シュレーゲルによる不変の実体として固定化された「物」概念の批判は、何よりフィヒテの「自我」概念へと向けられている。

フィヒテにおいて自我の端的な自己定立の命題「自我は自我である」は、同一律の形式「aはaである」を基礎にしているが、シュレーゲルによればこの同一律に立脚するあらゆる哲学は、必然的に持続的で自己同一的な「存在」の概念を前提にしている。つまりフィヒテは、絶対的自我による自己定立の根拠を自我の存在（「自我はある」）という端的な事実に求めるのであり、この自我の存在はそれ自体があらゆる命題の判断根拠であるために、それ以上遡及することはできない。「自我は自己を定立するがゆえに存在する。また自我は存在するがゆえに自己を定立する。それゆえ、自己を定立することと存在することは唯一で同一である」(GA, I, 2, 293)。つまりフィヒテにおいて、自我の存在そのものがいかにして発生したのかを反省によって意識化することはできないのであり、この自我が存在するという根源的事実は反省に先立つ。それに対してシュレーゲルは、「ありうるのは存在 *Sein* ではなく、ただ生成

Werden だけであり、aは無限に生き生きとしたもの、流動的で動的なものとして、いかなる瞬間においてもaであり続けることはなく、絶え間なく無限に早い時間の内に変化する」と主張する（KA, XII, 331）。

ここにはフィヒテの〈存在の哲学〉に対して、シュレーゲルが自らの方法論とする〈生成の哲学〉の要諦が簡潔に表現されている。存在ではなく生成のみがあるのだとすれば、同一律の命題を判断する自我はつねに生成と変化の過程の中にあり、あらゆる判断の絶対的根拠として自我の同一性を前提することはできない。そして同一律におけるaがいかなる瞬間にも固定された実体的要素と見なされないのであれば、aを不動の起点にしてそれ以外の要素をつねに不変の関係性から規定することもできなくなる。というのも、ある瞬間におけるaがつねに変化の過程の中にあると考えるなら、このaと非a、あるいはaとbの関係性も次の瞬間にはまったく別の関係性へと変化するからである。aを自我とするなら、この自我と非我の境界線と関係性もまた一様ではなく、無限の関係可能性を含むことになるだろう。

すでに述べたように、シュレーゲルはカントにおける直観を、静止して死んだ「物」として対象を固定化する能力と考えていた。それゆえ自我による自己直観としてのフィヒテの知的直観もまた、自我を物と見なすことで自我の本質である自由と無限の生成の可能性を否定するものと解釈される。シュレーゲルによれば、フィヒテは実体概念の批判から出発したにもかかわらず、自己直観としての知的直観によって自我を基礎づけることによって、結局は自我を持続する実体の概念に近づけてしまった。それゆえシュレーゲルは、自己直観を表す「自我は主体であると同時に客体である *das Ich ist Subjekt und Objekt zugleich*」というフィヒテの定式に関して、自我が思惟の主体でありかつ客体であることを認めながらも、そこで自我が存在の述語 sein によって表されることで、静的で固定化された「物」となっていることを批判する。それゆえシュレーゲルはフィヒテの定式を、「自我は自己自身にとって客体となる das Ich *wird* sich selbst zum *Objekt*」と言い換える（KA, XII, 342）。このように生成の述語 werden によって表されることにより、自我はつねに動的で生成するものとなり、いかなる瞬間にも実体として固定化されることはない。

シュレーゲルの悟性的思惟による自我の自己反省においては、知的直観によって定立されたフィヒテの絶対的自我のように揺らぐことのない同一性の基盤は存在せず、反省を行う自我そのものが無限に生成し、変化し続けるものとして捉えられる。それゆえ反省の過程においては、それ自身で端的に存在する自我の絶対性は相対化され、反省において認識される反省の連関の外部には何もない。フィヒテにおけるあらゆる反省に先立って端的に定立された不変の同一的自我の基盤を疑うことにより、シュレーゲルは固定化された実体としての主観の概念をも退ける。そこでは、あらゆる反省の開始点としての絶対的主観さえもが反省の認識連関の内部にある相対的なものであり、しかもそれがつねに変化し続ける。それゆえシュレーゲルにおける反省の連関は、あたかも合わせ鏡に映る鏡像のように、確固とした開始点や終着点を持たず、無限に戯れながら増殖する反省の連鎖を形成することになる。

ノヴァーリスにおける絶対的関係性

ノヴァーリスもまた、フィヒテにおける存在論的自我概念の批判から出発することで、シュレーゲルと同様の結論を導いている。ノヴァーリスは、膨大な数の断章を含む一連の「フィヒテ研究」(一七九五—九六年)の冒頭において、フィヒテによる絶対的自我の端的な定立を表す同一律の命題そのものに疑義を表明している。「命題〈aはaである〉に含まれているのは、定立と区別と結合だけである。それは哲学的並行論 Parallelismus である。aを明確にするために、Aは分割される」(Fr. 1: NW, II, 8. 以下ノヴァーリスからの引用には、NW に付された断章番号(Fr.)も併記する)。同一律の命題の中に単に定立だけでなく同時に区別と結合が含まれているのだとしたら、絶対的自我は定立された端的に自己と同一的な存在と見なされることはできない。絶対的自我は何らかの命題によって表現されるとき、むしろ必然的に分割と結合を繰り返す差異的な言語記号の連関の中に入り込むのである。このように絶対的自我もまた、他の言語記号との関係性と差異の中でしか意味を構築できない「非同一的なもの ein Nichtidentisches」である「記号 Zeichen」によって提示される以上、「同一性の本質は仮象命題 *Scheinsatz* においてしか提示されえない」ことになる。

フィヒテに対するノヴァーリスの疑義とは、命題による言語化や反省による認識に先立つ存在として絶対的自我を前提したところで、それが認識の連関の外部にあるなら（認識の対象になるなら相対的なものになるから）、この絶対的根拠によってあらゆる命題を直接的に基礎づけることはできないということである。ノヴァーリスによれば、哲学の根底にはあらゆる根拠を基礎づける一つの根拠を思惟するという努力と欲求がある。しかし、この絶対的根拠そのものが直接われわれに与えられているわけではなく、それが認識不可能なものであるなら、その探究は終わりのない無限の活動であり、絶対的なものへの欲求はつねに相対的にしか満たされない。それゆえ「このわれわれに与えられた絶対的なものは、ただ否定的に negativ しか認識されえず、われわれは行為することで、われわれが探すものはいかなる行為によっても到達されないということを発見するのである」(Fr. 566: NW, II, 181)。このような記述からは、ノヴァーリスが絶対的根拠そのものの実在を疑っているというより、その認識不可能性のみを問題にしているように見える。しかし、実際にはノヴァーリスはそれ以上の論点を提出している。

フィヒテにおいて絶対的自我は、現象を認識する際に互いに制限し合う可分的自我と可分的非我の対立の彼方にあり、認識する自我の同一性を基礎づける無制約的な根拠であった。それに対してノヴァーリスは、「絶対的自我は一者であると同時に分割されている」(Fr. 32: NW, II, 32) と明言する。つまりノヴァーリスは、絶対的自我が単に認識の対象とならないだけでなく、この自我の絶対性そのものがすでに分割されている、つまりは相対的なものであるという解釈をも示している。

このような絶対的自我の解釈を、ノヴァーリスは反省概念から導き出している。ノヴァーリスによれば、哲学がすでに学ばれた何らかの対象や知識についての学でないとしたら、哲学に与えられているのは、あらゆる行為の原因であり結果でもある「原行為 Urhandlung」としての「感情 Gefühl」だけである。それに対して反省には、感情と思惟の体系的な連関を思考しようとする哲学の欲求が見出される。そう考えるなら、感情とは所与のものであり、反省はそれに後から考察を加える追補的な認識過程という意味で、「感情は第一のものに、反省は第二のものに見える」(Fr.

16: NW, II, 19)。

このように書きながらも、ノヴァーリスはそのすぐ後で、感情と反省の両者が原行為においてむしろ結びつけられていることを指摘する。つまり原行為とは、感情を質料、反省を形式として、両者を一つに結びつけることなのである。感情と反省をそれ自体で構成された概念として別個に用いることはできないのであり、感情と反省はそれぞれ独立して作用することはできない。このような感情と反省の不可分の協働作用を、ノヴァーリスは「対置されたものの間のいたるところで作用している相互関係 Wechselverhältnis」(Fr. 19: NW, II, 21) と呼んでいる。ノヴァーリスによれば「知的直観」もまた、感情と反省が「協働する mitwirken」ことではじめて発生するのである (L. c.)。

ノヴァーリスによれば「原行為とは、反省の内での感情と反省の統一性である」(Fr. 22: NW, II, 24)。つまり反省は所与の感情を事後的に省察する二次的作用なのではなく、感情ははじめから反省の作用の内にあり、自我はつねに感情と反省の両者が相互に規定し合う関係性の内にある。ノヴァーリスが、フィヒテの絶対的自我がその内に分割の契機を含んでいることを指摘するのは、このような反省概念の解釈があるからである。つまり、自我は知的直観によって自己の同一性を定立し、それに自己反省の過程が続くのではない。むしろ自我はその始まりからしてすでに、結合と分割の対立する作用の相互規定の中にあるのであり、フィヒテのように反省に先立って端的に存在する絶対的自我を、同一的な自我の根拠と見なすことはできない。ノヴァーリスは、自我の自己直観を反省よりも根源的なものと見なしたフィヒテの図式を反転させて、反省を知的直観よりも根源的な位置に置いたのではない。むしろ知的直観においてすでに反省が作用しており、知的直観も反省の協働作用なしには発生しないという意味で、両者が等根源的であることを示したのである。

そしてフィヒテの絶対的根拠への批判と同様の観点から、ノヴァーリスは認識の連関の外部に前提される「存在」の概念をも批判する。

存在は絶対的な性質 absolute Beschaffenheit を表現することは決してなく、本質の性質への関係一般を、つまりは規定されるという能力だけを表現する。それは絶対的関係性 absolute Relation である。世界において単に存在するものはないのであり、存在は同一性を表現しない。ある物について、それが存在するということを知ったところで、それについて本来の意味で何かを知ったことにはならない。存在は通常の意味では、ある対象の性質と関係と相互性を表現する。存在は性質との関係の内にあるのである。それゆえわれわれにとって存在は、われわれによって認識された性質の総体以上の何ものでもないものである。物は多かれ少なかれ存在でありうるのであり、全体だけが絶対的である。われわれ自身は、自己を認識する限りで存在する。

(Fr. 454: NW, II, 156f.)

明白なのは、ノヴァーリスにとって存在の概念はそれ自体で充足した絶対者を意味せず、むしろ存在の概念自体が関係性の概念に他ならないということである。というのも、存在はそれ自体で認識に先立つ絶対的存在であるのではなく、相互に規定し合う反省と感情による認識作用の内以外では表現されないからである。

存在者同士の相互規定によってはじめて生まれる認識の連関において、つねに同一的な絶対者は存在せず、絶対的なのは相対的な存在者同士の関係性の全体だけである。それゆえ「存在は相対的〔関係的〕概念 ein relativer Begriff であり、あらゆる関係性 Relation の根拠である」(Fr. 312: NW, II, 128)。この「あらゆる関係性の根拠」も、あらゆる関係を生み出す絶対的根拠としての存在ではなく、関係性の根拠それ自体が認識の連関の内にあることを指していると考えられる。つまりあらゆる存在者同士の関係性を可能にする絶対的根拠に遡ろうとしても、その根拠自体がすでに認識における関係性の連関の内にあるのである。

フィヒテ自身も『全知識学の基礎』の中で、自我と非我が互いを規定し、制限する際には、両者のいずれかが一方的に他方を規定するのではなく、両者が相互に限定し合う関係にあることを認め、それを「相互規定 Wechselbestimmung」あるいは「関係性 Relation」と呼んでいる（GA, I, 2, 290）[16]。さらにフィヒテは、相互に規定し合う対立項に関して、一方の項をそれ自体で絶対的総体として提示することはできないため、それらの総体としての「関係性が絶対的である」とまで述べている（GA, I, 2, 345）。ノヴァーリスの断章は、このようなフィヒテの記述に倣って書かれたものであろう。しかしフィヒテは自我と非我の相互規定を、あくまで非我によって限定された可分的自我のレベルにおいて論じているのであり、この点にノヴァーリスとの決定的な違いがある。つまりフィヒテにおいて非我との相互規定の関係にある自我は、現象の認識に関わる理論的自我であって、この限定された自我の根底には一切の相互規定を受けない無制約的な根拠としての絶対的自我がある。それに対してノヴァーリスは、この端的な存在としての絶対的自我をも認識における相互規定の関係性の内に置くのである。

　ノヴァーリスは、明らかにフィヒテの絶対的自我を存在概念に置き換えて批判している。右の引用に続けてノヴァーリスは、存在の概念が現実に認識されたもののみを表現することを繰り返している。そしてそうであるなら、フィヒテの絶対的自我のように、存在することと自己定立が不可分であるような無制約的な自我は存在しないことになる。「〈自我は存在する Ich bin〉が意味するのは、自我は一般的な関係性の中にある、あるいは〈自我は交代する *Ich wechsle*〉ということだけである」（Fr. 455: NW, II, 157）。ノヴァーリスにおいては、可分的自我と可分的非我の基盤として絶対的自我の同一性が前提されているのではなく、この絶対的自我そのものがすでに反省による分割と結合の認識の連関の中にある。「存在があるところには、また認識がなければならない」（Fr. 463: NW, II, 159）と言われるのは、そのためである。自我の概念自体が非我との関係性の内で相互に限定され、この相互関係の中でそのつど新たに規定されるなら、反省の連関の外部に無制約的な自我を前提することはできないのである。

　さらにノヴァーリスは、関係性の概念によってシュレーゲルの生成の哲学に類似した論点をも提示している。「不変のもの das Feste は関係性の概念 Relationsbegriff である。可変的なもの das Veränderliche によってのみ不変のものが存在することは、不変のものによってのみ可変的なものが存在するのと同様である。あらゆる変化は相互性

Wechsel である」(Fr. 450: NW, II, 155)。ノヴァーリスの言うように、「不変のもの」という概念自体が関係性の概念であるとしたら、ある存在を絶対的に同一の存在と見なすことは意味を成さない。「不変のもの」は「可変的なもの」との関係性の内ではじめてそのように認識されるのであり、いかなる関係性もなしにそれ自体で「不変のもの」が存在するわけではない。このような概念連関の内では、同一性として絶対的自我を定義するためのいかなる概念も存在しないことになるだろう。

このようにノヴァーリスとシュレーゲルは、両者ともフィヒテの自我概念の批判から出発し、絶対的自我の不変の同一性を相対化するに至った。ベンヤミンは、ロマン主義論の中でシュレーゲルの生成概念やノヴァーリスの関係性概念に直接触れているわけではない。しかし、ベンヤミンが参照していた初期ロマン主義の文献において主題的に論じられている固定的実体としての自我概念の批判、そして関係性の連関の問題を、ベンヤミンがまったく知らなかったことは考え難い。そしてこのようなシュレーゲルとノヴァーリスの認識論が、ロマン主義論以前のベンヤミンの方法論と多くの点で重なっていることは偶然ではない。

ベンヤミンがヘルダーリン論で示した〈詩作されるもの〉の圏域において、詩人の主観は詩の中の絶対化された実体的要素ではなく、詩作品は諸々の要素が規定し合う関係性の構造の全体としてしか認識できない。ベンヤミンがロマン主義の反省概念に見られる「連関の無限性」の意義を強調したのは、おそらくこのようなベンヤミン自身の認識論との共通性が認められるからである。それは不変の同一的な自我の概念、あるいは固定化された実体によって構成された対象認識を退け、認識の相互的な関係性の構造を捉えようとする点で一貫している。そしてベンヤミンのロマン主義論における「反省媒質」の概念もまた、ロマン主義的な関係性の認識論の構造を表現しているのである。

反省媒質としての絶対者

ベンヤミンは、ロマン主義における「絶対的なもの」の概念それ自体を「反省媒質 Reflexionsmedium」と呼ぶことを提案する。ベンヤミンによれば、この概念によってシュレーゲルの理論哲学の全体は特徴づけられる。

> 反省は絶対的なもの das Absolute を構成する。しかも反省は絶対的なものを媒質 Medium として構成するのである。絶対者 Absolutum、あるいは体系における連続的で同形的な連関は、どちらも現実的なものの連関として、その実体においてではなく（実体はいたるところで同じものである）、その判明性の展開の度において解釈しなければならない。このような連関に、シュレーゲルは媒質という表現そのものを用いていないとしても、自らの叙述の中で最大の価値を置いている。
> (I, 37)

ここでのベンヤミンの媒質概念の定義は、シュレーゲルとノヴァーリスの反省概念から導き出されている。ロマン主義によるフィヒテ批判は、絶対者として不変の自我を反省による認識の連関の外部に置くことはできず、絶対的自我さえもがすでに反省の作用によって規定されているという点にあった。絶対者が反省を基礎づけるのではなく、反省が絶対的なものを構成するというベンヤミンの言葉は、このような意味で理解できる。

ベンヤミンが絶対的なものの連関、つまり絶対者を「媒質」と呼ぶのは、この絶対者が反省によってすでに媒介されていることを指すと同時に、絶対者の概念そのものが認識の連関の内で示される反省の媒質的連関であることを指している。(17) つまり絶対者が反省の外部において端的に絶対的なのではなく、反省の連関の全体だけが媒質として絶対的である。絶対者とはこのように現実的なものの連関、つまりは実際に反省において認識される思惟の内容の全体に他ならないのだから、それは不変の「実体」として所与のものではなく、反省の展開によってそのつど異なる認識の判明性の度において現れる。

ベンヤミンは、反省媒質における認識の判明性の高まりを、シュレーゲルとノヴァーリス両者が用いる「累乗」の概念の中に見ている。シュレーゲルは『哲学の発展』の中で、論理学で用いられる定式「a＝b, b＝c, ∴a＝c」における最初のaを、存在として固定するのではなく、生成によって自らの最小値と最大値の中間を往還する項と見なしている。このように生成するaを自我とするなら、自我の生成とは、自我が自己自身を「意志」の能力によって拡大・縮小していく反省の度の展開と考えることができる。シュレーゲルは、反省によって自我が自己へと回帰して高まることを数学にたとえて「累乗 Potenzieren」と呼び、自我が自己の外へ向かうこと（ベンヤミンによれば「反省の度 Reflexionsgrade の低下」）を「開平 Wurzelausziehen」と呼ぶ（KA, XII, 349）。つまり生成する自我は、任意の値がその冪と根によって無限に増大・減少する数列の全体を持つように、反省によって認識の判明性を自己の内で上昇・下降させることができる。自我はそれ自体が絶対者として不変なのではなく、むしろつねに反省の展開によって自己認識を高めていく過程の内にあるのである。

　このような意味でノヴァーリスもまた、シュレーゲルと同じ概念を用いている。「ロマン化 Romantisieren とは、質的な累乗化に他ならない。この操作において低次の自己はよりよい自己と同一化される。われわれ自身もまた同様に、そのような質的な冪級数 Potenzreihe である」（Fr. 105: NW, II, 334）。ここでノヴァーリスは、自我が自己自身をより高次の自己へと反省的に高める「累乗化」を「ロマン化」と呼ぶことで、この反省的な自己の上昇がロマン主義哲学の本質そのものであることをも示唆している。もっともノヴァーリスはそのすぐ後で、「ロマン的哲学」が「交互の高次化 Wechselerhöhung と低次化 Erniedrigung」であることもつけ加えている。シュレーゲルと同様にノヴァーリスも、反省の展開において上昇と下降を交互に繰り返す自我を、任意の値が無限に変化する数列の全体にたとえており、自我の実体としての絶対性よりも、反省による自己認識の展開に自我の本質を見ているのである。

　シュレーゲルは『哲学の発展』において、自我には有限性と無限性の相対立する特性があることを指摘する。つまり自我は自己を限定されたものと感じながらも、あらゆるものを自己の内に含む無限のものとも感じている。「思惟を重ねる際にわれわれが、すべてはわれわれの内にあるということを否認できないなら、生においてわれわれにつねに伴う制約性の感情は、われわれはわれわれ自身の一部に過ぎないということを想定する以外に説明することはできない」(KA, XII, 337)。ベンヤミンは、シュレーゲルがこのようにあらゆるものを包括する自我の無限性を「原‐自我 Ur-Ich」と呼んでいることに着目し、「この原‐自我が絶対者であり、無限の満たされた反省の総体である」(I, 35) と述べている。

ベンヤミンがロマン主義の反省概念を「満たされた反省」と呼ぶのは、有限でありながらも自己の内に無限性を含み込む〈原自我〉によって反省が展開されるからである。つまりロマン主義において反省は、単に自己自身のみを思惟し、新しいものを何も含まないまま同じ内容を空虚に連ねるのではなく、自己の内に無限性としての世界の全体を映し込む。この意味で、シュレーゲルの〈原自我〉の概念は世界そのものと等しくなる。「自我の他にいかなる自我も存在せず、あらゆる生成は生成する自我のみであるとすれば、この自我はあらゆるものを包括するものとして、通常世界と呼ばれるものに他ならない。それゆえ世界とは、生成の内にある一つの無限の自我 ein unendliches Ich im Werden である」(KA, XII, 339)。

この世界としての自我の生成こそが、ベンヤミンの言うロマン主義における「無限の満たされた反省」である。自我は有限でありながらも自己の内に世界そのものを内包し、その展開としての生成によって無限に発展する。それゆえ「反省は空虚な無限性へと消え失せてしまうのではなく、自己自身において実体的 substanziell であり、満たされている」(I, 31)。しかし、ベンヤミンが生成する自我としての反省を「実体的」と呼ぶことは、「反省媒質」の概念を定義する際に、「いたるところで同一のもの」と定義した「実体」の概念と矛盾するようにも思える。反省が「実体的」であることは、この反省を行う〈原自我〉が反省に先立つ不変の同一的「実体」であることを意味するのだろうか。

反省媒質としての絶対者の定義において、反省によって絶対的なものが構成され、絶対者それ自体が反省の媒質である〈反省によって媒介されている〉と述べられることからも、明らかにベンヤミンは、〈原自我〉があらゆる反省と生成の過程に先立つ絶対的自我と同じ位置にあるとは考えていない。「原‐自我が絶対者であ」るとは、むしろ反省が単に先行する内容を事後的に再生産するだけの有限な思惟の働きではなく、反省の作用自体に反省の内容の全体が潜在的に含まれていることを指していると思われる。この意味で反省は、思惟の内容を自己の内から無限に産出する反省の過程として、それ自体で満たされている。この反省の連関が思惟の全体を構成する意味で絶対的なのであり、反省の連関の外部にある自我の根拠が絶対的なのではない[18]。

それゆえ絶対者と反省をめぐるベンヤミンの両義的な記述を整合的に読むためには、名詞として用いられる「実体Substanz」の概念と、形容詞として用いられる「実体的 substanziell」の概念を区別する必要がある。一方で「実体」の概念は、反省や生成に先立つ同一性の絶対的根拠、いかなる認識の関係性によっても規定されない不変の存在の意味である。ベンヤミンは、この絶対的なものが反省によって構成されていると述べることで、ロマン主義において反省に先立つ「実体」の存在を否定した。他方でベンヤミンは、反省そのものが「実体的に」自己自身において満たされていると述べることで、反省的思惟の形式の内に現実性の認識の全体が内包していることを認めた。この反省の「実体的」側面は、自らの思惟の内容を自己の内から産出する思惟の原理であり、それは媒質としての反省の内部で潜在的な思惟の内容が無限に展開されることを意味する。

反省は、反省に先立つ不変の超越的基体としての「実体」によって基礎づけられるのではなく、認識の連関を自己の内から無限に産出する内在的で自己産出的な原理として「実体的」である。実体概念から自己同一的な基体の意味を捨象し、その自己産出の活動における機能＝関数的側面を強調することは、コーヘン、ナトルプ、カッシーラーなどマールブルク学派内部で共通して問われていた、〈実体〉概念から〈関数〉概念への移行という認識問題とも親近性が高い。この観点をベンヤミンがヘルダーリン論において共有していたことは、前章で論じた通りである。

反省媒質としての絶対者の解釈は、ベンヤミンが「反省の極」として挙げる、「原反省 Urreflexion」と「絶対的反省absolute Reflexion」の二つの概念にも認められる。両者はそれぞれ絶対的なものが構成されるための潜在的な〈原自我〉と、実際に反省によって構成、展開される〈絶対者〉の連関に対応する概念であると考えられる。しかしこの二つの反省の極は、反省の連関の外部でそれ自体同一的な自我の根拠となっているわけではない。すでに述べたように、反省が思惟の内容としての現実性の全体を構成する際には、反省の展開によって認識の判明性の度が連続的に変化する。そして絶対的反省と原反省は、それぞれこの現実性認識の判明性の度の階梯の内部に位置づけられるのである。

この二つの反省を区別するためには、絶対的反省が現実性の最大値、原反省が現実性の最小値を包括するということを前提しなければならないだろう。それが意味するのは、両方の反省の内にたしかに現実性全体の内容、つまり思惟全体が完全に含まれているのだが、この現実性と思惟の内容は、絶対的反省において最高度の判明性に至るまで展開されているのに対して、原反省においては非判明で展開されていないということである。

(I, 31)

絶対的反省と原反省という反省の二つの極は、〈絶対者〉と〈原自我〉がそれぞれ反省の外部に実在する超越的な実体であることを意味しない。ベンヤミンによれば、初期ロマン主義は現実に反省される認識を超越した存在を問題にしているわけではなく、あくまで反省において思惟される認識の判明性の度のみを問題にしているのである。

この意味で反省の連関は、あらゆる認識の段階において満たされている、連続的で同質的な連関である。というのも反省のいかなる段階においても、認識の対象としての現実性全体が潜在的な思惟の内容として含まれているからである。反省の諸段階の区別は、この潜在的な思惟の内容がどの程度判明な認識にもたらされているか、という認識の判明性による相対的な差異に過ぎない。それゆえ任意の段階の反省を絶対的反省、あるいは原反省と同一化することはできない。もし同一化するなら、それは反省媒質の連関の内に不変の実体的要素を想定することになるからである。

ベンヤミンは、ロマン主義における絶対者の概念を以上のような意味で解釈することを支持するシュレーゲル自身の言葉として、ヴィンディシュマンが編纂した講義録に採録された論理学と哲学に関する断章（一七九六年）から次の箇所を引用している。

哲学の根底には相互証明 Wechselbeweis だけでなく、相互概念 *Wechselbegriff* もなければならない。いかなる概念や証明に関しても、それらを問うためのさらにもう一つ別の概念および証明を問うことが可能である。それゆえ哲学は、叙事詩のように中間において始まらなければならず、さながら第一者がそれ自体で完全に基礎づけられて解明されているかのように、この中間を説明し、一つ一つ数え上げることは不可能である。存在するのは一つの全体であり、この全体を認識するための道はそれゆえ直線ではなく、円環 Kreis である。根本学の全体は二つの理念、二つの命題、二つの概念、二つの直観から、それ以外のいかなる素材もなしに導出されなければならない。（KA, XVIII, 518）[19]

ベンヤミンはこの断章を、シュレーゲルの「循環哲学 *zyklische Philosophie*」を特徴づける最も重要な箇所と見なしている。それはこの断章において、哲学が「第一者」つまりそれ自体で充足した絶対的な根拠によって開始されるのではなく、諸々の概念による論証過程の全体のみが存在することが明言されているからである。哲学のいかなる概念もそれを問うために別の概念を必要とするなら、他のあらゆる概念を根拠づける絶対的な始原は存在しない。哲学の全体はつねにこの論証の途上としての中間にあり、またこの中間からしか始めることはできないのである。開始点と終着点がないのであれば、哲学は両点を直線で結ぶように進展するのではなく、つねに両者の中間において円環を描くように無限に循環する過程として捉えられる。

ベンヤミンは、シュレーゲルの断章における「相互概念」を後年の『哲学の発展』講義における反省の極の問題に置き換えて解釈している。「この相互概念がその後の諸講義における反省の二つの極のことであり、両極は最終的に単一の原反省と単一の絶対的反省として、円環を形成するように再び一致する。哲学が中間において始まる、ということが意味するのは、哲学は自らの対象の中のいかなるものも原反省と同一視するのではなく、それらの対象の中に、媒質の内にある一つの中間 ein Mittleres im Medium を見て取るということである」(I, 43)。原反省と絶対的反省は、交わることのない反省の絶対的な始原や終極ではない。むしろ相互に規定し合う関係性の内にある相互概念は、両者の間の関係性によってはじめて可能になるのであり、それらは連続的で単一的な連関を形成する一つの反省媒質として、円環が閉じるように一致する。反省は所与の限界値としての出発点と終極点を持つ有限な直線の中間に位置するのではなく、この中間そのものが無限に循環する円環の産出点なのである。

ベンヤミンによれば、ノヴァーリスもまた「自己浸透」の概念によって、「絶対的なものの媒質性 Medialität」に関してシュレーゲルと同じ見解を表明している。ノヴァーリスが「自己浸透」の概念を用いるのは、自己を高次の意識へと高める活動として、哲学自体を反省によって定義する断章においてである。

> この行為によって意識へと高められた真に精神的な生の完全な表出こそが、本来の哲学である。ここには生きた反省が生じるが、この反省は綿密に磨き上げることで、いずれは無限に形態化された精神的宇宙へと自ら拡大していく、あらゆるものを包括する機構の核 Kern であり、萌芽 Keim である。それは決して終わることのない真の精神による自己浸透 *Selbstdurchdringung* の始まりである。
>
> (Fr. 13: NW, II, 316)

シュレーゲルの〈原自我〉の概念によって示されていたように、ノヴァーリスにおいても反省は単に自己自身を反映する空虚な思惟の連鎖ではなく、自己の内に胚胎する宇宙全体を展開する、満たされた無限の反省連関を自ら産出する。ベンヤミンもまたヘルダーリン論において、詩におけるあらゆる要素の関係性の産出原理として「同一性の法則」を定義する際に、「内包的浸透 intensive Durchdringung」の概念を用いている (I, 112)。ノヴァーリスにおいて

「自己浸透」の概念が自己の内から精神的宇宙を展開する反省の産出作用を意味するように、ベンヤミンも「内包的浸透」の概念によって、一つの精神的原理の内に世界のあらゆる要素を産出する無限の可塑性が孕まれていることを表現していると考えられる[20]。

「反省によってはじめて反省が目指す思惟は発生する。それゆえ、あらゆる単一の反省は一つの中立点 Indifferenz-punkt から絶対的に発生する、と言うことができる」(I, 39)。この反省の「中立点」そのものは、絶対的要素として反省の任意の段階に固定されることはできない。むしろそれは反省の内での認識の純粋な自己産出的機能の表現であり、媒質としての反省それ自体から認識における概念相互のあらゆる関係性が生まれる。このように自己関係的な反省媒質の作用から、自我の内に潜在的に含まれる思惟の内容は無限に展開されるのである。

フィヒテにとって絶対的自我は、哲学を含めたあらゆる学の形式を基礎づける絶対的根拠としての開始点であり、またそれらが回帰すべき終着点でもあった。反省に先立つ絶対的自我が哲学の基礎であるなら、反省はこの絶対的なものを構成することはできず、先行するものを二次的に再現するだけの反省には産出的機能も認められない。それに対してシュレーゲルとノヴァーリスにおいては、反省に先行する端的な絶対者は存在せず、あらゆるものが相互的な関係性の内にある認識の連関の全体のみが存在する。ベンヤミンによる反省媒質としての絶対者の定義は、ロマン主義における反省が自発的に自己自身と関係し、同時に自己の内から無限の内容を産出する、反省の〈直接性〉と〈無限性〉を表現するものである。ベンヤミンの解釈するロマン主義の認識論は、自己への関係性からあらゆる関係性が無限に産出される、絶対的な関係性の連関としての反省媒質によって特徴づけられるのである。

関係性としての自己認識

ベンヤミンによるロマン主義認識論の解釈に関わる論点として、最後にロマン主義の自然認識論にも触れておきたい。ロマン主義論の第一部末尾に置かれた「初期ロマン主義の自然認識の理論」の章は、それまで自我による自己認識および体系としての絶対者の認識として論じられた理論的反省概念を、具体的な自然の認識全体へと拡張する意図から書かれており、第二部の芸術（作品）論への橋渡しをする役割を担っている。

ベンヤミンによれば、シュレーゲルは『哲学の発展』においてフィヒテに依拠する形でもっぱら自我による反省を論じていたが、それ以前のアテネウム期には必ずしも自我にのみ反省概念を結びつけていたわけではない。それゆえベンヤミンは、フィヒテとロマン主義の反省概念を、「自我」による反省と「自己」による反省として区別する。「フィヒテにとって意識は〈自我 Ich〉であるが、ロマン主義者にとって意識は〈自己 Selbst〉である」(I, 29)。

反省概念をこのように自我以外のものに適用することは、反省概念の定義そのものを破棄することを意味しない。ベンヤミンによれば、初期ロマン主義の反省概念にとって本質的なのは、反省が自我によって行われることではなく、自我がなければ反省も発生しないわけではない。ベンヤミンの言う〈自己〉による反省は、むしろある存在者が自己自身を反省的に捉える構造一般を指していると考えられる。ベンヤミンによれば、フィヒテの自我はロマン主義者にとって、「自己が持つ無限に多くの形式の単に低次の形式に過ぎない」(I, 55)。つまり反省の純粋な構造そのものを表す概念として、〈自己〉は自我の形式をも包括する、自我よりも高次の概念である。このような反省概念の定義により、「認識」の概念そのものを、直観や悟性に基づく狭義の認識能力の理論に限定せず、〈反省的に自己に関係する〉という広義の関係性の構造を表す概念として捉えることが可能になる。

反省が第一義的には〈自己〉による自己自身との関係性を表す概念であるなら、諸々の認識能力を備えた人間の自我だけが反省の構造を持つと考える必要はなくなる。「人間だけが反省の内で高められた自己認識によって自らの認識を拡張できるわけではなく、まったく同様にいわゆる自然の事物もそれをできるのだ」(I, 57)。この「自然の事物」は原理的にあらゆる存在者と被造物を指しうるものであり、人間や有機的生命に限らず、あらゆる無機物もまた〈自己〉と見なしうる。「単なる自己思惟 Sich-Selbst-Denken はあらゆるものに固有である。というのもあらゆるものは自己だからである」(I, 29)。ここでは、「思惟」の概念もまた自我による悟性的認識能力に限定されず、あらゆる存在者の自己への関係性を表すための構造的概念へと昇華されている。

ベンヤミンは、このように〈思惟する自己〉としての自然の対象認識を、これまで論じてきた絶対者の認識とは区別しているが、同時にこの体系的絶対者の認識の方法論が、自然の対象認識をも導くことができると考えている。つまり絶対者そのものが反省によって構成され、反省された現実性の連関を形成するのと同様に、自然のあらゆる事物もまた自己を思惟する存在として、反省の作用によって構成されている。そのようにして自己反省の構造は、狭義の人間主観の認識に限らず、自然、芸術、宗教の領域にも適用されうる。「しかし絶対者が思惟媒質 Denkmedium の性格、つまりは思惟する関係性 denkende Beziehung の連関という性格を失うことは決してないだろう。それゆえどのように規定されようとも、絶対者は思惟するものであり続け、思惟する存在者が絶対者を満たすもののすべてである」(I, 54)。

ベンヤミンは、〈思惟する自己〉の構造を人間的自我に限定されないあらゆるものへと拡張することで、〈思惟する自己〉によって満たされた連関として体系の概念を捉えている。そこでは体系としての絶対者それ自体が「思惟するもの」である。つまり個別の存在者からその全体としての体系に至るまで、自己思惟の構造は文字通りあらゆるものに共通する自己関係性の認識構造なのである。この思惟するものの自己認識は、認識の概念からあらゆる人間的要素を削ぎ落とした、最も純粋な認識の構造であり、認識のこのような反省的構造こそが、ベンヤミンにとって初期ロマン主義の反省概念の最も実りある規定だった。

ベンヤミンによれば、自己反省の構造を人間的自我以外の自然の事物へと拡張しようとする傾向は、シュレーゲルよりもむしろノヴァーリスに見られる。ノヴァーリスは「フィヒテ研究」の中で、知覚がそもそも可能になるためには、〈知覚するもの〉に反立された〈知覚されるもの〉自身の活動性がなければならないと論じている。知覚は〈知覚するもの〉の知覚作用と〈知覚されるもの〉の受容性の一方向的な作用だけで構成されるわけではなく、〈知覚されるもの〉も何らかの知覚可能な性質を〈知覚するもの〉に示さなければならない。これは明らかに、フィヒテにおける自我と非我の間の相互性の関係を、知覚の問題へと置き換えたものである。つまり認識においては、自我も非我も無制約の能動性や受動性として区別されるわけではなく、むしろ相互に限定し合う相対的関係性の内にある。非我に向かう自我の能動性は、非我の抵抗によって自我に向かって反転する。自我の能動性が部分的な受動性を持つことで、非我を表象する自我の認識は可能になるのである。ノヴァーリスもまた、このような相互性の関係を知覚が可能になる条件として捉えている。それによれば、「自発性 Selbsttätigkeit は受容性 Empfänglichkeit」であり、「知覚可能性 Wahrnehmbarkeit は注意喚起 Aufmerksamkeit」である（Fr. 437: NW, II, 147）[21]。つまり能動的な活動性は同時に受動性を含んでいるのであり、知覚の構造には〈知覚されるもの〉による〈知覚するもの〉への注意喚起の作用が必然的に含まれている。

このような観点からすれば、ノヴァーリスはフィヒテにおける理論的自我の認識の相互性の概念にならって知覚の問題を考えていたことになる。しかしベンヤミンは知覚の対象による知覚者への注意喚起を、「対象による自己認識」つまり「対象の自己自身への注意性 Aufmerksamkeit」（I, 55）という、（おそらくノヴァーリス自身が意図していなかったであろう）かなり強い意味に取っている。ベンヤミンはこのような解釈の根拠として、一七九九年から一八〇〇年にかけて書かれた、ノヴァーリスの「断章と研究」の中のいくつかの断章を挙げている。

その中でノヴァーリスは、自然の植物や無機物に思惟や知覚に類比した形式を認めているように思われる。「われわれはあらゆる物体を、いわばこの物体が自己自身を見る限りにおいて、そしてわれわれが自己自身を見る限りにおいて、見るのではないか。／われわれが化石を見る際に用いるあらゆる述語において、化石はわれわれを見る」（Fr. 273: NW, II, 798）。この断章では、ある物体を見るという知覚が可能になる条件が、この見られる物体が自己自身を「見る」ことにあると述べられている。基本的に自我と非我の間の相互関係を論じていると思われる「フィヒテ研究」の断章とは違い、ここでは化石のような物体が自己自身を「見る」と明言されていることからも、それが単なる視覚の能力を指しているわけではないことは明らかである。少なくともこの箇所に関しては、ノヴァーリスが人間的自我に限定されないあらゆる自然の事物に関して、自己認識の構造を認めようとしていた可能性が認められる。

ベンヤミンによれば、ノヴァーリスの「フィヒテ研究」で論じられる対象による注意喚起の構造は、すでにこの「自己自身を見るという事物の能力の徴候」（I, 55）を示しているという。これは「フィヒテ研究」におけるそもそもの論点からすれば、かなり強引な解釈であることは否めない。しかしここで重要なのは、ベンヤミンがノヴァーリスに一貫して読み込もうとする自然の事物における自己認識の構造である。そこには、認識の相互性の論理を自己関係性の構造へと昇華させようとする狙いが見て取れる。

ノヴァーリスの同じ「断章と研究」の中には、「われわれが思惟できるものは、すべて自己を思惟する」（Fr. 276: NW, II, 798）と書かれた断章もある。ベンヤミンはこの断章に関しても、やはり〈自己〉の構造を持つ事物一般に認められる、自己思惟の認識を読み取っている。そしてこうした一連のノヴァーリスの断章からベンヤミンが導き出すロマン主義の対象認識の理論は、以下のようなものである。

> 自己認識の外部における認識、つまり対象認識はいかにして可能か。ロマン主義的思惟の諸原理によれば、対象認識は実際には不可能である。自己認識のないところでは、いかなる認識もなく、自己認識があるところでは主観－客観の相関関係 Korrelation は廃棄されている。客観という相関者 Korrelat を欠いた主観が与えられていると言ってもいい。 （I, 56）

ベンヤミンによれば、ロマン主義による自然認識の理論は反省概念を基礎にして展開されている。自己認識としての反省から認識の全体が産出されるのであり、この反省的主観の外部にある何らかの客観からの刺激伝達によって認識が発生するのではない。つまり主観による客観の認識という、認識を構成する相関概念そのものが廃棄されているのである。

主観的意識を持った自我と、この自我に対峙する客体的対象の要素から構成される認識論の枠組みを克服するという狙いは、プログラム論文から一貫するものである。ここでは「主観」という言葉も使われているが、それは人間的自我に限定されず、その相関者である客観も持たないのであるから、もはやカントの言う意味で主観と呼ぶことはできない。人間的自我には限定されないために、もはや〈自己〉としか呼ぶことのできない思惟の反省として、認識は自己認識から絶対的に発生し、自己認識のみを目的とするのである。「あらゆる認識がただ自己に由来するのと同様に、あらゆる認識はまた自己のみを対象とする」(I, 56)。

他者を認識することによってではなく、自己を認識することによって他者は自己の内に含まれるものとして認識される。それゆえ反省による自己への関係性は、認識の連関の内で見出される関係性全体の産出点である。「反省における思惟の自己自身への関係性から〔…〕他のあらゆる関係性が展開される」(I, 18) というロマン主義論冒頭のベンヤミンの言葉は、このような意味で理解できるだろう。認識の全体は、一つの〈自己〉による自己認識の内に潜在的に含まれている。この点においては人間的自我による認識も、自然の事物による認識もまったく同じ構造を持つのであり、それらは自己認識の判明性の度における相対的な差異によってのみ区別される。

「つまり事物は自らの内で反省を高め、自らの自己認識の内に他の存在を包含する einbegreifen 程度に応じて、自らの根源的な自己認識を他の存在に向けて放射する strahlen」(I, 57)。ここで反省の高まりが、自己認識への他者の「包含」と、自己認識の他者への「放射」の二つの側面を同時に表していることに注目すべきである。認識は、ある〈自己〉が別の〈自己〉を一方的に認識することではなく、むしろ反省する自己の内に含まれた他者を認識することである。言い換えれば、反省は単に〈自己〉の認識のみに制限されているのではなく、〈再帰的な reflexiv〉自己鏡像化の内に、同じく自己鏡像化する他者の〈反射 Reflex〉が映り込んでいるということであり、自己認識は同時に他者の自己認識にも関わっているのである。

認識においては自己認識を行う諸々の〈自己〉があるだけであり、認識する主観と認識される対象としての客観は存在しない。であるなら、認識における主観と客観の相関関係はそもそも存在しないことになる。ベンヤミンは、認識の関係性の根本原理を以下のように定義する。

それゆえ主観による客観の認識は実際には存在しない。あらゆる認識は絶対的なもの、あるいはそう言いたければ、主観の内での内在的連関である。客観という名辞が表しているのは認識における関係性ではなく、関係性の欠如 Beziehungslosigkeit であり、客観は認識の関係性 Erkenntnisrelation が現れるところではつねにその意味を失うのである。ノヴァーリスの諸々の断章が示唆するように、認識は反省においてあらゆる方向に向かって根を下ろしている。つまり、ある存在者が他の存在者によって認識されることは、認識されるものの自己認識、認識するものの自己認識、そして認識するものが認識しているその存在者によって認識されることと一致する zusammenfallen。(I, 58)

「客観」の概念が「関係性の欠如」を表すのは、それが単に人間的自我に対立した非我としての自然、つまり反省的な〈自己〉の構造を持たない存在を表す意味においてである。認識においてあらゆる存在者が関係し合うなら、認識とは関係性の産出である。しかしそれは、認識する主観と認識される客観の間の物理的な影響関係のような外的な関係性を意味しない。あらゆるものが反省する〈自己〉であるなら、あらゆるものは自己認識の内から認識の内容を産出する自発的存在である。別々の〈自己〉が自己を思惟する認識の内在的連関が、それぞれ自己のみを対象とするにもかかわらず相互に「一致する」こと、このことこそが認識の関係性の原理なのである。

この自己認識する存在者同士の認識の「一致」という観点から注目すべきなのが、すでに触れたノヴァーリスの『断章と研究』からのベンヤミンの引用である。先ほどの「われわれが化石を見る際に用いるあらゆる述語において、化石はわれわれを見る」という行の直後に、ノヴァーリスはベンヤミンが引用していない「内的一致 Inneres

Zusammentreffen――予定調和 praest[abiIirte] Harmonie」という言葉を書いている。(22) ここでノヴァーリスが考えているのは、おそらく自然の事物が単に経験的に知覚されることではなく、〈知覚するもの〉と〈知覚されるもの〉の間に起こる必然的な一致の可能性である。内在的な反省構造を持つ存在者同士の「内的一致」が「予定調和」と呼ばれることは、それがライプニッツにおいて実在的な影響関係を持たないモナド同士が、独立しながらも相互に一致することと類比的に考えられていることを示唆している。

ベンヤミンもまた、自己思惟する存在者同士の関係性を、自己思惟する存在者同士の「一致」と呼んでいることは注目に値する。これは後の『ドイツ悲劇の根源』において、ベンヤミンがモナド間の「予定調和」に言及することを考えれば、ベンヤミンのライプニッツ解釈の過程において、ロマン主義の自然認識論が少なからぬ意味を持ったことを示唆する。そして、ベンヤミンがロマン主義の認識論から抽出した無限の自己反省の構造は、その芸術作品論においてライプニッツのモナドロジーへと接近する。

第三節　芸術作品のモナド的構造

芸術と批評の反省媒質

ベンヤミンによるロマン主義論の第一部において、主に認識論の観点から考察されたロマン主義の反省概念は、同第二部で芸術作品の理論を導く原理と見なされる。ベンヤミンの解釈によれば、ロマン主義の反省概念はフィヒテのそれとは違い、自我の形式のみに結びつけられるものではない。つまり絶対者から自然の事物に至るまで、あらゆるものは自己思惟する存在として自己関係的な構造を持つのであり、このような反省の構造は、初期シュレーゲルにおいてとりわけ芸術および芸術作品の原理として現れる。

初期ロマン主義の考えでは、反省の中心点となるのは芸術であり、自我ではない。シュレーゲルが諸講義において、絶対的自我の体系として呈示したあの体系の根本規定は、彼の初期の思考過程において芸術をその対象とする。そのように自我とは別のものと考えられた絶対者の内では、もう一つ別の反省が作用している。ロマン主義的な芸術の見解は、思惟の思惟の内には自我－意識と理解されるものは何もないということに基づいている。自我から自由な反省は、芸術という絶対者における反省である。（I, 39f.）

ここでベンヤミンが「諸講義」と呼ぶのは、他でもないケルン講義『哲学の発展』のことである。すでに触れたように、『哲学の発展』においてシュレーゲルは、基本的に自己意識を持つ自我の観点から反省概念を説明している。しかし『アテネウム』誌を刊行していた初期のシュレーゲルの著作においては、自我による反省とは異なる反省原理として、芸術（作品）が捉えられている。そして自己思惟としての反省媒質の形式を、芸術の体系へと結びつけたアテネウム期こそが、ベンヤミンにとってロマン主義の最も実り豊かな活動時期であった。

ベンヤミンは、反省媒質としての芸術の認識を「芸術批評 Kunstkritik」と呼ぶ。そして反省媒質の構造に基づいたロマン主義認識論のあらゆる法則は、芸術の認識にも当てはまると言う。「批評が芸術作品の認識である限り、批評は芸術作品の自己認識である」（I, 66）。これは、ロマン主義の自然認識論における自発的な自己反省の構造が、人間的自我に限定されないあらゆる自然の事物にまで適用され、個々に独立した自己認識の連関が相互に反射、一致する認識の関係性として解釈されたことを受けている。自然認識において主観による客観の認識が認められないように、ある芸術作品の批評を、批評家（主体）による作品（対象）についての価値判断と見なすことはできない。ベンヤミンによれば、「反省の主観」は批評家ではなく、むしろ作品としての「芸術の形成物それ自体」である。それゆえ芸術批評としての反省は、「形成物についての *über* 反省」ではなく「形成物の内での *in* 反省」の展開に他ならないのである（I, 65f.）。

芸術批評は批評家による作品の批評ではなく、芸術作品の内での芸術の自己反省である。このような批評概念の定義から、ベンヤミンは、芸術だけでなくロマン主義の芸術批評の概念そのものを「媒質」として定義する。

ある形成物の批評的 kritisch 認識はすべて、形成物の内での反省として、自発的に発生したこの形成物自体のより高次の意識の度である。批評 Kritik の内でのこの意識の高まりは、原理的には無限である。それゆえ批評は、個々の作品の限定性が方法的に芸術の無限性へと結びつけられる媒質であり、そして最終的に芸術の無限性へと移行する媒質である。というのも芸術は、自明なことに反省媒質として無限だからである。（I, 67）

ベンヤミンはシュレーゲルの反省概念を、絶対者の反省媒質として解釈していた。それはフィヒテのように反省に先立つ無制約の絶対的自我があるのではなく、反省の過程全体が無限に満たされている、つまり反省自体が絶対的に自己産出的であることを意味している。ここで芸術作品の内での反省が作品それ自体によって「自発的に」発生し、この反省が「無限」に高まると言われるのは、まさにこの反省媒質の定義を踏まえたものである。芸術の圏域全体が、絶対的に自己産出的な体系として芸術の反省が展開される媒質の圏域であるなら、それが具体的な形式を持った形成物として現れているのが個々の芸術作品である。芸術作品が反省的構造を持つことは、個別的な作品がより高次の段階へと無限に発展する可能性を胚胎していることを意味する。そして批評もまた反省媒質であるなら、批評家は自己の反省の内に無限に展開する作品の自己反省を映し取っているのである。

芸術作品も芸術批評も媒質的性格を持つ以上、両者は同じ一つの芸術という反省媒質の連関全体の内で作用する個々の反省の中心であると考えることもできよう。それゆえベンヤミンは、ロマン主義が芸術作品と芸術批評の区別そのものを廃棄していると主張する。そのような考えを示唆する言葉は、シュレーゲルの『リュツェーウム』断章集

（一七九七年）一一七番に見出される。

> ポエジーはポエジーによってのみ批評されうる。芸術作品の生成における必然的な印象の表出として（つまり芸術作品に内在する反省の展開として）〔…〕、それ自体が芸術作品でないような芸術判断 Kunsturteil は〔…〕、芸術の領域においていかなる市民権も持たない」。
>
> （KA, II, 162. Zit. nach: I, 69.（　）内の言葉はベンヤミンによる注記）

ここでの「ポエジー Poesie」は、狭義の韻文に限定されず、散文形式の小説や戯曲も含むあらゆる文学作品やジャンルを包括する概念である。明らかにシュレーゲルは、批評を外的な規則や基準に従った作品の価値判断とは見なしておらず、批評自体がポエジーとしての文学芸術の形式一般に含まれるべきことを主張している。ベンヤミンの解釈によれば、芸術作品が生成的に高まる過程を表出する批評それ自体が「芸術作品に内在する反省の展開」である。その意味で批評は、作品に後から他律的な価値を与えるものではなく、作品にはじめから胚胎していた生成と展開の可能性として、作品の反省それ自体であることになる。「作品の批評はむしろ作品の反省であり、言うまでもなく批評は、作品に内在する反省の萌芽だけを展開へともたらすことができる」（I, 78）。

ポエジーとしての批評、作品に内在する反省としての批評の概念を、シュレーゲルはゲーテの小説『ヴィルヘルム・マイスターの修業時代』（一七九六年、以下『マイスター』）を批評した、「ゲーテの『マイスター』について」（一七九八年、以下『マイスター』論）の中で展開している。この批評文でシュレーゲルは、ゲーテの『マイスター』の第四巻と第五巻において、演劇一座と行動を共にする主人公のヴィルヘルムが、劇団の役者であるゼルロやアウレーリエと、シェークスピアの『ハムレット』を互いに批評し合う場面が描かれていることに注目している。そしてシュレーゲルは、この場面での登場人物たちの『ハムレット』解釈が単なる作品批評ではなく、むしろ「高次のポエジー」

であると主張し、それを「ポエジー的批評 poetische Kritik」と呼んでいる（KA, II, 140）。批評がポエジーであるのは、『ハムレット』批評を含むゲーテの『マイスター』自体が一つの文学作品（ポエジー）であるからだけでなく、ゲーテの批評がシェークスピアの作品のより高次の発展段階の認識として、作品自体の内に胚胎していた文学芸術（ポエジー）の反省の展開そのものになっているからである。そしてシュレーゲルの『マイスター』論もまた、それがゲーテの小説『マイスター』の批評としての意義を主張するのであれば、ポエジー的批評でなければならないだろう。

ポエジー的批評を反省媒質としての芸術作品自体の自己認識の展開として捉えるなら、ここには少なくとも三つの反省段階が認められる。つまり①シェークスピアによって創作された『ハムレット』、②『ハムレット』の批評を含むゲーテの『マイスター』、③シェークスピアの『ハムレット』を批評するゲーテの『マイスター』をさらに批評するシュレーゲルの『マイスター』論である。第一次の反省段階としての①『ハムレット』が、ある内容としての題材を表出する作品の形式として「単なる思惟」であるなら、第二段階の②『マイスター』は、この『ハムレット』という文学作品の形式を思惟する思惟の形式として、「思惟の思惟」の形式を持つと解釈できる。そして③シュレーゲルの『マイスター』論は第二次の反省段階である『マイスター』をさらに思惟する形式である「思惟の思惟の思惟」の形式と解釈でき、原理的にこの作品の反省は第四次、第五次……と無限に続くことが可能である。ここにはベンヤミンがロマン主義の反省概念の基本構造として指摘した、低次の思惟の形式がより高次の思惟によって次々に思惟される反省の無限の連関が、批評による芸術の内での反省の展開として現れていることがわかる。

ロマン主義の認識論における反省概念の構造を芸術作品の反省に当てはめるなら、シェークスピア、ゲーテ、シュレーゲルへと続く批評の過程において、反省を行う主観はいずれの作者、批評者にも還元できない。『ハムレット』の作者であるシェークスピアの意図、また『マイスター』の作者であるゲーテの意図は、批評が目指す唯一の根拠ではないのである。つまり作品の原作者の自我や意図は、作品とその批評による認識の過程で展開される芸術の反省に先立つのではなく、むしろ芸術の反省過程の一部でしかないということである。もし作者の主観を作品解釈の唯一の指針とするなら、それは作品が持つ無限の反省と生成の可能性を否定することになるからである。それゆえシュレーゲルは、ポエジー的批評が作者の意図の忠実な再現に終始するものではないことを強調し、詩人の主観や個性に還元されるような「目に見える作品の限界」を超えて作品を高めることを、あらゆる芸術批評の義務と考えている。そのようなポエジー的批評を行う者は、「表出されたものを新たに表出 darstellen し、すでに形成されたものを再び形成 bilden しようとする。彼は作品を補完し、若返らせ、新たに形作る gestalten だろう」(KA, II, 140)。

ベンヤミンによれば、ロマン主義にとっての批評は、作者自身にも知られていない芸術作品の潜在的な意図を明るみに出すことである。それゆえ作品は批評を反省媒質とすることで、創作者の主観的意図という制約を超え、無限に高まることができる。「作品自体の意図 Sinn において、つまりは作品の反省の内で、作品は自己自身を超え、自己を絶対的なものにしなければならない」(I, 69)。ベンヤミンはシュレーゲルの芸術論に、一貫して作者の主観から自由な芸術の反省構造を読み取ろうとする。

この観点からとりわけ重要なのが、アテネウム断章集一一六番の解釈である。そこでシュレーゲルは、「ロマン的ポエジー romantische Poesie」の概念によって、ロマン主義におけるポエジー概念の原理的定義を与えている。それによれば、ロマン的ポエジーの本質は決して完成することなく、生成し続けることにあり、あらゆる文学芸術を一つに結びつけるポエジーの普遍的な発展が、「ポエジー的反省 poetische Reflexion」と呼ばれている。シュレーゲルはこのように反省とポエジーを直接結びつけるが、それが作品の内での芸術それ自体の反省を意味しているかどうかは必ずしも自明ではない。というのもシュレーゲル自身がその直後に、「ロマン的ポエジーだけが無限であり、また同様に自由であって、その第一の法則として認められるのは、詩人の恣意 Willkür は自己を超えるいかなる法則も許さないということである」(KA, II, 183) と書いているのである。

ベンヤミンによれば、この箇所には少なくとも二つの解釈の可能性がある。一つはここで個々の詩人が芸術の擬人化として絶対化されているとする解釈である。それに従えば、「ポエジー的反省」はあくまで個々の詩人の主観的反省を指していることになり、芸術作品はこの詩人の恣意を再現するための単なる手段となる。ベンヤミンはこのような解釈を芸術の自律性のお粗末なメタファーとして退け、もう一つ別の解釈を提示している。それはここでの詩人が、詩人の原像としての「真なる詩人」を意味しており、作品を作る個々の詩人の主観を意味していないというものである。それによれば、普遍的ポエジーの無限の発展は客観的な理念としての芸術の展開に他ならず、個々の詩人の意図もまたこの反省媒質としての芸術によって構成されている。ベンヤミンは一貫して後者の解釈を取ることで、「ポエジー的反省」を詩人の主観的反省としてではなく、芸術それ自体による反省の客観的展開として捉える。

「真正な芸術作品の作者は、芸術作品が芸術の客観的な法則性の支配下にあるという関係性の内に限定されている」(I, 83)。ベンヤミンがこのように言うのは、ある作品を作者の意図を実現するための主観的産物と見なすなら、個々の作品が作者の意図を超えて展開することは認められないからである。反対に、ある作者による作品の創作そのものが、芸術の客観的な法則によって規定されていると考えることは、作者の意図を超えた作品の無限の展開可能性を認めることである。ベンヤミンは、芸術批評を芸術の反省媒質と見なす立場から、ロマン主義の批評概念に作者の主観を限定する機能を見出している。「批評は今日的な解釈では最も主観的なものであるが、ロマン主義者たちにとっては、作品が生まれる際のあらゆる主観性、偶然性そして恣意を規制するものだった」(I, 80)。

ベンヤミンによる反省媒質としての芸術の解釈は、認識論における方法的絶対者を芸術に置き換えたものと見なすことができる。認識論における絶対的自我の概念を、詩作する詩人の自我に読み換えるなら、ベンヤミンはロマン主義の認識論と芸術論の両方で、反省に先立つものとしての自我の絶対性が否定されていると解釈する。芸術において絶対的に産出的なのは、個々の作品を媒質として展開する芸術の反省であって、詩人の自我ではない。こうした芸術作品の解釈の方法が、詩人の主観的自我を排除した芸術の純粋な圏域を前提とする、ヘルダーリン論における注釈の方法から一貫していることは論を俟たない。そして、作者の意図に限定されない芸術の無限の展開可能性を自己の内に胚胎する芸術作品の解釈は、個体が体系の全体を内包するモナドの概念へと接近することになる。

個体と体系

アテネウム断章集に代表されるように、アテネウム期のシュレーゲルとノヴァーリスは、頻繁に「断章 Fragment」の形式を用いて執筆している[23]。構想段階のスケッチが書き連ねられたかのようなそれらの断章は、しばしば明確な脈絡や一貫する論旨を欠いており、互いに孤立しているかのような印象すら与える。個々の論証を順序立てて直線的に積み上げていく論述形式を避け、独立した一つの断章の中に一定の思想内容を凝縮させる初期ロマン主義のスタイルは、体系的思惟や体系性そのものへの否定的態度を示しているようにも見える。

しかしベンヤミンによれば、ある作家が断章の形式で書くことは、その作家が体系性への志向を否定している証拠にはならず、ましてシュレーゲルはニーチェのように体系の敵対者を自認していたわけでもなかった。むしろシュレーゲルは、体系的な思惟を示すための積極的な方法として断章の形式を捉えていたのである。「アテネウム期のフリードリッヒ・シュレーゲルにとって、絶対的なものはたしかに芸術の形態をとった体系であった。しかし彼は、この絶対的なものを体系的に把握するのではなく、むしろ反対に体系を絶対的に把握することを試みたのである」(I, 45)。絶対者としての芸術の理念それ自体の特性を網羅的に記述して体系化することは、無制約者としての絶対者の定義上、原理的に不可能である。それゆえシュレーゲルは、認識の対象を絶対化するのではなく、認識の方法としての反省を絶対化した。具体的には、限定された有限な形式である一つの断章を、体系的絶対者の反省の一つの展開として認識することを試みたのである。ある断章がその形式において有限であることが、絶対者の無限性の限定として捉えられるなら、その断章は内容において無限に展開可能なものである。この意味で断章もまた、反省によって無限に高まる一つの媒質なのである。ベンヤミンも言うように、シュレーゲルにとって「断章は、〔…〕あらゆる精神的なものと同様に一つの反省媒質である」(I, 52)。

ベンヤミンはロマン主義の芸術作品の理論を、芸術作品の「形式 Form」の理論と見なしている。ある文学作品が一つの作品として現れるには、自明なことに何らかの形式を選択する、つまりは表現のための形式を限定する必要がある。それは断章やアフォリズムに見られるテクスト量の相対的な制約、韻文体や散文体といった韻律の有無、あるいは叙事詩や抒情詩のような芸術ジャンルの縛りと考えてもよい。絶対者としての芸術の理念は無限の内容を持つとしても、それが個別の芸術作品によって表現されるためには、芸術の無限性は作品固有の形式によって限定されなければならないのである。

> 形式はそれゆえ、作品の本質を形成する作品に固有の反省を具体的に表現するものである。形式は作品の内での反省の可能性であり、それゆえ形式は存在原理として、作品のアプリオリな基礎である。芸術作品が反省の一つの生きた中心であるのは、自らの形式によってである。反省の媒質、つまり芸術の内では、つねに新たな反省の中心が形成される。それらの反省の中心は、その精神的な萌芽に応じて、より大きなあるいは小さな諸々の連関を反省しつつ包括する。芸術の無限性は、何よりまず一つの限界値 Grenzwert としてのそうした中心においてのみ反省つまり自己把握になり、それによって把握一般となるのである。この限界値が、個々の作品の表出形式 Darstellungsform である。芸術という媒質の内での、作品の相対的な統一性と完結性の可能性は、この表出形式に基づくのである。(I, 73)

個々の作品は、一つの限界値としてのある表出形式の枠組みを順守することで、固有の形式を持つ相対的に完結した一つの作品となる。芸術の無限の反省は、この有限の形式を持つ作品を一つの反省の起点とすることで、はじめて具体的に展開されるのである。

それゆえロマン主義にとって断章の形式は、単に不完全性や非体系性を体現するものではなく、あらゆる個々の芸術作品に必然的に共通する、形式の限定性としての「個体性」を端的に示す表出形式であったと考えられる。「実際に行われる規定された反省、つまり自己限定が芸術作品の個体性 Individualität と形式を形成する」(I, 73)。しかし個々の作品の制約性が作者の恣意の有限性ではなく、芸術の無限性の限定であるなら、作品の形式的な有限性は潜在的な無限性でもある。ベンヤミンが芸術作品を芸術による「反省の一つの生きた中心」と呼ぶのは、このように有限な形式の内に自発的な無限の展開可能性を孕む芸術作品の構造を指している。

アテネウム断章集二〇六番でシュレーゲルは、「一つの断章は、小さな芸術作品と同じく、ハリネズミのように周囲の世界から全面的に切り離されていながら、自己自身の内で完成していなければならない」(KA, II, 197) と書いている。また同二九七番にも、「ある作品が、あらゆる面で鋭く限界づけられていながら、その限界の内部においては限界を持たず汲み尽くせないものであり、また自己自身に対して全面的に忠実で、あらゆる面で同質的でありながら、自己自身を超越しているなら、その時その作品は形成され尽くしている」(KA, II, 215) とある。これらの断章で共通して指摘されるのは、芸術作品は一つの相対的に閉じた作品として制約されていながら、同時に自己の内に無限の展開可能性を胚胎するために完全性を持つことである。このような芸術作品の性格は、同じアテネウム期に書かれた『ポエジーについての対話』(一八〇〇年)の、「作品は一にして全であることで作品となる」(KA, II, 327) という言葉によっても端的に表現されている。

「あらゆる体系は個体ではないだろうか、あらゆる個体もまた少なくとも体系へ向かう萌芽と傾向の内にあるように」(KA, II, 205)。シュレーゲルは、アテネウム断章集二四二番においてこのように問うている。体系と結びつけられたこの「個体」の概念こそが、体系を絶対的に把握するためのシュレーゲルの方法概念に他ならない。つまり、局限されて分割不可能である一つの個体を把握するように、体系の全体が把握される可能性が考えられている。同箇所で言われる「諸々の個体の全体系を自己の内に含む個体」の概念は、芸術の反省の展開全体を内包する個々の作品と明らかに類比的な構造を持っている。

実際シュレーゲルは同断章二二番で以下のように書いている。「構想Projektは、生成する客観の主観的な萌芽である。完全な構想は全面的に主観的であると同時に、全面的に客観的でなければならず、一つの不可分の生きた個体でなければならないだろう」（KA, II, 168）。この断章でシュレーゲルは、構想を「未来からの断章」とも呼んでおり、構想と断章の両方の形式が、主観的な起源を持ちながら自己の内でさまざまの対象を完成させる客観性と必然性を持つと述べている。断章や構想のように限定された作品の形式は、切り詰められた簡潔な表出形式であると同時に、自己の内に体系性を孕む一つの自発的な個体的存在にたとえられているのである。

このようにアテネウム断章集の中で繰り返し論じられる個体の概念は、一二一番の断章においてモナドの概念に結びつけられる。

しかし単に悟性や想像だけでなく魂の全体によって、あちらこちらの圏域へと別の世界に移るように思いのままに身を移すこと。自己の存在のあちらこちらの部分を自由に断念し、自己を別の部分へと全面的に制約すること。あるときはこの個体、別のときにはあの個体の内に自らの一にして全なるものを探して見つけ出し、残りのあらゆる個体を意図的に忘却すること。そのようなことができるのは、いわば多数の精神と諸々の人格の全体系が自己の内に含まれている精神だけであり、この精神の内部では個々のモナドMonadeの内に胚胎すると言われる宇宙が完全に成長し、成熟しているのである。（KA, II, 185）

このようにシュレーゲルは、自己の内に体系性を内包する個体の構造を表す概念として、「モナド」の概念に言及する。とりわけこの断章から読み取られるのは、個々の個体が任意に自己限定を行うことと、各々の個体の内に自己や宇宙全体の全体系が潜在していることが、個体の二重の特性として捉えられていることである。この一二一番以外にも、アテネウム断章集にはライプニッツの名前やモナドの概念に言及する断章が複数あるが、おそらくそれらは、アテネウム期のシュレーゲルが集中的に取り組んでいたライプニッツ研究に由来するものである。

シュレーゲルのライプニッツ解釈

シュレーゲルは一七九六年以降、アテネウム期を含む十年以上の期間にわたって膨大な数の哲学的断章を書いている。それらはシュレーゲルが初期から文芸批評と並んで継続的に取り組んでいた哲学史研究の成果であり、シュレーゲル自身の哲学解釈と見解を示す貴重な資料となっている。この「哲学的修業時代」の諸断章には、ライプニッツに直接あるいは間接的に関わる断章が数多く含まれており、この時期のシュレーゲルのライプニッツへの関心の高さをうかがい知ることができる。その中でも批判全集版で「哲学的注釈」の題の下にまとめられた一連の断章は、ちょうどアテネウム断章集が執筆されていた時期にあたる一七九八年に書かれており、そのほとんどはライプニッツに関するシュレーゲルの見解が箇条書きにされたものである。(24)

その中でシュレーゲルは、ライプニッツが哲学において「個体性の概念」から出発したことに着目しており(KA, XVIII, 42)(25)、ライプニッツ哲学における個体の問題に繰り返し言及している。とりわけ以下の箇所は、シュレーゲルが断章と構想の形式をライプニッツの個体概念と結びつけていることを示唆している点で、アテネウム断章集と直接呼応するように思われる。

> どの個体も本来は絶対的であることは、絶対的哲学のとりわけ批判的部門の重要な主命題である。——彼〔ライプニッツ〕の哲学のあらゆる神的なものは批判的直感 Instinkt である——構想と断章。——無限に多くの個体があるということも、ライプニッツと絶対的哲学一般の主命題である。——〔…〕あらゆるものは一つの無限性の断片 Bruchstück でしかない。
>
> (KA, XVIII, 46f.)

シュレーゲルは、ライプニッツがいかなるものにも還元されない自発的な存在として、個体の概念を絶対化したと考えている。世界にはこのような個体が無限に多く存在するが、しかしそれらはすべて同じ「一つの無限性の断片」である。

ここで言われる「断片」という言葉を、単にもとは一つであった全体がバラバラに破砕された不完全な破片の意味で解釈すべきではない。この点は別の箇所からも明らかである。「個体性と結合をライプニッツは絶対化したように見えるが、全体性をも絶対化することはなかった」(KA, XVIII, 69)。ライプニッツは世界そのものを一つの全体として絶対化し、その部分として個体を捉えていたのではない。個体は全体の部分ではなく、諸々の個体が集積されて世界が形成されるわけでもない。むしろ絶対的なのは個体であって、個体は同じ一つの宇宙全体をそれぞれの視点から表現し構成することで、独自に一つの体系となる。断片としての個体に内包される体系性が世界そのものに等しいのなら、「あらゆる物 Ding は世界全体である」(KA, XVIII, 47)。

このようなライプニッツの個体概念を、シュレーゲルは断章の形式と直接結びつけている。「断章の統一性は個体性である。特性描写は歴史的断章である。個体の特性描写は宇宙の特性描写と関係している。あらゆる人間はミクロコスモスである」(KA, XVIII, 69)。形式としての断章は、それ自体が一つの統一性を形成する個体である。それゆえ局限された簡潔な表出形式としての断章は、単に非体系的で不完全な形式ではない。個体がそれぞれ一つのミクロコスモスとして宇宙全体との照応関係にあるように、断章もまた自己の内に無限の体系性を孕んでいるのである。

さらにシュレーゲルは、ライプニッツにおける個体性から展開されたモナドの概念の解釈をも示している。

> 諸モナドの存在を、彼〔ライプニッツ〕は複合体 das Zusammengesetzte の存在から演繹した。（モナドの内であらゆるものは生きており、活動的である。）累乗されていない低俗なモナドは宇宙を表象する vorstellen モナドでないだけでなく、宇宙を表出する *darstellen* モナドでもない。(KA, XVIII, 48)

この箇所では、複合体とモナドの関係、モナドの活動性、さらにはモナドによる宇宙の表象といった諸々の論点が一度に言及されている。これらはいずれもライプニッツが晩年の著作「モナドロジー」(一七一四年)の中で論じたものであり、シュレーゲルは同著作の読解を通じて、モナドの基本的な定義と特徴を知ることができたと考えられる。それゆえシュレーゲルによるモナド概念の解釈を検討するには、ライプニッツ自身の定義を概観しておく必要がある。

「モナドロジー」冒頭の節で、ライプニッツは次のように述べる。「ここで論じられるモナドは、複合体の内に含まれる単純実体のことである。単純とは部分がないということである」(GP, VI, 607)。複合体は単純なものから成り立っているにもかかわらず、単純なものは複合体の部分と見なされることはできない。というのも、部分を持たない単純なものに至るには複合体を無限に分割しなければならず、延長を持たない単純なものは延長をもった複合体を構成することができないからである。[26] このような、幾何学における無限に分割しうる連続体の合成という迷宮は、「モナドロジー」において分割不可能な単純実体という形而上学の問題として捉えなおされることになる。「ところで、部分の無いところには延長も、形も、分割可能性もありえない。それでこのモナドは自然の真の原子であり、一言で言えば諸事物の要素である」(Mon. §3: GP, VI, 607)。幾何学的に考えられた原子は、どれだけ極小であってもなお延長を持つから実体ではありえず、数学的点は延長を持たないために現象を構成しえない。ここで現象界とモナド界は厳密に区別されているのであり、現象界は分割可能な連続体によって構成されているのに対し、モナド界は分割不可能な非連続のモナドによって構成されている。モナドが「真の原子」であることの意味は、それがあくまで形而上学的な単純実体であり、現象界における延長を持った複合体の単なる部分ではないということである。

モナドは物質を構成する延長を持った原子ではなく、複合体としての有機体が活動するための能動的かつ精神的原理そのものである。それゆえ単純実体としてのモナドは、いかなる複合体も部分として含んでおらず、それ自体で自足した形而上学的原理である。このような原理としてのモナドがあってはじめて、それを含んだ複合体は一つの有機体として組織化、統合化されることができる。真の統一体のためには単純なもの、つまり〈多〉を可能にする〈一〉としての原理が求められるのである。一七〇三年のデ・フォルダー宛ての手紙でも言われるように、「真に一なるもの *vere unum* がなければ、真の事物 *vera res* もなくなってしまう」(GP, II, 251)[27]。

ライプニッツはモナドの能動的活動性の二つの側面として、「完全性 perfection」と「自足性 suffisance」を挙げている (Mon. §18: GP, VI, 609f.)。個々のモナドは自らの内に真に自律的な原理を持ち、他のモナドからのいかなる干渉も受けることはない。現象界における事物は接触や衝突によって互いに直接的な影響を及ぼし、つねに自然的な変化を被るが、モナドは完全に自足的な存在であり、外部からの影響を受けることはないのである。とはいえ、モナドに変化がないならば、モナドを原理とする現象界のあらゆる事物にも変化がないことになる。それゆえモナド自身もまた変化を被ると考えられるが、「モナドの自然的な変化の原因は内的な原理に由来する。というのも、外的な原因はモナドの内部に影響を与えることはできないからである」(Mon. §11: GP, VI, 608)。個々のモナドは自らの自発的な原理に従って自己を完成するのであり、モナドのあらゆる活動は自己に内在する原初的かつ能動的な傾向力によってのみ可能になる。

外部からの影響を受けない自足的なモナドが完全性を持つと言われるのは、それが「表象」の作用によって自らの内に多を表現しているからである。「一つまりは単純実体において多を含み envelopper、そして多を表現している représenter 推移的状態が、いわゆる表象 *Perception* に他ならない」(Mon. §14 : l. c.)。〈一〉としてのモナドが含み、表現する〈多〉とは、宇宙全体のことであり、この表象作用を通じて、宇宙の全存在は一つのモナドの内に映し出される。モナドは外部との関わりを持たない自足的な個体でありながら、表象によって宇宙の全体を自らの内に統一的に集約することができる。

このように表象作用によって結びつけられた個体性と体系性というモナドの二つの側面は、モナドの個体としての〈自足性〉と体系としての〈完全性〉という二つの側面に対応していると考えることができる。モナドにおいては

〈一〉と〈多〉が一致し、個体性と体系性の原理が相互に両立しており、それによってモナドは他に依存することなく自らの完全性を実現することができる。モナドは過去から未来にわたる宇宙の全歴史を自らの内に表現しているため、完足的な個体である一つのモナドに起こるあらゆる出来事は、神によって創造されたときからそのモナドの内に萌芽的に含まれているからである。

このような単純実体としてのモナド、自発的に活動する能動的原理としてのモナド、そして宇宙全体を自己の内に表象するモナドの定義は、アテネウム期のシュレーゲルにおける、断章の形式や反省の概念にとって少なからぬ意味を持っていたと考えられる。すでに確認したように、シュレーゲルは「哲学的注釈」の中で、モナドによる宇宙の表象をロマン主義の主要概念である「累乗」の概念と結びつけている。それはモナドが自己の内で宇宙を表象する自発的活動が、反省によって無限に自己を高める累乗の作用と重なり合うからに他ならない。シュレーゲル自身、モナドの表象をそのような意味で理解している。「一つのモナドの表象力 Vorstellungskraft は自発性、そして万有の萌芽に他ならない」(KA, XVIII, 47)。そしてアテネウム期のシュレーゲルは、モナド的な個体の構造を一つのモデルとして、芸術と芸術作品の理論を展開していく。

ポエジー的反省とモナドの表出作用

「哲学的注釈」と同年に書かれた『マイスター』論の冒頭において、シュレーゲルはゲーテの小説『ヴィルヘルム・マイスターの修業時代』で描かれる登場人物たちを、「教養形成 Bildung」の概念に結びつけている。同書の第一巻に登場するノルベルク、バルバラ、マリアーネ、そしてヴィルヘルムは、いずれも特段高貴な人物でも変わり者でもなく、それぞれが自らの個性に従って行動することで、小説の出来事全体が有機的に構成される。シュレーゲルによれば、小説におけるゲーテの表現によって、これらの異なる個性の人物たちはそれぞれ違った形で普遍的な教養の理念に近づいていくように描かれる。「この表出のあり方により、最も制限されたものさえもが同時に自己にとってまったく独自で自立的な存在であり、にもかかわらず普遍的で、あらゆる変化の下でも唯一のものである人間的本質の別の一面、新たな一つの変化でしかなく、無限な世界の小さな一部分であるように見える」(KA, II, 127)。このようにシュレーゲルは、ゲーテの『マイスター』について、登場人物が体験するさまざまな出来事を通して普遍的な人間の形成過程を描く「教養小説 Bildungsroman」としての意義を強調している。しかしシュレーゲルがマイスター論において用いる Bildung 概念は、人間の人格的な「教養形成」だけでなく、芸術作品そのものの「形成」をも意味しうる。

シュレーゲルによればゲーテの『マイスター』は、各々の巻や章が寄せ集められることではじめて一つの小説作品として形成されるのではなく、むしろ各々の部分がそれ自体で一つの作品としての全体を構成している。「徹頭徹尾有機化され、有機化しつつある作品の、自己を一つの全体へと形成 bilden しようとする生得的な衝動は、大小さまざまの部分に現れる」(KA, II, 131)。このようにシュレーゲルは、人物だけでなく芸術作品そのものにも有機体に類比する構造を認めており、作品としての小説だけでなく、その部分さえもが一つの「生きた個体性」を持つものとして自己形成していると考える。

このように言われるのは、小説『マイスター』において、一つ一つの出来事の内に小説で展開される出来事全体が萌芽的に含まれるかのように表現されるからである。例えば、竪琴弾きの老人やミニョン、ヤルノ、そして女騎士(アマツォーネ)の登場する場面では、それぞれの人物に関わるその後の展開が示唆されるように、小説のあらゆる部分に作品全体を予感させるような暗示的表現が用いられている。各部分が他の部分を萌芽的に孕み、緊密に照応し合う小説『マイスター』は、一つの有機的な全体としての作品であり、さらにそれぞれの部分は単なる断片としての部分ではなく、作品全体の構想を孕む一つの体系を形成する。「そうして一つの分割不可能な小説のそれぞれ不可欠な部分は、自己自身にとっての体系となるのである」(KA, II, 135)。

局限された部分が同時に全体としての体系となる、モナド的個体としての芸術作品の構造が最もはっきりと示されるのは、「ポエジー的批評」の方法論においてであろう。すでに触れたように、ゲーテの『マイスター』における登場人物たちの『ハムレット』批評は、文学作品の内での文学作品の批評として、批評家による単なる作品の価値判断ではなく、それ自体が芸術としての〈ポエジー〉の自己反省的な展開と見なしうる。シュレーゲルによれば、このようなポエジー的批評を行う者は、「全体を成分 Glieder や部分 Massen や断片 Stücke に分割するだけで、作品への関係において死んだ根源的な構成要素 Bestandteil へと分解することはない。なぜならそれらの構成要素は、全体が含んでいるような種類の統一をもはや含んでいないからである。とはいえそれらは、万有との関係においては生きていて、万有の成分あるいは部分である可能性がある」(KA, II, 140f.)。

それに対して平凡な批評家は、「自らの芸術の対象をそのような死んだ構成要素へと関係づけるので、対象の生きた統一を破壊することは避けられず、時には対象をその要素 Elemente にまで解体し、時には対象をより大きな部分の原子 Atom と見なすことにさえなりかねない」(l. c.)。平凡な批評にとって部分は全体の「死んだ」要素でしかないのに対して、ポエジー的批評にとって作品を構成する要素は作品全体を内包する一つの体系的個体である。このような要素が「生きた」部分と呼ばれるのは、それが自己形成により無限の体系を展開する自発的な個体と同様の構造を持つからである。ここでは、アテネウム期のシュレーゲルがライプニッツ研究に見出した、モナドの個体性と活動性の原理が、芸術作品の構造の内に見出されていることがわかる。

さらにモナドによる宇宙の表象という観点から重要なのが、アテネウム断章集一一六番に見られる、世界の全体を自己の内に反射させる「鏡」としてのロマン的ポエジーの定義である。

ロマン的ポエジーだけが、叙事詩と同じように周囲の世界全体の鏡 Spiegel となり、時代の鏡像 Bild となることができる。ロマン的ポエジーはまた、あらゆる実在的な関心や観念的な関心にも左右されず、ポエジー的反省の翼に乗って、多くの場合表出されたものと表出するものの間の中間で揺れ動き、この反省を次々に累乗して、一つの無限に連なる反射像の内にあるように多重化していくことができる。ロマン的ポエジーは最も高次で全面的な形成をすることが可能であり、単に内から外へ向かうのではなく、外から内へも向かうのである。その際その作品は、それぞれ一つの全体でなければならず、そのあらゆる部分を同じように有機化することで、その作品には限りなく成長する古典性の展望が開かれる。

（KA, II, 182f.）

ここでは広義の芸術としてのポエジーの反省作用が、合わせ鏡の中で一つに連なる鏡像のように、自己の内で無限に反射を繰り返しながら、同時に世界全体を映し出す鏡として定義されている。このようにロマン的ポエジーの定義においても鏡の比喩が用いられていることもまた、シュレーゲルのライプニッツ研究と無関係であるとは思われない。というのも、シュレーゲル自身が「哲学的注釈」の中でライプニッツのモナドを「孤立した世界の鏡 isolierte Weltspiegel」（KA, XVIII, 52）と呼んでおり、ライプニッツにおける「鏡」の比喩を熟知していたからである。

ライプニッツは「モナドロジー」の中で、「どの単純実体も他のあらゆる実体を表出する exprimer さまざまな関係を持つため、宇宙の永遠の生きた鏡 miroir vivant である」（Mon. §56: GP, VI, 616）と述べている。単純実体としてのモナドが生きた鏡として宇宙を映し出すと言われるときには、ある物体が鏡の中に鏡像として映り込むというような受動的な表出作用は考えられていない。モナドの表出作用はあくまで自発的な活動であり、モナドの内に始めから潜在していた世界の像が映し出されるという構造を持っている。[28] それゆえ鏡としてのモナドが〈宇宙を映し出す das Universum spiegeln〉ことは、すなわち〈自己を反射する sich reflektieren〉ことに等しく、自己再帰的な反省から無限の表象が展開されるのである。

「哲学的注釈」の中でシュレーゲルがモナドによる宇宙の表象に言及する際、それを反省的に自己展開する「累乗」の働きと結びつけていたことは、このような意味で理解できる。つまりロマン的ポエジーの本質は、単に時代を受動的に反映することにあるのではなく、自己の内に潜在的に含まれる宇宙を展開していくポエジーの自発的な反省作用にあると解釈すべきである。ロマン主義にとって、あらゆる芸術作品は反省する個体的〈自己〉として、無限に自己形成する生成の可能性に開かれているのである。

ベンヤミンがロマン主義論で芸術作品を「生きた反省の中心」と呼ぶ際に考えられていたのは、単なる作者の主観の副産物としての芸術作品ではない。むしろそれは、アテネウム期のシュレーゲルが示唆していたような、反省によって自発的に自己展開していく個体としてのモナド的芸術作品の構造である。モナドを中心としたライプニッツの個体論は、シュライアマハーやフンボルトと並んでシュレーゲルにおいても、主に教養形成および個人の完成を問う人間学の理論として受容されたと解釈されることが多い[29]。しかしアテネウム期のシュレーゲルは、ライプニッツのモナドが人間的〈自我〉の教養形成としてだけでなく、芸術作品による〈自己〉形成の理論としても解釈される可能性を示していたと言える。そしてベンヤミンのロマン主義論を介して顕在化するのは、まさにこうした解釈の方向性なのである。

モナド的芸術作品

シュレーゲルのライプニッツ解釈は、ロマン主義論におけるベンヤミンの実体概念の内実にも少なからず関わっている。すでに触れたように、ベンヤミンは「反省は空虚な無限性へと消え失せてしまうのではなく、自己自身において実体的 substanziell であり、満たされている」(I, 31)と述べ、反省の実体的特性に繰り返し言及している。このような反省概念の定義は、『哲学の発展』においてシュレーゲルが、固定化された持続的存在としての実体の概念を生成の哲学の観点から批判していたことを考えれば一見矛盾するものに見える。しかしこの実体の概念にライプニッツのモナドを当てはめて解釈するなら、この矛盾は必ずしも生じない。というのも、シュレーゲルは『哲学の発展』において、ライプニッツのモナドを実体の固定性と持続性とは異なる原理として解釈しているからである。

シュレーゲルによれば、スピノザは世界にただ一つの実体を想定したために、その実体概念は固定化された非活動的な本性によって特徴づけられる。それに対してライプニッツにおいては、無数に存在する単純実体としての諸々のモナドの本性は「活動性 Tätigkeit」にあるとされる。ライプニッツ自身がモナドを実体と呼んでいたとしても、実体自身における自発的な活動と変化を認めていた以上、彼は実体の概念を実質的にはほとんど破棄していたとシュレーゲルは考えている。「もし彼が矛盾を恐れなければ、あらゆる存在、持続性、実体を完全に否定していたであろう」(KA, XII, 270f. Vgl. auch KA, XII, 145ff.)。

シュレーゲルがデカルトの実体概念を批判するのは、それが外延的な「物」、つまり直観によって捉えられる持続的な「物」を意味しうるからである。それに対してライプニッツのモナドは、表象の作用によって自己展開する純粋に精神的な原理として解釈できるため、シュレーゲルはその実体概念に積極的な意義を認めている。固定的、持続的で自己同一的な存在としてではなく、自発的に展開するモナドの無限の表出作用を強調することは、『哲学の発展』の時期と、それ以前のアテネウム期のシュレーゲルのライプニッツ解釈に共通するものである。

そしてベンヤミンにおける実体と反省概念の結びつきにもまた、シュレーゲルの実体概念の解釈が少なからず反映されている。ベンヤミンによれば反省媒質としての芸術作品は、ある作者の直観や意識によって創造された、作者の主観的意図の産物ではない。「作品は、〔…〕本質的には創造的天才の啓示や秘儀ではない。これを実体の秘儀と呼ぶことができるだろう」(I, 86)。ベンヤミンは、何らかの性格や個性を持つ実体として詩人を捉え、この詩人の主観に芸術作品を還元する解釈を、ヘルダーリン論以来一貫して否定している。不変の持続的な特性を持った〈実体〉としての反省する自我が作品を創造するのではなく、むしろ作品における無限の展開と形成の可能性としての反省の作用それ自体が〈実体的〉なのである。そして反省が〈実体的〉なのは、反省による産出が自己の内に無限の内容を含むからである。「自己の思惟は満たされた実体的なものであるから、思惟は自己を思惟することにより、同時に自己自身を認識する」(I, 55)。このようにベンヤミンは、不変の自我としての「実体」と区別して、絶対的に自己産出的な認識としての反省の作用を「実体的」と呼んでいるのである。

ベンヤミンによるロマン主義の反省概念の解釈は、不動の基体としての実体を持たず、無限の活動性によって自己の内から実体的に(つまり絶対的・自発的に)世界全体との関係性を産出する、構造的原理としての反省の作用を強調するものである。そして、シュレーゲル自身がモナドの表象と累乗の概念を結びつけていたことは、モナドの自己産出的な〈関数 Funktion〉原理としての解釈の可能性を示唆している。

カッシーラーがライプニッツのモナドを、直観される外延的な物体や心理的表象を伴う〈実体〉ではなく、あらゆる事象の関係性のみを表現する純粋に〈関数〉的な構造原理として解釈していたことは前章ですでに触れた。ロマン主義において任意の値の累乗化にたとえられる反省の無限の高まりもまた、同一の数を掛け合わせることから無限の数列の全体が構成される一種の関数的な統一原理として解釈することが可能である。このような累乗の作用としての反省概念の解釈は、宇宙全体のあらゆる事象を自己の内から一つの系列的体系として統一的に表現する、関数的な原理としてのモナド解釈に近い。新カント主義の強い影響下にあったベンヤミンが、ロマン主義の反省概念にこのような〈関数〉的原理としての意義を見出したとしても不思議ではないだろう。

実際に諸項の関係性の表現としての〈関数〉の概念は、ベンヤミンの批評概念の定義にも現れている。芸術の反省は一つの形式的に閉じた作品を媒質として展開するが、この形式によって限定された作品は、作品そのものに内在する批評の作用によってその相対的な限定性を超えて芸術の無限性へと関係づけられる。「この批評は過程として、また形成物として、古典的作品の一つの必然的関数 Funktion である」(I, 109)。ここで批評は、個々の作品が芸術の理念へと高められる反省の過程全体を、一つの統一的な系列として表現する関数的な原理であることが示唆されている。ロマン主義の芸術批評において作品の起源としての作者の意図や、作品の最終的な完成が重視されないのは、それらが作品の反省過程のいずれかの段階を固定値として実体化することを意味するからである。ロマン主義にとっては、個々の作品の反省による無限の形成こそが重要だったのである。あらゆる反省の段階が、作品にアプリオリに内在する同一の〈関数〉的関係として批評から産出されるのなら、その過程の全体を一つの系列的連関の体系として把握することができるだろう。

このような観点からすれば、ロマン主義における生成の思考は、〈実体〉から〈関数〉概念への移行に基づいたライプニッツのモナド解釈を先取りしていたと言える。ベンヤミンによるロマン主義の芸術理論の受容の背景に、ライプニッツの実体概念に関わる解釈史的な文脈があったことは注目すべきである。

第四節　理念の連続性と理想の非連続性

形式の連続体としての理念

ロマン主義の認識論および芸術論の積極的な受容にもかかわらず、ロマン主義論以後のベンヤミンは、ロマン主義からの批判的距離をたびたび表明するようになる。しかしベンヤミンとロマン主義の立場の相違は、ロマン主義論以後にはじめて顕在化するのではなく、すでに同論文の中で示唆されている。ベンヤミンがロマン主義から袂を分かつ主な原因となる理念論の解釈は、すでにロマン主義論の中で主題化されているからである。

ベンヤミンによれば、ロマン主義の芸術論の全体は「芸術の理念Idee der Kunst」の概念によって導かれている。それは、個々の作品を媒質として展開される芸術の反省全体が、芸術という一つの無限の理念そのものだからである。ロマン主義における批評や作品のような概念は、すべてこの理念としての芸術を表出するためのものである。ベンヤミンは、ロマン主義における「芸術の理念」を、個々の作品に表れる諸々の芸術形式を統一する「連続体」の理念によって特徴づける。

方法的にロマン主義の芸術理論の全体は、絶対的な反省媒質を芸術として、より正確に言えば芸術の理念として規定することに基づいている。芸術的反省の器官は形式であるから、芸術の理念は形式の反省媒質と定義される。この反省媒質の内であらゆる表出形式は連続的に stetig 関係し合い、互いに移行し合い、そして芸術の理念と同一である絶対的な芸術形式へと統合される。それゆえロマン主義的な芸術の統一の理念は、諸々の形式の連続体 Kontinuum という理念の内にある。(I, 87)

たとえば抒情詩や叙事詩のような異なる形式に依拠した作品は、それぞれ相対的に閉じた一つの作品であるが、批評によって作品の反省が高められることで、諸々の芸術形式は互いに独立した排他的形式ではなくなる。それゆえ芸術の反省の展開とは、個々の芸術形式が一つに結びついた理念へと統合される過程である。ベンヤミンによれば、このように理念として一つの「絶対的形式」を想定するなら、悲劇とソネットのように互いに異質な芸術形式も、芸術の理念の内では連続的に連関することになる。

ベンヤミンは、ロマン主義における諸々の芸術形式の連続性の理念の最も明確な表現を、シュレーゲルによる「ロマン的ポエジー」の定義に見出している。アテネウム断章集一一六番に書かれるように、ロマン的ポエジーの主要な使命は、「互いに引き離されたあらゆるポエジーのジャンルを一つに統合し、ポエジーを哲学と修辞学に触れ合わせ」、さらに「韻文と散文、独創性と批評、人為文学と自然文学を時に混ぜ合わせ、時に融合させる」ことにある(KA, II, 182)。そしてロマン的ポエジーが単に特定の芸術ジャンルや形式を表すのではなく、ポエジーに関わるあらゆるものを包括するポエジーそれ自体であるなら、それは芸術の理念に等しい。「それゆえ、ロマン的ポエジーはポエジーの理念そのものであり、諸々の芸術形式の連続体である」(I, 88)。

このように互いに孤立した芸術形式を一つに統合するという構想の背景には、ロマン主義が直面する近代文学一般の歴史的状況に対する問題意識があった。シュレーゲルはアテネウム断章集二四番において、近代文学と古代文学の性格を以下のように定式化している。「古代人の多くの作品は断片 Fragment となった。近代人の作品の多くはその発生と同時に断片である」(KA, II, 169)。これは多くの芸術の領域でジャンルや形式が細分化し、統一的な方向性が失われているという現状認識であろう。ただし発生の時点ですでに断片的である近代文学に対して、古典古代はあくまで事後的に断片化したことが示唆されている。実際にアテネウム期のシュレーゲルは、ギリシアの古典文学が最初から断片的だったわけではなく、本来「一つの作品」として全体が一体化していたという見解をたびたび表明している。

たとえば『イデーン』(一七九八年)の断章九五番には、次のように書かれている。「古代人のあらゆる古典的詩作品は不可分に連関し、一つの有機的全体を形成している。正しく見ればそれはただ一つの詩作品であり、文学芸術それ自体が完全に現象している唯一のものである」(KA, II, 265)。さらに『ポエジーについての対話』の中には、以下のような言葉も見られる。「古代のあらゆる詩作品は、一つ一つが結びついて、より大きな部分と成分から全体までを形成する。〔…〕そうであるなら、古代のポエジーはただ一つの不可分で完全な詩作品であると述べることは、決して空虚な比喩ではない。なぜかつてあったものが再び新たに生成してはいけないのだろうか。それは別の仕方には違いないが、なぜより美しく偉大な仕方であってはいけないのだろうか」(KA, II, 313)。ここには、あたかも一つの作品であるかのように分割不可能なほど緊密に結びついた古典古代の芸術の固有性を認める一方で、同時にそれとは異なる仕方で近代文学の統一性を実現しようとする構想をも読み取ることができる。

アテネウム期のシュレーゲルが古代芸術と対比された芸術の近代性を問題化した動機の一つとして、同時期のシラーの著作『素朴文学と情感文学について』(一七九五—六年)からの影響が挙げられる。詩人自身が自然的で素朴な性格を保持して創作していた古代文学と対比して、近代化によって素朴さを失った詩人が、失われた自然や無限の理念を憧憬する点に近代文学の特徴を指摘したシラーの議論を批判的に継承することで、シュレーゲルは古代文学とは異なる近代文学固有の性質を認めるようになる。(30)「ロマン的ポエジー」は、古代のように一つの中心点としての神話的な全体性を持たずに孤立した近代の芸術作品を、芸術に内在する反省の構造によって一つの芸術の理念へと統一する、ロマン主義的近代のプログラムの中心概念であると考えられる。しかし、芸術の反省によって個々の作品形式の断片性が廃棄され、絶対的形式としての一つの芸術の理念へと向かうのであれば、断片の形式はロマン主義にとってあくまで過渡的な芸術形式に過ぎないと見なすこともできるだろう。

ベンヤミンは、古代の文学を一つの作品と見なすシュレーゲルの見解を受けて、ロマン主義の芸術論において理念と作品は絶対的に対立するのではなく、両者の区別は相対的なものに過ぎないと断じる。「理念は作品であり、作品もまた自らの表出形式の限定性を克服するなら理念である」(I, 91)。〈本来一つの無限の作品であった芸術作品が散逸して断片化する〉という古代ギリシア的芸術の類型と、〈断片である作品が無限の反省によって一つの芸術の理念へと統合される〉というロマン主義的近代芸術の類型は、どちらも一つの連続体の理念を芸術の本来の形式と見なしている点で表裏一体である。つまりロマン主義にとって芸術の断片性は、原初の神話的同一性へと遡及する(古代)か、普遍的な理念へと漸進的に接近する(近代)ことで克服されるべき、相対的な形式に過ぎないのではないか。そこでは、断片それ自体が芸術の絶対的形式なのではなく、断片の形式はむしろ連続的な全体性の理念へと統合されなければならないのである。

理念とモナドの非連続性

ロマン主義における芸術の理念は、反省の高まりによって芸術作品の断片性が解消された単一の全体性としての理念である。この理念の構造こそが、ベンヤミンがロマン主義から袂を分かつ直接的な原因となった。そして理念をめぐるロマン主義とベンヤミンの解釈の一つの分水嶺となったのが、ライプニッツのモナド解釈であったことは注目に値する。ベンヤミンは、ロマン主義論の時点でロマン主義との立場の相違をはっきりと問題化しているわけではない。しかし以下の箇所は、少なくともロマン主義における反省概念とモナドの構造的差異を、ベンヤミンが意識していたことを示している。

現実性は、相互にいかなる実在的な関係も持たずに自己の内で閉じた諸モナドMonadenの集積を形成しているわけではない。まったく逆に、現実におけるあらゆる統一体は、絶対的なものそれ自体を除いては相対的な統一体でしかない。この統一体は自らの内で閉じて関係性を持たないのではなく、むしろ自らの反省を高めること（累乗、ロマン化）によって他の存在や反省の中心を次々に自らの自己認識へと同化させていくことができる。（I, 56f.）

これはロマン主義の自然認識論を論じた箇所だが、ここでの「絶対的なもの」は芸術論における芸術の理念に等しく、同様に「相対的な統一体」は個々の芸術作品に置き換えることができる。ロマン主義にとって近代における芸術作品の断片性があくまで相対的な形式であるのは、作品の内での自己累乗化する反省の高まりによって、個々の作品の形式の制約性が解消され、絶対的反省としての芸術の理念へと統合されるからである。このように連続性の理念へと高まるロマン主義の反省概念と対比して、個々の内で閉じた統一性を廃棄することのないモナドの構造を強調することで、ベンヤミンはすでにロマン主義とは異なるモナド解釈と理念論の構想を示唆していた。

ロマン主義論の執筆からおよそ六年後に書かれた『ドイツ悲劇の根源』の「認識批判序論」において、「理念〔イデア〕はモナドである」（I, 228）[31]と書くことで、ベンヤミンはロマン主義論では示唆されるに留まっていた、理念とモナドの関係を明確に定義している。理念をモナドとして定義することは、同時にベンヤミンのロマン主義からの離反をも意味する。というのも、序論の中の「理念としての言葉」の節においてベンヤミンは、理念の根本法則を次のように定式化するからである。「あらゆる本質は、完全な自立性の内で触れ合わずに存在している。しかも単に現象からだけでなく、何より理念同士が完全に自立して触れ合うことがない」（I, 217）。

個々の個体的本質に自立性と完全性を認める点において、ベンヤミンとシュレーゲルのモナド解釈は少なからず重なり合っている。しかし、シュレーゲルが個々の芸術作品の断片性を一つの芸術の理念へと統合することを構想したのに対して、ベンヤミンは理念が単一の連続体として全体の統合を意味しないことをあくまで主張する。明らかにベンヤミンは、ロマン主義の芸術の理念から区別して、モナドとしての理念の構造を特徴づけている。つまり理念は一つの連続体ではなく、「非連続性」を特徴とする有限な数の理念が理念界を形成する。「このような理念の非連続的な有限性を知らなかったため、理念論を更新しようとする精力的な試みは、以前のロマン主義者たちの試みに至るまで、挫折することがまれではなかった」(I, 218)。

シュレーゲルにおいてモナド的個体性の構造を持つ芸術作品は、生成の途上にあるあくまで相対的な統一体であり、その断片性は反省の高まりによって漸次的に解消される。その意味では、シュレーゲルにとってモナドの非連続性は段階的に廃棄されるべき形式である。それに対して、ベンヤミンにおいて他のモナドから孤立したモナドの非連続性は、反省によって解消されるのではなく、むしろこの孤立性の構造こそがモナドとしての理念の最も本質的な特徴として解釈される。「理念は全体性によって特徴づけられながら、他方でその孤立性 Isolierung を捨て去ることがないように、理念の構造はモナドロジー的 monadologisch である」(I, 228)。ここからも明らかなように、ベンヤミンにおいて理念は世界の全体を自己の内に表出しながら、一つの連続体へと統合されることのない非連続的で孤立的な存在であり、そうした構造を理念と共有するものとしてライプニッツのモナドは解釈されている。そして理念に関するシュレーゲルとベンヤミンの見解の相違は、両者のライプニッツ解釈の相違と無縁ではない。

シュレーゲルは、一つの有機的全体を形成する古代の文学芸術を範例にして、非孤立的な理念の構造を捉えていた。「いかなる理念も孤立して isoliert あるわけではなく、理念が理念であるのはそれがすべての理念の下にあるときだけである」(KA, II, 265)。このように全体性によって孤立性が解消される理念の構造が、シュレーゲルのモナド解釈と少なからぬ対応関係にあることは注目に値する。シュレーゲルが「世界は諸モナドのモナド Monade der Monaden である」(KA, XVIII, 421) と述べるとき、無限に多く存在する個体としてのモナドの複数性は、「一つの、、、、生成する神性、*eine werdende Gottheit*」（KA, XII, 339）としての単一の世界（モナド）という観点によって統合されているように思われるのである。[32]

シュレーゲルには、諸々のモナドの間の自由と調和が可能になる世界の絶対的根拠としてライプニッツの神を解釈しようとする傾向がたびたび見られる。「ライプニッツの神は存在の封建領主であるだけでなく、神だけがまた国王大権として自由、調和、統合の能力を所有する」（KA, II, 230）。「ライプニッツの神は予定調和のモナドである。この神の中であらゆるものは生という言葉の完全なる意味において生きている」（KA, XVIII, 49）。つまりシュレーゲルの解釈するライプニッツのモナドは、神の中にあることによってのみ宇宙の生きた鏡であることができるのであり、モナドが本質的に孤立的な存在として解釈されないのは、最高のモナドである神の唯一性によってモナドの複数性が一つに統合されていることによる。[33] このようなシュレーゲルのモナド解釈の傾向は、古代文学やロマン的ポエジーをめぐる議論に見られる、一つの作品としてのポエジーの理念という発想と呼応しており、こうした傾向がシュレーゲルのライプニッツ解釈の方向性にも影響を与えていると思われる。

それに対してベンヤミンの解釈するモナドは、有機的な一つの全体として超越的な視点に統合されることなく、それぞれ孤立した複数の視点から自己の内に世界を表出し合う非連続の星座布置を形成する。ロマン主義から離反したベンヤミンが、『ドイツ悲劇の根源』においてライプニッツのモナドに基づいて構築する理念論の内実に関しては、第四章で改めて詳論する。本章の最後では、ベンヤミンが悲劇論に至ってロマン主義からの離反を表明するまでの過程において、ベンヤミンのゲーテ解釈が少なからぬ意味を持っていたことを指摘しておきたい。ロマン主義論の末尾で、ベンヤミンはロマン主義と対比されたゲーテの芸術論の特徴を論じている。そこではベンヤミンの理念論の形成に、ゲーテの芸術論が少なからぬ意味を持つことが示されるのである。

内容の非連続体としての理想——ロマン主義からゲーテへ

ベンヤミンは、ロマン主義論の末尾に付された「初期ロマン主義の芸術理論とゲーテ」の章において、ロマン主義とゲーテの芸術理論がその原理において対立関係にあると述べる。すでに触れたように、ロマン主義者が芸術の統一性と無限性を表すカテゴリーは「理念 Idee」である。つまりロマン主義における芸術の理念の展開は、個々の作品が形式によって制約されるとともに、この形式が反省によって解消されることで、無限の理念へと統合される過程である。ベンヤミンによれば、このようにもっぱら「形式」を媒質とした芸術の反省を問うた反面、ロマン主義は固定化された芸術の「内容」それ自体を厳密に問うていなかった。それとは対照的に、ゲーテの芸術論において問題になるのは芸術の形式よりも内容であるという。

ゲーテにおいて芸術がアプリオリに前提する内容を、ベンヤミンは「芸術の理想 Ideal」と呼ぶが、それは「芸術の理念」から次のように区別される。

> 理想もまた内実 Gehalt の統一として、一つの最高次の概念的統一性である。それゆえ理想の機能は、理念の機能とはまったく別のものである。理想は、形式の連関を自己の内に秘め、この連関を自己の内から形成する媒質ではなく、それとは別の種類の統一性なのである。理想が把握されるのは、限定された数の諸々の純粋な内容 reine Inhalte の内においてだけであり、この純粋な内容の内に理想は分解される。それゆえ理想は、諸々の純粋な内容の、限定された調和的な非連続体 Diskontinuum の内に現れる。この見解において、ゲーテは古代ギリシア人たちと一致している。 (I, 111)

ロマン主義の芸術論において、自己の内で閉じた作品の形式的な孤立性は相対的であり、自己反省の高まりによって諸々の作品は連続的に連関し、一つの絶対的形式としての芸術の理念となる。古典主義期のゲーテにおいても、最高の芸術作品はそれ自体が完全性を体現すると考えられている。しかしベンヤミンによれば、ゲーテはロマン主義とは対照的に、批評による作品の無限の生成と発展を認めていない。ゲーテにとって芸術作品は、それぞれ独自の仕方で芸術の理想を体現するものであり、この完全な作品が生成して一つの連続的な芸術の理念に解消されることはないのである。ここでベンヤミンが問題にしているのは、古典古代の芸術作品をめぐるロマン主義とゲーテの対立である。古代の芸術を近代において新たに生成、発展させようとするのがロマン主義のプログラムであるなら、古代を芸術の理想に最も接近した絶頂期と見なすのが、ゲーテの古典主義的芸術論である。

ロマン主義論末尾の章において、ベンヤミンはゲーテからの具体的な典拠や引用を一切挙げていない。しかし、ベンヤミンが指摘している古典主義者としてのゲーテの芸術論の主要な特徴は、「ラオコーンについて」（一七九七年、以下ラオコーン論）の中に見出すことができる。主に古典主義の芸術理論確立のために刊行された、雑誌『プロピュレーエン』の創刊号（一七九八年）に掲載されたこの論文において、ゲーテは絶命する瞬間のラオコーンの表情と身振りを造形したヘレニズム期の大理石彫像群を主題にして、古代の芸術作品に関する自らの見解を述べている。そこでゲーテは、ラオコーン群像が最高の芸術作品に見出されるべきあらゆるものを呈示していると考えており、その一つとして「理想 Ideal」も挙げられている。ゲーテによれば、理想に到達するために芸術家は深く、入念で、粘り強い感覚を必要とする。「しかし、対象をその全領域において概観し、表出すべき最高の瞬間を見出し、そうして対象を限定された現実性から引き上げ、理想的な ideal 世界において対象に節度、限界、実在性、品位を与えるためには、さらに高次の感覚がそれに加わらなければならない」（FA, I, 18, 490）。

この時期のゲーテは、ギリシア人が単なる自然の対象ではなく、それ自体ですでに完全に形成された「理想的な idealistisch」対象を、最高次の完全性にもたらしたと考える点で一貫している（Vgl. FA, I, 18, 441f.）[34]。ゲーテにとってラオコーンのような形象は、まさにそれ自体で芸術の理想を体現する造形対象の一つだった。ゲーテは、「芸術作品にとって、自立して完結していることは大きな長所である。静止した対象は、それが存在するだけで自己を示しており、それゆえ自己によって自己自身において完結している」(FA, I, 18, 491f.) と述べている。古代人が最も好んで造形したユピテル、ユーノー、ミネルヴァのモチーフは、この意味で他の対象との関係を持たず、自己の内に安らう対象である。しかしゲーテは、それぞれが完全に独立して安らうオリンポス神たちの壮麗な輪よりも小さないくつかの輪があると言う。「そこでは個々の形象は他の形象との関係において考えられ、作られている。例えば、アポロに率いられた九人のムーサたちは、どれもそれ自体で考えられ、仕上げられているが、多様な合唱の全体においてそれらはさらに興味深いものになる」(FA, I, 18, 492)。それぞれに自らの守護する独立した芸術領域を持ちながらも、アポロの竪琴によって指揮されることで調和的な歌舞を繰り広げるムーサたちは、ゲーテにとってオリンポス神たちとは異なる仕方で古典古代の芸術の理想を表現する形象だった。

ベンヤミンがロマン主義論において「ムーサたち」に触れるのは、おそらくこのようなゲーテの言葉を踏まえている。そしてベンヤミンがゲーテにおける芸術の理想の構造を特徴づける、「諸々の純粋な内容の、限定された調和的な非連続体」は、まさにこの複数の芸術の女神たちの関係性の内に見出される。「アポロンのもとに統治されたムーサたちという理念は、芸術哲学の観点から解釈されるなら、あらゆる芸術の諸々の純粋な内容の理念である。古代ギリシア人たちはそのような内容を九つ数えたが、その種類も数も決して恣意的に定められていたわけではなかった。諸々の純粋な内容の化身 Inbegriff、つまり芸術の理想は、それゆえムーサ的なもの das Musische と呼ぶことができる」(I, 111)。

それぞれ異なるジャンルを表現＝代表するムーサに守護された詩人、例えば抒情詩人と叙事詩人は、それぞれ詩作において自らの領分を厳密に守らねばならず、ムーサの領域を恣意的に越境するならその霊感を失う。ベンヤミンが古代ギリシアにおける芸術の理想を「ムーサ的なもの」と呼ぶのは、九人のムーサたちが、同じ数に分割された芸術の理想そのものを体現するからである。独立しながら互いに調和的な関係性を形成するムーサたちは、それぞれが詩人によって表出されるべき芸術の純粋な内容の理念（理想）であり、相対的な芸術形式の区分として互いの内に解消されることはない。

ラオコーン論と同じ『プロピュレーエン』誌の創刊号に付された「序文」（一七九八年）においても、ゲーテは諸々の芸術領域の独立性を古典主義の本質的特徴として明言する。同論文の中でゲーテは、近代人が古典古代の芸術を一つの模範としながら、理論と実践において古代人の原則から遠ざかっていることを指摘する。そして近代における「芸術の衰退」を示す最も顕著な特徴の一つとして、「さまざまなジャンルの芸術の混淆」を挙げるのである。「諸々の芸術のジャンルと同様に、諸芸術それ自体は互いに類似しており、互いを統合し、さらに互いの内に自己を解消するという一つの傾向を持っている。しかし真の芸術家の義務、功績、品位は、自らが関わる芸術分野を他の分野から分離し、あらゆる芸術と芸術のジャンルを独立させ、可能な限り孤立させる isolieren ことにある」（FA, I, 18, 468f.）。

ここには、ロマン主義と古典主義の芸術理論の間の対立が顕著に表れている。ゲーテによる古典主義のマニフェストは、とりわけ『プロピュレーエン』誌と同年に刊行された『アテネウム』誌の断章一一六番に見られた、「ロマン的ポエジー」の理念による諸々の芸術ジャンルの統合という構想と明確に対立する。シュレーゲルによれば、近代において互いに孤立して断片化したあらゆる芸術のジャンルは、ロマン的芸術として再び一つに統合されなければならない。しかしゲーテによれば、そのような芸術の諸ジャンルの統合は、古代の芸術の理想からの衰退を招くだけであり、むしろ古代以来の諸芸術の独立性は保持されなければならない。

ベンヤミンは、古代芸術の解釈に基づくロマン主義とゲーテの芸術理論の原理的対立を、それぞれ諸芸術の形式を統合する芸術の理念と、互いに独立した純粋な内容からなる芸術の理想として特徴づける。つまりロマン主義における芸術の理念が芸術の形式の連続体であるなら、ゲーテにおける芸術の理想は芸術の内容の非連続体である。「理想の内的な構造が、理念とは対照的に非連続的な構造であるように、この理想と芸術との連関もまた媒質の内に与えられているのではなく、ある裂開 Brechung によって特徴づけられている。諸々の純粋な内容そのものは、いかなる作品においても見出されえない」（I, 111）。ゲーテは芸術作品の内に生成する反省の構造を認めないため、個々の作品を芸術の理想そのものと見なすことはない。それゆえ、芸術の理想と個々の作品の間には、架橋できない断絶が存在することになる。

ベンヤミンによれば、古典主義期のゲーテが芸術作品にロマン主義のような反省媒質の構造を認めないのは、すでにそれ自体で完成した古代ギリシアの芸術作品の内に、さらなる生成と発展の可能性を考えることができないからである。

> ゲーテにとって古代ギリシア人の諸作品は、他のどの作品よりも原像 Urbilder に接近した作品であり、それらはゲーテにとっていわば相対的な原像、つまり模範 Vorbilder となった。古代人の作品としてのこれらの模範は、原像そのものに二重の類似性を示している。模範は原像と同様に、二重の意味で完成されている。つまり模範は完全であり、また成就されている。というのも、完全に閉じた形成物だけが原像でありうるからである。（I, 112）

ゲーテにとって古代ギリシアの芸術作品が「模範」として完成されているのは、ロマン主義的な無限に発展する芸術作品の解釈とは異なる意味においてである。ベンヤミンが古典主義における作品の完成を二重の意味で、つまり「完全」であり、かつ「成就」したものとして解釈しているのは、作品が自己の完成への発展可能性として完全性を持つからではなく、この発展が実際に成就しているからである。古代の芸術作品は、完成の理念を内に孕んで無限に生成する過程の内にあるのではない。それは芸術の理想あるいは「原像」そのものと見なすことができない点で相対的な理想ではあるが、後代が乗り越えることのできない芸術の一つの頂点として、個々の芸術作品が実際に到達しうる最高次の完全性をすでに達成した「模範」なのである。

ベンヤミンによれば、古典古代の芸術を一つの作品と見なすシュレーゲルと、古典古代を近代において新たに生み出そうとするノヴァーリスの古典解釈は、「反古典主義的」である。というのも「シュレーゲルにとって、古典古代の諸作品と同様に、古典古代の諸ジャンルもまた、互いの内に解消される必要がある」(I, 116) からである。シュレーゲルによる、古代の芸術ジャンルの解消の構想を示唆する箇所の一つとしてベンヤミンが引用するのが、すでに検討したアテネウム断章一二一番である。「個体が自らのジャンルの理想を完全に表現したとしても、諸々のジャンルそのものもまた厳密かつ明確に孤立して〔…〕いなかったなら、無駄なことだった。しかしあちらこちらの圏域へと思いのままに身を移すこと、〔…〕そのようなことができるのは、〔…〕諸々の人格の全体系を自己の内に含む精神だけであり、この精神の内部では個々のモナドの内に胚胎すると言われる宇宙が〔…〕成熟しているのである」(KA, II, 185)(35)。

ベンヤミンは、体系を内に含むモナド的な精神による異なる諸領域間の自由な越境を、古典古代以来の芸術ジャンルの独立性を解消する運動として解釈している。モナド的な閉じた構造を持つ個々の芸術作品が、無限の反省によって連続的に連関することで、孤立した諸々の芸術ジャンルを一つの芸術の理念へと統合する。このようなロマン主義的近代のプログラムに対して、ベンヤミンは古代の芸術ジャンルの孤立性を解消しえない芸術の本質的構造と見なすゲーテの古典主義を対置するのである。

ロマン主義論の末尾で、ベンヤミンはロマン主義とゲーテにおける芸術理論の対立原理を次のように要約する。

> ロマン主義者たちは、諸々の芸術作品と芸術の関係性を全体性における無限性 Unendlichkeit in der Allheit と規定する。それは、諸々の作品の全体性の中で芸術の無限性が満たされるということである。ゲーテは、この関係性を多数性における統一性 Einheit in der Vielheit と規定する。それは、諸々の作品の多数性において芸術の統一性が繰り返し見出されるということである。ロマン主義者たちにおける無限性は純粋な形式の無限性であり、ゲーテにおける統一性は純粋な内容の統一性のことである。(I, 117)

単一の全体性としての世界が、生成する芸術作品を媒質として無限に反省を展開するのがロマン主義的な芸術の理念であるなら、完成した個々の芸術作品が、複数の異なる視点の統一性を表現するのがゲーテ的な芸術の理想である。ベンヤミンが「ムーサ的なもの」と呼ぶ、古典主義的な芸術の理想に必然的に含まれる多数性の構造は、後年の『ドイツ悲劇の根源』において、孤立して触れ合うことのない「本質相互の響き合う関係」(I, 218) として特徴づけられる、理念論の一つの源泉となったと考えられる。

ベンヤミンは、芸術作品そのものに自律的な自己展開の構造を認める点でロマン主義を評価しながらも、一つの全体としての理念が自己展開する連続的な媒質という芸術の解釈には追従しなかった。ベンヤミンが理念の本質的な構造を、孤立するモナドの調和的な非連続体の内に見出すためには、ロマン主義者と対立する古典主義者としてのゲーテの芸術論が受容されなければならなかった。そしてそれはまた、ゲーテの芸術論の受容の過程にベンヤミンのライプニッツ解釈の問題が少なからず関わっていることを示唆している。

しかしベンヤミン自身も認めているように、シュレーゲルとノヴァーリスを主題にしたロマン主義論への付論という狭い枠組みの中では、それ自体詳細な注釈を必要とするゲーテの個々の作品を主題的に論じることは不可能だった。それゆえベンヤミンは、ロマン主義論の中ですでにゲーテの芸術論と理念論に関わる主要な論点を示唆しながら、個々の作品の典拠を挙げることを避けている。「この詳細な解釈は別の箇所で、それが要求するより広い連関において行われるべきである」(I, 110)。ここでベンヤミンが言う「より広い連関」は、ロマン主義論と前後して書かれる一連のゲーテ論を指しているだろう。それゆえ次章では、ロマン主義論では示唆されるにとどまったゲーテの芸術論と、ベンヤミンの認識論の展開におけるゲーテ解釈の意義を、両者のライプニッツ解釈の観点から論じる。

第三章

形態、力、歴史——ベンヤミンとゲーテ

ベンヤミンによるロマン主義の認識論および芸術理論の受容と解釈には、ベンヤミンの認識論の展開において中核となる構想がいくつも含まれていた。とりわけ自己思惟の形式から無限に認識を産出するロマン主義の反省概念は、経験的・心理的主観とその客観の相関関係から構成されるカントの認識概念を克服するための一つのモデルを提示するものだった。しかしロマン主義論以降、ベンヤミンはロマン主義から徐々に距離を取り、『ドイツ悲劇の根源』においてロマン主義批判を展開するに至る。前章の末尾で触れたように、ベンヤミンのロマン主義批判の骨子は、すでにロマン主義論のゲーテの章に示唆されていた。その後ゲーテの解釈に精力的に取り組むことで、ベンヤミンはロマン主義からの批判的距離をさらに明白なものとしていく。それゆえベンヤミンにとってゲーテの受容は、ロマン主義とは異なる認識論と芸術論の原理に関する思索を深める過程でもあったと考えられる。

ベンヤミンのゲーテ解釈において主要な争点となるのは、ゲーテ自然学の中心概念の一つである「原現象」の概念である。この概念はロマン主義論においても、ゲーテの芸術論の基礎となる自然の認識論を特徴づける概念として言

及される。芸術論の基礎を自然の認識論に見出す解釈的立場は、ベンヤミンによるロマン主義とゲーテの解釈に共通して見出されるのである。そして晩年のゲーテの小説を集中的に読解した批評論文「ゲーテの『親和力』」においても、ゲーテの自然概念との対決が議論の根底にある。それゆえベンヤミンによるゲーテ解釈を検討するためには、なによりもゲーテにおける自然学の基本的特徴を考察することが不可欠となる。

本章ではまず形態学を中心としたゲーテの自然学を、ライプニッツ哲学に接続することで再検討する。このような方法を取るのは、自然の内に現れる形を単に固定された一つの〈形態〉としてではなく、つねに形成して変形する〈力〉の発現として捉えるゲーテの形態学が、ライプニッツ哲学を一つの重要な源泉としているからである。それは動的に変化し続ける自然の多様な形態を、同一の形成法則による産出の観点から統一的に捉える方法であり、マールブルク学派はこの法則的な〈機能〉の概念に基づいたゲーテ解釈を提示している。ベンヤミンもまた、そのゲーテ受容の過程で同学派の解釈に触れている。とりわけ注目されるのは、マールブルク学派によるゲーテ解釈が、同学派のプラトン解釈とも緊密に結びついている点である。ベンヤミンによるゲーテ解釈においてたびたびプラトン解釈の問題が現れることも、このような文脈から捉え直さなければならない。

『ドイツ悲劇の根源』におけるベンヤミンの「根源」概念は、ゲーテの「原現象」概念を一つの源泉にしているが、両概念の差異はまたゲーテの形態学とベンヤミンの歴史哲学の対決をも意味している。本書はこの対決の内実を検討するにあたり、両者のライプニッツ解釈の差異に焦点を当てる。ベンヤミンのゲーテ解釈の過程にライプニッツのモナドロジー解釈という観点を導入することで、初期から『ドイツ悲劇の根源』に至るベンヤミンの認識論の展開における、ゲーテ受容の意義が一層明確になるからである。

以上のような問題意識の下に、本章の第一節では、ゲーテの形態学の展開におけるライプニッツ受容の意義を考察する。次に第二節で、原現象と直観の概念を中心としたゲーテの自然認識論をめぐるベンヤミンの解釈を、初期のテクストからロマン主義論のゲーテの章に至る変遷によって跡づける。そして第三節では、ベンヤミンの『親和力』論における芸術作品の真理とその表現の問題を検討する。最後に第四節において、ゲーテの原現象とベンヤミンの根源概念に見出される、両者のライプニッツ解釈の差異を明らかにする。

第一節　ゲーテの形態学とライプニッツ

ゲーテのライプニッツ受容を考察する際の一つの困難は、ゲーテ自身がライプニッツのどのテクストを実際に読解していたか、残された資料からは確定できない点にある。ゲーテ自身がライプニッツの「モナド」や「エンテレケイア」の概念に直接言及する箇所は、基本的に後期の書簡や対話の中だけであり、ゲーテのライプニッツ解釈が体系的に示されるテクストは存在しない。しかしゲーテが比較的早い段階から、直接・間接にライプニッツの哲学に触れる機会を持っていたことは明らかである。ゲーテにライプニッツ哲学の内実を伝えた可能性の高い人物として、少なくともエティンガー、ヘルダー、ブーレ、シェリング、オーケン、ブルーノ等の名前を挙げることができる(1)。

このようにゲーテが若い頃から親しんでいた多くの哲学者、思想史家たちの著作の中でライプニッツが論じられていたこと、一八世紀のドイツでライプニッツの学説が大きな影響力を持っていたことを考慮するなら、ゲーテがライプニッツの哲学やその術語にかなりの程度精通していたと考えるほうが自然である。ゲーテが直接ライプニッツに言及していないテクストにおいても、ライプニッツの思想内容に非常に近い事柄が述べられていることは、ライプニッツの哲学がゲーテの思考の中に深く浸透していたことの何よりの証左であろう。

本節では、ライプニッツにおける「力」と「エンテレケイア」の概念の意味を踏まえた上で、それらがゲーテの形態学に対していかなる意義を持っていたかを明らかにする。その際には、ゲーテのライプニッツへの直接的な言及だけでなく、ゲーテの形態学とライプニッツのモナドロジーとの関係が広く問われるテクストが考察の対象となる。

ライプニッツにおける力とエンテレケイア

一七世紀の哲学および自然科学においては、機械論に基づいた自然認識のモデルが積極的に導入された結果、中世キリスト教的な目的論のモデルは影を潜めるようになる。例えば自然の物体において目的の概念や目的因を認めなかったデカルト、目的因を人間の空想の産物と考えたスピノザ、そして作用因の亜種としてのみ目的因を捉えたホッブスなどにこうした傾向は顕著に認めることができる。ライプニッツは、一方で近代の機械論を積極的に認めながら、他方でアリストテレスと中世の伝統における実体論を再評価することで、目的論的な自然認識のモデルを新たに構築している。(2)

物質の本質を延長と見なすデカルトの機械論的な説明方式によっては、どこまで分割していっても複数の部分からなる物体の偶然的な集積があるのみであり、個体が一つの自足的かつ自発的な個体であるための真の統一の原理を見出すことはできない。それゆえライプニッツは、分割不可能な魂としてのアリストテレス的な「エンテレケイア」や、あらゆる実体に内在する能動的な原理であるスコラの「実体的形相」の概念を復権させた。そして機械論的な自然把握における延長の概念に加えて「力」の概念が導入されるのも、延長を持った部分の単なる寄せ集めではなく、一つの傾向性を備えた統一体として実体を捉えるためである。

すでに第一章二節でも触れたように、「動力学提要」の中でライプニッツは、物体が現象において相互に作用し合う物理的な力としての「派生的力」と区別して、「原始的力」の概念を定義していた（本書二九―三〇頁参照）。「原始的力」は、物体同士の作用から生まれたり、外部から偶然的に加えられたりする力ではなく、実体にアプリオリに内在する形而上的な力の概念である。それゆえ、個々の現象を説明するために「原始的力」の概念を直接用いることはできないが、単に派生的力の概念のみを用いて数学的に物体の運動を説明することによっては、運動の根本原則を体系的に把握することはできない。機械論的な物質概念のみでは不可能な自然の統一的把握のために、形相的つまりは形而上的な原理としての〈力〉が認められるべきなのである。

「動力学提要」や「第一哲学の改善と実体概念」では物理的な現象を例にして説明されるために、力の概念にはいわゆる力学的なエネルギーとしての性格がいまだ強く残っていた。しかし「実体の本性と実体相互の交通、ならびに精神と物体の間の結合についての新説」（一六九五年）が書かれるに至って、実体が持つ自発的な形而上学的原理としての〈力〉の定義が一層明白になる。[3]

ライプニッツによれば、アリストテレスが用いる「形相」や「エンテレケイア」の概念は、完足的である実体が同時に能動的であることの一般的原理を打ち立てるために必要だが、自然の個々の現象を説明する際にはそれらを「力」の概念に置き換える方が適切である。

> アリストテレスは、この形相を第一エンテレケイア *entelechies premieres* と呼んだ。私はこれをおそらくもっと理解しやすいように、原始的力 *forces primitives* と呼ぶ。この力は単なる作用 *acte* や可能性の充足だけでなく、根源的活動性 une *activité* originale をも含んでいる。(GP, IV, 479)[4]

ここでライプニッツは「原始的力」の概念がアリストテレスの「第一エンテレケイア」に由来することを認めながら、両概念の差異についても説明している。

アリストテレスは『霊魂論』において、「知識の所有 ἐπιστήμη」と「知識を行使すること θεωρεῖν」を区別している。両方の場合において知識はそなわっているが、前者が知識を所有しているだけで行使していない状態であるのに対し、後者はすでに所有している知識を実際に行使している活動である。魂はこの二重の現実態の内、「知識の所有」になぞらえて、現実の活動状態に先立つ第一の現実態、つまり「生命をもつ自然的物体の第一エンテレケイア」と定義される（Aristoteles, *De Anima*, II, 1, 412a）。他方でライプニッツの原始的力は、活動に移る前の能力や作用するための可能性というよりは、それ自体が努力や衝動、「傾向力 conatus」を含んだ「活動性」そのものである。それは他から加えられた作用によって偶然的に生じるのではなく、各実体がはじめから潜在的に含むものであり、この原始的力がまた現実の活動状態をも意味している[5]。

この点は、「新説」の第一草稿においてより明確に説明されている。

> 力 Force あるいは力能 Puissance によって私が言おうとしているのは、力量 pouvoir つまりは単なる能力 faculté ではない。能力は作用するための直接的な可能性であるだけで、それ自身は死んでいるのであり、外部から刺激を受けなければ決して活動 action を生じることはない。私の言う力とは、能力と活動の中間 milieu のことであって、努力 effort、作用 acte、エンテレケイア entelechie を含んでいる。というのも力は、それを妨げるものがなければ自分自身で作用に移っていくからである。（GP, IV, 472）

ライプニッツにおいて能動的力は、能力でも活動そのものでもなく、むしろその中間にあって、可能性としての能力が実際の活動へと移行するための「努力」と「作用」の両者を含んでいる。能動的力の本質は、ここで外部からの刺激を必要としない自律的な運動の動因として記述されているが、それが「エンテレケイア」と言い換えられているのである。

とはいえライプニッツは、この能動的力の自足性を強調することで、精神と身体に関するアリストテレスの説に完全には従っていない。「エンテレケイア」を持つ実体は互いに完全に自律しており、互いに直接影響を与えることはないのと同様に、あらゆる精神と身体は互いに自立した存在であって、それぞれが自らの内的原理にのみ従うのである（GP, IV, 484; 493）。個々の実体は他の実体に依存することなく、自己の可能性をあくまで自発的に実現化していくのであり、「エンテレケイア」はこうした個々の実体が持つ自足性と完全性を表現する概念に他ならない。

以上のように、ライプニッツはアリストテレス以来の実体形相論の伝統に立ち返りながら、独自の目的論的思考の領域を切り開いている。そしてゲーテが用いる力およびエンテレケイアの概念を解釈するには、ライプニッツの原始的力の概念を踏まえる必要があった。

ゲーテの形態学と力の概念

自然科学の領域におけるゲーテの際立った功績の一つとして、植物、動物、鉱物、気象などの領域に現れる、自然の多様な形を記述する新たな学説として、「形態学 Morphologie」を創設したことが挙げられる。しかしゲーテの形態学は、今日一般に理解されているような、自然の中に実際に現れた外的な形態を分類し、分析することに終始するものではない。むしろゲーテの形態学は、自然の有機体や無機物が絶えず生成と変化を繰り返すことで示す、動的な形態化の過程とその機能をも視野に入れることで、今日の形態学と生理学の領域を共に含む総合的な普遍学を目指すものである。

ゲーテは一八一七年に刊行された『形態学誌』第一巻の序論の中で、「形態学」を自然科学における新たな学説として提唱する意図を説明している。ゲーテによれば、化学や解剖学は自然界に存在する多くの対象や生物の部分を分析するのに大いに貢献したが、それらが有機物を諸々の要素へと分解することを極端に進めるなら、一つの生命ある形成物として生物を認識することは不可能になる。それゆえ科学者の中にも、生物の目に見える諸部分の連関とその内部の全体を直観へもたらす、という衝動がつねに認められる。ゲーテの形態学は、このような個体としての生命の直観という「芸術および模倣衝動」から生じてきた点で、自然科学と芸術の領域の総合をも試みるものと考えられる。

その際にゲーテは、有機物や無機物が見せる多様な姿や形をドイツ語の「形態 Gestalt」という言葉によって表現するのは、形態学の学説には不適当であると主張する。というのもこの言葉は、動的なものを捨象し、対象を完結して固定されたものと見なすからである。

しかしわれわれがあらゆる形態、とりわけ有機体の形態を観察するなら、どこにも持続するもの、静止するもの、完結したものは生じておらず、むしろすべてが絶えず運動の中で揺れ動いていることを見出すのである。それゆえ、われわれの言語は非常に適切にも、形成 Bildung という言葉を生み出されたもの das Hervorgebrachte と同様に、生み出されつつあるもの das Hervorgebrachtwerdende にも用いることを常としているのである。

(FA, I, 24, 392)

ゲーテは自然に現れる形を表現するために、「形態」に代えて「形成」の語を用いることを提案する。[6] この概念は、自然の有機体を静止した物質としてではなく、今まさに生み出されつつある動的な形成過程の内にあるものとして表現することができるからである。[7]

ゲーテの形態学は、リンネのように静止して固定された形態の分析と比較にのみ関わる分類学的知ではなく、むしろ自然の内で絶えず移り変わる形態変化の過程全体を考察し、その形成の過程に一貫する内的な原理を探究する。ゲーテによれば、無機物から植物、動物、人間に至るまであらゆる形態を持つものは、その外形によって内的な性質を示唆している。それゆえ自然の内には厳密に完結した形態はなく、形態は同時にその潜在的な生成と変化の全体を暗示する。「形態は動的なもの、生成するもの、うつろうものである。形態の学は、形態変化の学である。メタモルフォーゼの学は、自然のあらゆる徴候を解く鍵である」(FA, I, 24, 349)。

ゲーテは形態学の方法論に関する一連の記述の中で、博物学、物理学、解剖学、化学といった近代自然科学の形態学に対する関係と差異にたびたび言及し、「新たな科学」、総合的な「普遍学」としての形態学の意義を強調している。ゲーテによれば、形態学は「有機体の形態および形成と変形の学」として、それ自体自然科学に属しているが、他の諸科学に対してある程度独立した意義を持っている。とりわけ注目すべきは、形態学と物理学の差異である。物理学は力の概念をあくまで機械論的に扱うことで、現象における諸々の力と所与の空間における位置の関係を、客観的に数量化することを可能にする。しかし、自然のあらゆる対象に適用することができる物理的力の概念も、自発的に作用する有機体の「完全性」の構造を捉えることはできない。それゆえゲーテは、「機械論的な諸原理が適用できなくなれば、それだけ有機体は完全なものになる」(FA, I, 24, 366) と言う。

ゲーテの形態学は有機体を活動する生命と見なすことで、物理学による解明とは異なる仕方で力の概念を捉える。ゲーテによれば、最も完全な有機体は「他のあらゆる存在から分離された統一体として現れ、〔…〕生命と呼ばれる状態においてのみ、有機化され活動性の内に維持されることができる。〔…〕生命を説明するために、一つの力 Kraft がこの生命の根底に前提されたのは至極当然のことである。人々がこの力を想定することができ、また想定しなければならなかったのは、生命はその統一性において自らを力として表出するからであり、この力は生命のある特定の部分には含まれていないのである」(FA, I, 24, 367)。

ここでゲーテの言う有機体の統一原理としての力の概念は、明らかに機械論的に捉えられた物理的力とは異質のものである。それはある生命が運動に際して身体の一部によって実際に行使するエネルギーでも、外部から加えられた力でもない。有機体の根底にある「力」とは、むしろ生命が他に依存することなく自発的に活動する、完全性を備えた存在であることとの構造的原理を指すのである。そしてこのようなゲーテの「力」の概念は、おそらくライプニッツの「原始的力」の概念とも共通する意味を持っている。両者は、近代諸科学の導入した機械論的な力に還元することのできない根源的な力の概念を、物理学とは別の自然認識の普遍的原理として想定しているからである。

それでは有機体の持つ力は、ゲーテの形態学においていかにして捉えられるのか。ゲーテによる有機体の形成的な力の考察の一つは、『形態学誌』にも掲載された「植物のメタモルフォーゼ試論」(初版一七九〇年) の中に見られる。そこでは、植物の発展と形成の過程の詳細な観察、記述によって形態学の方法論が具体的に展開されている。

ゲーテは〈葉〉という同一の器官が多様な形態へ変化することを「植物のメタモルフォーゼ」と呼び、それを「規則的」、「変則的」、「偶然的」メタモルフォーゼの三種類に分ける。そしてゲーテは、規則的メタモルフォーゼこそが形態学が説明することを試みるものであると明言する（§6: FA, I, 24, 110)。このような観察の最初の指針によって、ゲーテの形態学の方法論はすでに示されている。偶然的なメタモルフォーゼは、例えば昆虫などの外的な要因によって植物の形態が偶然に変形するような場合であり、こうした事例をゲーテは考察の対象から外している。つまりゲーテは、植物の多様な形態変化を外的な要因からではなく、個々の植物が持つ内的な形成原理の必然的作用から説明することを試みるのである。

植物はその生長の過程で外的な形態をしばしば変化させ、隣接する形態へと次々に移行していく。葉、茎、花弁など一つの植物が見せる形態は非常に多様であり、その変形は時には不規則であるにもかかわらず、ゲーテは自然の規則的な歩み、そして変化の諸法則を観察することが可能であると言う。「次々に発達したさまざまな植物の部分の内的同一性を、その外的形態の著しい差異においても直観する」（§67: FA, I, 24, 131）ことができるのは、植物のどの部分も葉という同一の器官から自発的に自己形成されたものとして捉えられるからである。そしてゲーテは、植物のメタモルフォーゼを形成的な「力の発現」とも言い換えている。「われわれは植物の外的な形態を、種子からの発達に始まり種子の新たな形成に至るまで、そのあらゆる形態変化においてたどってきた。そして自然の作用の最初のゼンマイ仕掛けを発見しようと思い上がることなく、植物が諸々の力 Kräfte の発現によって同一の器官を次第に変形させていくことに注意を向けてきた」（§84: FA, I, 24, 137)。

植物の形態変化のあらゆる段階において前提される「内的同一性」は、この「力」の概念によって初めて捉えることができる。現象において植物の外的な形態がいかに異なっていても、それらを同じ一つの形成的な力の発現として捉えるならば、植物のメタモルフォーゼの諸段階は、同一の原理から導かれた一つの系列的全体として統一的に捉えることができるのである。

植物に特徴的な有機体の力の発現を、ゲーテは「拡張」と「収縮」という二つの作用によって説明している。原初の葉という最も単純な形態を持つ器官は、茎へと移行する際にその形態を拡張し、萼へと移行するために収縮し、花弁として拡張した後、生殖器官として収縮し、最後に果実に至る際にその形態を再度拡張する（§73; §115）。このように植物の形態変化の諸段階を、植物の形成的な力による形態の伸縮として捉えるなら、原則的にあらゆる植物の形態は、同一の力が拡張と収縮として交互に発現する一連の「規則的な」メタモルフォーゼとして説明することができるようになる。

とはいえ植物の形成する力は、収縮と拡張としてだけではなく、非常に多様な仕方で発現する。ゲーテは、「植物形成の諸法則」についての覚え書の中で以下のように述べている。

> 植物の諸部分の変化が進行していく際には一つの力が作用しているが、これを私はただ非本来的に拡張および収縮と呼びたい。より適切なのは、この力に代数学の方法にならって x や y の記号を与えることだろう。というのも、拡張と収縮という言葉はこの作用の全範囲を表現していないからである。この力は収縮し、拡張し、形成し、変形し、結合し、分離し、着色し、脱色し、広げ、伸ばし、柔らかくし、硬くし、分かち与え、奪い取る。われわれがこの力のさまざまな作用を一つのものの内に見るときにのみ、私がこれらの多くの言葉によって説明し、解明しようとしたものを直観的に理解することができる。
>
> (FA, I, 24, 101f. Vgl. auch 103)

ここでは植物のメタモルフォーゼに現れる多様な変化の可能性が羅列されている。実際の植物の形成過程においては、無数の要素の複雑な組み合わせによって多様な形態、色彩、重さ、数量、密度を持つ器官が生み出されるが、ゲーテはこれらの要素を一括して植物に内在する形成的な力の発現として捉えている。

注目すべきことに自然の形成する力は、ここで無限に変化する数の系列全体において一貫する関数的な原理にたとえられている。外に現れる形態（変数）は形成のたびに異なるが、その根底ではつねに同一の産出原理（関数）が作用している。そして形態の多様性の背後にあるこの力は、単なる偶然的な現象の連なりとして植物の形成を観察した場合には捉えることができないのである。

後年ゲーテ自身が自らの植物メタモルフォーゼ論について述べるには、自然の植物にしばしば見られる、通常の発達から明らかに逸脱した異常発達や発達不全を、奇形、異形、病理として規則的なメタモルフォーゼから区別することは誤りである。むしろゲーテのメタモルフォーゼの概念は、変則的なものも含めたあらゆる形態変化を、同一の根本原理から導かれたものとして提示する。それゆえ「科学者がますます確信できるのは、少数で単純なものが永遠の根源存在 Urwesen によって動かされると、どれほどおびただしく多種多様なものを生み出すことができるかということである」（FA, I, 24, 774f.）。

ゲーテは、植物の個々の器官を精緻に観察しながらも、その形態の無限の多様性の根底に統一的な根本原理を想定するという方法論を一貫して取っている。そしてこの原理とは、博物学や解剖学が示す植物の機械的な諸構成部分や細胞などではなく、潜在的にあらゆる形態として発現しうる、植物の自発的な形成の力に他ならない。

力から形成衝動へ

形而上学的な力の概念を基礎にしたライプニッツの動力学は、一八世紀以降のドイツにおいてカント、ヘルダー、シェリングをはじめとして哲学の領域で広範な影響力を持ったが、彼らはまたゲーテにも直接・間接的な影響を与えている。他方で、ビュフォンの『博物誌』（一七四九年）を中心としたフランスの博物学における有機体論の影響から、同時期には自然科学の領域でも有機体の根底に生命論的な力を見る思考が広く共有されるようになっていた。このような趨勢を背景にして、ゲーテは形態学に力の概念を導入したと考えられる。さらにゲーテは、同時代のC・F・ヴォルフとブルーメンバッハの著作に触れることで、有機体に内在する形成的力を表現するための言葉を洗練させていった。

ゲーテはカントの『判断力批判』を読んだ際に、ブルーメンバッハによる『形成衝動について』(初版一七八一年)が賞賛されているのを見つけ、以前読んだこの著作を改めて読み返している。ヴォルフは『発生論』(一七五九年)の中で、いわゆる後成説の立場から植物が発生、成長の過程で一つの生長点から新たに器官を形成していく活動の源を「植物の本源的力 vis vegetabilium essentialis」(Wolff, 1774, S. 1f.) に求めた。しかしブルーメンバッハは、ヴォルフの「本源的力」が植物や動物が各器官に栄養素を運ぶ働き以上の意味を持たないため、有機体の形成と活動の源泉を「形成衝動」と呼び、それを物理的な「力」から明確に区別した。ブルーメンバッハによれば、「この衝動はあらゆる産出、扶養、再生の最初にして最も重要な力であるように思われ、他の生命力から区別するために形成衝動 *Bildungstrieb* (*nisus formativus*) の名で呼ぶことができる」(Blumenbach, 1791, S. 32)(8)。

ゲーテは「本源的力」の概念をめぐるヴォルフの議論を評価しながらも、有機的な物質は生命として捉えられてもいまだ素材的な要素が残り、また「力」の概念が物理的なものや機械的なものをも指し示すゆえに、その表現にはいまだ修正の余地があると評している。それゆえゲーテにとって、有機体の生命活動の全体を基礎づける概念としてはブルーメンバッハの「形成衝動」が最適であった。「いまやブルーメンバッハは、最高度の決定的な表現を獲得した。彼は謎めいた言葉を擬人化し、問題の言葉を形成衝動と呼んだのである。この衝動は、それによって形成が引き起こされるところの激しい活動である」(FA, I, 24, 451)。

「形成衝動」の概念は、形成へ向かう欲求や傾向とも言うべき生命の自発的な活動の構造を、物理運動に完全に還元することなく表現することを可能にする。しかし、生命活動のあらゆる側面が「形成衝動」の一語だけで言い表されるわけではない。それゆえゲーテは「生命」を構成する「質料」と「形相」の中間で作用するものとして、「能力 Vermögen」、「力 Kraft」、「強制力 Gewalt」、「努力 Streben」、「衝動 Trieb」の類義語を順に挙げて図式化している(9)。このような図式化によってゲーテは、アリストテレス以来の質料形相論を踏まえながらも、生命が単に質料と形相の二元的な要素のみで構成されるわけではないことを示唆している。あらゆる生命はつねに生成、維持、再生といった活動を繰り返す動的な活動の過程の内にあるため、それを物質的な質料あるいは静止した形に完全に還元することはできないのである。

ゲーテにおいて生命の多様な形態は、この生命が潜在的に持つ形成化への意欲の具体的な発現に他ならない。このことをゲーテは以下のように表現している。

> われわれは、目の前にあるものを観察するためにはそれに先行する活動を認めねばならず、ある活動を考えようとするなら、この活動が作用することができた適切な要素がその根底にあると考える。そして最後に、この活動がつねにこの根底にある要素とともに存続し、永久に共存しているものとして考えなければならない。
>
> (FA, I, 24, 452)

ゲーテは、形態として顕在的に現れている形成の作用と、その根底において働いている潜在的な形成への意欲が、つねに同時に働いており、両者が共存していると考えている。有機体の形成へと向かう根源的衝動が、実際に観察される自然の形態として具体的に発現しているなら、つねに共働する形態と力を厳密に区別することはできない。このように活動する自然を単なる物理的力に還元することはできないために、ゲーテは機械論的なニュアンスを多く含む「力」だけでなく「衝動」のような「擬人化」する表現を用いる必要があった。そしてゲーテにおける「力」の表現をめぐる概念の洗練化のプロセスには、明らかにライプニッツとも重なり合う思考が認められる。

すでに概観したように、ライプニッツは力学研究から出発して、物理学的な力の概念を徐々に形而上学的な力の概念へと発展させていった。実体がその「内的原理」として「原始的力」を持つことは、晩年の「モナドロジー」において、実体（モナド）は「表象 perception」および「欲求 appétition」を持つ、という新たな表現を与えられている

（§14; 15）。つまり部分によって構成されない単純実体であるモナドが他から区別されるのは、あらゆるモナドが宇宙全体をそれぞれ固有の視点から「表現 représenter」しており、他の表象へと移り変わる変化の原理を、外的な要因や物理的な影響によってではなく、自己に内在する精神的傾向として備えているからである。このように晩年のライプニッツは、モナドの根源的自発性を表すためにもはや「力」ではなく、「表象」や「欲求」のような表現を用いるようになる。(10)

そしてここでも「エンテレケイア」の概念は、物理的な運動や機械の構造に還元されない、モナドの「完全性」と「自足性」という二つの性質を表現する。

> すべての単純実体、つまり創造されたモナドに、エンテレケイアという名前を与えることができるだろう。モナドは自らのうちにある種の完全性を持つ *ἔχουσι τὸ ἐντελές* からである。モナドには自足性 *αὐτάρκεια* があるのであり、それによりモナドは自らの内的作用の源となり、いわば非物体的な自動機械となっているのである。
> （§18: GP, VI, 609f.）

ここで注目すべきなのは、個々の実体が自らの自発的な原理に従って活動するエンテレケイアの原理を、「すべての単純実体」つまりモナドに認めていることである。人間にのみ精神と思惟の構造を認め、動物や植物のような被造物を単に物質的な機械と見なしていたデカルトに対し、ライプニッツはモナドとしてのあらゆる被造物に、人間と類比するエンテレケイアの原理を認めた。そして反省的意識や記憶の有無の差はあれ、自己の内に完全性と自足性を持ち、エンテレケイアから構成されるモナドを、ライプニッツは有機的な「生命」とも呼んでいる。「モナドに属し、そのモナドを自らのエンテレケイアあるいは精神とする物体は、エンテレケイアとともに生命 un *vivant* と呼びうるものを構成し、精神とともに動物と呼ばれるものを構成する。ところでこの生命や動物の身体は、つねに有機的である」

（§63: GP, VI, 617f.）。

すでにライプニッツにおいて、動物、植物、昆虫のような生命が精神的原理やエンテレケイアを持つ存在として人間と類比的に捉えられていたことは、ブルーメンバッハやゲーテの「形成衝動」の概念を考える際にも大きな意味を持つ。[11] ゲーテもまた、魂を持たない単に物質的な自動機械としてではなく、「形成衝動」や「エンテレケイア」のような自発的な活動原理を持つ存在として生命を捉えることによって、明らかにデカルトの動物機械論から距離を取っている。[12] ゲーテはライプニッツのモナドを、外から刺激を与えられることによってのみ運動する死んだ物質や機械ではなく、生きて自発的に活動し続ける自然の構造と重ね合わせるのである。[13]

自然の目的論と形態学

植物、動物、人間のような生命に、能動的エンテレケイアの原理を共通して認めるライプニッツの学説に、ゲーテは自然の生命活動を捉えるための一つの理論的な基盤を見出していた。そしてゲーテによるモナド的原理の考察は、自然における有機体に関しても独自の解釈を展開する。その際にゲーテは、カントによる自然の目的論から多くを学びながらも、それとは明白に異なった主張を行うことになる。

『判断力批判』（以下 KU と略記）の第二部において、カントは自然の事物が他の事物にとって有用性を持つ意味での「外的合目的性」と、事物がそれ自体で自然の目的と見なされる「内的合目的性」を区別している。それによれば、自然の事物の外的合目的性の判断はつねに他の事物に依存するために相対的であり、偶然的である。例えば河川や海の潮流によって肥沃な土壌が堆積し、陸地が拡大することは、植物の生長にとっては合目的的だが、同じ事象も海棲動物の成長という観点から見れば、その棲息地域を奪うために合目的的とは言えない。つまり事物の外的な有用性は、それが結びつけられる事物との目的関係に左右されるため、自然そのものの目的と見なすことはできない。しかしカントによれば、「ある事物が自然目的として存在するのは、その事物が自己自身によって原因と結果である場合である」(KU §64: AA, V, 370)。自然においてこのような自己目的的な構造を示すものは、有機体である。

カントは人工の機械と区別して自然の有機体を説明している。例えば時計の中のある歯車は他の歯車を動かすことはできるが、他の歯車を自ら「生み出す」ことはできない。何らかの欠損が生じた場合に自らを修繕することができない機械は、産出の原因を必然的に自己の外(例えば機械技師)に持つのであるのである。それに対して植物のような自然の有機体は、自らの器官を産出、増殖させることで自発的に自己を形成、維持することができる。この意味で有機体は、自己自身を産出する原因であると同時にこの産出の結果でもある。

カントによれば、有機体における自己産出の作用は、単に原料となる物質の増大ではなく、さらなる自己産出を行う器官の産出である。「有機化された存在は、それゆえ単に機械であるのではない。というのも、機械は単に動かす力 *bewegende* Kraft しか持たないが、有機体は自己の内に形成する力 *bildende* Kraft を持つからである。しかも有機体はこの力を、そうした力を持たない物質に分かち与える(物質を有機化する)力として、それゆえ自らを増殖して形成する力として持つのであり、この力は運動能力(機械論)だけで説明することはできない」(KU §65: AA, V, 374)。このように機械のモデルだけでは解明できない、自己産出的な有機体の構造が自然の内に認められるために、カントは自然に内在する自己目的の概念によって機械論を補う必要があった。

ゲーテによる有機体の定義は、カントと多くの部分において重なり合う。「われわれが最も広い意味で生命と呼ぶ周知のものは、いずれも自らと同じものを生み出す力を持っている。要するに、われわれの感官に対して自らと同じものを作り出す力を表出するものを、われわれは生命と呼ぶのである」(FA, I, 24, 99)。ゲーテもまた、単なる機械とは異なる有機体の構造を、自己自身を産出する機能に見ている。このような観点からすれば、有機体の形態は単に外部からの偶然的な影響によってではなく、生命に内在する形成する力によって生み出されたものと考えるべきである。しかしカントがそうであるように、ゲーテもまた自然のあらゆる現象を目的論的原理のみで説明しているわけではない。

ゲーテは「普遍的比較学」に関する未発表の草稿の中で、「生命は一定の目的のために外部に向けて生み出され、その形態は意図を持った根源的力 Urkraft によってこの目的のために決定されている」という見方が、自然の事物の哲学的研究を妨げてきたと主張している（FA, I, 24, 210）。含意されているのは、キリスト教的な自然神学や目的論に端を発する自然観の全体である。ゲーテによれば、自然の事物の背後に何らかの目的や意図を前提するこのような見方は広く日常的に行われており、それは事物の価値を有用性によって判断することが人間の本性に適う限りで、完全に否定されるべきではない。しかし普遍的な考察を行う自然研究者は、個人的な目的や関心に基づいた対象の価値判断から距離を置かなければならない。

ゲーテによれば、「魚は水のために存在している」と考えることは、魚の形態に関する一面的な見方に過ぎない。それに対して、「魚は水の中で水によって存在している」と言うのなら、「内から外へ向かい、外から内へ向かう最初で最も普遍的な考察」を行うことができる。それは自然の形態を内的な形成する力と外的な環境との相互作用によって捉える見方である。ゲーテは魚の形態を、単に水という外的な要素にとっての有用性の観点から判断するわけでも、単に外的な環境からの偶然的な影響の蓄積の結果と見なすわけでもない。むしろ魚のあらゆる部分は自発的に自己形成する力を潜在させており、この内的な形成の力がそれぞれ外的な環境によって異なった仕方で限定されることで、多様な形態が生み出される。「決定された形態はいわば内的な核であって、それは外的な要素の決定によって異なった仕方で形成されるのである」（FA, I, 24, 212）。

有機体はその生存を特定の外部の環境に依存するが、この環境の内での生成はまた自己の形成そのものを目的とする自発的な形成する力の多様な発現として捉えることもできる。このようにゲーテは、『判断力批判』におけるカントと同様に、単なる外在的目的論からも単純な機械論からも距離を置き、有機体の内在的合目的性の構造によって機械論を補うという方法を取っている。

「骨学から出発した比較解剖学への一般序論」第一草稿（一七九五年）の中で、ゲーテは有機体の器官における自己目的的構造を記述している。ゲーテによれば、完結した動物は「自己自身のために、そして自己自身によって存在している一つの小世界」であり、「そのようにあらゆる被造物は、自己自らの目的である」(FA, I, 24, 234)。動物を観察する際に、「それらは何の役に立つか」を問うなら、動物の外部に目的因を設定することになり、このような外部からの観察はしばしば動物の諸部分に目的の不明なものを見出す。それに対してゲーテは、「それらはどこから発生するか」を問う。それは動物の身体部位の発生過程に、自己自身の形成を目的とする内的な形成衝動を認めることである。そうして有機体の諸器官は、他の器官のための道具として一方的に従属するわけでも、他の器官を一方的に支配するわけでもなく、それぞれが独立して自己形成しながら互いを維持し合う相互的な関係の内に捉えられる。ゲーテが有機体の各部分の間に相互的作用を見出している点には、明らかにカントの有機体論からの影響を認めることができる。

カントによれば、原因と結果を結びつける因果結合には、「作用因による因果結合 nexus effectivus」と、「目的因による因果結合 nexus finalis」の二つの仕方がある。前者は悟性によって思考される限りでの機械的運動として諸事象の因果系列を記述するため、原因 a を前提する結果 b を、同時に a の原因と見なすことはできない。それに対して、後者は理性概念に従う因果系列であって、a を原因として生じた b が、同時に a の原因となりうる。目的因による因果結合は有機体のように自己形成する自然の事物の構造を表しており、それゆえ個体としての有機体は、その各部分が相互に産出し合う連関の全体である。カントによれば、自然目的としての事物において「物体の部分は、互いにその形式に関しても結合に関しても、すべて相互的に wechselseitig 産出し合い、そうして自らを原因として全体を産出するが、この全体の概念はまた逆に〔…〕一つの原理に従うこの全体の原因でもありうる」(KU §65: AA, V, 373)。ゲーテが自然の中で生成する有機的生命に見出したのは、まさにこのような自己自身を目的とする産出的形成の構造だった。

しかし見過ごすべきでないのは、カントにおいて自然目的としての有機体は、あくまで統制的理念として考えられていることである。つまり悟性概念に基づく作用因に対して、理性概念に基づく目的因による因果結合が構成的に作用することは認められていない。それゆえ、われわれの悟性が知りうる原因性との直接的な「類比 Analogie」に従って、それ自体が自然の目的である有機体の理念を解明することはできないのであり、有機体はあくまで自然の対象の根源的根拠を探求するための反省的判断力の統制的概念である（KU §65: AA, V, 375）。そしてこの点において、ゲーテの形態学はカントの自然の目的論とは明確に区別されるべきである。

ゲーテは自然の植物や動物の形態を示す形成過程や生命活動を、モナドの根底にある能動的エンテレケイアの発現として捉えている。「あらゆるモナスはそれぞれ一定の条件の下で現象へと至ったエンテレケイアである」（FA, I, 13, 403）。このような言葉から読み取るべきなのは、エンテレケイアのような精神的原理が実際にモナド的な生命体として現象界に形態として現れることを、ゲーテがあえて否定しようとしない点である。ゲーテは自然の形態を、生命の精神的原理としてのモナドが異なる環境の条件に置かれることで、多様な現象形態として現れる過程として捉えている。自然の形態は自らが属する環境に依存して外から形成の作用を受けるが、その根底には自発的に自己を形態化する傾向力が隠されており、形態はこの能動原理によって内からも形成されるのである。

ゲーテは自然において具体的に現象する形態に、その根底に隠された理念としてのモナドの形態化への内的衝動をつねに重ね見ていた[14]。ゲーテは形態が外からも内からも形成されると考えることで、現象する形態の形成過程における機械論的な運動の作用因と、エンテレケイアのような自己形成の目的因を、厳密には区別しないのである。

ライプニッツによれば、「作用因と目的因の二つの領域は互いに調和的 harmonique である」。これは魂と身体の関係と同様に、機械論と目的論の体系の間に相互の実在的な影響作用はないが、予定調和の説に基づいて両体系の間に「結合 union」と「一致 conformité」が見出されることを意味している（Mon. §78, 79: GP, VI, 620）[15]。

カントが『判断力批判』の第二部において、自然の機構と目的の原理の併存の可能性を模索していたことは、ライプニッツの体系とも重なり合う部分があると考えてよい[16]。カントにとっても、自然考察のための発見的原理として目的の原理を想定することは、自然の中に機械的な作用因を見出すことと同様に必然的な理性の格率であった。しかしカントは、機械論と目的論に共通する普遍的原理の可能性を「自然の超感性的基体」として自然考察の根底に想定しながらも、われわれの制限された悟性が二つの異なる表象様式を一つの原理に融合させることを拒んだ（KU §78: AA, V, 414）。つまりカントは自然の対象を考察する際に、エンテレケイアや魂のような目的論的原理を人間の論証的悟性が認識することを認めないのである。

それに対してゲーテは、自然の形成する力としてのエンテレケイアを、具体的に直観可能な現象の原動因として解釈する余地を残したと言える。ゲーテにおいて自然の内に現れるあらゆる形態の根底には、つねに生成と活動の状態にあり、実際に作用として現れているエンテレケイアがある。ゲーテはライプニッツのモナドを、目に見える自然から離れた抽象的な形而上学の説としてではなく、生き生きとした自然が見せる多様な形態の観察へと具体的に適用することを目指したのである。このように動的に生成する自然の根底にある普遍的な形態化の原理としてモナドを解釈した点に、ライプニッツ受容史におけるゲーテの独自性を認めることができる(17)。

形而上学的実体としてのモナドを認識の構成的原理としては認めなかったカントと、自然の形成活動の精神的原理を具体的な現象の考察の内に認めたゲーテは、ライプニッツ解釈の対照的な二つの可能性を示していると言える。そしてベンヤミンによるゲーテ解釈の中心には、この二つの立場をめぐる論争があった。

第二節　ベンヤミンのゲーテ受容と直観の理論

関数＝機能としての原型

ベンヤミンによるゲーテの原現象の解釈の一つの特徴として、この概念を認識論の観点から捉えていることが挙げられる。同様のゲーテ解釈は、同時期のマールブルク学派内部で精力的に取り組まれていた主題であり、それらはベンヤミンのゲーテ解釈にも少なからず影響を与えている。マールブルク学派の中で、ゲーテをめぐる最も精緻な議論を展開したのはカッシーラーであろう。カッシーラーは数多くの著作でたびたびゲーテを論じている。一九二一年に刊行された著書『理念と形態』に収録された論文「ゲーテと数理物理学——認識論的考察」は、ベンヤミンに直接影響を与えたわけではないが、それが『実体概念と関数概念』において示された、近代の数学的自然科学とゲーテを対比している点で重要である。

　カッシーラーも指摘するように、ゲーテは純粋数学と精密物理学に対する嫌悪感をたびたび示していた。ゲーテは数学の分野に本格的に取り組むことはなかったし、自然の直観を歪める物理学の実験に否定的な見解を示していた。しかしカッシーラーによれば、詩人としてもっぱら自然の具体的な直観に目を向けていたゲーテが、数学や物理学の論理的抽象性に反抗したとする従来の見解は、ゲーテと数理物理学の対立の核心を見誤っている。両者の間には、積極的な連関もまた存在するからである。

　カッシーラーは、ゲーテによる自然科学の方法論が、単に偶然的に得られた個々の資料を並べて相互に比較するのではなく、相互に展開される一定の事実の連続性を得ようとする点で、数理物理学の方法と重なり合っていると言う。両者において「現象は、先行する要素がいずれも根本要素の一定の変化によって連続的に後続の要素に移行する一つの系列 *Reihe* を形成することで、他の現象と合一する場合にのみ、はじめてこの現象に理論的・思想的価値を与えるような関係に立ち入るのである」(GW, IX, 276)。

　カッシーラーはゲーテの「原植物」や「原現象」の概念を、形態学と色彩学の領域において諸現象を統一する系列原理として解釈している。つまり原植物は特定の植物の形態を示すのではなく、あらゆる植物に共通する内的構造と、その個々の部分の間で生じる変化の連関を明らかにするための「モデル」であり、原現象はあらゆる色彩現象が単独で存在するのではなく、全体として有機的に連関する体系として現れることを示す。それゆえカッシーラーは、ゲーテの認識批判的意義を、固定した所与の存在を措定する点にではなく、諸々の認識要素を同一の関係性の産出点に基づいて統一する点に見ている。「認識は非常に異なった源泉に由来するが、あらゆる認識にとっての究極の比較点が存在する。それが〈原型 Original〉であり、それによって認識の全体が考量されることができる。この原像 Urbild への共通の関係性において、認識の異なる諸々の要素と方法は、はじめから内的、実質的な統一性を保証されている。認識の要素と方法は、互いに捕捉し合う関係にあり、いわば一つの存在を分け合っている」(GW, IX, 299)。

カッシーラーは直接言及していないが、ゲーテ自身が「原型」の概念を定義する際に、生理学的機能に関わる観点への言及があることは注目に値する。

> それゆえここで提案されるのは、解剖学的原型 Typus である。それは普遍的な像 Bild であり、その内にすべての動物の形態が可能性として含まれており、それに従えば個々の動物を一定の序列の内に記述することができるのである。この原型は、できる限り生理学的な観点から設定されなければならないであろう。
>
> (FA, I, 24, 229)

ゲーテは、まず経験的な観察によってあらゆる動物における共通の部分と異なる部分を見出し、その上でこの経験的観察の全体を包括しうる普遍的な図式を仮説的・実験的に設定することを提案している。それゆえ原型に基づく解剖学的考察は、経験から分析的な普遍概念を積み上げていく方法と、直観される総合的な理念によって個別を包摂する方法の間をつねに循環することになる。そしてゲーテにおける原型は、生理学的観点から設定されるとも言われるように、外的な形態の類似性や差異の分類以上に、動物の身体の各部分が果たす作用や機能の共通性を記述するための類型図式として理解される。

ゲーテ形態学の独自の方法論は、この原型概念の定義によって一層明確となる。それは自然の外的な形態を比較するだけの狭義の形態学ではなく、この形態が形成されるための機能原理に着目する点で、生理学の領域をも包含するのである。カッシーラーの指摘する、ゲーテが近代数理物理学と共有する思考とは、このように多様な現象を一つの〈機能＝関数〉原理から導かれた系列的連関として捉える方法である。

さらにあるアフォリズムの中でゲーテは、「古代ギリシア人たちは、つねに機能 Function の内にある存在をエンテレケイアと呼んだ」(FA, I, 13, 266) と書いている。ここでゲーテが直接念頭においているのはおそらくアリストテレスであろうが、そのエンテレケイアの概念がライプニッツによって受容され、モナド概念と結びつけられていたこともゲーテは知っていた。それゆえゲーテが自然の多様な形態の根底に見ていた、形成する「力」としてのエンテレケイアの概念は、自然の活動的機能をも表現する。「機能として考えられているのは、活動性の内にある存在である」(FA, I, 13, 83)。

前節で考察したように、ゲーテは静止して固定された「形態」ではなく、つねに生成と変化の過程にある「形成」の概念によって自然の形を捉えようとしていた。不変の形態として持続する個々の要素の性質や差異を比較するのではなく、形態を形成する力としての産出関係の同一性に着目することで、自然を統一的に把握しようとするゲーテの形態学が、ライプニッツを一つの思想的源泉としていたのは偶然ではない。ゲーテがエンテレケイアを持つ自発的なモナドの活動に見出していたのは、物質的延長としての原子に対置される、機能としての関係性の産出原理に他ならなかったのである。ゲーテがエンテレケイアやモナドの概念において、物質的要素として固定された形態に対比された、潜在的な機能や力の側面に注目していたことは、マールブルク学派によるライプニッツ解釈とも少なからぬ共通性を持っている。しかしゲーテにおける力の概念は、第一章で検討した、コーヘンが微分法と結びつけた内包量の原理とは明らかに異なる。

カッシーラーも述べるように、ゲーテを数理物理学から分かつ本来の差異は、両者における直観の認識論的価値の違いにある。それによれば、近代物理学は観察者の主観的・経験的直観の要素を排除することで、自然の認識を純粋な数量と位置の価値に基づいた系列的全体の関係性として構築することを目指した。「直観のあらゆる個別性は、そのような関係性 Beziehungen の内に解消する。いまだ根源的に自立的な基体 *Substrat* として現れていたあらゆるものは、精密研究において、漸進的に諸関係と関数的 funktional 依存性の体系に変換される限りにおいてのみ考察される。それに対してゲーテが要求するのは、個別的なものが連関の全体、事象の連続的「系列」に分類されながらも、この分類においてその具体性と個別性を保持しなければならないということである」(GW, IX, 291)。

カッシーラーによれば、ゲーテにおいて経験から得られる個別的な感覚は、数や量の価値に完全に置き換えられることはない。それゆえ「感覚はむしろそれ自体で固有の、比較不可能な、失われることのない認識価値 Erkenntniswert である」。このようにカッシーラーは、観察者の主観を排除した近代数理物理学の体系に対して、経験的直観に基づくゲーテ的自然科学の独自の意義を認めている。そしてゲーテにおける直観の意義が最もはっきりと示されるのは、他でもない「原現象」の概念においてである。

ゲーテにおける原現象と直観

『色彩論』(一八一〇年脱稿、出版)の「物理的色彩」を論じた節において、ゲーテは「原現象 Urphänomen」の概念を定義している。

われわれが経験において知覚するものは、たいていの場合いくらか注意すれば一般的な経験的部門に分類される事例に過ぎない。これらの事例はまた科学的部門の下位に分類されるが、現象するもののある不可欠の諸条件がより詳細に知られるようになると、この科学的部門のさらに上位の部門を指し示す。これより以後、あらゆるものは次第により高次の規則と法則に包摂されるが、この規則と法則は言葉と仮説によって悟性に示されるのではなく、他の部門と同様に現象によって直観に啓示 offenbaren されるのである。われわれはこれを原現象と名づける。なぜなら現象において原現象より上位にあるものはないが、しかしこの言葉は先ほどのように段階的に上昇したり、そこから下って日常的な経験の最も低次の事例にまで下降したりするのに最適だからである。（FA, I, 23/I, 80f.）

ゲーテにおいて原現象は、単なる経験的現象や客観的な科学的現象よりも高次の段階に位置づけられるが、それは経験に先立って与えられた悟性概念や理念ではない。自然が示す最高次の規則は、あくまで現象において直観に啓示されなければならないのである。ゲーテが「原現象」という言葉をあえて用いているのは、この概念によって具体的な自然の対象から離れた抽象的規則へと飛躍することを避けるためであろう。

原現象は現象全体の根源的条件でありながら、一切の経験的要素を含まない純粋に形式的な条件ではなく、それ自体が現象であり、現象の内で直観されなければならない。この意味で、最高次の普遍性を持つ原現象から個別的経験に至るまで、ゲーテにおける諸々の現象の段階は、もっぱら自然の現象という共通の対象に関わる同質的で連続的な認識の系列としても解釈できる。

それゆえゲーテは、原現象を超えてさらに高次の規則や理念を追い求める研究者を戒める。「しかしたとえそのような原現象が見出されたとしても、それを原現象として認めようとしない、あるいは原現象の背後やその上にそれ以上のものを探し出そうとする禍根がいまだに残る。われわれはここに、観察の限界を認めなければならないというのに」（FA, I, 23/I, 81f.）。原現象の概念は、現象の背後にその説明の原理を求めるのではなく、目の前の現象それ自体を最高次の普遍的規則の啓示と見なすゲーテの自然認識論の方法を端的に示している。ゲーテにとって原現象が経験の限界概念であるのは、現象の普遍法則は現象の中にしか見出されず、現象を超越して自然の対象と無関係な理念は存在しないからである。

ゲーテは原現象の認識における直観の意味を、ブッテルに宛てた書簡の中でより明確に説明している。「さらに言えば原現象は、そこから多様な結果が生み出される根本法則と同一視されるべきではなく、その内部で多様なものが直観されうる根本現象 *Grunderscheinung* と見なされるべきです」(FA, II, 10, 473)。ゲーテにとって自然の現象は、単に原因と結果の関係によって法則化されることで汲み尽くされるわけではない。科学法則によって解明された自然は自然の一面にすぎないが、自然はいまだ法則化されていない現象の全体をわれわれの直観に提示している。それゆえゲーテは、すべての人間的知覚や認識の能力を共働させることで、自然の無限に多様な側面に直接触れる必要があると考えた。

この意味でゲーテにおける直観は、単に特定の感覚器官による感性的直観に限定されるものではなく、概念的な悟性認識、理性認識、信仰をも含むあらゆる人間的能力を統合した認識の総体であると考えられる。そして原現象は、そのように直観された自然の現象それ自体に他ならない。「あらゆる事実がすでに理論であると知ることが最上のことであろう。空の青は、われわれに色彩論の根本法則を啓示する。現象の背後に何も探してはならない。現象自体が学説なのだ」(FA, I, 13, 49)。

ファンタジーと色彩

目に見える現象の内に普遍的な原現象を直観しようとするゲーテの自然認識論の受容は、ベンヤミンの認識論の展開全体にとって少なからぬ意義を持っている。ベンヤミンはロマン主義論末尾の章において、個々の芸術作品の形式が反省媒質として無限に高まり一つに統合されるロマン主義の芸術の理念に対して、個々の芸術作品において芸術の純粋な内容としての原像が直観されるゲーテの芸術の理想を対置する。このようなゲーテ解釈の主要な論点となる直観の問題を、ベンヤミンはロマン主義論以前に書かれたいくつかのアフォリズムの中で、断片的にではあるがすでに論じていた。「ファンタジーと色彩」を主題とした断章群と並び、一九一五年頃に執筆されたと思われる「虹――ファンタジーについての対話」は、とりわけロマン主義論におけるゲーテの章の多くの論点を先取りしている。[18]

この初期の対話篇は、マルガレーテとゲオルクという二人の対話者が、色彩と芸術家のファンタジーについて意見を交わすという体裁を取っている。両者の対話は、マルガレーテが自らの見た夢について語るために、朝早くに画家のゲオルクのもとを訪れることで始まる。ゲオルクから夢の説明を求められたマルガレーテは、それが以前に体験したことの夢ではなく、色彩の内で輝く一つの風景だけを見ていたと語る。ゲオルクがその風景を「ファンタジー Phantasie が生み出した色彩」と呼ぶと、マルガレーテはそれに同意して次のように応じる。

私は見ること Sehen 以外のなにものでもなかったわ。他のすべての感覚は忘れられ、消えていた。私自身も、物を感覚によるイメージから推論する悟性も存在しなかった。私は見る者ではなく、見ることだけだった。そして私が見たものは、物ではなかった。ゲオルク、ただ色彩だけだったの。そして私自身がこの風景の内で彩色されていた。（VII, 19f.）

このような言葉から、マルガレーテが夢の中で見ていたのは明確な形態を持った物によって構成された風景ではなく、戯れる色彩のニュアンスのようなものであったことがわかる。さらにそこで示唆されているのは、対象からの感性的知覚を悟性概念によって構成する対象認識とは異なり、色彩を見ることにおいて、見る者と見られる物の間の境界が曖昧になっていることである。

マルガレーテ自身が色彩の風景の中で彩色されていたという言葉は、視覚の対象としての風景に対峙する、見る者としての主観の意識が消えていたことを表していると思われる。この時期のベンヤミンが、主観と客観という認識の相関概念に依拠したカント認識論の克服を企てていたことを考えれば、色彩をめぐるこの対話篇でも同様の問題意識が働いていたことは十分に考えられる。[19]

ゲオルクは、マルガレーテの夢の描写が「陶酔」における経験と同様のものであることを指摘し、彼もまた陶酔の中で物の純粋な特性だけを知覚することで、自己自身が物の世界の内に浸透し、主観と世界が一体化した感覚を語る。

しかしマルガレーテが、夢の中で見た純粋な色彩を画家が描いた絵画の中で一度も見たことがないと言うと、ゲオルクはファンタジーや陶酔において直観される純粋な色彩と、絵画芸術によって生み出される色彩の差異を説明する。ゲオルクによれば、自己忘却において純粋な色彩を受容するファンタジーの能力は芸術家の魂であるが、芸術作品を実際に生み出すために、芸術家は作品を創作するための「規範」として芸術の「形式」を必要とする。つまり絵画芸術は単に自然を受動的に模倣するのではなく、「平面」の原理に基づいて自然を絵画空間の内に再構成するのであり、平面を本質的な形式とする絵画作品の内に、元来形式を持たない純粋な色彩それ自体が現れることはない。それゆえ「画家の色彩は、ファンタジーの絶対的な色彩に対して相対的だ。純粋な色彩は直観の内にのみあり、直観の内にのみ絶対的なものがある。絵画的色彩は、ファンタジーの一つの反照でしかない」(VII, 21)。

このようなゲオルクの説明に従えば、絵画の形式に基づいて創作する画家には、ファンタジーにおいて直観される純粋な色彩そのものを表現する手段が拒まれていることになる。しかしゲオルクの言葉を聞いたマルガレーテが、芸術家には単純な美や純粋な見ることの楽しみが現れており、それゆえ芸術家のファンタジーからは創造の「原像Urbild」が生まれ出ることを指摘すると、ゲオルクもそれに同意する。

さらにゲオルクは、原像を直観する芸術家によるファンタジーを「ムーサ」からの霊感にたとえる。

> ムーサは原像によって、規範そのものだけでなく芸術の根底にある永遠の真理を詩人に保証する。そして精神が最高に明晰なときにも僕たちの神経を流れるあの陶酔、創作するときの身を焼き尽くすような陶酔とは、規範の内で、しかも僕たちが満たす真理に従って創作しているという意識だ。〔…〕それはムーサの手によって彼の手が導かれているという幻視であって、そこではファンタジーが、観る者と物における規範の直観として作用している。それは規範を直観することによる、観る者と物の統一だ。ファンタジーの作用だけが、僕が語った享受する者の陶酔を芸術家の陶酔へと導く。そして芸術家が原像を模範とするよう努め、精神的なものを

形態なしに得ようとして、形式なしに直観する場合にだけ、作品はファンタジー的 phantastisch になる。

（VII, 21f.）

陶酔の中で熱狂して創作する芸術家は、ムーサの示す芸術の原像を直観し、芸術の真理そのものに従って創作している感覚に襲われる。ここでは、芸術家が固定された形態として対象を捉えるのではなく、いかなる形式にも依拠しない純粋に精神的な原像をファンタジーによって直観することにより、芸術作品そのものが芸術の原像に限りなく近づく可能性さえもが示唆されている。

前章の末尾で触れたように、ベンヤミンはロマン主義論において、古代ギリシアの芸術を模範としたゲーテの古典主義的芸術の理想を「ムーサ的なもの」（I, 111）と呼んでいる。それゆえ初期の対話篇に示される、ムーサによって創造の原像を与えられる芸術家の比喩は、ロマン主義論のゲーテ解釈にも少なからず関わると考えられる。

テクスト中で明確に言及されるわけではないが、芸術の原像を熱狂の内に直観するムーサの霊感は、プラトンにおける「狂気 μανία」の概念にその源泉があると思われる。『パイドロス』においてプラトンは、あらゆる狂気が悪であるわけではなく、むしろ最大の善は狂気を通じて生じると述べる。そのような神的な狂気として、プラトンは預言、秘儀と並び、ムーサに取り憑かれる狂気を挙げている。そして詩と歌を司るムーサたちの狂気に目覚めた詩人は、正気のまま小手先の技術で詩作する詩人を圧倒すると言われる（Platon, *Phaedrus*, 244a–245a）。初期の対話篇「虹」における、芸術の原像を直観する芸術家の陶酔は、初期ベンヤミンのプラトン主義への傾倒の一端を示していると考えられる。(20)

このような文脈で語られる芸術家のファンタジーは、ロマン主義論で論じられる反省概念との明らかな対照を示している。ベンヤミンがフィヒテと初期ロマン主義の反省概念から抽出するのは、直観性を排除した悟性的認識に基づく、思惟による思惟の形式自体の自己反省の構造である。その際にベンヤミンは、プラトン的な狂気から醒めた「冷徹な nüchtern」思惟として、ロマン主義の反省概念の客観的側面を繰り返し強調している。それに対して「虹」においては、悟性による概念的認識の形式性を排除した、陶酔の内での直観の作用としてファンタジーの可能性が示されている。このファンタジーによる原像の直観が、後にロマン主義論のゲーテの章において、ロマン主義の思惟の形式の反省に対置されるゲーテの「純粋な内容」の直観に関わることは疑いえない。ここから推測されるのは、ファンタジーと色彩をめぐる初期の思索からゲーテの芸術論解釈へと接続される一連の議論が、ロマン主義による思惟の反省モデルとは異なる、ベンヤミンの認識論のもう一つの方法を示しているということである。

ファンタジーの脱形態化

初期ベンヤミンにおけるファンタジーの概念は、感覚的な現象と関わりながら原像を直観することで、目前の固定された個別的な形態の印象を解体する作用として捉えられている。「ファンタジー」と題されたアフォリズムで、「ファンタジーは形態や形態化とは関わらない」と言われるのは、この意味においてである。「ファンタジーは確かに現象するために形態を必要とするが、ファンタジーそのものは現象にほとんど帰属せず、ファンタジーの現象を形態化されたものの脱形態化 Entstaltung と名づけることができるほどである。あらゆるファンタジーに固有なのは、それが形態をめぐって解体的な遊戯を強いることである」(VI, 114)。

ファンタジーが現象した形態と理念的原像との間で揺れ動くことで、形態は現れると同時に解体され、戯れるようにその形を変化させていく。ベンヤミンがロマン主義の生成の思考、さらにゲーテの発生論的方法を受容していくことを考えるなら、初期のファンタジー概念に「生成」の概念が結びつけられるのは偶然ではない。「ファンタジーは生成する脱形態化のための感覚である」(VI, 116)。そして生成する形態の最も純粋な現象とは、色彩である。

「子供から観察された色彩」と題されたアフォリズムの中で、ベンヤミンは次のように書いている。「輪郭を描く色彩において、物は事物化されておらず、無限のニュアンスを持つ秩序に満たされている。色彩は個別的なものだが、死んだ事物や不変の個体性ではなく、一つの形態から別の形態へと飛翔する翼を持っている」(VI, 110)。同じ箇所でベンヤミンが色彩を「精神的なもの」と呼ぶのは、色彩が一つに固定された形態の表面を覆う膜のような「実体」とは見なされていないからである。

色彩は明暗や色合いの差異によって異なる色彩の間の輪郭を示すが、同じ色彩の内でも微妙なニュアンスの無限の推移を含むために、一つの明確な形として認識することができない。ベンヤミンによれば、子供がシャボン玉、水彩画、写し絵、幻燈などにおいて、ぼやけながら互いに溶け合う色彩の無限の変化を楽しむのは、すでに造形された形態を通して世界を捉えるのではなく、その戯れる活動性そのものを直観しているからである。そのとき「ファンタジーは、法則の事柄である形式に関係することは決してなく、生き生きとした世界を人間の感情において創造的に直観できるだけである」(VI, 111)。

子供が色彩を見る際には、空間や平面の形式によって対象が構成されるのではなく、精神的な活動性の原理それ自体が直観される。このことは、「虹」におけるマルガレーテの次の言葉とも関係している。「純粋な特性は、純粋に分離された感覚によってただそれ自体で受容することはできず、ある実体 Substanz の特性としてしか受容できない。ところが色彩はただ特性であるため、ファンタジーの最も奥深くで生まれる。いかなるものにおいても色彩は実体ではなく、実体と関係しない。つまり色彩について言えるのは、色彩は特性であるということだけで、色彩は特性を持つとは言えない」(VII, 23)[21]。

ある形態を感覚によって捉えるには、具体的な形態として現象した物をつねに必要とする。しかしベンヤミンによれば、ファンタジーによって色彩を見ることは、不変の特性を持った実体の存在を前提にしていない。むしろ色彩は、現象しながらも形態化されず、実体化されることのない精神的原理の純粋な現れとして、原像に限りなく近づくと考えられている。そして虹は、このように形態を持たない色彩の最も純粋な現れである。というのも、「虹はただ色彩であるだけで、虹においてはいかなるものも形式ではない」(VII, 24) からである。

ファンタジーの直接性と無限性

形態化のためのいかなる形式にも依拠しない純粋な色彩の概念は、実体的要素には還元されない原理の表現である点で、「虹」と同時期のヘルダーリン論における、形態の潜在的な産出関係を表す純粋に機能的な原理としての〈詩作されるもの〉との構造的な類比を示している。ロマン主義論では、この実体化されない機能としての思惟の産出作用が、芸術作品における自己反省の構造として展開されている。ロマン主義論における反省の概念が、もっぱら思惟の形式に基づいて解釈されることを考えるなら、それは形式を持たない純粋な特性（内容）としての色彩を直観するファンタジーの概念と、明らかに対照的である。しかしベンヤミンにおける反省とファンタジーの概念は、主観と客観という二つの実体的要素から構成される認識概念を無効化する点で、同じ認識批判の試みにおける異なる可能性として捉えることもできる。

「虹」における次の箇所は、明らかにこの時期のベンヤミンによる認識論の諸論点に触れている。

> 色彩の内で眼は純粋に精神的なものに向けられていて、創作する者が自然の中で形式を介してたどる道を免れている。色彩は純粋な受容の内で、感覚を直接的に unmittelbar 精神的なもの、調和に出会わせるのよ。見る者は完全に色彩の内にある。色彩を見つめるとは、まなざしをのみ込む異質な眼に、ファンタジーの眼にまなざしを沈潜させることに等しい。色彩は自己自身を見る。この色彩の内に純粋な見ることがあり、色彩は純粋な見ることの対象であると同時に器官なの。私たちの眼は彩色されている。色彩は見ることから生み出され、純粋な見ることを彩色する。
>
> （VII, 23）

色彩を見ることにおいては、概念的思惟によって対象の形式が構成されることなく、感覚は直接に精神的本質を直観する。そこでは無定形のまま戯れる色彩によって、見る者と見られる物の間の区別はなくなり、見る者自身が彩色された風景と合一する。そのように純粋な色彩が現象するとき、認識の主観も客観もないままに、ただ自然の精神的本質が自己関係的に自己自身を表現することだけが生起するのである。「色彩は自己自身を見る」、あるいは「色彩が見えることAussehen と見られることgesehen Werden は同じことである」（VI, 118）と言われるのは、おそらくこの意味においてである。色彩の純粋な受容においては、見る者としての主観の意識が消え、主観としても客観としても実体化されない精神的原理の現象だけがある。それゆえ「色彩は世界直観Weltanschauen の純粋な表現であり、見る者の超克なのだ」（VII, 23）。ファンタジーによる色彩の直観において、感覚の直接性に触れられていることは、反省における思惟の直接性という規定を考えれば注目に値する。

さらに対話篇「虹」末尾のゲオルクの次の言葉は、反省と同様に、ファンタジーにおいても無限性の構造が認められることを示唆している。

> ファンタジーの色彩は、別の色に移行しないが無数のニュアンスを帯びて戯れる。それは湿っていて、輪郭を彩色することによって物をぼやけさせる。色彩は媒質Medium であって、いかなる実体のものでもない純粋な特性なんだ。それは多色でありながら単色であり、ファンタジーによる一つの無限なものの多彩な充溢farbige Ausfüllung des *einen* Unendlichen だ。（VII, 25）

ベンヤミンによれば、ロマン主義の反省概念は思惟による思惟の形式自体の直接的な反省であり、自己の内から絶対的なものを構成するために無限に満たされている。そしてファンタジーの概念が直接性と無限性の構造によって特徴づけられる際には、思惟による純粋な形式の構成作用とは反対に、感覚による純粋な内容としての原像の直接的な受容が考えられている。[22]

ファンタジーによって戯れる色彩は、一つの色の内で無限に変化するニュアンスであり、それらを見ることは、あらゆる具体的な形態を自己の内に含む原像を直観することに等しい。この原像の直観として、ベンヤミンにおいてファンタジーは無限性を受容すると同時に産出する能力であることが明らかになる。このようにベンヤミンは、純粋な思惟としての反省と、純粋な感覚としてのファンタジーの両者に対して、直接性と無限性の構造を認めている。それゆえ色彩もまた、反省と同様に「媒質」と呼ばれるのであろう。

初期の対話篇「虹」においてベンヤミンは、ロマン主義論で展開される思惟の反省媒質とは異なる仕方で、色彩を媒質としたファンタジーによる無限の原像の直観の可能性を探っていた。そしてファンタジーと反省の二つの概念が、それぞれ直観と思惟という異なる認識能力に基づくとしても、両者がプログラム論文における「純粋な認識」の概念、つまり「客観と主観の概念が、もはやいかなる形でも二つの形而上学的な存在の間の関係を示さない、認識の自律的で原初的な圏域」(II, 163) を具体的に示すものであることは疑いえない。ヘルダーリン論と「虹」、そしてプログラム論文とロマン主義論は、経験と理念の連続的な認識の可能性を追求する点で、共通の目的を持っているのである。

自然の知覚と直観

対話篇「虹」においてベンヤミンは、純粋な色彩を見るように芸術家が原像を直観することで、その作品がファンタジーの生み出す原像に限りなく近づく可能性を示唆していた。そこでファンタジーと直観の概念は、具体的な経験において自然の原像が直観される可能性を示唆する点で、ゲーテの直観概念との少なからぬ親近性をも示している。しかしロマン主義論末尾の「初期ロマン主義の芸術理論とゲーテ」の章では、自然における原像の直観と、芸術による原像の表現が明確に区別され、芸術作品が原像へと到達する可能性が明確に否定されるに至る。

すでに前章の末尾で触れたように、個々の芸術作品の形式を一つに統合する連続体としてのロマン主義的な芸術の理念に対して、ムーサ的な芸術の多数性において純粋な内容の非連続性を表すのがゲーテにおける芸術の理想である。

「理想の内的な構造が、理念とは対照的に非連続的な構造であるように、この理想と芸術との連関もまた媒質の内に与えられているのではなく、ある裂開 Brechung によって特徴づけられている」(I, 111)。このようにベンヤミンは、古典主義的な芸術の理想と個々の芸術作品を媒質的関係、つまり個別者と無限の絶対者との直接的で連続的な関係によってではなく、むしろ両者の断絶的関係によって特徴づける。

非連続的な構造を伴う芸術の理想と作品の関係性について、ベンヤミンは次のように述べている。

純粋な内容そのものは、いかなる作品の内にも見出されることができない。ゲーテは、これらの純粋な内容を原像 Urbilder と呼んでいる。諸々の作品は、古代ギリシア人がムーサたちの名によって知っていた、あの目に見えないが直観される原像に到達することができない。諸々の作品は、多かれ少なかれこの原像にある程度似る gleichen ことができるだけである。諸々の作品の原像への関係性 Beziehung を規定するこの〈似ること〉は、有害な物質主義による誤解から守られなければならない。というのも原像は目に見えず、この〈似ること〉は、知覚しうる最高次のものと、原理的に直観しうるだけのものとの関係性こそを表しているからである。それは原理的には同等性 Gleichheit に行き着くことができず、模倣によっても到達されえない。(I, 111f.)

ここでの諸芸術の「ムーサ」への言及は、陶酔の内で芸術の原像を受容する、初期の対話篇「虹」における直観概念との関連性を示唆する。そこでも「画家の色彩は、ファンタジーの絶対的な色彩に対して相対的だ」(VII, 21) と言われていたように、無限の原像を直観する絶対的なファンタジーに対して、芸術作品による原像の表現はあくまで相対的であり、間接的である。しかし「虹」においては、陶酔の内にある芸術家による創作が原像そのものに近づくことが示唆されていたのに対し、ロマン主義論ではその可能性が明確に否定される。

ベンヤミンが〈似ること〉と呼ぶ、原像と芸術作品の関係性は、物質主義的な連想から区別されるように、目に見える物同士の特性を比較することで生じるような相似性や同等性ではない。それはまた、ファンタジーの能力を媒介にした芸術作品と無限の原像との直接的融合の可能性とも異なる。ここでの〈似ること〉は、むしろ原像と芸術が間接的にしか関係しえない、両者の非連続性の関係構造を示唆していると思われる。

前の引用に続けて、ベンヤミンは直観の概念を次のように定義する。

> その際に直観の対象であるものは、感情の内で完全に知覚可能になるよう純粋なものとして自己を告げる、内容の必然性である。この必然性を知覚すること Vernehmen が、直観することなのだ。直観の対象としての芸術の理想は、それゆえ必然的な知覚可能性 Wahrnehmbarkeit である。この必然的な知覚可能性が、知覚 Wahrnehmung の対象であり続けるものとしての芸術作品そのものの内に、純粋に現象することは決してない。
>
> (I, 112)

ここで直観の対象としての芸術の理想が「必然性を知覚すること」と定義される際、「理性 Vernunft」と語源的に近い Vernehmen の言葉が使われていることは注目すべきである。それはあくまで直観と呼ばれる以上、カントの理性概念から区別されるべきだが、現象の必然的条件と可能性そのものの知覚と、現象における個々の知覚の内容を厳密に区別しようとする点に、ゲーテ的な直観概念との距離も示唆されている。

すでに触れたように、ゲーテは「原現象」の概念によって、諸々の現象の単なる原因と結果だけではなく、潜在的なものも含めたあらゆる現象の普遍的条件を問うた。しかもゲーテにおいて、自然の現象を普遍的な規則の必然的な帰結として啓示する原現象は、現象から厳密に区別された抽象的な理念ではなく、具体的で生き生きとした自然の現象の内で直観される。それゆえゲーテは、日常の個別的経験から最高次の自然の普遍法則の直観に至るまで、同じ自然の現象に関わる一種の連続的な認識の系列を認めた。それに対してベンヤミンは、「原像は目に見えない」と明言する。それはつまり現象における具体的な知覚の対象と、直観されるだけの純粋な内容としての原像を同一視することはできず、両者の間に連続的な移行は存在しないということである。

対話篇「虹」では、純粋な色彩と芸術家の描く色彩の差異に触れながらも、虹を見るゲオルクの次の言葉によって、自然の内に純粋な色彩として芸術の原像を直観するファンタジーの可能性が示唆されていた。「僕にとって虹は、自然を遍く精神化して活気づけ、自然の根源をファンタジーへと立ち戻らせ、ファンタジーを黙したまま直観された芸術の原像とする、この色彩の最も純粋な現象だ」(VII, 25)。しかしロマン主義論においてゲーテの原像に触れる際に、ベンヤミンはもはやファンタジーの概念に言及することはない。むしろそこでは、純粋な原像が芸術の直接的な対象となる可能性が否定される。これはプログラム論文で表明された、経験概念と形而上学の領域を直接結びつける「純粋で体系的な経験の連続体」(II, 164)という、カントの経験概念の改変の構想とも異なる規定であろう。現象と理念の間の深淵を示唆することでベンヤミンは、最初期の「現代の宗教性をめぐる対話」で見出された、カント的な認識論の二元性の思考に再び立ち返っているようにも思われる。

ゲーテの原現象とプラトン的イデア

しかしロマン主義論においてベンヤミンは、ゲーテの理想や原現象の概念の解釈に、カント的な理念よりむしろプラトン的なイデアを結びつけようとする。ベンヤミン自身が注記しているように、ゲーテとプラトンを結びつける問題設定は、エリーザベト・ロッテンによる『ゲーテの原現象とプラトン的イデア』(一九一三年)を踏まえたものである(vgl. I, 110)。この著作は、マールブルク大学においてパウル・ナトルプの指導下に執筆された博士論文を基に、コーヘンとナトルプが編纂する哲学叢書の一つとして出版されている。

同書でのロッテンの立場は、ゲーテ的な自然科学の方法が単に外部から与えられた経験的な事実を寄せ集めて構成するのではなく、自然の諸々の対象の真の統一原理を「イデア Idee」に見出す点で「真にプラトン的精神に接近し」、

「根本的に観念論的」であると主張することにある（Rotten, 1913, S. 6）。そのプラトン解釈に関して、ロッテンはナトルプに全面的に依拠しており、それ以外にもニコライ・ハルトマンなどマールブルク学派からの強い影響が見られる。

ロッテンはゲーテの「発生論的観察法」を論じる際に、超感性的な「原植物」をプラトンのイデアと同一視している。「ゲーテが〔植物の成長の〕あらゆる段階として思い浮かべるもの、内的な直観 Schau の内で「幻影 Gesicht」として生じるもの、そして彼が自らの探究の目的地と見なそうとするものは、完全にプラトン的な意味での植物の〈イデア〉である」（Rotten, 1913, S. 26）。ここでロッテンは、プラトンのイデアを単に自然観察の経験的蓄積から導き出された法則としてではなく、感性的な対象をアプリオリに規定する純粋な思惟の「関数 Funktion」として理解している。このようなイデアの解釈を示す際に、ロッテンはナトルプによるプラトン論を援用している。

ナトルプによれば、プラトンはパルメニデスやゼノンをはじめとしたエレア学派から影響を受けながらも、同学派における生成・消滅する多と、不変の存在としての根源的一者の間の静的な対立関係を、そのイデア論によって克服した。『テアイテトス』、『パイドン』、『国家』、『パルメニデス』、『ピレボス』などの著作において展開されるイデア論において、プラトンはイデアを現象に対立する原理としてではなく、現象の内に恒常的な統一性を見出すための論理法則と見なしていたと言う。「イデアが法則 Gesetz を意味しているとわれわれが言うなら、この「法則」において理解されるのは、つねに関係性 Relation の不変の存立の要求のみである」（Natorp, 1910, S. 135）。

プラトンのイデアは、思惟が感性的現象を統一的に認識することを可能にする論理法則そのものの根源であり、無限に多様な現象に応じてその表現を動的に変化させる。それゆえイデアは、現象をつねに同一の関係性から規定する論理法則として不変なのであり、現象と無関係に自存する静的な物や実体としてではない[23]。このようなイデアの解釈には、感性的対象に先立つ純粋な思惟の原理によって現象の客観的認識を基礎づける、マールブルク学派に共通する動的な〈関数 Funktion〉原理の追究を見てとることができる。ナトルプがプラトンのイデア論によって認識に関する批判哲学がはじめて可能になったと考えている点は、第一章で検討した、『カントの経験理論』の序論におけるコーヘンのプラトン解釈とも一致している。

さらにロッテンは、ゲーテの「原型」の概念もまたプラトン的な「イデア」として、つまりは思惟の「関数」として認識されていると言う（Rotten, 1913, S. 44）。ここでもロッテンは、イデアの解釈に関してナトルプから次の箇所を引用している。「思惟の統一性はまさに、そのようにそれ自体で統一性を持たないと考えられた多様なものの統一である。思惟の内での固定、感性的なものを静止させる観察における、感性的なものの不安定な流れの停止である」（Natorp, 1910, S. 112）。ナトルプによれば、感覚は認識に不可欠なものであるが、センスデータそれ自体が認識となるわけではない。認識が可能になるのは、むしろ感覚を同一の関係性へと規定する論理的な「思惟（διάνοια = λόγος）の機能」によってである。ナトルプが一貫して「機能 = 関数」としての思惟を強調するのは、それが何らかの「物」として思惟を行う身体器官を表すのではなく、純粋な思惟の「活動性」そのものを表すからである。[24]

このようにナトルプによって解釈された、動的な思惟の機能を可能にする論理法則の根源としてのプラトンのイデアを、ロッテンは動物の形態の動的な生成過程を表現するゲーテの「原型」の概念に結びつけようとする。「原型」の概念において、実体的な要素の比較ではなく、諸要素同士の関係性を規定する原理の機能が理解されている点は、カッシーラーによる「原型」概念の解釈とも少なからず重なり合っている。

ゲーテの原現象をプラトンのイデアに結びつけることにより、ロッテンはゲーテの方法論を次のように要約する。「ゲーテの「純粋現象」あるいは「原現象」は、「根源的に条件づけるもの」として、プラトンのイデアに等しい。そこで原現象は、流れ去るものを静止させ、曖昧なものの内に統一を直観するために、探究のはるかな目的として、個々の現象における思惟の照準点として打ち立てられる」（Rotten, 1913, S. 76）。このようなロッテンのゲーテ解釈に対しては、それがマールブルク学派における論理主義的な認識批判に偏重した解釈として、生き生きとした自然の全体を具体的に捉えるゲーテの自然科学を歪めているという批判がなされてきた。[25]ロッテンに少なからず同調するベンヤミンのゲーテ解釈にも、同様の傾向が含まれることには注意する必要がある。しかしここで問われるべきなのは、ベンヤミンがマールブルク学派によるプラトンとゲーテの解釈から、いかなる論点を引き継いだかである。

自然のイデアと芸術の原像

明らかにベンヤミンには、ゲーテの原現象をプラトン的イデアと見なすロッテンの解釈からの影響が見られる。ベンヤミンによれば、ゲーテにおいて個別的な芸術作品は、必然的な内容としての芸術の理想に対して「偶然的」なものとして存在する。「というのも、あの理想は創作されるのではなく、その認識論的な規定に従えば、プラトン的な意味でのイデア Idee だからである。統一性と無起源のもの、つまり芸術におけるエレア的に安らうものは、この理想の領域の内に含まれているのである」(I, 113f.)。このようにベンヤミンは、ゲーテにおける芸術の理想をはっきりとプラトンのイデアと等置する。それにより個々の芸術作品の統一性は、作品そのものの内ではなく、起源を持たずにあらゆる作品に先立つ理想として、プラトン的イデアの内に求められることになる。

芸術の理想が作品の創作に先立つイデアとして捉えられることにより、芸術の自己反省的思惟の形式から芸術の理念が展開される、反省媒質としてのロマン主義的な芸術作品の可能性は否定される。

> ゲーテの見解によれば、芸術の源泉 Urquell は永遠の生成、形式という媒質における創造的な運動の内にはない。芸術それ自体が、芸術の原像を創作することはないのである。この芸術の原像は、あらゆる創作された作品に先立って、芸術が創造ではなく自然であるような芸術の領域の内に安らっている。自然のイデアを把握し、それによって自然のイデアを芸術の原像（純粋な内容）に適うものにすること、諸々の原現象を突き止めようとしたゲーテの努力の究極的な根拠は、ここにある。(I, 112)

芸術作品の内での絶対的な産出作用が否定されることで、芸術の源泉は必然的に芸術の外部としての「自然」に求められることになる。それにより個々の芸術作品は、それ自体が芸術の理念による無限の反省が行われる媒質ではなく、あくまでイデアを間接的に模倣する有限の表出形式として定義される。つまり芸術作品は、ゲーテの原現象において直観される「真の自然」に対する間接的表出関係の領域を超え出ることはできないのである。

ベンヤミンはゲーテの芸術論の特徴を説明する際、ロマン主義と対比された古典主義的芸術論の側面を強調している。すでに本書の第二章末尾で論じたように、ゲーテの芸術論の主な典拠としてベンヤミンが想定しているのは、ラオコーン論であると考えられる。

ゲーテは古代のラオコーン群像において、身体の諸部分が相互に均整と多様性、静止と運動の対比を示す形に配置され、表現すべき対象の最高の瞬間が選ばれることで、その作品が単純な自然の対象の模写よりも高次の理想的対象の表出の模範となっていると考えている。その際に注目すべきは、ゲーテが芸術作品による理想の表出を、あくまで具体的に目に見える秩序や均整から生じる「感性的な」美に見出している点である。「あらゆる芸術作品は一つの作品として自己を開示しなければならないが、それはわれわれが感性的 sinnlich 美あるいは優美と呼ぶものによってのみ可能となる」(FA, I, 18, 491)。ここには、芸術作品が有限性の領域を超えて理念へと無限に高まるロマン主義の芸術論から区別された、有限な感性的美の領域において芸術作品の完全性と完成を問うゲーテの古典主義的芸術論の特徴が表れている。

ゲーテの芸術論においては、具体的に目に見える形態から生じる感性的美が理想の表出に不可欠なものとして前提されるが、ベンヤミンはそこで芸術作品そのものが普遍的理想と一体化することはない点を強調する。

個々の作品は、たしかに諸々の原像に関与しているのだが、芸術の媒質において絶対的な形式から個々の形式への移行が存在しているのとは違い、原像の領域から諸々の作品への移行は存在しない。理想への関係

Verhältnis において、個々の作品はいわばトルソーにとどまる。個々の作品は、原像を表出しようとする個別的な努力なのであり、ただ模範としてのみ他の作品とともに存えることができる。しかし作品が、理想そのものの統一へと生き生きと一体化することは決してできない。（I, 114）

ベンヤミンは作品の断片性を示唆する「トルソー Torso」の概念を、ロマン主義の「断章 Fragment」の形式に対する古典主義に特有の形式として捉えている。ロマン主義において、個々の芸術作品は芸術の理念が自己展開する反省媒質であり、断章の形式としての有限性はこの反省によって相対化され、無限の絶対的形式へと連続的に移行する。それに対して四肢の部分を失った彫像としてのトルソーの形式は、完成された秩序と均整を示す古典古代の作品が、芸術の理念へと無限に生成することも、芸術の理想それ自体の直接的な具現化と見なされることもできないことを表す。

古典主義にとって古代のラオコーン群像は、この意味で一つのトルソーである。それは後代の芸術が決して凌駕しえない一つの模範であるという意味で、すでに完成された作品であり、そこにさらなる生成（改善）の余地はない。しかし芸術にとって一つの模範となるべきラオコーンの彫像が、身体の部分を破損した断片的トルソーであることは、芸術作品が表出する感性的美が制約性と偶然性を免れず、芸術の理想に対してあくまで相対的な原像（模像）に留まることを示唆している。欠損して散逸した古代の彫像を、それ自体で完成した作品と見なすゲーテの芸術論においては、純粋な芸術の理想と有限な芸術作品の間の批判的距離が前提されているとベンヤミンは解釈する。

以上のようなロマン主義と古典主義の芸術論の解釈には、芸術作品に関して矛盾する二つの定義が表れているように思われる。本書では、これらをベンヤミンの思索内部の齟齬あるいは変遷と見なすより、むしろベンヤミンの関係性の認識論を構成する二つの思考モデルの対比として解釈することを試みる。その一方のモデルは、すでに引用したノヴァーリスの言葉（本書一〇六頁参照）を借りるなら、〈絶対的関係性〉の認識論と呼ぶことができる。この思考は、ベンヤミンが「反省媒質」の概念によって特徴づけた初期ロマン主義の認識論に顕著に表れており、〈直接性〉と〈無限性〉の構造を持つ。自己自身を対象とする直接的＝自己関係的な認識が、絶対者をも包括する無限の認識連関の構造は、ロマン主義の芸術論にも並行して見出される。つまり芸術作品は芸術の理念が自己展開する媒質として、それ自体がモナド的な構造を持ち、有限な作品の形式は無限の理念へと連続的に移行する。同じ〈直接性〉と〈無限性〉の構造が初期ベンヤミンの「ファンタジー」概念にも見出されるのは、本節で論じたとおりである。

それに対して、古典主義芸術論の解釈に読み取られるベンヤミンのもう一つの思考モデルとは、〈相対的関係性〉の認識論と呼ぶべきものである。このモデルは前述の絶対性の認識論と明確な対をなしており、〈間接性〉と〈有限性〉を主な特徴とする。それゆえ前者を媒質的思考と呼ぶなら、後者を非媒質的思考と言い換えることもできるだろう。そこで絶対者はあくまで認識の連関の外部に位置づけられるため、有限な認識の作用は理念（イデア）を直接の対象とすることができない。自己の内に芸術の理念を含む絶対的産出の芸術作品に対して、認識と表出の相対性に依拠した芸術作品の構造は、理想（オリジナル）に対する模倣的・二次的な産出の領域を超えることができないのである。それゆえ古典主義的理想と個々の芸術作品は、架橋不可能な断絶の関係によって特徴づけられる。

ここで述べた二つの関係性の認識論は、ベンヤミンのテクストのさまざまな箇所に形を変えて表れる。本書がこれまで検討してきたカント論、ヘルダーリン論、ロマン主義論では、前者の〈絶対的関係性〉の認識論に傾倒した思考が見出された。しかし本書がこれより後に検討するテクストでは、後者の〈相対的関係性〉の認識論に依拠した思考がより前面に出てくることに注意する必要がある。あらかじめ述べるなら、「ゲーテの『親和力』」で言及される「表現なきもの」の概念や、『ドイツ悲劇の根源』の「アレゴリー」の形式に関する議論などは、いずれも認識の相対性を前提している。つまりモナドあるいはイデアによって構成される真理の領域に対して、芸術作品の表現は間接的・相対的表現にとどまるのであり、イデアと現象の非連続的関係の内で芸術表現の可能性が問われることになる。

イデアの潜在性と関係性の認識

ベンヤミンはロマン主義論の出版後に、手元にあった同書の欄外に自ら書き込みを加えているが、そこには後のテクストで展開される芸術作品とイデアの関係性に関する議論の萌芽が見られる。その書き込みの一つには、次のような言葉が見られる。「しかし自然の概念を、まったく素朴に芸術理論の一つの概念としてただ定義することが問題なのではない。むしろ重要なのは、科学に対して自然はどのように現れるのか、という問いであり、この問いに答えるには、直観の概念は［おそらく］何の役にも立たないであろう。つまり直観の概念は、芸術理論の内部に留まるのである（ここでは作品と原像の間の関係が論じられて然るべきである）」(I, 113. Zit. nach: WuN, III, 138)。

ゲーテ的な直観の科学的・客観的な認識価値を問うより、その芸術理論としての意義に焦点を当てる点には、明らかにロッテンからの影響が認められる。ロッテンもまたそのゲーテ論の第八章において、原現象と芸術との関係を論じており、そこには次のような言葉が見られる。「芸術は、単なる経験によっては知覚されない現象の側面を啓示する。そのように芸術作品は、実在の対象からと同様にその背後にあるイデアからも構成されるが、イデアは自然の現象の内よりも芸術作品の内に現れる」(Rotten, 1913, S. 90)。ロッテンはこのような解釈から、芸術作品においてイデア的な原現象が具体的に直観されるゲーテの「象徴」概念をも肯定する。後にゲーテの象徴概念を批判することから考えれば、この点においてベンヤミンはロッテンの解釈に留保をつけるだろう。しかし、芸術作品が単なる現象の知覚においては現れない、直観されるだけの原現象的な自然を表出するという解釈に関して、ベンヤミンは基本的にロッテンの立場を踏襲している。「表出されるものは、作品の内でのみ見られることができ、作品の外では直観されることができるだけである」(I, 113)。

原現象的な自然のゲーテ的直観、そして芸術作品による自然の表出の問題について、ベンヤミンはロマン主義論文への手書きの書き込みの中で改めて定義している。

とはいえここでは、「真の自然」の概念のより厳密な定義にすべてがかかっているだろう。というのも、芸術作品の内容を構成すべきこの「真の」目に見える自然は、世界の現象している目に見える自然とたやすく同一化されて identifiziert はならないばかりでなく、むしろ何よりこの現象している自然から厳密に概念的に区別されなければならないからである。もちろんその後で、芸術作品の内の「真の」目に見える自然と、目に見える自然の現象の内で現前している（おそらくは目に見えず、直観可能なだけの［?・］、原現象的な）自然とのより深い、本質的な同一性 Identität の問題が提起されるだろう。そしてこの問題は、次のような可能的で逆説的な仕方によって解決されるだろう。つまり世界の自然の内ではなく、芸術の内でのみ、真の、直観しうる、原現象的な自然は模像のように abbildhaft 目に見えるようになるだろう。それに対して、この真の自然は世界の自然の内では現前していても、隠されている verborgen（現象によって眩まされている überblendet）だろう。

(I, 113. Zit. nach: WuN, III, 139)(26)

ここでベンヤミンは、芸術の原像としての自然、現象としての自然、原現象的な自然の三つの自然概念を挙げ、前二者の同一性を明確に否定している。つまり芸術が表出すべき自然は、単に目に見える現象としての自然ではない。しかし、芸術作品が表出すべき原像と原現象的な自然の間の同一性の問題は、「可能的で逆説的な仕方」において答えることができると言う。

自然において原現象は、現前していても隠されていて直接見ることはできない。またそれが芸術作品において目に見えるようになるとしても、芸術が表出する自然は原像としてのイデアではなくその模像にすぎない。共に認識の対象として同定することのできない、自然のイデアと芸術の原像に関してその同一性を問うことは、逆説以外の何ものでもないだろう。それではベンヤミンが、両者の同一性を単純に否定することなく、その「可能的」な解決を示唆するのはいかなる意味においてか。

同一性問題の可能的解決について、ベンヤミンは一九一六年頃に「同一性問題についての諸テーゼ」と題されたアフォリズムを書いている。そこでベンヤミンは、「無限なものが同一的である可能性」を決定することを留保した上で、「非同一的なもの das Nicht-Identische」の同一性関係の可能性を論じている。ベンヤミンによれば、「現実的に aktuell」非同一的なものは同一性関係に立ち入ることができないゆえに、無限なものの同一性関係と見なすことができるのは、非同一的なものの「潜在的な potentiell」同一性のみである（VI, 27）。

ベンヤミン自身は明言していないが、無限なものを現実的に同一的と判断することは、おそらく無限なものの実体化とみなすことができる。それは、無限なものの全体を一つの完結した自己同一的なものとして捉える判断に他ならず、関係性の論理判断を超越している。[27] それに対して非同一的なものの潜在的な同一性は、現実的な（非）同一性を決定することのできない無限なものについて、それが潜在的に同一の原理に基づいていると仮定することで、その原理による産出関係の同一性のみを思考することである。

このようなベンヤミンの同一性概念の解釈に関しては、明らかにマールブルク学派からの影響が見られる。[28] とりわけナトルプのプラトン解釈は、それが「現実性」と「潜在性」の概念にも触れている点で、ベンヤミンの同一性問題に関する思索に影響を与えた可能性がある。ナトルプによれば、アリストテレスは所与の対象として、一つの完結した物として、概念によって定義可能なものとして実体を捉えている。それに対してプラトンのイデアは、現象における物の要素を含まず、いかなるカテゴリーによっても完全には定義されない無限の課題と問いであり、その認識が所与のデータとして完結することはない。ナトルプにとって、前者の実体概念が無限なものの「現実的」解釈であるのに対して、後者のイデアは無限なものの「潜在的」解釈であった。そしてナトルプは、「現実性ではなく潜在性としての無限なものの解釈」が、アリストテレスの独断論的な無限概念を排除すると述べることで、自らが立脚する批判的観念論の起源をプラトンのイデア論に求めている。Vgl. Natorp (1903) S. 384f.

ベンヤミンは非同一的に無限なものについて、それがどの種の「数学的な無限」に当てはまるかを問うているが、その潜在的な同一性関係は、この意味でまさに〈関数＝機能 Funktion〉の関係に当てはまるだろう。つまり任意の数列の諸項がそれぞれ異なっており、また異なりうるとしても、その全項が同一の関数に関係づけられるなら、無限の数列全体の潜在的な同一性を思惟することができる。ベンヤミンは同一性の命題〈a ist a〉についても、「同一的なものが一つの自己自身と同一的なものであること」（言い換えれば一つの実体として同一的であること）ではなく、同一性の原理が存在するという「可能性 Möglichkeit」がこの命題の本来の内容であると述べている（VI, 29）。形式論理学において同一性問題が「可能的」にしか解決できないのは、無限なものについてはその現実的な同一性を判断することができないからである。

ベンヤミンがロマン主義論において、芸術の原像と原現象的な自然のイデアについて問うているのは、おそらくこのような潜在的な同一性関係である。そこでプラトン的イデアとしてのゲーテの原現象は、多様な自然の現象そのものの直観としてではなく、現象の根底に潜在すると仮定される関係法則の認識として解釈されている。自己同一的な実体ではなく、同一の関係性を基礎づける根本原理の〈関数＝機能〉としてのイデアの解釈は、ナトルプが示したものであり、ベンヤミンは主にロッテンのゲーテ論を通してその解釈に少なからぬ影響を受けている。

芸術作品がイデアとしての原像に〈似る〉とベンヤミンが述べるとき、それは目に見える対象の間の物質的な模倣関係ではなく、現象を基礎づける自然のイデアと芸術が表出すべき原像との潜在的な同一性関係の認識について言われている。「というのも原像は目に見えず、この〈似ること〉は、知覚しうる最高次のものと、原理的に直観しうるだけのものとの関係性こそを表しているからである」（I, 112）[29]。そしてベンヤミンが原現象的な自然について、それが自然の内に現前していても「隠されている」と述べるのは、現象においてイデアそのものが直観されるわけではなく、現象を潜在的に基礎づける原理の認識が問われているからである。

マールブルク学派によるプラトン解釈の影響の下、ゲーテの原現象をプラトン的イデアとして解釈することにより、ベンヤミンは現象の経験における原像の直観、および芸術作品と理想の直接的な一体化から距離を取るようになる。

そしてその後に書かれた「ゲーテの『親和力』」において、ベンヤミンはロマン主義論に示されたこの立場を一層先鋭化させることになる。

第三節　芸術作品の真理と表現

真理内実と事象内実

ベンヤミンによる「ゲーテの『親和力』」（一九二二年、以下『親和力』論）は、それまでの芸術の認識論の方法が一つの文学作品の分析に適用されている点で、ベンヤミンによる作品批評の一つの範例と見なしうる。他方そこで示される認識論の基本的な立場は、主にヘルダーリン論とプログラム論文、そしてロマン主義論に見られた、経験と理念の連続性と統一性を構築する〈絶対的関係性〉の認識論から批判的な距離を取るものである。

その冒頭でベンヤミンは、ゲーテの小説『親和力』（一八〇九年）を論じた同論文を、文献学的な関心に基づいた作品の「注釈」から区別して、「批評 Kritik」と呼んでいる。そしてベンヤミンは、芸術作品の注釈と批評の差異を次のように定義する。

批評は芸術作品の真理内実 Wahrheitsgehalt を求め、注釈はその事象内実 Sachgehalt を求める。両者の関係は書物に関するあの根本法則を規定しており、その法則によれば、ある作品の真理内実は、作品が重要なものであればあるほど、一層目立たず緊密にその事象内実に結びついている。それゆえ、作品の真理が最も深くその事象内実に沈潜している作品こそが、永続するものであることが明らかとなる。その場合、この永続する時間の経過において作品の具象事実 Realien は、それが世界の内で死滅すればするほど、作品の内では観察者の目に対して一層明白なものとなる。しかしそれによって、現象において事象内実と真理内実は、作品の成立時には一体化していても、時間の経過とともに分離して現れる。それは、事象内実が前面に押し出てくるのに対して、真理内実はつねに同じように隠れた verborgen ままだからである。(I, 125)

ここで言われる芸術作品の「真理内実」は、ロマン主義論における作品の純粋な内容としての「真の自然」、あるいは「芸術の原像」との関連を示唆する概念である。「真理内実」の概念は、作品の個々の記述に関する分析と注釈によって明示される「事象内実」とは異なり、作品の内に直接現れることのない芸術の真理を意味する。真理内実が「隠れた」ものであるのは、それが芸術作品の顕在的な内容そのものとは一致しないが、作品がイデア的な芸術の原像に潜在的に結びついていることを表すからである。

『親和力』論によって明確になるのは、芸術作品の真理内実を探求する批評の方法に対する、事象内実の意義であろう。ベンヤミンによれば、「詩人や同時代の読者に対して、作品の具象事実の存在は明らかでも、その意味はたいてい隠れている。しかし作品における不滅のものは、具象事実の背景からのみ浮かび上がる」(I, 126)。ベンヤミンにおいて批評は、作品の真理そのものを直接的に対象とするわけではない。むしろ批評は作品の真理を探し求めるために、作品の文献学的注釈から具体的に現れる事象内実を基盤としなければならない。「批評家は注釈から始めなければならない」(I, 125) と言われるのは、この意味においてである。

しかしここでは、単に批評の方法一般における事象内実の意義が強調されているわけではない。むしろゲーテの作品自体が、そのような批評の方法を要請しているのである。ベンヤミンは、ゲーテの時代における経験概念の特徴を示す代表的な証言として、カントの批判期の著作を挙げている。それが証言するのは、現存在の本質的な内容と意味が事物世界の内に刻印されて実現されるという考えから最も疎遠な、「経験における事象内実の乏しさ Armseligkeit」(I, 126) であると言う。

カントの著作が書かれた啓蒙主義の時代における経験概念が、形而上学的な意味づけを失った低次の経験として、「意味の最小値まで縮減された経験」(II, 159) であったことはプログラム論文でも指摘されていた。『親和力』論では、この経験概念の特徴が古典主義期ゲーテの創作の一つの前提として捉え直されている。とりわけそれは、現実として現れた生の内実への一面的な執着として特徴づけられる。ベンヤミンが、ゲーテの作品の真理内実を探究するための前提として事象内実の洞察を起点とするのは、このような古典主義期のゲーテにおける経験概念の特徴に起因すると考えられる。

『親和力』論とプログラム論文が異なる点として、ベンヤミンのカントに対する評価の差異が認められる。プログラム論文では、形而上学の領域をも包括する体系的な経験概念の構築による、カントの認識論の改変と未来の哲学の構想が示唆されていた。しかし『親和力』論では、理念へと飛翔して底無しの詭弁に陥ることを戒め、現実の事象を自然的な経験に基づいて可能な限り厳密に記述しようとするカントの批判主義に、新たな評価が与えられている。その際にベンヤミンは、プログラム論文で追究された形而上学の領域と経験を連続的に捉える認識論の構想に対して、両義的な態度を取っている。

つまり神の概念からあらゆる経験概念を演繹する形而上学の可能性は、「神的な名の至福に満ちた直観」(I, 128) の理念として示唆されるが、『親和力』の批評において、このような直観による真理内実の把握が批評の方法として主張されるわけではない。むしろベンヤミンは、経験的な事象内実と理念的な真理内実の混同を退けるカントの方法にこそ、最大限の評価を与えているのである。ここにはロマン主義論の末尾で問われた、経験と理念の直接的で連続的な媒質連関と、両者の断絶を含む非連続的な関係概念との対比が、カントの批判主義を梃子にして改めて問われていることを確認することができる。[30]

自然概念の二義性

『親和力』論の冒頭における芸術作品の真理内実と事象内実の区別は、ゲーテの自然認識論を議論する際に、現象する自然と原現象的な自然の区別の問題として再度現れる。

つまりゲーテにおいて自然の概念は、知覚可能な現象の領域と同様に、直観可能な原像の領域を表している。しかしゲーテは、このような総合を行うことについての釈明をすることは決してできなかった。彼の研究は哲学的な究明を行わずに、二つの領域の同一性 Identität を空しくも実験によって経験的に実証しようとする。彼は〈真の〉自然を概念的に規定しなかったので、直観の実りある中心に到達することは決してなかった。この直観は、彼に原現象としての〈真の〉自然の現前をその現象の内に探すよう命じたのだが、彼はそれを芸術作品の内に前提したのである。(I, 147)

ここでは知覚可能な現象としての自然と、原現象的な自然を統合するゲーテの直観概念が直接批判されている。諸々の自然概念の同一性を問う点は、本章の前節で検討したロマン主義論の記述とも対応している。そこでも述べたように、ベンヤミンにとって〈真の〉自然としてのイデアについて問うことができるのは、芸術作品において模像として表出される原像との潜在的な同一性関係のみである。それゆえ知覚可能な自然の現象において、この〈真の〉自然それ自体の直観を問うことはできない。

単なる自然の現象と原現象的な自然を概念的な定義や区別に基づくことなく混同する、ゲーテの自然概念に対するベンヤミンの批判は、さらに次のように続けられる。

つまり、原現象が理想 Ideal として直観に表出されるにふさわしいのは芸術の領域のみであるのに対し、科学においてはイデア Idee がその代わりをして知覚の対象を照らすことができるが、それが直観の内で変転することは決してできないということである。原現象は芸術の前にある vorliegen のではなく、芸術の内で静止している stehen のだ。(I, 148)

ここでもベンヤミンは、ゲーテの原現象をプラトン的イデアに引きつけて解釈していると思われる。ゲーテのように具体的な自然の内に原現象を直観することは、ベンヤミンにとって法則としてのイデアと感性的な自然の対象の区別を無化することに等しかった。原植物や原動物のように、具体的に直観される普遍の〈象徴 Symbol〉としてのゲーテの自然概念においては、現象の内にイデア的な原像が重ね見られる。それゆえベンヤミンによれば、「象徴的なものとは、真理内実の事象内実との解きがたく必然的な結びつきが現れるところのものである」(I, 152)。ゲーテにおいて相即不離に結びつけられた事象と真理に対して、両者の概念的区分を導入すること、それが『親和力』論におけるベンヤミンの課題である。

神話的な自然と罪の連関

『親和力』と同時期の『色彩論』の記述にも見られたように、ゲーテにおいて自然はただ現象することによってその最高次の法則性を自ら示しており、現象そのものが理論である。しかしベンヤミンにしてみれば、自然の現象がすでに理性の言葉であるなら、現象とイデアの厳密な区別は存在しないことになる。「この世界観の内にあるのは、カオスである。というのも最終的にその内に流れ込むのは、統治者も限界もないまま、自己自身を存在者の領域における唯一つの力と定める、神話の生だからである」(I, 149)。ベンヤミンが「神話的な自然」と呼ぶのは、ゲーテにおいて怪物的に肥大化した自然概念に他ならない。そしてゲーテの『親和力』において、登場人物を含めたあらゆる要素がこの神話的な自然の内にあること、それがベンヤミンによる『親和力』解釈の前提となっている。

ベンヤミンによれば、『親和力』において教養ある人物として描かれる人間たちは、慣習や迷信からの自由を勝ち取るべく努めるが、いずれも自然の超人間的な力に絡み取られるかのように、自らの運命から逃れる術を持たない。例えば、エドゥアルトは祖先の墓地を通る道を近道のために横切り（第一部第二章）、シャルロッテは祖先の墓碑をすべて教会の土台のそばに移動させ、道を均してクローバーの種を植える（第二部第一章）。また測量術に長けた大尉（オットー）は、屋敷の周りの所有地や庭園の地形を正確に地図に描き、水難事故を回避するための薬剤や設備を整える（第一部第四章）。このような周囲の環境や自然との関わりにおいて、人間たちは死者の墓によって大地と結びついた古い伝統習俗と決別し、自然の脅威を克服したかのように振る舞う。しかし実際には、自然の神話的な力に対して盲目的になっているにすぎない。つまりオッティーリエは湖に落ちた子供を水のエレメントから救い出すことができず、最後にはエドゥアルトとともに祖先の墓碑近くの教会の中に眠ることになるのである。「人間たち自身が自然の力を表明せずにはいられない。というのも彼らは、どこにいても自然から離れてはいないからである」（I, 133）。神話的な自然の内にある人間の生に最も特徴的なのが、それらがいずれも「罪を負った生」として現れることである。しかもそれは、人間の行為に起因する倫理的な罪に限らない。エドゥアルトとシャルロッテの子供は、両親の心に生じた「二重の不実 Ehebruch から生まれた」（FA, I, 8, 492）ために、オッティーリエと大尉との類似性を宿していると言われる。ベンヤミンによればこの子供は、自ら罪を犯すことがなくとも大人たちの罪の犠牲として、運命の秩序に従って無為のままに死んでいく。

ベンヤミンは、神話的な運命の連関を超越した道徳的理念の領域である「超自然的な生」と区別して、現象として現れたもの以外に高次の意味も目的も持つことなく、神話的な自然の因果連関に盲目的に従属するだけの生の領域を「自然的な生」と呼ぶ（I, 139）。「単なる生 das bloße Leben」とも呼ばれるこの自然的な生においては、人間のあらゆる行為は自由や道徳の理念から遠ざけられ、その倫理的な決断や行為も、運命の秩序に従って連鎖する「罪の連関」を逃れることはできない。それゆえベンヤミンは、『親和力』における婚姻関係をも「一つの運命」（I, 139）として捉えている。エドゥアルトとシャルロッテの婚姻は自由な選択意志によって解消されず、自由を求める人間の行為は、神話的な運命の秩序を乱した罪として犠牲の死を呼び寄せるのである。このようにベンヤミンが『親和力』に見出すのは、行為によっても無為によっても罪を負った生として現れるために、アプリオリに神話的な自然の秩序に囚われた人間の生の現象構造である。

ベンヤミンは、ゲーテの二義的な自然の概念と、『親和力』の罪を負った人間の生の両者において、事象内実と真理内実の区別が無化されていると考えている。自然の現象そのものの内にイデア的な原現象が直観されること、そして現象を超越した道徳の理念が人間の生から排除されること。一見真逆に見える両者の見方に共通するのは、いずれも現象する自然それ自体に過剰なほどの意義が認められていることである。このように肥大化した自然概念によって、人間の生の意味全体が規定される構造が、「神話 Mythos」と呼ばれているのである。

ベンヤミンは、すでにヘルダーリン論において「神話」の概念に触れていた。そこでは、感性的な要素と理念的な要素が相互に分かち難く浸透した、〈詩作されるもの〉の圏域に親縁性を持ったカテゴリーとして、「神話的なもの」の概念に積極的な意義が与えられていた（II, 107）[31]。しかし『親和力』論における「神話」の概念は、明らかにそれとは異なる位置にある。ベンヤミンによれば、「神話的なものがこの著作の事象内実である」（I, 140）。ゲーテの『親和力』における神話的な自然と罪を負った人間の生は、あくまで作品の中で顕在化した事象内実であって、批評が探求すべき作品の潜在的な真理内実とは区別されなければならないのである。

神話、真理、批評

作品の内に隠された真理内実を表出するベンヤミンの批評概念は、同時代のグンドルフによる著作『ゲーテ』（一九一六年）との対決としても構想されている。ゲオルゲ派の内部だけでなく、ゲーテ受容史においても少なからぬ影響力を持つ同書は、基本的にゲーテの生い立ちから出発して、作家自身の体験、出会い、時代や環境を背景に、作家の人格形成の段階に応じてその作品を年代順に検討するという方法を取る。ベンヤミンは、作品そのものよりも詩人の生とその「体験 Erlebnis」から文学作品を理解しようとする考察を、近代文献学の根本的誤謬と呼ぶが(I, 155)、この批判が直接向けられているのはグンドルフである。[32] そしてグンドルフによる『親和力』の解釈に現れるのは、詩人の生と作品の連関の中で運命と真理が分かちがたく混淆した、神話的な自然の概念に他ならなかった。

グンドルフによれば、青年期に苦悩や喜びのような情動の急激な変化を体験・表現してきたゲーテは、『親和力』が書かれた晩年に至って、個人の感情や運命それ自体を世界の永遠の法則の現れとして認めるようになる。それゆえ『親和力』に表現されているのは、『若きヴェルターの悩み』における社会規範と創造的な個人の対立でも、『ヴィルヘルム・マイスターの修業時代』における教養形成の過程での個人の運命と道徳法則との対立でもなく、個々の人間の生として現象する超人間的な力の作用そのものである。そのような力とは、「人間的な法則 Gesetz、つまり自然、運命そして道徳の法則」(Gundolf, 1916, S. 551) に他ならない。ゲーテの『親和力』を「自然」、「運命」、「道徳」のカテゴリーに依拠して解釈する点は、ベンヤミンの『親和力』論でもほぼ踏襲されており、この点にグンドルフからの少なからぬ影響が認められる。[33] 両者の解釈を決定的に分かつのは、個々の人間あるいは自然として現れる事象が、それ自体神話的な運命の法則として、道徳の理念を含む真理の領域をも包括するか否かである。

グンドルフによれば、ゲーテにとって『親和力』の「作中人物たちは、心理的な個別事例ではなく宇宙的な存在であり、そのようなものとして同時に宇宙的な等級、階層、過程、つまりは自然と運命の過程の印し Zeugnisse である。それは、個々の石が自己自身の構造と発見場所だけでなく、同時に地質学的な成層、さらには太古の出来事をも知らせるのと同様である」(Gundolf, 1916, S. 559f.)。グンドルフの解釈において、『親和力』に現れる事象はゲーテの二義的な自然の概念、つまり個々に知覚される現象と真理の全体性が混淆した、神話的な自然の概念と合致する。そこでは単なる偶然として生起する事象は存在せず、あらゆる個々の現象は世界全体を統べる神的な法則の顕現である。それに対してベンヤミンは次のように反論する。「しかし明らかであるのは生の事象内実だけであり、その真理内実は隠れている。確かに個々の特徴や、個々の関係性は明らかにされるだろうが、その全体性は、それが一つの有限な関係性の内でのみ捉えられるというのでない限り、明らかにはならない。というのも全体性は、それ自体では無限だからである」(I, 161)。

ベンヤミンにとっては、個々の事象を真理の直接的な啓示と見なすことが、真理と同一視された運命の因果法則へとあらゆる事象を還元する神話の領域を構成する。しかし真理は潜在的な無限として、有限な事象によってその全体を示すことがないのであれば、個々の事象内実の関係性もまた神話の洞察によって完全に汲み尽くされることはない。そしてベンヤミンは、ゲーテの『親和力』において神話の領域には還元されない真理内実が、秘密として「隠れている」と考える。それゆえ晩年のゲーテに関するベンヤミンの見解は、グンドルフとは対照的である。「ゲーテの内には神話的世界の包囲網からの解放をめぐる闘争があり、この闘争はあの神話的世界の本質に劣らずゲーテの小説の内に表されている」(I, 164)。そしてベンヤミンにおいて、事象内実の秩序に隠された真理内実を捉えるために批評が要請するのは、神話ではなく「哲学」である。

ベンヤミンの『親和力』論は、芸術作品の内実を詩人の主観的産物と見なす文献学の思考習慣から距離を取り、作品における客観的な芸術の真理の表出を問う点において、ヘルダーリン論やロマン主義論と同じ方法論に貫かれている。しかしヘルダーリン論において、経験と理念の領域が相互に浸透する「詩作の真理」の圏域とも重ね合わされていた神話の概念は、『親和力』論において、ゲオルゲ派の批判とともにはっきりと真理から区別される。「神話の内に真理は存在しない。というのも、神話の内に一義性は存在せず、それゆえ誤謬もまた存在しないからである」(I, 162)。神話と真理を同一視することは、自然そのものを真理の啓示と見なすことであり、それは現象に対するいかなる問いも解釈も、本質的には不要であることを意味する。というのも、自然それ自体が真理の秩序の内にあることが不変の事実であるなら、現象と真理の関係性を問う問いの意義もまた存在しないからである。(34)

グンドルフによるゲーテの作品の神話的な解釈に対して、ベンヤミンは哲学と結びついた批評概念を対置する。べンヤミンによれば哲学の全体性、つまり哲学の体系の統一性は、仮に哲学におけるあらゆる問題が解決されたとしても得られるわけではない。というのも哲学の統一性を問うなら、つねにこの問いと哲学における他のすべての問いとの統一性が新たに問われなければならないからである。そしてそのように全体性を包含することなく体系の統一性を問い続ける点に、神話とは異なる哲学の意義がある。

ベンヤミンは芸術作品の批評を、つねに問題の理想を問い直す哲学的な問いにたとえている。

> 芸術作品は哲学そのものと競合するのではなく、問題の理想との親和性 Verwandtschaft によって、哲学とのみ最も厳密な関係に立ち入る。しかも理想一般の本質に基づくある法則性に従って、理想は多数性 Vielheit の内でのみ自己を表出することができる。しかし多数の問題において、問題の理想が現れるわけではない。むしろ理想は作品のあの多数性の内に埋もれているのであり、この理想を発掘することが批評の仕事である。批評は芸術作品の内に問題の理想を現象させるが、芸術作品の諸々の現象の一つに理想を現象させるのである。というのも、批評が芸術作品の内に最終的に提示するものとは、最高次の哲学的問題としての、芸術作品の真理内実の潜在的な定式化可能性 virtuelle Formulierbarkeit だからである。[35] (I, 172f.)

ロマン主義論のゲーテの章で論じられた、芸術の理想と作品の多数性の問題は、ここで改めて哲学的問いとしての批評との関係から定義される。無限性を満たす一つの芸術の理念の展開として諸々の作品の全体性を思考したロマン主義と、個々のトルソー的作品の多数性においてそのつど芸術の理想の統一性を問うゲーテの芸術理論の対比は、ここで神話と哲学の対比とほとんどパラレルに読み変えられている。批評によって理想を問うことは、芸術の全体性を求めることではなく、個々の作品が潜在的に理想との関係性の内にあること、つまり芸術の現象を真理の領域に関係づけることの可能性を問うことである。現象の内に真理を構成するのではなく、現象の解釈における課題として真理を仮定すること、これが『親和力』論におけるベンヤミンの批評概念の意義である。

現象の全体性としてではなく、個々の現象の潜在的な統一の可能性として定義される理想の概念には、単純なカント主義への回帰だけでなく、新カント主義からの影響をも読み取るべきであろう。マールブルク学派の影響の下に、ロマン主義論ではゲーテの原現象をプラトン的イデアと結びつけたように、『親和力』論でもベンヤミンはプラトンのイデア論にたびたび言及する。そして『親和力』論は、プラトンにおける美とイデアの問題を、美と真理の関係性を問う哲学的問いとしての、芸術批評の最終的な課題として引き受ける。「それゆえ、もしあらゆる美は何らかの仕方で真なるものに関係しており、美の潜在的な場所は哲学の内に規定することができる、と言うことが許されるのなら、それは個々の真なる芸術作品において問題の理想の一つの現象が見出されることを意味する。そこから明らかとなるのは、小説の根底に関する考察が作品の完全性の直観へと高まるところから、神話に代わって哲学がこの考察を導く課題を負っているということである」(I, 173)。

美の仮象と表現なきもの

ベンヤミンによれば、『親和力』における美の問題の中心となるのは、他ならぬオッティーリエである。オッティーリエは、活人画の場面で聖母役として幼児キリストを抱き(第二部第六章)、湖で溺れたシャルロッテの子供を自ら引き上げて胸に抱く(第二部第一三章)。このどちらの場面でもオッティーリエの姿は、夫の存在なしに子供を抱くことによって、純潔さと処女性を象徴するかのように描かれる。しかしこのような描写は、オッティーリエ自身の性質としての「無垢 Unschuld」を実際に表しているわけではない。活人画におけるオッティーリエの優美さと厳格さは、半ば人工的な照明と舞台装置によって生み出された印象であり、演劇的舞台の外でオッティーリエが現実に抱く子供は、すでに息絶えている。このようにオッティーリエの姿が生み出す見かけの純潔さを、ベンヤミンは「自然的な生の無垢という仮象 Schein」(I, 174)と呼んでいる。

ベンヤミンによれば、神話的世界における罪の連関や、キリスト教思想における原罪の観念に対立する自然的な無垢は、性的な純潔さにおいてではなく、一義的な性格に結びついた精神的な生によってはじめて示される。つまりオッティーリエの近づきがたい美と純潔さの見かけは、時に誘惑する仮象として神話的な運命の連関の一部を形成するのに対して、その連関を解消することができるのは、倫理的な決断や意志の道徳性のみである。ベンヤミンは、『親和力』における倫理的な生のモチーフを小説そのものの筋においてではなく、短編小説として作中に挿入される、「となり同士の不思議な子供たち」に見出している。そこで恋人たちは水の中へと決死の跳躍をするが、この行為は運命に逆らうことに対する贖いの犠牲ではなく、運命からの解放としての祝福と救済を呼び寄せるからである。「ノヴェレにおける恋人たちは運命と自由の彼岸に立っており、彼らの勇気ある決断は、彼らの上に立ち昇る運命を引き裂き、選択という空虚へと引きずり降ろそうとする自由の意図を見抜くことができる」(I, 170)。

ノヴェレの恋人たちとは対照的に、オッティーリエは自らの性格と意志を一義的に示すことはない。エドゥアルトからの求愛の手紙に対して、オッティーリエは一切言葉を発することなく、組んだ両手を胸に当て、前かがみになって相手を見つめるだけで応答する(第二部第一六章)。またオッティーリエの食事を拒む行為は、周囲の親しい人間にも隠されており、それが明確な死への意志に基づいた決断であるか否かを、オッティーリエ自身が明らかにすることはない(第二章第一八章)。子供を死なせたことで自らの運命を深く認識し、その贖罪のために死を選ぶ「聖女」としてオッティーリエを解釈しようとするグンドルフに対して(Gundolf, 1916, S. 573f.)、ベンヤミンは死に至るオッティーリエの行為の内に、不決断をも読み取っている。つまりオッティーリエは、「その見かけにおいても生成においても、死に至る運命の力に従属し、決断することなくその生を漫然と生きている」(I, 176)。このようなオッティーリエの解釈からは、倫理的決断に基づいた行為による神話的な運命を解消するための契機を見出すことはできない。

ベンヤミンがオッティーリエについて指摘するのは、道徳的意志による精神的な生の発露よりも、その仮象的な美が際立っていることである。明らかにベンヤミンは、このようなオッティーリエの美の仮象性を、プラトンのイデア論における美の規定と対照させている。

プラトンは『パイドロス』において、美しい顔や肉体を持つ人物に対する「恋 ἔρως」によって陶酔と熱狂の内にある人間よりも、つねに冷静で打算的な付き合いをする人間の方が合理的で好ましいとする見解に対して、美における熱狂はむしろイデアの記憶を呼び起こす神的な「狂気」であることを主張する。プラトンによれば、肉体に宿る以前の人間の魂は、オリンポスの神々とともに天界に飛翔して真実在としてのイデアを観ている。このイデアの原像の記憶をほとんどの人間は忘却しているが、現象界において美しい対象を見ることでイデアの存在が再び想起されることがある。イデアの想起がとりわけ美と結びつくのは、視覚によって直接捉えることのできない思慮や徳のようなイデアとは異なり、美のイデアだけが視覚に対して鮮明に顕わになるからである。Vgl. Platon, *Phaedrus*, 248A–250E.

ベンヤミンは『親和力』論の中で、『パイドロス』における美とイデアの想起説を要約した、ユリウス・ヴァルターの『古代美学史』の一部を引用している。「［イデアを観る］秘儀からちょうど帰ってきたばかりの者、そして彼岸において多くを直観してきた人々の一人である者は、美をよく模倣する神のような顔や身体の形態を見ると、あの秘儀の際に体験した畏怖を思い出して、最初は驚愕に襲われるが、その後でまっすぐにその形態に向かって歩み出て、その形態の本質を認識し、それを神のように崇拝する。というのも美のイデアにまで高められた想起 Erinnerung は、思慮と並んでこの美のイデアが再び神聖な大地の上に立っているのを観るからである」（Walter, 1893, 286f.）[36]。

このようなプラトン的な美の規定に従うなら、『親和力』におけるオッティーリエの美を、イデア的な美の現象形態として捉えることも可能であろう。しかしベンヤミンによれば「オッティーリエの存在は、そのような想起を呼び起こさない。その存在においては、美が実際に第一で本質的なものであり続ける。彼女の好ましい印象はすべて、現象から生じている」（I, 178）。このようにベンヤミンは、イデアの美を想起させることなく、あくまで現世的な仮象としての美に留まり続けるものとして、オッティーリエの美を解釈する。

『親和力』論における仮象としての美の概念には、初期の対話篇「虹」に見られた、ムーサによって霊感を与えられた芸術家が、イデア的な芸術の原像を直観するプラトン主義的な熱狂と陶酔からの批判的な距離が見出される。それは、具体的に目に見える自然において原現象的な自然の法則が直観されるゲーテの自然概念に対する批判であると同時に、知覚可能な目に見える美において熱狂的にイデアを想起すること、つまりプラトン的な狂気における現象とイデアの混淆に対する批判でもある。それに対してベンヤミンが主張するのは、イデア的な真理内実は現象した事象内実においては直観されず、あくまでも隠されているということである。

目に見える美としてではなく、隠されたものとしての真理の表現を、ベンヤミンは「表現なきもの das Ausdruckslose」と呼ぶ。

表現なきものは、芸術において仮象を本質から切り離すことはできないが、それらが混ざり合うことを防ぐ批判的な力である。この力を表現なきものは、道徳的な言葉として持つ。表現なきものの内で真なるものの崇高な力が現れ、それが道徳的世界の法則に従って現実的世界の言語を規定するのである。すなわちこの真なるものは、あらゆる美の仮象においてカオスの遺産としていまだに生き存えているもの、つまり偽りの誤った全体性である、絶対的全体性を打ち砕く。この真なるものがはじめて作品を完成させる。すなわちそれは、作品を不完全なもの Stückwerk、真なる世界の断片 Fragment、一つの象徴のトルソー Torso へと打ち砕くのである。(I, 181)

芸術作品の真理内実が「表現なきもの」として現れるとき、それはイデアを熱狂的に想起させる鮮明な美として現れるのではない。むしろ真理は目に見える美としてではなく、道徳的な言葉を介して現れることによって、現象する美の仮象性を際立たせ、その本質としてのイデアとの批判的な距離を明確なものにする。このような真理の表現において芸術作品は、個別的なものの内に現象の全体性が生き生きと直観されるゲーテ的な「象徴」としてではなく、あくまで知覚される現象の制約性の内で理想を断片的に表現する「トルソー」として認識されるのである。

芸術作品における真なるものの表現によって、目に見える美の内で生き生きと現れている調和はその動きを止め、現象する美がイデア的な原像へと熱狂的に上昇する陶酔は中断される。ベンヤミンは、このような「表現なきもの」による作品の真理内実の表現を、ヘルダーリンが自ら翻訳したソポクレスの『オイディプス』への注解で言及した、「中間休止」の概念に結びつける。

中間休止と否定的表出の問題

ベンヤミンによれば、ヘルダーリンが「中間休止 Cäsur」[37]の概念を定義した「オイディプスへの注解」（一八〇三年）の一節は、「悲劇の理論を超えて芸術そのものの理論にとって根底的な意義を持つ」（I, 181）。ヘルダーリン自身は、そこで次のように述べている。

> 悲劇的な移行はそれゆえ、本来は空虚であり、最も拘束されないものである。
> そのため、この悲劇的な移行がその内で表出される表象のリズム的な連鎖においては、韻律において中間休止と呼ばれるもの、つまり純粋な言葉、反リズム的な中断が不可欠となる。それはすなわち、引きさらうような諸々の表象の交替に、その最高点において遭遇するためであり、その後にはもはや表象の交替ではなく、表象そのものが現れることになる。
> それによって、計算の連鎖とリズムが分割され、二つに分かれた部分は平衡を取りながら現れるように、互いに関係し合う。
> （SWB, II, 850）

ヘルダーリンによれば、古代悲劇がそうであったように、芸術作品は確実で計算可能な規則によって構成されなければばならない。ソポクレスの悲劇においてこのような規則は、構想力の表象、感覚的な印象、悟性的な推論といった諸々の要素の多様な継起を、静止した均衡状態へと制限する形式的な原理として現れる。ヘルダーリンがこの規則を韻律における「中間休止」の概念によって呼ぶのは、それが悲劇の筋の途上で個々の表象が継起する全体のリズムを一度中断し、相互に平衡する二つの部分に分割するからである。つまり悲劇における中間休止は、分割された作品の二つの部分の移行関係を可視化するのであり、それによって一つの全体として連なった内容よりも、個々の内容相互の関係性が把握される。それゆえ中間休止の原理は、単に表象を形成する諸々の要素の連鎖としての作品の認識に代えて、これらの表象が互いに関係し合う法則そのものの認識を可能にするのである。

ソポクレスの悲劇解釈に導入される中間休止の概念は、ヘルダーリンにおける芸術作品の表出とその認識の問題にも少なからず関わっている。「オイディプスへの注解」末尾の節では、「悲劇的なものの表出」が次のように定義されている。「神と人間が合わさり、自然の力と人間の内奥が怒りの中で無際限に一つになる。このような途方もないことは、無際限の一体化が無際限の分離 Scheiden によって浄化されることとして把握される」(SWB, II, 856)。熱狂の内に神と一体化しようとする人間の試みは、悲劇においてこの合一そのものの実現としてではなく、むしろ神と人間の間の厳密な分離として表出される。ギリシア悲劇が表出するのは、このような神的なものの感性化の不可能性の経験なのである。(38) このような認識に至るまでに、ヘルダーリンはその思索の過程で多くの紆余曲折を経ている。

注目すべきことに初期のヘルダーリンは、プラトンの『饗宴』や『パイドロス』を読むことで、美が呼び起こす熱狂と想起の内に、神的なものの顕現を捉えることを構想していた。プラトン主義的な美の理想を体現するディオティマとの交流を描いた、小説『ヒュペリオン』の第一部(一七九六年)では、「最高のもの」、「一にして全であるもの」が、「美 Schönheit」として世界の内に現象することが明言されている。(39)

しかし同時期にカントを受容することでヘルダーリンは、全的な存在の認識において要求される、主観と客観が合一したフィヒテ的な知的直観に対して批判的な見解を表明するようになる。ヘルダーリンによれば、フィヒテの絶対的自我によっても主観と客観の同一性は完全には実現されていない。というのも自己意識は、自我が自己自身を分離し、この自己と対立する自己を同一のものとして認識することによって可能になるからである。自我による「判断 Urteil」は、主観と客観の「分割 Teilung」を前提し、両者の相互的な関係性を必然的に含む。「それゆえ、同一性は主観と客観の合一化そのものとして生じるのではなく、よって同一性＝絶対的存在ではない」(SWB, II, 503)。

このような認識論における同一哲学への批判的立場は、ヘルダーリン自身の詩作の理論的な基礎にもなっている。ヘルダーリンによれば詩人の創作は、全的なものとの熱狂的な合一に基づくのではなく、悟性による哲学的反省と不可分に結びついている。つまり詩人は、無限の全体との合一に向けて自由に詩作しながら、同時に自己と外的な対象との対立関係の内で思考しなければならない。「一致と対立が詩的個性において不可分で一つであるなら、詩的個性は反省に対して、対立しうる一致したものとしても、一致しうる対立したものとしても現れることはできない。それゆえそれはまったく現れることができない。もしくは実定的な無、無限の静止という性格においてしか現れることができない」(SWB, II, 538f.)。

芸術は、詩人における全体との合一の理想そのものを直接的な表出の対象とすることはできない。それゆえ無限の同一性は、芸術作品における感性的な表出によって限定されるなら、この無限の表出の不可能性そのものとして表出される。それはつまり絶対的存在の「否定的な現前」が、この存在の無あるいは運動の静止として表出されるということである。[40] ヘルダーリンによる悲劇解釈の根底にあるのは、このような芸術による無限なものの否定的表出の問題である。

ヘルダーリンはソポクレスの『オイディプス』と『アンティゴネー』の両悲劇において、預言者ティレシアスの言葉に、悲劇の中間休止を見出している。「両作品において中間休止を構成するのは、ティレシアスの言葉である。／彼は運命の進行の中に、自然の力の番人として登場する。この自然の力は悲劇的に、人間をその生活圏から、その内的な生の中心からもう一つ別の世界へと連れ去り、死者の異常な圏域へと拉し去る」(SWB, II, 851)。自らの出生の秘密を知らぬまま、父殺しの運命から逃れようとするオイディプスに対して、テイレシアスは、先王ライオスの殺害者がオイディプス自身であることを告げる。この預言者による神託は、無自覚に運命の進行に従うだけであった人間の時間に対して、真理内実としての神的な認識を対置することで、運命的な時の流れを中断する。直線的に継起するだけの時間の連鎖の全体が休止によって分割されることで、はじめて人間は自らがその内にある運命と時間の存在を自覚することができるのである。

しかし神的な秩序そのものは、有限な人間存在によって直接的に認識されるわけではない。それゆえ神の記憶は神の現前の否定として、その忘却という形式によってのみ示されることができる。「無為の時代において神と人間は、世界の経過に隙間が生じないように、天上のものの記憶が消え去らないように、すべてを忘却する不実という形式において自己を告げる。というのも、神の不実こそが最もよく記憶されうるからである」(SWB, II, 856)。運命の時間が分割される真理の瞬間においては、人間も神も自己のあり方を忘却する。そこで人間は運命に従っていた自らの生を無条件に転換し、神はその姿を隠して時間としてのみ現れる。「神が自己を忘却するのは、神が時間 Zeit 以外の何ものでもないからである」(l. c.)。神の記憶として想起される真理内実は、感性的な対象として現象しえない以上、顕在的な美としては現れない。人間による神の想起として表出されるのは、運命的な生の転換の形式としての、時間の移行点だけなのである。

美の現象においてイデアの熱狂的な想起を見出していた初期のプラトン主義的な立場から、カント受容を経て、芸術における神的なイデアの否定的な表出の形式へと至ったヘルダーリンの思考過程は、ベンヤミンと少なからぬ点で重なり合っている。初期のヘルダーリン論では、英雄的な詩人の死としての神話的な運命の領域において、世界と詩人の同一性として、現象と理念の合一の可能性が追求された。それに対して『親和力』論では、両者の厳密な分離を表す言葉として中間休止が論じられる。それは、神的なイデアが陶酔と熱狂の内に感性的な表出の対象と合一化することを、理性的に計算された詩の規則によって冷徹に否定する。[41] ベンヤミンによれば、芸術習熟の到達しがたい目標としてヘルダーリンが述べる「西洋的、ユーノー的な冷徹さ *Junonische Nüchternheit*」(SWB, III, 460) は、「あの中間休止のもう一つ別の呼び名にすぎない。そこでは調和とともにあらゆる表現は静まり、いかなる芸術手段においても表現を欠く ausdruckslos 力に席を譲ることになる」(I, 182)。

このようにベンヤミンは、ヘルダーリンにおける隠れた神の否定的な表出形式としての中間休止を、「表現なきもの」として読み変える。ベンヤミンにとってこの中間休止こそが、真理内実の唯一可能な表現形式であった。つまりイデアは現象する美として顕在的に示されるのではなく、イデアを直接的に表現できない芸術の相対的表出の内で、真理の潜在的な法則性が静止した時間の形式によって表現される。そしてベンヤミンは、ヘルダーリンがソポクレスの悲劇に見出した中間休止の規則を、ゲーテの『親和力』へと転用する。

不死性の希望

ベンヤミンは『親和力』論の末尾で、ゲーテの小説における中間休止の具体的な箇所を明らかにする。

> ヘルダーリンの言葉で言えば、作品の中間休止を含むかの文においては、抱き合う者たちが自分たちの結末を固く約束するときに、あらゆるものは動きを止める。その文は次のように書かれている。「希望は天空から降る一つの星のように、彼らの頭上を飛び去っていった」。彼らは当然ながら、この希望に気づかない。そして究極的な希望は、この希望を抱く者のためでは決してなく、この希望を向けられた者たちだけのためのものであるということを、これ以上明確に言い表すことはできなかった。(I, 199f.)

ベンヤミンがゲーテの『親和力』における中間休止と見なす文は、同小説の第二部第一三章において、エドゥアルトとオッティーリエが湖畔で再会し、いずれ結ばれることを約束して抱き合う瞬間に現れる (FA, I, 8, 493)。特徴的なのは、そこで示される希望が、天空を一瞬の内に流れ去る星のように、互いに一つに結ばれることを信じる当人たちには気づかれないということである。このような文を「作品の中間休止」と呼ぶことにより、ベンヤミンはヘルダーリンにおける悲劇の中間休止の意味を少なからず変更している。(42) それはおそらく、ギリシア悲劇の英雄と、ゲーテの小説中のオッティーリエに関する解釈の相違に起因するものである。

グンドルフはゲーテの『親和力』に、ソポクレスの『オイディプス』に劣らない「悲劇的に崇高な」パトスを見出す（Gundolf, 1916, S. 563）。それに対してベンヤミンは、神話的な罪と無垢の彼岸において自ら決断の言葉を発するギリシア悲劇の英雄と、運命に屈して無決断のままにためらうオッティーリエのあり方を明確に区別している。「この作品の悲しみに満ちた trauervoll 結末ほど、悲劇的でない untragisch ものを考えることはできない」（I, 177）。テイレシアスの言葉を受け入れることで、自己の出生と運命の推移の全体を自ら暴こうと行為するオイディプスとは違い、オッティーリエは流れ去る星によってわずかに示された希望の存在に気づくことなく、自己の運命に対する認識も曖昧なまま、エドゥアルトとの抱擁の直後に彼の子供を湖に落とし、最後にはエドゥアルトとともに教会の中に眠ることとなる。

ベンヤミンによれば、「真の宥和」のために身を賭す決断によって運命から逃れるノヴェレの恋人たちとは異なり、あくまで運命の犠牲として死ぬオッティーリエにおいては、その美と同様に運命との宥和の理想は仮象にとどまる。しかし、運命の連関を解消する真の宥和と結びつくことなく、仮象的な存在にとどまり続ける者たちのために、希望は与えられている。

宥和の仮象だけが、極限の希望の住み処である。そうして最後に希望はこの住み処から身を振りほどき、小説の末尾において震える問いかけのように、あの「なんと美しい」という言葉の響きが死者たちに残される。もしいつか彼らが目覚めるのなら、それは美しい schön 世界においてではなく、至福の selig 世界においてであることをわれわれは希望するのである。希望 Elpis は「原詞」の最後の言葉であり続ける。つまりノヴェレにおいて恋人たちが持ち帰る祝福の確かさに、われわれがあらゆる死者に対して抱く救済への希望が応えるのである。希望は、現実存在自身においては決して燃え立つことの許されない、不死性信仰 Unsterblichkeits-glauben の唯一の権利である。（I, 200）

『親和力』の末尾では、エドゥアルトとオッティーリエの二人が並び、教会の中で天使たちの絵に見守られながら安らいで眠っている。この場面に対して、ゲーテが小説の最後に記した言葉は次のようなものである。「そして彼らがいつか再び共に目覚めるなら、それはなんと穏やかな瞬間となるであろうか」（FA, I, 8, 529）[43]。半ば問いかけのような言葉で終わることで、死者たちの救済の場面そのものは描かれず、救済への希望はあくまでわれわれが死者たちに向ける希望にとどまり続ける。

ゲーテは「オルペウス教に倣いし原詞」の中で、軽やかな翼によって飛び立とうとする「恋 ΕΡΩΣ」が、運命の意志としての「必然 ΑΝΑΓΚΗ」によって縛られ、最後に「希望 ΕΛΠΙΣ」の翼によって再び天空へと上昇する過程を描いている（FA, I, 2, 501f.）[44]。しかし『親和力』においてこの希望の存在は、小説の最後の場面に至っても明示されることはない。『親和力』においてゲーテが最後まで秘密として隠し続けたもの、それは死すべき者たちの運命として顕在化した作品に潜在する、真理内実としての魂の不死性に他ならない。そして「希望」とは、公然と語ることが許されない不死への信仰を、秘密のまま示すことのできる唯一の言葉なのである。注目すべきことに、晩年のゲーテを不死性の思想へと導いたのは、ライプニッツのモナドであった。

エンテレケイア的モナド

ベンヤミンも『親和力』論で言及する、一八一三年のヴィーラントの葬儀後に交わされたファルクとの対話において、ゲーテは次のように述べている。

> 死後におけるわれわれの人格的な魂の永続は、われわれやあらゆる存在の性質に関して私が長年行ってきた観察と決して矛盾しません。その反対に、魂の永続はこの観察から新たな証明によって一層明らかになるのです。しかしながら、この人格の内のどれほどのものが永続するに値するのか、それはまた別の問題で、この点については神に委ねるしかありません。ひとまず私は、次のことだけでも述べておきたいと思います。あらゆる存在の究極の根源要素 Urbestandteile は、さまざまな階層や序列をなしていると私は想定しています。この根源要素は、自然におけるあらゆる現象のいわば始点 Anfangspunkte です。私がこの始点を魂と呼びたいのは、宇宙全体に魂を吹き込む作用がここに端を発しているからです。あるいはむしろ、モナド *Monaden* と呼んだほうがいいかもしれません。このライプニッツ的な表現をつねに用いるようにしましょう。最も単純な存在の単純さを表現するのに、これ以上ふさわしい表現は存在しないでしょうから。(FA, II, 7, 171)[45]

ゲーテがその自然観察を通じて不死の魂の存在を確信していたのは、あらゆる生命体が精神的で能動的な原理であるエンテレケイアを持つという思想によってである。ゲーテがその自然研究において、あらゆる自然の形態の根底にエンテレケイアとしての自発的な形成原理を見出していたことは、本章の第一節で確認した通りである。

ライプニッツ自身は「モナドロジー」において、生命体のあらゆる部分に魂としてのエンテレケイアの原理が含まれており、それは延長を持った物質に還元されないために、発生や消滅もしないことを繰り返し主張している（Vgl. Mon. §§ 71–77; §§ 4–6）。一八世紀のドイツでは魂の不死性の問題が活発に議論されたが、そこではプラトンと並んでライプニッツの学説がその主要な典拠となっており、ゲーテが魂の不死性の根拠としてライプニッツのモナドを挙げているのも、同時代の議論からの影響が考えられる。[46]

ファルクとの一連の対話においてゲーテは、目に見える自然の形態や現象の根底に、破壊されて消滅することのない精神的な原理として「モナド」が存在することを主張している。それによれば、人間、動物、植物あるいは星として現れた自然の形態には、モナドによる形成への志向性が内在している。それゆえアリのような昆虫から、宇宙を統べる「世界モナドWeltmonaden」に至るまで、あらゆる形態化の原理として無限に多くのモナドを考えることができる。その議論に特徴的なのは、ゲーテが諸モナド間の親和性と同時に、それらの階層的な従属関係にも触れていることである。つまりあらゆるモナドは不断の発展への志向性を持ち、同一の法則によって形成を続ける点で共通するが、その中でも低次の精神性しか持たないモナドは、より高次のモナドに従属する。ゲーテはこのようなモナドの従属関係を、ピアノを演奏する精神とこの精神に従って動くだけの手を例にして説明している（FA, II, 7, 172）。

ゲーテによれば、生命体における死の瞬間とは、支配的なモナドが従属的なモナドとの関係を解消する瞬間である。そしてその肉体の死に際しても、あらゆるモナドはその活動を止めることなく新たに別のモナドとの関係に入っていく。しかし、このようなモナドの移り変わりにおいて重要になるのは、個々のモナドに含まれる意図の力強さであると言う。「教養のある人間の魂のモナドと、ビーバー、鳥、魚のモナドには巨大な差異がある」（FA, II, 7, 173）。このように述べることでゲーテは、モナドが永久に活動し続けるために高次の精神性が必要であることを強調している。この点については、ベンヤミンも触れている。「とりわけファルクが伝えているヴィーラントの死後の対話は、不死性を自然に適ったものと考え、その中の非人間的なものを強調するかのように、不死性を本来はただ偉大な精神にのみ認められたものと考えようとしている」（I, 151）。

ゲーテは、『形態学誌』の第一巻に掲載された一連のアフォリズムの中で、エンテレケイアを持つ個体の精神性に応じた階層的秩序を、モナドの発展段階として捉えている（FA, I, 24, 531f.）[47]。その最初のアフォリズムは次のようなものである。

われわれが神と自然から受け取った最高のものは生命であり、休むこともなく静止することもないモナスMonasの自転運動である。生命を守り、育てるという衝動Triebは、破壊されることのないものとして誰にでも生まれつき備わっているが、この生命の特質がいかなるものかはわれわれにも他の人々にも秘密であり続ける。

ここでゲーテは、止まることなく運動しつづける生命の活動を「モナス」の自転運動にたとえている。ギリシア語で「一性」を意味する「Monas」の形が用いられているが、この概念に関してゲーテがライプニッツの「モナド」をも少なからず念頭に置いていたことは疑いえない(48)。明らかにゲーテは生命を一つの個体として、つまりは自らの活動原理を自己自身の内に持つ独立した統一体として捉えている。さらに生命活動の根源が破壊されることのない「衝動」と呼ばれていることからも、やはり物理的運動の根底に精神やエンテレケイアのような活動原理が前提されていることがわかる(49)。

これに続く第二のアフォリズムでは、次のように書かれている。

上方から作用する存在の第二の恩恵は、体験されたもの、自覚すること、つまり生き生きと動くモナスの外界の環境への介入である。それによってモナスは、はじめて自らを内的には制限されないが外的には制限されたものとして自覚する。この体験は素質、注意力、運にも左右されるが、それを通じてわれわれは自己自身を明晰にklar知ることができるようになる。しかし他の人々には、この体験もまたつねに秘密であり続ける。

ここでは精神的原理によって作用する生命個体の活動が、単に孤立した運動ではなく、外界へと働きかけるものであることが示される。自己の活動を外界へと向けることで、はじめてモナスは自己を他から区別された一つの個体として自覚する。最初のアフォリズムが、自己の内から遠心的に展開されるモナスの潜在的な活動性を表しているとしたら、このアフォリズムは実際に行為することで外からの抵抗に遭ったモナスが求心的に自己にも向かい、自己を客観化する段階を表していると思われる。モナスの外界への働きかけは「体験されたもの」をもたらすが、おそらくそれは単に後から獲得された知識だけを意味しない。体験によって自覚されるのは、むしろ最初のアフォリズムで言われていた、モナス自身にはじめから備わる個体としての特質、つまりは性格であろう。

これら二つのアフォリズムには、さらに第三のアフォリズムが続く。

いまや第三のものとして、われわれが行為や活動、言葉や文字として外界に向けるものが発展してくる。これらはわれわれ自身よりもむしろ外界に属しており、また外界の方が、われわれがするよりも早くそれらに精通することができる。それでも外界は、それらを十分明晰に理解するために、われわれが体験したものについてもできる限り多く知る必要があると感じている。人々が幼年期、形成の諸段階、生活の細目、逸話のようなものをしきりに知りたがるのもそのためである。

第三のアフォリズムでは、モナスの外界への働きかけはより精神的な活動となり、それはまた「言葉」や「文字」とも呼ばれる。このような活動により、モナスの内的な性格は外に向けて明晰に表現されることが可能になり、自己自身だけでなく他によって理解されるまでになる。

このようにゲーテは、三つのアフォリズムにおいてモナスとしての生命個体が自らの活動原理を作用させ、認識し、表現する過程を描いている。最初の段階があらゆる生命体に共通する形成衝動の始原的な発露であるなら、第二段階においてモナスは自己の活動の固有性をはっきりと認識し、さらに第三段階においてその活動を自己の客観的な表現へと昇華させていく。

晩年のゲーテは、主に対話や手紙の中でライプニッツのモナドやエンテレケイアの概念に言及している。エッカーマンが報告する一八二九年九月一日のゲーテとの対話には、次のような言葉が見られる。「われわれが永遠に生きることを、私は疑っていません。というのも、自然はエンテレケイアを欠くわけにはいかないのです。しかしわれわれは皆同じように不死であるわけではなく、来世においても偉大なエンテレケイアとして現れるためには、〔現世においても〕偉大なエンテレケイアでなければなりません」(FA, II, 12, 361)。明らかにゲーテは、個体としての不死の魂が永遠に転生するために、高次に活動的な精神が不可欠であると考えている。

ゲーテは一八二八年三月一一日の同対話でも、同様の観点からエンテレケイアの概念に触れている。ゲーテによれば、エンテレケイアは「永遠性の一部」として、現世の肉体に結びついている間に老いることはないが、低次のエンテレケイアは肉体によって支配され、肉体が老いればその肉体を支えることができなくなる。それとは反対に、天才のような力強いモナドは肉体を活気づけ、老年においても旺盛な生産性を持ち、繰り返し青春を生きると言われる(FA, II, 12, 656)。

一八二七年三月一九日のツェルター宛の手紙には、「エンテレケイア的モナド entelechische Monade は、絶え間ない活動の内でのみ自己を保たねばなりません。この活動がモナドのもう一つの本性になるのなら、モナドが働きを止めることは永遠にありません」(FA, II, 10, 454)という言葉が見られる。ここでモナドと直接結びつけられたエンテレケイアの概念は、モナドの自発的な活動原理として捉えられており(50)、この決して静止することのない活動こそが、モナドの不死性の根拠として捉えられている。このようにゲーテは、自然におけるエンテレケイアの原理によって、単にあらゆる生命体の不死性を主張するだけではなく、この原理が不死であることの証しとして、個体における高次の活動性、精神性、知性を捉えている。

このような魂の不死性に関する晩年のゲーテの思索の文脈を踏まえて、『親和力』のオッティーリエに対して不死性を希望することの意味が問われなければならない。ベンヤミンによれば、小説におけるオッティーリエの寡黙さと打ち解けなさは、オッティーリエ自身の性格を曖昧なものにしている。つまりオッティーリエは、自らの意図を明確な言葉として周囲に伝えることがほとんどなく、その行為によって彼女自身の精神的な性格と決断的な意志を表すことがない。「行為における言語を欠いた明晰さ Klarheit は、すべて仮象的なものであり、そのようにして身を守ろうとする者の内面は、他者と同様に当人自身にとっても曖昧にされて verdunkelt いる」(I, 177)。ゲーテが記述したモナスの活動段階から考えれば、オッティーリエはいまだ自己自身の特質や性格を明断に認識しておらず、外界に対する体験と行為によって自己を表現する精神的な活動性を著しく欠いているように思われる。『親和力』においてオッティーリエは、自らの能動的な行為によって死すべき運命の束縛から逃れる偉大な精神としてのエンテレケイアから、限りなく遠ざけられた存在として描かれているのである。

晩年のゲーテは、対話や手紙などで積極的にエンテレケイアの概念に言及していたのに対し、文学作品の中で表立ってこの概念に言及することはほとんどなかった。その唯一の例外と言えるのが、『ヴィルヘルム・マイスターの遍歴時代』(第一版一八二一年、第二版一八二九年)である。同小説の第三巻第一五章では、老女マカーリエの詳細な人物描写がなされるが、そこで天体の運行全体をも直観する半神的な存在としてのマカーリエの精神が、「エンテレケイア」と呼ばれるのである(FA, I, 10, 737)。さらにゲーテは『ファウスト』(一八三三年)の第二部第五幕でも、合唱する天使たちによって持ち去られる「ファウストの不死なるもの」を、草稿段階では「ファウストのエンテレケイア」(FA, I, 7/1, 459; 733)と記していたことが知られる。晩年の作品中で例外的に用いられていたに過ぎないとはいえ、ゲーテが文学作品を執筆する際にも、不死性を象徴するエンテレケイアの概念を少なからず念頭に置いていたことは注目に値する。

とはいえ『遍歴時代』においてマカーリエの人物描写は、空中を漂う「エーテルの詩」と呼ばれるように、ゲーテは文学作品の中でエンテレケイアを持つ不死の存在を直接描写することに対して、ある種アイロニカルな態度を取っていた[51]。そして実際に『ファウスト』の完成稿では、「エンテレケイア」の記述そのものが削除されるに至る。しかし作品の創作においてこのように慎重な態度を貫きながらも、ゲーテはマカーリエやファウストを描写する際に、彼らが偉大な精神としてのエンテレケイアを持ち、永遠の生を生きることを陰に陽に作品中で示唆している。つまりマカーリエは「最も精神的な存在」に属しており、地上的な生から自己を解き放つことで天体の全体へと浸透していると言われる。そしてファウストは劇の終幕においてその魂を救済され、その「不死なるもの」が天界へと上昇する場面が描かれる。

彼らと比べるなら、『親和力』におけるオッティーリエには、不死のエンテレケイアがどこまでも拒まれているように見える。つまり小説中で死すべき運命を逃れる希望の存在は、誰にも気づかれずに天空を一瞬で流れ去る星としてのみ示され、小説の最後の文中で、すでに息絶えたオッティーリエに対してその永遠の生という希望が問いかけのように与えられるだけである。しかしベンヤミンによれば、そもそも希望とは、死すべき存在として不死性を拒まれているものたちに対してこそ与えられるべきものである。「希望なきものたちのためにのみ、希望はわれわれに与えられている」(I, 201)。

そしてここに、ベンヤミンがゲーテの数ある作品の中で、『親和力』という一つの小説を集中的な批評の対象としたことの根拠が求められる。おそらくベンヤミンにとってゲーテの『親和力』は、事象内実として示されることのできない不死性のイデアを、その表現を隠したまま最も厳密に〈表現〉した作品だった。運命から逃れることなく死にゆくオッティーリエは、イデア的本質に結びつくことのない仮象の美を示す存在として、不死のエンテレケイアから極端なほどに遠ざけられる。しかし神話的な運命の死として顕在化する作品の事象内実の内には、不死性のイデアが批評によって解釈されるべき作品の真理内実として隠されている。そしてこのような表現のあり方こそが、ベンヤミンの批評概念にとってゲーテの『親和力』が範例的な作品となった理由である。というのも、現象において原像そのものを直観することではなく、作品の内にイデアが秘密として隠されていることを認識することこそが、ベンヤミンの批評概念の意義だからである。

秘密としてのイデアと関係性の認識

ベンヤミンによれば、現象した美において本質としてのイデアを想起するというプラトン的な美の問題においては、仮象の問題が必然的に問われることになる。つまりイデアを想起させる美といえども、それが現象する限りは単に見かけの美、仮象的な美であることを完全には免れないのである。それゆえ美が現象において生気ある美として現れるほどに、美は仮象と結びつくことになる。「美しい生、本質的に美しいもの、仮象的な美、これら三つのものは同一的 identisch である。この意味でまさにプラトン的な美の理論は、次の点において美よりもさらに古い仮象の問題と関わっている。つまり『饗宴』によれば、この理論は何より肉体的に生気ある美に向けられているのである」(I, 194)。

プラトンの『饗宴』においてソクラテスがディオティマに語らせた説話によれば、一つの美しい肉体に対する恋から出発して、複数の美しい肉体、そしてあらゆる美しい肉体を包括する普遍的な美に対する恋へ、さらにそこから人間の美しい営み、純粋な学問へと上昇し、最終的に美のイデアそのものの認識に至ることが正しい恋のたどる道とされる (Platon, *Symposium*, 211c)。このような規定において、現象する美しい肉体には、イデアの現象への顕現であると同時に、それ自体は純粋な美の本質ではなく仮象である、という二重の意義が認められる。

ベンヤミンも言うように、「美は目に見えるようになった真理である」という頻繁に用いられる定式は、おそらくこのようなプラトン的な美の理論に端を発するものである。ベンヤミンによればこの定式は、一方で現象自体においてイデア的な美の原像が啓示されること、他方で目に見える美は真理に固有ではない仕方で現象した仮象であることを意味しうる。前者は現象においてイデアが直観されるとする考えであり、ベンヤミンは『親和力』論においてこの直観概念を、ゲーテの二義的な自然や原現象の概念とともに一貫して批判している。後者の意味において、美は単に真理に付随する被いに過ぎないが、ベンヤミンはこの考えの根底にも、被いとしての仮象が剝がされれば真理はあらわにされるという思想を読み取っている。

それに対して、ベンヤミンがヘルダーリンの「中間休止」の概念と結びつけた「表現なきもの」は、芸術の原像としての理想が芸術作品によって表現されえないという、芸術表現の有限性と間接性を意味していた。そのように不死性の理念それ自体は、『親和力』において作品自体が直接表現することのない秘密として、作品の内に隠されたままである。しかし、作品によって表現されえないことが芸術の理想の必然的な条件であるなら、美がこの理想を隠す仮象であることもまた必然的である。それゆえベンヤミンは、現象する美はイデアを啓示するものでも、イデアに付随する非本質的な仮象でもないことを主張する。

ベンヤミンによれば美は、被われてあることによってのみ、「自己自身と同等 gleich であり続ける」ことができる。そしてこのような「必然的な」仮象としての美の認識こそが、ベンヤミンにおける芸術批評の意義である。

それゆえあらゆる美に対して、被いを取るという理念は、被いを取ることの不可能性 Unenthüllbarkeit という理念となる。この被いを取ることの不可能性こそが、芸術批評の理念である。芸術批評は被いを取り除いてはならず、むしろ被いを被いとして最も厳密に認識することによって、まず美の真の直観へと高まらなければならない。いわゆる感情移入には決して明らかにならず、それよりは純粋な素朴者の観察には不完全にしか明らかにならない直観、それは秘密としての美の直観である。芸術作品が不可避的に秘密として現れた場合以外に、真の芸術作品が捉えられたことはいまだなかった。つまりその被いが究極において本質的であるような対象は、秘密として以外に示されることはできないのである。(I, 195)

ここでのベンヤミンの直観概念の定義は、ロマン主義論における直観の定義を踏まえていると思われる。それによれば芸術の理想は、単なる知覚の対象として芸術作品の内に現象することはなく、直観とはこの理想としての「必然性を知覚すること」である(I, 112)。『親和力』論において芸術の理想の直観は、美を秘密として直観することとして改めて定義される。
イデアそのものが現象において知覚されないとしても、芸術作品が表出する美は単に偶然的な現象としての自然ではない。美は真理を啓示することなく、その内に真理を隠しているからである。それゆえベンヤミンの直観概念は、現象をイデアによって潜在的に基礎づけられたものとして認識することとして定義できる。偶然的な現象の内に必然性としてのイデアが隠されているのであれば、両者は顕在的に同一的でも非同一的でもなく、潜在的に同一的である。芸術の理想を秘密として隠す「表現なきもの」は、顕在的には断絶した現象とイデアの潜在的な同一性の表現なのである。

このような文脈からすれば、ベンヤミンが『親和力』論における芸術批評の定義の直後に、心理学主義から区別された「関係性」のカテゴリーに言及していることは注目に値する。

> それゆえ美における仮象とはまさに、物自体における不必要な被いではなく、われわれにとって必然的な諸事物の被いである。そのような被いは、時として神的に必然的である。というのも、時宜を得ずに被いを取られるなら、あの目立たぬものが消え去り、啓示が秘密に取って代わることは、神的な原因によるからである。それにより、関係性 Relation の性質は美の基盤であるというカントの学説は、心理学の圏域よりもはるかに高次の圏域において、その方法論的な意図を成功裡に貫徹する。あらゆる美は啓示と同様に、自己の内に歴史哲学的な秩序を含んでいる。というのも、美はイデアではなく、イデアの秘密を目に見えるものにするからである。
> (I, 195f.)

周知のようにカントは『判断力批判』において、関係性のカテゴリーから導き出される趣味判断の格率を、ある対象においてその目的の表象を欠いたまま知覚される合目的性の形式として定義している（KU, §17: AA, V, 236）。つまり美しいものの純粋な趣味判断においては、この対象の目的それ自体を認識することはできないが、その根底に未知の目的を想定することにより、美の判断における快の感情が、未知の原因の表出形式としての合目的性の知覚に根拠を持つと考えることができる。ベンヤミンが、美の現象においてイデアそのものの直観ではなく、知覚される美とイデアとの潜在的な同一性関係を問うている点には、カントにおける関係性のカテゴリーに基づいた美的判断の分析論からの影響が少なからず認められる。

さらにここで関係性の概念が心理学の圏域より高次の圏域に見出されることは、カント的な批判主義だけでなく、新カント主義による認識批判の文脈をも示唆している。ベンヤミンは『親和力』論で、美におけるプラトン的な「狂気」に対する、芸術の表現における「冷徹な」計算的理性を強調し、美の知覚における関係性の概念の意義を強調することで、再びマールブルク学派に接近している。芸術作品はイデアそれ自体を啓示するのではなく、現象の内にイデアが隠されていること、つまり現象が潜在的にイデアによって規定されることを表現する。それゆえ『親和力』論において美の直観は、実体としてのイデアそのものの把握よりも、このイデアの潜在的表現としての、諸々の現象の関係性の認識に結びつけられるのである。

ただし『親和力』論におけるベンヤミンの立場は、マールブルク学派の学説に還元されるものではない。引用の最後でベンヤミンは、現象する美がその内に含む歴史哲学的な秩序についても触れている。イデアを秘密として示す美がいかなる意味で歴史哲学に関わるのか、この点についてベンヤミンは、『親和力』論の中でこれ以上言及することはない。ベンヤミンが実際にイデア論と歴史哲学の関係について論じることになるのは、『親和力』論より後の『ドイツ悲劇の根源』の「認識批判序論」においてである。そこでの歴史哲学の導入により、ベンヤミンの認識論には、新カント主義とは明らかに異なる視座が生まれることになる。それゆえベンヤミンのゲーテ解釈を扱う本章では、最後に同序論におけるゲーテ解釈の問題を論じる。

第四節　自然の原現象と歴史の根源

原現象から根源へ

本章ではこれまで、初期の対話篇「虹」からロマン主義論のゲーテの章、そして『親和力』論に至るベンヤミンのゲーテ解釈を検討してきた。その過程で繰り返し問われていたゲーテの「原現象」の概念は、『ドイツ悲劇の根源』（以下悲劇論）における「根源」の概念によって再び問われることになる。本節では、ベンヤミンによるゲーテの原現象の解釈から生じた根源の概念が、その歴史哲学的な視点を通してライプニッツのモナド解釈へと接続される点に焦点を当てる。

ベンヤミンは悲劇論の補遺の中で、同書で用いられる「根源 Ursprung」の概念が、ゲーテの「原現象」に直接由来するものであることを明言している。

> ジンメルによるゲーテの真理概念の叙述、とりわけ原現象に関する見事な注釈を読んだ際に、悲劇書における私の「根源」の概念は、このゲーテ的な概念の自然の領域から歴史の領域への厳密かつ不可避の転用であることが、抗いがたく明白なものとなった。「根源」、それは神学的・歴史的に異質な自然、神学的・歴史的に生きとした自然であり、異教的な自然の連関からユダヤ的な歴史の連関にもたらされた原現象の概念である。「根源」、それは神学的な意味での原現象である。そうであるからこそ、根源は真正さの概念を満たすことができる。（I, 953f.）

ベンヤミンは『親和力』論の中でジンメルの『ゲーテ』（一九一三年）に言及しており、その時点で同書を読んでいたことは疑いえない。それゆえ悲劇論を執筆する際にも、ベンヤミンは自らの根源の概念とゲーテの原現象の概念との連関を少なからず意識していたと思われる[52]。そしてベンヤミンによる根源概念の定義には、実際にゲーテの原現象からの影響をはっきりと読み取ることができる。ベンヤミン自身が認めているように、原現象から根源の概念への移行とは、自然の形態学から歴史哲学への移行なのである。

本節では、『ドイツ悲劇の根源』の「認識批判序論」における根源概念の定義を、ベンヤミンによるゲーテの原現象の解釈という観点から検討する。この序論の全体は、一九二八年に出版される際にはじめて本論の前に付されたが、ベンヤミンは序論の完成稿を仕上げるより以前、一九二四年にはすでに「認識批判序論」の「トラクタートの概念」の節から「モナドロジー」の節までに当たる部分の草稿を執筆していた。この草稿の部分は、一九二五年にフランクフルト大学に教授資格申請論文として提出された論文には付されなかったとはいえ、多くの点で完成稿を先取りしている。

「認識批判序論」の完成稿では、主に「根源」と題された節で根源の概念が定義されている。しかし注目すべきことに、草稿では根源が定義される箇所が主に二つに分散している。具体的には、完成稿における「配置としてのイデア」と「イデアとしての言葉」の節の間に相当する箇所に最初の根源概念の定義が置かれ、もう一つの定義は完成稿と同じ「根源」の節に相当する箇所に置かれているのである。

ベンヤミンは、完成稿を仕上げるにあたって草稿の少なからぬ部分を削除し、細かな表現の修正を施しているが、おおまかな全体の順序構成は基本的に草稿を踏襲しているだけに、根源概念の定義に関わる箇所の移動は、「認識批判序論」の草稿から完成稿に至る過程でのとりわけ大きな修正の一つと見なすことができる。このことは、ベンヤミンが序論の中の根源概念の定義を重視して、最後までその表現を練っていたことを推測させる。そしてこの推敲の結果生まれた完成稿の「根源」の節においては、極度に凝縮されて切り詰められた表現が用いられている。草稿でも事情はさほど変わらないが、草稿は完成稿で削除された文言を少なからず含んでいるため、両者を参照することで完成稿では示唆されるだけの意味を解読することが可能になる。このことから以下では、完成稿における根源の定義を、その草稿によって補うという方法を取る。[53]

根源の定義①（草稿の第一箇所）

まず検討するのは、「認識批判序論」の草稿に現れる最初の根源概念の定義である。すでに述べたように、この定義が置かれるのは完成稿の「配置としてのイデア」の直後にあたる箇所であり、その直前には「イデア——ゲーテ的な意味での理想——は、ゲーテにおける母たち Mütter である」(I, 934) という言葉が見られる。この箇所は、完成稿では若干表現が変えられ、ファウストの名前が明示されている。「イデア——ゲーテの用語で言えば理想——は、ファウストにおける母たちである」(I, 215)。『ファウスト』の第二部第一幕で、ファウストがヘレナの像を呼び出すために赴くのは、時間も空間もなく、あらゆる具体的な形態も持たない、純粋に精神的な形成原理だけで構成される領域としての「母たちの国」である (*Faust*, Z. 6173ff.: FA, I, 7/1, 253ff.)。ベンヤミンは、このようなゲーテの「母たち」を「イデア」と呼ぶ。

ヘレナの像が生成から解放された母たちによって生み出されたように、ベンヤミンにおける「根源の現象」もまた、単に現象の領域における生成と消滅に終始するのではない。それゆえ根源の概念によって現象における形態の形成は、「イデアの表出 Darstellung」と結びつけられる。

> 根源は発生 Entstehung とは何の関わりも持たない。根源はむしろ諸々の決定的な契機に狙いを定めており、この契機によって生成するものは、こう言ってよければ渦 Strudel となり、ある固有の形成化 Formation、固有の法則性へと自らの発生の質料を巻き込むのである。根源において意味されているのは、すでに生まれ出たもの Entsprungenen の生成というより、むしろ生成と消滅から生まれ出てくるもの Entspringendes である。

しかも根源的なものそれ自体は、二重の洞察にのみ明らかになる。つまりこの洞察は根源的なものを、一方で啓示 Offenbarung の復興 Restauration として認識し、他方でまさにこの啓示の復興において必然的に未完結のものとして認識するのである。というのも、もし根源的なものが完成されているならば、それは要素ではなく物であり、イデアの部分ではなく真理であろうからである。しかしそれは、啓示されていなければ根源的ではないであろう。それゆえ根源は、事実的なものの単なる現状から浮き出てくることはなく、この事実的なものの前史と後史に関わる。(I, 935)

ベンヤミンは根源の概念を、それが通常連想させるような、諸々の現象が発生するための原因や起源の意味からはっきりと区別している。それにより、現象は単に別の現象を原因として生じた結果として、因果性のカテゴリーによって把握されるのではなく、イデア的な普遍法則の発現する形式として捉えられる。ベンヤミンが用いる「渦」の比喩は、いわば渦の中心点に引き込まれた質料から形態が生成するように、現象において自己目的的な形成の原理が発現することを表現しているだろう。このような根源の定義は、ゲーテにおいて単に個々の現象が発生する原因ではなく、あらゆる現象が現れるための普遍的条件が啓示される原現象の定義と無関係ではない。

ベンヤミンが根源の概念によって、生成において「生まれ出たもの」だけではなく、「生まれ出てくるもの」を問うていることもまた、ゲーテの形態学との関連性を示唆している。[54] すでに触れたように、ゲーテは自然において現れる形を、静止して持続するだけの「形態 Gestalt」としてではなく、動的な運動と変化の中で揺れ動く「形成 Bildung」の概念によって捉えようとしていた。ゲーテが形成の概念を「生み出されたもの」だけでなく、「生み出されつつあるもの」の意味で用いる必要があったのは、自然において生きて生成するものには、つねに同一の形態として固定化された形が見当たらないからである(本書一六六頁参照)。そしてベンヤミンが根源の概念を二重の洞察によって認識しようとするのも、まさにこの点に関わる。

原現象として把握された形態は、具体的な形として現れる自然の形態が無限に多様であっても、そのいずれも同一のイデア的な法則の刻印を繰り返し異なる形で表現していると見なされる。それゆえある瞬間における形態は、同じ法則性に基づいたさらなる展開と形態変化を暗示している。イデアの啓示として認識される形態は、その内に完全性を表しながら、現象における形成の過程において完結したものとは見なされないのである。

原現象概念の二重性に関しては、ベンヤミンが参照していたジンメルの『ゲーテ』でも指摘されている。「原現象――つまり光と闇からの色彩の発生、気象の変化の原因としての大地の牽引力のリズム的な増加と減少、葉の形式からの植物器官の発展、脊椎動物の原型――は、自然の事物の関係性、組み合わせ、発展の最も純粋で完全に典型的な事例である。その限りで原現象は、この根本形式を示す際に、それを他のものと混ぜ合わせて濁らせ、気をそらす日常的な現象とは別の何かである。しかし他方で原現象は、精神的な直観にのみ与えられているとはいえ、時には「注意深い観察者の目の前にむき出しのまま置かれていることがある」ために、まさに現象そのものでもある」(Simmel, 1913, S. 56f.)。

ゲーテの原現象について、ジンメルはそれが自然の現象全体を同一の法則性によって把握する純粋な関係性の形式でありながら、同時に直接に知覚される現象でもあることを指摘している。このようにイデアの啓示であると同時に、生成する現象そのものでもあるというゲーテの原現象の二重性格を、ベンヤミンは啓示の復元と未完結性という根源の二重の洞察へと置き換えているのである。

ジンメルも指摘するように、ゲーテの「オルペウス教に倣いし原詞」に見られる「生きて発展する、刻印された形」という言葉は、自然の形態が示す完全性と未完結性の対比の端的な表現である(FA, I, 2, 501. Vgl. Simmel, 1913, S. 81f.)。それは同一の法則による刻印を反復しながらも無限に変化し続ける、自然の現象の多様性と統一性の二重の認識に他ならない。ベンヤミンによる根源概念の定義は、明らかにこのようなゲーテの原現象による自然認識の方法論に近づいている。

しかし、ロマン主義論から『親和力』論に至るベンヤミンのゲーテの原現象概念の批判は、他ならぬゲーテにおける自然概念の二義性、つまり知覚される現象と直観されるだけの原現象の領域の混淆に向けられていた。それゆえベンヤミンがゲーテの原現象の定義を、そのまま根源概念の定義に転用したとは考えられない。両概念の差異をはっきりと示すのは、歴史である。

ベンヤミンは根源の概念に事実的なものの前史と後史を結びつけることにより、それを単に事実的な現象から区別している。先ほどの引用箇所のすぐ前では、次のように書かれていた。「根源の諸概念におけるイデアの表出は、概念形成それ自体にとっての決定的な指示を受けとる。根源の諸概念は歴史的 historisch でなければならない」(I, 935)。根源の概念は、イデアを表出するために歴史的となる。草稿におけるもう一つの箇所は、このような根源概念の歴史哲学的な意義を一層明白に示している。

根源の定義②（草稿の第二箇所）

「認識批判序論」の草稿に書かれたもう一つの根源概念の定義は、完成稿における「根源」の節とほぼ同じ箇所に現れる。

上述したように、根源の概念はあくまで発生と異なるとはいえ、歴史のカテゴリー（イデア）である。つまり、ある領域の根源的な現象においては形態 Gestalt が定められ、この形態の下でイデアは歴史的世界と繰り返し対峙する。そして歴史的世界の諸事実から、尽きることのない反復の中でイデアの像 Bild が打ち建てられ、イデアの像はその歴史の全体性において完成して横たわるのである。根源とはそれゆえエンテレケイア Entelechie である。エンテレケイアにおいて生成は固定される。一つのイデアが一連の歴史による刻印を受け入れるのは、それらから統一性を構成するためではなく、ましてやそれらから共通のものを抽出するためでもない。

むしろこれら一連の歴史による刻印を、イデアが表出する真の存在の領域における統一として、たちまち統一性へと結晶化する kristallisieren 存在として示すためである。（I, 946）

この箇所では、はっきりと「形態」や「像」といった言葉が用いられていることが、ゲーテの形態学との関連性から目を引く。根源の現象として認識される形態を、「イデアの像」と呼ぶ際には、理性法則を普遍的な像として直観するゲーテの原型や、原植物の概念も意識されていると思われる。そしてこのような観点からすれば、ベンヤミンがここで根源と「エンテレケイア」の概念を直接結びつけていることに、ゲーテからの少なからぬ影響を認めるべきである。書簡や対話集を含めたゲーテの著作を幅広く読み込んでいたベンヤミンが、後期ゲーテのテクストにモナドと並んで頻繁に現れるエンテレケイアの概念を知らなかったとは考えられない[55]。またベンヤミンは、ライプニッツにおけるエンテレケイアの概念の意味も知っていたと思われる[56]。

本章の前節までで検討したように、ライプニッツにおいてモナドの完全性と自足性を表すエンテレケイアの原理を、ゲーテは生きて自発的に活動する自然の形態に重ね見ており、晩年にはこの概念によって永遠に活動し続ける魂の不死性の思想へと傾倒していた。それゆえ、ベンヤミンがエンテレケイアの概念を用いていたことは、少なくとも草稿の段階で、ゲーテの形態学における形成する力としてのエンテレケイアが意識されていたことを示唆している。

しかし、ベンヤミンによるエンテレケイアの定義は、現象における生成の過程そのものよりも、むしろイデアの領域における存在の完全性という側面を強調している。現象の全体性を集約するイデアの像は、現象における具体的な形態としてよりも、歴史の形式として示されるのである。引用箇所の直後には、「個別的なものが全体性に至るまで結晶化され、固定される形式が、歴史である」（I, 946）と書かれている。ゲーテが動物や植物の形成の全過程を、動的に揺れ動く像として直観しようとしたのに対し、ベンヤミンはこの形成の過程を歴史の形式として結晶化し、固定化しようとする。つまり現象の全体性と統一性は、現象において直観されるのではなく、イデアの領域における完成した存在としてはじめて思考可能になる。

最初の根源概念の定義においては、ゲーテの原現象における完全性と未完結性による自然の二重の洞察に基づいて、根源の現象には必然的に未完結な生成への視点が含まれていた。しかしこの箇所では、現象の生成過程を歴史の全体性として捉えることで、一つのイデアへと結晶化させることに根源概念の意義が見出されている。そして、ベンヤミンがゲーテの原現象を自然から歴史の領域へと転用することの意味はまさにここにある。根源が歴史的であるのは、それがイデアを直接的に啓示するのではなく、潜在的な可能性の領域こそを表出するからである。「一つのイデアの表出は、そのイデアに含まれる可能性のある極端なものの領域が、少なくとも潜在的に画定されていなければ、いかなる場合にも成功したと見なされることはできない」(I, 946)。

現象においては直接示されない極端なものを、歴史の形式はその潜在的な可能性として隠す。ゲーテの原現象は、つねに現象としての性格を保持しており、生成する具体的な自然の形態の内にイデアを直観することにその意義がある。それに対してベンヤミンの根源は、現象の内では隠されたままのイデアを、歴史の形式によって表出するのである。現象の領域における動的な形成において、完成して静止したイデアそれ自体が啓示されることはないのであり、歴史として現れる限りイデアの表出は潜在的なものにとどまる。自然の現象から区別されたものとして、根源の概念は歴史のカテゴリーでなければならなかった。

根源の定義③（完成稿）

「認識批判序論」の完成稿に書かれた「根源」の節で、根源の概念は最終的に次のように定義される。

根源、それはあくまで歴史のカテゴリーであるが、にもかかわらず発生とは何の関係もない。根源において意味されているのは、すでに生まれ出たものの生成ではなく、むしろ生成と消滅から生まれ出てくるものである。

根源は生成の流れの中に渦としてあり、自らのリズム法Rhythmikに発生の質料を巻き込むのである。根源的なものは、事実的なもののあからさまで明白な現状からは決して認識されず、二重の洞察にのみそのリズム法を解き明かす。つまりこのリズム法は一方で復興、復元として認識され、他方でまさにこの復興における未完成のもの、未完結のものとして認識される必要がある。あらゆる根源の現象においては形態が定められ、この形態のもとでイデアは歴史的世界と繰り返し対峙し、ついにイデアはその歴史の全体性において完成して横たわるのである。それゆえ根源は、事実として現にあるものから浮き出てくることはなく、その前史と後史に関わる。（I, 226）

細かな表現の違いはあるが、完成稿の文の内、下線を引いた部分は先ほど引用した草稿の第一箇所（I, 935）、それ以外の部分はその第二箇所（I, 946）とおおよそ内容的に対応していることが認められる。それゆえ完成稿の「根源」の節は、草稿で二つの箇所に分割されていた根源概念の定義の要点を、一箇所に統合したものと見なすことができる。それにより、自然の現象におけるイデア的法則性の反復と生成の未完結性の二重性を認識する自然の根源から、現象の歴史の全体を一つの完結したイデアの潜在性として結晶化させる歴史の根源へ、という二つの領域の移行がより強調される形になっている。その一方で、草稿におけるゲーテの「母たち」に触れた直後の箇所から根源の定義が移動され、「リズム法」のような言葉が付加されると同時に、「啓示」や「エンテレケイア」のように、ゲーテの原現象や形態学との関連性を思い起こさせるいくつかのキーワードが削除されている。草稿から完成稿に至る過程でのこのような表現の変遷は、おそらく単なる偶然ではなく、そこには改稿に込められた少なからぬ意図が認められる。

まず完成稿における「リズム法」の概念に着目するなら、それは根源の概念が現象において顕在化した事象よりも、その時間の形式に関わることを示唆している。注目すべきことにジンメルは、ゲーテの植物学における「拡張」と「収縮」のように、対立する両極的な原理が交互に現れる運動の全体を、「リズム」による原現象の表現として解釈している。「あの最高次の統一は直接的にではなく、相対的な結合と相対的な分離のリズム法Rhythmikにおいてのみ示される。それはリズムRhythmus一般が、対置された諸々のアクセントを把握する最も単純な形式であり、交互に現れる形態において、より高次のもの、その諸要素のどこにも明らかにならないものが生きているということに、自らの秘密を隠しているのと同様である」(Simmel, 1913, S. 87)。

ジンメルの原現象解釈に示された、現象の内で隠された秩序のリズムによる表現は、ベンヤミンにおいて根源概念の自然から歴史への移行として示される。生成と消滅、形態化と脱形態化の相反する作用を繰り返す自然の多様な現象も、その変化の全体が一定の法則性を持つ時間の流れやリズムの表現として認識されるなら、根源の現象となる。しかし根源の現象の認識は、ゲーテの原現象的な自然の直観とは明らかに異なる。ベンヤミンにおいて現象全体の統一性としての根源は、動的な現象の内にそのまま現れることはない。そこでは事象として現れない可能的歴史も含めた時間の全体が、静止したイデアとして結晶化する。根源とは、時間の形式によって表現された現象の潜在的全体性なのである。

そして完成稿において、「啓示」と並んで「エンテレケイア」の概念が削除されることにも、イデア的存在が現象の内で直接的に表現されることに対する批判的な距離が認められる。本章の第一節で検討したように、ライプニッツはアリストテレスにおいて潜在的な能力や可能的な現実態を意味していたエンテレケイアの概念を、実際に現れる活動性や作用へと引きつけて解釈することで、それを「力」の概念へと置き換えた。ゲーテにとってはこのような力の概念が、自然の内で自発的に活動する生命の形成原理を、その具体的な作用の領域において記述するのに適していた。それに対して、歴史のカテゴリーとして定義されるベンヤミンの根源にとって、実体の作用として現象するエンテレケイアは、必ずしもふさわしい概念とは思われない(57)。

ベンヤミンが「認識批判序論」で一貫して問うのは、アリストテレス的な実体による現象の把握ではなく、プラトン的なイデアと現象の関係であり、このような文脈との齟齬が、完成稿におけるエンテレケイア概念の削除をもたらした可能性がある。このことは、エンテレケイア的な不死性の原理をあくまで秘密として隠す文学表現として、ゲーテの『親和力』が重視されていたこととも呼応する。つまりエンテレケイアの概念をめぐる草稿から完成稿への変遷とは、アリストテレス－ライプニッツ的な現象する力の形態学から、プラトン－ライプニッツ的な潜在するイデアの歴史哲学への移行を、より明確なものとするための過程だったのではないか。こうした傾向は草稿の段階ですでに示されているとはいえ、完成稿でエンテレケイアと啓示の概念が削除された根源の定義は、現象の内には顕在化しない、潜在的な歴史の形式を一層強調するものとなっている。

「認識批判序論」において、プラトンのイデア論に基づいた形而上学の意義が強調されることは、初期の「来たるべき哲学のプログラム」に示された未来の形而上学の構想が、完全に破棄されたわけではないことを示唆している。しかし、そこで強調された「純粋で体系的な経験の連続体」(II, 164) の構想は、ゲーテの直観および原現象概念の批判とともに根本から修正されている。つまり現象とイデアの認識批判的な区別の意義が改めて強調されることで、ゲーテ的な原現象におけるイデアの啓示は、その潜在性の形式としての歴史へと移行する。歴史とは、現象として顕在的に示されることのできないイデアを、事象において隠されたまま表出するための形式なのである。そしてこの点に、ベンヤミンとマールブルク学派の認識批判との差異もまた明らかとなる。

「根源」の節でその名に触れられるように、ベンヤミンの根源概念のもう一つの源泉が、マールブルク学派のヘルマン・コーヘンであることは疑いえない。『純粋認識の論理学』においてコーヘンは、微分法の原理に代表される、純粋に論理的な原理による客観的な認識概念の基礎づけを、「根源の論理 Logik des Ursprungs」と呼ぶ。コーヘンによれば、客観的な認識の始原的根拠としての「根源」は、純粋に科学的な法則に基づいた思惟の法則であって、それは観察者の主観的な直観の要素によって歪められてはならない。このような思惟の法則が認識の根源であることは、思惟の原理が直観を含めたあらゆる認識要素に先行し、純粋に論理的な思惟は自己の外にいかなる根拠も持たないことを意味する。「根源の論理を原理として認めるあらゆる純粋な認識においては、根源の原理がいたるところで作用しなければならない。そうして根源の論理は、純粋認識の論理となる」(CW, VI, 36)。

コーヘンの根源概念は、純粋に論理的な科学法則によって、主観的要素に左右されない客観的な認識を構成する点にその特徴がある。ベンヤミンの認識批判にも、主観的な直観から区別された認識の論理的客観性への傾倒が認められるが、それはコーヘンのようにもっぱら科学法則に準拠した認識概念の構築を意味しない。ベンヤミンにおいて根源は、現象の認識がイデアの客観的法則性に関係づけられることを歴史の形式によって示すのであり、認識の根拠は数学的物理学の法則のみに還元されるわけではない。「根源のカテゴリーは、それゆえコーヘンの言うように純粋に論理的ではなく、歴史的に論理的なカテゴリーである」(I, 226)[58]。

ベンヤミンは、「認識批判序論」の根源の定義に示される歴史哲学の構想を、さらにライプニッツのモナドロジーと接続する。このような解釈は、認識批判の歴史におけるライプニッツの意義を主に微分法の原理の展開に見出し、モナド的形而上学の意義をほとんど認めないコーヘンと明らかに異なる。そしてベンヤミンによるライプニッツのモナド解釈は、とりわけ歴史哲学の観点からなされており、ゲーテによる自然の形態学からのモナド解釈に対しても明確な対比を成している。原現象と根源の概念の差異は、ゲーテとベンヤミンのライプニッツ解釈の差異とも関わっているのである。

モナドロジーと歴史哲学

ベンヤミンの根源概念によって捉えられる歴史は、個々の現象や出来事の羅列によって構成される時間の集積ではない。根源における時間は、現象同士の因果関係から独立したイデアに関係づけられることによってのみ、「歴史的」と呼ばれることができる。それゆえベンヤミンは、「認識批判序論」の草稿において、根源の概念を目的論的な歴史考察とも呼んでいる。

根源の現象は，因果の成り行きにのみ関わる浅薄な歴史考察には与えられていない。根源の現象が属する歴史考察は，むしろ歴史的時間 historische Zeit の探求を中心としており，この歴史的時間の区切りを，主観的な直観のあり方ではなく，因果連関が道徳的概念の下に現れるような，客観的で目的論的 teleologisch に規定されたリズム法の形成物として把握することを目指す。（I, 935）

ある出来事とその成り行きを外的な原因と結果から説明することによっては，時間は単なる事実の偶然的な集積としてしか捉えられない。それに対して根源の現象は，機械論的な時間の概念だけではなく，イデアの存在に基礎づけられた目的論的な原理をも含む。このような根源による歴史把握の方法は，主観的な直観に還元されない客観的なイデアを根拠とする点で，ベンヤミンによる認識批判とも呼応する。

本章の第一節では，ゲーテの形態学における自然の有機体の形成の説明に，エンテレケイアのような目的論的原理が含まれることを指摘したが，ベンヤミンはそれを歴史の領域に見出していることに注意すべきである。ベンヤミンの「歴史的時間」の概念は，クロノメーターによって計測されるような物理的時間ではなく，潜在的にイデアと結びつけられた目的論的な時間なのである。

「認識批判序論」の「根源」の節に続く「モナドロジー」の節で，ベンヤミンはライプニッツの「モナドロジー」ではなく，「形而上学叙説」（一六八六年）に言及する（I, 228）。それゆえライプニッツの「形而上学叙説」は，「モナドロジー」と並んでベンヤミンのライプニッツ解釈の主要な典拠であることが推測される。そしてこのことは，「認識批判序論」におけるベンヤミンの歴史哲学の方法が，「形而上学叙説」に表明されたライプニッツの目的論的な立場と重なることからも裏づけられる。

「形而上学叙説」の第一八節で，「物体の本性および力学の一般的原理は，幾何学的というよりむしろ形而上学的であり，現象の原因として，物体的で延長を持った塊よりも，何らかの不可分な形相や本性に帰属する」（A, VI, 4,

1559）と述べることで、ライプニッツは物理学においても目的因が有効であることを主張している。ある物体が生み出すことのできる結果の量である「力」をその物体に与えられる速度から区別するとともに、現象の体系的な説明のために物体の延長と変化のような機械論的原理だけなく、形相のような形而上学的概念を導入するライプニッツの方法論は、後に「動力学提要」や「新説」で展開される「原始的力」や自発的な傾向力を持つ実体に関する考察を少なからず先取りしていると考えられる。

何よりベンヤミンとの関係から注目すべきなのは、「形而上学叙説」の第二〇節でライプニッツが、プラトンの『パイドン』から唯物論者を批判するソクラテスの言葉を引用していることである。その中でソクラテスは、アナクサゴラスが万物の普遍的原因として「理性 νοῦς」を挙げておきながら、実際に現象の原因を解明する際には機械論的な説明に終始して善や美のイデアをまったく考慮していないことに失望を示している（Platon, *Phaedo*, 97B–99D）。それゆえライプニッツは、『パイドン』におけるソクラテスの態度を目的論的な自然考察の範例と見なし、さらにはそこで論じられる生得観念説と自らの個体的実体論を結びつけている。「個体的実体」や「エンテレケイア」の概念を頻繁に用いる点で、ライプニッツにはアリストテレスからの影響が多く見られるが、「形而上学叙説」では（『人間知性新論』と同様に）プラトン主義者としての立場がより前面に出ているように思われる。というのも同書でライプニッツは、生得観念を否定して魂を空白の板にたとえるアリストテレスよりも、プラトンの想起説を評価しているからである。

「形而上学叙説」の第一三節では、「個体的実体の概念はそれ以後その実体に起こることのすべてを事前に含んでいる enfermer」（A, VI, 4, 1546）と言われる。つまりライプニッツは個体概念を、主語としての実体に内属する述語、そして過去から未来にかけて起こる出来事の無限の系列をすべて欠けることなく内に含む「完足的な complet」概念として考えている。例えばある個体が旅行をするかしないかといった事例は、その反対が矛盾を含むような「必然的な nécessaire」真理ではない点で偶然的だが、その個体の概念にアプリオリに含まれる「確実な certain」真理として、神の選択において決定されている。「実体は混雑な仕方によってではあれ、宇宙において過去、現在、未来に生ずるあらゆる出来事を表出している exprimer」（第九節）とライプニッツが言明するのは、このような無限の述語を内包する完足的な個体概念の説があるからである。

それゆえ精神には、感覚的な経験によって得られた観念が外から入ってくる窓のようなものはなく、精神は自己の内に生得的に保有していない観念を認識することは決してできない（第二六節）。ライプニッツによれば、個体が自己の内に生得的に真理の観念を含む構造は、プラトンがその「想起説 réminiscence」によって考察したものであり、それによって以下のことが明らかになる。つまり「われわれの魂はそうしたすべてを潜在的に virtuellement 知っているため、真理を認識するために必要なのは注意だけであって、それゆえわれわれの魂は、少なくともこの真理が依存する観念を持っている。真理を観念の関係と考えれば、われわれの魂はすでにこの真理を保有しているとさえ言うことができる」（A, VI, 4, 1571）。

「形而上学叙説」でライプニッツがプラトンの想起説に依拠して実体の概念を展開したのと同様に、ベンヤミンもまた「認識批判序論」においてイデア論の起源としてプラトンを参照し、さらには哲学的観想の過程に必然的に含まれるイデアの「想起 Erinnerung」は、プラトンの「想起説 Anamnesis」から遠くないと述べている（I, 217）。この一致はおそらく偶然ではなく、ベンヤミンはライプニッツの学説がプラトン以来の想起説の系譜に属することを「形而上学叙説」の読解を通じて知っていた。そして「認識批判序論」の「モナドロジー」の節の中で論じられる歴史哲学の基礎には、ライプニッツのプラトン解釈に見られる、潜在的に歴史の全体を内包する個体の概念とも共通する思考を確認することができる。

「モナドロジー」の節では、イデアの潜在的な表出に言及した草稿の箇所に、次のような言葉が書き加えられている。

一つのイデアの表出は、そのイデアに含まれる可能性のある極端なものの領域が潜在的に virtuell 踏査されていなければ、いかなる場合にも成功したと見なされることはできない。この踏査は潜在的であり続ける。というのも、根源のイデアの内に捉えられたものは、歴史をただ内実 Gehalt としてのみ知るのであり、それは外から降りかかるかもしれない出来事ではないからである。根源のイデアに捉えられたものは、内部においてはじめて歴史を知る。それはもはや際限を持たない歴史ではなく、本質的な存在であるイデアに関係づけられた歴史の意味であり、それによって歴史は、イデアの前史および後史として示されるのである。（I, 227）

ここで歴史の概念は、偶然的に外から起こった出来事の連鎖ではなく、ある存在者の内部に孕まれた時間として捉えられる。ある個体にとっての歴史は、すでにその個体に起こった現象だけを指すのではなく、未来を含む歴史の全体はこの個体の内に潜在的に含まれている。そして個々の存在者における歴史の表出は、おそらくイデアの想起によって可能となる。個体が歴史の形式によってイデアを表出することは、プラトンにおけるイデアの想起説と結びつけられた、歴史の全体を自己の内に表出するライプニッツの個体概念の構造と類比的である。

そしてベンヤミンがライプニッツのモナドに見出したのは、あらゆる個体が自己の内で歴史の全体を表出する、その表出の構造に他ならない。「イデアが孤立性 Isolierung を手放さないにもかかわらず、全体性がイデアを特徴づけることでイデアが呈する構造とは、モナドロジー的 monadologisch である」（I, 228）。ここでは、歴史の形式によって世界の全体を表出するイデアの構造が、「モナドロジー的」と呼ばれている。ライプニッツのモナドの意義は、アリストテレス的な実体において含意される、現象する力や延長を持った物体としてではなく、自己の内に歴史を表現するモナドの純粋な活動の構造としての、世界の表出作用にこそ見出されるのである。そしてそのように世界の全体性を内に含むモナドの構造は、プラトンのイデアに接続される。ベンヤミンが繰り返し強調するように、「イデアはモナドである」（I, 228）。それはつまり、現象の内に啓示されることのないプラトン的なイデアが、その歴史の全体性を内包する構造においてモナド的であるということである。

最後に、本章で検討されたゲーテとベンヤミンのライプニッツ解釈の相違を改めて述べておきたい。ゲーテが自然の形態学において現象の動的な性格を強調したのは、自然の内で具体的に揺れ動いて形成される形態の全体を直観することを試みたからであった。そこでライプニッツのモナドは、自然を絶えず新たな形成へと導く根源的な力として、目に見える自然の形態とつねに不可分に結びつけられている。それに対してベンヤミンは、モナドを現象から独立したイデアとして捉え、その静的な性格を強調したと言える。そこでモナドは、想起によってイデアが表出されるように、現在という時間の内に結晶化した歴史の全体性として現れる。つまりゲーテとベンヤミンは、共にライプニッツのモナドの中に機械論的な自然考察に還元されない目的論的な原理を見出したにもかかわらず、この原理をそれぞれ直観される形態の領域と潜在的な歴史の領域に導入したために、異なる解釈を導き出したのである。

ゲーテの形態学において、モナドとエンテレケイアは現象世界で形成される形態に顕在的に作用している力として考察された。他方でベンヤミンは、ゲーテの原現象を解釈する際に、現象としていまだ現れていない純粋に潜在的な領域、つまりは歴史の表出の構造をモナドの内に発見することで、歴史哲学を構想した。ベンヤミンの歴史哲学は、いわばゲーテの形態学と表裏一体であり、両者はまたライプニッツ哲学のそれぞれ異なる解釈の形でもある。形態学と歴史哲学は、その意味で互いに排他的な関係にあるのではなく、ともに同じ思想的源泉を持つ。

しかしベンヤミンの歴史哲学に対するモナドロジーの意義は、ゲーテ解釈の文脈のみから理解することはできず、バロック悲劇を論じた『ドイツ悲劇の根源』の考察によってはじめて明らかとなる。それゆえ本書の第四章では、『ドイツ悲劇の根源』の「認識批判序論」を、その本論とともに検討する。

第四章

モナドロジーとバロック――時間、感情、言語の問題

ベンヤミンの『ドイツ悲劇の根源』(以下悲劇論)は、一九一六年頃に構想され、一九二五年に書き上げられた。周知のように同論文は、教授資格申請論文としてフランクフルト大学に提出されたが受理されず、新たに「認識批判序論」と題された序論を加えた形で一九二八年に出版された。一九一〇年代から二〇年代半ばに至る、前期ベンヤミンの思索の過程を包括的に含む悲劇論は、それまでの著作に現れた多くのモチーフを反復すると同時に、その新たな展開をも示している。

本書の第四章では、ベンヤミンの悲劇論を主に認識論的観点から考察する。その冒頭に付された「認識批判序論」は基本的に本論の執筆後に書かれており、そこでのイデア論や形而上学といった哲学的諸問題に主眼を置いた議論は、ドイツ・バロック期の演劇を論じた本論とあまりに異質であるように見える。それゆえこれまでの研究において、悲劇論の序論と本論は切り離されて別個に論じられることも少なくなかった。[(1)] しかしこれまで検討してきたように、ヘルダーリン論、ロマン主義論、『親和力』論などにおけるベンヤミンの芸術論や作品批評の方法は、いずれも認識論

的な方法を基礎にしている。それゆえ、ベンヤミンが悲劇論の冒頭にあえて認識批判に関わる序論を付したことには、それまでの批評の方法論とも一貫する意図があったと考える方が自然である。

このことから本書は、とりわけ「認識批判序論」で示されるベンヤミンの哲学的立場の解明に重点を置き、それを基に本論で示されるバロック悲劇の解釈を検討することを試みる。その際には、単に序論と本論の間の個々の対応関係や共通項に着目するだけでなく、主に悲劇論の本論で主題化される「時間」、「感情」、「アレゴリー（言語）」の三つの要素を、それぞれ「認識批判序論」の方法論と対照することで、悲劇論全体を貫くベンヤミンの認識論的方法を抽出するという方法を取る。

本書が着目する前述の三つの主題区分は、悲劇論の実際の章構成に従ったものというより、むしろその内容的な区分に沿うものである。ベンヤミンは一九二四年三月五日のショーレム宛書簡で、当時執筆中の悲劇論の構成について報告している。それによれば、悲劇論の冒頭と末尾には「文学研究についての方法的注釈」が付され、本論は「バロック悲劇の鏡に映った歴史」、「一六世紀と一七世紀におけるオカルト的な概念としてのメランコリー」、「アレゴリーとアレゴリー的芸術形式の本質」についてそれぞれ論じる三つの章から構成される予定であった（GB, II, 436f.）。しかし実際に書かれた悲劇論は、この当初の構想とは異なる外形を取ることとなる。つまり方法論に関わる結論部は書かれず、本論も三章構成ではなく、「バロック悲劇とギリシア悲劇」そして「アレゴリーとバロック悲劇」の二つの部分に分けられた。さらに同書の出版にあたり、序論の前半に単なる文学研究の方法論から大幅に逸脱した、認識批判と哲学の方法についての叙述が書き加えられたのである。

このように外形的に当初の構想とは異なる構成となったにもかかわらず、悲劇論の内容そのものは明らかに元来の三つの主題を反映している。つまり執筆された悲劇論の本論の内、その前半の「バロック悲劇とギリシア悲劇」の第一部と第二部は主にバロック悲劇における歴史、同前半の第三部は悲しみの感情とメランコリー、そして後半の「アレゴリーとバロック悲劇」はアレゴリー的な言語表現を中心主題としているのである。本書では、これらを「時間」、

「感情」、「言語」の三つの主題として捉え直し、それぞれに見出されるベンヤミンのモナドロジー的思考の展開を追跡する。「認識批判序論」の「根源」と「モナドロジー」の節については、すでに前章でベンヤミンのゲーテ解釈に関わる点に関して検討を加えた。しかしベンヤミンにおける根源やモナドの概念の意義は、それらが実際に用いられる悲劇論の中に位置づけられることで、改めて検討されなければならない。

本章の第一節では、『ドイツ悲劇の根源』の「認識批判序論」を検討することで、現象とイデアの関係をめぐるベンヤミンの哲学的な立場の基礎を明らかにする。続く第二節から第四節においては、前述の三つの主題にそれぞれ焦点を当てる。つまり第二節ではバロック悲劇の時間構造を、第三節では悲しみの感情とメランコリーの主題を、最後に第四節ではアレゴリー的な言語表現の問題を考察する。

第一節　イデアの表出と現象の配置

哲学の体系とトラクタートの方法

ベンヤミンは「認識批判序論」の冒頭に、ゲーテの『色彩論』歴史編から次の一節を、モットーとして掲げている。

知には内的なものが、反省には外的なものが欠けているため、そのいずれにおいても全体を集約することはできない。それゆえ科学にある種の全体性を期待するなら、われわれは必然的に科学を芸術として思い浮かべなければならない。しかもわれわれは、この全体性を一般的なもの、過剰なものの内に探してはならない。むしろ芸術がつねに個々の芸術作品の内で全体として表出 darstellen されるように、科学もまた個々に論じられる題材の内にそのつど全体を示さなければならないであろう。(FA, I, 23/1, S. 605. Zit. in: I, 207)[2]

この引用で意識されているのは、ベンヤミンがロマン主義論と『親和力』論で論じた、個々の芸術作品の複数性の内で表現される、ゲーテ的な芸術の理想の問題だろう。ここでの科学と芸術の関係はまた、『親和力』論で論じられる哲学と批評の関係に近い。

『親和力』論の第三節冒頭で言われるように、哲学の体系としての全体性はある一つの問いによって得られるものではなく、哲学の統一性は繰り返し問い直されなければならない。ベンヤミンにおける芸術批評はこのような哲学の問いと親和的な関係にあり、個々の芸術作品にそれぞれ潜在する芸術の理想を、最高次の問題の理想として示す可能性を問う。この哲学的な批評の方法は、個々の芸術作品を反省の構造によって一つの理念へと統合するロマン主義的な批評概念とは異なり、作品の多数性を解消することはない。ベンヤミンの芸術批評は、諸芸術の体系的な全体性として理想を示すのではなく、個々の作品がそれぞれ異なる形で理想と関係する可能性を問うのである。

このようにゲーテの言葉を著作のモットーとすることにより、ベンヤミンは基本的に悲劇論においても、ゲーテ的な芸術の理想を問う批評の方法を追求することを暗示している。そして実際に「認識批判序論」では、一つの完結した体系として哲学の全体性を示すことではなく、個々の現象とイデアの潜在的な関係性を繰り返し問うことに哲学の課題が見出されることになる。ゲーテからの引用にもすでに示唆されているように、現象とイデアの関係性の問題は「表出」の問題として問われる。(3)

ベンヤミンは、「認識批判序論」の最初の節である「トラクタートの概念」の冒頭で次のように述べる。「哲学の著作に固有なのは、改めて書き起こされるたびに、新たに表出 Darstellung の問題に直面することである。哲学の著作は、たしかに完結した形態となれば教義 Lehre となるであろうが、そのような完結性を著作に与えることは、単なる思惟の力によって自由にできることではない。哲学の教義は歴史的な集成に基づく。それゆえ哲学の教義は、やはり幾何学の方法に従って呼び出されることもできない」(I, 207)。

ここで触れられる哲学的著作の書法の問題は、ベンヤミン自身の哲学的方法の表明でもある。つまり哲学の体系は完結した一つの著作としては示されず、複数の著作がそれぞれ異なる仕方で提示する問題の連関としてしか捉えられない。またこのすぐ後で、数学の方法が「真理の領域を断念している」と言われるように、定義・公理・定理から導き出される幾何学的証明もまた、真理の表出とは見なされない。ベンヤミンによれば、普遍性を標榜してあらゆる認識問題に精通することで、クモの巣のように真理を絡め取ろうとする哲学の体系概念、および厳密に証明できる事柄のみを記述する幾何学の方法から抜け落ちるのは、哲学的な構想に備わったある種の「秘教性 Esoterik」である。

真理を表出するために、哲学はその表出の形式の内に秘教的要素を含む「教義」へと近づく。ベンヤミンがこの哲学の方法を「トラクタート Traktat」と呼ぶのは、それが「たとえ潜在的 latent であっても、神学の諸対象への指示を含むからであり、神学の諸対象なしに真理が考えられることはできないからである」(I, 207)[4]。トラクタートとしての真理の表出の形式は、潜在的に神学の対象を含む。しかしそれは、哲学が神学の教義によってはじめて可能になることを意味しない。トラクタートの概念は、むしろ哲学の形式があらかじめ体系として先取りされるのではなく、真理の部分としての教義を一つ一つ説いて教える、ある種の修練の過程として捉えられることを意味する。「表出がトラクタートの方法の真髄 Inbegriff である。方法とは迂回である。迂回としての表出、これがトラクタートの方法的特徴である」(I, 208)。

トラクタートの方法は、真理それ自体の表出に直接向かうのではなく、遠回りして事象そのものへと立ち戻る。ベンヤミンは、そのように絶えず息継ぎをして、途切れることのない真理への志向を中断し、そのつど新たな思惟を開始するトラクタートの形式をモザイク画にたとえている。

小さな部分へと気まぐれに細分化されても、モザイク画には荘厳さが保たれるように、哲学的考察もまた跳躍 Schwung を恐れない。モザイク画も哲学的考察も、個別的なものや離散的なものが集まってできており、このあり方以上に聖人画、あるいは真理の超越的な威力を力強く教えられるものはないであろう。諸々の思惟の断片 Denkbruchstücken の価値は、それらが根本構想と直接的に測り比べることができないほどに、一層重要なものとなる。モザイク画の輝きが熔解したガラスの質に依存するのと同程度に、表出の輝きはこの思惟の断片の価値に依存する。造形的、知性的な全体の規模に対する、微視的な加工の関係性 Relation は、最も厳密に事象内実の個別性へと沈潜する場合にのみ、真理内実が捉えられることを表している。

(I, 208)

「事象内実」と「真理内実」の言葉が用いられることからも、トラクタートの形式に基づく哲学の方法と、『親和力』論における批評の方法の近さは明らかである。『親和力』論において、作品の内に隠された真理内実を発見するために、批評は作品の顕在的な事象内実を分析する注釈から始めなければならなかったように、悲劇論においても真理の表出は、個別的な事象に対するミクロロジー的な観察を前提する。

しかし『親和力』論と比べると、悲劇論では真理の表出の過程における、哲学的考察の中断と跳躍を含む離散的性質がとりわけ強調されている。これは体系としての哲学の形式に対する、離散的な哲学的思惟の形式と書法の表明である。芸術の理想を表現する作品の複数性というゲーテの古典主義的芸術論の構造は、「認識批判序論」において無数の思惟の断片がモザイク状に連なった集積としての哲学の形式へと至る。そしてこのようなモザイク画としての哲学の断片性は、あくまでその非体系性と離散性が強調される点で、絶対者の反省が展開される媒質として解釈された、体系を内に孕むロマン主義的な断章の形式からも区別される。

著作の冒頭で、真理の表出の方法がトラクタートの形式として示されることは、それが悲劇論におけるベンヤミン自身の方法でもあることを示唆する。というのも、「認識批判序論」で繰り返し論じられる真理とイデアの表出の問題は、本論ではほとんど影を潜め、廃墟やアレゴリーの形式に見られるバロック悲劇のモザイク的な断片性の表現ばかりが強調されることになるからである。しかし、序論におけるベンヤミンの方法論を重視するなら、それらはいずれも方法としての迂回であると考えられる。つまりベンヤミンの悲劇論の根底には、ドイツ・バロック悲劇における真理とイデアの表出を問う意図がある。それゆえ超越的なものから目をそらし、微視的な事象に拘泥するバロックの特徴は、事象において隠れたイデアの表出のために必要な、方法としての迂回として解釈することができる。このことは、悲劇論の序論と本論の間に見られる、極端なほどの隔たりの理由を説明する。悲劇論においてもベンヤミンは、事象内実と真理内実の「関係性」としての、現象とイデアの潜在的同一性およびその表出の問題を問うていると考えられるのである。

関係性の認識論とイデアの存在論

「認識と真理」の節では、トラクタートとしての哲学の表出の対象が、イデアであることが明言される。

> 諸々のイデア Ideen がこの哲学的な探究の対象である。表出が哲学的トラクタートの本来の方法であることをあくまで主張するなら、それは諸々のイデアの表出でなければならない。表出された諸々のイデアの輪舞の内にある真理は、どのように認識の領域に投影されようと、そこから逃れ去る。認識とは所有すること Haben である。認識の対象それ自体は、この対象が意識の内に——たとえそれが超越論的な意識であっても——所有されなければならないということによって規定される。この対象には、所有という性格が残る。この所有された対象にとって、表出は二次的なものである。そのような対象は、もはや自己を表出するもの Sich-Darstellendes としては存在しない。しかし真理とは、まさにこの自己を表出するものなのである。(I, 209)

ここには、プログラム論文におけるベンヤミンのカント批判の二つの論点、すなわち認識を主観と客観の間の関係として把握すること、そして認識と経験を人間の経験的意識に関係づけることへの批判が、再び顔を出している。認識する主観の意識と、その対象としての客観から構成される認識概念が、主観による客観の所有の形式として改めて批判されているのである。

カントにおいて経験に先立つ超越論的な意識が、認識する主観としての自我の表象を完全に克服していないという見解は、プログラム論文から変わっていない。しかしプログラム論文で示された、経験と理念の領域を直接的に結びつける「体系的な経験の連続体」の構想は、悲劇論では明らかに修正されている。つまりイデアは、いかなる形であれ認識の領域に投影されることはない。それは、現象とイデアを連続的に架橋する圏域を問う直接的・絶対的な認識論の立場に対して、両者の非連続性を前提にした間接的・相対的な認識概念の意義を問う、悲劇論におけるベンヤミンの立場を明確化するものである。

イデアを表出することとは、イデアそれ自体が具体的に意識の内に思い描かれて認識の連関の内にもたらされることを意味しない。ベンヤミンによれば「認識にとって方法は、たとえそれが意識の内での産出によってであっても、所有の対象を獲得するための手段であるが、真理にとって方法は、真理それ自体の表出であり、それゆえ形式として真理とともに与えられて gegeben いる。この形式は、認識の方法論のように意識の内の連関には属さず、むしろ存在 Sein に固有のものである」(I, 209)。真理はそれ自体で自足した存在として、何らかの意識の内に取り込まれてはじめて認識される対象ではなく、むしろいかなる認識の対象とも一致しない。それゆえ真理にとって表出とは、他に依存することなく自己自身を自らの存在根拠とする、真理の存在構造そのものを指す。そしてベンヤミンによれば、真理の秩序を成す諸々のイデアもまた、認識の連関に先立つ存在として、「前もって与えられたもの Vorgegebenes」(I, 210) である。このように所与の存在として真理とイデアを前提することは、両者が認識論の連関の外部、つまり存在論の領域に位置することを意味する。

真理とイデアの所与性については、「認識批判序論」の草稿でより詳細に論じられている。

諸々のイデアが前もって与えられているのは、物の認識根拠としてか、存在根拠としてか。仮に認識根拠としてであれば、イデアは関係性によって規定されているであろう。というのも、認識とは関係性の連関 Relations-verhältnis だからである。認識は物へ向いた志向の連関である。しかしイデアは、関係性の連関 Relations-beziehung には立ち入らない。〔…〕対象の認識への関係性は、対象の本質を規定しない「これは本質を規定する関係性からの誤謬推理である」[5]。対象の本質にとって、イデアは存在根拠としてある。存在根拠としてのイデアは、物がイデアに関与することによって、この物を根拠づける。対象の存在は、イデアの存在によって生きているのである。このようにイデアを存在として規定することは、同時に真理を存在として定義する。このことが、真理概念にとってのイデア論の本来の意義である。（I, 928f.）

ある主観は何らかの物に志向的な意識を向け、この物の作用や性質に述語を付すことによって物を規定するが、物はまたそのように意識によって規定される。認識とはこのように規定し、規定される意識と物の間の相互関係である。しかしベンヤミンは、物の認識根拠ではなく、存在根拠としてのイデアを主張することで、イデアが認識の連関に先立つ存在であることを強調している。イデアが物の存在根拠として所与のものであることは、物の本質の根拠は志向的な認識の関係性とは異なる秩序に属することを意味する。

真理とイデアの存在について言われる、「自己を表出するもの」という定義は、一見するとシュレーゲルとノヴァーリスにおける反省の構造に関してベンヤミンが指摘した、自己関係的な認識の構造とも共通するように思える。第二章で検討したように、シュレーゲルの「相互性」やノヴァーリスの「絶対的関係性」の概念は、反省による認識の連関に先立つ絶対的存在としてのフィヒテ的な絶対的自我を含め、あらゆる存在が反省によって構成されることを意味する。言うなればロマン主義は、理念や絶対者をも反省の連関の内に取り込み、存在論を認識論によって相対化することにより、認識の関係性それ自体を絶対化したのである。

ロマン主義論においてベンヤミンもまた、ロマン主義の反省概念から自己思惟の構造を抽出することで、芸術作品を含むあらゆる〈自己〉が持つ反省の構造を、理念へと直接的かつ無限に高まる反省媒質として定義していた。それに対して悲劇論では、イデアが認識の連関に先立つ存在根拠として定義される。それにより、ベンヤミンとロマン主義の差異だけでなく、ベンヤミン自身の認識論の二極化も明らかとなる。ロマン主義論における反省媒質に依拠した認識の絶対的関係性の思考とは異なり、悲劇論における認識論の意義は、超越的イデアを直接取り込むことのない、有限な相対的関係性の連関として理解できる。

ベンヤミンによれば、認識の連関の外部に位置づけられる真理とイデアの定義の源泉は、他ならぬプラトンのイデア論にある。「真理とイデアは、存在としてこそ、プラトンの体系が両者にはっきりと認める、あの最高次の形而上学的意義を獲得する」（I, 210）[6]。そして、ベンヤミンが存在としての真理とイデアのあり方に関する無二の証言と見なすのは、プラトンの『饗宴』である。

志向的な美とイデアの美

「哲学的な美」の節でベンヤミンは、プラトンの『饗宴』に示される真理概念の二つの決定的な命題として、〈イデアの領域としての真理が美の本質的な内実として展開される〉こと、そして〈真理は美しい〉と明言されることを挙げている。しかしベンヤミンによれば、これらの内の第二の命題に関しては、限定を付す説明が必要である。つまり「真理が美しいと呼ばれるとしても、それはエロスの欲望の諸段階を記述する『饗宴』の文脈において理解されなければならない」（I, 210）。

すでにベンヤミンは『親和力』論の中で、『饗宴』におけるイデアと美の仮象の問題に触れていた。そこでプラトンによる美の定義からベンヤミンが読み取ったのは、美は現象におけるイデアの顕現でありながら、現象する美それ自体は本質ではなく、仮象としての性格を保持するという美の二重性格であった（本書二三五頁参照）。「認識批判序論」において、ベンヤミンが『饗宴』に見出す真理概念の二つの命題は、『親和力』論で指摘されたこの美の二重性に対応すると考えられる。

『饗宴』においてソクラテスが指摘するように、エロスは必然的に何かあるものへの恋であり、しかも自らが所有しないものを欲する（Platon, *Symposium*, 199d–200b）。これは、エロスが他のものと無関係にそれ自体で存在するのではなく、つねに何かに向かう関係性の内にあることを意味する。このようなエロスの定義は、志向的な関係性として認識を定義するベンヤミンにとっても、少なからぬ意義を持っている。おそらくベンヤミンの次の言葉は、そのようなエロスの志向性に関わる。「真理はそれ自体で美しいというより、エロスにとって美しい。同様の関係は人間的な恋においても作用しており、人間は恋する者にとって美しいのであって、彼自身が美しいのではない」（I, 211）。エロスによる熱狂の最初の段階において、エロスは美のイデアよりも現象する一つの美しい肉体に向かうのであり、このことをベンヤミンは、『親和力』論において美の仮象的性格として捉えていた。そのような仕方でエロスが真理を求めるなら、真理の美もまたエロスによって志向される限りの美であることになる。

しかしベンヤミンによれば、このような美の定義の相対性の見かけによって、真理に付せられる美が単なる修辞的な形容辞となるわけではない。というのも真理は美しいという命題は、真理が美の本質的内実であるというもう一つの命題を前提するからである。後者の命題は、『饗宴』においてソクラテスがディオティマに語らせる美のイデアこそが、美の本質根拠であることに関わる。そこで語られるイデアは、他のものとの関係によって美しいのではなく、それ自体で美しい存在として、エロスとしての恋が志向する美には依存しない。(7)

そしてベンヤミンは、他との関係に依存しないイデアの美を、イデアによる自己表出の構造へと置き換える。

真理の本質が、自己を表出する諸々のイデアの領域であることは、むしろ真なるものの美についての言説が、決して損なわれないものであることを保証している。真理の内では、この表出する契機が美一般の避難所である。つまり美は、あからさまに美しいものを自称する限りでは、仮象的で損なわれるものにとどまる。誘惑する美の仮象の輝き Scheinen は、輝こうとするだけであれば悟性の迫害を招いてしまう。美は真理の祭壇へと逃げ込む場合にのみ、自らが無垢であることを認めさせるのである。この美の逃走を追うのは、迫害者ではなく恋する者としてのエロスである。美は仮象であるために、つねに両者から逃れ去る。それも悟性的な者からは恐れのあまり、恋する者からは不安のあまりに逃れ去る。そして恋する者だけが、真理は秘密を無化する暴露 Enthüllung ではなく、この秘密を守る啓示であることを証言できるのである。（I, 211）

真理が美しいことの根拠は、現象する美にあるのではなく、真理の領域を構成するイデアが、あらゆる志向的な関係性に先立って美そのものの不変の根拠であることによる。美の本質根拠は、そのように自己を表出するイデアの自律的な存在構造にあるのであり、イデアはエロスの志向的な所有関係には還元されない。それゆえベンヤミンは、志向的関係に依存しない真理の美を、エロスから逃れ去る美にたとえている。

しかし『饗宴』のディオティマの説によれば、はじめ一つの美しい肉体に向けられたエロスは、やがて複数の肉体の美、普遍的な美、人間の美しい営み、純粋な学問へと上昇し、最終的に美のイデアそのものの認識へと至らなければならない（Platon, *Symposium*, 211c）。ベンヤミンは、このような神的な熱狂としてのエロスによるイデアへの上昇の説から、明らかに距離を取っている。つまり現象する美を追い求めることが、最終的にイデアそのものの秘儀を明らかにするとは考えられていない。ベンヤミンも言うように、真理とは美の秘密の被いを取り除くことではなく、真理が啓示するのはこの秘密が隠されていることだけだからである。

『親和力』論に表明されたベンヤミンの見解によれば、現象する美においてイデアそのものは直観されないが、美は非本質的で偶然的な仮象などではなく、被いによって隠されていることを本質とする真理の表現として、「必然的な」仮象である。悲劇論でもベンヤミンは、真理を秘密として隠されたものとして捉えることにより、基本的に『親和力』論と同様の見解を示していると思われる。ただし悲劇論では、真理と美の関係が単に秘密とその被いと見なされるだけでなく、真理の認識を目指すことの帰結が、「イデアの領域に立ち入った被いが燃え上がること、作品の形式がその照度の最高点に達することで焼失すること」（I, 211）として比喩的に語られている。こうした比喩によって示されるのは、真理は志向的な認識の対象と同一視されることはできず、真理を隠す美の被いを取り除こうとするなら、この志向そのものが消失することである。

さらに「認識批判序論」で言及される直観と概念の役割は、このような認識の連関から区別されたイデアと真理の意義を一層明らかなものとする。

知的直観と対象認識

「イデアとしての言葉」の節では、認識における直観の方法一般とその対象から、存在としてのイデアがはっきりと区別される。

あらゆる秘儀が哲学に伝える弱さが、息苦しく明らかになるところがあるとすれば、それは新プラトン主義的な異教のすべての教義の信奉者たちに対して、哲学的態度の手本として定められた〈直観 Schau〉においてである。イデアの存在は直観一般の対象としても、知的直観の対象としても考えられることはできない。というのも知的直観は、たとえ逆説的に原型的知性と言い換えたところで、真理に固有の所与存在に立ち入ることはないからである。真理の所与存在は、あらゆる種類の志向から逃れており、まして真理それ自体が志向として現れることはない。真理は決して関係性の内には立ち入らず、とりわけ志向的な関係性には立ち入らない。（I, 215f.）

ここで批判されるのは、新プラトン主義において信奉されていた、イデアを原像として直観する学説の全体である。この箇所の草稿も参照するなら、それはイデア的本質を「図像的なもの Bildhaftes」(I, 936) として捉える直観の理論全般に関する批判であることがわかる。ベンヤミンは『親和力』論において、ゲーテ的な直観の概念に対して批判的な見解を表明しており、「認識批判序論」でも同様の傾向は顕著である。ただし「知的直観」と「原型的知性」の概念に言及していることから、ここでとりわけ念頭に置かれているのはカントであろう。

周知のようにカントは『判断力批判』の第七七節において、われわれ人間の認識能力に特有の悟性のあり方を「論証的 diskursiv」悟性と呼び、それとは別の「直覚的 intuitiv」悟性の可能性を示唆した。論証的悟性はあくまで分析的な普遍から出発するため、ある現象の原因の認識において、その普遍概念の下に個々の現象が包摂されるか否かは偶然的である。それに対して直覚的悟性は、自然の全事象を包摂する真に総合的な普遍から出発するため、自然の特殊現象の全体は、偶然性を含まない必然的なものとして統一的に認識される。それゆえ両者はそれぞれ、つねに模像 Bilder を必要とする「模型的知性 intellectus ectypus」、はじめから原像 Urbild を前提する「原型的知性 intellectus archetypus」と言い換えられる (KU, §77: AA, V, 408)[8]。さらに同じ節では、人間の認識能力に特有の直観のあり方にも言及されており、単に現象における知覚の対象だけを受動的に受け取るわれわれの「感性的 sinnlich」直観から区別して、超感性的な基体としての物自体を認識する、能動的な「知的直観 intellektuelle Anschauung」の可能性が示唆される (KU, §77: AA, V, 409)。

ベンヤミンが原像によって物の本質を直観する方法、とりわけカントの知的直観による物自体の認識の方法からイデアの存在を区別するのは、それがたとえ人間の経験的意識を超越した(もはや超越論的意識にも依拠しない)認識の方法であっても、直観である以上は何らかの対象性を前提するからである。ベンヤミンはカントの知的直観によっても、認識する主観と認識される対象の間の志向的な認識の相関構造が克服されているとは考えていない。

ロマン主義論の中でベンヤミンは、フィヒテの知的直観に言及していた。フィヒテの知的直観は、自由な知性による自我の行為の直接的意識であって、カントの知的直観のように物自体を対象とするわけではない。しかしベンヤミンは、思惟の形式のみに関わるロマン主義の反省概念と対照させることで、フィヒテの知的直観が相対的に対象性を持つ点を強調している（本書九五頁参照）。「認識批判序論」では、改めて物の本質を直観するカントの知的直観の方法が、その志向的な対象性によってイデアの存在を捉えられないことが主張されるのである。

ベンヤミンによれば、真理はいかなる志向の対象にもならず、それ自体無志向の存在である。それゆえザイスの女神像のヴェールを取り除く者が卒倒するように、美のヴェールに被われた真理の秘密を暴いて所有しようとするなら、当の志向そのものが消失するしかない。「真理とは志向の死である」（I, 216）。

このように「認識批判序論」で一貫して主張されるのは、あらゆる志向的な認識の方法がイデアと真理を捉え損なうことである。それは直観に限らず、悟性概念が何らかの対象への志向性を含む場合も同様である。それでは認識のあらゆる要素は、イデアの表出にとって無意味なものなのだろうか。この点に関して、「概念における分割と分散」の節で、概念に対してある積極的な役割が認められることが注目される(9)。

現象の要素としての概念

ベンヤミンによれば、真理が自己をただ一つの統一体として表出するために、あらゆる学問の隙間のない一貫した体系性は一切必要とされない。論理学、倫理学、美学のように、個々の専門分野がそれぞれ完結しており、互いに一貫性を欠いていることは単なる偶然ではなく、そのような学問の「非連続性 Diskontinuität」こそが、同じく個々に独立して非連続的な諸々のイデアの構造を示していると言われる（I, 213）。これは、あらゆる志向的な認識の連関から遠ざけられたイデアが、その非連続性の構造において現象と共通性を持つ点についての指摘であり、現象とイデアの関係性を問う上で中核となる観点である。

そしてベンヤミンは、序論の草稿の中で概念に現象とイデアを関係づける役割を見出している。

現象は、最も緊密に帰属する分類群に分割されることによってのみ、しかもおそらく個別的なものとしてのみ、あのあらかじめ定められた領域へと到達する。その領域において現象は、イデアの領域の内に隠されて verborgen、救出されて gerettet いる。この分割において、現象は概念の下にある。［その純粋な形式において、概念はイデアの領域への認識の領域の関係性 Beziehung を統制する。諸々の概念は認識の諸要素 Elemente であり、諸々のイデアは真理の諸部分 Teile である。概念は関数 Funktion の性質を持つ。認識の過程において現象を解消し、真理へと関係づけることは、概念の媒介者の役割に対応する。］しかも概念は、物に即して物を要素へと解消する。仮象が混ざり合った粗野な経験の現存として統合されるのではなく、要素となることでのみ、諸現象は救出されてイデアの領域へと入るのである。イデアの領域に入る際に、現象は自らを分割する。現象は、分割されて真理の真の統一に参与するために、自らの偽りの統一を放棄するのである。(I, 933f.)(10)

現象は概念によってイデアへと関係づけられるとしても、それは現象において互いに似通った特徴を持つ複数の物を包括する、概念の普遍化の作用によってではない。単なる現象における物の共通性の認識は、イデアとは関わりを持たない偽りの統一でしかないからである。逆に概念が物を要素へと分割し、解消するのは、単に何らかの物をさらに小さな物へと分解することを意味しない。むしろここでは、経験的現象における物質としての物を、純粋な関数的系列の要素として捉える概念の作用が考えられていると思われる。

概念が「関数」の性質を持つと言われるのは、おそらくこのような意味においてである。初期のヘルダーリン論では、物として固定された実体の認識から、変動する諸項の関係性のみを表現する〈関数〉原理の認識への移行に焦点が当てられていた。そして「認識批判序論」の草稿では、純粋な関数的原理の構造が、認識の要素としての概念と、真理の部分としてのイデアに共通する構造として示唆される。

現象がイデアの領域へ入ると言われるとき、それは現象の内でイデアが直観される、あるいは現象における物質的な要素の認識そのものがイデアへと直接関係づけられることを意味しない。むしろ現象は、概念によって純粋に関数的な要素へと解消されることによってのみ、イデアと同等の構造を持つことができる。このような関数的要素としての現象の認識の方法は、ベンヤミンが「認識批判序論」において、現象をイデアに関係づけることを「現象の救出」と呼ぶことにも関わる。「概念における区別が、破壊的なほど小事に拘泥しているとの疑いを免れるのは、それがあのイデアの内での現象の救出 Bergung、つまりプラトン的な現象を救出すること τὰ φαινόμενα σῴζειν を目指した場合だけである」(I, 214)[11]。

すでにベンヤミンは一九一八年に書かれた断章の中で、偶然的な自然現象を科学的に説明するために、現象の内に数学的な必然法則が内在することを「仮説」として前提する方法の源泉を、プラトンに見出していた。「それゆえプラトン的な問題は依然として有効である。つまりわれわれは世界を思惟しようとするなら、現象を救出しなければならない。これを行うのが仮説 Hypothese である」(VI, 41)。ベンヤミンが、仮説として与えられた法則から現象の統一性を演繹する方法の根拠をプラトンのイデア論に求める点には、新カント主義からの影響が顕著である。

ナトルプは『プラトンのイデア論』の中で、自然現象の説明根拠としてイデアの存在を仮設する方法が提示される『パイドン』の箇所 (Platon, *Phaedo*, 95e–107b) を解釈している。ナトルプによれば、プラトンのイデアは生成変化する現象の根底において、つねに不変の関係性を保持する法則性として捉えられており、科学はあらゆる現象をこの法則によって記述することを課題とする。そのように天文学は、規則的に配列された天体運動の法則を「仮説 Hypothesis」として前提し、見かけの上で不規則に現れる天体の軌道をこの法則に結びつけることによって、「現象を保存する wahren」のである (Natorp, 1903, S. 157)。この意味でプラトンのイデアは、「あらゆるものを受け入れる本質であり、それはつねに同一のものであり続け、(純粋な地位体系における) 自らの関数から決してはみ出ることなく、あらゆる形態を受け入れながら、自らはいかなる形態も持たないものである」(l. c., S. 156)。

ベンヤミンにおける「現象の救出」もまた、現象の認識を単に経験的な法則に還元するのではなく、現象に対して隠されたイデアとの潜在的な関係性の内に捉える方法を意味する。[12] 少なくとも「認識批判序論」の草稿段階では、認識の連関を構成する純粋な関数的要素としての概念と、不変の関係法則を表出するイデアとの間に、類比的な構造が見出されていたと考えられる。

しかし「認識批判序論」に述べられるイデアの構造は、新カント主義のプラトン解釈のみを源泉とするわけではない。ベンヤミンは序論の草稿で、真理を構成する部分としてのイデアに特有の構造として、それが単なる全体の部分ではなく、あらゆる構成部分が独立して全体の構造を内に含み込む点を指摘する。ベンヤミンによればこのようなイデアの構造は、ザロモン・マイモンが伝える、シナイ山を埋める石の伝説が示している。つまりシナイ山を埋めるあらゆる石には茨の茂みの図が模写されているが、この図は石がいかに小さな部分に破砕されても個々の石の破片の中に見出され、それは無限に続く（Vgl. Maimon, 1911, S. 406f.）。[13]「諸々のイデアとはそのような真理の部分であって、この部分の内にのみ、たとえごくわずかであっても真理の法則が損なわれることなく刻まれていることがわかる」（I, 934）。

完成稿では、シナイ山の石の伝説に触れた箇所は削除されることになるが、この草稿の箇所は、イデアと概念に共通する構造としてベンヤミンが具体的に考えていた事柄を一層明らかにする。つまり真理の連関を構成するイデアは、互いに離散して独立した構造単位であるが、個々のイデアはそれぞれ同じ真理の法則性を共有する。そして認識における諸々の概念もまた、経験のレベルにおいてどれほど狭小な認識要素にすぎないとしても、それらがいずれも真理の連関を構成する要素と見なされるなら、その本質根拠としてのイデアの離散性の構造に対応する可能性を残すのである。

イデアと概念に共通する、全体に対する部分の関係においては、個々の要素の非連続性と離散性があくまで維持されるとともに、あらゆるレベルで個々の機能単位が全体の構造を入れ子状に反復していることが示唆される。このような全体と部分の関係は、ベンヤミンがロマン主義論において概念的な反省に与えた機能から明らかに区別される。つまりロマン主義論では、個々の単位としての〈自己〉による反省の高まりが、他の反省の単位を包括する理念（イデア）への無限の接近として解釈された。しかし悲劇論では、個々の要素が他の要素を包括するような統一化の作用は考えられていない。

すでに本書の第二章末尾でも触れたように、単一の連続体として芸術の理念を構想するロマン主義に対して、ベンヤミンは非連続的なイデアの構造を対置する（I, 218）。後者においてイデアと現象の領域は、互いに近づくことのない存在と認識の領域としてあくまで区別されながら、その離散的構造によって互いに類比的でありうる。これが、諸部分を包括することで全体に接近するロマン主義の方法に対する、部分の個別性を保持したまま全体と部分の照応関係を問うバロックの方法である。

このような現象とイデアの構造的な照応関係、そして認識における要素としての概念の作用を理解することにより、はじめて「認識批判序論」が課題とする「イデアの表出」の方法を捉えることができる。「というのも、具象的な要素それ自体においてではなく、この要素の概念における配列 Zuordnung の内でのみ、イデアは自己を表出するからである。しかもイデアは、イデアの配置 Konfiguration として自己を表出する」（I, 214）。概念として要素に分割された現象と、イデアとして部分に分かたれた真理に共通するのは、両者が全体を構成する単位の配置として表出されることによる。そしてこのイデアの配置こそが、悲劇論における関係性の思考の中核となる方法である。

概念の配置と表現の問題

「配置としてのイデア」の節の際立った特徴は、完成稿に見られる節の主要な記述に相当する箇所が、草稿の中にほとんど見当たらないことである。同節の草稿と完成稿に共通して見られるのは、『ファウスト』の母たちに触れた部分だけであり、草稿ではその前の「概念における分割と分散」の節に該当する箇所の直後に、根源の概念の定義が続いていた（I, 934f.)。この部分の草稿の欠如は、「認識批判序論」の完成稿に含まれる「トラクタートの概念」から「モナドロジー」までのほとんどの節の内容が、多かれ少なかれ草稿の時点で記述されていたことと比べるなら、明らかに異質である。このような草稿と完成稿の大きな差異は、ベンヤミンが「認識批判序論」執筆の最終段階で、「配置としてのイデア」の節の内容に関して、とりわけ大きな修正を施す必要があったことを推測させる。実際にこの節の完成稿の記述からは、草稿の時点で示されていたいくつかの観点が修正されたことが読み取れる。

同節においてベンヤミンは、イデアと現象の関係を次のように定義する。

> 一つのイデアの表出に用いられる概念の集合は、イデアを概念の配置として現前させる。というのも現象は、イデアの内に併合されていないからである。現象はイデアの内に含まれてはいない。むしろイデアは現象の客観的、潜在的な布置 Anordnung であり、現象の客観的な解釈である。イデアは現象を併合することで自らの内に含むのではなく、また関数 Funktion、現象の法則 Gesetz、〈仮説 Hypothesis〉の内に消え去ることもない。であるなら、イデアは一体どのような仕方で現象に到達するのか、という問いが生まれる。この問いには次のように答えることができる。つまり、イデアが現象を表現＝代表すること Repräsentation において、と。イデアはそのような現象の表現＝代表として、イデアによって捉えられる現象とは根本的に別の領域に属する。それゆえイデアが、類概念が種を包摂するように、イデアによって捉えられる現象を包摂するかどうかは、イデアの存続についての基準として理解されることはできない。というのも、そのような包摂はイデアの課題ではないからである。（I, 214）

この完成稿の箇所は、すでに引用した「概念における分割と分散」の節の草稿の箇所に対する明らかな修正を含んでいる。つまりここでイデアは、現象の事象的な要素の単なる包摂からだけでなく、「関数」、「現象の法則」、「仮説」

の作用からも区別されるに至るのである。この三つの言葉は、いずれもマールブルク学派によるプラトン解釈のキーワードであった。

実体の形而上学から数学的な〈関数〉原理への移行、同一の法則的関係性が無限に多様な現象として現れる動的な原現象としてのイデア、不規則に生成変化するあらゆる現象の根源的な規則性を演繹可能にする仮説としてのイデア。これらはいずれも本書で検討してきた、マールブルク学派において近代の数理物理学を基礎にした認識批判の源泉として解釈された、プラトンのイデア論を特徴づけるものである。それゆえベンヤミンが、関数としての概念、法則としての真理の性質に関する草稿の記述を削除し、新たに完成稿において「配置としてのイデア」の節を書いた過程には、マールブルク学派によるイデア論の解釈との差異を明確化する意図が含まれていたことが推測できる。

現象の「表現＝代表」としてのイデア、この草稿には見られないイデアの定義こそが、「認識批判序論」の完成稿で示される、ベンヤミン自身のイデアの解釈を特徴づけるものである。「モナドロジー」の節では、現象を「表現＝代表」するイデアの作用がライプニッツのモナドに直接結びつけられることからも、この定義においてベンヤミンが少なからずライプニッツを念頭に置いていたことは疑いえない。そしてそれは、マールブルク学派の数学的・形式論理学的なイデアの解釈に対して、ライプニッツの形而上学の意義が改めて主張されることをも示唆している。

ライプニッツにおいて「表現 représentation」の概念は、多くの場合「表出 expression, exprimer」の同義語として用いられ、個体としての実体やモナドの最も基礎的な性質を構成する。[14] すでに一六七七年の論文「観念とは何か」の中で、ライプニッツは表出の原理に関する次のような定義を示していた。「あるものを表出すること *exprimere* は、表出されるべきものの諸関係 habitudines に対応 respondere する諸関係を、表出するものが持つことである」(A, VI, 4, 1370)。ライプニッツはこの表出の具体例として、機械の模型が機械を、平面における射影図が立体を、発言が思惟や真理を、数字が数を、代数の方程式が円や他の図形を表出することを挙げる。ライプニッツによれば、これらの表出作用に共通するのは、〈表出するもの〉の持つ諸関係を観察するだけで、これに対応する〈表出されるもの〉の持つ固有性の認識に到達することができることである。つまり表出作用の本質は、〈表出するもの〉と〈表出されるもの〉の間に物質的な類似関係や実在的な影響関係が存在することではなく、互いに完全に独立した別種のものの間にも存在しうる「類比 analogia」、つまり両者の構造的な〈対応〉関係にある。

このような表出の原理は、一六八七年のアルノー宛書簡の中でも、〈表出するもの〉と〈表出されるもの〉の間に「ある恒常的で規則的な関係 rapport」(A, II, 2, 240) があることとして、改めて定式化される。ただし、「観念とは何か」で主に幾何学や数学の領域から展開されていた表出の原理は、この時期には単に特定の物や記号が他の物を表出する作用に限らず、形相として真の個体性を持つ〈一〉が〈多〉を表現する形而上学的実体の構造へと適用される。ベンヤミンも「認識批判序論」でその名を挙げる、一六八六年の「形而上学叙説」第九節の次の言葉は、このような実体による表出の作用を端的に示している。「あらゆる実体は一つの世界の全体のようなものであり、神あるいは宇宙全体の鏡のようなものであって、各々が自らの仕方に従って宇宙を表出 exprimer する。それは同一の都市が、それを眺める人の位置が異なるのに応じて、さまざまに表現される représenté のと同様である」(A, VI, 4, 1542)。

個体的実体による世界の表出には、経験的に外部から何らかの知覚や刺激を受け取るような認識の作用は含まれない。個々の実体はそれぞれが独立した一つの世界のようなものであり、もっぱら自己の内に生得的に含まれている観念のみを展開する。しかし、各々に異なる視点を持つ実体による世界の表現は、いずれも神の無限の視点の一種のヴァリエーションであり、その意味で真理を含んでいる。それゆえ同書の第一四節に言われるように、すべての実体は神以外のいかなるものにも依存せず、自らの原理のみに従いながら「相互に対応 entrerépondre」し、類似していなくても互いに「類比的 proportionnel」である (A, VI, 4, 1550)。

ライプニッツが実体の表出と表現によって問うているのは、互いに一切の影響を与えることのない個体が、世界を独自に〈表現=代表〉することにおいて見出される、個体相互の照応関係である。この表出と表現の原理に特徴的なのは、それが認識論の領域に限定された概念ではなく、個体が自己の内に世界の全体を〈表現=代表〉するあり方が、個々の視点から真理を表現する個体の存在論的な構造としても前提されていることである。そしてベンヤミンが「認識批判序論」の中で叙述する、イデアによる現象の〈表現＝代表〉の構造は、この意味でライプニッツの表現概念と重なり合う。

ベンヤミンにおいてイデアによる現象の〈表現＝代表〉は、複数の種を包摂して類として統一する、概念による現象の認識作用から明確に区別される。認識された諸々の現象が集積した総和によってイデアが形成されるのではなく、イデアが潜在的に現象の全体を自己の内に〈表現＝代表〉する構造は、イデアにとって所与の存在構造だからである。現象の領域といかなる影響関係も持たないイデアが現象を〈表現＝代表〉するのは、その非連続的な存在構造によってである。

イデア（モナド）相互の関係性とは、他に一切依存することなく自己の内でそれぞれ世界全体の客観的な秩序を表現する意味で絶対的である。それに対して経験的な概念は、それ自体で客観性の根拠を持たず、外延をいくら増加させても個々が全体を包摂することがないために相対的である。しかし制限された概念は、現象の特殊を包摂するのではなく、逆にそれらをさらに分解するなら、要素同士の離散的な関係性の構造を際立せることができる。認識の相対性と結びついた個の特殊性に依拠することで、逆説的に現象の要素相互の関係性は非連続的なイデア相互の関係性に〈照応〉する可能性を持つことになる。認識の相対性を克服するのではなく、むしろ徹底することで、現象の認識とイデアの存在という極端に異質な領域相互の照応の可能性が生まれる。これが「認識批判序論」で示される、イデアによる現象の〈表現＝代表〉である。イデアの構造に照応する要素として認識されることで、バラバラに散らばった現象の要素は、イデアの存在に根拠を持つ「客観的、潜在的な布置」として解釈される。

そしてベンヤミンが諸々のイデアの配置を強調する点には、「形而上学叙説」における、異なる位置から同一の都市を独自に表現する諸々の実体同士の関係性とも共通する構造が認められる。つまり個々のイデアは、全体として一つの視点へと統合されるのではなく、それぞれ離散したまま固有の位置と視点を保つ。諸々のイデアが独自に現象の全体を自己の内に〈表現=代表〉することは、すなわち真理の秩序を構成する部分による、孤立した構成単位相互の客観的な布置を形成することを意味するのである。

諸々のイデアの配置として自己を表出する真理の連関は、認識における統一のように、個々の現象の認識を相互に組み合わせたり補整したりすることで生み出されるのではなく、その統一の根拠が真理自体に直接与えられている。それゆえ真理は、認識のように問いを積み重ねることによっては得られない。「真理は概念における統一ではなく、存在における統一として、あらゆる問いの外にある」(I, 210)。このような所与の存在としての真理とイデアの表出は、現象の要素を概念によって統一することではなく、潜在的に真理の部分を構成する離散的な要素の配置として解釈することによって可能となるのである。

ベンヤミンは、一九二〇—二一年頃に書かれた「認識論」と題された断章の中で、次のように書いている。「ある事象連関の真理性 Wahr*heit* は、他のあらゆる事象連関における真理存在 Wahr*sein* の配置 Konfiguration としての関数 Funktion である。この関数は体系の関数と同一的である。真理存在(これは無論それ自体として認識不可能である)は、無限の課題と関連している」(VI, 45)。この箇所は、ベンヤミンがこの時点ですでに、真理を配置の形式によって捉えていたことを示唆しているが、「認識批判序論」の完成稿ではイデアと真理から区別される「関数」および「体系」の概念も用いられている。そこで「無限の課題」という言葉も見られることから、この時点ではベンヤミンがいまだ新カント主義の強い影響の下に真理の配置を構想していたことが推測される。[15]

「無限の課題」と題された一九一七年の断章では、「科学〔学問〕Wissenschaft それ自体が無限の課題である」(VI, 51) と言われる。ベンヤミンによれば、無限の課題は科学において何らかの問いとして具体的に与えられているわけではない。そして科学の統一は、あらゆる設定可能な問いの全体よりも多くを要求するために、何らかの問いによって外部から作り出すことはできない。それゆえ科学は、それ自体の内にこの無限の課題の解決可能性とその方法が内在する自律的な体系でなければならない。[16]

しかし、一九一八年に書かれた断章「カント派における「無限の課題」概念の両義性」では、新カント主義における「無限の課題」の概念に含意される無限性が、あくまで経験的な意味に留まることが指摘される。つまりこの概念は、目標に到達するまでの距離がいくら進んでも変わらずにつねに無限の遠方にあること、あるいは目指していた目標が達成されるやいなや新たな目標が設定されることの二つを意味しうるが、両者において無限の課題は決してアプリオリな課題の意味を持たない。ベンヤミンによれば、「新カント主義者たちにおいて課題の無限性は、この第二の非アプリオリで、完全に空虚な性質の無限性を指しているように思われる」(VI, 53)。

同時期のプログラム論文も合わせて考えるなら、ベンヤミンが新カント派による認識批判の内に見出したのは、哲学にとっての課題である真理とイデアの表出を、力学や数学をモデルとした科学的法則へ還元することに他ならなかった。ベンヤミンはプログラム論文の中で、このような新カント主義における経験概念を空虚な経験と呼び、それに対置された形而上学の意義を強調している(本書第一章三節参照)。「認識批判序論」では、経験と形而上学を直接結びつける「純粋で体系的な経験の連続体」という、プログラム論文の構想自体は破棄されているが、哲学の課題としての真理の表出のために、科学の体系に還元されない形而上学的なイデアが前提される点は共通している。[17] そこで哲学の課題としての真理の表出は、もはや科学的体系の統一原理としてではなく、プラトンやライプニッツの形而上学的思考のモデルに基づいた、所与の存在としてのイデアの配置によって示される。それゆえ新カント主義における〈関数〉の原理に基づいた認識批判、そして現象の科学的〈法則〉や〈仮説〉としてのイデアの解釈は、「認識批判序論」の完成稿の段階で最終的に修正されなければならなかった。

イデアの星座布置と予定調和

「配置としてのイデア」の節では、イデアと現象の関係が星座と星の関係にたとえられる。

イデアの物に対する関係は、星座の星に対する関係と同様である。このことが何より意味するのは、イデアは物の概念でも法則でもないということである。イデアは現象の認識には役立たず、現象の認識はいかなる仕方においてもイデアの存続に関する基準ではありえない。むしろイデアにとって現象の意味は、現象が概念の要素になることで汲み尽くされる。現象はその現存在、共通性、差異によって現象を包摂する概念の外延と内包を規定するが、現象のイデアに対する関係はその逆に、イデアが現象の客観的な解釈として、というより現象の要素の解釈として、第一に現象相互の連帯を規定する。イデアとは永遠の星座布置 Konstellationen である。現象の要素がそのような星座布置の内の点 Punkte として捉えられることで、現象は分割されると同時に救出されている。この要素を現象から解消することが概念の課題であるが、この要素は極端なものの内に最も厳密に現れている。イデアは、一回限りの極端なもの同士が並び立つ連関の形成と言い換えることができる。(I, 214f.)

ここでの永遠の星座布置としてのイデアは、おそらく単に恣意的に選ばれた比喩ではない。少なくとも、ベンヤミンが参照していたプラトンの『パイドロス』に見られる天上界のイデアの比喩、あるいは新プラトン主義において天体運行の根本法則として解釈された、イデアによる「現象の救出」の概念等がその前提になっていると思われる。星座布置の比喩において主眼となっているのは、現象の客観的な解釈が個々の要素の配置として把握されることである。イデアが現象の諸々の要素を〈表現＝代表〉することは、現象において共通性を持つもの同士を分類して一括りにすること、あるいはその要素の全体を平均値によって一般化することを意味しない。むしろイデアは、現象においてときに極端に異なる、相互に還元不可能な事物の要素同士を、その類似性や共通性、因果性に還元することなく、異質なもの同士が並存する連関として〈表現＝代表〉するのである。

この意味でイデアの星座布置は、ベンヤミンが初期から問うてきた関係性の思考の新たな展開である。一つの星座の内にある星々は、公転運動によってつねに相互の位置を変えるため、同じ星座でも完全に同じ布置が二度現れることはない。同じ位置に固定されることのない「点」としての要素同士の位置関係は、一つの要素が移動するたびに他の要素との異なる布置を形成するため、一瞬ごとに異なるものである。そのつど異なる位置にある星々から形成される星座布置は、つねに固定された同一の形として現れることがないのである。この意味で星座布置としてのイデアは、無限に可変的である諸々の要素が、潜在的に同一の〈関数〉法則の要素、つまり純粋に要素同士の関係係数を表現する原理の連関として統一される、ヘルダーリン論における〈詩作されるもの〉の方法とも親近性が高い。「認識批判序論」の完成稿が書かれるまでの過程で、ベンヤミンが真理における事象の配置や概念を「関数」と呼んでいたことは、イデアを配置の原理として捉えることの根底に、〈関数〉原理の思考があったことを示唆している。しかしすでに述べたように、序論の完成稿においてベンヤミンは、もはやイデアを「関数」や「法則」と呼ぶことはない。そこでイデアによる現象の〈表現=代表〉は、所与の本質における存在の形式として、あくまで現象の認識の統一を問う数学的科学の方法から区別されるからである。

自己の外部に根拠を持たず、互いに独立して世界を表現するイデアは、「イデアとしての言葉」の節で「恒星」にもたとえられる。

> 天体の調和 Harmonie が互いに触れ合うことのない星辰の運行に基づくように、叡智界の存立は純粋な本質の間の廃棄しえない隔たりに基づいている。個々のイデアは恒星 Sonne であって、ちょうど恒星が相互に関係するように他のイデアに関係する。そのような本質相互の響き合う関係 Verhältnis が、真理である。(I, 217f.)[18]

天体の内で互いに触れ合うことのない恒星の比喩により、一つのイデアの内の配置として並び立つ現象の要素同士の関係性と、諸々のイデア同士の関係性の差異が明白となる。つまり現象はイデアの連関の内にある点の配置と見なされるなら、単なる因果性や類似性に左右されずに動的な要素同士の布置を形成するが、この布置の客観性の根拠は静止したイデアに依存する。それに対して個々のイデアは、それ自体が一つの閉じた世界として、その存在そのものがすでに客観的な真理の部分である。このようなイデア相互の関係性とは、相互に転位する惑星同士の無限に可変的な布置関係ではなく、触れ合うことなく完全に独立した恒星が相互に響き合う意味で、「調和」の関係である。

イデア的本質相互の調和的関係は、該当する草稿の箇所において、明示的にライプニッツの「予定調和」の概念に結びつけられていた。

> 諸々の本質は互いに恒星のように並び立ち、相互に触れ合うことはない。本質相互の関係におけるあらゆる深遠な調和の前提条件とは、動かしえない隔たりである。そしてこの調和に最も固有な標識とは、それが(いわば同じ平面の内にある)本質相互の関係としてではなく、予定調和 prästabilierte Harmonie として、最高次の意味で客観的な調和として打ち立てられることである。この調和は、星辰の運行から天体の旋律が発するように、諸々の本質から発する。[物の本質は、この物がその内で考えられうるあらゆる関係性 Relationen を度外視することで、そのつどこの物に与えられるものである。それ自体で他の本質への調和として自己規定せざるをえない本質は、まさにそのことで本質であることをやめるであろう。](I, 928)[19]

天体における恒星の比喩は、単にイデアが互いに物理的に触れ合わないことを意味するのではない。むしろイデア的な本質は、文字通り互いに依存することなく、それぞれまったく独自に世界を表現する。イデアが相互に調和的であることの根拠は、真理の秩序として自己の内に世界を表現する個々のイデア自身から発するのである。このように世界を表現することにおいて、互いに自己自身のみを表出するイデア同士の調和の関係は、それぞれが完全に独立している意味で、他との関係なき関係性と言い換えることができる。それは現象界におけるあらゆる因果関係や依存関係を度外視した、叡智界におけるイデア相互の絶対的関係性である。そしてベンヤミンは、このようなイデア的本質同士の関係性を、ライプニッツの「予定調和」によって捉えていた。

ライプニッツは実体相互の関係に関して、すでにアルノーとの往復書簡の中で「実体間における同時併起 *concomitance*、あるいは一致 *accord*〔調和〕の説」(A, II, 2, 82) を主張していた。それは、実体間の物理的な作用による「相互影響論」や、あらゆる運動の原因を各瞬間の神の働きに求める「機会原因論」の説とは異なり、神によって創造された実体は、それぞれが完全な自発性によって作用しながら、相互に一致すると言われる。つまりあらゆる実体は、それぞれ閉じた一つの世界として他の実体とは無関係に世界の全体を表現するが、その表出は同一宇宙の異なる表現として相互に一致するのである。

互いに依存することなく一致する実体相互の照応は、後に「新説」に対するフシェの異議への釈明において、はじめて「予定調和 *Harmonie préétablie*」と呼ばれることとなる (GP, IV, 496)。そこで実体間の調和は、寸分の狂いなく精巧に作られた二つの時計が、互いに影響することも、あとから手を加えられることもなく、正確に同じ時を刻み続けることで一致する比喩によっても説明されている。ライプニッツによれば、一つの実体に生ずるすべての出来事は、その実体の完全な「自発性 *spontanéité*」から生ずるにもかかわらず、外界の事象との完全な「一致 *conformité*」を保つ。そのように独自に世界を表現する個体的特質として、予め定められた各実体の相互関係だけが、実体間の交通をもたらすのである (GP, IV, 484)。そして晩年の「モナドロジー」でも、個体的実体としてのモナド間の予定調和の根拠は、諸々のモナドが同一の宇宙を〈表現＝代表〉する作用に求められる。「精神は自らの法則に従い、身体もまた自らの法則に従う。両者が一致するのは、あらゆる実体の間にある予定調和によってであり、またあらゆる実体は同じ一つの宇宙の表現 représentations だからである」(Mon. §78: GP, VI, 620)。

ベンヤミンは、「モナドロジー」の節に相当する草稿の箇所でも「予定調和」の言葉を用いていた。「諸々のイデアはモナドである。モナドの領域における調和は、接触〈伝達〉によって実現するのではなく、予定調和である」(I,

948)。完成稿の「イデアとしての言葉」の節からは、草稿における「予定調和」の言葉が削除される。しかし、互いに触れ合うことのない本質としてのイデア同士の関係性が、ライプニッツの予定調和を一つのモデルとしている点は、完成稿の段階でも変わらなかったように思われる。というのも完成稿の「モナドロジー」の節において、イデアによる現象の〈表現＝代表〉の客観性の根拠は、モナド間の予定調和に求められるからである。「イデアはモナドである。イデアの内、つまり現象の客観的な解釈としてのイデアの内では、現象の表現 Repräsentation が予め定められて prästabiliert 静止している」(I, 228)。

このように世界の全体を自己の内から個々別々に表現しながら、互いに照応する構造に依拠して、ベンヤミンはイデアとモナドを等置する。それは、あらゆる志向的な認識関係に先立って自己を根拠づける、所与の存在としてのプラトン的イデアを、モナドによる表現の構造に重ね合わせて再解釈することを意味する。そして「認識批判序論」が一貫して問うのは、このモナド的イデア相互の絶対的調和の関係性と、現象の内で分割された物同士の関係性という、相互に一切の影響関係にない異質なものが、〈表現の関係〉によって結びつけられる可能性である。この意味で、ベンヤミンの〈関係性〉の思考は〈表現〉の概念に限りなく近づいていることが分かる。

相互に無関係な要素同士の配置として認識されることで、現象の相対的関係性の構造はイデアの絶対的関係性に対応する。ベンヤミンはこの他との関係なき関係性の布置構造を、現象のミクロな事象から天界の星々、さらにイデアの領域に共通する存在構造として見出している。要素同士の布置関係は、個々の要素が極端に異なるものとして際立つほどに、別のレベルにおける布置関係と構造的に一致する可能性を持つ。ある領域の要素間の関係性は、別の領域の要素間の関係構造を反復しているのである。それゆえここでの〈関係性〉は、要素間の単なる影響関係や近さではなく、遠さを孕んだ異質なもの同士が他を〈表現〉する関係のことである。この〈表現〉は一方向でも双方向の関係でもなく、そもそもいかなる方向性も志向性も持たない。個による他の表現は、他から離れるほどに自己の表現を際立たせるからである。この意味で、関係性とは表現である。個は他から遠ざけられて直接の関係を失うほどに、まったく異質な他との〈表現の関係〉に入るのである。

「認識批判序論」ではイデアの存在構造として、〈離散性〉に加えて〈全体性〉もまた強調される。そしてイデアによる現象の〈表現＝代表〉の関係が問われるとき、現象の内にある個々の存在者にもまた、イデアとの一致の可能性として〈全体性〉の構造が見出されなければならない。この点に関して詳しくは次節以降で述べるが、ベンヤミンが現象の内の〈全体性〉の原理として指摘するのが、潜在的な時間の全体を含む「歴史」の形式である。ベンヤミンは、個が自己の内に時間の全体を孕む表現の構造を、ライプニッツのモナドを主要なモデルとして導き出している。

根源とモナドにおける歴史の表現

「認識批判序論」におけるベンヤミンの歴史哲学の思考は、とりわけ「根源」と「モナドロジー」の節に顕著に見られる。そこでの「根源 Ursprung」概念の定義が、現象においてイデア的原像を直観するゲーテ的な自然の原現象から、現象において隠されたイデアを歴史の形式によって表出するベンヤミンの根源概念への移行を示していたことについて、本書の第三章四節ですでに詳論した。

いま改めて「認識批判序論」全体における根源概念の意義に触れるなら、それはベンヤミンが序論で一貫して問う現象とイデアの関係を、歴史の形式によるイデアの表出として定式化することにあったと思われる。ベンヤミンにおいて根源は、何らかの時間的な起源や発生を意味せず、現象における事実的なものとして直接浮き出ることはない。むしろ根源は歴史のカテゴリーとして、顕在的に現れた事象の前史と後史に関わることで、現象の潜在的な歴史の全体としてイデアを表出するのである。「一つのイデアは歴史的世界と繰り返し対峙し、ついにイデアはその歴史の全体性において完成して横たわる」(I, 226)。

根源の概念によって、ベンヤミンのイデア解釈には時間の契機が導入されることとなる。ベンヤミンは、一九二三年頃に書かれたと思われる断章「個別科学と哲学について」の中で、真理の時間的構造について論じていた。ベンヤミンによれば、事象において現れる矛盾は、真理の概念そのものとは矛盾しない。「というのも、真理は事象を超えて存在するのではなく、事象の内に存在するからである。そして事象の内における真理は、ある事象が呈示される際に、その連関と時間的構造が根本的に異なるのに応じて、そのつど明らかとなることができる」(VI, 50)。真理は事象を超越した無矛盾の存在ではなく、事象に応じて異なる仕方で示されうる。しかしここでの真理の定義は、おそらく真理そのものが現象の内に直観されることを意味しない。真理と現象の関係において問われるべきなのは、むしろ時間の問題である。

ベンヤミンによれば、経験的な事象の内にある「無志向の真理」は、「無時間性」をその指標とする通俗的な真理概念と対立する。「なぜなら、無志向の真理の妥当性は歴史的 historisch であり、それゆえ無時間的なものではまったくなく、事象のそのつどの歴史的な立ち位置に結びつけられ、それとともに変動するからである。〔…〕真理の権威の内に他ならぬ時間が含められるのは、時間的な布置 zeitliche Konstellation に応じて、そのつどこの権威が現れたり消えたりすることによってである」(VI, 50)。この断章においてベンヤミンが構想していたのは、そのつど異なる連関と布置として現象する事象の全体と真理の関係を、時間の形式によって把握することであった。事象の内にある真理の定義は、本質存在としての真理の所与性が強調される「認識批判序論」と比べるとかなり力点が異なるが、真理の表出に現象の「時間的な布置」が関わる点は共通している。このことは、序論において対置されるイデアと現象、存在論と認識論の関係性を表現する原理が、歴史哲学に見いだされていることを示唆する。

第三章末尾で検討したように、現象の歴史を本質としてのイデアに結びつけるのが根源である。「根源のイデアに捉えられたものは、内部においてはじめて歴史を知る。それはもはや際限を持たない歴史ではなく、本質的な存在であるイデアに関係づけられた歴史の意味であり、それによって歴史は、イデアの前史および後史として示される」(I, 227)。イデアを表出することは、現象における生成の全過程を発生の段階から網羅的に示すことを意味しない。むしろイデアは、動的な現象の諸々の要素をそれらが並存する一瞬の配置として結晶化させる。歴史の根源は、ある一瞬の現象の配置を静止したイデアの秩序に関係づけることで、それ以外のあらゆる可能的な配置の全体を〈表現＝代表〉するのである。

根源において静止する現象の配置は、それゆえ諸要素の単に空間的な布置というより、これら要素が過去と未来に取りうるあらゆる潜在的な布置を〈表現＝代表〉する意味で、歴史的である。「根源の学としての哲学的歴史は、諸々の隔てられた極端なもの、過度の展開と見えるものから、イデアによる配置を浮かび上がらせる形式である。イデアとは、そのような対立が有意義に並存する可能性として特徴づけられる全体性である」(I, 227)。イデアによる現象の〈表現＝代表〉とは、それが現象の諸々の配置の可能性を潜在的な歴史の全体として示すことにある。ベンヤミンによれば、一つのイデアを表出するためには、このイデアに含まれるあらゆる配置の可能性が踏査されなければならないが、「この踏査は潜在的 virtuell であり続ける」(I, 227)。つまり現象の全体は、直観に対して啓示されるのではなく、潜在的な歴史の全体を表現する根源として隠されるのである。

ベンヤミンは、この歴史の全体を表現するイデアの構造を「モナドロジー的」と呼ぶ。

> 哲学的な学における存在の概念は、現象では飽き足らず、むしろ現象の歴史を使い尽くすことではじめて満たされる。そのような考察における歴史的な視点 Perspektive の深化は、過去に向けてにせよ、未来に向けてにせよ、原則的にはいかなる限界も知らない。このような深化がイデアに全体的なものを与える。孤立性を手放さないにもかかわらず、全体性によって特徴づけられるイデアの構造とは、モナドロジー的 monadologisch である。（I, 228）

イデアの「孤立性」と「全体性」は、互いに背反する特徴というより、相互にイデアの存在構造を条件づけるものである。つまり個々のイデアは、あらゆる他から隔離された固有の「視点」を持つ点で限定されているが、これらの視点には世界の歴史の全体が潜在的に含まれている。このように単に無制約的で単一化された世界の全体性ではなく、相互に孤立した複数の観点から、それぞれ世界の全体を潜在的に表現するイデアの構造を、ベンヤミンはライプニッツのモナドに結びつけるのである。

「認識批判序論」における現象の客観的〈表現＝解釈〉としてのイデアの構造は、「モナドロジー」の節で繰り返し強調される、「イデアはモナドである」という言葉に集約される。しかしそれは、イデアが何らかの心理的意識を伴う精神や延長を持った実体と等置されることを意味しない。むしろベンヤミンは、〈一〉としてのモナドが〈多〉としての世界を〈表現＝代表〉するその存在構造を、同じく現象を〈表現＝代表〉するイデアの構造へと読み換えているのである。[20] ベンヤミンにおいてイデアは、物の本質である物自体として実体（モナド）であるというより、現象の全体を潜在的な歴史として〈表現＝代表〉する構造において実体的、つまりモナド的である。ベンヤミンにとってライプニッツのモナドは、歴史の形式によって現象の全体を〈表現＝代表〉するその存在構造において、現象とイデアを関係づける根源の歴史哲学の思考に基礎を与えるものだった。

以上、『ドイツ悲劇の根源』の「認識批判序論」におけるイデア論の解釈を中心に検討した。本章冒頭で触れたように、ベンヤミンの悲劇論全体の解釈にあたっては、序論におけるイデア論と本論におけるバロック悲劇の考察との関係もまた問われなければならない。「認識批判序論」で主張されるように、イデアは所与の存在として現象の認識とはいかなる影響関係も持たない。にもかかわらず、悲劇論にイデアの表出の問題を問う序論があえて付せられるのは、あらゆる微細な現象の諸要素に、イデアの秩序として表現される客観的な配置との照応を見出すことがそこでの課題だからである。「実際また現実世界が課題でありうるのは、あらゆる現実的なものの内で世界の客観的な解釈が明らかになるように、あらゆる現実的なものに深く沈潜することが肝要であるという意味においてである」（I, 228）。それゆえ後に続く本章の三つの節では、バロック演劇によって表現される世界の諸々の要素の関係に、イデアの布置との照応関係を見出す方法として、ベンヤミンの悲劇論の本論を読解することを試みる。

第二節　バロック悲劇の時間

バロックの君主論

悲劇論の本論前半の「バロック悲劇とギリシア悲劇」において、ベンヤミンは主に古代の「ギリシア悲劇 Tragödie」との対照によって、近代の「バロック悲劇 Trauerspiel」の諸特徴を描写している。[21] そこで示されるいくつかの論点の内、「認識批判序論」の諸論点との対応から最も注目されるのは、「歴史 Geschichte」の問題であろう。

ベンヤミンはギリシア悲劇とは異なるバロック悲劇の特徴を、何より歴史を対象とする点に見出している。「この時代に現れていたような歴史的生が、バロック悲劇の内実であり、その真の対象である。この点において、バロック悲劇はギリシア悲劇から区別される。というのも、ギリシア悲劇の対象は歴史ではなく、神話だからであり、悲劇的状況が劇の登場人物たちに割り当てられるのは、その身分――絶対王権――によってではなく、彼らの現存の前史時代――過ぎ去った英雄時代――によってだからである」(I, 242f.)。過ぎ去った神話の時代〔過去〕を対象とするギリシア悲劇とは異なり、劇が書かれた時代の歴史的生〔現在〕を対象とすることこそが、ベンヤミンにとってバロック悲劇の固有性を示す諸特徴の基礎となるものだった。ベンヤミンによればバロック悲劇の詩学は、世俗世界の現実の内で起こる歴史的な出来事の経過への関心に強く結びついている。そしてこの歴史的生への関心が、一七世紀において外交と政治の中心であった君主を、必然的にバロック悲劇の主役として登場させることになる。

「君主は歴史を代表 repräsentieren する。君主は歴史的な出来事を、王笏のように手中にしている」(I, 245)。この「歴史を代表する」君主というベンヤミンの言葉は、「認識批判序論」における、現象の歴史の〈表現＝代表〉としてのイデアのあり方との関連性を示唆するものである。しかしここでの代表概念は、何より現実の内での歴史的・政治的出来事の中心に君主が位置する意味で言われていることに注意する必要がある。ベンヤミンが一七世紀の君主に見出す歴史の〈代表〉は、現象を超越したモナド的イデアによる現象の〈表現〉とは明らかに異なる。というのもベンヤミンは、これら君主を描いたバロック悲劇の主要な特徴を、現象からの一切の超越性を欠いた内在的な世俗世界として解釈しようとするからである。ベンヤミンによれば、そのように世俗化された世界における歴史の代表者としての君主像の根底には、国法上の思想がある。

ベンヤミンが一七世紀の主権論の根底に見出すのは、カール・シュミットの指摘した、法学的思惟における決断主義である。「近代の主権概念が君主による最高行政権に帰着するなら、バロックの主権概念は例外状態 Ausnahmezustand の議論から発展しており、君主の最も重要な機能を、例外状態を除外することとしている。支配する者は、戦争や反乱、またその他の破局が生じる際に、この例外状態における独裁権の占有者であることを予め定められているのである」(I, 245f.)。

シュミットは『政治神学』(一九二二年)の中で、主権者を「例外状態についての決断者」(Schmitt, 2009, S. 13) と定義している。実定法の秩序内に明記されていない非常の危急事態に際して、この事態を除去するために必要な措置を取る主権者は、平時に妥当する法秩序の埒外にある。しかしシュミットによれば、例外状態においてあらゆる既存秩序を停止させる、主権者の原理上無限定の権能は、法学における決断の形式をその絶対的な純粋性において示す。つまりあらゆる法規範の拘束から解放された主権者の決断は、いかなる法的根拠も必要とせずに法を創造する、国家主権の最も純粋な形式なのである。

『政治神学』の中で、「近代国家学の重要な概念はすべて世俗化された神学の概念である」(l. c., S. 43) と言われるとき、それは単に神学から法学への概念の転用だけなく、両体系の構造的な類比性を意味している。神学と法学の類比性に関する最も明確な哲学的表現として、シュミットはライプニッツの『法学を習得し教授する新しい方法』(一六六七年) 第二部の四節から引用している。「われわれが行う区分の規範を、神学から法学へ移すことは正当である。というのも、両学科の類似性は驚くべきものだからである」(A, VI, 1, 294)[22]。

シュミットは、ライプニッツの指摘した法学と神学の構造的一致を、法学における例外状態と神学における奇跡を比べることで指摘する。つまり理神論の神学と形而上学は、神が直接世界に介入して例外的に自然法則を破る奇跡の概念を排除したが、同じ思考に基づいて近代法治国論も、主権者の実定法秩序への直接の介入を排除した。逆に有神論において前提された人格神の存在は、保守思想における君主の人格的主権性のイデオロギーを支える基礎になったのである。このようにある時代における主権概念は、単にその時代の社会的現実を反映するだけでなく、「根源的な概念性、つまり形而上学と神学にまで貫徹する一貫性」を前提する (Schmitt, 2009, S. 50)。

ベンヤミンは、一七世紀にローマ教皇を最高権威とした神権政治が制限され、世俗君主の絶対的な不可侵性が勝ち取られた経緯に注目している。世俗政治における無限定の権能である君主の独裁権は、何より三十年戦争をはじめとした諸々の宗教戦争によって荒廃した国土の復興のために要請された。そしてベンヤミンもまた、この破滅的状況を除外する決断者としてのバロックの君主に、神学や法学の思惟との対応関係を見出している。「この世紀を何より特徴づける神学・法学的な思惟のあり方においては、経過を先延ばしにする超越の過度の緊張が現れており、それがバロックのあらゆる挑発的な現世誇張の根底にある。というのも、歴史的理想としての復興に対立してバロックの目前にあるのは、破局の観念だからである。そして例外状態の理論は、この対立に基づいて形成されている」(I, 246)。

ドイツ・バロック悲劇においては、現実の破局に対する復興の理想の実現がいつまでも遅延されることにより、世俗世界と超越との過度の緊張が生じる。しかしベンヤミンが指摘するバロック悲劇の世界構造は、シュミットが法学の領域で指摘する、君主による法秩序への直接的な介入を排除する理神論的な思惟とも、一つの人格として絶対的に決断する君主を求める有神論的な思惟とも、厳密には一致しない。というのも、ベンヤミンがバロック悲劇の君主に見出すのは、決定権を持ちながらいつまでも決断することのできない君主の姿だからである。

ベンヤミンによれば、決断者の内での権力と能力の齟齬によって、バロック悲劇に固有の特徴が形成される。「その特徴とは、専制君主の優柔不断である。君主は、例外状態についての決定権を有するのだが、いざ行き着いた状況ではほとんど決断できないことを露わにしてしまう」(I, 250)。ベンヤミンはこのような君主の優柔不断を、悟性的な思惟によって決然と命を下すことができず、情念と衝動に縛られて決断を遅延するバロック悲劇の君主の姿に見出している。

例えばローエンシュタインの『ソフォニスベ』(一六八〇年)の第五幕で、ムーア人の王マシニッサは、結婚を約束したソフォニスベがローマ人に引き渡されるのを防ぐため、彼女に毒杯を送る命令を自ら下しながら、繰り返しそれを取り消すべきか逡巡する。またグリューフィウスの『グルジアのカタリナ』(一六五七年)の第三幕で、ペルシアの王アバスは、求愛を拒み続けるカタリナ処刑の命令書を持つ使者を送り出した後、その使者を何度も呼び止めてもがき苦しむ。このことからベンヤミンは、シュミットによる決断主義の君主論に対して、不可侵の権力を持ちながら実際には決断不能者である君主を対置するのである。

それゆえ歴史を代表する君主というベンヤミンの言葉は、次のような意味で理解しなければならない。「支配者がその権力を最も華々しく誇示する際に、歴史の啓示と同時に、この歴史の移り変わりを停止する権威がこの支配者に認められるなら、権力の陶酔の内で自己を失う皇帝を弁護できるのは次のことだけである。つまり彼は、神が任命する序列上無制約の位階と、惨めな人間存在としての状態との不均衡の犠牲として倒れるのである」(I, 250)。バロックの君主は、世俗における歴史的出来事の推移を自ら決定する権威を持ちながら、被造物としての身体的衝動に囚われることで、実際には歴史の代表者としての能力を持たない。彼は内在的秩序を超越した絶対君主として、その決断と行動によって歴史の推移全体を決定するのではなく、あくまで被造物的な存在として決断不能に陥り、世俗世界における秩序の復興を遅延し続けるのである。ベンヤミンによるバロック悲劇の時間構造の解釈は、このようなバロックの君主論に基づいている。そしてそれは、シュミットの決断主義における神学と法学の構造的一致とは異なる仕方で、超越的秩序と世俗世界の〈対応〉関係が見出されることを意味する。

罪の連関と運命の概念

ベンヤミンの悲劇論は、その構想から脱稿までの期間（一九一六～二五年）に書かれた多くの論考のモチーフを含んでいる。その中でも「罪 Schuld」と「運命 Schicksal」の概念をめぐる議論は、バロック悲劇の時間構造の解釈に直接関わっているため、ここで簡単に概観しておく必要がある。あらかじめ言うなら、これらの概念によって一貫して問われているのは、あらゆる被造物がその内にある、超越性を欠いて閉じた世界の構造である。

「言語一般および人間の言語について」（一九一六年、以下初期言語論）は、おそらくはじめて罪の問題が主題化されたテクストである。そこでは、『創世記』で描かれる失楽園以前に人間が持っていた楽園の言語が、「名 Name」によって事物の本質を直接かつ完全に認識する言語であったと言われる。ベンヤミンによれば、アダムは認識の木の実を食べることで認識を獲得したのではなく、むしろ楽園の言語を喪失したのであり、それによって人間の言語は、事物の本質とは無関係の内容を伝達するだけの手段である、抽象的な記号へと堕落した。それゆえ認識の樹の実によってもたらされた善悪の区別は、実際には善悪の認識には基づかない。直接的な認識の力を失った抽象的言語によって善と悪を裁くこと、「このような途方もないイロニーが、法の神話的根源の徴表である」（II, 154）。

被造物の世界がアダムの原罪以後に堕落した言語精神を起源とすること、このような問題意識によって、ベンヤミンは法や資本主義に象徴されるような規範的体系を、閉塞した内在的世界の構造として捉えるようになる[23]。つまり一つの法の体系の内にあるあらゆる存在者は、その行為の正当性をこの法の規範に依拠するが、この法に依拠する限りは法の外部への超越、つまりいかなる罪からも解放された「無垢 Unschuld」の状態に至ることはない。というのも、法の存在そのものがアダムの原罪に起源をもつ以上、法によって罪が解消されることはないからである。ベンヤミンは、永続的に罪を反復するだけの行為主体として存在者を規定する閉じたシステムの構造を、「神話」あるいは「運命」とも呼ぶ。

「運命と性格」（一九一九年）でも、罪のみによって構成される運命の領域として、法が挙げられている。ベンヤミンによれば、幸福や至福は運命の連鎖から解放された無垢の状態に他ならないが、法の領域にはこのような無垢は存在しない。「運命の法則である不幸と罪は、法を人格の判断基準へと高める。法の連関の内には罪のみが存在すると見なすのはおそらく誤りであって、むしろ証明されうるのは、法によるあらゆる罪科が不幸に他ならないことである」(II, 174)。それゆえベンヤミンは、法における罪の概念を、原罪以前の被造物の状態を前提する神学的な罪の概念から厳密に区別している。法として反復的に罪を科す運命の内にある人間は、このような神学的な無垢の生を知らないために「単なる生 das bloße Leben」とも呼ばれる。「法は刑罰を宣告するのではなく、罪を宣告する。運命とは生あるものの罪の連関である」(II, 175)[24]。

「暴力批判論」(一九二一年)にも、同様の観点が見出される。ベンヤミンによれば、自然法と実定法のそれぞれに見出される、正義の目的による手段の正当化と、正当な手段による目的の正義の保証という背反するドグマは、いずれもその前提となる目的と手段の相互依存関係自体が誤謬であるために、解決不可能である。つまり法が下す判決は、目的としての正義の領域には関わらず、あくまで法の体系の内部で正当性を付与あるいは剝奪するための手段にすぎない。ベンヤミンは、目的と手段としての正義と法の関係が決定不可能であることを、「生成の過程にある言語において〈正〉と〈誤〉を決然と決定することの不可能性」にくらべている。つまりここでも、原罪を起源とする法の抽象的な言語が、罪を反復する運命の領域の構成原理として捉えられているのである。「手段の正当性と目的の正義について決定するのは、決して理性ではない。手段の正当性について決定するのは運命的暴力であり、そして目的の正義について決定するのは神である」(II, 196)。

ベンヤミンの『親和力』論において、シャルロッテをはじめとした主要な登場人物たちが、出口のない神話的な運命の領域に囚われた被造物として解釈される点については、すでに第三章三節で触れた。とりわけシャルロッテの出産した男児は、誕生と同時に両親の不実の罪を不可避的に背負う点で、運命の形式を示す最たる存在である。ベンヤミンによれば、この赤子が背負う罪は行為の過誤から生じる「倫理的な罪」ではなく、被造物が必然的に背負う「自然的な罪」である（I, 139）。つまり運命の秩序の内で、被造物はいかなる意志や行為とも無関係に罪を負うために、この罪は原理的にいかなる行為によっても解消することができない。これこそが罪の連関からの一切の超越（無垢）を欠く、被造物の「単なる生」である。

悲劇論の構想から脱稿までの時期に繰り返し論じられた、被造物の内在的な生の連関という論点は、悲劇論に至ってバロック悲劇の演劇世界の構造そのものへと転用される。ベンヤミンによれば、ドイツ・バロック悲劇の形式は一七世紀の神学的状況からの必然的な展開の一つであるが、それは「あらゆる終末論の欠落を伴うように、恩寵の状態を断念することにより、単なる被造物の状態に立ち戻ることに慰めを見出す試みである。バロックの悲劇においても他の生の領域においても、本来は時間的なデータを非本来的な空間の同時性に変換することが決定的である。この変換は、この演劇形式の深層構造にまで及んでいる。中世が世界の成り行きの衰退と被造物のはかなさを救済の道への経過段階として見せるのに対して、ドイツのバロック悲劇は現世の状態の慰めのなさに完全に埋もれている。バロック悲劇が救済を知っているとすれば、それは神による救済の計画成就においてよりも、この宿命そのものの深みにおいてである」（I, 260）。バロック悲劇は原罪以前の恩寵の復興よりも、現世における被造物としての状態にあくまで固執する。そこでは、超越への出口を持たない閉鎖した世界の構造が繰り返し反復されるのである。[25]

とりわけ注目すべきは、バロック悲劇の内在性の構造が時間の空間への変換として捉えられていることである。つまりバロック悲劇の世界構造は、救済へと至る時間の経過の内にあるものとしては明示されず、むしろ時間性をその内に隠している。このように救済への過程を明示することのないバロック悲劇の演劇空間は、それが内在的な現世に囚われたままである点で、運命の構造とも親和的である。実際にベンヤミンは、カルデロンの作品をはじめとした運命劇をバロック悲劇の「変種」と呼び、この劇をモデルにして運命の概念を定義している。

運命劇においては、劇の筋内のあらゆる紛糾が一つの運命の展開のように結びつき、登場人物たちのいかなる行為もこの筋を変えることはできない。しかしベンヤミンによれば、「逃れえぬ因果連関そのものが運命的であるわけではない」(I, 308)。

運命思想の核心を成すのは、むしろ以下のような確信である。つまり運命の連関において罪は、つねに被造物的な罪 kreatürliche Schuld——キリスト教で言う原罪 Erbsünde——のことであって、行為による倫理的な過誤ではないのだが、この罪はたとえつかの間の顕現によってであろうと、引き止めがたく展開していく災禍の道具として、因果性を呼び起こすのである。運命とは、罪の場における出来事のエンテレケイア Entelechie である。(I, 308)[26]

ここでもベンヤミンは、運命思想の核心に「被造物的な罪」としての「原罪」の構造を見出している。それはアダムの原罪を起源として、あらゆる被造物の運命を原罪によって予め規定する原因論的な思考である。そして原罪を運命の起源として捉えたとき、この運命において被造物が最終的に行き着くのは死である。「運命は死へと転がっていく。死とは罰ではなく贖罪 Sühne であり、罪を負った生が自然的な生の法則に陥っていることの表現である」(I, 310)。あらゆる被造物が誕生と同時に罪を負い、その死もまたこの罪の贖いとして意味づけられる原罪の形式は、それが被造物の生全体を規定する点で、単なる因果論からも区別される。ベンヤミンが運命の概念の核心に見るのは、原因論的な思惟の要素があらゆる被造物の生の意味全体にまで拡張されることであり、必然的に死すべき存在者にとって因果論の外部は存在しないことになる。

罪の場に生起するあらゆる出来事を一つの運命の顕現と見なす運命思想を、ベンヤミンは「エンテレケイア」の概念によっても特徴づける。本書の第三章四節でも触れたように、ベンヤミンは「認識批判序論」の草稿で、根源概念を「エンテレケイア」の概念によって定義していた。しかし本論における運命としてのエンテレケイアは、序論の草稿に書かれた根源としてのエンテレケイアの概念とは明らかに意味が異なる。すでに触れたように、ベンヤミンにおいて根源の概念は、単なる現象の因果性の考察に終始するのではなく、むしろ「歴史的時間」の考察によってこの因果連関を道徳的概念に結びつける、「目的論的」な考察を意味するからである（I, 935）[27]。あらゆる被造物にとって、贖罪の死としての運命があらゆる出来事の最終的な実現態としてのエンテレケイアであるなら、被造物の生は現象に生起する出来事以外の意味を持たない。それに対してベンヤミンは、根源の概念によって現象をイデアの領域と関係づける。バロック悲劇が内在的な世界の構造において運命劇と近似するにもかかわらず、運命論の外部としてのイデアと結びつけられるのは、バロック悲劇に固有の時間構造によってである。

バロック悲劇と亡霊的時間

ベンヤミンが運命を罪の連関として捉えるとき、そこには運命の持つ時間構造が同時に含意されている。被造物に生起するあらゆる出来事を起源としての罪に結びつける運命の形式は、必然的に贖罪の死へと向かう継起的な時間を前提する。ベンヤミンは「運命と性格」の中で、「罪の連関が時間的であるとしても、それは完全に非本来的に時間的である」と述べ、運命の時間を救済や真理の時間から区別している。ベンヤミンによれば、「運命の時間は、自然的である度合いが少ない高次の生に寄生的に頼らざるをえない、非自立的な時間である。運命の時間には現在がない。というのも、運命的な瞬間などは粗悪な長編小説の中にしかないからである。運命の時間はまた、過去と未来をも独自に変容させた形でしか知らない」（II, 176）。

高次の恩寵の生を知らず、罪の連関の内にある被造物にとって、自然の現象はそれ自体が逃れられぬ運命であって、その過去や未来もまた、起源としての罪から結末としての贖罪の死へと向かう時間として予め意味づけられている。この意味で運命には、歴史の全体を質的に構成する「現在」という観点がない。罪という閉鎖した枠構造の中で展開される運命とは、つねに同じ因果性に方向づけられた、均質で連続的な時間の総体なのである。しかし運命の時間の形式は、ベンヤミンにとって本来の歴史の時間を極端に歪曲したものに他ならなかった。

ベンヤミンが『ドイツ悲劇の根源』の構想を得る直接のきっかけとなった論考である、「バロック悲劇とギリシア悲劇」（一九一六年）では、二つの悲劇が持つ時間の形式が考察されている。(28) ベンヤミンによれば、ギリシア悲劇とバロック悲劇の区別は、両者の「歴史の時間」に対する立場の違いにある。つまりこの二つの悲劇は、元来いかなる形でも区切られない無限の時間であった「歴史の時間」を、それぞれの演劇空間の中で独自に変容させたのである。

歴史の時間はあらゆる方向において無限であり、いかなる瞬間においても満たされていない。つまり個々の経験的な出来事は、それが起こる時間状況に対して必然的な関係にあるものとは考えられないのである。時間は経験的な出来事にとっての一つの形式に過ぎないが、より重要なのは、それが形式としては満たされていない形式であることである。出来事は、自らが存する時間の形式的性質を満たすことはない。（II, 134）

歴史の時間は、ある出来事が生起して成就されるまでの時間の経過を意味しない。ベンヤミンによれば時間は、時計の針の動きによって表されるような、何らかの空間的変化が行われる時間の長さを測る尺度としての力学的な時間には還元できない。というのも歴史の時間は、いかなる経験的な出来事によっても完全に規定され、集約されることはできないからである。仮に時間の形式そのものを観たす出来事があるとすれば、それは「イデア」であり、形式として満たされた時間は「メシア的時間 messianische Zeit」と呼ばれなければならない。それゆえ運命思想における時間の歪曲とは、経験的な出来事と時間の形式を必然的な関係として結びつけることにあったと言える。贖罪の死によって運命の成り行きが成就する閉じた罪の連関は、本来イデアの領域においてのみ考えられる時間の完結を、経験的出来事によって規定する点で、非本来的な時間の形式に依拠しているのである。

この論文の中でギリシア悲劇の時間は、それが満たされた時間の形式である点で、メシア的時間に比較される。ベンヤミンによれば、メシア的時間が「神的に」満たされた時間であるなら、ギリシア悲劇の時間は「個体的に」満たされた時間である。つまりギリシア悲劇においては、一人の英雄の死によって劇中のすべての出来事の意味が完全に成就されるのであり、その時間は英雄の宿命の成就によって満たされる。このようなギリシア悲劇の解釈は、基本的に悲劇論でも踏襲されている。つまり死をその固有の要素として含む神話的英雄の生の形式は、「ギリシア悲劇的出来事の枠 Rahmen」として定義されるのである (I, 294)。

しかし、例えばソポクレスの『アンティゴネー』に見られるように、ギリシア悲劇における英雄は、単に運命の犠牲として死ぬのではない。むしろアンティゴネーは、その死によって古い法秩序に代えて新たな秩序を創設することで、運命の連関を解消する。ギリシア悲劇の英雄は、その死によって「不死性」のイデアをも示すのであり、それゆえその生は、原理的に解消不可能な「自然的な罪」を負った生から区別されなければならない。神話的過去としてのギリシア悲劇の結末は、同時にこの神話の連関の終焉をも意味するのである。

ベンヤミンによれば、ギリシア悲劇において一人の英雄の死によってあらゆる出来事が完結するのに対して、「バロック悲劇の死は結末ではない」。バロック悲劇が結末としての死の意味を変容させるのは、亡霊の存在によってである。死者の亡霊によって、バロック悲劇の時間は亡霊的となる。

> バロック悲劇の時間は満たされておらず、にもかかわらず有限である。バロック悲劇の時間は非個体的であり、歴史的普遍性を持たない。バロック悲劇は、あらゆる意味において中間形式 Zwischenform なのである。バロック悲劇の時間の普遍性は、亡霊的 geisterhaft であって、神話的ではない。 (II, 136)

バロック悲劇においては、有限な自然的存在が死後も亡霊として劇中にたびたび登場する。(29) そのためバロック悲劇にとって死は必ずしも生の終わりを意味せず、被造物は死後も亡霊として現世の生に固執することで、繰り返し劇の結末を先延ばしする。バロック悲劇の時間は、この意味で終わりのない反復の原理に基づいているのである。「死者たちは亡霊となる。バロック悲劇は反復という歴史的理念を芸術的に汲み尽くすのであり、それゆえギリシア悲劇とはまったく別の問題を捉えている」（II, 136）。

同様の論点は、悲劇論でも指摘される。「ギリシア悲劇的な英雄の死に際しては、歴史的、個体的意味において一つのエポックが劇的に与えられるのだが、バロック悲劇の結末の内でこのようなエポックが示されることはない」（I, 314）。ベンヤミンは、『レオ・アルメニウス』や『グルジアのカタリナ』などの悲劇に、複数の主要人物が登場する点を強調している。ベンヤミンによれば、バロック悲劇にはギリシア悲劇のように屹立する個体としての英雄はおらず、自然的な罪を負った複数の生がある。つまり多数の人物の被造物的な情動と衝動によって紛糾し、生者と死者が入り乱れ、また陰謀家のような喜劇的人物すらも登場するバロック悲劇においては、一人の英雄の行為によって筋が統一され、運命の神話的連関に終わりがもたらされることはない。「運命の主体は特定できない。それゆえバロック悲劇は英雄を知らず、諸々の状況布置 Konstellationen を知るだけである」（I, 310f.）。

このような解釈によって、ベンヤミンはバロック悲劇と運命劇との親近性を指摘する。しかしそれは、バロック悲劇の時間が運命の時間と同一視されることを意味しない。死者が亡霊として現世に現れるバロック悲劇の亡霊的時間の内では、運命における贖罪の死の意味もまた変容する。つまり、そこで死は劇中の一つの経過的出来事に過ぎないために、罪の贖いとしての意味を失うのである。ギリシア悲劇が英雄の死によって神話的な運命の連関そのものを解消するのに対して、バロック悲劇は運命におけるあらゆる出来事のエンテレケイアとして贖罪の死を成就させることなく、それを無限に遅延させる。[30] この意味でバロック悲劇の反復の原理は、出口のない罪の因果連関を、終わりの来ない無限に開いた時間の形式へと変える。ベンヤミンも言うように、「いかなる形式も閉じたまま時間的反復に依拠することはできない」（II, 136）。バロック悲劇の時間は、終わりを先延ばし続ける時間の形式として、そして因果連関が成就することのない「中間形式」として、ギリシア悲劇とも運命とも異なる固有の時間の形式である。そして他ならぬこのような時間の形式に、バロック悲劇の根源が見出されるのである。

根源のリズムとモナド的時間

バロック悲劇の歴史の時間に対する固有の関係は、「認識批判序論」の根源概念の定義に含まれる、以下の箇所でも含意されていると思われる。「根源的なものは、事実的なもののあからさまで明白な現状からは決して認識されず、二重の洞察にのみそのリズム法 Rhythmik を解き明かす。つまりこのリズム法は一方で復興、復元として認識され、他方でまさにこの復興における未完成のもの、未完結のものとして認識される必要がある」(I, 226)。根源における二重のリズムは、バロック悲劇の現世的なものに固執する被造物のあり方そのものである。つまり神学における恩寵の状態への復帰、そして国法学における荒廃した国家の復興の理想は、決断できずに逡巡する優柔不断な君主、そして死後も現世に留まり続ける亡霊によって、未完結のまま先送りされる。そしてこの復興の理想とその遅延という二重のリズムによって、バロック悲劇の時間は根源の時間となるのである。

バロック悲劇の時間は、根源の二重のリズムに規定されることで、過去から未来に向かって直線的に進む均質な時間の流れとは異なる時間の形式となる。それは起源から結末へと向かう因果連関の成就過程に随伴する、運命の時間には還元できない。むしろ根源の時間は、復興の理想に向かう力と、この理想の実現を押し留めようとする力の方向がぶつかり合い、互いに均衡することで、いかなる方向性も持たない現在の時間として静止するのである。この均衡する無作用点としての現在は、未来へも過去へも進む志向を持たず、渦のように歴史の時間の全体を一点に引き込む。それゆえ歴史の根源は、時間の流れの中から切り取られた単なる一つの瞬間ではなく、歴史の全体をその内に潜在的に含んで結晶化した現在である。時間の全体がそこから構成される時間の根源において、バロック悲劇の時間は歴史の根源を見出す。

根源のリズムに規定された時間と、その歴史哲学的意義については、アドルノによって「神学的‐政治的断章[31]」の表題を与えられた断章の中でもスケッチされている。ベンヤミンはそこで、歴史の時間とメシア的なものの関係性を次のように定義している。

> メシア自身がはじめて、あらゆる歴史的な出来事を完結する。しかもそれは、メシア自身がはじめて歴史的な出来事とメシア的なものの関係性 Beziehung を救済し、完結し、成就するという意味においてである。それゆえ、いかなる歴史的なものも自らメシア的なものに自己を関係づけようと望むことはできない。それゆえ、神の国は歴史的な可能態 historische Dynamis の目的 Telos ではない。神の国は目標 Ziel に定められることはできないのだ。歴史的に見れば、神の国は目標ではなく終わり Ende である。（II, 203）

ここではっきりと否定されるのは、世俗世界と神の国の間の志向的、因果的な関係性である。つまり歴史の時間は、神の国を志向的な目標として目指すことはできず、世俗におけるいかなる出来事もメシアを招来する直接的な原因となることはできない。それゆえ世俗世界の側から見れば、神の国は歴史の推移とはまったく無関係に、メシア自身によって不意にもたらされる時間の終わりである。このことからベンヤミンは、「神政政治 Theokratie」の政治的な意味を否認する。

この世俗的なものとメシア的なものとの関係性は、「認識批判序論」で論じられる現象とイデアの関係性と、少なからぬ点において照応する。そこで論じられるように、現象にとってイデアは、認識の志向的な対象となるような仕方で所有されることができない。それゆえイデアと現象の関係性は、イデアによる現象の〈表現＝代表〉の形式によって特徴づけられる。つまりイデアと現象の間には、互いにいかなる因果性や類似性も認められないが、〈表現〉の原理に従って相互に構造的な類比性と対応関係が存在するのである。ライプニッツのモナドがそうであるように、イデアは完全に自発的に自己を表出することで、自己の内に現象の全体を〈表現＝代表〉する。そしてメシア的なものと歴史的な出来事の関係性は、この表出の構造に少なからず関わっている。(32)

ベンヤミンによれば、「世俗的なものの秩序は、幸福 Glück のイデアを拠り所として打ち立てられなければならない。この秩序のメシア的なものへの関係性は、歴史哲学の本質的な教説の一つである」(II, 203)。ベンヤミンはこの関係性を、矢印の方向の比喩を用いて説明している。つまり人類による幸福追求は、メシア的なものの秩序とはまったく別の方向を向いており、むしろそこから離れていこうとする。しかし互いに異なる方向を向いた力が、それぞれ自らの方向を目指すことによって別の力の歩みをも促進することができるように、世俗的なものの秩序はメシアの国の到来を促進する。

そしてベンヤミンがいかなる志向的関係も持たない二つの秩序の間に認めるのは、両者の「対応」関係である。

> 不死性へと導く精神的な原状復帰 restitutio in integrum には、没落の永続性へと導く現世的な原状復帰が対応する entsprechen。そしてこの永続的に滅びゆく現世的なもののリズム Rhythmus、その全体において、空間だけでなく時間の全体においても滅びゆく現世的なもののリズム、つまりメシア的な自然のリズムが、幸福である。というのも自然がメシア的であるのは、その永続的で全体的なはかなさ Vergängnis に由来するからである。(II, 204)

現世的な自然のリズムは、それが没落と永続性によって規定される点で、根源のリズムとの関わりを示唆している。つまり根源のリズムにおいて、原初の恩寵の状態への復帰が実現することなく遅延され続けるように、被造物として滅びゆく自然は、同時にこの滅びの完結を遅らせてその過程を永続的なものとする。自然の「永続的で全体的なはかなさ」は、有限な被造物の生における個々の瞬間と終わりのない歴史の全体を、根源の二重のリズムとして同時に表現しているのである。この根源のリズムにおいて、自然は罪の連関の外にある幸福のイデアを表出し、メシア的となる。つまりメシアの国の内での不死性の実現と、地上において続く没落の過程にはいかなる因果関係もないが、その永続性と全体性の構造において両者の間には「対応」関係が認められるのである。「認識批判序論」で言われる、イデアによる現象の〈表現〉の関係もまた、このようにいかなる志向的な関係も持たないもの同士の〈対応〉の関係として捉えられなければならない。

被造物的自然に潜在するメシア的時間の構造は、「認識批判序論」におけるイデアのモナド的な時間構造とも少なからず関わる。イデアは、モナドのように現象の歴史の全体を自己の内に潜在的に孕んで〈表現＝代表〉する。そしてそれは、現象とイデアの間に何らかの実在的な影響関係があるのではなく、イデアによる現象の歴史の〈表現〉と、根源の現象における時間のリズムが〈対応〉関係にあることを意味している。根源のリズムは、それが現象の歴史の全体を現在の時間の内に集めることで、モナド的となる。つまり現象は、根源のリズムを持つモナド的な時間の構造において、それがイデアの秩序の内にあること、つまりはイデアによって〈表現＝代表〉された現象であるという自らの真正さを示すのである。このような意味で、被造物的な現世を描くバロック悲劇の時間は、歴史の根源の形式によって、モナド的な時間へと移行する。

ベンヤミンにとってライプニッツのモナドは、とりわけその時間の構造によって、現象とイデアの間の構造的な〈表現＝対応〉関係の原理的基礎となっている。しかしモナドの〈表現〉原理に基づいた現象とイデアの〈対応〉関係は、悲劇論において時間の構造のみに見出されているわけではない。バロック悲劇の自然はまた、被造物が必然的に持つ悲しみの感情によって、イデアによる真理の秩序とのモナド的な〈表現〉の関係に結びつけられるのである。

第三節　悲しみの感情とメランコリー

バロック悲劇と悲しみの感情

ベンヤミンは悲劇論において、「悲しみ Trauer」の概念がバロック悲劇をギリシア悲劇から区別する固有の原理であり、それが単なる心理的な情動ではないことをたびたび強調する。「悲劇的なもの das Tragische を心理学的に解消することと、ギリシア悲劇 Tragödie とバロック悲劇 Trauerspiel を同一視することは表裏一体である。後者の名前はすでに、その内容が鑑賞者の内に悲しみを呼び起こすことを示唆している。しかしそれは、バロック悲劇の内容がギリシア悲劇の内容よりも経験的心理学のカテゴリーにおいて十分に示されることを意味しない」(I, 298)。

ベンヤミンがバロック悲劇における悲しみの感情の意義を強調するのは、劇作品が鑑賞者の情動に訴える演劇的効果によってではない。すでに「認識批判序論」の中でベンヤミンは、アリストテレスのカタルシス理論に見られるような、「心理学的な作用」を芸術哲学の議論から完全に排除すべきことを主張している (I, 232)。ベンヤミンによればバロック悲劇は、「悲しみを与える劇というより、悲しみが満足をおぼえる演戯、つまり悲しむ者を前にした演戯」(I, 298) である。バロック悲劇が表出する悲しみは、演劇によって鑑賞者の内に一時的・偶然的に生じる情動ではなく、むしろ被造物の生の構造そのものに呼応する。(33)

ベンヤミンがバロック悲劇における被造物の悲しみを集中的に論じる箇所は、悲劇論の本論前半の「バロック悲劇とギリシア悲劇」の第三部である。その冒頭近くには、悲しみの概念に関する次のような定義が見出される。

悲しみとは、感情 Gefühl が空虚になった世界を仮面のように新たに活気づけ、世界の光景に謎めいた満足をおぼえるようになる心の態度 Gesinnung である。あらゆる感情はあるアプリオリな対象に結びついており、この対象を表出することが感情の現象学である。それゆえ悲しみの理論は、ギリシア悲劇の理論と明確に対をなすものとして示された以上、メランコリーに沈む者の眼差しの下で現れる世界の描写においてしか展開されえない。というのも感情は、自己の知覚に対してどれほど曖昧に vage 現れるとしても、反応運動の身振りとしては世界の客観的 gegenständlich な構造に呼応するからである。（I, 318）

悲しみの感情に関してベンヤミンが強調するのは、それがある主観の内での恣意的な感情ではなく、客観的な世界の構造に呼応する態度であることである。直後に続く箇所でも、この点は強調されている。「バロック悲劇にとって、諸々の法則が半ば展開され、半ば未展開のまま存在するのは悲しみの核心においてであるとしても、悲しみの表出が向けられるのは、詩人や観衆の感情の状態ではない。悲しみは、むしろ経験的な主観からは切り離され、充溢した対象に内的に結びついた感応 Fühlen である」（I, 318）。

このような悲しみの感情の定義は、単に作用美学の観点からの演劇作品解釈との区別の根拠となるだけではない。むしろそれは心理的な主観の要素を排除し、アプリオリな客観的世界の秩序との照応に定位する点で、ベンヤミンによる認識批判との関連性をも示唆する。しかし悲しみの感情は、空虚な世界を活気づけ、世界の秩序との客観的な対応関係にありながら、「曖昧に」しか知覚されないとも言われる。このようにベンヤミンにおいて相反する特徴づけをされた、悲しみの感情の認識論的な意義を明らかにするためには、そこで同時に言及される「メランコリー」の理論を考慮する必要がある。

メランコリーと両義性の弁証法

ベンヤミンがバロック悲劇の根底にある悲しみの感情をメランコリーの理論と結びつけて論じる背景には、とりわけ同時期のドイツ語圏において隆盛を極めた、メランコリーの概念をめぐる一連の議論があった。この議論の発端となったのは、カール・ギーロウによるデューラーの銅版画「メレンコリアⅠ」（一五一四年）の解釈をめぐる研究である（Giehlow, 1903/1904）。そこでギーロウは、デューラーがマクシミリアン一世周辺の人文主義者たちを通じて、メランコリーの概念をめぐる古代の生理学とアラビアの占星術、そしてそれらを結合したフィチーノの思想に触れていた可能性を指摘し、「メレンコリアⅠ」の図像の内に古代以来のメランコリー理論の伝統を読み込むことを試みている。

その後に発表された、アビ・ヴァールブルクによるルターとメランヒトン、また同時期の占星術の預言書に印刷された図像に現れる土星恐怖を主題とした研究（Warburg, 1920）、そしてエルヴィン・パノフスキーとフリッツ・ザクスルの共同執筆によるデューラー研究（Panofsky; Saxl, 1923）は、いずれも「メレンコリアⅠ」の図像解釈に関してギーロウの研究に依拠し、この銅版画に古代のメランコリー概念とアラビアの占星術的な土星信仰の近代における回帰を見出している。ベンヤミンは、メランコリーの理論に関してこの三つの研究を主要な典拠としているが、とりわけメランコリー概念の変遷を原文資料とともに詳述したパノフスキーとザクスルの著作に、前二者の研究の完成を見ている。(34)

古代ギリシアの生理学において、メランコリーの気質は四体液説と結びつけられ、人間の体内の乾いて冷たい要素である黒胆汁の過多によって生じた陰鬱な性格として定義された。しかしメランコリーは、単に不活発や心気症の原因であるだけでなく、常人とは異なる天才や英雄的人物をも生み出すと考えられていた。そのように両義的な価値を持つメランコリー概念の源泉となったのは、アリストテレスの著作と伝えられた『問題集』である。というのもその第三〇巻の冒頭には、「哲学、政治、詩、造形芸術といった領域において傑出していた卓越した人々は、なぜすべて明らかにメランコリックな人間 μελαγχολικοί なのか」という言葉が見られるからである（[Aristoteles], *Problemata*, XXX, 1. Zit. nach: Panofsky; Saxl, 1923, S. 93）(35)。

医学におけるメランコリー気質とプラトン学派における神的な熱狂を結びつけたこの『問題集』は、以後二千年以上にわたって影響を及ぼし続けたため、メランコリーの概念には、つねに陰鬱な性格と天才的な資質の二つの性質が包含されていたことになる。ベンヤミンも指摘するように、古代よりメランコリーはその両義的性格によって「弁証法的に」特徴づけられてきたのである (I, 325)。

アブー・マアシャルをはじめとした九世紀アラビアの天文学によって、占星術と古代後期の医学が結びつけられ、星辰の影響と人間の気質の照応が主張されたとき、メランコリーの気質に対応する惑星は「土星 Saturn」以外にはありえなかった。というのも、占星術において「土のように重く、冷たく、乾いた星」として完全に物質的な人間を生みだしながら、「惑星の中で最も高次に位置する」ことで精神的で瞑想的な人間を生みだすと考えられた土星の性質が、古代ギリシアにおけるメランコリー概念の両義性と完全に合致したからである (Panofsky; Saxl, 1923, S. 14. Zit. in: I, 328)。

パノフスキーとザクスルによれば、メランコリーにおける「極端な対立 Extremitas」が、「メランコリーと土星の間の最も深遠で決定的な対応 Entsprechung をも基礎づける。〔…〕メランコリーと同様に、土星というこの諸々の対立のデーモンは、魂に一方で怠惰と無気力を与え、他方で知性と瞑想の力を与える。メランコリーと同様に、土星はその支配下にある者たちを、彼ら自身がいかに卓越した精神であっても、つねに憂鬱あるいは狂気の恍惚状態に陥る危険性によっておびやかすのである」(I.c., S. 18f. Zit. in: I, 327)。

ヴァールブルクによれば、デューラーの「メレンコリアI」は、古代の異教の神々がアラビアへと伝承された後に忘却され、近代において再発見される過程で、魔術的な神話学が純粋に精神化された芸術表現へと変容した姿を示している。ギリシアにおける時の神クロノス、ローマにおける播種する農業の神サトゥルヌスは、多産でありながら我が子を食らう両義的な性質を持つ神として、中世において土星の両義性表象と同一化され、鎌を持つ不気味な死の神として表象された。しかしデューラーにおいてこの土星のデーモンは、「思惟し労働する人間の姿」へと造形化されているのである。「宇宙的な闘争は、人間自身の内面における事象としてこだまする。異様な顔をしたデーモンたちは消え去り、サトゥルヌスの不吉な憂鬱は、人文主義によって人間的な物思いへと精神化されている」（Warburg, 1920, S. 63）[36]。

ヴァールブルクがデューラーの銅版画に描かれた、物思いに耽る有翼の〈メレンコリア〉に見出したのは、近代においても完全に克服されないまま生き続ける魔術的な土星の呪詛を、観想的な活動によって解消しようとする近代人の姿だった。ベンヤミンもまた、このようなヴァールブルクの解釈を共有する。「ルネッサンスは、古代の思惟の内でも決して到達されなかった仮借なさによって、サトゥルヌスのメランコリーを天才論の意味において新たに解釈したのである」（I, 328）。そしてベンヤミンは、デューラーの「メレンコリアⅠ」に結実したルネッサンスのメランコリーを、バロック悲劇へと転用する。「ドイツのバロック悲劇は、自らが呈示する図像と人物を、デューラーによる翼を持ったメランコリーの守護霊 Genius に捧げる。バロック悲劇の粗野な舞台は、この守護霊の前でメランコリーの緊密な生を歩み始めるのである」（I, 335）。

このようにベンヤミンは、バロック悲劇が示す被造物の悲しみを、古代の医学からアラビアの占星術を経由したメランコリーと土星の観念に見出される両義性の弁証法によって特徴づける。悲しみの感情は一方で、不決断のまま憂鬱に沈む君主の被造物的なあり方そのものである。「君主はメランコリーに沈む者の範例である。君主でさえも被造物のもろさに屈服するということほど、被造物のもろさを苛烈に教えるものはない」（I, 321）。他方でメランコリーの内では、地上の物質に固執する被造物的な志向に、イデアの秩序へと上昇する天才的な熱狂が対立する。悲しみの感情によって空虚になった世界が活気づけられ、世界の光景に「謎めいた満足を覚えるようになる」とベンヤミンが言うのは、おそらくこのメランコリーの両義的な気質に関わっている[37]。メランコリーがそうであるように、被造物の悲しみは単に個々の主観の陰鬱な気分に由来するのではなく、イデアの秩序との対応関係をも示唆する意味で、高次の客観性を孕んでいると考えられるのである。

認識の階層性と垂直的志向

メランコリーの理論に依拠して、両義性の弁証法として特徴づけられるベンヤミンの悲しみの概念は、しかし相反する性質の対立としてだけでは理解されない。というのもベンヤミンの悲しみの定義には、認識の階層性の問題もまた含まれているからである。本節の冒頭で引用した悲しみの感情の定義に続けて述べられるように、悲しみが表出する感応は「諸々の志向の序列 Hierarchie の内にはっきりと定められた位置を持つ反応運動の態度であり、それが感情と呼ばれるのは、この序列の最上位にはないからにすぎない」(I, 318)。ここでベンヤミンが、「諸々の志向の序列」の内での感情の位置づけに言及する理由の一つは、悲劇論でも参照されるフィチーノのメランコリー論に見出される。ギーロウによるデューラーの「メレンコリアI」の研究、そしてパノフスキーとザクスルによる同主題の研究に共通するのは、メランコリー概念の歴史における最も重要な転換点として、フィチーノの『三重の生について』(一四八九年)に言及することである。パノフスキーとザクスルも指摘するように、フィチーノは自分自身が土星の不吉な影響の下にあり、それゆえ不幸な宿命の内にあると考えていた。そして『三重の生について』は、土星に支配された人間の症状をフィチーノ自らが記述し、その治療法を考察するための書物なのである。そこでフィチーノは、食餌療法、薬剤、そして占星術によるメランコリー気質の治療を提案しながらも、最終的に土星がもたらす内省の内に、神的な資質をも見出している。そうしてフィチーノは、伝アリストテレスの『問題集』におけるメランコリーと、プラトンの『パイドロス』における「神的な熱狂」の概念を結合することで、ルネッサンス以降のメランコリックな天才の観念を完成させたのである (Ficino, 1989, S. 117. Vgl. auch Panofsky; Saxl, 1923, S. 35)。

新プラトン主義と占星術の伝統を汲むフィチーノは、宇宙全体を統一された一つの有機体として捉え、あらゆる生命が星々の性質によって満たされていると考えた。そこでは人間の魂と肉体も天体と調和しているが、魂の能力は自らが対応する惑星の高さに応じて三つの段階へと階層的に分けられる。フィチーノによれば、魂の三つの能力は「想像力 imaginatio」、「理性 ratio」、「叡智〔精神〕mens」へと順に高まり、感性的な想像力は火星および太陽を、論証的な理性は木星を、そして純粋な瞑想的叡智は最も高い土星の性質をそれぞれ模倣している（Ficino, 1989, S. 364f.）[38]。そうして魂は、段階的に地球から遠い高次の惑星の性質に対応することで、単に惑星からの影響を受ける受動的な状態から脱する。というのも魂は、その最高次の段階である土星との照応において、日常の感覚や論証的思惟を超えた叡知的観想によって「イデア」の直観へと向かうからである。それによってフィチーノは、土星によるメランコリーをイデアの叡智的認識の根拠として礼賛しただけではない。古代より両極性によって特徴づけられてきたメランコリーの相反する気質は、ここで階層的な天体の秩序と結びつけられ、高次の惑星への上昇と大地への下降という垂直的な志向の対立として捉え直されたのである。

ギーロウによれば、フィチーノの学説は一五一〇年に書かれたアグリッパの『神秘哲学あるいは魔術について』の初稿を通してマクシミリアン一世の関心を引き、デューラーへも間接的な影響を与えたと考えられる（Giehlow, 1904, S. 59ff.）。このアグリッパの著作は明らかにフィチーノの新プラトン主義の影響下にあり、魂の三段階説に対応して、地上的な事物の秩序、占星術的な天体の秩序、そしてイデアの真理に参与する宗教の秩序という、世界の階層的な三重構造によって特徴づけられている。そしてアグリッパは、フィチーノが挙げた魂の能力としての「想像力」、「理性」、「叡智」に応じて、黒胆汁と土星の影響によって引き起こされるメランコリーの霊感が、段階的に高次の認識へと上昇することを示したのである（Agrippa, 1533, S. 78f.）。それにより、フィチーノがもっぱら叡智の能力と結びつけた土星のメランコリーは、それ自体が三段階を経て上昇するメランコリー的な認識の階梯を形成することになる[39]。デューラーが「メレンコリアⅠ」を制作する際に依拠することができたのは、フィチーノやアグリッパの新プラトン主義と融合し、天体の階層秩序と結びつけられたルネッサンス的メランコリーの概念だった。そしてこのようなフィチーノ以降のメランコリーの理論を前提にすることで、ベンヤミンにおける悲しみの概念の意義を理解することができるようになる。

ベンヤミンによる土星のメランコリーの解釈に特徴的なのは、メランコリーの志向をイデアの秩序へと上昇する神的な霊感としてではなく、もっぱら地上的な事物に固執する「下方への眼差し」として理解することである。「というのもメランコリックな人の知は、すべて深みに囚われているからである。その知は被造物的な事物の生への沈潜から獲得されるのであり、啓示の声はそこには一切届かない。あらゆるサトゥルヌス的なものは大地の深みを指し示しており、この深みの内で古代の播種の神の本質が現れる」(I, 330)。つまりベンヤミンはサトゥルヌスの両極性の内、イデアへ向かう天才や英雄のメランコリーよりも、大地に縛られた物質的側面をあくまで強調するのである。

そしてフィチーノやアグリッパのメランコリー論の意義もまた、同様の観点から解釈される。「母なる大地の霊感は、地底から財宝が出てくるように、沈思の夜からメランコリーに沈む者にほのかに現れ出てくる。電光石火に輝く直観 Intuition など、彼には無縁である。以前は冷たく乾いた要素としてのみ重要だった大地が、その秘教的な意義の豊饒な富に到達するのは、フィチーノによる学術的な思考転換においてである」(I, 330)。ベンヤミンはパノフスキーとザクスルの研究を参照することで、フィチーノにおいてメランコリーが、最も遠い天体を志向するイデアの叡知的直観を含意することを知っていた。しかしベンヤミンがフィチーノの学説において何より強調するのは、「思惟－集中－大地－胆汁」(I, 331) の類比が示す、球体としての地球の中心へ向けて下降するメランコリーの志向なのである。

このような解釈からは、ルネッサンスのメランコリー論に見られるイデアの直観を目指す上昇的な認識の志向に対して、ベンヤミンが距離を取っていることがわかる。実際にベンヤミンがバロック悲劇に見出すのは、裏切りと策謀によって主君への不忠を示しながら、王冠や緋衣、王笏のような小道具に固執し続ける廷臣の姿である。ベンヤミンはこのような廷臣たちの態度を、物質的な秩序に対する「忠誠」として解釈している。つまり主君よりも事物への忠誠を示すバロック悲劇の廷臣は、何よりメランコリーの物質的志向に囚われているのである。

しかしベンヤミンはこの物質的なものに固執する態度に、同時にこの事物を「救出」する志向をも見て取っている。「忠誠は頼りなげに、それどころかその資格もないのに、独特の仕方で真理を語るが、当然この真理のために世界を裏切る。メランコリーは、知のために世界を裏切るのである。とはいえメランコリーの粘り強い沈潜は、死した事物を自らの観想の内に受け入れる。それはこれら事物を救出する retten ためである」(I, 334)。ここでは「認識批判序論」における「現象の救出」の方法が、事物の死した破片へのメランコリー的な志向の内に見出されていると考えられる。それゆえここで天体のイデアへと飛翔する志向ではなく、物質へと沈潜する被造物の志向が強調されることは、真理とイデアを志向的な認識の連関から隔離し、新プラトン主義的なイデアの直観を批判する、序論の認識批判の諸論点から理解しなければならない。

それでは直接真理を志向することのないバロック悲劇の被造物の秩序において、いかにしてイデアによる現象の救出を語ることができるのか。この点に関して、ベンヤミンのメランコリー論の中に明確な答えは見つからないが、次の言葉はそれを示唆していると思われる。「悲しみの志向の内に刻み込まれている粘り強さは、悲しみの事物界への忠誠から生まれた。〔…〕忠誠は流出説のように下降する志向段階のリズムであり、その内では新プラトン主義的な神智学における上昇する志向段階が、多分に関係しながら beziehungsvoll 変容して反映している」(I, 334)。これはバロック悲劇におけるメランコリー的な悲しみの感情が、大地へと下降するように死した事物に固執するだけでなく、現象を救出するイデアへの上昇的な志向と何らかの関係の内にあることを示唆する。

それはおそらく「神学的－政治的断章」で言われる、まったく異なる方向を指す世俗世界とメシア的なものの秩序との間の〈表現＝対応〉の関係に関わると思われる。つまり、現象は直接的にイデアを志向することはできないが、イデアとは逆に物質的なものへ向かう被造物の志向は、因果性とは異なる仕方でイデアの秩序に照応すると考えられるのである。このような悲しみの感情における被造物とイデアの〈表現〉の関係を明らかにするためには、改めて「認識批判序論」におけるモナド解釈を参照する必要がある。

モナド的イデアと被造物の表現関係

本節の冒頭で引用した悲しみの感情の定義は、草稿の段階では次のように書かれていた。「というのも感情は、経験的な主観の自己知覚にはどれほど曖昧に vage 現れるのだとしても、本来徹底して客観に関係づけられており、世界の客観的な構造を捉えているのである。その構造は真理の構造ではなくても、そのつど真理との定義可能な関係性 Beziehung の内にある。こうした構造から、バロック悲劇はさまざまな観点を引き出す」(I, 962)。

このような定義は、「認識批判序論」において問われる現象と真理の秩序の関係性にとって、感情の問題が少なからぬ意義を持つことを示唆する。つまり被造物の悲しみの感情は、単なる偶然的で主観的な心の動きではなく、何らかの仕方で客観的な世界の構造や真理の秩序を表出している。しかし真理の秩序に関わるにもかかわらず、曖昧な知覚であるという認識のあり方により、悲しみの感情は認識の諸段階の内の最高位には位置づけられない。このような被造物の認識構造は、「認識批判序論」で論じられる、モナド的な構造を持つイデアの世界表出の構造とも類比的である。

序論の「モナドロジー」の節の完成稿には、次のような言葉が見られる。

イデアはモナドである。前史と後史とともにイデアの内に入る存在は、自らの形姿 Figur の内に密かに verborgen、他のイデア界の縮約された verkürzt、曖昧な verdunkelt 形姿を与える。それは一六八六年の「形而上学叙説」のモナドと同様であり、一つのモナドの内にはそのつど他のあらゆるモナドが、非判明に undeutlich ではあれ共に与えられているのである。(I, 228)

ライプニッツの「認識、真理、観念についての省察」における、認識の判明性についての議論は、本書の第一章一節冒頭ですでに触れた。そこで示された、論理的分析に基づく曖昧・明晰な認識、混雑・判明な認識の区分は、「形而上学叙説」の第二四節で改めて要約されている。ベンヤミンがここで「形而上学叙説」の名を挙げているのは、この議論を踏まえていると思われる(40)。

ライプニッツが実際に「モナド」の概念を用いる「モナドロジー」において、個体的実体やモナドによる表出の作用は、〈一〉が〈多〉を自己の内に表現する個体の存在構造を基礎にしながらも、人間的な魂の心理的意識の内に生じる「表象」や「認識」にも結びつけられている。「認識批判序論」の草稿の中で、ベンヤミンはおそらくこの点を踏まえ、モナドによる世界の表現を「表象」とも呼んでいた。「前史と後史とともにイデアの内に入る存在は、まさにこの前史と後史の内に、他のイデア界の縮約された、曖昧な表象Vorstellungを含む。それはライプニッツのモナドにおいて、その支配的な表象から段階的に非判明な表象へと、連続的に下降するのと同様である」(I, 948)。

しかし個々のモナドの内で異なる世界の表出の判明性の度は、認識の論理的客観性の尺度には限定されず、各モナドの能動性と完全性の度の区別として、存在論的なレベルにおいても説明されている。ライプニッツによれば、あるモナドaは、別のモナドbよりも判明に世界を表出することで、モナドbに起こることの理由を説明するために、相対的に能動的であり、またより完全である(Mon. §49, 50: GP, VI, 615)。ベンヤミンが先ほど引用した完成稿の箇所において、モナドの「表象」の言葉を削除し、代わりに一つのモナドの内に他のモナドが「共に与えられている mitgegeben」と書き直したことは、この点をよく表している。それにより、モナドによる表象は単に主観的・心理的な認識ではなく、その表出作用がイデアにとって所与の存在構造である点が強調される。ベンヤミンは、このような世界の表現の判明性に応じたモナドの存在構造を、イデアの秩序の階層として読み換える。「イデアの秩序が高次のものであるほど、そのイデアの内に置かれた表現Repräsentationは一層完全なものである」(I, 228)(41)。

モナドがそうであるように、あらゆるイデアの内では潜在的に世界の全体が表現されているが、個々のイデアにおいてこの表現は、部分的に非判明なまま展開されずに隠されている。このようなイデアの表現構造に対応する現象界の被造物の認識構造が、悲しみの感情だと思われる。つまり悲しみの感情において、曖昧でありながらも客観的な世界の構造が捉えられるのは、明晰に認識される事柄より無限に多くのものがおぼろげに表象されているからである。モナドのように暗い表象の内で世界を表出する悲しみの感情によって、現象における被造物はイデアによる真理の秩序と〈表現＝対応〉の関係に入ると思われる。このような悲しみの概念の認識論的および存在論的意義について、ベンヤミンはすでに初期の「言語一般、および人間の言語について」の中で論じていた。

初期言語論においてベンヤミンは、人間に限らず自然の有機物から無機物に至るまでのあらゆる事物を、言語的存在として特徴づける。つまり意識の有無に関わらず、〈自己の精神的本質を伝達する〉という自己表出の構造を、あらゆる存在者は共有する。このような意味で、ランプの言語や山々の言語について考えることができる。その際にベンヤミンは、少なくとも三つの言語形式を区別している。すなわち事物の黙せる言語、人間の名づける言語、そして神の創造する言語である。事物の言語は人間の言語から無限の低次に位置づけられ、また同様に人間の言語も神の言語から無限に隔てられているが、これら三つの言語形式は種的に異なるわけではない。というのもベンヤミンによれば、諸々の存在の精神的本質は、それが言語的表現として伝達可能である程度に従って段階的に区別されるからである。「言語の形而上学にとって、精神的本質を段階的な区別のみを知る言語的本質と同一視することは、あらゆる精神的存在を位階の等級 Gradstufe において段階的に区別することである」(II, 146)。

ここで言語的認識の等級は、その存在者の精神的本質の等級に結びつけられる。つまりあらゆる存在者は、その言語的表現が明晰なものとして語りうるほどに、存在の階層の高次に位置する。ベンヤミンはそうして最高次の明晰性に至った認識段階を、神的な言語に境を接する宗教的な「啓示 Offenbarung」と呼ぶ。「宗教という最高次の精神的領域は、(啓示の概念において) 語りえないものを知らない唯一の領域でもある」(II, 147)。

神的啓示を最高次の段階とする言語的認識の階層において、そのはるか低次に位置する事物の言語は、語りえぬものを残すために不完全であり、黙している (言葉を欠いている)。しかしベンヤミンによれば「事物からもまた音を欠いたまま、黙した自然の魔術の内に神の言葉は放射されている」(II, 150)。このことは、言葉を欠く最低次の事物の言語にも、創造する神の言語から発する客観的認識が含まれていることを意味している。ベンヤミンが被造物の「悲しみ」に言及するのは、このような文脈においてである。

ベンヤミンによれば、音声的な言葉を欠く自然の事物に固有の「嘆き Klage」とは、分節化されていない無力な言語表現として、「感性的な吐息」のようなものであり、植物の葉が揺れる微かな音にもこの自然の嘆きは響いている。しかし自然は、単に言葉を話すことができないという苦悩によって嘆くのではない。「自然の悲しみ Traurigkeit が自然を沈黙させるのだ。あらゆる悲しみ Trauer の内には、言語を欠く状態への最も深い傾向が存在するが、それは伝達の不能あるいは忌避よりもはるかに大きな意味を持つ。悲しみの内にあるもの das Traurige は、そのように認識しえないものによって完全に認識されていることを感じるのだ」(II, 155)[42]。悲しみは被造物の恣意的な感情などではなく、創造者から無限に離れた低次の存在が、神を表現する言語を持たないことの音声なき嘆きである。しかしこの悲しみは、同時に被造物が神によって認識されていること、つまり神的な秩序の内にあることのおぼろげな表現でもある。悲しみとは、啓示に至ることのない低次の言語的存在が、神的な秩序と関係づけられていることの感性的表現なのである。

あらゆる存在者は自己自身の精神的本質を伝達する言語的存在として、その内に神の無限の認識を孕んでいる。それゆえあらゆる被造物の言語は神的な認識の「媒質 Medium」として、存在の階層においてどれほど隔てられていても、同一の構造を共有する意味で「翻訳可能」であり、相互に連続的に移行することができる。「翻訳 Übersetzung とはある言語を、変容の連続体 Kontinuum を通して他の言語へと変換することである。翻訳が横断するのは諸々の変容の連続体であって、抽象的な同等性や類似性の領域ではない」(II, 151)[43]。

事物の言語は名によって人間の言語へと翻訳され、人間の言語は宗教的な啓示において神の言語と境界を接する。そしてそれは、あらゆる言語的存在が神の言葉の客観的な認識に根拠を持つことで、存在者の全体が統一されることを意味する。「あらゆる高次の言語は低次の言語の翻訳であり、その究極の明晰性 die letzte Klarheit に至って、この言語運動を統一する神の言葉が展開する」(II, 157)。

ベンヤミンの初期言語論と悲劇論の「認識批判序論」は、ともに「認識論」に関わる試みとして少なからぬ論点を共有する。(44) とりわけ両方の著作で言及される悲しみの概念に関して、認識の明晰性の度に基づいた階層的秩序が見出されることは注目すべきである。そこで悲しみの感情は、被造物の感性的な認識として低次の段階に位置づけられるが、その内には世界の構造と対応する客観的な表出の関係が見出されるのである。初期言語論において、神によって認識される諸々の被造物は、悲劇論においてイデアによって〈表現＝代表〉され、真理の配置へともたらされる現象と少なくとも構造的に同型である。「経験によって規定されるような志向としてではなく、はじめにこの経験を形作る力 Gewalt として、真理は存在する」(GS, I, 216)。この意味で「認識批判序論」では、イデアによって〈表現＝代表〉される現象として真理の秩序が示される。(45) バロック悲劇における悲しみは、被造物がこの真理の配置の内にあることを、非判明な感情として表出しているのである。

しかし初期言語論と「認識批判序論」では、認識論の位置づけに異なる力点が置かれている。初期言語論では、あらゆる精神的本質が翻訳の原理によって神の絶対的認識へと連続的に関係する可能性が示唆されていた。それは、自己自身を表現する言語的構造を持つあらゆる存在者を包括する、直接的かつ無限の媒質的認識連関であり、本書がこれまで主にベンヤミンの芸術論に指摘した、反省媒質としての認識の〈絶対的関係性〉に相当する思考である。それに対して「認識批判序論」では、イデアの存在が認識の連関の外部にあることが指摘され、現象とイデアの秩序の間の断絶が強調される。これはロマン主義の媒質的芸術論から区別された、認識の間接性と有限性の構造に基づいた〈相対的関係性〉の思考に相当するだろう。言語論の観点からも、ベンヤミンの認識論における二つの関係性の思考が見出されることは注目すべきである(この点については本章の第四節で改めて論じる)。

とはいえ初期言語論が書かれた時期に、ベンヤミンはすでに悲劇論の前提となる思考をバロック悲劇における悲しみの概念に見出していた。それは一九一六年に書かれた論文「バロック悲劇とギリシア悲劇における言語の意味」においてであり、それは悲劇論が構想される直接のきっかけとなった。同論文では、バロック悲劇の言語が（被造物的な）嘆きの言語から（天体のイデア的）音楽の言語に至る、上昇する軌道の中間段階に位置づけられる。しかしそこで悲しみの感情は、被造物の言語のイデア界への救出がせき止められることを意味する。「バロック悲劇の本質は、自然に言語が授けられるならあらゆる自然は嘆き始めるだろう、という古言に含まれている。というのもバロック悲劇とは、言葉の純粋な世界を通って音楽に流れ込むことで、悲しみから解放された至福の感情へと回帰する、感情の天体的運行などではないからだ。むしろ自然はこの軌道の只中で言語から裏切られたことを知り、この感情の途方もない阻害が悲しみとなるのである」（II, 138）。

悲劇論でも、悲しみの感情がその表出構造においてイデアの秩序に対応する可能性が示唆されながら、それが連続的にイデアの認識へと高まる無限の認識連関を構成するとは考えられていない。ベンヤミンはバロック悲劇における世俗世界の内在的志向をあくまで強調することで、新プラトン主義のメランコリー的直観の理論における、イデアへ向けて存在の連鎖の階梯を上昇する志向から距離を取るからである。そこで被造物とイデアは、互いを直接的に志向する関係性にはないため、相互の表出構造の〈対応〉関係を問うことができるだけである。つまり被造物は、曖昧でありながらも客観的な世界の構造に基づく悲しみの感情を持つことで、非判明な表出の内に世界の全体を表現するモナド的イデアの構造と照応しうる。現世の事物に固執する悲しみの下降的な志向は、直接イデアを目指すことはできないが、潜在的に無限の認識を孕むモナド的な表出の構造においてイデアの志向と〈対応〉する、つまりイデアによって〈表現＝代表〉されることができるのである。

そして悲しみの感情のモナド的表出は、その内に時間の概念をも含んでいることが明らかである。

悲しみの感情と未来からの時間

序論の「モナドロジー」の節における、モナドの非判明な世界の表出に言及した箇所では、ライプニッツの「形而上学叙説」の書名が挙げられていた。そしてこのライプニッツの著作には、ベンヤミンの言葉と多くの点で重なる箇所がある。とりわけ同書の第九節の次の箇所は、ベンヤミンによるモナド解釈の直接の典拠であった可能性がある。

あらゆる実体は、過去、現在、未来において宇宙に起こるあらゆることを、混雑に confusement ではあれ表出するが、それは無限の表象 perception や認識 connoissance ともいくらか似ている。そして他のあらゆる実体も同様にこの実体を表出し、それに一致する accomoder のだから、この実体は創造主の万能を模倣して、自らの力を他のあらゆる実体に及ぼしていると言える。　(A, VI, 4, 1542)

後年の「モナドロジー」における、非判明な仕方で時間の全体を表象するモナドの無限の認識の構造を、ライプニッツはすでに「形而上学叙説」の実体概念において示唆していた。「前史と後史とともにイデアの内に入る存在」が「他のイデア界の縮約された曖昧な形姿を与える」(I, 228) という言葉によって、ベンヤミンもまたモナド的イデアの表出構造の内に、曖昧にではあれ歴史の全体を表出する時間表象が含まれることを指摘している。

そしてバロック悲劇の被造物が持つ悲しみの感情には、モナドに類似した時間表象の構造が認められる。「とりわけ悲しむ者に特有なのが沈思 Tiefsinn である。悲しみの志向は、対象へ向かう道のり、というより対象そのものの内での軌道において、権力者の行進が移動するように非常にゆっくりと荘厳に前進する。〔…〕沈思は、荘重さの内に自らに固有のリズムを再認するのである」(I, 318f.)。すでに触れたように、ベンヤミンがバロック悲劇においてメランコリーに沈む被造物の範例として見出すのが君主である。世俗政治における不可侵の権力を持ちながらも決断不能に陥るバロックの君主は、いつまでも決断を先送りする重々しい沈思のリズムによって、悲しみの志向を示している。現世における復興の実現に向かう歴史の流れは、優柔不断な君主のメランコリックな悲しみによってせき止められるのである。

しかしバロック悲劇における悲しみは、未来へと向かう時間の流れを停滞させるだけではない。被造物の悲しみの感情の内には、未来の時間の曖昧な表象が含まれているのである。ベンヤミンはこの悲しみの感情の時間構造を、古代のアリストテレス以来のメランコリーの理論から導き出している。「メランコリーの天才性は、とりわけ予言的なもの das Divinatorische において示されるのが常である。メランコリーが予言の能力を促進するという考えは、アリストテレスの『夢占いについて』という論文から借用されており、古代的である。そしてこの古代の定理の排除されなかった残滓は、今まさにメランコリーに沈む者に授けられる、予言の夢についての中世の伝承において現れてくる。そのような性格描写は、当然繰り返し陰鬱なものへと変化しながら、一七世紀においても顔を出してくる」(I, 325)。

ベンヤミンは、メランコリーが伴う予言の能力に関する一七世紀の言及として、「悲しみ Traurigkeit 一般はあらゆる未来の災厄の予言者である」という、(おそらくローエンシュタインによる)言葉を掲げている。[46] ドイツ・バロックにおける、未来の災厄を予言する悲しみという観念は、明らかにルネッサンスにおけるメランコリーの理論に依拠したものである。

注目すべきことにアグリッパの『神秘哲学』では、想像力、理性、叡智の三段階の魂の能力に基づいて、土星のメランコリーがもたらす予言の領域が三つに区分されている。それによれば、感性的な想像力のメランコリーが嵐、洪水、地震、疫病、飢餓のような自然災害を予言するのに対して、理性のメランコリーは王政の転覆や復興のような政治的事件を、そして最高次の叡智のメランコリーは神の法、天使の序列、魂の救済のような神的な事柄や新たな宗教の到来を予知する(Agrippa, 1553, S. 79)。デューラーの銅版画「メレンコリアI」の背景に彗星、打ち寄せる波、虹などが描かれているのも、三段階のメランコリーの内で最初の想像力による、天災の到来を暗示していると考えられる。[47] ベンヤミンが引用するローエンシュタインの言葉もまた、低次のメランコリーとしての悲しみを災厄の予兆と見なす点で、ルネッサンスの伝統に忠実に従っている。

ベンヤミンによれば、「予言の夢はメランコリカーの特権である。バロック悲劇において預言の夢は、君主と殉教者の共有財産として知られている。しかしこの予言の正夢も、被造物の神殿の内で砂占いのような夢を見る眠りから生じるのであって、崇高な霊感、それどころか神聖な霊感として理解されるべきではない」(I, 330)。メランコリーに沈む君主が見る夢は、被造物的な事物の領域に縛られた低次のメランコリーによる徴候的認識である。そこで悲しみの感情は、時間全体の明晰な直観として神的な啓示へと結びつくのではなく、あくまで感覚的な知覚に縛られた認識として、曖昧模糊とした夢の中で未来の災厄をおぼろげに予知させる。この意味で悲しみとは、現在の時間の内に孕まれた未来の暗い表象である。(48)

バロック悲劇において被造物の悲しみは、沈思を誘うメランコリーのリズムとして、未来へ向かう時間を重々しく停滞させるだけではない。悲しみの感情は、さらに未来における災厄をも予感させることで、現在の内に未来から到来する時間をも呼び込む。それにより、過去から未来へ向かう均質な時間の流れが未来からの時間と衝突し、渦のように時間の全体を一点に集中させる時間の形式が生じる。そしてこのバロック悲劇の「根源」を生みだす被造物の悲しみのリズムは、現在の時間において潜在的に過去と未来の時間をも表出することで、モナド的な時間の表象構造に結びつけられる。悲しみの感情が根源のリズムとなることで、被造物はモナド的イデアによって〈表現＝代表〉される真理の秩序との関係性を形成するのである。

第四節　アレゴリー的言語と解釈的批評

ベンヤミンの悲劇論の本論後半部を構成する「アレゴリーとバロック悲劇」は、バロック文学の哲学的基礎としてアレゴリーの理論を論じている。本章の最終節では、ベンヤミンにおける言語の問題を論じるために、関連する言語論とともに悲劇論の後半部に焦点を当てる。その際には、バロック悲劇における規則や技法としてのアレゴリーそのものよりも、ベンヤミンのテクストにおけるアレゴリー的言語の認識論的、歴史哲学的な意義が議論の中心となる。それにより、これまで本書が論じてきたベンヤミンの芸術論に現れる二つの関係性の思考が、その言語論にも見出されるだろう。このような観点からまず注目されるのは、ベンヤミンのアレゴリー論が、ロマン主義および古典主義（ゲーテ）の芸術論との対決の意味を少なからず含んでいることである。

ゲーテ的象徴とアレゴリー

ギリシア語の「別のものを語る ἄλλο ἀγορεύω」に由来する allegoria は、主にホメロスのテクスト解釈の方法として生まれ、さらに聖書のテクストの歴史的（字義的・文法的）意味や倫理的意味から区別された、救済史的、予型論的な意味を発見する方法として展開された[49]。近代ドイツにおける「アレゴリー Allegorie」の概念は、主にこの中世の聖書解釈学に起源を持ちながら、啓蒙期以降の芸術論における「象徴 Symbol」の概念と対比されることで、新たな意味価値を付加される。つまり神による世界創造の隠された意味の解読に関わっていたアレゴリーは、イデアの有機的表現としての象徴と対比されることで、予め定められた意味に従うだけの因習的で人工的な表現形式と見なされるようになったのである[50]。この近代におけるアレゴリー概念の意味の逆転の中心にいたのが、ゲーテである。

ゲーテは、『色彩論』の教示編末尾で色彩の感覚的・精神的作用について論じる際、色彩が自然の本質を啓示し、その意味が自然と完全に一致する場合を、色彩の「象徴的 symbolisch」使用と呼んでいる。それに対して色彩の「アレゴリー的 allegorisch」使用においては、「むしろ偶然的で恣意的なもの、それどころか因習的とさえ言えるものがある。というのも、記号が何を意味するかを知る前に、その記号の意味がわれわれに伝えられていなければならないからである」（FA, I, 23/1, 283）。

ゲーテにおいて自然の最高次の法則が啓示されるとき、それは概念的な思惟に縛られることなく、生き生きとした経験において直観される。それゆえ人工的な表意記号としてのアレゴリーは、有機的な自然の象徴法から区別されなければならなかった。さらにゲーテはアレゴリーと象徴の区別を、前者が「現象を概念に、概念を像 Bild に変える」のに対して、後者が「現象をイデアに、イデアを像に変える」点に見出している（FA, I, 13, 207）。それゆえアレゴリーにおいては概念が像として限定されることで、完全に理解可能なものとなっているのに対して、象徴は無限に作用するイデアを表現するために、把握し難いものを残す。

ベンヤミンが引用するゲーテによるアレゴリーの定義は、このような文脈から理解できる。「詩人が普遍のために特殊を求めるのと、特殊の内に普遍を観る schauen のでは大きな違いがある。前者の仕方からはアレゴリーが生じ、そこで特殊は単に普遍の実例、模範と見なされる。しかし本来は後者の仕方がポエジーの本質なのであって、それは普遍を思惟したり参照したりすることなく特殊を言い表す」（FA, I, 13, 368）。ゲーテはアレゴリーによる表現法そのものの意義を否定しているわけではない。しかし無限のイデアが個別的な経験と一致して直観される象徴法と比べるなら、アレゴリーにはあくまで記号として制限された概念的認識の意義しか認められていない。

ベンヤミンによれば、古典主義は自らに固有な象徴の形式を確立するために、事後的に象徴と対比されたアレゴリーの形式に相対的に低い評価を与えた。ゲーテによれば、「特殊が普遍を夢や幻影としてではなく、究め難いものの生き生きとした瞬間的啓示として表現する repräsentieren なら、それが真の象徴法である」（FA, I, 13, 33）。

ベンヤミンによるアレゴリー復権の試みは、古典主義以降に象徴の概念によって明確な区別を失った、現象とイデアの関係に対する批判から出発する。ベンヤミンによれば、イデアの啓示が「象徴」と同一視される芸術作品においては、「感覚的な対象と超感覚的な対象を一体化する神学的象徴という逆説が、現象と本質の関係性へと歪められる。そのように歪曲された象徴概念を美学へ導入することは、ロマン主義による無用な浪費として、近代における芸術批評の荒廃を先取りしていた。美は象徴的形成物として、破損なく神的なものの内に移行しなければならないというのである。倫理的な世界が際限なく美の世界に内在するとの考えは、ロマン派の人々の神智学的美学から展開されたが、その基礎はとうの昔に築かれていた。すでに古典主義の傾向が、倫理的にだけでなく完成された個人の存在を神格化することへ向かうことは、十分に明らかである」(I, 336f.)。

『親和力』論においてベンヤミンは、ゲーテの象徴概念によって現象の知覚とイデア的な原像の直観が混淆され、感性的な自然そのものが認識の最高次の領域へと高められることを「象徴のカオス」(I, 148)と呼んでいた。現象とイデアの連続的・神秘的な一体化から距離を取る立場は、悲劇論においても基本的に変わらない。それゆえバロックのアレゴリーは、断絶した現象とイデアの非連続的な関係性に固有の表現原理として捉えられていると考えられる。「バロックの神格化は弁証法的である。それは極端なものの逆転 Umschlagen において生じる」(I, 337)。これはバロック悲劇において、現象とイデアの領域の合一化ではなく、極端に遠ざけられた対立的なものの非連続的な関係が表現されることを示唆する。このことの意味を捉えるには、ベンヤミンによるアレゴリーの定義の諸要点を明確にする必要がある。

あらかじめ言うなら、ベンヤミンにとってアレゴリーは、象徴より劣る単なる指示記号の一つのあり方ではない。「アレゴリーは遊び半分の比喩の技術などではなく、言語や文字がそうであるように、表現 Ausdruck なのである」(I, 339)。

アレゴリーと時間

ベンヤミンによるアレゴリーの形式の定義において、歴史の問題はその中心的な主題を構成している。バロック悲劇における時間の問題に関して本章の第二節で焦点を当てたが、アレゴリーによる歴史の表現は、バロック悲劇に固有の歴史的時間の構造を一層明白なものとする。

ベンヤミンはアレゴリーの原理による歴史の表出構造を、主にクロイツァーの『古代の諸民族、とりわけギリシア人の象徴法と神話学』(第一版一八一〇年)から導き出している。クロイツァーによる古代の象徴概念の解釈は、神的なイデアの直観的認識を目指す点で新プラトン主義的な傾向を多分に含んでいるが、そこで言及される象徴とアレゴリーの区別は、おおよそゲーテの区分法に従っている。クロイツァーによれば、「アレゴリーによる表出は単に一般概念、あるいは自らとは異なるイデアを意味するのに対して、象徴による表出は感性化され、具体化されたイデアそのものである」(Creuzer, 1819, S. 70)。つまりアレゴリーは抽象的な概念を指示する間接的な「代理」表出に過ぎないが、象徴はイデアの「直接的な」表出としてイデアと一体化する。ベンヤミンが言う、古典主義の象徴概念に依拠するロマン派の「神智学的美学」は、具体的にはこのクロイツァーの象徴論を指している。

クロイツァーが象徴による表出方法としてとりわけ念頭に置いているのは、古代ギリシアの人体彫像である。それは「形式の美を本質の最高次の充溢と見事に一体化させた神々の象徴」として、「彫塑的 plastisch な象徴」と呼ばれる (l. c., S. 64)。ベンヤミンも指摘するように、クロイツァーのギリシア彫刻崇拝は、明らかにヴィンケルマンやゲーテの古典主義に倣ったものであろう。それに対してアレゴリーによる表出方法は、主にバロック期ドイツの「寓意像 Sinnbild」つまり「エンブレム Emblem」の形式に見出される。例えばアルチャーティの『エンブレム集』(Alciati, 1531)[51] に典型的に見られるように、木版画の図像に短いモットー、そしてそれらの意味を敷衍するエピグラム（格言詩）が付せられるエンブレムの形式は、図像が文字による説明と注釈を必要とすることを端的に表している。クロイツァーによれば、アレゴリー的な図像の観察者は、「表面の背後にある意味をわれわれに開示する何かをつけ加えなければならない。彼は見ているものとは別の何かを言わなければならない。彼は解釈 deuten しなければならないのである」(Creuzer, 1819, S. 69)。

一つの立体彫像のみで完全性の美そのものが直観に呈示される彫塑的な象徴と比較して、つねに解釈を要求する謎かけのような寓意画としてのアレゴリーを、造形美として劣った形式と見なす点で、古典主義とクロイツァーの象徴論に本質的な違いはない。しかしベンヤミンは、クロイツァーの定義が時間のカテゴリーをも含んでいることに着目する。クロイツァーによれば、象徴とアレゴリーの時間的経験の差異は、「象徴においては瞬間的な全体性があり、アレゴリーにおいては一連の瞬間の内での進展がある」(l. c., S. 70) 点にある。つまり象徴による表出は一瞬の直観的認識に結びつけられるのに対して、アレゴリーは概念的な思惟による図像解釈の過程として時間の経過を前提する。クロイツァーの象徴論を読んだゲレスはこの観点をさらに敷衍している。それによれば、象徴は「自己の内で完結し、凝縮され、つねに変わることのないイデアの印しZeichen」であるのに対し、アレゴリーは「継起的に進展し、時間そのものとともに進み、劇的に動的であり、流れるようなイデアの模像Abbild」である。注目すべきことにゲレスは、両者の関係を「無言の雄大で巨大な山や植物の自然」に対する「活発に進歩する人間の歴史」と定義している（l. c., S. 148）[52]。

ベンヤミンはクロイツァーとゲレスの象徴論に依拠することで、無時間的・超時間的な象徴から区別されたアレゴリー的表出に、世俗的世界における被造物の歴史的時間との結びつきを認める。「象徴においては、没落の美化によって変容した自然の顔貌が救済の光の内で一瞬啓示されるのに対して、アレゴリーにおいては歴史の死相が硬直した太古の風景として観察者の前に横たわる」（I, 343）。ベンヤミンによれば、バロックにおける歴史のアレゴリーとは髑髏に他ならない。つまり彫塑的象徴においては、不死性のイデアを表出する最高次の生の瞬間が、調和の内にある有機的な身体の美として形態化されるのに対して、バロックのエンブレムにたびたび現れる朽ちた髑髏の図像は、必然的に滅びゆく自然のはかなさのアレゴリーとなる。アレゴリーによって、自然はもはや不変の人間的自由の根拠ではなく、その没落の過程を刻み込む歴史として現れるのである。「これがアレゴリー的な考察の核心であり、世界の受難史としてのバロック的、世俗的な歴史の叙述の核心である。歴史が意義深いものとなるのは、その没落の諸段階においてのみである」（I, 343）。

このような象徴とアレゴリーの対立は、ゲーテ的な〈自然の原現象〉とベンヤミン的な〈歴史の根源〉の対立に置き換えることもできよう。つまりゲーテが象徴としての自然の内に、イデアの全体性が瞬間的に啓示される原現象を直観しようとしたのに対し、ベンヤミンにおいてイデアは被造物的な自然に対してあくまで隠されており、潜在的に時間の全体性を表出するアレゴリーの形式が歴史の根源となる。アレゴリーは、直接的にイデアを志向することのできないバロック悲劇に固有の、被造物的時間の表出形式なのである。生き生きとした美の一瞬を永遠として捉える象徴ではなく、没落する自然の過程を永続化させるアレゴリーが、世俗世界において被造物の恩寵の状態への復帰を遅延し続ける根源の時間を形成するのである。

イデアの表出と哲学的批評

ベンヤミンによれば、バロック悲劇に現れる「廃墟」の形式は、滅びゆく自然のアレゴリーとして歴史を含んでいる。「バロック悲劇とともに歴史が舞台に入るとき、歴史は文字として入ってくる。自然の顔貌には、はかなさを表す象形文字によって〈歴史〉と書かれているのである。バロック悲劇によって舞台上に置かれる自然史のアレゴリー的な容貌は、実際に廃墟として現れている。廃墟となることで歴史は、感覚可能な形で舞台の内に移される。しかも歴史は永続的な生の過程としてではなく、むしろ止むことのない没落の経過として形成され、造形されている」(I, 353)。

ベンヤミンは、バロック文学においてたびたび現れる朽ち果てた廃墟のモチーフを、歴史の自然への転用、つまり「時間の空間化」として解釈する。しかし廃墟として可視化される歴史は、時間そのものの存在を直接啓示するのではない。そこで歴史はいわば「文字」として、つまり廃墟の形姿の内に読み取られ、解釈されるべきものとして隠されている。有機的全体を示す彫塑的象徴によってイデアとの神秘的な合一を志向する代わりに、バロックは無定形の断片のようなトルソーに固執することで現象への内在を志向しながらも、この事物の破片を潜在的な歴史のアレゴリーとして解釈するのである。

バロック悲劇において髑髏、廃墟、瓦礫のように朽ちた事物が、その内に歴史を読み取るべきものとして潜在させているなら、作品の芸術批評は次のような形式として定義されなければならない。「批評とは作品の壊死 Mortifikation である。他のいかなる作品よりもバロック悲劇の作品の本質は、この批評による壊死に応ずるものである。作品の壊死。それはつまり、ロマン主義のように生きた作品の内に意識を呼び覚ますことではなく、作品の内に知を植えつけること、しかも死に絶えた作品の内に知を植えつけることである」（I, 357）。悲劇論においてベンヤミンは、芸術の理念が反省的に自己展開するロマン主義の「芸術批評」の定義にはもはや依拠しない。それゆえ批評もまた、芸術作品の内に内在する生きた反省としてイデアを志向するのではなく、死した事物の形式の内に歴史を読み取る解釈的方法として再定義される。(53)「作品の壊死」として定義される批評の概念については、一九二三年一二月九日のラング宛書簡の中にすでに言及がある。同書簡では、当時執筆中の『ドイツ悲劇の根源』におけるイデア論の「暫定的」な解釈が述べられるが、それは悲劇論執筆の際にベンヤミンが念頭に置いていた文脈を明らかにしてくれる。

そこでベンヤミンは、単に因果的な出来事の連鎖としての歴史から芸術作品の歴史を区別している。ベンヤミンによれば、芸術作品において歴史は「外延的に extensiv」顕在化しているのではなく、「内包的 intensiv」なものとして「解釈 *Interpretation*」によってのみ現れる。つまり歴史そのものを啓示するのではなく、歴史を潜在的に含む自然が展開される圏域として芸術作品を解釈することで、批評は「自然という夜」の内におぼろげに光る星としてイデアを浮かび上がらせるのである。

> ところでこのような考察の連関において（つまり批評が解釈と同一的であり、あらゆる現行の芸術考察と対立する場合に）、批評とはイデアの表出です。イデアの内包的な無限性は、イデアをモナドとして特徴づけます。批評とは作品の壊死である、と私は定義します。それは作品の内での意識の高まり（ロマン主義的！）ではなく、作品の内に知を植えつけることです。回帰した自然である作品を克服するために、哲学はアダムが自然を名づけるように、イデアを名づけなければなりません。（GB, II, 393）

死した自然の内にある歴史のアレゴリーとしてバロック悲劇を解釈する批評が、同時にモナドとしてのイデアを表出する。悲劇論においてベンヤミンが試みていたのは、このようなバロック悲劇の作品批評だった。事実的なものとして歴史を顕在化させるのではなく、過去と未来への無限のパースペクティヴを自己の内に表現するイデアの構造が、ここでは「内包的な無限性」と呼ばれていると考えられる。そしてバロック悲劇の解釈的批評は、潜在的に歴史を表出するイデアのモナド的構造を、アレゴリーとしての被造物の断片的形式の内にも見出す。

すぐ後に続けて言われるように、「ライプニッツの見解の全体は、〔…〕イデアに関わる理論のすべてを包括するように私には思えます。つまり芸術作品に関する解釈の課題とは、被造物の生をイデアの内に集めること、固定化させることです」(GB, II, 393)。これは「認識批判序論」で、現象とイデアを〈表現＝代表〉の関係によって結びつける、ライプニッツのモナドロジーを予告している。そしてそれは、朽ちた事物に歴史の文字を読み取るアレゴリー的解釈として、つまり歴史を内包する構造を共有する点に現象とイデアの〈表現＝対応〉の関係を見出す方法として、悲劇論の本論の中で具体的に展開されていると考えられる。この意味でアレゴリーの形式は、「あらゆる意義深い作品の根底にある歴史的な事象内実を、哲学的な真理内実に変える」芸術形式の機能であり、アレゴリーを対象とする批評は「哲学的批評」と呼ばれなければならない(I, 358)。

自然言語とアダム言語

ラング宛書簡からの引用箇所には、アダムによる名づけの問題とイデア論の連関を示唆する記述が見られた。ベンヤミンの言語論とイデア論にたびたび現れる「アダム」と「名」の問題を考えるには、ここで改めて初期言語論に立ち返る必要がある。

すでに本章の第三節で触れたように、初期言語論においてベンヤミンは、言葉を持たない事物の言語から人間の言語、そして神の創造の言葉に至るまで、言語の自己伝達の明晰さの度によって、諸々の言語的存在を連続的かつ階層的に捉えている。被造物の言語はその客観性の基礎を神の言葉に持つゆえに、あらゆる言語は神の創造の言語が展開される〈媒質〉に他ならないが、そこで人間の言語は他の被造物の言語とは異なる意義を与えられている。それは、人間が言葉によって事物を名づけることである。人間の言語はそれゆえ言葉であるとともに〈名 Name〉であって、人間が事物を名づけることは、神の絶対的認識に依拠して事物を認識することである。「名の認識への絶対的関係は神の内にのみ存在し、神の内でのみ名は、創造する言葉と最も内奥において同一的であるために、認識の純粋な媒質である。すなわち神は、事物をそれらの名において認識可能にしたのである。だが人間はこの認識に従って事物を名づける」(II, 148)。

『創世記』の第二章一九節に見られる、エデンの園においてアダムが動物たちにその名を与えたという記述に関して、この〈名〉が神の認識に直接依拠していたという解釈は、ヤーコプ・ベーメにすでに見られる。ベーメは『創世記』を注解した『大いなる神秘』(一六二三年)の中で、楽園におけるアダムの言葉を「自然言語」と呼んでいる。「ところでアダムが動物の像の内にではなく神の像の内にあったことは、彼があらゆる被造物の本質を知っており、あらゆる被造物に彼らの本質、形式、特性に従って名を与えたことに明らかである。彼は、あらゆる本質において啓示され、形づくられた言葉としての自然言語 Natur-Sprache を理解していた。というのも、すべての被造物の名は自然言語から生まれたからである」(Böhme, *Sämtliche Schriften*, Bd. 7, S. 130. Vgl. auch l. c., S. 321f.)。ベンヤミンもまた、神の言葉に由来する創造的な認識として、自然の事物との必然的な結びつきを持っていたアダム言語の存在を前提する点において、ベーメ以来の自然言語の理論の系譜に連なる。

楽園追放後に無数に分化した人間の言語において、言語の本来的な創造性が失われたと見なす点でも、ベーメとベンヤミンの言語理論は共通する。(54) ベンヤミンは、言語と事物の間の自然的な結びつきが失われた点に、事物の本質から離れた抽象的で間接的な伝達の道具としての言語の起源を求める。「外的に伝達する言葉は、いわば直接的に表現する創造的な神の言葉の、間接的に表現する言葉によるパロディであり、両者の言葉の間に位置する至福の言語精神、つまりアダムの言語精神の堕落である」(II, 153)。そして事物そのものの直観的認識から離れることにより、人間の言語と事物との間に恣意的・偶然的な結びつきが生まれ、言語は混乱した「記号 Zeichen」となる。

ベーメ以来の神秘主義言語論の系譜の中で、言語の恣意性を認めながらもアダム言語の概念の意義を再発見した点において、ライプニッツは注目に値する。(55) ライプニッツは『人間知性新論』(一七〇四年)において、言葉と観念の結びつきの根拠を恣意的な因習に求めるジョン・ロックに対して、多数に分化した諸言語の内にも原初のアダム言語の要素が少なからず残されていることを強調する。「チュートン語〔古代ゲルマン語〕は自然的なもの、そして(ヤーコプ・ベーメの言葉で言えば)アダム言語 l'Adamique をより多く残しているようです。というのも、われわれが原初の言語を純粋なまま、あるいはそれと見分けられるほど十分に保存しているなら、物理的な結びつきであれ、賢明な最初の作者にふさわしい恣意的な直観による結びつきであれ、その結びつきの理由が現れているはずだからです。しかし仮にわれわれの言語が派生的なものだとしても、それでも根底においてわれわれの言語は自己の内に何か原初的なものを持っています」(A, VI, 6, 281)。

ライプニッツは、一方で唯一の普遍的言語としてアダム言語の存在を想定し、人工の諸言語(とりわけドイツ語)にこの原初的言語の痕跡を見出そうとする。例えば特定の単語が動物の鳴き声を語源とすること、アルファベットの気息の強さ・長さがその言葉の指し示す事物の動きに対応すること、そして分節化される以前の声から派生した間投詞や不変化詞の存在は、言語の起源に自然的な要素があることの証拠として挙げられる。(56) 他方でライプニッツは、諸概念を数学的な計算法則に基づいて構成する普遍言語の構想を初期から表明している。この意味でライプニッツにおけるアダム言語は、聖書が語る神話の中の楽園言語よりも、むしろ数学と論理学の理性法則を基礎として将来に実現されるべき普遍言語の理想に近い。(57)

それに対して初期言語論で論じられるアダム言語は、ライプニッツ的な普遍記号の理想よりも、人間の楽園追放によって象徴的に失われた言語の神話的理念という性格が強い。ベンヤミンは、アダムの原罪を人間の言語の記号化と抽象化の能力の「神話的根源」として捉えることにより、原初のアダム言語から人間の言語への堕落を強調するからである。「原罪こそが、もはや名が無傷のまま生きることのない人間の言語の誕生の時である。この人間の言語は、名－言語 Namensprache から、つまり認識する言語から、こう言ってよければ内在的な固有の魔術から離れることで、いわば外部から魔術的になった。言葉は（自己自身とは別の）何かを伝達することになる」(II, 153)。

ベンヤミンの初期言語論が、諸々の世俗言語の内に神的な言葉による啓示と、論理的な理性法則の発現の両側面を認めた、ハーマンの直接的な影響下にあることは知られている。注目すべきことにハーマンはある書評の中で、言語の神秘的啓示の要素が世俗の諸言語、および悟性と実際の言語使用の内にこそ見出されるべきことを主張したライプニッツの提言に触れることで、自らがライプニッツの言語思想の継承者であることを明らかにしている。「カバラあるいは記号術は、ヘブライ語の神秘言語の内だけでなく、あらゆる諸言語の内に探されなければならない。つまり文字通り詭弁の内にではなく、正当な悟性と言葉の慣習の内に探されなければならない」(A, IV, 6, 534)[58]。

初期言語論において、ハーマンの言葉――「言語、それは理性と啓示の母、それらのアルファでありオメガである」(Hamann, *Briefwechsel*, Bd. 4, S. 108. Zit. in: II, 147) ――に言及する時、ベンヤミンはベーメ、ライプニッツ、ハーマンへと継承された、神秘主義的な言語理論の系譜との親近性を示していた[59]。そこで人間の言語には、神的な〈名〉として自然そのものの直観的な認識でありながら、自然から離れた抽象的内容を伝達するための恣意的な記号でもあるという二重の性格が認められる。

「言語と記号の関係性は〔…〕根源的で根本的である」(II, 156) というベンヤミンの言葉は、このような文脈で理解されなければならない。ベンヤミンによれば、「言語はあらゆる意味において、伝達可能なものの伝達であるだけでなく、同時に伝達不可能なものの象徴である」(II, 156)。人間の言語は、単に外的な内容の伝達に従事するのではなく、個々の言葉が自己の内から神的な認識を表現する〈名〉として、自然の〈象徴〉でもある。このように初期言語論の時点でベンヤミンは、あらゆる存在者を連続的に貫く言語の媒質的側面と、そのような神秘的な合一を拒む言語の記号的側面に目を向けていた。

それゆえ本書の第二章と第三章で検討した、ベンヤミンによる芸術作品の認識論的考察に見られる二つの関係性の思考は、言語をめぐる考察にもほぼパラレルに指摘できる。自己の内から神の無限の認識を展開する媒質としての言語（絶対的関係性の認識論）と、自己とは別のものを間接的に伝達するだけの非媒質的手段としての言語（相対的関係性の認識論）の両側面は、ともに人間の言語を構成する根源的な二重構造として捉えられているのである。そして悲劇論では、象徴であると同時に記号である言語の二面性の問題が、バロック悲劇に特徴的なアレゴリーの形式を主題とすることで改めて論じられる。

アレゴリー的言語

「認識批判序論」の「イデアとしての言葉」の節において、ベンヤミンは真理とイデアが無志向の存在として、志向的な認識によっては捉えられない所与の存在であることを改めて強調している。ベンヤミンによれば、経験的な認識によっては規定されないイデアの所与性を確定するのは、「名 Name」の存在である。初期言語論において創世記を解釈する際にベンヤミンは、楽園の内でアダムが、神による創造の言語によって与えられた事物の名において、直接的に事物の本質を認識していたと述べている。「認識批判序論」では、このように神的な秩序に直接根拠を持つ名と同様に、所与の客観性を持つ真理の部分として、「イデアとは言語的なものである」（I, 216）と言われる。つまり諸々のイデアは、神の言葉としての事物の名がそうであるように、各々が自己の内に〈表現＝代表〉する現象の全体を、真理の秩序の下に構成する。神的な〈名〉としてのイデアの言語的構造は、バロック悲劇の時間および悲しみの感情と並んで、イデアと現象の〈表現＝対応〉関係を基礎づけるもう一つの観点であると考えられる(60)。

ベンヤミンは、イデア論の再生に対するアダム的な〈名〉の言語の意義を強調している。「アダムによる命名は戯れや恣意とはおよそ異なっており、むしろその命名においては、いまだ言葉の伝達する意味と格闘する必要のなかった楽園的状態それ自体が現れている。命名においてイデアが無志向のまま現れるように、イデアは哲学的な観想において再生されなければならない」(I, 217)。初期言語論によれば、認識の木の実を食べたことで得られた善悪の認識は実際には楽園の言語の喪失に他ならず、人間の言語はもはや神的な認識には与らない世俗的な言語として、抽象的な意味の伝達のための道具へと堕落している。「認識批判序論」ではこの原罪以後の言語に対して、外部に向いた意味の伝達には従属せず、それ自体で真理と一体化した「言葉の象徴的性格」を表出することに哲学の課題が見出される。それに対して悲劇論の本論では、言語を神的な象徴と見なす代わりに、世俗的言語のアレゴリー的構造が強調されることになる。

近代のアレゴリー表現の源泉が、ルネッサンスの人文主義者たちによるエジプトのヒエログリフ解読の努力にあったことを明らかにしたのは、ギーロウである。その研究によれば、人文主義者たちがオベリスク解読の際の典拠とした伝ホラポロンの『ヒエログリュフィカ』は、実際にはエジプトの象形文字の知識が失われた時代に、空想によって書かれた偽書だった。そのため本来古代の祭祀や歴史に関わるデータは恣意的に歪められ、あらゆる図像や文字に神秘的・哲学的な秘密の意味を読み込むイコノロジーが生まれたのである。「とりわけホラポロンに見られる、幾重にも曖昧にされた意味と記号の結びつきは、怖気づかせるどころか、むしろ表出する対象からますますかけ離れた特徴を寓意化することに役立てるよう刺激した。〔…〕その結果、まったく同じものが徳と同時に悪徳を、そうしてついにはあらゆるものを寓意化できるようになる」(Giehlow, 1915, S. 127. Zit. nach: I, 350)。

ベンヤミンによれば、バロック悲劇においてアナグラムや擬音法が多用され、個々の概念が前後の文脈から切り離されることにより、言葉と音は従来の意味との結びつきから解放され、細断されて意味を失った言葉の断片として「アレゴリー的」となる(I, 381)。その際にバロックの言語は、文字としてのアルファベットにまで分解されることで、それ自体では意味を持たない「文字像 Schriftbild」としての性格を帯びる。このように意味と記号の実体的な結びつきが無効化されることで、像、文字、事物が任意の他の事柄を意味しうる点に、ベンヤミンはバロックのアレゴリーの特徴を見出している。それゆえ文字の物質的な性質を強調するアレゴリー的言語においては、イデア的な本質を啓示する神秘主義的な象徴言語から遠ざけられた、言語の記号的側面が強調されていると考えられる。

もっとも悲劇論においてベンヤミンは、バロックの言語哲学の源泉に自然言語の理論の存在をも指摘し、ベーメを「最大のアレゴリカーの一人」(I, 377) と呼ぶとともに、『シグナトゥーラ・レールム――万物の誕生としるしについて』(一六二二年)の一節を引用している。そこで「永遠の言葉、神的な響き、あるいは精神としての声は、大いなる神秘の創造とともに、語り出される言葉や響きとして形あるものの内に入った」(Böhme, *Sämtliche Schriften*, Bd. 6, S. 231. Zit. in: I, 377) という言葉が参照されるように、ベンヤミンはとりわけバロックの音声言語に神的な啓示としての性格を認めている。(61)

他方でベンヤミンは、バロックの言語の細断された文字としての断片性をあくまで強調することで、バロックにおいて音声言語と書かれた文字が激しく対立することを指摘する。「音声言語が被造物の自由で根源的な発露の領域であるのに対して、アレゴリー的な文字像は意味を奇矯なほどに交錯させることで、事物を隷属させる」(I, 377f.)。啓示としての言語と、恣意的な記号の二つの側面が指摘される点で、悲劇論においても初期言語論で指摘された言語の二重性の問題が顔を出している。悲劇論に特徴的なのは、文字としてのアレゴリーの物質性によって、現象とイデアの間の断絶が一層強調されることである。

それではバロックのアレゴリー的言語は、イデアの領域といかなる仕方で関係するのか。ベンヤミンによれば、「言語がそのように砕かれるのは、断片となることで表現が変容して高められることに力を貸すためである。〔…〕破砕された言語は、その破片において単なる伝達に仕えることをやめている」(I, 382)。ベンヤミンは、意味を持たない文字にまで破砕されたアレゴリー的言語に、象徴的言語とは異なる意義を見出す。つまりそれ自体で意味を構成できず、記号の恣意性を極端なほど誇張するアレゴリー的言語は、それによって逆説的にも世俗的な意味の伝達から解放されるのである。そこで個々の言葉や概念は、全体として有意味な文を構成することを放棄することで、相互に孤立した言語の断片となる。そしてアレゴリー的言語の孤立性とイデアとの対応関係を捉えるためには、「アダム言語」だけでなく「純粋言語」の概念にも目を向ける必要がある。

純粋言語――関係性としての配置

悲劇論で展開される言語のアレゴリー的構造の意義は、それに先立ってボードレール翻訳のための序文として執筆された、「翻訳者の課題」（一九二一年、以下翻訳者論）の中にすでに示唆されている。そこでベンヤミンは、翻訳の言語によって原作の言語の意味を再現し、読者に伝達することに翻訳の本質があるとする考えを否定する。ベンヤミンによれば、原作の言語が別の言語に翻訳可能である根拠は、二つの言語の間の「類似性 Ähnlichkeit」にはない。原作者の時代に認められた語句の意味と音調は後の時代を通して変容しており、さらに翻訳者の言語自体も同様に変容し続ける。それゆえ翻訳の目的は複数の言語の類似性に基づく等質化ではなく、そもそもそのような模倣の究極的な根拠は存在しない。

それゆえベンヤミンは、むしろ個々の経験的な言語の内には現れない、諸言語の間の隠された「親和性 Verwandtschaft」を表現することに、翻訳の目的を見出している。

> 生のあらゆる合目的的な現象および生の合目的性一般は、究極的には生に対して合目的的なのではなく、生の本質の表現 Ausdruck、つまり生の意義の表出 Darstellung に対して合目的的である。それゆえ翻訳は、究極的には諸言語相互の最も内的な関係 Verhältnis の表現に対して合目的的である。翻訳は、この隠された verborgen 関係それ自体を啓示することも産出することもできないが、この関係を萌芽的あるいは内包的に実現することによって、表出することはできる。(62)
> (IV, 11f.)

ここで言われる諸言語間の「最も内的な関係」を、ベンヤミンは「純粋言語 reine Sprache」と呼ぶ。(63) 例えばドイツ語の Brot とフランス語の pain のように、同一の対象を指示する言葉や記号の形態は諸言語間でまったく別のものでありうる。つまり人間の言語が不可避的に含む恣意的要素により、諸言語の語や文は互いに排除し合うが、同一の対象を志向する点において、個々の言語間で異なる言葉や記号は補完し合う関係にある。

注目すべきことにベンヤミンは、この純粋言語としての諸言語間の隠された関係を、「調和 Harmonie」として特徴づけている。それによれば諸言語が志向するものは、「あらゆる個々の言語の志向する仕方の調和から、純粋言語として現れ出る」(I, 14)。純粋言語とは、何らかの経験的な普遍言語のようなものを指すのではなく、諸言語の潜在的な〈調和〉の関係性を表現するものである。それゆえベンヤミンにとって翻訳者の課題は、単に諸言語の形態上の類似性に基づく模倣的再現ではなく、外的に異なる諸言語の記号体系が、内的な構造において照応し合う親和性を表現することにある。

諸言語の内的な関係が模写理論による類似性から区別されて「調和」と呼ばれることは、ライプニッツの予定調和説に依拠して、諸々のイデアの関係が互いに触れ合うことのない恒星同士の〈調和〉の関係として定義される「認識批判序論」の議論を予告している。(64) そこでイデアを「言語的なもの」と呼ぶとき、ベンヤミンが念頭に置いているのは、おそらくこの純粋言語としての言語の〈調和〉の関係である。

イデアがそうであるように、諸言語もまた互いに均質化されることによって一つの言語に統合されるのではなく、それぞれが自己に固有の志向する仕方を形成しながら、現象のレベルにおける類似性や意味の再現とは異なる仕方で関係し合っている。翻訳が最終的に表出すべきなのは、この諸言語の隠された〈調和〉の関係なのである。「翻訳の言語は意味に対して自由に振る舞うことができるし、自由に振る舞わなければならない。それは意味の志向を再現として響かせるためではなく、翻訳の言語に固有の志向する仕方を調和として、つまり意味の志向が自己を伝達する言語への補完として響かせるためである」(IV, 18)。諸言語がそれぞれ独自の志向を持ちながらも、潜在的な〈調和〉

の関係によって純粋言語を形成する構造は、イデアの存在構造と類比的である。それゆえ「認識批判序論」でも諸々のイデアの調和、つまり「本質相互の響き合う関係 Verhältnis が、真理である」(I, 218) と言われる。

言葉や記号そのものの形態よりも、それらの結合関係に諸言語の理念的な親和性の基礎を見る立場は、ライプニッツの記号論にも見られる。ライプニッツが一六七七年に書かれた対話篇で語るには、「記号は恣意的であっても、この記号の用い方や記号の結合には恣意的でない何かがあります。それはつまり、記号と事物の間のある種の相応 proportio、そして同じ事物を表現している異なった記号同士の関係 relatio です。そしてこの相応と関係が、真理の基礎なのです」(A, VI, 4, 24)[65]。人間が思案する記号と事物との間の相応の仕方は言語ごとに異なるため、言語体系によって異なる記号が生じる。しかしそれらの記号が共に正しい秩序と方式に従っているなら、同じ事物を指示する異なる記号は相互に何らかの置換や比較が可能な〈類比性〉を含んでいる。つまりライプニッツは記号の形態そのものよりも、異なる記号同士の構造的な対応関係に真理の表現を見出すのである。

本章の第一節で触れたように、「観念とは何か」や「形而上学叙説」といった著作においてライプニッツが問うているのは、互いに一切の影響を与えることのない個体が、世界を独自に〈表現＝代表〉する関係性の内に現れる、個体相互の照応関係である。初期の対話篇で言われる、「真理の基盤はつねに記号の結合 connexio あるいは配置 collocatio それ自体の内にある」(A, VI, 4, 24) という言葉は、異なる言語体系における記号がその表出構造において照応し合う、関係性としての配置に真理の表出を見出す点で、後の実体による表出の原理を先取りしていたと考えられる[66]。

ベンヤミンの翻訳者論において「真理の言語」とも呼ばれる純粋言語は、それが諸言語相互の外形的類似ではなく、同じ事物を表す異なる記号の表出構造の親和性に潜在的な真理の表現を見出す点で、ライプニッツの言語論に重なる部分がある。ただし翻訳者論における純粋言語の理念は、初期言語論におけるアダムの楽園的言語とは異なる認識論的構造を持つ点に注意する必要がある。それは両テクストで共通して言及される「翻訳」概念の意味を考えれば明らかである。つまり初期言語論では事物、人間、神に至るあらゆる言語的存在が、神の言語から展開される同質的な媒質として捉えられており、翻訳はこの階層的な言語的認識の連続的な移行を可能にする原理であった。それに対して翻訳者論では、経験的な言語そのものが純粋言語へと翻訳によって移行することは考えられていない。そこではむしろ、現象において互いに排除し合う複数の言語の関係性に潜在する調和の理念が、純粋言語と呼ばれているのである。

このような翻訳概念の二義性は、ベンヤミンの認識論に見られる二つの関係性の思考に起因すると思われる。つまりアダム言語は、神の認識が自己展開する一つの無限な媒質として、あらゆる存在者を包括する絶対的関係性の認識論を示唆している。それに対して純粋言語は、間接的な伝達のための記号となった人間の諸言語の間に、相互の表出構造の調和的な関係の可能性を見出す意味で、認識の有限性に基づいた相対的関係性の思考を前提しているだろう。それゆえ翻訳者論で論じられる、相互に排除し合う諸言語の隠された関係性によって表出される純粋言語の思考は、現象における有限な認識の連関とイデアの調和的配置から形成される真理の秩序との〈対応〉関係を問う、「認識批判序論」の議論に近いと言える。

翻訳者論においてベンヤミンは、諸言語の隠された調和を表出する翻訳の一つの「原像」を、ヘルダーリンによるソポクレス翻訳に見出している。ヘルダーリンがその翻訳に際して、ギリシア語原文の意味や指示対象の再現から離れ、その言語配列の関係と構造自体をドイツ語に写し取ることを試みたことで、個々の言葉は文全体で何らかの意味を伝達する手段としての意義を失っていく。しかし相互の有機的なつながりを失ったいびつな言葉の連なりの内には、意味の伝達のみに従事することのない言語の純粋な表出構造が現れてくる。それは初期のヘルダーリン論において、ベンヤミンが後期ヘルダーリンの抒情詩の語法に見出していた、孤立した言葉相互の純粋な関係性の内に現れる〈詩作されるもの〉の理念を思わせる（本書第一章四節を参照）。

悲劇論の中でベンヤミンが、後期ヘルダーリンの翻訳言語をヘリンググラートにならって「バロック的」（I, 365）と呼ぶことは、細断されて破片となったバロックのアレゴリー的言語に、ヘルダーリンの翻訳言語との共通性が見出されていることを示唆する。[67] つまり言葉はアレゴリー的に細断されることで、「一つの器の破片」として、つまり「より大きな言語の断片として認識されうるようになるのである」(IV, 18)。しかし悲劇論においてベンヤミンは、〈詩作されたもの〉が含意する経験と理念の全体を統一する認識の純粋な圏域に言及することはもはやない。そこではむしろ、アレゴリー的言語の物質的志向と天上のイデアの秩序との間の断絶が強調される。

悲劇論でバロックのアレゴリーとイデアの関係性を表出する役割を与えられるのは、作品を「壊死」させる〈解釈〉としての「哲学的批評」の概念であろう。それは生き生きとした自然の象徴の内にイデアを直観させる代わりに、死した事物や廃墟のアレゴリーに歴史の表現を読み取ることで、諸々の現象を潜在的にモナド的イデアによって〈表現＝代表〉される要素として解釈する。経験とイデアの乖離を前提にしている意味で、悲劇論における哲学的批評の方法は、ヘルダーリン論の「美学的注釈」よりも、翻訳者論の「翻訳」の方法に近い(68)。そしてラング宛書簡でも強調されるように、この批評はロマン主義のように芸術作品の自己反省を理念へ向けて累乗的に高める芸術批評の方法からも厳密に区別されなければならない。悲劇論における哲学的批評は、有限な現象の認識と無限のイデアとして対立する二つの圏域の間に、離散した要素の配置として見出されるべき潜在的な〈表現＝対応〉の関係を探る解釈的批評の方法を示している。

以上から、哲学的批評による解釈の対象となるアレゴリー的言語は、「認識批判序論」で言われる現象の客観的配置の基礎となる「概念」に相当することが明らかとなる。つまり概念は、断片的なアレゴリー表現となることで、意味の伝達に従事することをやめ、現象における偽りの統一を放棄する。そのように有意味な言語の連関が解体されてアレゴリー的要素となることで、現象における世俗的言語の志向とはまったく異なる秩序としてのイデアとの関係性を問うことができる。アレゴリーはイデアそのものを現前させるのではなく、あくまで現象の要素の「客観的、潜在的な布置」としてイデアを表出する。「イデアは概念の配置として現前する」(I, 214) のである。

アレゴリーの根源と根源の跳躍

ベンヤミンは、バロックのアレゴリー表現への志向を、被造物が持つ悲しみとメランコリーの志向に重ね合わせている。「対象がメランコリーの眼差しの下でアレゴリー的になり、メランコリーが対象から生を排出させ、対象が死滅していながら永遠に確保されたものとして残るなら、対象はアレゴリー解釈者の前に横たわり、無条件に彼の手にゆだねられる。つまり対象はいまこのときから、一つの意義と意味を放射することがまったくできなくなり、対象はアレゴリー解釈者が与えるものによってその意義を得る」(I, 359)。

土星のメランコリーに沈む者が持つ物質的なものへの志向によって、あらゆる事物は破砕されて有機的な全体性を失った断片として見出される。事象を断片的要素として保持したまま、アレゴリー的な概念の配置としてイデアの表出を問う解釈的批評の過程は、このようにメランコリーの眼差しによる有意味な実体の仮象の解体を必然的に前提するのである。そしてベンヤミンは、バロックのアレゴリー表現の「根源」を、キリスト教神学の原罪によって生じた被造物の悲しみの感情に見出す。

ヴァールブルクが指摘したように、近代において異教の神々が生気を帯びた美の象徴として示される古代の「オリュンポス的側面」は、実際にはまずその暗い「デーモン的側面」から奪い取られなければならなかった(Warburg, 1920, S. 5)。古代の終焉以後もサトゥルヌスのような古代の神は、天文学や占星術における不気味な星辰のデーモンとして、キリスト教的ヨーロッパの生活形成に多大な影響を及ぼし続けたのである。そしてその際に天体における現象は、そのデーモンとしての力を図像として限定するために、「人間的に」囲い込まれる必要があった(l. c., S. 70)。ベンヤミンは、このように古代の神々が物質的な被造物へと変容する過程に、バロックが中世、ルネッサンスと共有するアレゴリー表現を準備した土壌を見出している。そこで神々は象徴としての生きた連関を失うことで抽象的な概念となり、堕落して人間的な肉体を持つ滅びゆく物質としての性格を帯びる。「この死滅した事物の状態にある古代の神々に、アレゴリーは対応する」(I, 400)。

しかしベンヤミンによれば、アレゴリーとなった古代の神々という土壌に種をまいたのは、キリスト教神学に他ならなかった。「というのも、アレゴリー的思考法を仕上げるために何より決定的だったのは、偶像や肉体の領域の内に、はかなさだけでなく罪が明白に根付いているように見えざるをえなかったことだからである。アレゴリー的に意味するものは、罪によって、自己自身の内で自己の意味を満たすことを拒まれている」(I, 398)。ここでベンヤミンは、自らの初期言語論における創世記の解釈に立ち戻り、実体的な意味を持たない抽象的記号としてのアレゴリーの表現構造を、アダムの原罪によって堕落した被造物の言語精神に重ね合わせている。初期言語論で言われた、原罪によって神の言葉に由来する事物の〈名〉を失って沈黙する自然は、アレゴリー的言語によって表現されることでその悲しみを一層増す。「さらに名づけられずに読まれるだけ、しかもアレゴリー解釈者によって不確実に読まれ、アレゴリー解釈者によってのみ意義深いものとなってしまったことは、どれほど多くの悲しみであろうか」(I, 398)。

アダムの象徴的言語の力を失った点に被造物の悲しみの根源を見出す点は、初期言語論と悲劇論に共通する。しかし初期言語論では、沈黙した自然の音声なき嘆きの表現の内にも神の言葉が放射されていると言われたのに対して、悲劇論は被造物のアレゴリー的言語と真理との志向的連関を明確に否定する。「アレゴリーの志向は、真理を目指す志向と激しく対立する」(I, 403)。土星のメランコリーがそうであるように、アレゴリーの志向は一方で、天界のイデアとは反対の地上の物質へ向かう下降的な志向を持つ。他方でメランコリーの内では、その物質的志向に最も高次の天体に向かう精神的な志向が対立するように、アレゴリーもまた罪を負った自然のみに固執するわけではない。悲劇論の前半でバロック悲劇の悲しみの感情について論じる際に、ベンヤミンはメランコリーの内で垂直方向に対立する上昇する志向と下降する志向が、何らかの仕方で関係することを示唆していた。悲劇論の末尾においてアレゴリーを論じることで、ベンヤミンは改めて両極化した志向の弁証法の形式に触れる。

ベンヤミンが、原罪以後に堕落した自然の悲しみを根源とするアレゴリーの志向の両極性を強調するのは、堕天使「サタン Satan」の形象によってである。ベンヤミンによれば、グノーシス主義によって善のイデアと対比され、堕落した悪としての性格を帯びた現世の物質は、悲しみに沈むサタンの無限の瞑想において絶対的な精神性へと高められる。[69]「完全に物質的なものとあの絶対的に精神的なものがサタンの領域の両極である」(I, 404)。このサタンの無限の沈思の比喩は、世俗世界における善悪の認識が、原罪以後に神的な〈名〉の認識を失った抽象的な言語による眩惑に過ぎないことを意味する。つまり、神の言葉の客観性に根拠を持たない善悪の判断は主観的な独断と幻想に過ぎず、神の視点から見れば世界に悪としての対象は存在しない。そしてこの対象を持たない悪の知の形式に対応する被造物の言語表現が、アレゴリーである。アレゴリーは、それ自体で意味を放射することのできない記号として、表現の対象を持たない。しかし解釈なしには何も表現できないアレゴリーの形式は、罪を負った希望なき自然の事物の断片が、同時に神の世界の秩序の内にある「復活のアレゴリー」へと反転して解釈される可能性を孕んでいる。

ベンヤミンはアレゴリーにおける両極的な志向の関係を、アレゴリーに固有の物質的志向そのものを解消する、解釈的な「急転」の可能性として記述する。

そのすべては、あの一、つ、の急転 Umschwung とともに飛散する。それは、アレゴリー的な沈潜が客観的なものの最後の幻影を一掃せずにはおれず、完全に自分の足で立ち、もはや大地の事物界で戯れることなく、真剣に天界の下で自己を取り戻すことによってである。メランコリー的な沈潜の本質とはまさに次のようなものである。つまりメランコリーはその究極の対象の内に、悪徳なものを最も確実に捉えていると思っているが、その究極の対象がアレゴリーへと反転 umschlagen する。そしてこの究極の対象は、志向が最終的に骸骨の光景に忠実に固執せず、その忠誠を失って復活へと跳躍する überspringen ように、自らを表出することによって無を満たしながら、この無を否定するのである。

(I, 406)

メランコリーの内での、イデアへと上昇する志向と地上の物質へと下降する志向の弁証法的関係は、ここではじめて明確に定義される。極端に異なるものを同時に意味しうるアレゴリーの反転可能性において、メランコリーの大地への志向は、イデアへの志向として解釈される可能性を持つことになる。

この「急転」は、ある方向を目指す志向が逆の方向へと向きを変えるその瞬間に、二つの志向が互いに均衡し無志向的になる志向の転換点である。メランコリーの眼差しによってアレゴリーを解釈する者は、破砕された事物の表現にイデアの表現が隠されていることを垣間見る。このような意味で、「アレゴリーはメランコリーに沈む者に供される唯一で強力な気晴らしである」(I, 361)。アレゴリーが表出しうる諸々の対象の形式が互いに遠ざかるほどに、その反転による跳躍の距離は大きくなり、アレゴリーの表現範囲は潜在的に無限の距離を含むことになる。両極端の対象を同時に表出しうることにより、アレゴリーは具体的な対象を持たない〈無〉の表現であると同時に、あらゆるものを意味しうる潜在的な〈全体性〉の表現になっているのである。

アレゴリー的な急転は、それが「跳躍 Sprung」と結びつけられることでバロック悲劇の「根源 Ursprung」の原理をも示唆する。「根源」においては、反対の志向を持つもの同士が合一するのではなく、それらが両極化したまま均衡する力場の渦が形成される。次のようなアレゴリーの時間構造は、まさにこの根源の時間の形式に合致する。「神秘的な〈瞬間 Nu〉からアクチュアルな〈いま Jetzt〉が生まれ、象徴的なものはアレゴリー的なものに歪められる」(I, 358)。つまりアレゴリーにおいては、象徴のように現象がイデアと瞬間的に同一化されて永続化されるのではなく、解釈的な転換の〈いま〉という一点の時間に対立する志向のあらゆる展開可能性が凝縮されるのである。アレゴリー解釈者は、そのように歪められた自然の表現の内にあらゆる解釈可能性が孕まれていることを発見することで、現象の内にイデアの潜在的な表出を読み取ることを課題とする。この意味でアレゴリーの形式は、現象とイデアの潜在的な〈表現＝対応〉の関係を表出するドイツ悲劇の根源となる。

もっともベンヤミンは悲劇論の末尾において、アレゴリーの反転による事物の神格化の場面が、ドイツ・バロック悲劇の中で実際には描かれていないことを指摘する。つまりドイツ悲劇の演劇装置は、カルデロンのように作品への神の介入を隠した絶対王権による紛糾した筋の解決を呈示できず、筋の展開が不十分なままにとどまっている。「この策略に満ちた筋だけが、場面の構成をあのアレゴリー的全体性 allegorische Totalität へ導くことを可能にしたのだろう」(I, 409)。このように非現実話法で語ることにより、ベンヤミンはドイツ悲劇の形式において、アレゴリー的反転による場面の転換が明示されないままであることを示唆する。しかし明示的なアレゴリー的反転を欠くドイツ悲劇は、それだけ一層解釈を必要とするアレゴリーの形式に厳密に基づいていると言える。芸術作品の内であくまで隠されたイデアの表現を重視する点は、ゲーテの『親和力』に対する批評の方法とも共通する。

ベンヤミンは悲劇論の末尾を次のように締めくくっている。「巨大な建築物の設計図の理念は、建物のまだよく保存されているわずかな部分よりもその破片から印象深く語りかける以上、バロックのドイツ悲劇は解釈を要求する権利を持っている。ドイツ悲劇はアレゴリーの精神において、最初から破片として、断片として構想されているのである。他の形式が最初の日におけるように華々しく輝いているなら、アレゴリーの形式は最後の日における美の像を固く保持している」(I, 409)。このように書くことでベンヤミンは、アレゴリー的な美の形式が見出される「最後の日」が人間の歴史の枠内で実際に到来するのか、明言することはない[70]。

最後に、「認識批判序論」のイデア論と悲劇論本論のアレゴリー論との方法的対応関係を指摘しておきたい。孤立した無数の概念の配置の内に真理の表現を隠すアレゴリーは、潜在的に歴史の全体を内包することで世界全体を〈表現＝代表〉する、モナドの表出構造を示唆する。「認識批判序論」で言われるように、「一つのイデアの表出は、そのイデアの内に並ぶ可能性のある諸々の極端なものの領域が潜在的に踏査されていなければ、いかなる状況においても決して成功したとは見なされない」(I, 227)。アレゴリーに対する哲学的批評とはこの意味で、現象における異質なもの同士が一つのイデアの内で調和した配置として〈表現＝代表〉されていることを見出す、終わりのない解釈の過程である。「この踏査が潜在的なものにとどまる」のは、アレゴリーが現象においてイデアを啓示するのではなく、あくまで解釈によって発見されるべき潜在的な配置の可能性として隠しているからである。そしてベンヤミンがイデアの構造として指摘したライプニッツのモナドは、現象の全体性の表現を潜在的な歴史として表現する構造において、イデアによる現象の〈表現＝代表〉の構造を基礎づけるものだった。

ベンヤミンが悲劇論で論じたバロック悲劇の時間、悲しみの感情とメランコリー、そしてアレゴリー的言語の三つの主題においては、いずれも歴史の全体が〈いま〉という時間の一点に凝縮され、根源の時間として潜在的に表現される構造が見出された。バロック悲劇の時間がその結末を現世において亡霊的に遅延し続け、被造物のメランコリックな悲しみが未来からの時間を呼び込むように、アレゴリー的言語はその解釈における極端なものの反転可能性において、現象の無限の解釈の過程を隠している。根源のリズムの内で、有限な現象の形式は無限の時間の形式と結びつけられ、モナド的に歴史の全体を〈表現＝代表〉するイデアの配置の潜在的な要素として解釈される可能性を持つことになる。

ライプニッツのモナドは、「認識批判序論」だけでなく悲劇論の本論でも、現象の解釈においてイデアの真理内実を表出する、哲学的批評のモデルとなっている。ベンヤミンによるドイツ・バロック悲劇の批評は、その演劇空間に現れる時間・感情・言語の形式の内にモナド的な歴史の〈表現〉の構造を見出すことにより、現象とイデアの潜在的な関係性を表出する方法に貫かれているのである。

結語と展望

本書では、ベンヤミンの初期から『ドイツ悲劇の根源』に至るテクストを、主にライプニッツ・モナドロジーの受容と解釈という観点から読解した。

ここであらためて前期ベンヤミンにとってのライプニッツ哲学の意義を問うなら、それはカント以後の哲学が直面する感性と悟性の二元論、また主観的意識とその対象から構成される認識論の枠組みを克服するために不可欠なものであったと言える。初期ベンヤミンが構想した未来の哲学のプログラムは、カントの認識論を批判的に継承しながら、新カント主義を経由した同時代のライプニッツ主義にも間接的に依拠していた。ヘルダーリン論で用いられる〈詩作されるもの〉の概念は、詩に表現される多様な要素を詩人の主観的創作としてではなく、客観的な詩の理念から産出される関数的要素として統一する点で、新カント主義の認識批判に連なるものである。そして後期ヘルダーリンの詩において互いに孤立するように配置された語を、理念に基づいた客観的な〈関係性〉を表現する要素として解釈する方法は、悲劇論で展開されるモナドロジー解釈の萌芽を示している。

シュレーゲルとノヴァーリスを主題とするロマン主義論もまた、主観的な直観を排した思惟の自己関係的反省の形式に依拠する点で、カント認識論の批判的克服を目指す初期の哲学構想の延長上に位置づけることができる。さらにロマン主義の芸術作品は、反省の構造に基づいて解釈されることで、芸術の理念が自己展開する「反省媒質」と見なされる。そしてアテネウム期のシュレーゲルは、個々の断章や芸術作品が自己の内に世界全体を映し出す表出原理の一つのモデルを、ライプニッツのモナドに見出していた。自己の内に無限の展開可能性を孕む芸術作品は、それ自体がモナド的芸術作品として、あらゆる芸術ジャンルを統合する〈一つの作品〉の理念へと連続的に高まる。本書は、ベンヤミンがロマン主義から抽出した〈直接性〉と〈無限性〉の原理に基づいた思考を、〈絶対的関係性〉の認識論として解釈した。

他方で本書は、ベンヤミンの認識論にもう一つの関係性原理があることを指摘した。それはロマン主義と対置される、古典主義者ゲーテの芸術論の解釈において明確になる。ゲーテが古典古代の作品の生成を否定したことで、芸術作品は一つの相対的理想としてすでに完結したものと見なされ、芸術の絶対的理念から架橋不可能な断絶によって隔てられる。本書は、〈間接性〉と〈有限性〉の構造のもとに特徴づけられるベンヤミンの古典主義解釈から、〈相対的関係性〉の思考を抽出した。ベンヤミンにとってゲーテの小説『親和力』は、モナド的な不死性の理想を直接表現することのできない作品が、その真理内実を秘密として隠す、相対的関係性の表現の一つの範例だったのである。自然の現象の内にモナド的な形成の普遍法則を直観しようとする、ゲーテの「原現象」の批判的受容から生まれたベンヤミンの「根源」概念も、同様の観点から理解できる。「根源」は現象の領域の内で直観されることのないイデアを、潜在的な歴史の形式として表現する。

『ドイツ悲劇の根源』は、以上述べた二つの関係性の原理を、〈表現〉の概念によって結びつける試みと見なすことができる。モナドのように独自の視点から世界全体を映し出すイデアの絶対的調和の領域は、有限な概念の認識作用の内に制限された現象の相対的な認識連関から隔絶される。しかし現象の要素は概念によって包摂されるのではなく、むしろ分割された断片となることで、イデアの〈離散性〉の構造と照応する。ベンヤミンは概念の恣意性を強調するアレゴリーの言語形式によって、現象の内で離散した破片的要素が、イデアの星座布置を形成するミクロの要素として〈表現＝代表〉される可能性を問うのである。さらにバロック悲劇に固有の時間構造、そして被造物が持つ悲しみの感情とメランコリーは、時間の形式によって現象の要素を潜在的な〈全体性〉の構造に結びつける。ベンヤミンによるバロック悲劇の哲学的批評は、モナドが持つ〈離散性〉と〈全体性〉の構造を、イデアから現象まであらゆる領域を貫く原理として見出す方法を示している。

以上を踏まえて前期ベンヤミンの認識論の展開を跡づけるなら、その全体を〈絶対的関係性〉と〈相対的関係性〉の思考のいずれかに還元することはできないことがわかる。何より現象とイデアが〈表現〉の関係によって結ばれることは、現象のレベルにおける要素同士の関係性を問うことと、現象とイデアの関係性を問うことの間に厳密な区別ができないことを意味する。それゆえベンヤミンの認識論は、一元論でも二元論でもない。むしろベンヤミンの思考は、二つの認識論のモデルを両極として、両者の緊張関係のダイナミズムの内で展開される。本書は、この二つの関係性原理が個々のテクストでどのように前景化しているかを明らかにすることで、それらを導く思考の形式を可視化することを試みた。それはときに複数の思考が交錯するベンヤミンのテクストを解きほぐすために不可欠の過程であったが、同じ方法でテクストのあらゆる箇所を完全に整合的に解釈することは困難であろう。二つの思考原理はときに明確に分離することが不可能なほど、ベンヤミンの思考の内で浸透し合っているからである。

前期ベンヤミンにおいて芸術作品は、芸術の理念が自己展開する絶対的反省媒質でありながら、外部の対象を間接的に表現する相対的な模像である。また言語は、その内で神の無限の認識が展開される媒質である一方で、自己とは別の内容を外から伝達する恣意的な記号である。あるテクストの箇所にいずれか一方の思考原理への明らかな傾きを認めることができても、他方の思考がそこで完全に排除されているわけではない。ベンヤミンは「認識批判序論」の「根源」の節で、そのような二つの思考原理の相互規定に触れている。

哲学的考察の方針は、根源に付随する弁証法の内で示される。この弁証法から明らかになるのは、あらゆる本質的なものにおいて、一回性と反復性が互いを規定し合っていることである。

(I, 226)

ここでの「一回性」と「反復性」の対立する原理の弁証法は、イデアと現象の対立関係というより、ベンヤミン自身の哲学的思考の構造を示しているだろう。本書が指摘した〈絶対性〉と〈相対性〉の思考は、「根源」の概念によって弁証法的関係の内に捉えられる。しかし「根源」は、二つの原理を媒介する第三項でも、両者を産出する共通の根でもなく、ましてより高次の段階への止揚も意味しない。むしろそれは、「一つのイデアが歴史的世界と繰り返し対峙する」ことで、そのつど新たに生まれる思考の磁場であり、ベンヤミンの思考の形成そのものを表現している。

そしてここまで論じてきたベンヤミンの思考原理は、『ドイツ悲劇の根源』までの前期著作だけに見られるわけではない。一九二〇年代後半以降、晩年に至るまでのベンヤミンの多くのテクストにもまた、前期に連なる観点が少なからず確認される。それゆえ以下では、最終的な結論によって本書を完結させるより、これまで論じた前期著作に関する解釈の論点を、後期著作にどのような形で接続できるか展望することで、本書を踏まえた後期ベンヤミン研究の展開可能性を示したい。

『ドイツ悲劇の根源』以降の後期著作では、前期著作の中心的な主題を構成していた認識論や哲学的批評の問題が(少なくとも表面上は)後退し、代わりに同時代の経験の貧困化に伴う文学・芸術の危機、複製技術や新たなメディアによる知覚の変容、大都市環境での意識表象や記憶の問題などが前景化する。しかしこのような論述対象の変化を、前期と後期の間の単純な断絶と見なすべきではない。後期著作のいくつかの箇所に注目するだけでも、前期の思考原理が外形を変えながらテクストの論述を導いていることがわかる。

例えば本書の第四章で論じた言語の問題は、「類似するものについての説」(一九三三年)で再び顔を出している。

ベンヤミンによれば、類似を作り出す人間の模倣能力は、子供が遊びの中で周囲の人間や事物に同化する擬態に現れており、それは天空の事象と人間の運命との照応を見出していた太古の占星術の痕跡を示している。そして、次第に衰弱して失われていったこの魔術的な能力の記録保存庫となっているのが、言語である。つまり言語は、自然の音を模倣した擬音語に見られるように、抽象化された概念や記号の体系として発展しながら、同時に太古から蓄積された自然模倣の残滓を保存している。

ベンヤミンによれば、「言語および文字のこの――そう呼んでよければ――魔術的側面は、しかし言語のもう一つの側面である記号的な側面と無関係ではなく、それを伴って現れる」(II, 208)。擬態のような身体的ミメーシスに基づく人間の模倣能力は、自然そのものの表現として直接発現するのではなく、何らかの記号や文字としてはじめて現れることができる。この意味で言語とは、自然的な模倣の力の発露でありながら、その模倣の対象を少なからず歪めて表現する記号的原理でもある。ここには初期言語論で指摘された、象徴的な自然言語でありながら恣意的な記号でもある人間の言語の根源的二重性の問題が、模倣と類似性の観点から改めて浮上していると考えられる。

主に本書の第二章と第三章で論じた芸術作品の問題は、『技術的複製可能性の時代における芸術作品』(一九三五―四〇年)によって新たな視座を与えられる。そこでは芸術作品に内在する二つの原理として、オリジナルだけが持つアウラの保存を重視する礼拝価値と、多数の受容者へ流布することを目指す展示価値が指摘される。二元的価値から構成される芸術作品の定義は、あくまで実際に創作されたオリジナルとその複製を問題にしている点で、本書が論じた芸術の理念と作品の関係をめぐるロマン主義と古典主義の争点から区別される。しかしそこで芸術作品の改良可能性が問われる点には、ロマン主義的な芸術作品の生成の思考との類比が、そして『親和力』論からの自己引用とともにゲーテ的な美しい仮象の喪失が問われる点には、古典主義芸術論との接続が暗示されていると考えられる。

ベンヤミンによれば、「芸術史を芸術作品自体の内にある二つの極の対決として描き、その対決過程の歴史を、芸術作品が一方の極から他方の極へと交互に重心を移すことの内に見出すことができるだろう」(WuN, XVI, 105)。礼拝価値と展示価値の両極的弁証法は、片方が対極を完全に排除するのではなく、振り子のように重心を振動させながら交互に現れる。後期ベンヤミンは、この弁証法的考察の方法を他のテクストでも多用するが、それは「根源」の弁証法に示される、「一回性」と「反復性」の相互規定によって先取りされていた。他の後期テクストにおいても、本書が指摘した前期ベンヤミンの二つの思考原理が、さまざまに変容しながら繰り返し回帰していることを確認できるだろう。

さらに第一章で論じた、前期ベンヤミンのカントとの対決の文脈におけるライプニッツ哲学の意義、という観点をより広い認識論の文脈で捉えるなら、後期のテクストに頻繁に表れる無意識的表象の問題にも新たな光が当てられる。その中心となりうるのが、ライプニッツの「微小表象」の概念である。

ライプニッツは失神や深い眠りの状態における無意識的表象を、明晰な意識や注意の集中を意味する「統覚 aperception」から区別して「微小表象 petites perceptions」と呼んでいる。周知のようにカントにも「統覚 Apperzeption」の概念があるが、それはライプニッツのような意識の経験的・心理的操作ではなく、同一の自我が経験の多様を統一することが一貫して可能になる、根源的な自己意識の構造が「超越論的統覚」と呼ばれる。ライプニッツによれば、混雑な表象であっても後から注意を向けて反省することで、判明な表象へと連続的に移行することができる。しかしカントによれば、あらゆる表象は主観が意識しうるという自己意識の制約に従わなければならない以上、意識を伴わない表象は「無」である。そして後期ベンヤミンの知覚論は、超越論的統覚によって自我の同一性を基礎づけるカントより、無限に微小な表象として無意識的な知覚をも包括するライプニッツのモナド的〈自我〉のモデルに近づくように思われる。

後期ベンヤミンにおける意識表象の問題は、前述の複製芸術論にも見て取れる。ベンヤミンによれば、映画のような芸術メディアは、瞑想しながら同じ対象に意識と注意を集中する、従来の自然や芸術の鑑賞態度を変容させた。映画においては鑑賞する対象が断続的に移り変わるため、一点を集中して見ることができず、注意力が散漫な仕方で知覚が働いている。意識集中型の「視覚的」受容とは異なり、注意が散漫な「触覚的」受容のあり方が注目に値するのは、そこで「慣れ」による意識表象の推移が論じられている点である。ライプニッツによれば、習慣化と環境への順応を通じて周囲の対象が喚起する意識と注意の度合いは徐々に弱まっていくが、この意識されない表象は他のものに注意を向けている間も混雑した形で意識と記憶の微細な部分を構成している。生活環境における慣れと意識の分散化の構造は、ベンヤミンが居住空間の一部として日常的に受容される建築作品に認めた、「触覚的」な知覚にも並行して認められる。さらに複製芸術論の中で二〇世紀における「統覚」の変容が問われていることを踏まえるなら、後期ベンヤミンの知覚論をカント的認識モデルとの対決の延長上に捉えることも可能だろう。

本書の第四章では、モナドの非判明な認識に含まれる時間の表出について論じた。時間の全体を映し込むおぼろげな表象の構造は、「プルーストのイメージについて」（一九二九年）、「一九〇〇年頃のベルリンの幼年時代」（一九三二―三八年）などに見られる、前論理的な身体知覚や記憶の問題とも接続しうる。ベンヤミンがプルーストの作品に見出す、目覚めた直後のぼんやりとした意識の中で呼び覚まされる無意志的な記憶、そして匂いや味覚のような前論理的な身体感覚の問題は、すでに悲劇論の悲しみとメランコリーの理論によって部分的に先取りされていた。被造物の悲しみの感情の内に未来の災厄を予知する暗い表象が潜在するように、「ベルリンの幼年時代」に記述されるベンヤミン自身の幼年期のイメージには、過去の記憶の片隅に未来の破局が兆す意識の構造が確認される。

ベンヤミンの後期著作には、前期のように明確に認識論を主題とする問題設定はほとんど見られない。しかし後期ベンヤミンが傾倒する前論理的で徴候的な意識表象の主題には、それが主観と客観の境界線を曖昧にする点で、主観の統覚的意識に基づいた対象認識を前提する、カント的な認識論に対する問題意識の残滓が現れていると考えられる。その際にベンヤミンが再度ライプニッツ的思考に接近するのは偶然ではない。注意力、触覚、無意識をめぐる後期の知覚論は、おそらく直接的な影響関係の産物というより、ベンヤミンが独自に展開する思考がたびたびライプニッツの思考と照応することで生まれる、「複数形のモナドロジー」のもう一つの解釈可能性なのである。

「セントラル・パーク」（一九三九年）、「パサージュ論」（一九二七―四〇年）、そして「歴史の概念について」（一九四〇年）といった晩年のテクストで、ベンヤミンは再びライプニッツの「モナド」概念に直接言及するようになる。それは晩年に新たに展開される歴史哲学の構想に、悲劇論のモナドロジー解釈への参照が含まれることを意味する。悲劇論で言及された、孤立したイデアの内に歴史の全体が潜在的に含まれるモナド的な〈表現＝代表〉の構造は、晩年において均質的で連続的な時間の流れを停止して結晶化させる、非連続的な時間の形式と結びつけられる。それゆえ歴史の全体を一つの瞬間に凝縮させる「現在時 Jetztzeit」の概念は、悲劇論および関連する前期テクストの時間論を踏まえてあらためて解釈されなければならない。異なる時代の異なる時間が照応し合う、孤立した瞬間相互の配置として捉えられる晩年の歴史の概念は、本書が論じた離散的な要素の客観的配置を示す〈関係性〉原理を踏まえることで、前期から後期を貫くベンヤミンの〈関係性〉の思考として理解することが可能になると考えられる。

しかし前期ベンヤミンのテクストに焦点を絞った本書の枠内では、新たな考察の視点を必要とする後期のテクストについてこれ以上詳論することはできず、別の機会に論をあらためるほかない。

最後に付言しておきたいのは、ベンヤミンにとってライプニッツ哲学が、初期から晩年に至る思索の展開の中で、さまざまに形を変えながら繰り返しその思考に原型を与えるものだったということである。ライプニッツ自身がそうであるように、ある時期にベンヤミンのモナドロジーが確固たる哲学体系として確立されたわけではない。それゆえ特定のテクストや文言を、〈ベンヤミンのモナドロジー〉と呼ぶことはおそらくできない。ベンヤミンはその文筆活動を通してつねに明確にライプニッツを意識していたわけではなく、その批評の対象はライプニッツとはおよそ関係を持たない領域にまで及ぶ。にもかかわらずベンヤミンの異なる時期の著作に、それぞれ異なる形で現れる複数の思考には、モナドロジー的と呼びうる思考の構造が見出される。

それゆえベンヤミンとライプニッツ哲学の関係は、〈ベンヤミンとモナドロジー〉の関係として理解される。両者の思考はときに外形的にはまったく異なる領域において展開され、何ら直接的な影響関係を持たない場合でも、繰り返し相互に照応する。それは単なる受容の関係ではなく、それぞれ独自に展開する思考が互いを表現する関係である。このような〈表現の関係〉の内で、ベンヤミンのモナドロジー的思考は展開されるのである。

あとがき

本書は、二〇一八年度末に東京大学大学院総合文化研究科に提出した博士学位請求論文、「関係性の表現——ヴァルター・ベンヤミンとモナドロジー」をもとに執筆された。同論文は審査を経て受理され、二〇一九年度に同研究科から博士（学術）の学位を授与された。本書を出版するにあたり、その後の研究成果も踏まえて本文に大幅な加筆と修正を施したが、章構成など全体の大枠は変更していない。

博士論文の審査委員長は高橋哲哉先生、同審査委員は田中純先生、竹峰義和先生、大宮勘一郎先生（以上東京大学）、粂川麻里生先生（慶応義塾大学）に務めていただき、口頭試問の際には貴重なコメントや批評を頂戴した。先生方からは博士論文の審査に限らず、大学院の授業や学会・研究会などさまざまな場で学恩を受けており、ここで改めて謝辞を述べたい。

高橋先生には博士後期課程に進学して以来、博士論文を書き上げるまで指導していただいた。大学院の演習では、フランス語テクストの読解力を鍛えていただき、思想史や哲学についての幅広い見識を学ぶことができた。先生から与えられたベンヤミンと現象学というテーマは、本書で論じることが叶わなかったが、今後の重要な課題の一つになると考えている。

田中先生のヴァールブルクをテーマとした授業に参加したことは、本書の研究にも直接つながる大きな刺激となった。また都市論を主題とした数多くの研究書からも学ぶことが多かった。博士論文構想の段階でも助言いただいた後期ベンヤミンのテーマについては、本書で扱うことができなかったが、今後の研究の中心的な課題として引き受けたい。

竹峰先生とは学会や研究会で議論を交わし、大いに刺激を受けた。博士論文の提出段階では、前期ベンヤミンの二つの思考の関係を重心の変遷の過程として整理していたが、口頭試問でこの解釈を修正する示唆をいただいた。そこでの指摘がなければ、ベンヤミンに内在する二つの思考原理の対立という解釈を、本書で明確に示すには至らなかっただろう。

大宮先生とは独文学会でご一緒した後、シュミットを翻訳する研究会にお誘いいただいた。研究会では、正確で厳密なドイツ語テクストの読解に毎回刺激を受け、同時に自由な発想で訳語の選択を思案される姿から多くを学んだ。先生の後期ベンヤミンの都市論についての解釈は、今後の研究でも参考にしたい。

粂川先生とはとりわけゲーテ自然科学の集いで頻繁に議論を交わした。そこでの対話がなければ、本書のゲーテ解釈はおよそ違ったものになっていただろう。先生とはライプニッツ・ゲーテ・ベンヤミンに対する問題関心を共有し、それ以外の思考や発想もリンクすることが多かった。先生とは今後も研究をご一緒させていただきたいと考えている。

博士論文の執筆と前後して、本書につながる研究内容を学会や研究会などで発表する機会を得た。そこで受けた質疑や発表前後の対話を通じて、多くのアイデアを得るとともに解釈の偏りや誤りを修正することができた。また学会誌や紀要に論文を投稿した際には、有益な査読コメントを受けることも多く、それが研究内容を客観的に見直すきっかけとなった。そうした批判を経ていなければ、本書の内容が独りよがりのものになっていたことは容易に想像できる。

以下では、発表済みの学術論文から本書と直接関わるものを挙げ、それぞれの内容を本書のどの章・節に組み込んだかを（　）内に示す。なおいずれの論文も、本書の執筆・推敲段階で大幅に加筆・修正している。論文によっては、本書の趣旨に合わせて解釈を変更している部分がある。

- 「内包量と微分――ヘルマン・コーヘンの新ライプニッツ主義」：『ライプニッツ研究』第七号、二〇二二年（第一章二節）
- 「関係性の詩学――初期ベンヤミンのヘルダーリン論」：『ヘルダー研究』第二四号、二〇二二年（第一章四節）
- 「モナドとしての芸術作品――Fr・シュレーゲルとベンヤミンのライプニッツ解釈をめぐって」：『シェリング年報』第二四号、二〇一六年（第二章三・四節）
- 「形態学と歴史哲学――ゲーテとベンヤミンのライプニッツ解釈をめぐって」：『モルフォロギア　ゲーテと自然科学』第三七号、二〇一五年（第三章一・四節）
- 「自然のイデアと芸術の原像――ベンヤミンのゲーテ論におけるプラトン主義と新カント主義」：『モルフォロギア　ゲーテと自然科学』第四二号、二〇二〇年（第三章二・三節）
- 「アレゴリー的実存とメランコリー――ベンヤミンの悲劇論における生の表現について」：『実存思想論集第三七号　ベンヤミンと実存思想』、二〇二二年（第四章三節）
- 「アダム言語と純粋言語――ベンヤミンの言語論における二つの理念」：『哲学雑誌』第一三四巻・第八〇七号、二〇二〇年（第四章四節）

以上の論文につながる研究発表に対してコメントをくださった先生方、投稿論文を審査いただいた査読委員の先生方、また掲載を許可いただいた学会の先生方に、ここで改めてお礼申し上げたい。

本書が書かれるまでには、他にも数多くの先生方、先輩方から貴重な指導やアイデアをいただいた。ここで全員のお名前を挙げることはできないが、本書の研究に関わる指導を受けた方々に謝辞を述べておきたい。

東京外国語大学外国語学部ドイツ語学科に在籍の際には、故谷川道子先生と山口裕之先生からベンヤミンを読む最初のきっかけを与えていただいた。また東京大学大学院博士前期課程に在籍の際には、杉橋陽一先生からアドルノやベンヤミンに関する貴重な指導を受けることができた。

本書の第一章で論じた、ベンヤミンとコーヘンのテーマに関心を向ける最初のきっかけは、故ヴェルナー・ハーマッハー先生の論文を読んだことだった。その直接の指導を受けるため、二〇一〇年から二〇一三年にかけて、ヨハン・ヴォルフガング・ゲーテ大学（ドイツ、フランクフルト・アム・マイン）の比較文学研究科に研究滞在した。ハーマッハー先生が主催するコロキウムでは、本書の中核となるベンヤミンの「根源」と「モナド」概念を解釈した論文の原稿を添削・批評してもらい、またライプニッツ・カント・ゲーテの自然目的論についての発表にもコメントしていただいた。ときに厳しい批判も受けたが、本書の基礎となる研究を大いに後押しする言葉をもらえたことが、その後の研究を前に進める何よりの原動力となった。二〇一七年に他界されたため、本書の完成を報告できないことは残念でならないが、学恩に心から感謝したい。

ドイツ留学中には、同じ時期にハーマッハー先生の指導を受けていた磯忍さんと机を並べて勉強する機会に恵まれた。アリストテレスを中心としたギリシア哲学のみならず、ベンヤミンや現代思想についても独自の見識を持つ磯さんと対話する中で、本書の構想に直接つながる数多くの貴重なアイデアを得ることができた。毎週末のように読書会を開き、共同でベンヤミンのテクストを一語ずつ検証しながら精読した経験は、外国語のテクストを読む厳しさと楽しさを再確認する機会となった。

また磯さんと同じく大学院時代の先輩にあたる森田團さんの研究からも、大きな影響を受けた。研究会やセミナーで議論を交わした経験は、哲学・思想史の文脈でベンヤミンを解釈する後押しとなった。本書の構想から執筆の段階で、森田さんのベンヤミン解釈と何度も対峙することとなったが、そこから受けた刺激はことのほか大きかった。


本書のテーマに出会う最初の手がかりを得たのは、博士後期課程に進学して一年以上が過ぎた頃だった。当時は先行研究と明確に差別化できる独自の研究テーマが打ち出せず、思い悩む日々を送っていたように思う。とりわけ解釈の糸口を見つけられずにいた『ドイツ悲劇の根源』とその序論を理解するために、ライプニッツの著作を手に取って読み始めたのはそのような時期だった。そしてライプニッツを読み進めるごとに、「認識批判序論」に書かれた言葉の意味を少しずつ理解できるようになり、それ以外のベンヤミンのテクストも新たな角度から読む可能性と視野が広がっていくような感覚を覚えた。それは、それまで無自覚に前提していたカント的思考の図式を相対化し、それとは異なる観点からテクストを読むための思考の自由を獲得する過程でもあった。その後はライプニッツに関する哲学史や認識論を勉強するのに多くの時間を費やしたが、新たな観点から読むことで発見が生まれるベンヤミンの読解は、ときにわくわくするような楽しい時間だった。

そのような経緯もあり、本書の研究はその構想段階から、「認識批判序論」の方法を梃子にして前期ベンヤミンの思考を解明することを目標にしてきた。実際に第三章四節と第四章一節は、同序論の注釈のような体裁を取っている。第一章や第二章のように『ドイツ悲劇の根源』を主題としていない章でも、同書に至るまでのベンヤミンの思考の過程が意識されている。また悲劇論の本論を論じた第四章二節以降でも、序論の方法とバロック悲劇の解釈を結びつけることに焦点を当てている。その意味で本書の全体は、「認識批判序論」という短いテクストに対する長い注のようなものだと思っている。そこに書かれた一つ一つの言葉を理解するには、それ以外の前期テクストの読解もまた不可欠だったことを、いま改めて実感している。本書によって「認識批判序論」の全体が解明されたとは思えないが、解釈の一つの方向性を示すことはできただろう。

本書の刊行に際して、ベンヤミンの後期著作に焦点を当てた章を加えることも考えたが、右に述べた目標から外れるため断念した。もとよりバランスの取れたベンヤミン像を提示することは目指していない。むしろ考察対象を前期に絞ることで、これまであまり着目されてこなかった論点を際立たせることが可能になった。しかし「結語と展望」にも書いたように、前期ベンヤミンの思考は後期とも照合することで、新たな解釈と展開の可能性を示すだろう。この意味で、本書と対をなすもう一冊の本が書かれるべきだと思っている。その主題は後期ベンヤミンに他ならないが、本書で指摘した前期ベンヤミンの〈関係性〉の思考を、後期にも別の形で見出せないか目下模索している。「結語と展望」の後半に書いたことは、あくまでそうしたテーマ群の一部である。これらの研究を形にするためには、さらにマルクス、ボードレール、ジンメル、フロイトのテクスト、また現象学の議論なども参照する必要があるだろう。今後は前期とは別の文脈も踏まえ、後期ベンヤミンの思考を〈関係性〉の原理から再解釈することを目指して、さらに研究を進めていきたい。

本書の刊行に至るまで、法政大学出版局の郷間雅俊さんに大変お世話になった。一〇年以上前にとある学会でお会いし、人文学に対する強い関心と問題意識を持っておられることが心強かった。そして、いつか著書を刊行するときには郷間さんのお力を借りたい、と考えていた。今回こちらからの唐突な出版の提案にもかかわらず快諾していただき、校正の過程でも常に迅速で正確なお仕事をしていただいた。人文書の出版には研究者の努力だけでなく、理解ある編集者の存在も不可欠であることを再認識した。ご助力に改めてお礼申し上げたい。

最後に私事になるが、筆者のこれまでの研究を温かく見守り続けてくれた両親に、心から感謝したい。

二〇二四年一二月

茅野　大樹

◎本書は、日本学術振興会科学研究費「研究成果公開促進費（学術図書）」（課題番号：24HP5040）の助成を受けて出版された。

◉著 者

茅野大樹（ちの ひろき）

1981年生まれ。東京大学大学院総合文化研究科博士後期課程単位取得退学。博士（学術）。筑波大学人文社会系助教。専門は近現代ドイツ思想・文学・美学。共著に，実存思想協会編『実存思想論集37 ――ベンヤミンと実存思想』知泉書館（2022），Japanische Gesellschaft für Germanistik (hrsg.), *Nachleben der Toten – Autofiktion*, iudicium Verlag（2017）がある。

ベンヤミンとモナドロジー

関係性の表現

2024年12月16日　初版第1刷発行

著　者　茅野大樹

発行所　一般財団法人 法政大学出版局

〒102-0071 東京都千代田区富士見2-17-1

電話 03（5214）5540　振替 00160-6-95814

組版：HUP　印刷：平文社　製本：誠製本

ISBN978-4-588-15140-8

人名索引

A

アドルノ　Adorno, Theodor W.　303
アグリッパ　Agrippa, Heinrich Cornelius von　313–14, 323, (50)
アリストテレス　Aristoteles　34–35, 101, 162–65, 171, 182, 205, 248–49, 252, 254, 307, 309, 312, 323, (19), (30), (33), (34), (38), (41), (44), (49)

B

バウムガルテン　Baumgarten, Alexander Gottlieb　8, 11–12, (16), (19)
ブロッホ　Bloch, Ernst　(52)
ブルーメンバッハ　Blumenbach, Johann Friedrich　170–71, 174, (31)
ベーメ　Böhme, Jacob　333–35, 338, (53), (54)

C

カッシーラー　Cassirer, Ernst　v, viii, 15–17, 39, 55, 66–69, 72, 74–75, 112, 144, 180–83, 198, (16), (17), (21), (22), (54)
コーヘン　Cohen, Hermann　v, vii–viii, 5, 15, 17–26, 28–29, 31–44, 46, 50–51, 67–68, 72, 75, 112, 182, 196, 198, 249–50, (17), (18), (19), (20), (21), (22), (35), (36), (41), (45), (54)
クロイツァー　Creuzer, Georg Friedrich 327–29, (53)

D

デカルト　Descartes, René　viii, 6–7, 34–35, 75, 101, 143, 162, 173–74, (16), (19)
ディルタイ　Dilthey, Wilhelm　(20), (35)-(36), (38)
デューラー　Dürer, Albrecht　309–13, 323, (49), (50)

F

フィヒテ　Fichte, Johann Gottlieb　81–109, 116–20, 123, 125, 188, 222, 265, 270–71, (23), (24), (25), (26), (28)
フィチーノ　Ficino, Marsilio　309, 312–14, (50)
フロイト　Freud, Sigmund　(46), (48), (49), (50)

G

ガリレイ　Galilei, Galileo　25–26, 31, 34, 37, (17)
ギーロウ　Giehlow, Carl　309, 312–13, 337, (50)
ゲーテ　Goethe, Johann Wolfgang von　iii, vi–vii, ix, 4, 13, 80, 126–27, 138–40, 151–61, 165–72, 174–85, 188–89, 193–203, 206–11, 213–17, 220, 225–35, 238–51, 255, 259–60, 262, 270, 287, 325–29, 348, 352, 355, (16), (20), (21), (25), (30), (31), (32), (33), (34), (35), (36), (38), (39), (40), (41), (42), (46)
グンドルフ　Gundolf, Friedrich　213–15, 218, 226, (36)

H

ハーマン　Hamann, Johann Georg　335
ハイデガー　Heidegger, Martin　51, (16), (19), (20)
ヘリングラート　Hellingrath, Norbert von 55–57, 61, 63–64, 76–77, 342, (21), (22)

ヘルダーリン　Hölderlin, Friedrich　4–5, 52–57, 63, 65, 69, 72, 74, 76–77, 221–26, 236, 342, 351

K

カント　Kant, Immanuel　ix, 3–6, 8–22, 32–54, 65–66, 79–81, 85, 88, 90–91, 94–96, 99–102, 121, 159, 170–71, 174–79, 186, 195–96, 198, 208–09, 217, 222, 224, 237–38, 263–64, 270–71, 281, 351–52, 356–57, (15), (16), (17), (18), (19), (20), (23), (24), (26), (32), (35), (39), (41), (42), (43), (44), (45), (54)

L

ローエンシュタイン　Lohenstein, Daniel Caspar von　294, 323, (52)

M

マイモン　Maimon, Salomon　274, (44)

N

ナトルプ　Natorp, Paul　15, 39, 112, 196–98, 205–06, 273, (34), (35), (37), (38), (41), (44)

ノヴァーリス　Novalis　79, 81–82, 85, 88–89, 101, 103–10, 115–16, 118–20, 122–23, 130, 157–58, 201, 265, 351, (22), (26), (28)

P

パノフスキー　Panofsky, Erwin　309–10, 312, 314, (49), (50), (55)

プラトン　Platon　3, 16, 32–35, 97, 101, 160, 188, 196–99, 205–06, 211, 217–20, 222, 224, 228, 235, 238, 248–49, 252–54, 266, 273–74, 277, 281–82, 286, 309, 312

R

ロッテン　Rotten, Elisabeth　196–99, 203, 206, (34), (38), (42)

ラッセル　Russell, Bertrand　16, 75, (20)

S

ザクスル　Saxl, Fritz　309–10, 312, 314, (49), (50), (55)

シラー　Schiller, Friedrich　147, (26), (29), (30)

シュレーゲル　Schlegel, Friedrich　vi, viii, 79–82, 85, 88–93, 95–97, 99–103, 107–11, 113–18, 123–28, 130, 132–36, 138–44, 146–51, 155–58, 265, 351–52, (23), (24), (25), (26), (27), (28), (29), (30), (47)

シュミット　Schmitt, Carl　96, 292–94, (46)

ショーレム　Scholem, Gerschom　17, 258, (15), (17), (20), (22), (23), (44), (45), (47), (48), (51), (52)

ジンメル　Simmel, Georg　239, 243, 247–48, (40)

ソポクレス　Sophokles　77, 221–23, 225–26, 301, 342, (38)

スピノザ　Spinoza, Baruch de　13, 101, 142, 162, (30), (42)

W

ヴァールブルク　Warburg, Aby　309–11, 344, (49)

ヴィンデルバント　Windelband, Wilhelm　98–99, (20), (25), (26)

ヴォルフ　Wolff, Caspar Friedrich　170–71, (31)

ヴォルフ　Wolff, Christian　8, (16)

事項索引

あ 行

アレゴリー　Allegorie　x, 77, 202, 258–59, 262, 324–30, 332, 336–39, 342–48, 353, (51), (53), (55)
イデア　Idee
　自然の——　199, 204, 206, (20)
　プラトン的——　196, 199, 206, 211, 217, 248, 254, 286, (42)
　モナド的——　286, 292, 316, 321–22, 324, 343
運命　Schicksal　62, 64, 71, 73, 212–15, 218, 223–24, 226–27, 233–34, 295–302, 355, (21), (35), (36), (47)
エンテレケイア　Entelechie　161–65, 173–74, 178–79, 182, 227–34, 244–45, 247–49, 251–52, 255, 298–99, 302, (30), (32), (39), (40), (41), (47)

か 行

仮象　Schein　33, 103, 217–20, 226, 233–37, 266–68, 272, 344, 355, (38), (44)
仮説　Hypothese　68–69, 181, 183, 273, 276–77, 281, (44)
課題　Aufgabe　4, 12, 15, 40–41, 44–45, 49, 53, 61, 68, 70, 76–77, 82, 100, 205, 211, 216–17, 260, 273, 275–76, 280–82, 290, 332, 337, 339–40, 347, (23), (33), (34), (44), (45)
カテゴリー　Kategorie　22, 33, 48, 65, 152, 205, 213–14, 237–38, 242, 244, 246, 248, 250, 287, 307, 328, (26), (34), (41)
悲しみ　Trauer, Traurigkeit　x, 226, 258–59, 306–08, 311–13, 315–24, 336, 344–46, 349, 353, 357, (46), (48), (49), (51), (52)
関係性　Beziehung, Relation
　——の詩学　52, 55, 72
　絶対的——　103, 106, 201–02, 207, 265–66, 285–86, 320, 336, 342, 352–53
　相対的——　119, 202, 266, 286, 320, 336, 342, 352–53
関数　Funktion　viii, 64–72, 74–75, 112, 144–45, 169–70, 179–80, 182–83, 197–98, 206, 272–74, 276–77, 280–81, 283, 351, (45)
機械論　Mechanismus　29–30, 47, 162, 167, 172, 174–76, 178–79, 251–52, 255, (36)
希望　Hoffnung　14, 225–27, 232, 234, 346, (38)
君主　Souverän　291–94, 303, 311, 322–24
啓示　Offenbarung　143, 183–85, 195, 203, 215, 235–38, 242–43, 246–49, 254, 268, 289, 294, 314, 318–19, 324–26, 329–31, 333, 335, 338–39, 348
形式　Form
　絶対的——　146, 148, 152, 201
　内的——　54–57, 61, (21)
　表出——　131–33, 135, 146, 148, 200, 225, 238, 330
形成衝動　Bildungstrieb　170–71, 174, 177, 231, (31)
形態学　Morphologie　160–61, 165–68, 170, 174, 178, 180–82, 229, 240, 242, 245, 247, 249–51, 255, (31), (39)
系列　Reihe　65–67, 69–70, 76, 83, 144, 168–69, 177, 180, 182–84, 195, 252, 272, (22)
圏域　Sphäre　45, 49, 51, 53–54, 64–65, 69, 71–72, 76, 81, 108, 125, 129, 133, 157, 193, 213, 215, 223, 237–38, 331, 343, (33), (48)
原型　Typus　179, 181, 198, 243, 245, 269–70, 358, (43)

原現象　Urphänomen　ix, 159–61, 179–80, 183–85, 195–96, 198–200, 203–04, 206, 210–11, 213, 217, 235, 239–40, 242–44, 246–50, 255, 277, 287, 329, 352, (34), (40)
言語　Sprache
　アダム——　332–35, 339, 342, (53), (54)
　アレゴリー的——　x, 324–25, 336, 338–39, 342–43, 345, 349
　自然——　332–33, 338, 355, (53), (54)
　純粋——　339–42, (54)
　人間の——　295, 318–19, 332–37, 340, 355, (35), (54)
原罪　Erbsünde　218, 295–98, 334–35, 337, 344–46, (47), (53)
現象　Phänomen
　——の救出　273–74, 282, 315, (44)
　自然の——　ix, 184–85, 195, 203–04, 206, 210–11, 213, 243, 246–47, 299, 352, (32), (44)
悟性　Verstand
　純粋——　10, 18, 43, 48
　直覚的——　270, (43)
　論証的——　179, 270
個体性　Individualität　132, 134–35, 137–40, 150, 190, 278
古典主義　Klassizismus　14, 76, 152–53, 155–58, 188, 194, 200–02, 209, 262, 325–26, 328, 352, 355, (47)
孤立性　Isolierung　150, 152, 157, 254, 289, 339
根源　Ursprung　ix, 33, 37–39, 67, 68, 160–61, 170, 196–98, 228, 230, 239–51, 254, 259, 275, 287–90, 295, 298–99, 302–03, 305–06, 324, 329, 335, 344–45, 347, 349, 352–54, 356, (22), (27), (35), (39), (40), (41), (45), (51)

さ 行

散文　Prosa　97, 99, 126, 131, 146, (28), (42)
思惟　Denken
　悟性的——　19, 97, 99, 103, 294, (25), (43)
　自己——　98–100, 117–18, 120, 123–24, 159, 266
　純粋——　ix, 37, 39, 98
　数学的——　viii, 33–35, (19)
自我　Ich
　原——　111–13, 115, (27)
　絶対的——　85–88, 95, 98, 100–01, 103–05, 107–09, 111, 116, 124–25, 129, 222, 265
時間　Zeit
　運命の——　224, 299, 302–03
　根源の——　303, 330, 347, 349
　バロック悲劇の——　x, 259, 291, 294–95, 301–03, 306, 336, 349
　メシア的——　300, 306
　歴史的——　251, 299, 327, 329
　歴史の——　299–300, 303–04, (47)
詩作されるもの　das Gedichtete　52, 54–55, 61–64, 68–74, 76, 81, 108, 191, 213, 283, 342, 351, (21), (22)
自然　Natur
　原現象的な——　203–04, 206, 210, 220, 248
　真の——　200, 204, 208
　神話的な——　211–14
実在性　Realität　22, 26, 86, 153, (19), (27)
実体　Substanz　viii, 22, 30–32, 34, 64–67, 69, 75, 101–03, 108–13, 136–38, 141–45, 162–65, 172–73, 179, 190–92, 197, 205–06, 238, 248, 252–54, 272, 277–79, 285, 290, 317, 322, 341, 344, (15), (26), (27), (29), (30), (32), (33), (34), (35), (39), (41), (44), (48), (50), (51), (55)
実体的　substanziell　x, 30, 55, 69, 75, 102, 108, 111–13, 142–44, 162, 191, 198, 290, 337, 345, (27), (48)
照応　Korrespondenz　74, 135, 139, 275, 278–79, 285–86, 290, 304, 308, 310, 313, 315, 321, 340–41, 352, 355, 357–59, (21), (48), (54)
象徴　Symbol　7, 203, 211, 220, 325–30, 334–38, 343–45, 347, 355, (16)
神学　Theologie　176, 239, 261, 292–94,

296–97, 303, 315, 326, 344–45, (30), (42), (44), (46), (48), (52)
新カント主義　Neukantianismus　iii, v–ix, 3, 5, 15–17, 39, 40, 42–44, 46–47, 49–51, 55, 66, 72, 75, 79–80, 96, 98–99, 144, 217, 238, 273–74, 280–81, 351, (16), (17), (20), (21), (35), (43), (44)
浸透　Durchdringung
　自己——　115–16, (22), (28)
　内包的——　115–16, (21), (28)
新プラトン主義　Neuplatonismus　269–70, 282, 312–13, 315, 321, 327
新ライプニッツ主義　Neuleibnizianismus　15, 39, (16), (17)
神話　Mythos　45, 211, 213, 215–17, 291, 295, 301, 310, 327, 334, (35), (36), (53), (54)
星座布置　Konstellation　x, 151, 281–83
生成　Werden　vi, viii, 26, 28, 53, 91, 100–03, 107–08, 110–12, 126, 128, 133, 142, 145, 147, 150, 153, 155–56, 158, 165–66, 172, 176–77, 179, 182, 189, 197–99, 201, 218, 241–48, 273, 277, 288, 296, 352, 355, (27), (30), (39), (54)
絶対者　Absolutum　106, 108–13, 116–18, 123–25, 129–31, 194, 202, 262, 265, (27)
全体性　Totalität　ix, 135, 147–48, 150, 157–58, 214–17, 220, 244–48, 254–55, 259–60, 287, 289–90, 306, 328–29, 344, 347–49, 353, (34), (51)
像　Bild
　原——　77, 129, 156, 181, 185, 187–90, 192–96, 199–201, 203–04, 206, 208, 210–11, 219–21, 234–36, 270, 287, 327, 342, (20), (35)
　模——　201, 204, 210, 270, 329, 353
存在論　Ontologie　23–24, 103, 263–65, 279, 288, 317, 318, (15), (45), (51)

た 行

体系性　Systematik　130, 133, 135, 137–38, 271
断片／断片性　Bruchstück, Fragment　134–35, 139–40, 146–50, 201, 220, 262, 330, 337–39, 343–44, 346, 348, 352, (20), (22), (28), (36), (44), (55)
力　force, Kraft, vis
　原始的——　30–31, 162–65, 167, 172, 252
　派生的——　30, 162, (30)
知性　Intellekt　8–10, 12, 19, 29, 82–83, 91–92, 94–95, 98, 232, 262, 269–70, 310, (19), (23), (24), (33), (43)
中間休止　Zäsur　221–26, 236, (37), (38)
注釈　Kommentar
　美学的——　53, 343
　文献学的——　53, 55, 208
直接性　Unmittelbarkeit　82–83, 92, 95–96, 116, 191–93, 202, 352, (24)
直観　Anschauung
　感性的——　8–10, 12, 18–20, 22, 31, 34–35, 38, 43, 46, 48, 94, 185, (20)
　知的——　93–98, 100, 102–03, 105, 222, 269–71, 314, (24), (25), (43)
同一性　Identität
　潜在的——　ix, 205–06, 210, 237–38, 263
　——の法則　64–65, 115
トラクタート　Traktat　240, 259–63, 276
トルソー　Torso　201, 216, 220–21, 330

な 行

内実　Gehalt
　事象——　207–11, 213–15, 220, 234, 262–63, 332, (55)
　真理——　45, 207–11, 213–16, 220–21, 224–25, 227, 234, 262–63, 332, 349, 352, (38), (55)
内包量　intensive Größe　20–22, 25–26, 28–29, 31–33, 35–37, 39, 72, 182, (18), (19), (22), (54)
内容　Inhalt
　純粋な——　152, 154–55, 157, 185, 189, 192–94, 196, 199, 208
認識　Erkenntnis
　関係性の——　100, 108, 118, 201–03, 235,

238, 263, 336, 342
自己―― 83, 88, 90, 92, 110, 116–22, 124, 127, 149
――批判 viii, 18, 20–21, 25, 31–33, 35, 37–39, 42, 47, 55, 66–68, 74, 80, 100, 180, 191, 198, 238, 249–51, 258, 277, 281, 308, 315, 351, (17), (20), (22)

は 行

媒質 Medium ix, 109, 111–12, 115–16, 118, 125, 129–31, 144–45, 152, 155, 158, 192–94, 199–200, 202, 209, 262, 319–20, 333, 335–36, 341–42, 353, (26), (27)
配置 Konfiguration x, 56, 63, 72, 74, 76–77, 200, 240–41, 259, 275–77, 279–83, 286, 288–90, 320, 339, 341–44, 348–49, 351, 353, 358, (42), (44)
反省 Reflexion
原―― 112–13, 115
自己―― viii, 81, 88, 96–97, 100, 103, 105, 118, 123–25, 140, 152, 188, 191, 199, 343, (22), (55)
絶対的―― 112–13, 115, 149, 353
――媒質 108–09, 111–13, 115–16, 123–25, 127–30, 143, 145–46, 156, 185, 193, 199, 201–02, 266, 320, 352–53, (26), (27)
ポエジー的―― 128–29, 138, 140
悲劇
ギリシア―― Tragödie 222, 226, 258, 291, 300–02, 307–08, 320, (47)
バロック―― Trauerspiel x, 76, 255, 258, 262–63, 290–94, 297, 299–03, 306–08, 311, 314–16, 320–24, 327, 330, 332, 336–37, 345, 347, 349, 353, (46), (47)
批評 Kritik
解釈的―― 324, 332, 343–44
芸術―― 4, 79–80, 124–25, 128–29, 144, 217, 236–37, 260, 326, 330–31, 343, (23), (25), (27)
哲学的―― 330, 332, 343, 348–49, 353–54, (41)
ポエジー的―― 127–28, 140
微分 Differenzial 18, 20–29, 31–35, 37–39, 43, 50, 67, 75, 182, 249–50, (17), (18), (19)
秘密 Geheimnis ix, 215, 224, 227, 230, 234–38, 248–49, 268–69, 271, 337, 352, (52), (53)
表現 Ausdruck, Repräsentation
関係性の―― vii, x, 1, 64, 74, 144, 352
――＝対応 x, 306, 315, 318, 332, 336, 343, 347
――＝代表 50, 154, 276–77, 278–80, 282–83, 285–87, 289–91, 304, 306, 320–21, 324, 332, 336, 341, 343, 348–49, 353, 358, (52)
――なきもの ix, 202, 217, 220–21, 225, 236–37, (36)
表象 perception, Vorstellung vii, 6, 8–12, 17–18, 20–21, 26, 33–34, 36, 43–45, 50, 66–67, 75, 86–87, 94, 98–99, 119, 135–38, 140–41, 143–44, 172–73, 179, 221–22, 237, 264, 310, 317–18, 322–24, 354, 356–57, (25), (31), (32), (33), (36), (51), (52)–(53), (54)
不死性 Unsterblichkeit ix, 225, 227–29, 232–34, 236, 245, 249, 301, 305, 329, 352, (38), (39)
復興 Restauration 242, 247, 293–94, 297, 303, 322–23
弁証法 Dialektik 95, 308, 310–12, 327, 345–46, 354, 356, (42), (50)
ポエジー Poesie 126–29, 132, 140–41, 146–47, 151, 326, (29), (35), (36), (37)
ロマン的―― 128, 140–41, 146–47, 151, 155, (29)
翻訳 Übersetzung viii, 55–56, 77, 221, 319–20, 339–43, (29), (45), (51), (52), (54), (55)

ま 行

マールブルク学派 Marburger Schule v–viii, 3, 5, 15–18, 20, 39–41, 43, 55, 66–67, 72, 74, 112, 160, 179–80, 182, 197–99, 205–06, 217, 238, 249, 277, (16), (17), (20), (38)

無限性　Unendlichkeit　83, 85, 88, 91, 101, 108, 110–11, 116, 125, 130–32, 134–35, 142, 144, 152, 157, 191–93, 202, 216, 281, 331–32, 352, (27)
ムーサ　Muse　154, 158, 187–88, 193–94, 219, (30), (33)
メランコリー　Melancholie　x, 258–59, 307–15, 321–24, 344–47, 349, 353, 357, (48), (49), (50), (55)
目的論　Teleologie　162, 165, 174–76, 178–79, 250–52, 255, 299, (32)
モナド　monad, Monade　iii–iv, vii–viii, ix–x, 16, 31–32, 50, 73–77, 81–82, 123, 130, 133, 135–38, 140–45, 148–51, 157–58, 161, 172–74, 178–79, 182, 202, 227–32, 239, 245, 250, 254–55, 259, 277, 279, 285–87, 290, 304, 306, 315–18, 321–22, 331–32, 348–49, 352–53, 357–58, (22), (29), (30), (31), (32), (39), (40), (44), (45), (46), (50), (51)
モナドロジー　Monadologie　iii–iv, vi–vii, ix–xi, 1, 31–32, 50–51, 79, 81, 123, 136, 141, 150, 160–61, 172, 228, 240, 250–51, 253–55, 257, 259, 276–77, 285–87, 289–90, 316–17, 321–22, 332, 351, 357–59, (15), (17), (29), (30), (31), (32), (42), (50), (51)

や 行

予定調和　harmonie préétablie, prästabilierte Harmonie　75, 123, 151, 178, 281, 284–86, 340, (28)

ら 行

離散性　Disparatheit　x, 74, 77, 261, 262, 274–75, 279–80, 287, 343, 352–53, 358, (45)
リズム　Rhythmus／リズム法　Rhythmik　56, 221–43, 247–48, 251, 303, 305–06, 315, 322, 324, 349, (38)
理想　Ideal
　芸術の——　152–56, 158, 185, 188, 193–95, 199, 201, 216, 236–37, 260, 262
理念　Idee
　芸術の——　80–81, 130–31, 144–50, 152–53, 155, 157–58, 185, 193, 199–02, 216, 275, 331, 352–53, 355, (55)
累乗　Potenzieren　109–10, 135, 138, 140–41, 144, 149, 343
冷徹さ　Nüchternheit　97, 188, 224–25, 238
歴史哲学　Geschichtsphilosophie　iv, ix, 51, 72, 160, 237–40, 244, 249–51, 253, 255, 287–88, 290, 303, 305, 325, 358, (23), (35), (43), (54)
連関　Zusammenhang
　罪の——　211–12, 218, 295–97, 299–300, 305, (46)
　認識の——　104–07, 109, 112, 116, 121, 124, 202, 264–66, 269, 271, 274, 315, 320, 342, (27), (42)
　反省の——　100, 103, 107, 109, 112–13, 265
連続性　Kontinuität　10, 28–29, 46, 48–50, 57, 145, 146, 149, 180, 207, (51)
　非——　145, 148, 150, 193, 195, 264, 271, 274, (26), (35)
ロマン主義　Romantik　iii, vi–ix, 4, 79–83, 85, 88–89, 92, 95–101, 108–13, 116–18, 120, 123–25, 127–31, 138, 142, 144–46, 148–53, 155–60, 185, 188–89, 192–93, 199–202, 216, 260, 262, 265–6, 271, 275, 320, 325–26, 331, 343, 352, 355

文献一覧

1. ベンヤミンのテクスト

1–1. 原 典

Walter Benjamin, *Gesammelte Schriften*, hrsg. von Rolf Tiedemann; Hermann Schweppenhäuser unter Mitwirkung von Theodor W. Adorno; Gerschom Scholem, 7 Bände und 3 Supplemente, Frankfurt am Main, Suhrkamp, 1972–1989.

Benjamin, *Gesammelte Briefe*, hrsg. von Christoph Gödde; Henri Lonitz; Theodor W. Adorno Archiv, 6 Bände, Frankfurt am Main, Suhrkamp, 1995–2000. [GB]

Benjamin, *Werke und Nachlaß. Kritische Gesamtausgabe*, hrsg. von Christoph Gödde; Henri Lonitz in Zusammenarbeit mit dem Walter Benjamin Archiv, Frankfurt am Main/Berlin, Suhrkamp, 2008ff. [WuN]

1–2. 翻 訳

『ヴァルター・ベンヤミン著作集　1～15』晶文社，1969–1981年

『ドイツ悲劇の根源』川村二郎，三城満禧訳，法政大学出版局，1975年

『暴力批判論　他十篇――ベンヤミンの仕事1』野村修編訳，岩波書店，1994年

『ボードレール　他五篇――ベンヤミンの仕事2』野村修編訳，岩波書店，1994年

『ベンヤミン・コレクション　1～7』浅井健二郎編訳，筑摩書房，1995–2014年

『ドイツ悲劇の根源　上・下』浅井健二郎訳，筑摩書房，1999年

『ドイツ・ロマン主義における芸術批評の概念』浅井健二郎訳，筑摩書房，2001年

『ドイツ悲哀劇の根源』岡部仁訳，講談社，2001年

『来たるべき哲学のプログラム』道籏泰三訳，晶文社，2011年

『ベンヤミン・アンソロジー』山口裕之編訳，河出書房新社，2011年

2. ベンヤミンに関する研究文献

Brüggemann (2009): Heinz Brüggeman; Günter Oesterle (hrsg.), *Walter Benjamin und die romantische Moderne*, Würzburg, Königshausen & Neumann.

Brüggemann (2011): ders., *Walter Benjamin über Spiel, Farbe und Phantasie*, Würzburg, Königshausen & Neumann.

de Roche (2013): Charles de Roche, *Monadologie des Gedichts. Benjamin, Heidegger, Celan*, München, Wilhelm Fink.

Deuber-Mankowsky (2000): Astrid Deuber-Mankowsky, *Der frühe Walter Benjamin und Hermann Cohen: Jüdische Werte, Kritische Philosophie, vergängliche Erfahrung*, Berlin, Vorwerk 8.

Deuber-Mankowsky (2015): ders., Explizite und implizite Bezugnahmen auf Hermann Cohens *System der Philosophie* in Benjamins *Wahlverwandtschaften*-Aufsatz, in: Hühn (2015).

Fenves (2001): Peter Fenves, *Arresting Language. From Leibniz to Benjamin*, California, Stanford University.

Fenves (2006): ders., „Über das Programm der kommenden Philosophie", in: Lindner (2006).

Fenves (2011): ders., *The messianic Reduction. Walter Benjamin and the Shape of Time*, California, Stanford University.

Fenves (2015): ders., Kant in Benjamins *Wahlverwandtschaften*-Essay, in: Hühn (2015).

Ferber (2013): Ilit Ferber, *Philosophy and Melancholy. Benjamin's Early Reflections on Theater and Language*, California, Stanford University.

Ferris (1996): David S. Ferris (hrsg.), *Walter Benjamin. Theoretical Questions*, California, Stanford University.

Greiert (2011): Andreas Greiert, *Erlösung der Geschichte vom Darstellenden. Grundlagen des Geschichtsdenkens bei Walter Benjamin 1915–1925*, München, Wilhelm Fink.

Hamacher (2001): Werner Hamacher, Intensive Sprachen, in: Christiaan L. Hart Nibbrig (hrsg.), *Übersetzen: Walter Benjamin*, Frankfurt am Main, Suhrkamp.

Hamacher (2003): ders., Schuldgeschichte. Benjamins Skizze „Kapitalismus als Religion", in: Dirk Baecker (hrsg.), *Kapitalismus als Religion*, Berlin, Kadmos.

Hamacher (2006): ders., Theologisch-politisches Fragment, in: Lindner (2006).

Holz (1992): Hans Heinz Holz, *Philosophie der zersplitterten Welt: Reflexionen über Walter Benjamin*, Bonn, Pahl-Rugenstein.

Hühn (2015): Helmut Hühn; Jan Urbich; Uwe Steiner (hrsg.), *Benjamins Wahlverwandtschaften. Zur Kritik einer programmatischen Interpretation*, Berlin, Suhrkamp.

川村 (2012)：川村二郎『アレゴリーの織物』講談社

Lindner (2006): Burkhardt Lindner (hrsg.): *Benjamin-Handbuch. Leben – Werk – Wirkung*, Stuttgart/Weimar, J. B. Metzler.

Lönker (1977): Fred Lönker, Benjamins Darstellungstheorie. Zur ‚Erkenntniskritischen Vorrede' zum „Ursprung des deutschen Trauerspiels", in: Friedrich A. Kittler; Horst Turk (hrsg.), *Urszenen. Literaturwissenschaft als Diskursanalyse und Diskurskritik*, Frankfurt am Main, Suhrkamp.

Menke (2001): Bettine Menke, *Sprachfiguren. Name – Allegorie – Bild nach Benjamin*, Weimar, Verlag und Datenbank für Geisteswissenschaften.

Menke (2010): ders., *Das Trauerspiel-Buch. Der Souverän – das Trauerspiel – Konstellationen – Ruinen*, Bielefeld, transcript.

Menninghaus (1980): Winfried Menninghaus, *Walter Benjamins Theorie der Sprachmagie*, Frankfurt am Main, Suhrkamp.

Menninghaus (1986): ders., *Schwellenkunde. Walter Benjamins Passage des Mythos*, Frankfurt am Main, Suhrkamp.

Menninghaus (1987): ders., *Unendliche Verdopplung. Die frühromantische Grundlegung der Kunsttheorie im Begriff absoluter Selbstreflexion*, Frankfurt am Main, Suhrkamp.

森田 (2011)：森田團『ベンヤミン——媒質の哲学』水声社

Nägele (1991): Rainer Nägele, Das Beben des Barock in der Moderne: Walter Benjamins Monadologie, in: *Modern Language Notes*, vol. 106–3, Baltimore, Johns Hopkins University.

Nägele (2014): ders., Norbert von Hellingrath und Walter Benjamin. Zu einer kritischen Konstellation, in: Jürgen Brokoff; Joachim Jacob; Marcel Lepper (hrsg.), *Norbert von Hellingrath und die Ästhetik der europäischen Moderne*, Göttingen, Wallstein.

野村 (1993)：野村修『ベンヤミンの生涯』平凡社

Opitz; Wizisla (2000): Michael Opitz; Erdmut Wizisla (hrsg.), *Benjamins Begriffe*, 2 Bände, Frankfurt am Main, Suhrkamp.

Primavesi (1998): Patrick Primavesi, *Kommentar, Übersetzung, Theater in Walter Benjamins frühen Schriften*, Frankfurt am Main/Basel, Stroemfeld.

Primavesi (2006): ders., „Zwei Gedichte von Friedrich Hölderlin“, in: Lindner (2006).

Scholem (1975): Gerschom Scholem, *Walter Benjamin – Die Geschichte einer Freundschaft*, Frankfurt am Main, Suhrkamp.

Schwebel (2012): Paula Schwebel, Intensive Infinity. Walter Benjamin's Reception of Leibniz and its Sources, in: *Modern Language Notes*, vol. 127–3, Baltimore, Johns Hopkins University.

Speth (1991): Rudolf Speth, *Wahrheit und Ästhetik. Untersuchungen zum Frühwerk Walter Benjamins*, Würzburg, Königshausen & Neumann.

Steiner (1989): Uwe Steiner, *Die Geburt der Kritik aus dem Geist der Kunst. Untersuchungen zum Begriff der Kritik in den frühen Schriften Walter Benjamins*, Würzburg, Königshausen & Neumann.

Steiner (1992a): ders., Säkularisierung: Überlegungen zum Ursprung und zu einigen Implikationen des Begriffs bei Benjamin, in: ders. (hrsg.), *Walter Benjamin, 1892–1940, zum 100. Geburtstag*, Bern, Peter Lang.

Steiner (1992b): ders., Traurige Spiele – Spiel vor Traurigen. Zu Walter Benjamins Theorie des barocken Trauerspiels, in: van Reijen (1992).

Tiedemann (1973): Rolf Tiedemann, *Studien zur Philosophie Walter Benjamins*, mit einer Vorrede von Theodor W. Adorno, Suhrkamp, Frankfurt am Main.

Urbich (2012): Jan Urbich, *Darstellung bei Walter Benjamin. Die „Erkenntniskritische*

Vorrede" im Kontext ästhetischer Darstellungstheorien der Moderne, Berlin, Walter de Gruyter.

van Reijen (1992): Willem van Reijen (hrsg.), *Allegorie und Melancholie*, Frankfurt am Main, Suhrkamp.

van Reijen; van Doorn (2001): ders.; Herman van Doorn, *Aufenthalte und Passagen. Leben und Werk Walter Benjamins. Eine Chronik*, Frankfurt am Main, Suhrkamp.

Wiesenthal (1973): Lieselotte Wiesenthal, *Zur Wissenschaftstheorie Walter Benjamins*, Frankfurt am Main, Athenäum.

山口（2003）：山口裕之『ベンヤミンのアレゴリー的思考』人文書院

3. 辞書・事典類

Barck, Karlheinz (hrsg.), *Ästhetische Grundbegriffe*, Historisches Wörterbuch in 7 Bänden, Stuttgart, J. B. Metzler, 2010.

Grimm, Jacob; Grimm, Wilhelm, *Deutsches Wörterbuch*, Leipzig, S. Hirzel, 1854ff.

Ritter, Joachim (hrsg.), *Historisches Wörterbuch der Philosophie*, unter Mitwirkung von mehr als 700 Fachgelehrten in Verbindung mit Günther Bien et al., 13 Bände, Basel, Schwabe, 1971–2007.

Weimar, Klaus (hrsg.), *Reallexikon der deutschen Literaturwissenschaft*, Neubearbeitung des Reallexikons der deutschen Literaturgeschichte, 3 Bände, Berlin/New York, Walter de Gruyter, 2007.

4. 一般文献

4-1. 一次文献・原典テクスト

Agrippa (1533): Heinrich Cornelius von Agrippa, *De occulta philosophia sive de Magia*, Köln, Soter.

Alciati (1531): Andrea Alciati: *Emblematum liber*, hrsg. von Heinrich Steyner, Augsburg/Paris, ^{2}1534.

Aristoteles, *Metaphysik*, 2 Halbbände, Neubearbeitung der Übers. von Hermann Bonitz, mit Einl. und Kommentar hrsg. von Horst Seidl, griechischer Text in der Edition von Wilhelm Christ, Hamburg, Meiner, 1989.

Aristoteles, *Poetik*, Griechisch/Deutsch, übers. u. hrsg. von Manfred Fuhrmann, Stuttgart, Philipp Reclam, 1982.

Aristoteles, *Über die Seele*, mit Einl., Übers. (nach W. Theiler) und Kommentar hrsg. von Horst Seidl, griechischer Text in der Edtion von Wilhelm Biehl u. Otto Apelt, Hamburg, Meiner, 1995.

Baumgarten (1983): Alexander Gottlieb Baumgarten, *Meditationes philosophicae de*

nonnullis ad poema pertinentibus: Philosophische Betrachtungen über einige Bedingungen des Gedichtes, übers. und mit einer Einleitung hrsg. von Heinz Paetzold, Hamburg, Felix Meiner.

Baumgarten (2011): ders., *Metaphysica: Metaphysik*, Historisch-kritische Ausgabe, übers., eingel. und hrsg. von Günter Gawlick und Lothar Kreimendahl, Stuttgart/Bad Cannstatt, Frommann-Holzboog.

Bloch, Ernst, *Werkausgabe*, 16 Bände, Frankfurt am Main, Suhrkamp, 1985.

Blumenbach (1779): Johann Friedrich Blumenbach, *Handbuch der Naturgeschichte*, Bd. I, Göttingen, Johann Christian Dieterich.

Blumenbach (1791): ders., *Über den Bildungstrieb*, 3. Auflage, Göttingen, Johann Christian Dieterich.

Böhme, Jacob, *Sämtliche Schriften*, Faksimile-Neudruck der Ausgabe von 1730, hrsg. von Will-Erich Peuckert, 11 Bände, Stuttgart, Fr. Frommann, 1955–1989.

Cassirer, Ernst, *Gesammelte Werke*, hrsg. von Birgit Recki, 26 Bände, Hamburg, Felix Meiner, 1998–2009. [GW]

Cohen (1878): Hermann Cohen, *Platons Ideenlehre und die Mathematik*, Marburg, C. L. Pfeilii.

Cohen, *Werke*, hrsg. vom Hermann Cohen Archiv am Philosophischen Seminar der Universität Zürich unter der Leitung von Helmut Holzhey, 17 Bände, Hildesheim, Georg Olms, 1977–2009. [CW]

Creuzer (1819): Georg Friedrich Creuzer, *Symbolik und Mythologie der alten Völker, besonders der Griechen*, 2. völlig umgearbeitete Ausgabe, Leipzig/Darmstadt, Heyer und Leske.

Descartes (2005): René Descartes, *Principia philosophiae: Die Prinzipien der Philosophie*, übers. u. hrsg. von Christian Wohlers, Hamburg, Meiner.

Dilthey, Wilhelm, *Gesammelte Schriften*, 26 Bände, Leipzig, Teubner/Göttingen, Vandenhoeck & Ruprecht, 1914–2006.

Fichte, Johann Gottlieb, *Gesamtausgabe der Bayerischen Akademie der Wissenschaften*, hrsg. von Erich Fuchs; Hans Gliwitzky; Reinhard Lauth; Peter K. Schneider, 42 Bände, Stuttgart/Bad Cannstatt, Friedrich Frommann, 1962–2012. [GA]

Ficino (1989): Marsilio Ficino, *Three Books on Life*, a critical edition and translation with introduction and notes by Carol V. Kaske and John R. Clark, New York, the Renaissance Society of America.

Freud, Sigmund, *Gesammelte Werke*, 18 Bände mit Nachtragsband, hrsg. von Anna Freud, Marie Bonaparte, E. Bibring, W. Hoffer, E. Kris und O. Osakower, Frankfurt am Main, Fischer, 1940–1987.

Galilei, Galileo, *Le opere*, Firenze, G. Barbèra, 1929ff.

Giehlow (1903)/(1904): Carl Giehlow, Dürers Stich „Melencolia I" und der maximilianische Humanistenkreis, in: *Mitteilungen der Gesellschaft für vervielfältigende Kunst*,

Beilage der „*Graphischen Künste*“, Wien, K. K. Hof- und Staatsdruckerei, Nr. 2, 1903/Nr. 4, 1904.

Giehlow (1915): ders., Die Hieroglyphenkunde des Humanismus in der Allegorie der Renaissance besonders der Ehrenpforte Kaisers Maximilian I. Ein Versuch, in: *Jahrbuch der kunsthistorischen Sammlungen des allerhöchsten Kaiserhauses*, Bd. 32, Heft 1, Wien, F. Tempsky/Leipzig, G. Freytag.

Goethe, Johann Wolfgang von, *Sämtliche Werke. Briefe, Tagebücher und Gespräche*, hrsg. von Friedman Apel et al., 40 Bände, Frankfurt am Main, Deutscher Klassiker, 1987–1999. [FA]

Gundolf (1916): Friedrich Gundolf, *Goethe*, Berlin, Georg Bondi.

Heidegger, Martin, *Gesamtausgabe*, Frankfurt am Main, Vittorio Klostermann, 1975ff.

Hamann, Johann Georg, *Sämtliche Werke*, Historisch-Kritische Ausgabe, hrsg. von Josef Nadler, 6 Bände, Wien, Thomas Morus, 1949–1957.

Hamann, *Briefwechsel*, hrsg. von Walther Ziesemer; Arthur Henkel, 8 Bände, Wiesbaden, Insel, 1955–1975.

Hankamer (1927): Paul Hankamer, *Die Sprache. Ihr Begriff und ihre Deutung im 16. und 17. Jahrhundert. Ein Beitrag zur Frage der literarhistorischen Gliederung des Zeitraums*, Bonn, Friedrich Cohen (Reprografischer Nachdruck: Hildesheim, Georg Olms, 1965).

Hellingrath (1944): Norbert von Hellingrath, *Hölderlin-Vermächtnis*, eingel. von Ludwig von Pigenot, München, F. Bruckmann.

Hölderlin, Friedrich: *Gesammelte Werke*, hrsg. von Wilhelm Böhm, 3 Bände, Jena, Eugen Diederichs, 1905.

Hölderlin, *Sämtliche Werke*, Historisch-kritische Ausgabe, begonnen von Norbert von Hellingrath, fortgeführt durch Friedrich Seebaß und Ludwig von Pigenot, 6 Bände, Berlin, Propyläen, 1913–1923.

Hölderlin, *Sämtliche Werke und Briefe*, hrsg. von Jochen Schmidt, 3 Bände, Frankfurt am Main, Deutscher Klassiker, 1992–1994. [SWB]

Hölderlin (1998): ders., *Theoretische Schriften*, mit einer Einleitung hrsg. von Johann Kreuzer, Hamburg, Meiner.

Kant, Immanuel, *Gesammelte Schriften*, hrsg. von der Königlich Preußischen Akademie der Wissenschaften, Berlin/Leipzig, G. Reimer, 1900ff. [AA]

Kant, *Kritik der reinen Vernunft*, hrsg. von Jens Timmermann mit einer Bibliographie von Heiner Klemme, Hamburg, Meiner, 1998. [KrV]

Leibniz, Gottfried Wilhelm, *Sämtliche Schriften und Briefe*, hrsg. von der Deutschen Akademie der Wissenschaften zu Berlin, Darmstadt/Berlin, Akademie, 1923ff. [A]

Leibniz, *Die mathematischen Schriften*, hrsg. von C. I. Gerhardt, 7 Bände, Berlin/Halle, A. Ascher/H. W. Schmidt, 1849–1863 (Reprint: Hildesheim, Georg Olms, 1962). [GM]

Leibniz, *Die philosophischen Schriften*, hrsg. von C. I. Gerhardt, 7 Bände, Berlin, Weidmann, 1875–1890 (Reprint: Hildesheim, Georg Olms, 1978). [GP]

Leibniz (1903): ders., *Opuscules et fragments inédits,* hrsg. von Louis Couturat, Extraits des manuscrits de la Bibliothèque royale de Hanovre, Paris, F. Alcan (Reprint: Hildesheim, Georg Olms, 1961).

Leibniz (1986): ders., *Principes de la nature et de la grâce fondés en raison. Principes de la philosophie ou monadologie*, publiés intégralement d'après les manuscrits de Hanovre, Vienne et Paris et présentés d'après des lettres inédites, par André Robinet, Paris, PUF.

Lohenstein (1680): Daniel Caspar von Lohenstein, *Blumen*, Breßlau, Fellgibel.

Maimon (1911): Salomon Maimon, *Lebensgeshichte*, Mit einer Einleitung und Anmerkungen neu hrsg. von Jakob Fromer, München, G. Müller.

Männling (1692): Johann Christoph Männling, *Schaubühne des Todes*, Wittenberg, Johann Christoph Föllginer.

Natorp (1903): Paul Natorp, *Platos Ideenlehre. Eine Einführung in den Idealismus*, Leipzig, Dürr.

Natorp (1910): ders., Platon, in: Ernst von Aster (hrsg.), *Große Denker*, 1. Band, Leipzig, Quelle & Meyer.

Novalis, *Schriften. Die Werke Friedrich von Hardenbergs*, hrsg. von Paul Kluckhohn; Richard Samuel, 6 Bände, Stuttgart, Kohlhammer, 1960ff.

Novalis, *Werke, Tagebücher und Briefe Friedrich von Hardenbergs*, hrsg. von Hans-Joachim Mähl; Richard Samuel, 3 Bände, München/Wien, Carl Hanser, 1978–87. [NW]

Novalis, *Schriften*, Kritische Neuausgabe auf Grund des handschriftlichen Nachlasses von Ernst Heilborn, 3 Bände, Berlin, Georg Reimer, 1901.

Oken, Lorenz, *Lehrbuch der Naturphilosophie*, 3 Teile, Jena, Friedrich Frommann, 1809ff.

Panofsky; Saxl (1923): Erwin Panofsky; Fritz Saxl, *Dürers „Melencolia I". Eine quellen- und typengeschichtliche Untersuchung*, Leipzig/Berlin, Teubner.

Platon, *Sämtliche Werke*, Griechisch/Deutsch, nach der Übers. Friedrich Schleiermachers, ergänzt durch Übers. von Franz Susemihl et al., hrsg. von Karlheinz Hülser, 10 Bände, Frankfurt am Main, /Leipzig, Insel, 1991.

Platon, *Der Staat. Über das Gerechte*, übers. und erläutert von Otto Apelt, Anmerkungen und Registern von Karl Bormann, Einl. von Paul Wilpert, Hamburg, Meiner, 1989.

Platon, *Phaidon*, Griechisch/Deutsch, übers. und hrsg. von Barbara Zehnpfennig, Hamburg, Meiner, 1991.

Platon, *Symposion*, Griechisch/Deutsch, hrsg. und übers. von Franz Boll, neu bearbeitet von Wolfgang Buchwald, München, Artemis, 1989.

Rotten (1913): Elisabeth Rotten, Goethes Urphänomen und die platonische Idee,

Gießen, A. Töpelmann.
Schiller, Friedrich, *Werke und Briefe*, hrsg. von Otto Dann et al., 12 Bände, Frankfurt am Main, Deutscher Klassiker, 1988–2002.
Schmitt (1998): Carl Schmitt, *Politische Romantik*, 6. Auflage (auf Basis der 2. Auflage), Berlin, Duncker & Humblot,
Schmitt (2009): ders., *Politische Theologie. Vier Kapitel zur Lehre von der Souveränität*, 9. Auflage, Berlin, Duncker & Humblot.
Schlegel, Friedrich, *Kritische Friedrich-Schlegel-Ausgabe*, hrsg. von Ernst Behler unter Mitwirkung von Jean-Jacques Anstett; Hans Eichner, Paderborn, F. Schöningh, 1958ff. [KA]
Schlegel (1882): ders., *Friedrich Schlegel, 1794–1802: Seine prosaischen Jugendschriften*, hrsg. von Jacob Minor, Wien, Carl Konegen.
Scholem, Gerschom, *Tagebücher nebst Aufsätzen und Entwürfen bis 1923*, 2 Halbbände, hrsg. von Karlfried Gründer; Herbert Kopp-Oberstebrink; Friedrich Niewöhner unter Mitwirkung von Karl E. Grözinger, Frankfurt am Main, Jüdischer Verlag im Suhrkamp, 1995/2000.
Simmel (1913): Georg Simmel, *Goethe*, Leipzig, Klinkhardt & Biermann.
Walter (1893): Julius Walter, *Die Geschichte der Ästhetik im Altertum ihrer begrifflichen Entwicklung nach dargestellt*, Leipzig, O. R. Reisland.
Warburg (1920): Aby Warburg, Heidnisch-antike Weissagung in Wort und Bild zu Luthers Zeiten, in: *Sitzungsberichte der Heidelberger Akademie der Wissenschaften*, Heidelberg, Carl Winters Universität, 1920.
Windelband (1880): Wilhelm Windelband, *Die Geschichte der neueren Philosophie in ihrem Zusammenhange mit der allgemeinen Kultur und den besonderen Wissenschaften*, Bd. 2, Die Blütezeit der deutschen Philosophie. Von Kant bis Hegel und Herbart, Leipzig, Breitkopf & Härtel.
Windelband (1903): ders., *Lehrbuch der Geschichte der Philosophie*, 3. Auflage der *Geschichte der Philosophie*, Tübingen/Leipzig, J. C. B. Mohr (Paul Siebeck).
Wolff (1774): Caspar Friedrich Wolff, *Theoria generationis*, Halle, Christ. Hendel.

4–2. 翻訳文献

アリストテレス『形而上学　上・下』出隆訳，岩波書店，1959–1961 年
アリストテレス『魂について』中畑正志訳，京都大学学術出版会，2001 年
アリストテレス『アリストテレス全集』内山勝利，神崎繁，中畑正志編訳，岩波書店，2013 年–
アリストテレス，ホラーティウス『詩学／詩論』松本仁助，岡道男訳，岩波書店，1997 年
ヴァールブルク，アビ『ルターの時代の言葉と図像における異教的＝古代的予言

（ヴァールブルク著作集 6）』富松保文訳，ありな書房，2006 年
カッシーラー，エルンスト『実体概念と関数概念——認識批判の基本的諸問題の研究』山本義隆訳，みすず書房，1979 年
カッシーラー『カッシーラー　ゲーテ論集』森淑仁編訳，知泉書館，2006 年
カント，イマヌエル『カント全集　1 〜 20・別巻』岩波書店，1999-2006 年
カント『判断力批判　上・下』宇都宮芳明訳・注解，以文社，1994 年
カント『純粋理性批判　上・下』宇都宮芳明監訳，以文社，2004 年
ゲーテ，ヨハン・ウォルフガング・フォン『ゲーテ全集　1 〜 15』登張正實，山下肇，岩崎英二郎，前田敬作編訳，1979-1992 年
ゲーテ『自然と象徴——自然科学論集』高橋義人編訳，前田富士男訳，冨山房，1982 年
ゲーテ『親和力』柴田翔訳，講談社，1997 年
ゲーテ『色彩論』木村直司訳，筑摩書房，2001 年
ゲーテ『ファウスト　上・下』柴田翔訳，講談社，2003 年
ゲーテ『ゲーテ形態学論集・植物篇／動物篇』木村直司訳，筑摩書房，2009 年
ゲーテ『ゲーテ地質学論集・鉱物篇／気象篇』木村直司訳，筑摩書房，2010 年
ゲーテ『ゲーテ』大宮勘一郎編訳，集英社，2015 年
シュミット，カール『カール・シュミット著作集　I・II』長尾龍一編訳，慈学社，2007 年
シュレーゲル，フリードリッヒ『ロマン派文学論』山本定祐編訳，冨山房，1978 年
シュレーゲル兄弟『シュレーゲル兄弟』薗田宗人，山本定祐他訳，国書刊行会，1990 年
ソポクレス『ギリシア悲劇　II』松平千秋編訳，筑摩書房，1986 年
ノヴァーリス『ノヴァーリス作品集　1 〜 3』今泉文子訳，筑摩書房，2006-2007 年
フィヒテ，ヨハン・ゴットリープ『フィヒテ全集　1 〜 22・別巻』ラインハルト・ラウト，加藤尚武，隈元忠敬，坂部恵，藤澤賢一郎編訳，哲書房，1995-2016 年
プラトン『プラトン全集』田中美知太郎，藤沢令夫編訳，岩波書店，1974-1978 年
プラトン『饗宴／パイドン』朴一功訳，京都大学学術出版会，2007 年
プラトン『パイドロス』脇條靖弘訳，京都大学学術出版会，2018 年
ブロッホ，エルンスト『ユートピアの精神』好村冨士彦訳，白水社，2011 年
ヘルダーリン，フリードリッヒ『ヘルダーリン全集　1 〜 4』手塚富雄編訳，河出書房新社，1966-1969 年
ヘルダーリン『省察』武田竜弥訳，論創社，2003 年
ライプニッツ，ゴットフリート・ヴィルヘルム『形而上学叙説』河野与一訳，岩波書店，1950 年
ライプニッツ『単子論』河野与一訳，岩波書店，1951 年
ライプニッツ『ライプニッツ著作集・第 I 期　1 〜 10』下村寅太郎，山本信，中村幸四郎，原享吉監修，工作舎，1988-1995 年
ライプニッツ『ライプニッツ著作集・第 II 期　1 〜 3』酒井潔，佐々木能章監修，工作舎，2015-2018 年

4-3. 二次文献・研究書

Alewyn (1965): Richard Alewyn (hrsg.), *Deutsche Barockforschung. Dokumentation einer Epoche*, Köln/Berlin, Kiepenheuer & Witsch.

Bertoletti (1986): Stefano Fabbri Bertoletti, Friedrich Schlegel über Leibniz, in: Heinekamp (1986).

Bohrer (1989): Karl Heinz Bohrer, *Die Kritik der Romantik. Der Verdacht der Philosophie gegen die literarische Moderne*, Frankfurt am Main, Suhrkamp.

Börnsen (1985): Hans Börnsen, *Leibniz' Substanzbegriff und Goethes Gedanke der Metamorphose*, Stuttgart, Freies Geistesleben.

Breidbach (2004): Olaf Breidbach, Typologie und Metamorphosen. Über die romantische Anschauung von Welt, in: Reinhard Wegner (hrsg.): *KUNST – die andere Natur*, Göttingen, Vandenhoeck & Ruprecht.

Breidbach (2006): ders., *Goethes Metamorphosenlehre*, München, Wilhelm Fink.

Couturat (1901): Louis Couturat, *La logique de Leibniz*, d'après des documents inédits, Paris, Félix Alcan (Reprint: Hildesheim, Georg Olms, 1961).

Düttmann (1991): Alexander García Düttmann, *Das Gedächtnis des Denkens. Versuch über Heidegger und Adorno*, Frankfurt am Main, Suhrkamp.

Edel (2010): Geert Edel, *Von der Vernunftkritik zur Erkenntnislogik. Die Entwicklung der theoretischen Philosophie Hermann Cohens*, Berlin, Gorz.

Emrich (1981): Wilhelm Emrich, *Deutsche Literatur der Barockzeit*, Königstein, Athenäum.

Engfer (1986): Hans-Jürgen Engfer, Teleologie und Kausalität bei Leibniz und Wolff. Die Umkehr der Begründungspflicht, in: Heinekamp (1986).

Flach; Holzhey (1980): Werner Flach; Helmut Holzhey (hrsg.), *Erkenntnistheorie und Logik im Neukantianismus*, Hildesheim, Gerstenberg.

Förster (2002): Eckart Förster, Die Bedeutung von §§76, 77 der Kritik der Urteilskraft für die Entwicklung der nachkantischen Philosophie, Teil 1 u. 2, in: *Zeitschrift für philosophische Forschung*, Bd. LVI, Heft 2 u. 3.

Frank (1989): Manfred Frank, *Einführung in die frühromantische Ästhetik. Vorlesungen*, Frankfurt am Main, Suhrkamp.

Frank (2009): ders., Kommentar, in: Immanuel Kant, *Kritik der Urteilskraft. Schriften zur Ästhetik und Naturphilosophie*, hrsg. von Manfred Frank und Véronique Zanetti, Frankfurt am Main, Deutscher Klassiker.

Garber (2009): Daniel Garber, *Leibniz: Body, Substance, Monad*, New York, Oxford University.

Geulen (2001): Eva Geulen, *Das Ende der Kunst. Lesarten eines Gerüchts nach Hegel*, Frankfurt am Main, Suhrkamp.

Gurwitsch (1974): Aron Gurwitsch, *Leibniz. Philosophie des Panlogismus*, Berlin/New

York, Walter de Gruyter.
濱田（2014）：濱田真『ヘルダーのビルドゥング思想』鳥影社
Haverkamp (1991): Anselm Haverkamp, *Laub voll Trauer. Hölderlins späte Allegorie*, München, Wilhelm Fink.
林（2003）：林知宏『ライプニッツ——普遍数学の夢』東京大学出版
Heimsoeth (1917): Heinz Heimsoeth, Leibniz' Weltanschauung als Ursprung seiner Gedankenwelt, in: *Kantstudien*, Bd. 21, Heft 4, Berlin, Reuther & Reichard.
Heimsoeth (1960): ders., *Atom, Seele, Monade. Historische Ursprünge und Hintergründe von Kants Antinomie der Teilung*, Wiesbaden, Akademie der Wissenschaften und der Literatur / Franz Steiner.
Heinekamp (1984): Albert Heinekamp (hrsg.), *Leibniz' Dynamica*, Studia Leibnitiana Sonderheft 13, Stuttgart, Franz Steiner.
Heinekamp (1986): ders. (hrsg.), *Beiträge zur Wirkungs- und Rezeptionsgeschichte von Gottfried Wilhelm Leibniz*, Studia Leibnitiana Supplementa 26, Stuttgart, Franz Steiner.
Heinekamp (1988): ders., Natürliche Sprache und allgemeine Charakteristik bei Leibniz, in: ders.; Franz Schupp (hrsg.), *Leibniz' Logik und Metaphysik*, Darmstadt, Wissenschaftliche Buchgesellschaft.
Hilgers (2002): Klaudia Hilgers, *Entelechie, Monade und Metamorphose. Formen der Vervollkommnung im Werk Goethes*, München, Fischer.
久山（2015）：久山雄甫「モナド・エンテレケイア・マカーリエ——ゲーテにおける「個の不滅」の問題」，ゲーテ自然科学の集い『モルフォロギア』第 37 号所収
Ho (1998): Shu Ching Ho, *Über die Einbildungskraft bei Goethe. System und Systemlosigkeit*, Freiburg im Breisgau, Rombach.
Holzhey (1986): Helmut Holzhey, Die Leibniz-Rezeption im „Neukantianismus" der Marburger Schule, in: Heinekamp (1986).
Horn (1998): Eva Horn, *Trauer schreiben. Die Toten im Text der Goethezeit*, München, Wilhelm Fink.
池田（2006）：池田真治「ライプニッツの無限小概念——最近の議論を中心に」，『哲学論叢』第 33 号所収
石黒（2003）：石黒ひで『ライプニッツの哲学——論理と言語を中心に（増補改訂版）』岩波書店
Klibansky (1992): Raymond Klibansky; Erwin Panofsky; Fritz Saxl: *Saturn und Melancholie. Studien zur Geschichte der Naturphilosophie und Medizin, der Religion und der Kunst*, aus dem Amerikanischen übers. von Christa Buschendorf, Frankfurt am Main, Suhrkamp.
König (1981): Josef König, *Der Begriff der Intuition*, Hildesheim / New York, Georg Olms.
Kreuzer (1985): Johann Kreuzer: *Erinnerung. Zum Zusammenhang von Hölderlins theo-*

retischen Fragmenten „Das untergehende Vaterland ...“ und „Wenn der Dichter einmal des Geistes mächtig ist ...“, Königstein, A. Hain.

Lacoue-Labarthe (1980): Philippe Lacoue-Labarthe, Die Zäsur des Spekulativen, in: *Hölderlin-Jahrbuch*, Bd. 22, Tübingen, J. C. B. Mohr (Paul Siebeck).

Lancereau (1997): Daniel Lancereau, Novalis und Leibniz, in: Herbert Uerlings (hrsg.), *Novalis und die Wissenschaften*, Tübingen, Niemeyer.

Lemke (2002): Anja Lemke, *Konstellation ohne Sterne. Zur poetischen und geschichtlichen Zäsur bei Martin Heidegger und Paul Celan*, München, Wilhelm Fink.

松田（2003）：松田毅『ライプニッツの認識論――懐疑主義との対決』創文社

Menze (1980): Clemens Menze, *Leibniz und die neuhumanistische Theorie der Bildung des Menschen*, Opladen, Westdeutscher Verlag.

Misch (1914/15): Georg Misch, Goethe, Plato, Kant. Eine Kritik, in: *Logos. Internationale Zeitschrift für Philosophie der Kultur*, Bd. V, Tübingen, J. C. B. Mohr (Paul Siebeck).

Mittelstrass (1962): Jürgen Mittelstrass, *Die Rettung der Phänomene. Ursprung und Geschichte eines antiken Forschungsprinzips*, Berlin, Walter de Gruyter.

中島（1993）：中島義道「身体に対する自然――カントの自然観の根底に潜むもの」，竹市明弘，坂部恵，有福孝岳編，『カント哲学の現在』世界思想社所収

仲正（2001）：仲正昌樹『モデルネの葛藤――ドイツ・ロマン派の〈花粉〉からデリダの〈散種〉へ』御茶の水書房

Neumann (2013): Hanns-Peter Neumann, *Monaden im Diskurs. Monas, Monaden, Monadologien (1600 bis 1770)*, Studia Leibnitiana Supplementa 37, Stuttgart, Franz Steiner.

小田部（1995）：小田部胤久『象徴の美学』東京大学出版会

Poser (1986): Hans Poser, Monadologien des 20. Jahrhunderts, in: Heinekamp (1986).

Rombach (2010): Heinrich Rombach, *Substanz System Struktur. Hauptepochen der europäischen Geistesgeschichte*, 2 Bände, Freiburg/München, Karl Alber.

Rudolph (1984): Enno Rudolph, Die Bedeutung des aristotelischen Entelechiebegriffs für die Kraftlehre von Leibniz, in: Heinekamp (1984).

Russell (1900): Bertrand Russell, *A critical exposition of the philosophy of Leibniz*, with an appendix of leading passages, Cambridge, The University Press.

坂部（1976）：坂部恵『理性の不安――カント哲学の生成と構造』勁草書房

酒井（1987）：酒井潔『世界と自我――ライプニッツ形而上学論攷』創文社

酒井（2013）：同『ライプニッツのモナド論とその射程』知泉書館

佐々木（2010）：佐々木力『数学史』岩波書店

佐藤（1948）：佐藤省三『コーヘン』弘文堂

Schnädelbach (1983): Herbert Schnädelbach, *Philosophie in Deutschland 1831–1933*, Frankfurt am Main, Suhrkamp.

Schöne (1993): Albrecht Schöne, *Emblematik und Drama im Zeitalter des Barock*,

München, C. H. Beck.

Schulenburg (1973): Sigrid von der Schulenburg, *Leibniz als Sprachforscher*, mit einem Vorwort hrsg. von Kurt Müller, Frankfurt am Main, Vittorio Klostermann.

Stamm (1956): Rudolf Stamm (hrsg.), *Die Kunstformen des Barockzeitalters*, Bern, Francke.

高橋（1988）：高橋義人『形態と象徴——ゲーテと「緑の自然科学」』岩波書店

田中（2001）：田中純『アビ・ヴァールブルク　記憶の迷宮』青土社

田中（2010）：田中均『ドイツ・ロマン主義美学——フリードリッヒ・シュレーゲルにおける芸術と共同体』御茶の水書房

Taubes (2003): Jacob Taubes, *Die politische Theologie des Paulus*, hrsg. von Aleida und Jan Assmann in Verbindung mit Horst Forkers, Wolf-Daniel Hartwich und Christoph Schulte, 3. verbesserte Auflage, München, Wilhelm Fink.

注

序論

(1)　通常単数形でしか用いられないライプニッツの「モナドロジー Monadologie」を，その解釈可能性から「複数形のモナドロジー Monadologien」と呼ぶことについて，Neumann (2013) から着想を得た。

(2)　ハインリッヒ・ロムバッハは，古代から近代にかけての哲学と科学においてそのつど支配的な思惟の形式を，「実体」から「体系」，「構造」への変遷の歴史として特徴づけている。ロムバッハがこの思惟の形式の移行を特徴づける指標としているのが，「機能」的な思惟の発展段階であり，ライプニッツはこの「機能主義 Funktionalismus の存在論」の最も先鋭化された形態の一つと見なされる。Vgl. Rombach (2010). ライプニッツにおける機能主義と関係性の問題について，酒井 (2013) 25 頁以下も参照。

第一章

(1)　1917 年 10 月 22 日のショーレム宛の手紙の中で，ベンヤミンは次のように書いている。「学となる思考の最も深遠な類型は，僕にとってこれまでつねに彼〔カント〕の言葉と思想の中に生まれていた。そして，たとえ途方もなく多くのカントの文字が崩れ落ちなければならないとしても，哲学の内部では僕の知る限り唯一プラトンのみが比肩しうるカントの体系の類型は，保持され続けなければならない。ただカントとプラトンの意向に沿ってのみ，そして僕の考えでは，カントを修正し発展させるという道においてのみ，哲学は学となりうるし，少なくとも学の一部となりうる」(GB, I, 389)。

(2)　前批判期のカントはつねにライプニッツ学派に盲従していたわけではない。カントは例えば 1770 年 9 月 2 日のランベルト宛書簡で，「感性の一般法則は形而上学において概念や純粋理性の根本法則に依存することで，偽りの大きな役割を演じている」(AA, X, 98) と述べている。感性が対象に関する純粋理性の判断を曇らせることのない，現象に関する新たな学を構築することの必要性を訴えるこの書簡は，すでに『純粋理性批判』出版の 10 年以上前にカント自身がライプニッツ・ヴォルフ学派の形而上学に対して批判的意識を持っていたことを示している。前批判期から批判期におけるライプニッツ学派のカントによる受容の明快な解説として，Frank (2009) S. 917–949 を参照。Vgl. auch Frank (1989) S. 41–55.

(3)　デカルトとライプニッツにおける認識の区分の差異について，松田（2003）170頁以下を参照。

(4)　ハイデガーによれば，ライプニッツの認識論が示唆する「神の知 scientia Dei」とも呼ぶべき最高次の認識形式の理念においては，一切のものが継起なしに一つの瞬間において直観される。つまり神においては，過去から未来に現実的なものとして生起しうるもののすべてが「現前的 gegenwärtig」であるため，この一瞬とはまた永遠と同一的であるような，「立ち止まるいま das nunc stans，つまり静止して，留まるいま das stehende, bleibende Jetzt」である。Vgl. Heidegger, *Gesamtausgabe*, Bd. 26, S. 71.

(5)　ライプニッツを起点として，ヴォルフやバウムガルテンの認識論における記号（象徴）の意義について論じた研究として，小田部（1995）18頁以下を参照。またバウムガルテンの美学をライプニッツ以後の啓蒙主義美学の展開に位置づける研究として，カッシーラーの『啓蒙主義の哲学』（1932）の以下の箇所も参照。GW, XV, 353ff.

(6)　1912年10月10日付のルートヴィッヒ・シュトラウス宛の手紙の中でベンヤミンは，「われわれの時代の宗教的感情についての対話篇を書き上げた」（GB, I, 73）と述べている。アストリッド・ドイバー＝マンコフスキーは，シオニズム運動の活動家であったシュトラウスとの間で交わされた，1912年から1913年にかけての一連のベンヤミンの手紙を基に，「現代の宗教性をめぐる対話」を考察している。Vgl. Deuber-Mankowsky（2000）S. 282ff. ドイバー＝マンコフスキーによれば，この対話篇において認識論の二元性が強調されることは，ベンヤミンがシュトラウス宛の手紙の中で，ドイツに留まるユダヤ人の本質的特徴として，ドイツ性とユダヤ性の二元性を持つことを積極的に肯定していたことと並行関係にある。たしかにこの対話篇を考察するにあたっては，直接的な執筆動機として，ベンヤミンがドイツにおけるいわゆる「文化シオニズム」の問題に対して少なからぬ関心を寄せていた事実に十分注意する必要がある。しかし本書では，むしろこの初期の対話篇において，カントへの言及と，初期ベンヤミンの認識論に直結する基本的な立場の萌芽が見られることに焦点を当てる。

(7)　自然そのものの中に汎神論的な神的原理の直観を認めず，それを芸術の領域，詩作品の中に限定するここでのベンヤミンの立場は，後のヘルダーリン論，ロマン主義論，ゲーテ論にまで直接つながるものである。この点に関しては第二章以降で詳述する。

(8)　ヘーゲルの死後から新カント主義の衰退に至るまでのドイツ哲学史における，科学主義の趨勢について概観した研究として，以下を参照。Schnädelbach（1983）S. 89ff.

(9)　マールブルク学派のライプニッツ受容を考察したヘルムート・ホルツァイは，カント哲学が新カント主義の唯一の思想的源泉ではないことから，「新カント主義」という名称そのものに疑義を呈している。ホルツァイによれば，マールブルク学派内部におけるライプニッツ哲学の重要性を勘案するなら，同学派の「新ライプ

ニッツ主義（Neuleibnizianismus）」を語ることさえ可能なのである。Vgl. Holzhey (1986) S. 289. 本書でも，「新ライプニッツ主義」の概念を基本的に同様の意味で用いる。

(10)　Russell (1900); Couturat (1901); Cassirer, Leibniz' System in seinen wissenschaftlichen Grundlagen (1902) in: GW, I. ライプニッツ・モナドロジーの20世紀における受容を概観した論文として次を参照。Poser (1986) S. 338–345.

(11)　Couturat (1901) S. XIf.

(12)　1913年6月7日付のヘルベルト・ブルーメンタール宛の書簡で，ベンヤミンは「リッカートのゼミでは席に座って特級品のソーセージをかじっていた」(GB, I, 112) と皮肉交じりに報告している。それによれば，ベンヤミンはリッカートの論理学入門講義を聞いていたようである。また1915年5月14日付のフリッツ・ラート宛の書簡では，ベンヤミンが受講していたベルリンでのカッシーラーの講義についても触れられている。Vgl. GB, I, 266.

(13)　Scholem (1975) S. 76. ドイバー＝マンコフスキーによれば，ベンヤミンとショーレムが読んでいたのは『カントの経験理論』の第二版ではなく，第三版の可能性が高い。同書は1918年の時点ですでに10年近く絶版になっており，1918年にその第三版が再版されたことが，ベンヤミンとショーレムが同書を共同で読む計画を立てるきっかけとなったと考えられるからである。Vgl. Deuber-Mankowsky (2000) S. 55.

(14)　ホルツァイによれば，コーヘンによる『カントの経験理論』の第二版，そしてとりわけ『純粋認識の論理学』の出版は，マールブルク学派の理論形成の最も重要な転換点であった。Vgl. Flach; Holzhey (1980) S. 15.

(15)　Vgl. l. c., S. 16.

(16)　「Erkenntniskritik」という言葉をはじめに使ったのはコーヘン自身ではなく，オットー・リープマンである。それはカント以来の認識諸能力の再編成，つまりは感性と悟性の区分を指すために，カントの「超越論哲学 Transzendentalphilosophie」の同義語として導入された。Vgl. Peter Schulthess, Einleitung, in: CW, V, 26*. コーヘンの『微分法の原理とその歴史』以後，この語は客観的科学主義によるカント認識論の刷新をも意味するようになり，マールブルク学派のカッシーラー，さらにカントールをはじめとした自然科学者・数学者によって一般に流布していった。ベンヤミンが『ドイツ悲劇の根源』の序文に「認識批判序論 Erkanntniskritische Vorrede」の表題を付したのは，同時代の新カント主義による認識批判をめぐる議論を念頭に置いていたからだと考えられる。Vgl. Deuber-Mankowsky (2000) S. 16.

(17)　ここでの「科学」は，ガリレイに始まりニュートンにおいて完成した，あらゆる知識の前提となる「原理」を基礎に据え，それを数学的な方法によって展開する，近代以降の数理科学を主要なモデルとしている。Vgl. PIM, §10: CW, V, 7. コーヘンの微分法論における認識批判の構想と展開については，次を参照。Edel (2010) S. 204ff.

(18)　コーヘンは他にも，バローのようなライプニッツに先行する微分法の歴史に言及している。17 世紀以降の近代数学史における無限小幾何学の展開については，佐々木（2010）419 頁以下で概観されている。

(19)　同年のニーウェンテイト宛の手紙の中でも，同様の内容が述べられている。「その差が完全に 0 であるだけでなく，差が比較不可能なほど小さい場合も，それらの項は等しい」(GM, V, 322)。この箇所でも無限小は，明確に非アルキメデス的量であることが意識されている。

(20)　文脈に応じて任意の小さい量を持つことのできる「共義的（サンカテゴレマティック）」な無限小概念の解釈については，石黒（2013）93–118 頁を参照。

(21)　ヴァイエルシュトラス以来ライプニッツの微分法は，一定量としての実無限小を考える不合理を避けるために，極限法を基礎として無限小概念を排除することにより，論理的厳密性を保つ方向で解釈されてきた。こうした潮流から見れば，極限法への接近を微分法の原理の後退と見なすコーヘンの微分法解釈は，19 世紀の微分法解釈の中でも異質のものであったと言える。しかし 1960 年代以降，ロビンソンによる「超準解析」により，実無限小を整合的な数学的概念として含む体系が主張されていることは注目に値する。極限法に対するコーヘンの基本的立場については，佐藤（1940）134 頁以下を参照。また，ライプニッツの無限小概念と同概念をめぐる 20 世紀以降の議論について，池田（2006）138–149 頁を参照。

(22)　Vgl. Galilei, *Le opere*, Bd. 8, S. 198.

(23)　Vgl. l. c., S. 80.

(24)　ライプニッツによる無限小概念をめぐる解釈の推移，とりわけニーウェンテイトとの論争の詳細については，林（2003）168 頁以下参照。

(25)　佐藤省三は，ライプニッツの「動力学提要」における力の概念の定義を，「コーヘンの内包量の原理の真の誕生地」と呼んでいる。佐藤（1948）119 頁参照。

(26)　第一版から第二版への改訂における構成上の主要な変更点として，長大な「序論」が加えられたことが挙げられる。また本論にも大幅な加筆と修正がなされた結果，第二版は全体として第一版の二倍以上の分量にまで膨れ上がった。なお，第三版においても新たな序文と本論への若干の加筆がなされているが，短い「結語 Nachwort」が加えられた以外に第二版と内容上の大きな差異はない。さらに第四版がコーヘンの死後に出版されたが，内容は第三版と同じものである。改めて版ごとの出版年を整理するなら，第一版が 1871 年，第二版が 1885 年，第三版が 1918 年，第四版が 1925 年である。オルムス版のコーヘン著作集は，第一巻の第一分冊（CW, I/1）に『カントの経験理論』第三版，第二分冊（CW, I/2）に第一版から第三版までのそれぞれの改訂箇所の一覧，そして第三分冊に第一版（CW, I/3）を収めており，とりわけ第一版と第二版以降の版の間に見られる，コーヘンの科学的観念論への転回を可視化することに重点を置いた編集方針を取っている。引用は基本的にコーヘンの手による決定版と言うべき第三版から行うが，第一版と第二版も適宜参照している。

(27)　コーヘンは『プラトンのイデア論と数学』においても，思惟と感覚の関係につ

いて同様の議論を展開している。「知覚において数を思考させ，それによって数的な関係を探究するきっかけを与えるものとは，知覚そのものにおける思惟を呼び寄せるもの〔*Paraklet*〕，思惟を呼び覚ますもの〔*Wecker des Denkens*〕である」(Cohen, 1878, S. 17)。

(28) コーヘンは，プラトンとライプニッツの観念論の系譜における現象の構成原理として数学的思惟の意義を強調することで，知覚の要素そのものを認識から排除しようとしているわけではない。極端な知性論に陥ることはコーヘンの本意ではないのであり，それゆえアリストテレスの系譜に連なる経験論の意義もまた正当に認められている。しかしコーヘンは経験論に，観念論が持つ理性原理への偏向を修正する役割を認めるのみで，その評価は限定的なものにとどまる。この意味で，「ヒュームのカントへの影響は無条件に評価されてはならない」(CW, I/1, 75)。

(29) ハイデガーによれば，カントにおける Realität は realitas に由来し，それはバウムガルテンが定義したように，「肯定的で真なる限定性」を意味する。それゆえ「実在的なものとは対象の第一の質である」。Vgl. Heidegger, *Gesamtausgabe*, Bd. 41, S. 215f.

(30) 後にコーヘン自身がこの箇所に触れ，「刺激の統一」のような表現は「あまりに心理学的な性格」を帯びるため，主観的意識の克服を徹底できていなかったことを自戒している。Vgl. CW, I/1, 556.

(31) 中島義道は，カントによる内包量の議論において，感覚の「濃度 Grad」がわれわれの身体に働きかける物質の「強度 Grad」に比例する，という単純な事態が問題になっていると解釈している。中島によれば，カントの超越論的観念論においては，知覚し想起する身体をもった〈私〉がつねに捨象不可能なものとして前提されている。このような理由から中島は，カントの内包量を微分量と等置するコーヘンの解釈から距離を取っている。中島（1993）104–125 頁。

(32) コーヘンが内包量概念の読み換えによって目指したカント認識論の刷新は，アプローチの方法や結論はまったく異なるにせよ，ハイデガーによるカント解釈と重なり合う部分があるかもしれない。ハイデガーによれば，「カントによる知覚における実在的なものの予料の発見は，次のことを考えるならとりわけ驚くべきことである。つまり一方でカントがニュートン物理学を評価しており，他方で彼がデカルトの主観概念を基礎にしていたことは，知覚の受容性における予料という尋常ならざるものに自由な目を見開くにあたって，まったく適用されていないのである」(Heidegger, *Gesamtausgabe*, Bd. 41, S. 224)。それは，物の実在性としての質的規定そのものがわれわれに開示される際に，主観と客観のような認識の相関的要素が無化されることが，カントの知覚の予料において示唆されていることを意味する。坂部恵はこのハイデガーの解釈に着目するとともに内包量によってものの質そのものが，主観の特権的な視点に回収されることなく原初的にたちあらわれる際に，「いわば質的微積分の演算とでもいうべきもの」が展開されると述べ，コーヘンにも言及している。坂部（1976）228 頁。

(33) ウーヴェ・シュタイナーは，新カント派とりわけコーヘンの著作の集中的な読解にもかかわらず，ベンヤミンはコーヘンに対して拒絶的な態度しか示さなかったと述べている。Vgl. Steiner (1989) S. 76ff. このような解釈には，ベンヤミンがコーヘンの『カントの経験理論』に対して否定的な印象を述べた，とショーレムが証言していることも影響しているだろう。Vgl. Scholem (1975) S. 79. しかし以下で考察するように，ベンヤミンのコーヘンに対する態度は単純な拒絶などではなく，むしろその認識批判の積極的な継承と克服という両方の側面を考慮する必要がある。

(34) ピーター・フェンブスによれば，プログラム論文執筆の際にベンヤミンはまだコーヘンの『カントの経験理論』を読んでいなかったと推測される。Vgl. Fenves (2006) S. 141. しかし，ドイバー＝マンコフスキーも指摘するように，ベンヤミンはプログラム論文執筆の時点ですでにこの著作の内容を大筋で知っていた可能性が高い。初期の認識論をめぐる諸々の断片，およびプログラム論文における記述からも，ベンヤミンが『カントの経験理論』の中で展開されるコーヘンの認識批判をめぐる議論を正確に把握していたことは明らかだからである。Vgl. Deuber-Mankowsky (2000) S. 55. そもそも『カントの経験理論』で示されたコーヘンによる認識批判のプログラムは，マールブルク学派による認識論の議論において広く共有されていたため，間接的であってもベンヤミンがその認識批判の内実を熟知していたことは疑いえない。それゆえ，プログラム論文執筆時における『カントの経験理論』の読解の有無に関わらず，この論文でのベンヤミンの議論の前提として，コーヘンのカント批判を念頭に置くことは十分可能である。

(35) フェンブスによれば，「来たるべき哲学のプログラム」におけるベンヤミンの心理学的・経験的主観の批判には，コーヘンの新カント主義に加えて，ディルタイおよびブーバーにおける科学主義に還元できない生き生きとした主観による「体験 Erlebnis」概念，フッサールの現象学における超越論的意識，ラッセルおよびフレーゲにおける論理学主義へのそれぞれ応答と批判を読み取ることができる。Vgl. Fenves (2011) S. 155ff. コーヘン以外の論点についてここで詳細に論じることはできないが，ベンヤミンのカント論に同時代の多くの哲学潮流の文脈が前提されていることに注意する必要がある。

(36) Vgl. Heidegger, *Gesamtausgabe*, Bd. 26, S. 128. ライプニッツ解釈をめぐるハイデガーの批判は，ベンヤミンも読んでいたロッツェ，そしてヴィンデルバント，リッカートといった新カント主義者たちに向けられていることにも留意する必要がある。Vgl. Heidegger, *Gesamtausgabe*, Bd. 21, S. 53 ff. ベンヤミンとハイデガーの論点の一致は，おそらく直接的な影響関係というより，新カント主義という共通の論敵を持っていたことに起因する。

(37) ウーヴェ・シュタイナーによれば，ヘルダーリン論においてベンヤミンは「直観 Anschauung」の概念を，カント的な「感性的直観 sinnliche Anschauung」の意味で用いている。それに対して後のロマン主義論のゲーテの章において同概念は，感性的な「知覚 Wahrnehmung」から区別された，芸術の原像や自然のイデアの超

感性的な直観の意味を帯びる。Vgl. Steiner (1989) S. 131. ベンヤミンの直観概念の変遷は，主にゲーテ解釈の過程で生じたと考えられるが，この点については本書の第三章二節を参照されたい。

(38)　ベンヤミンによるヘルダーリン論の成立史，受容史とその研究史について，詳しくは以下を参照。Primavesi (2006) S. 465ff.

(39)　Vgl. Primavesi (1998) S. 16ff.

(40)　このような改稿過程の誤解は，ベンヤミンが依拠していたヘルダーリンのテクストが，改稿の順序を誤って記載したヴィルヘルム・ベーム編纂による全集版であったことに起因する。Vgl. Hölderlin, *Gesammelte Werke*, Bd. II, S. 210ff. なおベンヤミンは，後にヘリングラートによって編纂された批判全集版も参照したが，この版ではベンヤミンが「第一稿」と呼んでいる詩は「第二稿」と呼ばれている。Vgl. Hölderlin, *Sämtliche Werke*, Bd. IV, S. 41f. ヘリングラート版全集の内，「詩人の勇気」と「臆心」が収められた第四巻が出版されたのは，ベンヤミンのヘルダーリン論が執筆されたおよそ一年後の1916年であった。それゆえベンヤミンは，同論文の執筆時にヘリングラート版を参照できなかったと思われる。

(41)　ヘリングラートとベンヤミンにおける，「内的形式」と「詩作されるもの」の概念の照応について触れた研究として，次を参照。Nägele (2014) S. 71–83.

(42)　「詩人の勇気」に顕著に現れる，自然の摂理への従属および運命の甘受といった考えには，平静不動のまま宇宙の理性に従うストア派的な「アパテイア」や「アタラクシア」の態度との照応が見られる。ヘルダーリンは，とりわけマルクス・アウレリウス・アントニヌスの『自省録』などを通じて，古代のストア派ポセイドニオスの思想に触れており，「詩人の勇気」にはそれらの影響が色濃く現れていると考えられる。Vgl. Kommentar in: SWB, I, 768ff.

(43)　Vgl. Kommentar in: SWB, I, 826f.

(44)　リーゼロッテ・ヴィーゼンタールは，ヘルダーリン論およびプログラム論文において頻出するInbegriffの概念に，コーヘンおよびカッシーラーからの影響を読み取っている。両者においてInbegriffの概念（本書では訳語を一つに固定せず，文脈に応じて訳し分ける）は，諸々の要素が変化しても恒常的に保存される関係の同一性を意味するからである。Vgl. Wiesentahl (1973) S. 24f. さらにヴィーゼンタールによれば，ベンヤミンのヘルダーリン論におけるGrenzbegriffの概念に関しても，カッシーラーからの影響が見られる。Vgl. l. c., S. 9ff.

(45)　ルドルフ・シュペートもまた，ヘルダーリン論におけるベンヤミンの「同一性」の原理に，新カント主義からの影響を読み取っている。Vgl. Speth (1991) S. 27–43.

(46)　この引用箇所の中では，「内包的浸透 intensive Durchdringung」の概念が使われている。「浸透」の概念はヘルダーリン論でも何度か繰り返し使われ，詩における直観や精神の形式，あらゆる形態が時間・空間的に一つの〈詩作されるもの〉の原理の内で相互に浸透していることとして説明される。それは単に複数の要素が混ざり合うことを意味するのではなく，〈詩作されるもの〉の原理からあらゆる要

素が産出されることで，異質な要素が相互に不可分のまま，産出原理の同一性によって統一的に認識されることを意味する。その産出的機能に注目するなら，「内包的」の概念にコーヘンの「内包量」に関する議論からの影響を見て取ることができ，この点についてはヴェルナー・ハーマッハーが指摘している。Vgl. Hamacher（2001）S. 190f., Anm. 3. ここではそれに加えて，「浸透」の概念にノヴァーリスからの影響があった可能性も指摘しておきたい。ノヴァーリスはある断片の中で，精神による無限の自己反省の作用を「自己浸透 Selbstdurchdringung」（NW, II, 316）と呼んでいる。それは無限の宇宙へと拡大していく「萌芽」としての精神の産出的作用である点で，ベンヤミンの「浸透」の概念とも非常に近似的である。このノヴァーリスの断片については，本書の第二章二節において改めて検討する。ただしベンヤミン自身がヘルダーリン論を執筆した段階で，ノヴァーリスの件のテクストを読んでいたかどうか定かではない。ベンヤミンの既読文献表からは，遅くとも1917年の時点でノヴァーリスの「断片集 Fragmente」を読んでいたことが分かるが（VII, 437），それ以前の時期に読んだ文献の一覧は失われている。

（47） Vgl. van Reijen; van Doorn（2001）S. 25f. Vgl. auch GB, I, 266.

（48） 同じ頁にはさらに次のような記述が続く。「この根源の概念が措定する要求は，ある多様性の諸項が一定の系列原理 Reihenprinzip から導き出され，それによって余すところなく表出されているなら，つねに満たされている」。そもそも『実体概念と関数概念』の副題に「認識批判 Erkenntniskritik」の言葉が含まれていることが，コーヘンによる認識批判をカッシーラーが明確に意識していることを示しているだろう。

（49） 「現象の救出」の概念の意義に関しては，本書第四章注11を参照。

（50） シャルル・デ・ロッシュもまた，ベンヤミンのヘルダーリン論における「詩作されるもの」の概念が，『ドイツ悲劇の根源』におけるライプニッツの「モナド」概念の解釈を先取りしていることを指摘している。とりわけデ・ロッシュは，ヘルダーリン論における〈詩作されるもの〉の「自己産出 poiesis」的な契機に着目し，それをライプニッツにおけるモナドの構造に結びつけている。Vgl. de Roche（2013）S. 85.

（51） ベンヤミンは1917年12月23日のショーレム宛書簡で，ヘリングラート版全集第四巻を落手したときの様子を，興奮気味に語っている。「長いこと待ち焦がれたヘルダーリン全集の第四巻が到着したときの僕の喜びを，あなたが想像できるとは思えない（なにせ僕はそれをすでに八月に［！］書店で注文していたのだ）。僕は興奮のあまり，その日の間他のことはほとんど何も手に付かなかった」（GB, I, 406）。ベンヤミンはこのときに，ヘリングラートによる序文の引用箇所も読んだと思われる。

（52） この引用箇所をベンヤミンの批評概念の展開の内に位置づけた研究として，次を参照。Steiner（1989）S. 118.

第二章

(1)　1917年10月22日のショーレム宛書簡で，ベンヤミンは「カントと歴史」をテーマとする博士論文の構想と，その準備のためのカント読解の計画を表明していた。Vgl. GB, I, 390f.　しかし，同年12月23日のショーレム宛書簡では，カントの歴史哲学に関わる二つの著作,『世界市民的見地における一般史の理念』（1784年）および『永遠平和のために』（1795年）を実際に読んで,「張りつめていた期待が裏切られた」（GB, I, 408）と述べられている。そこで「自立した論文の出発点あるいは本来的な対象としては，カントの思想は完全に不適当と思われる」（l. c.）と書かれていることからも，この時点までにベンヤミンは，カントを博士論文のテーマとすることを断念していたようである。そして翌1918年3月30日のショーレム宛書簡では，ロマン主義の芸術論を博士論文のテーマとする着想と，その中心主題が以下のように述べられている。「芸術に対する芸術作品の相対的な自律性，あるいはむしろ芸術作品が芸術に超越論的にのみ依存していることは，ロマン主義の芸術批評の前提条件となっていた。課題となるのは，この意味でカントの美学がロマン主義の芸術批評の本質的前提となっていることを証明することだろう」（GB, I, 441）。この構想は，実際に書かれた博士論文の内容をすでにかなりの程度先取りしており，またカントとロマン主義が連続的に捉えられていることからも，当初のカントを主題にした博士論文の構想は単に破棄されたというより，むしろ発展的に解消されることで，ロマン主義論に結実したと見なすべきである。さらに1917年6月のショーレム宛書簡では,「初期ロマン主義の核心は宗教と歴史にある」（GB, I, 362）と書いていることからも，ベンヤミンは断念された「カントと歴史」という当初の博士論文のテーマを，初期ロマン主義の歴史哲学へと読み変えようとしていた可能性がある。しかし実際に書かれた博士論文においては，歴史哲学的な問題設定は考察の埒外にあることが序論において明言され，ロマン主義的メシアニズムと歴史哲学の連関を示唆するに留まっている。Vgl. I, 12.

(2)　引用箇所の最初の文に含まれる「知性の必然的な活動 die notwendige Handlung der Intelligenz」は，アカデミー版では「人間的精神の必然的な活動 die notwendige Handlung des menschlichen Geistes」になっている。この差異は，ベンヤミンの参照しているI. H. フィヒテ編纂のフィヒテ全集が『知識学の概念』の第二版（1798年）に基づくのに対し，アカデミー版は同書の第一版（1794年）に基づくことに起因する。フィヒテからの引用は基本的にアカデミー版を参照するが，ここでの引用はベンヤミンの参照している第二版のテクストに合わせた。

(3)　シュレーゲルの理論的基盤として，もっぱら『哲学の発展』を参照するベンヤミンの問題設定には，当時の文献学的制約が少なからず影響している。例えば1910年代にベンヤミンが参照していたミノール編纂によるシュレーゲルの著作集には,『超越論哲学』（イエーナ講義）のテクストが含まれていない。それ以外にも,

シュレーゲルの哲学体系や文学論を理解するのに欠かすことのできない多くの草稿や覚え書きを，ベンヤミンは参照することができなかった。Vgl. Menninghaus (1987) S. 39f.

(4)　たしかにフィヒテは『全知識学の基礎』において，直観が固定化される必要を認めている。しかし同時にフィヒテは，実際の直観する活動が構想力との協同によって，同時に流動的な性格をも持つことを指摘している点に注意する必要がある。「直観 Anschauung そのものは，唯一で同一なものとして把握されうるために固定される必要がある。しかし直観すること das Anschauen は，それ自体では決して固定されたものではなく，対立する方向の間での構想力の揺れ動き Schweben である」(GA, I, 2, 373)。Vgl. Menninghaus (1987) S. 44.

(5)　仲正昌樹は，〈思惟の思惟〉が思惟される客観を意味する場合と，思惟する主観を意味する場合の相違を，それぞれ「思考の形式の形式について更に考察を続けていくメタ論理学的方向と，そうした反省を行っている主体のあり方を問題にするメタ認識論的方向」によって説明している。仲正（2001）47 頁参照。

(6)　Vgl. auch Kritik der Urteilskraft, §77.

(7)　フィヒテが『知識学の概念』において直観の概念を用いていなかったことは間違いないが，同書においてもすでに定立の概念を用いていたことに注意する必要がある。それゆえベンヤミンの言うように，自我の自己定立を知的直観の概念によって定義したことで，フィヒテが反省概念そのものの定義を後から変更したとは言い切れない面がある。Vgl. Menninghaus (1987) S. 35ff.

(8)　そもそもカントにおいて直観の「直接性」とは，対象によって触発されることではじめて生じる主観と対象との関係を指しており，直観は必然的に対象を前提することになる。「認識がどのような仕方で，またどのような手段によって対象と関係するにせよ，認識がそれによって対象と直接的に unmittelbar 関係し，また手段としてのあらゆる思惟が目指すものは，直観である。しかし直観は，われわれに対象が与えられる場合においてのみ生ずる」(KrV, B33)。

(9)　例えばロマン主義再解釈の代表的な論者の一人であるカール・ハインツ・ボーラーは，ヘーゲルによるロマン派批判の影響から主観主義，非理性主義として一面的に評価されることの多かったロマン主義のイロニー概念に，むしろ主観から自由な客観的形式としての側面があることを見抜いたベンヤミンの解釈を評価している。Vgl. Bohrer (1989) S. 25ff.

(10)　カール・シュミットは，ロマン主義の基礎となる精神構造を，自己の外に客観的な規範や法則性を認めず，個人の主観的な気分や感情の偶然的な産物として世界を見る態度に見ている。「ロマン主義的合理主義や知性主義として感じられたものは，世界をこのようにイロニー的に非現実化して空想的な構成へと変えることなのである。〔…〕ロマン主義者の自己鏡像化の中に自己客観化がないことは，彼らの共同体哲学の中に政治的思想がなく，彼らの歴史構築の中に歴史的感覚がないのと同様である」(Schmitt, 1998, S. 85)。

(11)　メニングハウスによれば，ベンヤミンがフィヒテとロマン主義における中心的

主題の一つである「構想力」の概念を論文に取り込むことができなかったのは，反省的に意識されない産出的構想力が直観の問題と不可分であり，それがもっぱら反省に基づいた認識論の図式を脅かすからである。またベンヤミンは，シュレーゲルがアテネウム断章集において言及する「詩的感情 das poetische Gefühl」について，それがロマン主義の反省理論の中核にあることを示唆しながらも，それ以上の考察を加えることはない。Vgl. I, 63. メニングハウスによれば，この「詩的感情」に関するベンヤミンの言及が論文全体の中で孤立しているのは，反省概念の意義が反省に先行する根源的感情によって曖昧になり，また感情が無意識の表象理論とも親和性を持つからである。そして，ベンヤミンがロマン主義論においてシェリングを主題的に扱わない理由もまた，シェリングがフィヒテ以上に知的直観や芸術における無意識的なものの意義を強調していたからだと言う。Vgl. Menninghaus (1987) S. 54f. メニングハウスは，こうした論述上の主題の欠如や不在に，論文の一貫性を保つための「戦略的」，「論争的」意図があったことを指摘しているが，ロマン主義論における悟性的思惟の優位性の主張に，ベンヤミン自身の認識論の構想が関わっていた可能性には触れていない。

(12)　ベンヤミンとヴィンデルバントの方法論の一致は，「問題史 Problemgeschichte」の概念に見られる。ヴィンデルバントは，『哲学史教本』において，単に哲学者やその学説を時代順に羅列するのではなく，各時代を哲学的論争のテーマによって区分することにより，それぞれの哲学者の学説がいかなる時代の運動の誘因の下にあったかを可視化することを試みている。ヴィンデルバントにとって，「哲学史」の主要問題は「問題と概念の歴史」に他ならなかった。Vgl. Windelband (1903) S. IV. ベンヤミンもまたロマン主義論の序論冒頭で，「本研究は芸術批評の概念をその変遷において描出する，一つの問題史的 problemgeschichtlich 研究への寄与として考えられている」(I, 11) と述べている。ベンヤミンによる芸術批評の「問題史的研究」は，芸術批評の概念の歴史の全体というより，芸術批評の概念をめぐる一つの「危機的 kritisch」段階であるロマン主義とゲーテの対立関係として，論文末尾のゲーテの章の中で前景化することになる。ベンヤミンによれば，「ロマン主義者の批評概念とゲーテの批評概念の問題史的な関係において，芸術批評の純粋な問題が直接的に明るみに出る」(I, 110)。

(13)　ベンヤミンが参照していた版は同書の第五版 (1911) であるため，頁数が若干異なるが，引用箇所における内容上の異同は（強調の有無を除いて）認められない。

(14)　ヴィンデルバントは，ベンヤミンが引用するフィヒテの無意識の問題をめぐる解釈のすぐ後で，フィヒテ以前にはライプニッツが，「無意識の表象活動」の概念を発見していたと書いている。しかしヴィンデルバントによれば，両者における無意識の機能はまったく別のものである。つまりライプニッツにおいて無意識は，「消え入るほど微小な量にまで至る意識の活力の漸次的な減少」を意味するのに対し，フィヒテにおいて無意識は，「根拠の見えない，自由で，根源的で，原初的」なものとして，「根拠のある，必然的で，派生的で，再現的」な意識の対立概念と

なる。Vgl. l. c., S. 211. その論争点は，無意識と意識を意識の度の変化による連続的な移行関係として捉えるか（ライプニッツ），両者の非連続性と対立の関係として捉えるか（フィヒテ），という点にある。ベンヤミンはおそらくヴィンデルバントなどを通して，認識論における意識と無意識の関係をめぐる解釈史を少なからず自覚していた。

(15)　ヴィンデルバント自身も，フィヒテとシェリングに続くシラーとロマン主義を「美的観念論」と特徴づけ，ノヴァーリスとシュレーゲルにも触れている。しかしヴィンデルバントは，フィヒテから影響を受けながらも，ノヴァーリスが概念的な明敏さを欠いたために，フィヒテの産出的構想力を夢想的な想像力と区別せずに夢と現実を混同したこと，そしてシュレーゲルが普遍的な理性の活動を詩人の想像と混同し，自己イロニー化の概念も主観的で恣意的な空想の戯れに終始すると論じている。Vgl. l. c., S. 261ff. ヴィンデルバントによるロマン主義の解釈は，ヘーゲル以後頻繁に指摘されてきたロマン主義のイメージと大きくは変わらない。それゆえ少なくともロマン主義の理解に関して，ベンヤミンがヴィンデルバントから影響を受けた痕跡はほとんど見当たらない。むしろベンヤミンにとっては，このようなロマン主義の解釈こそが更新されるべきものであった。

(16)　同箇所でフィヒテは，「交互規定」の概念がカントの「関係性」のカテゴリーに相当すると述べている。実際カントは「関係性 Relation」カテゴリーの第三項として，「相互性 Gemeinschaft（能動者と受動者の間の相互作用 Wechselwirkung）」の概念を挙げている。カントによれば，相互性の関係にある二つの項は従属関係ではなく並列関係にあり，一方的な規定関係ではなく，「相互に wechselseitig 規定し合う」関係にある（KrV, B 112）。それは「原因性と依存性」のカテゴリーにおいて，原因が結果を規定するのみで両者が互いを規定し合うことができないのとは対照的である。さらにカントは，相互性のカテゴリーがなければ複数の物が現象において同じ空間と時間の内にあることは認識されえないため，実体同士の相互性の概念を経験の対象としての物そのものの可能性の条件と見なしている。Vgl. KrV, B256f.

(17)　メニングハウスは，あらかじめ存在する二つの項の単なる道具的媒介とは異なるベンヤミンの媒質概念の絶対性を，媒介される項を自ら産出する作用に見ている。「媒質は，単に前提された両極の間を道具的に媒介する空間——例えば言語を介さずに考えられた〈内容〉を二人の話者の間で媒介すること——ではない。むしろ媒質は，それが単に〈媒介する mediieren〉ように見えるものをはじめて産出する *produzieren* のである。このような考え方を，ベンヤミンはシュレーゲルとノヴァーリスにおける彼の反省媒質の理論において最も明確に定式化した。この理論に従えば，反省する極と反省される極の間の運動は，それらが単に追補的に投げ返し，投げ合うように見えるものをはじめて創出し，構成するのである」(Menninghaus, 1986, S. 55)。メニングハウスは，このような反省媒質の産出的作用が，後期の『パサージュ論』に至るまで一貫してベンヤミンの思考を特徴づけていたことを指摘している。森田團もまた，ベンヤミンの媒質概念に関して同様

の解釈を取っている。「媒質の絶対性は，それが媒介可能性そのものであるという点に存するばかりではない。ベンヤミンにとって媒質とは関係する二項をはじめて産出する母胎であった」（森田，2011, 16 頁）。もっとも森田は，ベンヤミンの媒質概念の基本構造を初期言語論から抽出しており，ロマン主義論の反省媒質の概念そのものには触れていない。その理由として，ベンヤミンの反省媒質の概念は，あくまで媒質としての言語の考え方を反省概念に適用したものであり，その芸術作品や批評概念への適用も前期ベンヤミンの基本的な立場を代表していないことが挙げられる（同書 445 頁以下）。しかし，ロマン主義論における反省媒質の概念が単に反省の概念のみに限定されたものではなく，認識論における関係性の産出一般に関わる定義を与えていること，そしてロマン主義論で示された反省媒質のモデルに基づいた芸術作品や芸術批評の概念が，ベンヤミンの認識論全体の中でも看過できない役割を果たしていることは，十分に考慮されなければならない。

(18)　仲正昌樹によれば，シュレーゲルの「原自我」の概念は，①反省と生成を超越して実在性を持つ実体的存在として，自我と非我の同一性を支える根源的共通項，②あくまで哲学の言語の内部で自我の有限性と無限性の関係を概念化し，記述するための概念装置，③ ①と②の双方を含む「原自我」，として三様に解釈できる。仲正は，ロマン主義論においてベンヤミンが異なる文脈で「実体」の概念を用いるために，絶対者の意味が①と②の両者に分化して両義的になっていることを指摘する。仲正はベンヤミンによる絶対者の解釈に関して①の方向性も認めながら，ロマン主義をデリダの脱構築理論に接続するメニングハウスに従って，基本的に②の解釈を採用している。仲正（2001）117 頁以下参照。本文のすぐ後で述べるように，「実体」概念をめぐるベンヤミンの記述の両義性は，「実体」と「実体的」の両概念を区別することで解消することができる。なおメニングハウス，ボーラー，仲正に共通するのは，脱構築理論の先駆者としてロマン主義を解釈するための理論的支柱として，ベンヤミンを援用することである。それにより，ベンヤミン自身が②の立場，つまり「絶対者」の概念はあくまで哲学的ディスクールが構築されるための条件であって，哲学の言語の外部における超越的存在の実在性は問われず，根源としての「絶対者」そのものが言語によって二次的に構成されているとする立場を代表するかのような理解も生じる。しかしこのような立場は，ロマン主義の認識論を読解するベンヤミンの解釈的立場と見なすことはできても，ベンヤミン自身の一貫した理論的立場と見なすことはできない。それがあくまでロマン主義論における立場であることは，ベンヤミンが『ドイツ悲劇の根源』において，認識の連関の外部に理念（イデア）の実在を前提する，実在論的立場を主張することで明白なものとなる（この点に関して本書の第四章一節を参照）。

(19)　ベンヤミンは引用に際して，最後の文にある「二つの直観」の文言を削除している。Vgl. I, 43. このような引用の身振りは，おそらく単なる誤記や偶然によるものではない。それはすでに触れた，シュレーゲルの理論哲学から可能な限り直観の要素を排除しようとする，解釈の傾向性に由来するものと考えられる。

(20)　ノヴァーリスの「自己浸透」の概念と，ベンヤミンのヘルダーリン論における「内包的浸透」概念の近似性については，本書第一章の注46を参照。

(21)　ベンヤミンは後の論文「ボードレールにおけるいくつかのモチーフについて」(1939) において，再び同じノヴァーリスの断章の一節を引用している。Vgl. I, 646. そこでは知覚可能性の問題がアウラの知覚可能性として解釈されるため，認識論の根本構造を論じるロマン主義論とはおよそ文脈が異なる。ただしアウラの知覚において，事物に対するまなざしの内に事物からまなざしを返されるという期待が含まれる，という指摘には，認識する主観と認識される客観との相関関係の克服を構想したロマン主義論の残響を読み取ることもおそらく可能である。

(22)　『ノヴァーリス著作集』(NW) では，これらはすべて「断章と研究」の一つの断章を形成する。注目すべきことに，ベンヤミンが参照していたハイルボルン版のノヴァーリスの著作集には「予定調和」の言葉を含む最後の一行が含まれていない。Vgl. Novalis, *Schriften* (1901), Bd. 2, S 285. それゆえベンヤミン自身は，この断章の引用に際して「予定調和」の概念を意識していなかったと思われる。ベンヤミンはおそらくこの断章の全体を読むことなく，それらが暗示するコンテクストを把握していた。

(23)　「断章 Fragment」はラテン語の「frangere（砕く，粉々にする）」に由来する語で，一つのテクストが破砕されることで複数に分割された破片や断片を意味する。それゆえ Fragment は，そもそもの語義からして不完全性や非体系性，統一性の欠如を示唆するものである。Vgl. Art. Fragment, in: *Reallexikon der deutschen Literaturwissenschaft*, Bd. 1, S. 624ff. なお Fragment と重複する語として，「アフォリズム Aphorismus」（ギリシア語の「ἀφορίζειν（区別する，分離する）」に由来）がある。未完成のテクスト一般に対して用いられる Fragment と違い，切り詰められた表現に鋭い機知を盛り込む散文体の Aphorismus は，固有の文学形式として文学史の中でも重視されてきた。古くはヒポクラテスやガレノスからパラケルススやブールハーフェに至るまで，伝統的に用いられてきたアフォリズムの形式が文学ジャンルとして確立されたのは，17世紀のラ・ロシュフーコーによってであり，シュレーゲルやノヴァーリスによるアテネウム断章集も，シャンフォール等のフランスの「モラリスト」たちの伝統を継承するものである。同時代のドイツでは，他にもリヒテンベルク，ゾイメなどがアフォリズム形式を用いて執筆している。Vgl. Art. Aphorismus, l. c., S. 104ff. 本書では Fragment の訳語として，基本的に文学形式が問題になっている場合に「断章」，文学形式には限定されない一般的な文脈では「断片」の訳語を当てる。

(24)　シュテファノ・ファッブリ・ベルトレッティによれば，シュレーゲルはヘルダー，ヤコービ，シェリング，フィヒテなどの著作，ブルッカーやティーデマンといった哲学史家による解説，そしてシュライアマハーやノヴァーリスとの直接的な対話を通してライプニッツ哲学についての知識を得た可能性が高い。とはいえシュレーゲルのライプニッツ解釈は，全面的に彼らに依拠するのではなく，シュレーゲル自らがライプニッツの著作を読んだ成果でもあることは明らかである。実際

ベルトレッティは，「哲学的注釈」の中でシュレーゲル自身が記しているライプニッツの著作の参照箇所との一致などから，シュレーゲルがデュタン版のライプニッツ著作集（1768）によって『弁神論』と「モナドロジー」を読んでいたことを例証している。Vgl. Bertoletti (1986) S. 241f. なお1720年に初めて公表され，編纂者によってその表題を付された，いわゆる「モナドロジー」のテクストは，当初ドイツ語の翻訳であり，フランス語の原文が公表されるにはエルトマン版（1840）を待たなければならなかった。デュタン版に掲載されていたのはラテン語訳であったため，シュレーゲルはフランス語原文ではなく，ラテン語翻訳で「モナドロジー」を読んでいたことになる。

(25)　これはおそらく初期ライプニッツの学位論文「個体原理論」（1661）を指していると思われる。

(26)　連続体の分割と合成の問題，そして複合体の中の単純実体としてのモナド（monas）に関する議論の歴史については以下を参照。Heimsoeth (1960) S. 77–83.

(27)　1687年のアルノー宛の手紙にも，同趣旨の言葉が見られる。「真に一つの存在（UN estre）でないものは，真に一つの存在（un ESTRE）でもない」(A, II, 2, 186. 原文では全文強調されているが，ここでは大文字書きされている語のみ強調)。

(28)　この点について，酒井（1987）71頁以下を参照。

(29)　クレメンス・メンツェによれば，シュレーゲル，シュライアマハー，ヴィルヘルム・フンボルト等の人文主義者たちは，ライプニッツの個体論を形而上学の領域から実践的な人間的生の根本規定へと読み換え，拡張することを試みた。それゆえライプニッツの「力」の概念も，個人が自発的に自己の完成へと向かう無限の努力として解釈される。メンツェは，それを「モナドロジーの人間学化」と呼んでいる。Vgl. Menze (1980) S. 10.

(30)　Vgl. Friedrich Schiller, *Werke und Briefe,* Bd. 8, S. 738ff. シュレーゲルは，『ギリシア人とローマ人――古典古代についての歴史的批判的試論』に付された序論（1797）の中で，「情感詩人についてのシラーの論文」に触れ，その読解が古代文学と近代文学両方の性質についての見解を改める機縁となったことを述べている。Vgl. KA, I, 209. シラーの「情感文学」の概念を受容したシュレーゲルが，それを自らの「超越論的ポエジー」や「ロマン的ポエジー」の概念へと批判的に読み変えていく過程については，田中（2010）71頁以下を参照。

(31)　「認識批判序論」におけるIdeeの語は，明らかにプラトンを意識して用いられているため，本来「理念」より「イデア」と訳されるべきである。この点について本書第四章第一節も参照。ただしここでは，ロマン主義との対比を容易なものにするため，「理念」の訳語を当てる。

(32)　Vgl. Bertoletti (1986) S. 252.

(33)　シュレーゲルは『哲学の発展』においても，ライプニッツの「神性 Gottheit」の概念を世界外の存在としてではなく，「根源的な中心的モナド ursprüngliche Zentralmonade」として解釈することで，諸モナド間の相互作用をこの「根源的な

統一性」から説明することができると述べている。Vgl. KA, XII, 271. ベルトレッティによれば，シュレーゲルがライプニッツのモナドロジーを評価したのは，それがスピノザの実体論にはない形成と発展の思考を可能にしたからである。つまりスピノザにおいては唯一の実体である神が世界そのものであるために，世界には一切の生成が含まれない。しかしライプニッツにおいては，複数の実体としてのモナドが，神による統一性の内で自律的な変化と形成を無限に繰り返す過程を思考することができる。Vgl. Bertoletti（1986）S. 254. とはいえ，シュレーゲルが世界を「生成する神性（die werdende Gottheit）」（KA, XII, 79, 339）と定義したように，複数のモナドを含む生成する世界が終局的な理念として単一のモナドである神の中へ合一し，それが世界そのものと同一視されるのだとすれば，シュレーゲルの実体概念は，結果的にライプニッツのモナドよりもスピノザの神的実体に接近することになる。

(34)　この言葉は「造形芸術の対象について」と題された論文に見られる。同論文は，ゲーテ，シラー，J. H. マイヤーが共同で討議・執筆し，『プロピュレーエン』にも掲載された（ゲーテによる手稿の執筆は1797年）。そこでもラオコーン論と同様に，芸術が表出する理想的な対象としてユピテルとラオコーンが挙げられ，複数の人物群が集団として神話的な対象を構成する対象として，アポロと九人のムーサたち，ニオベとその娘たちが挙げられている。

(35)　引用文の大幅な省略は，基本的にベンヤミンによる引用に依拠した（I, 116）。ただし，ここではベンヤミンが削除した「モナド」に掛かる文言をあえて残している。

第三章

(1)　Vgl. Hilgers（2002）S. 47ff.

(2)　Vgl. Engfer（1986）S. 97f.

(3)　酒井（1987）32頁以下参照。

(4)　『人間知性新論』（1703）第2部21章における力の定義も参照。「力とはエンテレケイアであるか努力でしょう。というのもエンテレケイアは，（アリストテレスはそれを非常に広い意味で取って，あらゆる活動や努力を含むものとしましたが）むしろ原始的な能動的力（*Forces agissantes primitives*）に合致し，努力という語は派生的力（*derivatives*）に合致するように思われるからです」（A, VI, 6, 169）。

(5)　「第一哲学の改善と実体概念」における以下の記述も参照。「しかし能動的力は，自らの内にある実現作用 ἐντελέχεια を含んでいて，作用する能力と作用そのものの中間に位置し，傾向力 conatus を含んでいる」（GP, IV, 469）。Vgl. auch Rudolph（1984）S. 49–54.

(6)　グリムの『ドイツ語辞典』によれば，Bildung は元来 imago，Bild，Bildnis のように具体的に表された形，像，肖像や，神の似姿のように神学的，神秘主義的意味をも帯びていたが，やがて人間や動物の示すさまざまな「外的形態 Gestalt」や

「形態化 Gestaltung」，さらには人文学的な「教養形成」といった意味領野を獲得している。Vgl. Art. Bildung, in: Jacob u. Wilhelm Grimm, *Deutsches Wörterbuch*, Bd. 2, S. 22f. 引用したゲーテによる「Bildung」の定義は，グリムの辞典において「教養形成」を意味する用例の一つとして掲載されている。

(7)　Bildung 概念の伝統と，ヘルダーを中心とした 18 世紀ドイツにおけるこの概念の展開に関する研究として，濱田（2014）31 頁以下を参照。

(8)　ブルーメンバッハによれば，ヴォルフの「本源的力」は有機体における本来の形成過程から逸脱するような器官，例えば樹幹に異常繁殖する草や，奇胎にも適用されるが，「形成衝動」はこれらに適用されない。つまり「形成衝動」は，あくまで発生，成長，結実という有機体の自然目的に適った形成において作用する力と考えられている。また栄養が極度に不足している有機体では，ヴォルフの言う意味での「本源的力」は弱まるが，それが本来的な形成過程にあるなら「形成衝動」は変わらずに残っている，とブルーメンバッハは述べている。Vgl. Blumenbach, 1791, S. 38ff. あらゆる植物の形態を，同一の器官の規則的なメタモルフォーゼとして捉えようとしたゲーテが，このような「形成衝動」の定義に，自らの形態学と少なからず合致した意図を見出していたことは十分に推測できる。

(9)　ゲーテにおいて「力」に類義する五つの概念の意味を，ゲーテ自身の文例から具体的に明らかにした研究として，高橋（1988）176 頁以下を参照。高橋によれば，これらの概念はゲーテにおいてそれぞれ異なるニュアンスを含むが，つねに明確に区別できるわけではなく，広義の「力」の概念に統合できるものである。

(10)　ライプニッツ自身の手による「モナドロジー」の第一草稿の第 12 節には，「そして一般的に力 la Force は変化の原理に他ならないと言える」という記述があった。しかし第二草稿以降のテクストにおいてこの記述は削除され，もはや「力」という言葉は用いられなくなる。Vgl. Leibniz（1986）S. 74. ライプニッツが表現を洗練化させていった理由として，やはり「力」の概念だけでは単なる物質的延長とは異なるモナドの自発性の構造を表現できないことに思い至ったことが考えられる。この点に関して，河野与一訳『単子論』（1951）220 頁以下も参照。同時期の「理性に基づく自然と恩寵の原理」の第 2 節においても，「力」ではなく「表象」と「欲求」の概念によってモナドの変化の原理が説明されている。「それゆえ一つのモナドが，それ自身において一瞬で他のモナドから区別されることができるのは，その内的な性質と作用によってでしかないであろう。この内的な性質と作用は，モナドの表象（つまり単純なものにおける合成体および外部にあるものの表現）と欲求（つまり一つの表象から他の表象へ移る傾向）に他ならず，これらが変化の原理なのである」（GP, VI, 598）。

(11)　このようなライプニッツの思考の根底には，あらゆる被造物の間に類比性を見る「連続律」の原理が認められる。例えばブルーメンバッハは，『自然史の手引き』において近代自然哲学における連続律の思想の系譜を紹介する際に，真っ先にライプニッツの名前を挙げており，ライプニッツの自然哲学の主要原理として連続律を捉えていた。同書でブルーメンバッハは，原子から天使に至るまでのあらゆ

る被造物を互いに連続的に結びついた鎖の環に例えている。Vgl. Blumenbach (1779) S. 11.

(12) ゲーテは，ゲオルク・フリードリッヒ・イェーガーの著書『植物の奇形について』(1819) の書評の中で，植物の葉や芽が規則的に成長するための形態変化の中心的原理を「植物－エンテレケイア Pflanzen-Entelechie」(FA, I, 24, 464f.) と呼んでいる。なおヒルガースによれば，ゲーテが植物に関して「エンテレケイア」の概念を用いるようになった直接のきっかけは，イェーガーよりもむしろローレンツ・オーケンの『自然哲学の手引き』(1809–11) を読んだことに見出される。同書の中で，オーケンは有機体の生命活動の作用全体を「エンテレケイア」と呼んでおり，そこには「植物のエンテレケイア Entelechie der Pflanzen」(Lorenz Oken, *Lehrbuch der Naturphilosophie*, 3. Teil, 2. Band, 1810, S. 99) という言葉も見出されるからである。Vgl. Hilgers (2002) S. 170.

(13) ハンス・ベルンセンは，ライプニッツにおいて一つの実体が自己の内にその変化と展開の全体を内包する実体の構造は，同一の器官から無限に多様な形態が展開されるゲーテの植物のメタモルフォーゼ概念の基礎になっていると述べている。Vgl. Börnsen (1985) S. 93.

(14) 次の記述も参照。「あらゆる恒星もあらゆる惑星も，自己の内により高次の志向性，より高次の使命を背負っています。その力によって恒星や惑星は，バラの木の発展が葉や茎や花冠によって実現するように，自らの発展を規則的にまた同一の法則に従って実現するに違いありません。あなたがこれを理念あるいはモナドと呼ぼうと構いませんし，それに反対するつもりもありません。この志向性は目に見えず，この志向性から自然の目に見える発展が生まれるのに先んじて，それが現存していることがわかれば，それで十分なのです」(FA, II, 7, 172)。ここで目に見えない理念（モナド）から目に見える具体的な自然の現象が発生すると言われることからも，ゲーテがカントのような現象と理念の区別に固執していないことがわかる。

(15) 「理性に基づく自然と恩寵の原理」の第三節にも同様の記述が見られる。「そのようにモナドの表象と身体の運動の間には，何よりも作用因の体系と目的因の体系の間に予め定められた完全な調和が存在している」(GP, VI, 599)。

(16) ライプニッツの「モナドロジー」からカントの『判断力批判』に至るまでの目的論の解釈の異同について，酒井 (2013) 93 頁以下を参照。

(17) オラフ・ブライトバッハは，キルヒャーやライプニッツのように絶対的知の体系を構築し，経験に先立って与えられた概念によって自然の経験を規定する方法を，ゲーテ的な経験の概念とは正反対のものと断じている。Vgl. Breidbach (2006) S. 72. このような解釈は，ライプニッツとゲーテの両者において現象と理念の間のアナロジーを認め，現象の中に理念の普遍的法則性を認める点で，両者を完全に同一の方法論と述べるハンス・ベルンセンと対立する。Vgl. Börnsen (1985) S. 47. 周知のように，ゲーテは晩年に至るまで「原子論的 atomistisch」な見方と「動力学的 dynamisch」な見方の間の対立，あるいは分析的方法と総合的方法の間

の対立を，完全に調停することの不可能な対立と考えていた。つまりゲーテは，経験の蓄積のみによって法則性を導く方法と，経験に先立って普遍的理念を前提する方法を，共に自然科学の不可欠な両輪として捉えていたのである。それゆえ，おそらくライプニッツとゲーテの方法論はまったく相容れないものとも，完全に同一のものとも見なされるべきではなく，つねに両者の方法の差異と共通性に目を向けることが重要だと思われる。

(18)　ベンヤミンの対話篇「虹」と，関連する断章群を詳細に読解した研究として以下を参照。Brüggemann (2011) S. 170ff.

(19)　ウーヴェ・シュタイナーによれば，ベンヤミンにおける「ファンタジー」は主観による認識能力ではなく，むしろ偶然的で恣意的な主観性を克服する原理である。それゆえシュタイナーは，ベンヤミンが「来るべき哲学のプログラム」において未来の認識論が探り出すべき課題として掲げる，「客観と主観の概念に関して完全に中立的な圏域」としての「認識の自律的で原初的な圏域」(II, 163) を具体的に示すものとして，ファンタジーによる色彩の直観を解釈している。Vgl. Steiner (1989) S. 58f.

(20)　ベンヤミンが対話篇「虹」において繰り返し「ファンタジー Phantasie」の概念に言及する際には，アリストテレスによる「φαντασία」の概念，またそれ以降伝統的に論じられてきた，単なる感性的知覚とは異なる構想力や想像力のはたらきについての議論の系譜が念頭に置かれている可能性がある。アリストテレスにおいて「パンタシアー」は，感覚を伴わずには生じないが，それなしでは思惟が生じることのない「表象のはたらき」を意味する。表象が感覚と異なるのは，感覚が例えば能力としての視覚と現実に働いている視覚活動の両方を意味するのに対し，表象は可能態にある能力を意味しないからである。また表象が知識や知性的思惟と異なるのは，思惟がつねに真理を把握するのに対し，表象は真でも偽でもありうるからである。表象のはたらきは一種の運動変化を伴うが，この運動は実際に活動状態にある感覚なしには生じないため，パンタシアーは「現実活動態にある感覚によって引き起こされた運動変化」と定義される。Vgl. Aristoteles, *De Anima*, III, 3, 427b–429a. 森田團は，ベンヤミンの「ファンタジー」をアリストテレスの「パンタシアー」概念に結びつけて解釈している。森田によれば，ベンヤミンはファンタジー概念を自己忘却における受容性として規定しており，それはアリストテレスにおいて受動的・模倣的性格を持つパトスとしてのパンタシアー概念の定義と一致する。森田 (2011) 336 頁以下参照。ただし本書では，「虹」におけるベンヤミンのファンタジー概念に関して，アリストテレス的なパンタシアーよりも，プラトン的なムーサの霊感との結びつきを重視する。

(21)　別のアフォリズムにおける，次の箇所も参照。「それ自体で見れば，色彩は絵画において空間を物に投影するか，あるいはその本来の領域において，完全に物の精神的本質に向けられており，実体には向けられていない。色彩は実体，つまりニュアンスのない単色を多彩な色で圧倒する。あるいは形式に何も認めずに輪郭を与えることで，形式をニュアンスによって克服する。それは明度が同じまま変

化する色彩である」（VI, 118）。

(22)　次の箇所では，形式と内容が規範の二つの側面として対置されている。「形式としての規範は概念的に定義しうる。しかし形式は規範の一つの側面でしかない。もう一つの側面は内容であり，それは概念的には把握できない。〔…〕規範は直観の内にある」（VI, 126）。形式に概念的認識が結びつけられていることからも，形式としての規範の認識において概念的思惟が，逆に内容としての規範の認識においてファンタジーによる直観が念頭に置かれていると考えられる。

(23)　ナトルプは，プラトンのイデアが純粋な論理法則として，感性的な「物 Dinge」の性格を含まない点に，アリストテレスの実体のカテゴリーとの差異を見ている。『プラトンのイデア論』でもナトルプは，アリストテレスを「独断主義 Dogmatismus」，プラトンを「批判主義 Kritizismus」の立場として対比的に論じている。ナトルプによれば，アリストテレスは所与の対象として，一つの完結した物として，概念によって定義可能なものとして実体を捉えている。それに対してプラトンのイデアは，いかなるカテゴリーによっても完全には定義されない無限の課題と問いであり，その認識が所与のデータとして完結することはない。そこでのナトルプの基本的立場は，批判的観念論の起源としてのプラトンのイデア論を，アリストテレスによる独断主義的批判から庇護することにある。Vgl. Natorp（1903）S. 366ff.

(24)　「純粋な概念は，究極的には純粋な思惟機能 *reine Denkfunktion* の法則であり，言うまでもなく思惟に無条件に適用されなければならない。それは物 Dinge のような存在ではない」（Natorp, 1903, S. 111f.）。Vgl. auch l. c., S. 269.

(25)　ゲオルク・ミッシュによれば，ロッテンの解釈ではゲーテの全体性の本質直観と，思惟による関係性の規定の間の区別が曖昧になっている。もっぱら感性に先立つ純粋な思惟の原理に基づいたロッテンの解釈に対して，ミッシュは具体的な経験と全体性を満たす理性認識が一体となった点にゲーテの直観概念の特徴を見出している。Vgl. Misch（1914/15）S. 280f. ゲーテの原現象概念の解釈をめぐる論争に触れた研究として，König（1981）S. 125 を参照。なお以下のブライトバッハの解釈は，ロッテンに直接向けられたものではないが，ゲーテの自然科学においてイデアとしての思惟の規則ではなく，具体的な直観の意義を強調する点で，ロッテンへの間接的な批判として読むこともできる。「明らかなのは，ゲーテが自然を抽象的な規則としてではなく，目に見える細部において経験されうる偉大さとして見ているということである。自然は彼にとって，単にプラトン的な概念の意味でのイデアでも，近似的に現実化されている理想，つまりその構造の内に捉えられた自然の事物を，イデアの内で創られたこの模範像 Vor-Bild に従って分類することを可能にする理想でもない。ゲーテをその経験において導くものとは，自然の直観なのである」（Breidbach, 2006, S. 18）。Vgl. auch Breidbach（2004）S. 173–188.

(26)　この箇所はベンヤミンが手元に持っていた博士論文（出版 1920 年）への欄外の手書きの書き込みの一つである。下線や［?］の部分は Gesammelte Schriften に

は反映されていないが，WuN ではそれらも含めてベンヤミンの推敲過程をすべて可視化している。後者を参照すると，この箇所でベンヤミンが「同一化」と「同一性」の概念を使うべきか逡巡していた様子がうかがえる。最初の「たやすく同一化されてはならない」の箇所では，「identifiziert」の語が一度消され，後から「たやすく ohne weiteres」の語とともに再び付け加えられた。また「より深い，本質的な同一性」の部分は，最初「Einhe」（おそらく「統一 Einheit」）と書きかけてから消され，後から「同一性 Identität」に修正されたようである。芸術の原像としての自然と原現象的な自然の関係については，その「同一性」を問うのは容易でないとはいえ，この時期のベンヤミンにとって不可避の問題であったように思われる。

(27)　例えばナトルプは次のように述べている。「対象とは，われわれが一つの，同一的なものとして定立するところのものである。それは実体としての対象である」（Natorp, 1903, S. 388）。

(28)　ベンヤミンの「同一性法則」に見られる新カント主義からの影響は，以下でも指摘されている。Speth（1991）S. 27ff.

(29)　ウーヴェ・シュタイナーは，芸術の原像と原現象的な自然の非連続性を孕んだ関係性を規定する〈似ること〉を，単純な模倣や同一性関係から区別するために「作品における必然的な非同一性 Nicht-Identität」と呼んでいる。Vgl. Steiner（1989）S. 45. なおシュタイナーは，この「非同一性」の概念をアドルノの『美の理論』における同概念と関連づけ，ベンヤミンとアドルノの芸術論の親近性を強調しているが，ベンヤミン自身の「同一性問題をめぐるテーゼ」における「非同一的なもの」には言及していない。

(30)　ピーター・フェンブスもまた，ベンヤミンの『親和力』論におけるカントの意義に触れている。フェンブスは，とりわけ同論文での心理学主義批判に着目しており，そこに主観的な心理能力を備えた主観－客観概念を排除するという，ヘルダーリン論以来一貫するベンヤミンの方法論を見ている。フェンブスによればベンヤミンの方法論は，フレーゲ，フッサール，コーヘンとリッカートの新カント主義を中心した，同時代の多くの哲学潮流とも一致する。Vgl. Fenves（2015）S. 224f.

(31)　ベンヤミンのヘルダーリン論における「神話」の概念，およびその後の著作における同概念の意義の変遷に関して，以下を参照。Günter Hartung, Mythos, in: Opitz; Wizisla（2000）Bd. 2, S. 552–572. ハルトゥングによれば，詩人の運命と神の内的な統一において神話の認識が見出されるヘルダーリン論では，神話の概念は脱歴史化されている。ベンヤミンによる神話概念への歴史哲学的な視点の導入が決定的となるのは，「法の神話的根源」（II, 154）に言及する「言語一般および人間の言語について」においてである。

(32)　ベンヤミンの「体験」概念への批判は，ディルタイが『体験と創作』（1905）で示した生の哲学をも示唆している。芸術による表出に関する同書でのディルタイの基本的立場は，ゲーテに関する章の中で示されている。それによれば「ポエジー

は生の表出であり，表現である。ポエジーは体験を表現し，生の外的な現実を表出する」(Dilthey, *Gesammelte Schriften*, Bd. 26, S. 115)。同書で一貫して主張される，作者による生き生きとした個人的な体験から作品が生まれるとするディルタイの見解から，ベンヤミンは『親和力』論において明らかに距離を取っている。

(33)　アストリット・ドイバー＝マンコフスキーは，ベンヤミンの『親和力』論における神話と運命の概念に，とりわけヘルマン・コーヘンの『純粋意志の倫理学』(1904) からの影響を読み込んでいる。Vgl. Deuber-Mankowsky (2015) S. 239f. 秩序からの逸脱によってではなく，秩序そのものが罪の原因となる，神話と運命の秩序に関するコーヘンの指摘からは，ベンヤミンも少なからず影響を受けているだろう。Vgl. CW, VII, 362. しかしベンヤミンは『親和力』論において，コーヘンの『純粋感情の美学』(1912 年) とモーツァルト論 (1915 年) に言及する (I, 129; 134; 191) が，『純粋意志の倫理学』には言及しておらず，同書に言及するのは「暴力批判論」においてである (II, 199)。それゆえ『親和力』論の神話と運命の概念に関しては，グンドルフからの影響の方がより直接的だと思われる。

(34)　グンドルフにとってゲーテにおける運命の内での自然法則は，単に運命によって拘束された不自由な必然性ではない。むしろ自由を含む生それ自体が，世界の本源的法則性として運命と同一的である点が，グンドルフの解釈の中核を成す。「というのも逃れることのできない必然性ではなく，誤謬を犯すことのできない秩序 unfehlbare Ordnung が，ゲーテ的な法則性を構成するのである。〔…〕われわれはゲーテの法則概念から，あらゆる機械論的な因果表象を遠ざけなければならない。一つの行為は，論理的な帰結を伴って別の行為から推論されるのではなく，それは種子から花と果実が論理的な帰結を伴って推論されるのではないのと同様である。そうではなく，種子はすでに花であり果実である。それ自体において時間を超越して共にあるものは，観察する者にとってのみ，時間の内にあるものとして知覚されることしかできない (あるいはわれわれの精神が時間に拘束されている仕方に従って，原因と結果の帰結として解釈されることしかできない) だけのことである」(Gundolf, 1916, S. 553f.)。

(35)　『親和力』論の少し前，1920–21 年頃に書かれた断章「真理と諸真理，認識と諸認識」には，『親和力』論を先取りするような言葉が見られる。「芸術作品は諸真理の場である。真正な作品の数だけ，究極の諸真理がある。この究極の諸真理は，真理の要素 Elemente ではなく，その真正な部分 Teile，破片 Stücke，断片 Bruchstücke である。それらはしかし，自ら真理を合成する可能性を提供することはなく，相互に補完されるというより，自己自らによって補完されるのである」(VI, 47)。芸術作品が真理の断片であるという観点は，『親和力』論における「表現なきもの」の定義を，そして複数形の「諸真理」という観点は，『ドイツ悲劇の根源』の「認識批判序論」における，諸々のイデアの調和によって表出される真理の定義をも先取りしている。

(36)　ヴァルターの記述はプラトンからの厳密な引用ではなく，『パイドロス』の以下の二つの箇所をまとめてかなり自由に翻案したものである。「他方，最近秘儀を受

けた者で，あのとき多くを見た者は，〈美〉をよく映している神のような顔や身体の姿を見たときには，まず震えが彼を襲い，何かあのときの恐れの感情が彼に引き起こされる。次に，神を見ているように畏怖し，極度の狂気に陥っていると思われることを恐れなければ，神像や神に対してするようにその子に犠牲を捧げるだろう」（Platon, *Phaedrus*, 251A. 脇條靖弘訳『パイドロス』（2018）62 頁）。「そして，その子のそばに来たとき，恋する相手の子の輝く顔を見る。馭者がそれを見たとき，美の本性に対する記憶が呼び起こされ，〈美〉が〈節制〉と伴に清らかな台座に立っているのを再び見る」（L. c., 254B. 同邦訳 68 頁）。

(37)　ラテン語で「休止，中断」を意味する caesura に由来する Zäsur は，一つの詩の内部で隣り合う二つの詩脚の間の韻律的，あるいは意味論的な区切りを意味する。17 世紀以降ドイツの近代詩学においては，フォス，プラーテン，クロップシュトック，A. シュレーゲルをはじめ，古典古代の詩学における規則をドイツ詩に転用する試みが盛んになされたが，その際に中間休止の概念は近代韻律論の形成において少なからぬ意義を持っていた。これら同時代の多くの作家の中でも，とりわけヘルダーリンによる試みが際立っているのは，中間休止の概念を単に詩における韻律の規則に限定するのではなく，それを古代悲劇の筋を構成するポエジーの普遍的な規則にまで拡張したからである。Vgl. Art. Zäsur, in: *Reallexikon der deutschen Literaturwissenschaft*, Bd. 3, S. 869f.　ヘルダーリンの悲劇論における中間休止の概念の意義に関する研究として，以下を参照。Lacoue-Labarthe（1980）S. 203–231; Lemke（2002）S. 29–91.

(38)　悲劇による表出について同様の観点から触れられる，「アンティゴネーへの注解」の以下の箇所も参照。「直接の神が，人間と完全に一つになる。〔…〕この無限の熱狂が無限に，つまり対立において，意識を止揚する意識において，神聖に分離 scheiden されることで抑えられる。そして神が死の形態において現前するのである」（SWB, II, 917）。

(39)　「私はそれをかつて見たのだ。私の魂が探していた唯一のもの，われわれが星々の彼方に遠ざけ，時間の終わりにまで先延ばししていた完成を，私はありありと感じた。それは実在したのだ。人間的本性と事物のこの領域に，最高のものは実在していたのだ。／それはどこにあるのか，と私はもう問わない。それは世界の内にあり，世界の内に帰還することができ，いまはただ世界の内に隠れているだけなのだ。それは何なのか，と私はもう問わない。私はそれを見たのであり，それを知ったのだ。／おお，君たちは最高のものと最善のものを探す。知恵の深みに，行為の混乱に，過去の暗闇に，未来の迷宮に，墓の中あるいは星々の上に。君たちはその名を知っているか。一にして全であるものの名を。／その名は美だ」（SWB, II, 61f.）。

(40)　Vgl. Johann Kreuzer, Einleitung, in: Hölderlin（1998）S. XXIX. Vgl. auch Kreuzer（1985）.

(41)　ナトルプは，プラトンの『パイドロス』解釈において，詩的な「狂気」による霊感（245a）と，哲学的な「狂気」（249e）を区別している。ナトルプによれば，

哲学的な狂気は単なる感覚の混乱とは異なり，厳密な思惟の自発的な力によって錯覚や臆見を克服する精神のあり方を示す点で，むしろプラトンの合理主義的な思考を示している。Vgl. Natorp (1910) S. 107f. ベンヤミンのロマン主義論において，ナトルプによるプラトン解釈の影響下に書かれたロッテンのゲーテ論が参照されることを考えれば，ベンヤミンの芸術論における合理主義的側面には，マールブルク学派からの影響が少なからず認められる。

(42) ディルタイの『体験と創作』のヘルダーリンの章にも，中間休止の解釈が示される箇所がある。「そのように彼〔ヘルダーリン〕には，悲劇の経過はリズムとして表出される。そしてわれわれが韻律において中間休止と呼ぶものは，悲劇の形式の内で，逆転 Peripetie を形成する筋のクライマックスの際に，観客がそれまで見てきたものをその意識において総括する箇所として現れる。そうしてこのクライマックスは休止点となり，悲劇の前半と後半を分離するのである」(Dilthey, *Gesammelte Schriften*, Bd. 26, S. 276)。ディルタイがヘルダーリンの中間休止を筋の「逆転」と呼んでいることは，アリストテレスが『詩学』の第 11 章で使った「逆転 περιπέτεια」の概念を示唆している。アリストテレスは，ソポクレスの『オイディプス』の中で，オイディプスを喜ばせようとしたコリントからの使者の報告が，当人の出自を明らかにすることでその逆の結果をもたらす筋の転換を「逆転」と呼んでいる (Vgl. Aristoteles, *De Arte Poetica*, 1452a. ただし，ヘルダーリン自身が『オイディプス』における中間休止と呼ぶ箇所はテイレシアスの言葉であり，アリストテレスの定義する『オイディプス』における筋の逆転とは一致しない)。ベンヤミンは『体験と創作』のヘルダーリンの章を読んでおり (Vgl. GB, I, 58)，ディルタイの解釈は，ベンヤミンが中間休止の概念に着目した一つの契機であった可能性がある。しかしディルタイによる中間休止の解釈は，それを悲劇の筋のクライマックスとして解釈している点で，ベンヤミンの解釈とは明らかに異なるものである。ベンヤミンがヘルダーリンの中間休止に見出したのは，作品が自らの真理内実を筋として構成しえず，それゆえ表現へともたらしえないことである。それゆえ『親和力』における中間休止は，作品の筋のクライマックスなどではなく，注意しなければ読み過ごされてしまう，「希望」の言葉を含む短い文に見いだされる。

(43) ベンヤミンは，原文中の「なんと穏やかな瞬間か welch ein freundlicher Augenblick」という言葉を，「なんと美しい wie schön」に置き換えて引用している。単なる誤読によってここまでの言葉の相違が生じることは考えづらいため，これはおそらく意図的な解釈による変換であろう。そこには現象における仮象の美と，救済された至福の生との区別を強調する意図があると思われる。

(44) 「原詞」の「エロス」と「エルピス」の言葉における，天空へと昇る翼の比喩は，プラトンにおける翼を持つ魂のイデア界への上昇をも連想させる。実際プラトンは『パイドロス』において，イデア界への上昇を可能にする翼の機能を，肉体の内で最も神的な性質のものと定義している。Vgl. Platon, *Phaedrus*, 246D.

(45) この対話においてゲーテは，他では言及することの非常にまれな「魂の不死性」

や「死後の生」のようなテーマについて詳細に語っている。ファルクの報告によれば，ヴィーラントの葬儀の後，ゲーテは普段見せない動揺と喪失感を顔に出しており，それが普段であれば拒絶する超自然的な領域へとゲーテ自らが会話を移した原因だという。フランクフルト版の編纂者は，ファルクの報告の中にゲーテ自身の言葉だけでなく，ファルクによる誇張や誤解も含まれている可能性を推測している。しかし，その議論の内実や個々の論点には『ファウスト』のようなゲーテ自身のテクストとの対応が認められ，モナドをめぐる発言内容もゲーテの自然哲学の理念に合致するという。Vgl. FA, II, 7, 683. 本書も，同対話を基本的にゲーテ自身の見解として解釈する。

(46)　ヒルガースは，同時代の魂の不死性の議論に関わった代表的な論者の中で，ゲーテに影響を与えた可能性の高い人物として，カント，メンデルスゾーン，ボネ，ラファーター，レッシング，シュロッサー，ヘルダー等を挙げており，とりわけレッシングとヘルダーの解釈を重視している。それによれば，レッシングが個人と人間性全体の完成が未来に実現される根拠として不死性の理念を解釈したのに対して，ヘルダーは人間性の連続的な発展を認めながらも，魂の死後の生をあくまで仮説として捉えていた。ゲーテもまた，形而上学的実体としてのライプニッツのモナドの学説をただ受容したわけではなく，同時代の啓蒙主義的な解釈を踏まえていることに注意する必要がある。Vgl. Hilgers (2002) S. 177–196.

(47)　これら一連のアフォリズムは，ヴィルヘルム・フォン・シュッツによるゲーテの形態学の意義を論じた著作への応答として書かれたものである。『散文格言集』（いわゆる『箴言と省察』）においても，これらは連続するアフォリズム群としてまとめられている。Vgl. FA, I, 13, 341f.

(48)　フランクフルト版の編纂者は「モナス」の概念を用いた古代哲学者としてデモクリトス，エピクロス，プラトン，ユークリッドの名前を挙げているが，とりわけゲーテが念頭に置いているのはライプニッツの「モナド」概念だと言う。Vgl. FA, I, 13, 932. Vgl. auch FA, I, 24, 1100.

(49)　久山雄甫は，上述のアフォリズム群を「モナドの現象」と呼び，「モナド」と「エンテレケイア」の概念を含む他のアフォリズム群（FA, I, 13, 403.）に関連づけて解釈している。久山（2015）49–77頁。それによれば，ゲーテにおいて個体の生成は以下のような過程の中で捉えられている。つまり，「個」の根源ともいうべき「ゲニウス」がテロスを持つ活動的な「エンテレケイア」となり，それが特定の条件下で明確な個別性を持った「モナド」として現象する。そしてモナドは外界に接触することではじめて自他の区別を持ち，個体としての生命体となる。それゆえ久山は，引用した最初のアフォリズムにおける「生命」の概念において，物質性を持った肉体的な生命ではなく，生死以前の不滅の魂の「生」が問われていると解釈している。

(50)　エッカーマンが報告する1830年3月3日の対話の中でも，ゲーテはモナドとエンテレケイアの概念を直接結びつけている。「ライプニッツは，〔…〕そのような自立した存在について似たような考えを持っていました。ただし彼は，われわれ

がエンテレケイアという表現で名指しているものを，モナドと呼んでいました」(FA, II, 12, 389)。

(51)　この点に関しては，久山（2015）67頁以下を参照。

(52)　悲劇論の補遺の言葉のみに注目するなら，それはあたかもベンヤミンが悲劇論を執筆した後に，はじめてジンメルの『ゲーテ』を読んだかのようにも読める。それゆえベンヤミンがジンメルの著作を読んだ時期は，悲劇論の執筆後と誤って推測されることがある。山口（2003）292頁以下参照。しかし，すでに『親和力』論においてベンヤミンはジンメルの『ゲーテ』に二度も言及しており（I, 168; I, 194），しかも二度目の言及で参照される箇所（Simmel, 1913, S. 63ff.）は，悲劇論の補遺で参照される箇所（l. c., S. 56ff; 60f）にほぼ重なるため，ベンヤミンが悲劇論の執筆後に，初めてジンメルによるゲーテの原現象の解釈に触れたとは考え難い。それゆえ悲劇論の補遺の言葉は，悲劇論の執筆後に以前読んだジンメルの著作を改めて読み直したことで，根源概念を構想した際にベンヤミン自身が意識していた以上に，ゲーテの原現象からの影響が強かったことを再認識したものとして解釈できる。山口は，ベンヤミンの根源とジンメルによるゲーテの原現象の解釈との対応と相違を認めながら，ジンメルのゲーテ論に，あくまでベンヤミンの根源概念の理解における補助的役割と事後的な確認の意義のみを認める。それに対して本書は，ベンヤミンが悲劇論の執筆時にすでにジンメルの著作を読んでいたことを重視し，根源概念の定義の内に積極的にジンメルのゲーテ解釈からの影響を読み込むことを試みる。

(53)　ハンス・ハインツ・ホルツは，「認識批判序論」の草稿から完成稿に至る改稿は内容上の改変ではなく，叙述の密度をより高めるための過程であったと指摘している。さらにホルツは，草稿も完成稿も同様の解釈基盤と見なす立場を取っているが，より詳細な記述が残されている草稿を重視して読解している。Vgl. Hans Heinz Holz, Idee, in: Opitz; Wizisla (2000) Bd. 2, S. 466. 本書も基本的に同様の立場を取り，完成稿において削除されている草稿の箇所を解釈から除外しない（この立場は，改めて「認識批判序論」を論じる本書の第四章でも継続する）。ただし本書は，草稿から完成稿に至る過程での表現の変更に，ベンヤミンの思考上の精錬過程が認められることも指摘する。

(54)　ベンヤミンがゲーテの『植物のメタモルフォーゼ試論』，および「Bildung」概念の定義を含む『形態学誌』第一巻掲載の多くの論文を読んでいたことは，ベンヤミンの既読文献表からも明らかである。Vgl. VII, 442.

(55)　ジンメルの『ゲーテ』の中でも，ゲーテのエンテレケイアの概念に触れられている。その際にジンメルは，ゲーテとエッカーマンとの対話において，不死の魂としてエンテレケイアの概念に言及される箇所を参照している。ジンメルは，この対話においてゲーテ自身が自らの存在を，その分裂と変動を超えて統一性を保つ「強力な種類のエンテレケイア」(FA, II, 12, 656) として感じていたと解釈している。Vgl. Simmel (1913) S. 63.

(56)　ベンヤミンが読んでいた既読文献の目録には，ハインツ・ハイムゼートのライ

プニッツに関する論文が含まれており（VII, 443），そこには次のような言葉を読むことができる。「最も内的な本質において，そして究極の意味と価値に従って，つねに流動的で運動しており，傾向力をもった精神が，自己の所与性において根源の統一性 Ursprungseinheit を示す。〔…〕自ら行為へ移る原理として，つまりエンテレケイア Entelechie としてのみ個別存在は真に実体と呼ばれうる」（Heimsoeth, 1917, S. 382）。この箇所は，ベンヤミンがライプニッツにおけるエンテレケイア概念の意味を把握していたことを示す，間接的な証拠となるだろう。なお，ベンヤミンのライプニッツ受容におけるハイムゼートの意義に関しては，以下を参照。Schwebel（2012）S. 592ff.

(57)　ナトルプによれば，すでにアリストテレスにおいて力の概念を予想する実体概念は，法則としての機能よりも具体的な物としての性格を強く持っている。「プラトン的な演繹の決定的な意義は，原因は法則 *Gesetz* であって物 *Ding* ではない，ということである。しかしアリストテレスは，物が原因であることに固執するのであり，もし物において法則が表されていないなら，空中を漂う法則は作用しえないだろうし，法則はここにある物の被規定性，物の〈いまとここ〉を基礎づけていない云々，といったことになるだろう。そうして物であることは，根源的なものとして救出される。このアリストテレス的な見解は力の本性 *Kräftewesen*，「隠された質 *verborgene Qualitäten*」へと至るが，プラトン的な見解は純粋な法則へと至る」（Natorp, 1903, S. 397）。

(58)　『ドイツ悲劇の根源』の梗概にも，「根源の歴史－論理的 historisch-logisch 定義」（I, 950f.）という言葉が見られる。ベンヤミンの根源概念が単に「歴史的」カテゴリーではなく，「歴史的に論理的」カテゴリーであるという読解について，磯忍氏から貴重な示唆を受けた。なおコーヘン自身は，純粋な思惟法則としてあらゆる論理的認識の基礎となる根源の概念を，カント的な純粋認識概念としてのカテゴリーからも区別している。「根源もまた本来はカテゴリーではなく，むしろ思惟法則である。しかもこれまで見てきたように，思惟法則の中の思惟法則である」（CW, VI, 119）。

第四章

(1)　例えばベッティーネ・メンケは，ベンヤミンの悲劇論に焦点を当てた著作において，意図的に序論の考察を除外している。メンケはその理由を，悲劇論の受容史において，とりわけ「認識批判序論」が哲学的な関心から重視され，逆に本論部分が文献学・文学研究の観点から軽視されてきたことに対する問題提起として説明している。Vgl. Menke（2010）S. 11. この指摘は重要だが，本書は「認識批判序論」を除外した考察によっては，認識論によって基礎づけられた悲劇論における哲学的批評の包括的意義は明らかにできないという立場を取る。

(2)　1920–21 年頃に書かれた断章「真理と諸真理，認識と諸認識」でも，ゲーテの『色彩論』からまったく同じ箇所が引用されている（VI, 47）。なお，この断章の

少し前に書かれたロマン主義論において参照される，エリーザベト・ロッテンによるゲーテ論の末尾にも，ほぼ同じ箇所が引用されている。Vgl. Rotten (1913) S. 125f. それゆえロッテンの著作の読解によって，ベンヤミンがゲーテの『色彩論』の件の言葉に注目した可能性がある。

(3) ベンヤミンの悲劇論における，「表出 Darstellung」の問題に焦点を当てた研究として，とりわけ Lönker (1977); Urbich (2012) を参照。

(4) Traktat の語源にあたる tractatus は，語源的に「論述すること tractare」に由来し，元来散文による学術的な論述一般を指すものであった。それが特定のジャンルとしての書法を指すようになったのは中世においてであり，とりわけ同時期のスコラ哲学の影響によって，宗教的な教義を個々に順序立てて説く，説教による著作のスタイルとして確立される。中世以降，スコラの教義を弁護する教化的トラクタートの形式も維持されながら，他方でスピノザの『神学・政治論 Tractatus theologico-politicus』のタイトルに用いられたことで，個々の命題証明の集合から成る学術的論述のスタイルとしても受容される。非学術的領域においては，さまざまな著者や著作の一部を切り貼りして集成した，いわゆる「モザイク・トラクタート Mosaik-Traktat」の形式が，近代以降に民衆の間で流行したことも注目される。Vgl. Art. Traktat, in: *Reallexikon der deutschen Literaturwissenschaft*, Bd. 3, S. 674ff. ベンヤミンがトラクタートに関して，それが潜在的に神学を含む教義の修練の過程であると同時に，モザイクの形式とも結びつくことに言及する点は，これらの概念史と一致する。

(5) 引用文中の［　］は，ベンヤミン自身によって付せられたもの。これが後から挿入された文言かどうかは不明だが，少なくともそこでの文言は，イデアの定義において関係性の概念そのものが否定されたわけではないことを示唆している。つまり，そこに書かれた「本質を規定する関係性」は，認識の連関の内での関係性とは異なる意味で言われていると思われる。あくまで対象の認識を規定する志向的な関係性を，この対象の本質としてのイデアを規定する関係性から類推することが誤謬推理と呼ばれているのである。後述するように，認識の関係性から区別された諸々のイデア相互の関係性の連関の意義は，「配置としてのイデア」の節で明らかにされる。

(6) このようにベンヤミンは，Idee の語をはっきりとプラトンのイデア論に結びつけて定義する。それゆえ本章では，「認識批判序論」から引用する Idee の語に基本的に「イデア」の訳語を当てる。むろん，それによってプラトンとベンヤミンの Idee を同一視しようとしているわけではない。むしろ「認識批判序論」において，ベンヤミンが一貫してプラトン的イデアの解釈を問うていることに焦点を当てるためである。ベンヤミンの悲劇論の日本語訳においては，Idee を「理念」と訳すことが慣例となっているが，この訳語はプラトン的なイデアよりも，むしろカントを中心とした観念論の文脈を含意するように思われる。しかしベンヤミンは，Idee の秩序によって世界を記述した哲学の構想として，序論の完成稿ではプラトンのイデア論，ライプニッツのモナドロジー，ヘーゲルの弁証法を挙げ (I,

212)，草稿ではそれらにエレア派も加えるが（I, 930），いずれにもカントへの言及はない。ピーター・フェンブスはこのことに触れ，初期のプログラム論文で宣言された，カントの体系を基礎にした哲学的経験に関わる理論の構築が，『親和力』論の執筆の過程で揺らぎ，「認識批判序論」に至ってカントの批判哲学を理論的基礎とする構想が断念されたと推測している。Vgl. Fenves (2015) S. 236f.

(7)　「第一にその美は，常にあるものであり，生じることも滅びることもなく，増大することも減少することもないもの，次にそれは，ある面では美しいが，他の面では醜いというのでもなく，ある時には美しいが，他の時には美しくないというのでもなく，これとの関係では美しいが，あれとの関係では醜いというのでもなく，また，ちょうどある人々にとっては美しいが，他の人々にとっては醜いというように，ここでは美しいが，むこうでは醜いというのでもありません。さらにまた，その美はそれを見てとった者に，何か顔のように現れたり，あるいは手やそのほか肉体のもつどんな部分の姿としても現れたりすることはないでしょう。また，何らかの言葉や何らかの知識として現れることもなく，どこか別の何かのうちに，たとえば生き物や大地や天空や，そのほか何かのうちにあるものとして現れることもないでしょう。それはそれ自身がそれ自身だけでそれ自身とともに，単一の形相をもつものとして，常にあるものであって，他の美しいものはすべて，何か次のような仕方でその美を分けもっているのです。すなわち，他の美しいものが生じたり滅んだりしても，かのものはそれによって少しも増えたり減ったりすることはなく，また何一つ影響を受けることもないのです」(Platon, *Symposium*, 211a–b)。訳文は朴一功訳『饗宴／パイドン』(2007) 119頁に従ったが，一部変更した。

(8)　このように，カント自身が『判断力批判』において「原型的知性」によって言い換えているのは，知的直観ではなく直覚的悟性の方である。しかしベンヤミンの記述は，知的直観が原型的知性と言い換えられているかのように読めるため，混乱を招く。カントにおける直覚的悟性と知的直観は，互いに混同されやすい概念であるが，それぞれ人間の悟性と直観の能力特有のあり方に関して，それらから区別された神的な認識能力の理念として示唆されるものであり，完全に同じものではない。両者の区別を明快に論じた研究として，Förster (2002) を参照。

(9)　ルドルフ・シュペートは，ベンヤミンが「認識批判序論」においてとりわけプラトンの『饗宴』に着目することで，新カント主義的な論理学主義から距離を置き，真理概念と認識論を美学化したと解釈している。Vgl. Speth (1991) S. 239. しかし「認識批判序論」では，プラトン主義的なイデアの直観やカントの知的直観が直接批判されるのに比べて，悟性概念に現象とイデアを媒介する積極的な役割が与えられていることが際立つ。このことから本書は，「認識批判序論」において美的な直観よりも，悟性的な思惟がいまだ重視されていると解釈する。後述するように，悲劇論での新カント主義の修正は，おそらく論理学の美学化としてよりも，その歴史哲学的転回として解釈すべきである。

(10)　この草稿の箇所の前半（挿入された［　］の終わりあたりまで）は，完成稿で

は削除されたが，その後半はほとんどそのまま完成稿にも残されている（I, 213f.）。概念が現象とイデアを媒介する役割を担うことは，完成稿でも明言されているとはいえ，概念の作用としてベンヤミンが具体的に何を念頭に置いていたかは，草稿からより詳細に読み取ることができる。

（11）「現象の救出」の概念は，広義には自然の現象を数学的な仮説法則によって説明する，自然科学の方法一般を指す。古代においてこの用語は，とりわけ天文学と結びつけられ，仮説として立てられた星々の真の運動法則から，目に見える天体運動を演繹する方法を指した。「現象の救出」という言葉自体は，プラトン自身の著作に見られるわけではなく，新プラトン主義者のシンプリキオスが，アリストテレスの『天体論』注解の中で，天文学者の課題としての「現象する天体運動を救出すること」を，プラトンの言葉として伝えたことによる。それは，現象の内でたびたび不規則な秩序として現れる天体の運動を，本来規則的で幾何学的であるべき神的秩序としてのイデアによって基礎づける方法である。なお HWPh では，この概念の近代以降の主な受容として，コペルニクス，ケプラー，ミルトン，ニュートン等と並んで，ベンヤミンの名前も挙げられている。Vgl. Rettung der Phänomene, in: *Historisches Wörterbuch der Philosophie*, Bd. 8, S. 941ff. また「現象の救出」の概念史研究として，Mittelstrass（1962）を参照。

（12）ルドルフ・シュペートは，ベンヤミンの「現象の救出」の概念にナトルプからの影響を指摘しながら，両者の差異を次の点に見出している。つまりナトルプは「現象を保存する」ことに，あくまで近代の自然科学の方法論の基礎を見出すのに対して，ベンヤミンは「現象の救出」に神学的な意味をも含めている。Vgl. Speth（1991）S. 242. ただし，1918 年に書かれた断片に見られる「現象の救出」の概念は，ほぼナトルプに従う形で，もっぱら物理現象を演繹的に説明するための仮説の方法に結びつけられていた（VI, 40ff. 本書第一章四節も参照）。それゆえ以前の新カント主義からの影響に対して，悲劇論においてベンヤミンがどのように距離を置くに至ったかを見極める必要がある。この点はすぐ後で検討するように，とりわけ完成稿の「配置としてのイデア」の節において顕在化する。

（13）ベンヤミンは 1921 年 4 月 11 日のショーレム宛の手紙の中で，マイモンの「自伝」を読んでいることを報告し，その際「ユダヤ研究に関わる付論において大変素晴らしいものを見つけた」（GB, II, 151）と述べている。これは，おそらく「認識批判序論」の草稿で言及されるシナイ山の伝説のことを指していると思われる。ベンヤミンの既読文献表にも同書の記載が見られる（VII, 448）。

（14）ライプニッツにおける実体の表現と表出の概念に関する研究として，Gurwitsch（1974）を参照。

（15）この断章では，認識論において克服されるべき「認識する人間という仮象」を構想した哲学として，カントと並んでライプニッツの名前が挙げられている（VI, 46）。このような解釈は，「認識批判序論」においてライプニッツのモナドが，イデアの秩序から世界を記述する方法として解釈されるのとは明らかに異質である。それゆえこの時点では，ベンヤミンはいまだライプニッツの読解を深めていなかっ

たことが推測される。

(16)　「無限の課題」の断章が書かれた時期に重なる，1917年12月7日のショーレム宛の書簡の中でベンヤミンは，博士論文のテーマとしてカントにおける「無限の課題」の概念が浮上したことを打ち明けている。Vgl. GB, I, 403. およそ2週間後の12月23日の同書簡では，「無限の課題」としての学の意義が，「無限に多くの時間を要する解決」から区別されており，「カント派における「無限の課題」概念の両義性」の断章の内容とほぼ重なる。Vgl. GB, I, 409. Vgl. auch VI, 663f.

(17)　「認識批判序論」の草稿における次の箇所も参照。「科学は自律的に，つまりイデア無しで ideenlos その道を追求するなら，繰り返し方法と結果の二重性へと陥る。真理に対してのみこの二重性が廃棄されているのは，真理が自己表出 Selbstdarstellung の形態を取ることにおいてである」(I, 932)。

(18)　1920–21年にかけて書かれた断章「言語と論理」(VI, 23ff.) の中でも，本質同士の関係が，互いに触れ合うことのない恒星同士の関係に等置されている。そこでは，包摂と従属の関係にある概念相互の関係に対して，本質相互の関係においては，王と民衆の関係のように最上位の本質があらゆる本質に浸透していると言われる。そこにはイデアの言葉自体は見えないが，互いに還元不可能で離散した本質同士の関係が，「根源の関係 Ursprungsverhältnis」と呼ばれることは，「認識批判序論」の内容の多くを先取りしている。この断章の「認識批判序論」に対する影響を論じた研究として，以下を参照。Tiedemann (1973) S. 15–70.

(19)　引用文中の［　］で囲まれた部分は，草稿の本文に組み込まれなかった文案の一部だと思われる。

(20)　ライプニッツにおけるモナドの表出や表現が，単に心理的な作用ではなく，論理学的・数学的な対応関係に基づいた「関数」や「構造」として作用する点は，山口 (2003) 208頁でも強調されている。ただしベンヤミンの「認識批判序論」では，モナドの表出と表現がとりわけイデアと真理の存在論的な構造を示す概念として解釈されるため，コーヘンのようにもっぱら論理学と数学に傾倒したライプニッツ解釈から距離を取っていることにも注意する必要がある。

(21)　Trauerspiel の概念は，ギリシア語の τραγῳδία のドイツ語訳としてオーピッツがはじめて使用して以来，ベンヤミン以前には Tragödie の概念と厳密には区別されず，混合されることも多かった。Vgl. Art. Tragödie, in: *Reallexikon der deutschen Literaturwissenschaft*, Bd. III, S. 669ff. それに対してベンヤミンの『ドイツ悲劇の根源』では，両概念の区別が繰り返し強調される。それゆえベンヤミンの悲劇論を翻訳する際に，Tragödie との区別を容易にするために，Trauerspiel に対してあえて異なる訳語を案出する試みが少なからずなされてきた。例えば，野村修は Trauerspiel を「哀悼劇」と訳すことを提案し（野村，1993，88頁），岡部仁は翻訳書『ドイツ悲哀劇の根源』(2001) で「悲哀劇」の訳語を一貫して採用している。これらの訳語は，ベンヤミンのテクストに現れる Tragödie と Trauerspiel の区別が，日本語においても可視化される点で有用だが，本書では次の理由でこれらの訳語を採用しない。つまり Trauerspiel に含まれる Trauer を「哀悼」ある

いは「悲哀」と訳すなら，それはベンヤミンにおける「悲しみ」の感情だけでなく，フロイト的な意味における Trauer，つまり失われた死者に対する「哀悼」（「喪」）の意味をも連想させる。しかし本書はフロイトとベンヤミンの Trauer の概念を明確に区別する立場を取るため，ベンヤミンの Trauer の概念を「哀悼」あるいは「悲哀」と訳すことは避ける（この点について第四章注 34 を参照）。それゆえ本書では，基本的に Tragödie と Trauerspiel の両者に「悲劇」の訳語を当て，文脈に応じて前者を「ギリシア（古代）悲劇」，後者を「バロック（近代）悲劇」として区別することとする。なお川村二郎は，Trauerspiel を「悲劇」と訳すのに対して，Tragödie を「悲壮劇」と訳すことを提案している（川村，2012，100 頁）。その理由は，ベンヤミンにとって Tragödie よりも Trauerspiel の方が中心的であるため，後者にこそ「悲劇」の訳語がふさわしく，前者を森鷗外がゲーテの『ファウスト』訳に当てた「悲壮劇」の語によって区別するというものである。このような訳語の区別は一考の余地があるものの，Tragödie の訳語として「（ギリシア）悲劇」がすでに広く浸透し，「悲壮劇」の訳語はほとんど用いられないため，やはり避けざるをえない。

(22) 同書の第五節でもライプニッツは，神学が普遍的に企てられた法学の一種であり，その多くの部分を法学に依存すると述べている。なおシュミットは，ライプニッツ自身の神学と形而上学を，人格神として決断する有神論的な神の排除によって特徴づけている。「理神論的世界像において，世界の外部にあったとはいえ，巨大な機械の組立工として残存していた主権者は，完全に排除された。いまや機械は自ら運動することとなったのである。神は自ら一般意思を発するが，個別的意思は発しないという形而上学的命題が，ライプニッツとマルブランシュの形而上学を支配していた」（Schmitt, 2009, S. 52）。これはライプニッツにおいて，神によって創造された世界は，原理的に個々の被造物（モナド）による自立的な活動によって構成されるために，奇跡による世界への神の介入が極力除外されることを指すだろう。ベンヤミンが参照していたシュミットの『政治神学』に，ライプニッツの神と世界の関係についての言及があることは，ベンヤミンによるライプニッツとバロックの解釈にとっても少なからぬ意義を持つ。

(23) ベンヤミンにおいて資本主義は，「罪 Schuld〔負債〕」のみによって構成される閉鎖的なシステムである点で，法と類比的に捉えられている。「宗教としての資本主義」（1921）と題されたアフォリズムには，次のような言葉が見られる。「おそらく資本主義は，罪を贖う entsühnend のではなく，罪を課す verschuldend 祭式の最初の事例である」（VI, 100）。このアフォリズムの解釈をめぐる研究として，以下を参照。Hamacher (2003) S. 77–119.

(24) ベンヤミンにおける「罪の連関 Schuldzusammenhang」の概念に関して，以下を参照。Düttmann (1991) S. 25f.

(25) ベンヤミンの悲劇論が主張する，終末論の欠如や内在的現世への偏向といった解釈は，ドイツ・バロック悲劇の原典に対する文献学的解釈としての妥当性を疑われることが少なくない。Vgl. Steiner (1992a) S. 140. この問題はバロック文学

研究としての悲劇論の意義を問う際に避けては通れないが，ベンヤミンの認識論に焦点を当てる本書では，この議論を主題化することは避ける。

(26)　この言葉は，ベンヤミンが悲劇論の執筆前に書いた論文「カルデロンの『最も恐ろしき怪物，嫉妬』とヘッベルの『ヘロデとマリアムネ』——歴史劇の問題についての注釈」(1923) の以下の箇所を転載したものだが，多少表現が変えられている。そこでは運命の連関における原罪とその贖罪としての「死」という図式が，より簡潔にまとめられていた。「運命概念の核心を成すのは，むしろ以下のような確信である。つまり運命の連関において罪は，つねに (原罪と同様に) 被造物的な罪のことであって，行為による倫理的な過誤ではないのだが，この罪がはじめて因果関係を，引き止めがたく展開していく宿命の道具にしたのである。運命とは，罪あるものを中心に生起する出来事のエンテレケイアに他ならない。罪の領域の外では，運命はあらゆる力を失う。運命の運動がそのように展開していく際の中心点が，死である。つまり罰としての死ではなく，贖罪としての死である。死は，罪を負った生が自然的な生の法則に陥っていることの表われなのである」(II, 267)。

(27)　あるいは，本論で用いられるエンテレケイアの概念との差異を考慮したことが，「認識批判序論」の完成稿でこの概念が削除されたもう一つの理由だったかもしれない。なお，悲劇論の本論にはもう一箇所エンテレケイアの概念が用いられる箇所がある。しかしそこでは，バロック文学の可能性を実現，完成させたものとして古典主義の優位を主張する見解を批判する文脈で，「バロック文学のエンテレケイアとしての古典主義」(I, 339) に触れられるだけであり，この概念に何らかの思想的含意を込める意図はほとんど認められない。

(28)　この論考では，Trauerspiel の具体例としてシェークスピアやフリードリッヒ・シュレーゲルの『アラルコス』(1802) が挙げられており，悲劇論のように17世紀のドイツ・バロック悲劇に焦点が当てられているわけではない。それゆえこの時点でベンヤミンは，Trauerspiel をあくまで古代のギリシア悲劇から区別された近代の悲劇全般の特徴を捉えるための概念として用いていたと思われる。しかし，ベンヤミン自身がこの論考を悲劇論に直接つながる構想段階と見なしていたように，そこでの Trauerspiel の定義の多くは，悲劇論におけるバロック悲劇の定義の基礎となっている。本研究ではベンヤミンによるバロック悲劇の定義に焦点を当てるため，訳語は特に区別せずに「バロック悲劇」とする。

(29)　広義の近代悲劇における亡霊劇としてベンヤミンがとりわけ念頭に置いているのは，シェークスピアの『ハムレット』(1601) であろう。ドイツのバロック悲劇においても，亡霊が登場する劇は枚挙にいとまがない。例えばグリューフィウスの『レオ・アルメニウス』(1647)，『カルロス・ストゥアルドゥス』(1650)，『カルデーニオとツェリンデ』(1657)，ハルマンの『マリアムネ』(1670年) など，少なからぬバロック悲劇に亡霊が出現する。

(30)　ベンヤミンが罪の因果連関と歴史の時間の関係としてたびたび問う「遅延」の問題について，ハーマッハーは，ショーレムによる論文「ヨナと正義の概念につ

いて」(1919) からの影響を指摘している。Vgl. Hamacher (2003) S. 115. 同論文中には次のような言葉が見られるからである。「正義とは，最後の審判が作用しない無作用点 Indifferenz である。つまり正義においては，最後の審判の開始が無限に遅延される aufgeschoben 圏域が展開されているのである」(Scholem, *Tagebücher*, Bd. 2, S. 527)。ショーレムは，この論文の草稿にあたる「ヨナの書とその正義の概念について」を，1918 年の 10 月 30 日にベンヤミンに口頭で読み聞かせており，ベンヤミンがその内容に最高度の満足を示したことを報告している。Vgl. l. c., S. 401.

(31) 「神学的－政治的断章 Theologisch-politisches Fragment」の成立年代をめぐってはいくつかの説がある。それは主に，当時ベンヤミン自身から読み聞かされたことから 1937–38 年頃を主張するアドルノと，内容や語彙から 1920–21 年頃を主張するティーデマンとショーレムの説に分かれる。Vgl. II, 946ff. さらにハーマッハーは，同断章と 1922 年以降に書かれた「精神物理学の問題に関するシェーマ」(VI, 78–87) の三番目のシェーマとの親和性が認められることから，1922–23 年頃に書かれた可能性を指摘している。Vgl. Hamacher (2006) S. 175. その正確な成立年を確定することは困難だが，悲劇論との間にとりわけ多くの論点の合致が認められることから，本書では少なくとも悲劇論の脱稿以前にこの断章が書かれたことを前提する。

(32) ヤーコプ・タウベスは，ベンヤミンの「神学的－政治的断章」に現れる「メシア」の概念が，単なる抽象的概念ではないことを強調している。タウベスは同断章にある種の信仰告白をも読み取っており，メシアニズムを空虚に「美学化」したアドルノの『ミニマ・モラリア』最後の断章と比べるなら，ベンヤミンのメシアはあくまで「実体的 substantiell」だと言う。Vgl. Taubes (2003) S. 103. ベンヤミンの「メシア」概念が，美学的次元において中性化された概念でないことは疑いえない。ただし，ベンヤミンの「神学的－政治的断章」を悲劇論と整合的に読解するなら，その議論の中心が神学におけるメシアの実体性よりも，イデアと現象の構造的な照応関係の問題にある点は，ここで改めて強調しておく。

(33) ベンヤミンの悲劇論における悲しみの概念，およびメランコリーの理論の歴史について触れた研究として以下を参照。Steiner (1992b) S. 32–63.

(34) ベンヤミンにおける Trauer と Melancholie の概念に関しては，先述の明示的な影響に加えて，フロイトによる論文「喪とメランコリー Trauer und Melancholie」(1917) からの隠れた影響が指摘されることがある。例えばベッティーネ・メンケは，メランコリーの概念を Trauer の概念から説明したのはフロイトが最初であるとの理由から，ベンヤミンの悲劇論におけるメランコリックな Trauer の概念は，「フロイトのテクストを読んでいたことを少なくとも暗示している」と述べている。Vgl. Menke (2010) S. 126f. またアンセルム・ハーヴァーカンプは，ベンヤミンの悲劇論にはフロイトへの直接的な言及は見られないものの，明らかにフロイトの「喪とメランコリー」との対決の痕跡が見出されると述べている。Vgl. Haverkamp (1991) S. 18. しかしこれらはいずれも推測の域を出ず，フロイトからの直

接的な影響を証明するには至っていない。実際にその論述を比較するなら，両者のTrauer概念は明らかに異なる概念であることが分かる。フロイトは，「喪Trauer」を「愛された人物，あるいはその人物の位置に置き代えられた祖国，自由，理想といった抽象物の喪失に対する反応」と定義する（Freud, *Gesammelte Werke*, Bd. 10, S. 429）。フロイトによれば，喪は正常な生活態度からの深刻な逸脱を引き起こすが，一定の時間を経た後で克服されることから病的な状態と見なすべきではない。つまり喪は，愛する対象の喪失に直面した後で，その喪失を克服するために必要とされる一時的な情動の変遷である。それゆえフロイトは喪を，実際の喪失対象が何であるか明確に意識されないまま，終わりなく自我感情を傷つけ続ける病的な情動としてのメランコリーからはっきりと区別する。「メランコリーは意識から引き離された対象の喪失と何らかの仕方で関係するが，喪はそれとは異なり，喪失に際して無意識的なものは何もない」（L. c., S, 431）。このように，正常な喪との対比から病的なメランコリーの症状を理解しようとするフロイトに対して，ベンヤミンは「悲しみTrauer」を古代以来のメランコリーの理論によって基礎づけようとする。それによってフロイトが強調した，喪失対象に対する明確な意識の有無という喪とメランコリーの区別は，根本から無化される。それゆえ仮にベンヤミンがフロイトの論文を読んでいたとしても，具体的な喪失対象への「哀悼」の意識とされるフロイトのTrauerの定義にはほとんど従わなかったことになる。経験的主観の心理学的な情動から区別され，被造物と世界のアプリオリな対応関係を表すベンヤミンの「悲しみTrauer」の概念と，メランコリーを患う精神異常者の診断の観点から，一時的な情動の症状として捉えられるフロイトの「喪Trauer」の概念は，訳語を含めて明確に区別する必要があるだろう。

(35)　Vgl. auch Panofsky; Saxl, 1923, S. 16. パノフスキーとザクスルは，その研究書の補遺にアリストテレスの『問題集』の該当箇所の原文を掲載し，それにドイツ語の対訳も付しているので，ベンヤミンはそれを読んでいたと思われる。なお，同書の改訂版として出された著作のドイツ語版序文の中でクリバンスキーは，『問題集』の著者が実際にはアリストテレスの弟子であり，アリストテレス自身の学説から逸脱することも厭わなかったと述べている。Vgl. Klibansky（1992）S. 17. 最初に英語で出版された後者の版は，パノフスキーとザクスルの著作が絶版になった後に，クリバンスキーが共著者に加わる形で新たに大幅に増補改訂されたものである。第一部に古代から中世までの生理学，科学，哲学におけるメランコリーの広範な概念史が追加され，デューラー研究に限定されないメランコリーと土星の概念史研究として全面的に書き換えられたため，前者とはほとんど別の著作と言ってよい。ただし個々の論点に関しては，原著者のパノフスキーとザクスルの見解が尊重され，ある程度原文が維持されている部分も少なくない。ベンヤミンが参照していた版とは異なる見解も含まれるため，パノフスキーとザクスルの研究を補完する必要がある場合にクリバンスキーの版も参照する。

(36)　ヴァールブルクによるルターとデューラーの解釈については，田中（2001）50頁以下を参照。

(37)　フロイトもまた「喪とメランコリー」において，何がメランコリー患者を完全に消尽する対象かを明確に知ることができないために，メランコリーの症状に「謎めいた印象」を覚えたと述べている（Freud, *Gesammelte Werke*, Bd. 10, S. 431)。すでに述べたように，ベンヤミンとフロイトの Trauer の概念は明確に区別されるべきだが，両者のメランコリー概念を，メランコリーの概念史の一部として比較することには少なからぬ意味がある。両者ともメランコリーに関して，その根拠が曖昧にしか認識されないと考えている点では共通しているからである。ただしベンヤミンからすれば，フロイトのメランコリーの概念には，この概念が伝統的に持っていた弁証法的な両義性への視点が欠けていると言わざるをえない。なお，フロイトが喪とメランコリーの差異を繰り返し強調するにもかかわらず，両者の区別はつねに自明ではなく，正常な喪の情動がいつでも病的なメランコリーの状態へと転化しうることをも意識していたことは注目すべきである。エーファ・ホルンによれば，フロイトの意味における喪とメランコリーの概念は，単に術語上の区別というより，「他者の死に際しての精神的な破局の過激さと深刻さの度合いの区別」に過ぎない。Vgl. Horn (1998) S. 14. この点を強調するなら，フロイトにおける喪はメランコリーとの原理的な区別を持たず，つねに喪の作業（正常な日常生活への復帰）の失敗の可能性を構造的に含むことになる。それは，Trauer をメランコリーの理論によって基礎づけたベンヤミンと同様に，フロイトにおいても喪それ自体が，原因のないメランコリーに根拠を持つことをも意味しうる。

(38)　すでにギーロウがこの箇所に言及し，フィチーノにおける魂の能力の階層性に注目している。Vgl. Giehlow (1903) S. 37. パノフスキーとザクスルもまた同箇所を引用するとともに，その著作の補遺においてラテン語の原文を全文掲載している。Vgl. Panofsky; Saxl (1923) S. 45, 117ff. とりわけパノフスキーとザクスルの著作によって，ベンヤミンはフィチーノのメランコリー論に関わる主要な論点の多くを知ることができたと思われる。

(39)　クリバンスキーは，デューラーに対するアグリッパからの影響を重視し，銅版画「メレンコリアⅠ」のタイトルに込められた「Ⅰ」が，メランコリーの三段階の内の最初の段階を意味するとの解釈を示している。この解釈に従えば，デューラーの「メレンコリアⅠ」が表現しているのは「想像的メランコリー melancholia imaginativa」であり，それゆえ「理性的メランコリー melancholia rationalis」としての「メレンコリアⅡ」，「叡智のメランコリー melancholia mentalis」としての「メレンコリアⅢ」へと上昇する最初の段階として捉えることができる。Vgl. Klibansky (1992) S. 492.

(40)　「形而上学叙説」が書かれた1680年代には，ライプニッツはいまだ「モナド」の概念を使用しておらず，代わりに「個体的実体」や「実体形相」の概念を用いていた。それゆえベンヤミンからの引用にある「「形而上学叙説」のモナド」という表現は，同書で実際には一度も使われていないモナドの概念に言及するため，正確性を欠いた記述という印象を与える。このことからイリット・ファーバーは，この箇所においてベンヤミンが，「形而上学叙説」ではなくいわゆる「モナドロ

ジー」を念頭に置いており，曖昧な記憶から引用したと推測している。Vgl. Ferber (2013) S. 186. しかしこれまで本研究で触れたように，「認識批判序論」におけるベンヤミンの議論には，「形而上学叙説」に直接対応する論点が数多く含まれている。そしてベンヤミン自身があえてその書名を挙げている以上，ファーバーのように概念の混乱を理由に「形而上学叙説」からの影響を除外することはできないであろう。パウラ・シュヴェーベルも述べるように，ベンヤミンがライプニッツの「モナドロジー」とともに，「形而上学叙説」も自ら読んでいたことは，その議論の内容から疑いえないからである。Vgl. Schwebel (2012) S. 590. すぐ後の本文中で示すように，草稿の該当箇所では「形而上学叙説」の書名が挙げられていないため，ベンヤミンはモナドの概念を，ライプニッツ哲学全体の骨子を示す概念として捉えていた可能性が高い。そのため本書では，完成稿の引用箇所における「モナド」を，個体をめぐるライプニッツの形而上学における広義の「実体」概念の意味で解釈する。

(41)　河野与一によれば，ライプニッツにおける perception の概念は，〈一〉としてのモナドが自己の内に〈多〉を含む「表現 représentation」の作用を，心理学的意味に解したものである。しかしライプニッツの perception は，外部からの感覚的な刺激を受けることで生じる，受動的な「知覚」の作用を意味しない。それはむしろ，モナドが自己の内に生得的に含む世界の表象が，表出と表現の作用において世界と存在論的に対応することとして理解されなければならない。河野訳『単子論』(1951) 222 頁以下参照。河野は，ライプニッツの perception の概念を単に経験的な「知覚」から区別するために，同概念に一貫して「表象」の訳語を当てている。本書でも，基本的にこの点を踏まえて「表象」の語を用いる。

(42)　悲劇論第二部の「アレゴリーの根源における悲しみ」の節には，これとほぼ同じ文が見つかるが，それが初期言語論からの自己引用であることは疑いえない (Vgl. I, 398)。それゆえ悲劇論に至っても，悲しみの概念に関する見解はある程度維持されていると思われる。

(43)　ベンヤミンの初期言語論と翻訳者論における連続性の問題に関して，以下を参照。Hamacher (2001) S. 214ff.

(44)　1924 年 6 月 13 日のショーレム宛の書簡で，ベンヤミンは「認識批判序論」が初期言語論以来の「認識論の試み」であると述べている (GB, II, 464)。また 1925 年 2 月 19 日のショーレム宛の手紙にも，「認識批判序論」が「初期言語論の第二段階 (zweites Stadium)」に相当すると書かれている (GB, III, 14)。

(45)　ハンス・ハインツ・ホルツは，ベンヤミンとライプニッツにおける認識の客観性の規定における神の概念の意義を次のように区別している。つまりライプニッツにとって神は世界の最上位の概念，つまり無限なものを構成する限界概念に過ぎず，モナドは自らの存在の客観性のためにあらゆるモナドの全体性以外の根拠を必要としない。それに対してベンヤミンのイデアは，神の精神に基づく場合にのみ客観的でありうる。Vgl. Holz, Idee, in: Opitz; Wizisla (2000) Bd. 2, S. 474. たしかに初期言語論においてベンヤミンは，相互に翻訳可能な言語的存在全体の

客観性の根拠を神に見出している。「この翻訳の客観性は，しかし神の内で保証されている」（II, 151）。しかし，悲劇論においては「神」の概念への明示的な言及がないだけでなく，現世に内在する被造物と神学的な秩序の間の連続的な移行関係は否定されている。そこで現象の客観性の根拠はイデアによる〈表現＝代表〉，つまりイデアがそれぞれ自己を表出することにおける相互の対応関係として捉えられているのである。この意味で，悲劇論における自立的で孤立したイデアは，神の精神への依存関係だけでは捉えられないだろう。

(46)　この引用に関して，エルンスト・ローヴォルト社から出版されたベンヤミンの『ドイツ悲劇の根源』の初版（1928）には，「Männling（1692）S. 7」とする出典指示がなされていた。しかしこれは明らかに誤記であり，同書の該当する箇所に同様の言葉は見当たらない。ベンヤミン全集の編者もまた，同書の版本からもこの引用の典拠は実証できないと述べている。Vgl. I, 979. それゆえ考えられる典拠は，ローエンシュタインによる詩集の内の以下の箇所である。Lohenstein（1680），S. 13. そこには，「悲しみ一般はあらゆる未来の災厄の予言者であった」という言葉が見られ，時制が過去形である以外は，ベンヤミンによる引用文とほぼ同じ単語が用いられている。悲劇論にはこのローエンシュタインの著作からの引用が複数回あるため，ベンヤミンがこの箇所を読んでいた可能性は高い。おそらく件の引用文は，この書物から書き取られた後で出典不明になったと考えられる。この箇所を教示してくれた磯忍氏に感謝する。

(47)　この点については以下の解釈に依った。Klibansky（1992）S. 502ff.

(48)　現在の時間に孕まれた未来の暗い表象について，ベンヤミンが悲劇論の執筆前に読んでいた，ブロッホの『ユートピアの精神』第一版（1918）の中でも論じられていることは注目すべきである。ベンヤミンは1919年9月15日のショーレム宛の手紙で，ブロッホの『ユートピアの精神』に集中的に取り組んでいることを報告している。Vgl. GB, II, 44f. そこではこの著作の詳細な書評を執筆する計画も明かされていたが，この書評は現存していない。

ブロッホによれば，あらゆるものが瞬間的に過ぎ去る時間の内で，われわれは明晰な意識を伴って生を体験することができず，自己の意識を完全に所有することができない。つまり現在の体験は過ぎ去った過去として追想されることができるだけであるが，この追想において生き生きとした体験はすでに失われている。それゆえブロッホは，つねに過ぎ去った幻影としてしか体験されない現在を「生きられた瞬間の暗闇 Dunkel」（Bloch, *Gesamtausgabe*, Bd. 16, S. 370）と呼ぶ。しかしブロッホによれば，瞬間の暗闇の内には同時に意識されないままの暗い表象として，過去と未来の時間が萌芽的に含まれている。このような潜在的な意識における時間の表象がなければ，そもそも過去の追想や未来の予感は考えられないのであり，それゆえ現在という瞬間の暗闇は，同時に「すべてを潜在させている verbergend 瞬間」（L. c., S. 388）でもある。

ブロッホが後に『ユートピアの精神』第二版（1923）の同じ個所において，ライプニッツの「微小表象」と結びつけて「現在 Jetzt において働く根源的秘密の潜

在性」と呼んだ未来の潜在的な表象は，ベンヤミンの悲劇論における時間の問題にとっても少なからぬ意義を持つ。「ライプニッツが魂の根本を示し，そうして疾風怒濤や自然の暗い側面に微小表象 petites perceptions という生あるものの根底を示したように，高みに向けて輝く思考形式によるユートピアの哲学，未完結のもの，神秘的な経歴，そして次第に強まる未来からの閃光に囲まれた魂によるユートピアの哲学は，高次の無意識，内奥の根底，現在において働く根源的秘密の潜在性それ自体，つまりわれわれの魂の絶頂としての創造的無意識を解明し始めるのである」(Bloch, *Gesamtausgabe*, Bd. 3, S. 243)。同じ文脈で『ユートピアの精神』第二版ではじめて用いられる「いまだ意識されない知 das noch nicht bewusste Wissen」の概念に，ベンヤミンは後の『パサージュ論』などで頻繁に言及するようになる。Vgl. V, 1057f. それゆえベンヤミンが同書の第二版をも読んでいたことは明らかだが，悲劇論執筆の前に読んでいたかどうかは定かではない。いずれにせよ，すでに 1919 年に同書の第一版に取り組むことでベンヤミンは，第二版ではライプニッツに結びつけられる，暗い表象として未来を含む瞬間の概念を知っていた。

(49)　Vgl. Art. Allegorese, in: *Reallexikon der deutschen Literaturwissenschaft*, Bd. 1, S. 36ff.

(50)　Vgl. Art. Allegorie 2, in: l. c., S. 40ff. Vgl. auch Allegorie, in: *Ästhetische Grundbegriffe*, Bd. 1, S. 49ff.

(51)　クロイツァー自身が同書を，寓意画やエンブレムの典型的な例として，ヴィンケルマンの『アレゴリー試論』と並べて挙げている。Vgl. Creuzer (1819) S. 65.

(52)　ゲレスによる注釈は，『象徴法と神話学』の第一版に関してクロイツァーに個人的に寄せられたものだが，クロイツァーはそれを同書の第二版において，読者の理解のために著作中で公表した。

(53)　ロマン主義論，『親和力』論を経て悲劇論に至るまでのベンヤミンの「批評」概念の変遷について，以下を参照。Uwe Steiner, Kritik, in: Opitz; Wizisla (2000) Bd. 2, S. 479ff.

(54)　ベンヤミンによれば，「人間の楽園言語は完全な認識をなす言語であったに違いない。しかしその後あらゆる認識は，今一度言語の多数性において無限に，しかも名における創造よりも低次の段階において分化せざるをえなかった」(II, 152)。『人間の三重の生について』(1620) におけるベーメによれば，楽園追放によって無垢の人間が持っていた自然言語は失われたが，それは「イエス・キリストの復活において内面に向き合った新たな人間に従って再び獲得された」(Böhme, *Sämtliche Schriften*, Bd. 3, S. 96)。原罪によるアダム言語喪失の観点は両者に共通するが，キリストの復活による自然言語の再獲得という観点は，ベンヤミンには見られない。

(55)　ライプニッツの言語論におけるアダム言語の位置づけについては，以下を参照。Schulenburg (1973) S. 3ff.

(56)　ライプニッツの自然言語論で論じられる擬態語を，単語，アルファベット，間

投詞（不変化詞）の三種に分類する点は，次の研究に依る。Heinekamp (1988) S. 373ff.

(57)　この点は，『象徴形式の哲学』におけるカッシーラーの解釈に依る。「もし普遍的記号法の目標が達成され，あらゆる単純な観念が単純な感性的記号によって，そしてあらゆる複合的な表象がそれら単純な記号の適切な組み合わせによって表現されるなら，個々の言語のあらゆる個別性と偶然性は，再び唯一の普遍的な基礎言語の内に解消されるであろう。ライプニッツはこの基礎言語，つまり彼が神秘主義者やヤーコプ・ベーメの古い言い回しによってそう名づけるこのアダム言語 Lingua Adamica を，人類の楽園的過去へと置き戻すのではなく，われわれの認識が客観性と普遍妥当性の目標を達成するために一歩一歩近づかなければならない，純粋な理想概念として捉えている」(GW, XI, S. 69)。

(58)　Vgl. Hamann, *Sämtliche Werke*, Bd. 3, S. 23. Vgl. auch Menninghaus (1980) S. 205.

(59)　ベンヤミンは 1927 年に，同年刊行されたパウル・ハンカマーの著作の書評を書いている。Vgl. III, 57ff. 同書では，ルネッサンスからバロックに至る言語理論の歴史が詳述されており，ベーメの神秘主義的なアダム言語の伝統がライプニッツに継承された点に関する指摘もある。Vgl. Hankamer (1927) S. 149f. このことから，遅くとも悲劇論が出版される 1928 年以前に，ベンヤミンが〈アダム言語〉の理論の系譜の全体像を視野に収めていたことは明らかである。

(60)　初期言語論における〈名〉の理論の観点から「認識批判序論」のイデア論を解釈した代表的な研究として，以下を参照。Menninghaus (1980) S. 79ff.

(61)　次の箇所も参照。「あらゆる事物は啓示のための口を持っている。それが自然言語 Natur-Sprache であり，それによりあらゆる事物は自らの特性から語り，つねに自己自身を啓示する」(Böhme, *Sämtliche Schriften*, Bd. 6, S. 7)。

(62)　翻訳者論のこの一節をめぐる研究として，以下を参照。Hamacher (2001) S. 174ff. ハーマッハーは，とりわけカントおよびコーヘンにおける内包量に関する議論からの影響を重視している。

(63)　「純粋言語」という言葉自体は，すでに初期言語論の次の箇所でも用いられていた。「人間は名づける者であり，その点に人間から純粋言語 reine Sprache が語り出していることが認められる」(II, 144)。しかし初期言語論では純粋言語の根拠が，それ自体で人間の言語と事物との自然的な結びつきを示す〈名〉に求められていたのに対して，翻訳者論ではそれが多数に差異化した諸言語相互の構造的な照応関係にある点で，明らかに意味が異なる。そして初期言語論における〈アダム言語〉が，神話の過去にすでに喪失された楽園的言語の理念の痕跡であるなら，翻訳者論における〈純粋言語〉は，むしろ変容する諸言語の生成の過程の終極において到達されるべき歴史哲学的理念であろう。「諸言語の生成の内で自己を表出し，作り出そうと試みるもの，それこそが純粋言語のあの核である」(IV, 19)。以下では基本的に「純粋言語」を翻訳者論の意味で用いる。

(64)　翻訳者論の次の箇所もまた，個々の作品がその内に他の翻訳の全体を表現する

点で，「認識批判序論」のイデアの構造を予告する。「言語の歴史のある特定の時代になされた，一つの作品の翻訳はそれぞれ，その作品の内容の特定の側面に関して，他のすべての言語による翻訳を表現〔＝代表〕repräsentieren する」（IV, 15）。ここでの「表現」の意味も，単に諸言語が互いの意味を模倣することではなく，個々に固有の志向を形成しながらも，言語全体の調和の関係を根拠として，一つの作品に他のすべての作品が表現されることとして理解しなければならない。

(65) ライプニッツの対話篇における記号の恣意性と固有名の問題について，次の研究を参照。Fenves (2001) S. 36ff.

(66) ライプニッツの形而上学における実体の表出と表現の原理について，次の研究を参照。Gurwitsch (1974) S. 226ff.

(67) アルフレット・ヒルシュは，翻訳者論に見られる逐語訳と行間翻訳の理論において，原作と翻訳の言語が互いに統合されることなく断片性を保持する点に，悲劇論のアレゴリー論との並行性を見出している。Vgl. Alfred Hirsch, „Die Aufgabe des Übersetzers“, in: Lindner (2006) S. 615ff.

(68) ベンヤミン自身が翻訳者論の中で，ロマン派を例にして翻訳と批評概念の共通性に言及している。「ロマン主義者たちは他に先んじて，翻訳がその最高の証明となるような作品の生への洞察を持っていた。言うまでもなく，彼らは翻訳をそのようなものとして認識してはおらず，その全関心を批評に向けていた。この批評もまた翻訳より劣るとはいえ，同様に作品の死後の生における一つの契機を表出するものである」（IV, 15）。この文からもうかがわれるように，ベンヤミンにおいて翻訳と批評の方法は，作品の事象内実から真理内実を導き出すために原作者の死後の歴史を必要とする点で共通する。なおロマン主義論の作品に内在する芸術の理念の生きた自己反省とは異なる，作品のある種の衰退と没落の歴史を前提にした批評の定義は，『親和力』論の冒頭部（I, 125）にも見られる。

(69) パノフスキーとザクスルによれば，サトゥルヌス的なメランコリーの両極的志向は，古代末期以降プラトン主義的な魂の天界への飛翔の教説と結びつけられた。諸々の惑星を経由するこの魂の運行に関して，星々から肯定的な影響を受けるとする解釈が新プラトン主義に見られ，逆に否定的な影響を受けると解釈するグノーシス主義は，魂の大地への下降を堕罪としてのみ捉えることになる。Vgl. Panofsky; Saxl (1923) S. 11f. ベンヤミンにおいても，天体のイデアを志向する新プラトン主義的な魂の上昇と対比される形で，罪を負った大地の物質へと垂直的に下降するグノーシス主義が理解されていることに注意する必要がある。

(70) ベッティーネ・メンケは，解釈を要求する廃墟の破片としてのドイツ悲劇は，実際にはあらゆる読解に対してつねに解釈可能性の余地を残す形式である点を強調している。Vgl. Menke (2010) S. 251f. またエーファ・ゴイレンは，ベンヤミンにおいてドイツ悲劇の形式が芸術の美として確保される「最後の日」が，芸術の形式の埒外にあるものとして構想されていることを指摘している。Vgl. Geulen (2001) S. 96f.